読んでわかる俳句

日本の歳時記

The Shogakukan Haiku Compendium

夏

小学館

編集委員・季語解説・名句鑑賞・例句鑑賞

宇多喜代子
西村和子
中原道夫
片山由美子
長谷川櫂

季語解説・例句鑑賞

大石悦子
茨木和生
小島健
藤田直子
井上弘美
西宮舞
髙田正子
山西雅子
岩田由美
上田日差子
小川軽舟
日下野由季
大谷弘至

例句鑑賞

稲畑廣太郎
黒川悦子
井越芳子
石田郷子
谷口智行
辻内京子
押野裕

俳人紹介

大谷弘至

挿画

中島千波
カバー「精樹大楠」四曲一隻屏風
本文扉「花菖蒲」、項目扉

装幀

芦澤泰偉＋児崎雅淑

目次

凡例

季語

一、春（立春から立夏の前日）、夏（立夏から立秋の前日）、秋（立秋から立冬の前日）、冬（立冬から立春の前日）、新年（新年に関するもの）の五つに区分し、本巻には夏の季語を収録した。

一、各季は、時候、天文、地理、植物、動物、生活、行事の六部に分けた。

一、見出し季語の表記は原則として歴史的仮名遣いとし、振り仮名は、右傍に現代仮名遣い、左傍に歴史的仮名遣いで付した。

一、重要季語は赤色で表示した。

一、見出し季語の下には、時節と、俳句でよく使われる傍題を表示した。

季語解説

一、平易でわかりやすい解説を心がけ、関連する季語との違い、句作での留意点などにも触れるよう努めた。

一、常用外漢字には振り仮名を付した。

一、解説文中に、見出し季語として立項している季語が出る場合、✚で表示した。ただし、あまりに一般的な季語（夏、五月など）や参考にならない場合には表示しなかった。

一、年号は和暦を用い、必要に応じて西暦を添えた。

一、おもに季節や部分けの異なる関連季語を、関連として表示し、掲載頁を付した。当巻以外の巻に収録の季語は、該当巻のみを示した（秋など）。

例句

一、漢字表記は新字体を原則とした。

一、近世の例句は読みやすくするため、平仮名を漢字に、漢字を平仮名に変更した場合がある。踊り字は使用しなかった。また、必要に応じて振り仮名を付した。

一、近世の俳人は号のみで記した。

例句鑑賞

一、すべての例句に「鑑賞のヒント」を▼以下に添えた。

一、執筆にあたっては、作品の背景や作者の紹介などを中心に、俳句を読む楽しみが増すような内容となるように努めた。

名句鑑賞

一、じっくりと鑑賞したい秀句を取り上げ、鑑賞文を付した。

一、執筆者名を文末の［　］内に表示した。

俳人紹介

一、物故した著名な俳人の紹介を、本文左頁の下欄から横書きで掲載した。掲載順は生年順、師系とした。

写真・図版

一、季語の理解をたすけるため、写真、浮世絵、日本画などを多数掲載した。

索引

一、巻末に夏の「全季語索引」と春、秋、冬／新年の「見出し季語索引」を付した。

付録

一、巻末付録として、二十四節気・七十二候表、行事一覧、忌日一覧を付した。

＊本書は、二〇一二年に弊社より刊行された『日本の歳時記』をもととし、大幅に加筆修正、増補したものである。

時候
天文
地理

夏《なつ》

三夏

朱夏《しゅか》・三夏《さんか》・炎帝《えんてい》

立夏（五月五日頃）から立秋（八月八日頃）の前日までをいう。旧暦では卯月《うづき》、皐月《さつき》、水無月《みなづき》にあたる。「朱夏」の朱色は五行説で定めた夏の色だが、四季のうち最も暑い季節を象徴する色。「炎帝」とは夏をつかさどる神のことで、見るからに暑く烈《はげ》しい。人間も動物も植物も炎帝の威力のもとにひれ伏すような猛暑がやってくる。関連 炎天《えんてん》↓041

夏真昼死は半眼に人を見る　飯田蛇笏

算術の少年しのび泣けり夏　西東三鬼

草に木に夏百日の褻れ見ゆ　石塚友二

描きて赤き夏の巴里をかなしめる　石田波郷

快晴に始まつてゐる子らの夏　黒川悦子

▼次男病没の際の作。命が死にとって代わられた瞬間を詠んだ、過酷な夏の暗い真昼。▼昨日まで子供と思っていたのが、急に少年らしい体格に育つのは夏。人前で涙を見せなくなるのも、幼年期から少年期に成長したしるしだ。▼「夏百日」に連日衰えぬ暑さが誇張されている。▼絵の中の夏の異国の赤を、「かなし」と見る若さ。▼夏休の初日であろう。やはり晴れは気持が良い。子供の躍動感が感じられる。

初夏《しょか》

初夏

初夏《はつなつ》・首夏《しゅか》

夏を三分して、初夏、仲夏《ちゅうか》、晩夏と呼ぶ。これは他の季節も同じだが、夏の場合、これと重なるかたちで梅雨《つゆ》の時期が加わる。初夏と呼ぶのは、梅雨に入る前までがふさわしい。暑さもまだ本格的ではなく、心地よい季節。日射しは強くなるが、空気はさらりとして緑の木々を吹く風もかぐわしい。庭園には牡丹《ぼたん》や薔薇《ばら》の花が咲き、人々の服装も明るく軽やかになる。

鸚鵡籠提げて水夫や初夏の街　安田北湖

大玻璃に溢るゝ光初夏の婚　中野匡子

はつなつのおほきな雲の翼かな　髙田正子

▼港町の路上の光景か。初夏の明るい海を背にした船乗りのセーラー服と、鸚鵡《おうむ》が色鮮やか。▼身内の結婚式であろうか。季題の清々しさが幸せを表現している。▼晴れわたった青空に白く輝く雲を翼と描いたことで、視点がさらに遥かなものへ広がってゆく。

卯月《うづき》

初夏

卯《う》の花月《はなづき》・花残月《はなのこりづき》

旧暦四月の異称。太陽暦では五月にあたるが、卯月というと古典的な語感が添う。「卯の花月」の略ともいわれ、白い卯の花が山野に見られる頃。旧暦では夏が始まる月なので、清らかな小花のイメージが夏の季節感と重なったのだろう。「花残月」の花は桜。北国や山間部では桜が満開を迎える所もある。芭蕉の句「思ひ立つ木曽や四月の桜狩」の「四月」は卯月の

五月

こと。 関連 卯《う》の花《はな》↓076

はやり来る羽織みじかき卯月かな　北枝
卯月野のほとけの親にあひに来し　西島麦南
たそがれの草花売も卯月かな　富田木歩

▼スカートの長短と同様に、羽織の丈にも流行が見られたのだろう。夏を迎える軽やかさ。▼墓所までの野に咲く卯の花の、鮮やかな白が見えてくる。▼黄昏《たそがれ》時が長くなった頃の一景。

【五月《ごぐわつ》《ごがつ》】 初夏

五月来《ごがつく》る・聖五月《せいごがつ》・聖母月《せいぼづき》

「なべての蕾《つぼみ》、花とひらく／いと麗はしき五月の頃恋はひらきぬ／わがこころに」（片山敏彦訳）と、ドイツの詩人ハイネはうたった。ゴールデン・ウイークに始まる一か月間は、一年で最も心地よく過ごせる時。緑も美しく、北国ではさまざまな花が一斉に咲く。「さつき」とも読むが、旧暦の五月はほぼ一か月遅れ、「皐月《さつき》」と表記して区別する。カトリックでは五月一日を聖母マリアの祝日とし、「聖母月《せいぼづき》」と呼ぶ。

名句鑑賞

目つむりていても吾を統ぶ五月の鷹《たか》　寺山修司

「二十才　僕は五月に誕生した」——初めての作品集『われに五月を』の冒頭に記した作者の誕生日は十二月だが、詩人としての誕生を五月と言挙《ことあ》げして自祝した。美しい五月をこよなく愛した証《あかし》といえよう。目をつぶっていても吾《あ》を統《す》ぶ五月の鷹とは、若者の心に羽搏《はばた》くあこがれの象徴。それが自分を支配していると強く自覚する時、若者は雄々しい詩人となる。清新な自意識の句だ。 〔西村〕

蕪村《ぶそん》▶享保元年（1716）—天明３年（1783）与謝蕪村。蕉風回帰を主張。後世では子規に影響を与えた。画師としても名高い。

子の髪の風に流るる五月来ぬ　大野林火
鳩踏む地かたくすこやか聖五月　平畑静塔
子に五月手が花になり鳥になり　岡本眸
少年と少女に返り磯五月　井上浩一郎

▼五月のかぐわしい風に、女の子の長い髪が心地よく艶やかに吹かれる。▼すべてが神の祝福のもとに健全にめぐるという実感。▼遊戯をする子供たちの楽しげな手の動きを美しく輝かせた表現。▼磯遊びで、大人も無邪気に楽しんでいる様子が、初夏の雰囲気を伝えている。

清和《せいわ》
初夏
和清《わせい》の天《てん》

気候が温和にして清らかなことで、旧暦四月(太陽暦五月)の時候をいう。中国では旧暦四月朔日を「清和節」といい、四月を「清和月」といった。白楽天の「駕部呉郎中七兄に贈る」詩にも「四月の天気は、和にして且《か》つ清し」とある。

竹林の闇のあをさも清和かな　古賀まり子

▼「竹林」の「闇《やみ》」を青いととらえて感性の鋭い句。そのすがすがしさは清和そのものである。

立夏《りっか》
初夏
夏立《なつた》つ・夏《なつ》に入《い》る・夏来《なつき》る・今朝《けさ》の夏《なつ》

二十四節気のうち、夏の第一の節気。五月五日頃。この日、夏が始まり、立秋(八月八日頃)の前日までの、三か月九十日余りが夏。これを三等分し、初夏(五月)、仲夏(六月)、晩夏(七月)に分ける。暑い時期である六、七、八月を夏と思っている人が多いが、夏は五、六、七月(旧暦では四、五、六月頃)である。この三か月のうち、五月は春の陽気の日が続き、やがて蒸し暑い六月、炎天の七月がやってくる。ひと口に夏といっても、暑い時期もあれば暑くない時期もあって、暑さに大きな波がある。日本人の繊細な季節感は、こうした旧暦の季節区分によって育まれた。もし太陽暦のもとで単に暑い時期が夏と考えていたら、日本人の季節感は平板なものになっていただろう。

関連　立春《りっしゅん》→春／立秋《りっしゅう》→秋／立冬《りっとう》→冬

プラタナス夜もみどりなる夏は来ぬ　石田波郷
おそるべき君等の乳房夏来る　西東三鬼
渓川の身を揺りて夏来たるなり　飯田龍太
葦原にざぶざぶと夏来たりけり　保坂敏子
揺れやすきハンカチの花夏は来ぬ　清水真紀子

▼みずみずしい、東京の初夏の夜。▼女性を讃《たた》える一句。▼水しぶきをあげて流れる渓流。▼夏を少年のように描いた。▼「ハンカチ」の木はハンカチノキ科の落葉高木。ハンカチのような白い花が咲く。

夏《なつ》めく
初夏
夏兆《なつきざ》す

「めく」とは、とくにそう見える、とか、そういう感じがはっきりするという意。「夏めく」は、季節が夏になって、あらゆ

春たつや静かに鶴の一歩より：鶴の静かな一歩から春が始まる。しみじみとめでたい。

るものにそれらしい特色が目立つ時分をさしている。「兆す」は、物事の気配をあらわす語なので、まだ春のうちに感じる夏らしさでもいい。いわゆる季節のゆき合いの季語。立夏前後の気候は、まだ春のようでもあれば、もはや夏にまぎれもない日射しや気温の日もある。人々の装いも街の様子もそれに従う。

袖かろし夏めく水仕はげまされ　及川貞
夏めくや庭を貫く滑川　松本たかし
夏めくや塗替へて居る山の駅　森夢筆
町と街つなぎ夏めく隅田川　橋本くに彦

▼水仕事(水仕《みずし》)も夏はつらくない。動きやすくなった身心の弾みが伝わってくる。▼庭を流れる滑川《なめりがわ》(鎌倉市)は一年中見ているが、その音や光に、今日、夏を感じた。▼山の小さな駅の三角屋根のペンキの色は赤。山の緑もやがて整うだろう。▼隅田川の周囲には色々な景色がある。省略の中に季節の佇まいが見て取れる。

薄暑《はくしょ》

初夏

軽暖《けいだん》

初夏の頃の暑さをいうが、まだ本格的なものではなく、少し汗ばむ程度。軽快な服装でちょうどよくなる。そこから「軽暖」ともいわれるようになったものだろう。東京の日中の気温は二〇度を超え、天気のよい日は日傘をさす女性も見られる。木陰の風が心地よくなり、街なかや電車に冷房が入る日もある。古句に作例はなく、松瀬青々が明治末期に季語として定着させたといわれる。

玉虫の厨子により見る薄暑かな　松瀬青々
あぶらとり一枚もらふ薄暑かな　日野草城
軽暖や坐臥進退も意のままに　高浜虚子

▼薄暑の頃の大気が玉虫色をいっそう艶めいたものにしている。▼近年は一般にも普及しているが、以前は舞妓《まいこ》さんたちが愛用したあぶらとり紙。▼「軽暖」とは軽くて暖かな衣服。着物ならセルの頃。

麦《むぎ》の秋《あき》

初夏

麦秋《むぎあき》・麦秋《ばくしゅう》

麦の刈り入れは初夏五月。草木の若葉の緑の中、麦の畑は早々と黄金色に染まる。「秋」といっても秋の季語ではなく、夏の季語。訓読みの「麦の秋」も、音読みの「麦秋《ばくしゅう》」も、それぞれにいい。

関連　麦刈《むぎかり》↓248／麦《むぎ》↓114

麦秋や大きな家の二階住み　浪化
麦秋や蛇と戦ふ寺の猫　村上鬼城
麦秋の雨のやうなる夜風かな　田中冬二
麦秋のしんかんたるに耐へゐたる　安住敦
麦の秋加賀一国は晴れわたり　神蛇広

麦の秋

▼開け放った二階を行き交う、麦秋の光。▼竜と虎のように。▼風

召波《しょうは》▶享保12年（1727）―明和8年（1771）黒柳氏。蕪村の高弟。その死に際し蕪村は「我俳諧西せり」と嘆いた。

に揺れる麦の音。さらさらと、ざわざわと。▼まばゆいばかりの麦秋の閑《しず》けさ。▼百万石、加賀の国の麦の秋。

小満《しょうまん》《せうまん》

初夏

二十四節気の一つで、五月二十一日頃にあたる。「万物が成長して天地に満ち始める」という意味のとおり、まさに時は新緑の季節を迎え、木々の若葉が野山や街を彩り始める。

仲夏《ちゅうか》

仲夏

初夏、仲夏、晩夏と夏を三つに分けて呼ぶ時の真ん中のほぼひと月で、六月頃（旧暦では五月頃）にあたる。夏の真ん中といっても梅雨《つゆ》と重なり、長雨が降り続く。更衣《ころもがえ》の時節であり、制服のある学校や職場では夏服に替わり、木々の若葉は青葉に変わっていく。

皐月《さつき》

仲夏

早苗月《さなえづき》・五月雨月《さみだれづき》・五月《さつき》・橘月《たちばなづき》・月見《つきみ》ず月《づき》

旧暦五月の異称。太陽暦では六月頃にあたる。早苗、五月雨、早乙女《さおとめ》の「さ」は、田の神に縁の深い言葉。「さ月」は、田の神が山から降りてきて田植えをつかさどる月であった。『古今和歌集』に「五月《さつき》まつ花橘《はなたちばな》の香《か》をかげば昔の人の袖《そで》の香ぞする」（読み人しらず）とあるように、橘の花の咲く頃なので、「橘月」ともいう。雨が続いて月が見えないことが多いことから、「月見ず月」などともいった。古典、古俳諧《こはいかい》では、「五月」と書いて「さつき」と読んだ。関連 五月雨《さみだれ》→030／早乙女《さおとめ》→250／早苗《さなえ》→114

たまたまに三日月拝む五月かな　去来

深川や低き家並のさつき空　永井荷風

庭土に皐月の蠅の親しさよ　芥川龍之介

▼月見ず月の呼称を下敷きに、あるがままを詠んだもの。▼低いのは家並みばかりではない。雨がちの雲も低く垂れ込めている。▼「五月蠅」と書いて「うるさい」と読む。庭土の蠅《はえ》にさえ親しみを覚える心理状態。

六月《ろくがつ》《ろくぐわつ》

仲夏

梅雨前線が北上し、日本列島が梅雨一色に染まる頃。雨が降らないまでも湿っぽい風が吹き、蒸し暑い日々が続く。雨の毎日は陰鬱だが、この月に雨が少ないと空梅雨となり、真夏の水不足や田への影響が懸念される。都市生活者にとっては雨の中の通勤の苦難、主婦にとっては洗濯物を部屋に干す憂鬱に耐えねばならぬ一か月。だが野山に目を転じると、青山を映す植田《うえた》の景が広がる。潤いに満ちた月でもある。関連 梅雨《つゆ》→029

六月や川音高き思川　後藤夜半

六月の女すわれる荒筵　石田波郷

▼いつもは細い「思川《おもいがわ》」の流れも六月ゆえに水量を増す。京都貴船《きぶね》

初時雨真昼の道をぬらしけり：真昼の一本の濡れた道。簡明直截《ちょくせつ》な表現に特色がある。

の木々の緑も濃い。▼戦後の焼け跡のバラックの状景。なまなましい現実感。

芒種《ぼうしゅ》《ばうしゅ》

仲夏

二十四節気の一つ。六月六日頃にあたる。「芒」とは「のぎ」、すなわちイネ科の植物の花の外殻に見られる針状の突起のこと。「禾」とも書く。「のぎへん」という語で私たちには親しい。その、のぎのある穀物を植える時期ということからきた言葉。現在はほとんどが稲であるが、昔は粟《あわ》や稗《ひえ》、黍《きび》なども栽培されていた。田植えの時期に入り、雨の日が多くなる。関連 田植《たうえ》↓249

芒種とふこころに播かん種子もがな　能村登四郎
芒種なり水盤に粟蒔くとせむ　草間時彦
芒種はや人の肌さす山の草　鷹羽狩行

▼「とふ」は「という」の意。時節は芒種というので、自分の心に播《ま》く種がほしい、という思い。▼季語の本意にたち帰ろうとする心。▼「はや」に、水盤に育つ粟は食用ではなく、ひと夏の涼味として。肌をさすのは禾から山の雑草の伸びる勢いがあらわされている。肌をさすのは禾からの連想。

入梅《にゅうばい》《にふばい》

仲夏

梅雨《つゆ》めく・梅雨《つゆ》に入《い》る・梅雨入《つゆいり》・ついり・梅雨《つゆ》の入《い》り

旧暦では、芒種《ぼうしゅ》の後の壬《みずのえ》の日、立春から百二十七日目を入梅としていた。太陽暦では、太陽が黄経八〇度を通過した日としている。いずれも太陽暦六月十一、二日頃にあたる。これは暦の上のことで、実際の入梅は年によって変わる。現在では、気象庁が梅雨入りの発表を行なう。梅雨入り前の湿度の高い日、雨模様の日が「梅雨めく」。関連 走《はし》り梅雨《づゆ》・梅雨《つゆ》↓029

焚火してもてなされたるついりかな　白雄
帚木も臼の丈なり梅雨に入る　高田蝶衣
二夜三夜傘さげ会へば梅雨めきぬ　石田波郷
たたなづく大江五峰や梅雨に入る　吉田節子

▼入梅の頃は肌寒さを覚えることもある。加えて陰々とした日は火の色が嬉《うれ》しい。▼庭隅に置かれた臼を隠すまで伸びた箒草《ほうきぐさ》。生活実感が定める入梅。▼降りそうで降らない、明日にも梅雨入りかと思われる頃。▼京都の大江山の佇まいである。梅雨のうっとうしさと同時にみずみずしさも感じる。

梅雨寒《つゆざむ》

仲夏

梅雨寒《つゆさむ》し・梅雨冷《つゆびえ》

梅雨時の寒さをいう。梅雨前線にオホーツク海高気圧の冷たい風が吹きつけ、日本列島をおおうと、冷たい雨が降り続く。このような時、寒気団の勢いが強く、長びく年は冷夏になる。北海道では霜が降りることもある。昼でも肌寒さを覚え、しまい込んだ衣服を再び取り出して羽織ることも。陰鬱な時節の思いがけない寒さは心もとないものだ。関連 梅雨《つゆ》↓029

とびからす病者に啼いて梅雨寒し　石橋秀野

大魯《たいろ》▶享保15年(1730)—安永7年(1778)吉分氏。徳島を脱藩、俳諧へ。狷介《けんかい》で協調性に欠けたが蕪村はその才を評価。

梅雨冷の駄菓子持ちよる患者会　目迫秩父

我が胸に梅雨さむき淵ひそみけり　中村嵐楓子

▼鳶《とび》や烏《からす》はいつでもどこにでも啼《な》いている鳥だが、梅雨寒の折、病者に啼かれると心が寒々とする。▼心もとないままに同病の温もりを求める人々。▼心の内の写生句。本来の寒さではない点に心身の翳《かげ》りを託す。

【夏至《げし》】仲夏

二十四節気の一つ。太陽暦六月二十一日頃にあたり、一年で最も昼が長い日。太陽黄経が九〇度となるこの日、北半球では太陽が最も高く輝くが、日本は梅雨の最中なので、実際の日照時間は短い。東京の場合、過去の統計では、冬至の日より昼間が四時間五〇分も長いのだが、太陽を見る時間は冬至の日より一時間余りも少ないという。しかし、曇天ながらも日がなかなか暮れないという実感は、この日ならではのもの。黄昏《たそがれ》が長い一日である。関連 冬至《とうじ》→冬

禁煙す夏至の夕べのなど永き　臼田亜浪

夏至といふ寂しさきはまりなき日かな　轡田進

山の木の葉音さやかや夏至の雨　鷲谷七菜子

夏至ゆうべ地軸の軋む音すこし　和田悟朗

▼禁煙中の手持ち無沙汰が夏至の夕べをいっそう長く感じさせる。「など」は「なぜ」。▼照るでもなく降るでもなく暮れるでもない日のメランコリー。▼茂った葉の触れ合う音と、注ぐ雨音の鮮やかさが、いつまでも暮れぬ夏至の明るさと響き合う。▼聞こえるはずのない音に想像が及ぶのも、夏至だからこそ。やや傾いた地軸によって自転する天体に生きる存在ゆえに、この日もある。

【白《はく》夜《や》】仲夏

白夜《びゃくや》

夏至の夜、北極では太陽が没することがない。北緯度の高い国々では、夏至の前後は日没後も太陽が地平線とほぼ平行に動くため、薄暮のような状態が夜通し続く。日本では見られない現象だが、近年は海外詠でよく詠まれるようになった。カナダやシベリア、北欧の国々で、沈まぬ太陽と白夜を見ようと、観光客が集まる。ヨーロッパの最北の地とされるノルウェーのノールカップ岬では、五月半ばから約二か月間、白夜が続く。

わが泊つる森のホテルの白夜なる　山口青邨

街白夜王宮は死のごとく白　橋本鶏二

サーカスの娘の出て遊ぶ白夜かな　角杏子

▼地名など詠み込まなくとも、季語だけで海外詠ということがわかる。▼読者には異国を想像する楽しみが生まれる。▼遊ぶ情景でありながら、物哀しいのは白夜とサーカスのせい。

【半夏生《はんげしょう》《はんげしやう》】仲夏

半夏《はんげ》・半夏生《はんげしょう》ず・半夏雨《はんげあめ》

七十二候の一つで、夏至から十一日目、七月二日頃にあたる。

はるばると来てわかるるやすまの秋：光源氏が都を懐かしんだ地、須磨で別れを迎えた。

薬草の一種、半夏(サトイモ科の烏柄杓《からすびしゃく》)が生ずる頃なのでこの名がある。この日は天から毒が降るので野菜を食べず、竹の節に虫が生ずるので、以後、筍《たけのこ》を食べないと言い伝えられてきた。梅雨も末期を迎え、田植えが終わり、農作業も人々の暮らしも、この日をけじめとする風習があった。この日の天候によって稲作の出来を占うところもある。 関連 烏柄杓《からすびしゃく》↓132

汲まぬ井を娘のぞくな半夏生　言水
医通ひの片ふところ手半夏雨　大野林火
水がめに虫の湧きたり半夏生　上村占魚
半夏生採血手ぎはよかりけり　行方克巳

▼背景に、何らかの禁忌があったことが想像される句。▼心身の不調も起こりやすい頃。しぐさに気だるさがあらわれている。▼自然現象の一つだが、警戒心が湧く。▼病院での検査風景。根底に不安感がある。

晩夏《ばんか》　晩春

晩夏光《ばんかこう》

夏の終わり。夏を三分して初夏、仲夏、晩夏ということは他の季節と同じだが、「晩夏」の響きには、盛んなるもの、峻烈《しゅんれつ》なるものの衰えの兆しがあって詩的だ。いつまでも続くかに思われた暑さと日射しに、心なしか翳《かげ》りが感じられる頃。人々が夏の疲れを覚える頃、季節もまた倦怠《けんたい》の表情を見せる。

晩夏光バットの函に詩を誌す　中村草田男
見かへればまた波あがる晩夏かな　大町糺
どれも口美し晩夏のジャズ一団　金子兜太

▼昭和初期、最も大衆的だった煙草《たばこ》「ゴールデンバット」。ひねりつぶして捨てられるその函《はこ》に、ふと浮かんだ句を記したか。▼過ぎゆく夏への哀惜のあらわれが「見かへれば」という行為。▼物憂《ものう》げな緩やかなジャズが聞こえてくるようだ。

水無月《みなづき》　晩夏

青水無月《あおみなづき》・風待月《かぜまちづき》

旧暦六月の異称。太陽暦では七月頃にあたる。語源には諸説あるが、暑さのために水が無くなる月というのが最も説得力がある。『万葉集』にも「六月《みなづき》の地《つち》さへ裂けて照る日にもわが袖乾《ひ》めや君に逢はずして」(巻十・夏相聞)と詠まれているように、昔から日照り続きの水不足がちのひと月であった。「青水無月」は山野の色を反映した呼び名。 関連 旱《ひでり》↓042

戸口から青水《あをみ》な月《づき》の月夜哉《かな》　一茶
みなづきの何も描かぬ銀屏風　黒田杏子

▼戸口を額縁として夜も青々とした山河が見える。月光も青く見える。▼何も描いていなくても、満目の青葉が銀屏風《びょうぶ》に映って涼しげ。金より銀の効果。

七月《しちがつ》《しちぐわつ》　晩夏

前半はまだ梅雨の明けない年もあるが、明けるとたちまち猛

几董《きとう》▶寛保元年（1741）―寛政元年（1789）高井氏。蕪村の高弟。中興期を代表する俳人。師没後、夜半亭を継承。

暑の日が続く。後半は夏休みに入った若者たちや家族連れで、海、山、高原は大いに賑《にぎ》わう。都会でも電車の中に行楽地へ向かう子供たちの声が響き、活気を呈する月。日射しも、植物の茂りようも、人々の暮らしも、最もエネルギッシュな一か月。

七月のつめたきスウプ澄み透り　日野草城
七月の青嶺まぢかく熔鉱炉　山口誓子
ちちははの忌をみどり濃き七月に　岡本眸
七月も十日過ぎたる雨の音　宇多喜代子

▼冷たく澄んだコンソメスープ。炎暑との対比が舌に快い。▼熔《よう》鉱炉《こうろ》という近代工業の源と、青嶺《あおね》という堂々たる自然との対峙《たいじ》。▼自然梅雨が明けたばかりの生命力あふれる山が近々と鮮やか。▼梅雨末期界のみどりの濃さは心の中の悲しみの深さでもある。この雨が上がると梅雨明け。▼梅雨末期の烈《はげ》しい雨の音が聞こえてくる。この雨が上がると梅雨明け。

小暑《しょうしょ》《せうしょ》　晩夏

二十四節気の一つ。七月七日頃。梅雨明けも間近な頃であり、小暑を過ぎればいよいよ本格的な夏となる。小暑から大暑(二十三日頃)を挟んで、立秋(八月八日頃)の前日までのひと月が暑中。暑中見舞いを送るのはこの期間。

梅雨明《つゆあけ》　晩夏

梅雨《つゆ》あがる・梅雨《つゆ》の後《あと》・梅雨明《つゆあ》くる・梅雨《つゆ》雷《かみなり》

梅雨が終わるのは、入梅からおよそ三十日後くらいであるが、当然のことながら年によって多少前後する。梅雨前線の北上により、南から北へと順に明けてゆく。例年の平均では、那覇が六月二十三日、東京が七月二十日、青森が七月二十七日。蟬《せみ》の声や雲の様子で梅雨明けを実感することが多い。垂れ込めていた暗雲が去り、高い空に刷毛《はけ》で刷《は》いたような筋雲が流れると、いよいよ夏である。

関連 梅雨《つゆ》→029

雲はうて梅雨あけの嶺遠からぬ　飯田蛇笏
梅雨明けぬ猫が先づ木に駈け登る　相生垣瓜人
陋巷やどやらかうやら梅雨の明け　小川素風郎

▼この雲は筋雲。嶺々《みねみね》も梅雨時よりぐんと近づく。▼軽やかな猫の動きによって、最も梅雨明けを実感する。▼「陋巷《ろうこう》」とは、狭くむさくるしい町をいう。路地裏の低い軒から空を見上げているような庶民的実感にあふれた句。

冷夏《れいか》　晩夏

夏寒《なつさむ》し・夏寒《なつさむ》・冷害《れいがい》

梅雨寒《つゆざむ》のような、夏であっても冷え込む日が続く異常気象をいう。北のオホーツク海高気圧と南の太平洋高気圧の力のバランスが崩れるために起きる現象で、北海道、東北に多く見られる。低温や日照時間不足の結果、稲の穂孕《ほばら》みの機を逸し、冷害を招くおそれがある。近年、品種改良や農業技術の進歩によって被害は減少したとはいえ、やはり不安な気候である。

夏寒や煤《すす》によごるる碓氷村　室生犀星

深草の梅の月夜や竹の闇：深草は京の南、月の名所で名高い歌枕。

夏の暁

壁面に黒塗られゆく寒い夏　佐藤鬼房

城あれば牢ある国の夏寒き　村松紅花

▼碓氷《うすい》峠を越えて軽井沢（長野県）まで、アプト式鉄道を蒸気機関車が登っていた頃の光景。▼黒によって、心象風景が寒々しくやるせなく翳《かげ》ってゆく。▼城と牢《ろう》は、歴史の栄光と闇の象徴。その陰の部分に心をとめたゆえの季語。

夏《なつ》の暁《あかつき》

三夏　夏の夜明《よあけ》・夏暁《なつあけ》・夏未明《なつみめい》

暁とは明時《あかとき》から転じた言葉で、古くは宵・夜中に続く夜明け前の暗いうちをさした。しかし「あか」という音からは、夜が明けようとする明るさが思い浮かぶ。夏の夜明けは早い。明け方の空気の心地よさは、日中の暑さを避けて活動を始める気を起こさせる。暁の爽快さは四季を通じて夏が一番である。

聖病院夏の夜あけに子を賜ふ　山口誓子

夏未明音のそくばく遠からぬ　野澤節子

▼子の誕生とともに夏の夜が明けてゆく。一日の暑く眩《まぶ》しくなる予感。▼夜の明けぬうちから人々の動き出す音が聞こえてくる。耳を澄ます作者から遠からぬ場所で起こる音は、ありふれた生活の音。

炎《えん》昼《ちゅう》

晩夏　夏真昼《なつまひる》

真夏の灼《や》けつくような暑い昼をいう。+炎天の「炎」と真昼の

月渓《げっけい》▶宝暦2年（1752）—文化8年（1811）松村氏。蕪村に画・俳を学ぶ。画号は呉春。「四条派」の祖。

「昼」を合成した季語で、山口誓子の句集『炎昼』（昭和十三年刊）によって一般的になった。意味は「日盛《ひざかり》」に近いが、語感の強さもあって強烈な暑さを印象づける。

夏真昼禱れる眼窩暗うして　中村草田男
炎昼のおのれの影に子をかくす　日下部宵三
炎昼の黒牛舌を見せず食む　櫻井博道

▼夏の真昼に捧《ささ》げられる静かな祈り。暗い「眼窩《がんか》」に祈りの深さが思われる。▼「かくす」の一語に、父親たらんとする心情がみなぎる。▼黙々と草を食む牛の黒く艶やかな姿に、生命力とともに生きる哀れが思われる。

夏《なつ》の夕《ゆう》《ゆふ》

三夏

夏夕《なつゆう》べ・夏《なつ》の暮《くれ》

夕暮時の長さや、夕方の風の心地よさを最も意識するのは夏である。昼間の暑さゆえに、夕方を待つ思いがどの季節よりも強い。日が落ちてから庭に出て草花に水を撒《ま》いたり、道に打水《うちみず》をしたりする。ほっとした気分に、人々の心が寛《くつろ》ぐ時でもある。

夏夕べ蝮《まむし》を売つて通りけり　村上鬼城
明るくて夏の夕餉はすでに終ふ　山口波津女

▼古来、蝮は強壮剤として用いられたので、こうした売り声も聞かれたのだろう。物売りも夏は夕方になってから売り歩く。▼明るいうちに夕餉《ゆうげ》（夕ご飯）が終わってしまったことに、季節の実感が強く湧く。

夏《なつ》の夜《よ》

三夏

夜半《よわ》の夏《なつ》・夏《なつ》の宵《よい》

清少納言は『枕草子《まくらのそうし》』で「夏は夜」と、その情趣を讃《たた》えている。蛍が飛び交うのも夏の夜であれば、涼みがてら夜更かしをしてしまうのもこの季節。昼間が暑いだけに夜になってから出歩く人々も多い。夜祭や夜店、花火など、夜風の心地よさを楽しみながら興ずることも多い。海辺や行楽地など、若者の夜遊びも夏が最も盛ん。

夏の夜や雲より雲に月はしる　闌更
夏の夜の湖白し松の間　佐藤紅緑
病院の廊下鏡の夜半の夏　中村汀女

▼月も明るく軽やかな感じ。走るがごとく流れているのは夜目《よめ》にも白い雲。▼明易《あけやす》のイメージのせいか湖面が白く見える。松の影が涼しげ。▼病院の廊下のつきあたりの大鏡に映る夏の夜のあれこれ。眠れない作者。

短《みじか》夜《よ》

三夏

短夜《たんや》

暮れたかと思うと、たちまち明ける夏の夜のこと。東京では夏至の日の出は午前四時半頃、日の入りは午後七時頃。昼は十四時間半もあるのに夜は九時間半しかない。春分を過ぎると、夜よりも昼のほうが長くなるが、春のうちは「日永《ひなが》」といい、立夏を過ぎると「短夜」という。春は昼が長く

うら枯れの中に水なき大河かな：この枯れ果てた風景は作者の寂寥の心象風景であろう。

なって暖かくなるのを歓迎し、夏は涼しい夜が短くなるのを惜しんでそう呼ぶ。関連 日永《ひなが》→春／夜長《よなが》→秋／短日《たんじつ》→冬

みじか夜や浅井《あさゐ》に柿の花を汲《くむ》　蕪村
短夜のあけゆく水の匂かな　久保田万太郎
短夜のつぎつぎ暁ける嶺の数　飯田龍太
短夜の明けゆく波が四国より　飯田龍太
短夜のカーテンコール続きけり　山田佳乃

▼井戸の釣瓶《つるべ》を引き上げると、薄緑色の柿の花が浮かんでいる。▼水のように明けゆく短夜。匂いだけでなく色も感じさせる。▼朝日を受けて輝く日本列島の山々。▼波の寄せてくる沖のかなたに四国がある。▼オペラだろうか。素晴らしい演奏に、時を忘れて楽しむ姿が表現されている。

明易《あけやす》　三夏

明易《あけやす》し

「短夜《みじかよ》」のことを「明易」ともいう。意味は似ているが、短夜は夜、明易は夜明けに重心がある。さらに明易という言葉は短夜よりもやわらか。日本語は意味よりもこうした風合いが大事。

廻廊に夜の明けやすし厳島　涼菟
明易や花鳥諷詠南無阿弥陀　高浜虚子
明易くなほ明易くならむとす　谷野予志
明け易くむらさきなせる戸の隙間　川崎展宏
虚子に会ひ得たる今生明易し　安原葉

▼夜明けの波の騒ぐ厳島《いつくしま》神社(広島県)の朱の神殿。▼虚子は「俳句は花鳥諷詠《かちょうふうえい》の文学」と唱えた。▼夜ごとに短くなる夏の夜。▼閨《ねや》の闇に浮かぶ一筋の紫色の光。▼虚子に直接師事した喜びが、季題を通して伝わってくる。虚子の句も思い出す。

土用《どよう》　晩夏

土用入《どよういり》・土用太郎《どようたろう》・土用次郎《どようじろう》・土用三郎《どようさぶろう》・土用東風《どようごち》・土用明《どようあけ》

土用の丑《うし》の日と聞くだけで一年の最も暑い日と思うほど、立秋前の約十八日間の土用が知られているが、本来は、四季の最後の約十八日間をさす。陰陽五行説では、春夏秋冬を「木・火・金・水」の要素が支配し、各季の終わりを「土」が支配すると考える。土用の入り(七月二十日頃)を「土用太郎」、二日目を「次郎」、次いで「三郎」と呼び、暑気盛んな頃をあらわす季語となった。関連 土用波《どようなみ》→048／土用鰻《どよううなぎ》→215

すつぽんに身を養はん土用かな　松根東洋城
子を離す話や土用せまりけり　石橋秀野
働いて飯食ふ土用太郎かな　ながさく清江

▼この時期、鼈《すっぽん》や鰻《うなぎ》を食べるのは、暑気に負けそうな身を励ます人間の知恵。▼作者は結核で病臥《びょうが》の日々。一人子は四歳。苛烈な暑気は人生の決断をも迫る。▼土用を乗りきろうとする健やかな実感。

盛夏《せいか》　晩夏

夏旺《なつさか》ん・真夏《まなつ》・真夏日《まなつび》

夏の盛り、すなわち暑さの盛りでもある。気温は連日三〇度

月居《げっきょ》▶宝暦6年(1756)—文政7年(1824)江森氏。蕪村に師事。放埒《ほうらつ》無頼な言動で同門から疎まれた。

を超え、気象用語でいう「真夏日」がしばらく続く。最高気温だけを見れば立秋後も暑さは衰えないが、盛夏は立秋の前日まで。梅雨明け以後の夏の最後の日々が日本の夏の盛りということになる。自然界のエネルギーがみなぎりあふれる季語。

盧の盛夏窓縦横に太き枝　飯田蛇笏
日時計に狂ひなし夏旺んなり　山口波津女
雲にはや真夏の光シーツ干す　長谷川櫂

▼「盧《ろ》」とは小さく粗末な家。謙遜《けんそん》の表現だが、窓から見える光景は豪快。▼日時計が正しく示すのは時刻だけでなく、自然の運行そのものでもある。▼こんな日はシーツもすぐに乾く。その白も眩《まぶ》しい。

三《さん》伏《ぷく》

晩夏

初伏《しょふく》・中伏《ちゅうふく》・末伏《まっぷく》

中国の陰陽五行説の区分によると、夏至ののちの第三の庚《かのえ》の日を「初伏」、第四を「中伏」、立秋後の最初の庚の日を「末伏」といい、あわせて「三伏」と呼ぶ。酷暑の候にあたり、この語感から、万象が苛烈な暑気に伏すようなイメージがあるが、本来、「伏」とは火の季である夏に、金の季である秋の気が伏し隠れる意。『徒然草《つれづれぐさ》』一五五段の一節にも「夏より既《すで》に秋は通ひ」とある。

三伏や用ゐ馴れたる腹ぐすり　小松月尚
三伏の夕べの星のともりけり　吉岡禅寺洞
家貧して三伏縮む生活あり　石塚友二
三伏の折しも風の大手町　正木ゆう子

▼暑中たびたび下痢をしたということ。酷暑に誰もが体験していること。▼「ともりけり」から、暑い一日の終わりの安堵《あんど》感が伝わってくる。▼身が縮む思いと、生活《たつき》そのものの縮小とが含まれている。▼東京の大手町はオフィス街だが、この句に人影はない。

暑《あつ》し

三夏

暑《あつ》さ・暑《しょ》・暑苦《あつくる》し・暑気《しょき》・暑熱《しょねつ》

「暑し」といえば、日本では、単に気温が高いというだけでなく、湿度が加わって蒸し蒸しする暑さのことをいう。その暑さも季節とともに移り変わる。「春暑し」は立夏（五月五日頃）までの春の暑さ、「薄暑《はくしょ》」は初夏にうっすらと感じる暑さ、「極《ごく》暑《しょ》」は真夏の厳しい暑さ、「炎暑《えんしょ》」は太陽が照りつけて燃えるような暑さ、「溽暑《じょくしょ》」はじっとりとして肌がべたべたする暑さ、「秋暑《しゅうしょ》」「残暑《ざんしょ》」は立秋（八月八日頃）以後の秋の暑さ。暑さは日本人にとって切実な問題なので、これほど細かく使い分ける。

関連　春暑《はるあつ》し→春

石も木も眼に光る暑さかな　去来
ただ居りて髪をあつがる遊女かな　路通
大蟻《おほあり》のたたみをありくあつさ哉《かな》　士朗
大空の見事《みごと》に暮る暑哉《あつさかな》　一茶

▼炎天下、何もかも輝いている。▼あのたいそうな髷《まげ》が何もしなくても暑い。▼畳を歩き回る蟻の足音が聞こえる。▼真っ青なまま暮れてゆく夏の夕空。

人音のやむ時夏の夜明哉：眠れない耳が鋭敏にとらえた夏の夜明けの様子。

暑《あつ》き日《ひ》

三夏　暑《あつ》き夜《よ》

暑い太陽をいう場合もあれば、暑い一日をいう場合もある。後者の場合、夜になっても暑さは衰えないので、「暑き夜」と詠《よ》むこともある。一日中、暑いのである。近年は最低気温が二五度以上の夜を「熱帯夜《ねったいや》」と呼び、年々その日数は増えてゆくので、これを季語として詠んだ句も見かける。しかし、語感に詩情が欠けることは否めない。

暑き日を海に入れたり最上川《もがみがは》　芭蕉
暑き日は暑きに住す庵かな　高浜虚子
あつき夜をのゝしりいそぐ女かな　石橋秀野

▼暑い日輪《にちりん》を詠んだもの。『おくのほそ道』の途上の句だが、日没とともに、暑い一日の終わりをも暗示している。▼冷房をがんがん利かせるというのではなく、暑いなりの過ごし方を心がけようという自然随順の暮らしぶり。▼その言動は口汚なく捨て鉢でも、詠み方で俳句になる。表現の妙。

大《たい》暑《しょ》

晩夏

二十四節気の一つ。七月二十三日頃にあたる。夏至のあと「小暑《しょうしょ》」「大暑」と続くのは、冬至のあと「小寒《しょうかん》」「大寒《だいかん》」と移りゆくのと同じ。この峠を越えると次の季節の入り口となる。このあと立秋までの約十五日間が暑さの最も厳しい時。入道雲が湧き上がり、雷雨をもたらすのもこの時期。関連 雲《くも》の峰《みね》→022／雷《かみなり》→037

念力のゆるめば死ぬる大暑かな　村上鬼城
兎も片耳垂るる大暑かな　芥川龍之介
青竹に空ゆすらるゝ大暑かな　飴山實

▼念力をもって大暑に立ち向かわねば生き続けられぬほどの身の衰え。▼字足らずだが「も」の後に耐えきれず洩《も》らした吐息のような軽い間がある。▼青竹の先端のゆらぎを、青空をゆすっているかのようにあらわした。

炎《えん》暑《しょ》

晩夏　炎熱《えんねつ》・極暑《ごくしょ》・溽暑《じょくしょ》

この時期の暑さをあらわす言葉は「極暑」「酷暑」「猛暑」「劫《ごう》暑《しょ》」など強烈な語が多いが、これもその一つ。ただ暑いというだけではとてもあらわしきれない思いが、これらの形容を生み出したのだろう。体感に訴える気温の高さだけでなく、視覚的な眩《まぶ》しさをも含んだ季語。

城跡といへど炎暑の石ひとつ　大木あまり
炎熱や勝利の如き地の明るさ　中村草田男

▼城跡に残ったものは石一つ、それも炎暑の石。みごとな滅びざま。▼炎熱を視覚的に表現した句。雄々しく晴れやかな大地の明るさを「勝利《しょうり》」という比喩が語る。この句によって草田男《くさたお》忌《き》を炎熱忌とも呼ぶ。

蓼太《りょうた》▶享保３年（1718）―天明７年（1787）大島氏。雪門を継承、中興期江戸俳壇において圧倒的な勢力を誇った。

灼《や》くる

晩夏

灼岩《やけいわ》・灼砂《やけすな》・熱砂《ねっさ》

灼熱《しゃくねつ》の太陽に照らされて、熱くなった万物をいう。砂浜を裸足《はだし》で歩くと火傷《やけど》しそうに熱い。日向《ひなた》に駐車しておいた自動車のボンネットは、火にかけたフライパンのよう。舗装路や石畳も岩も、じりじりと太陽に灼かれている。近年用いられるようになった季語。

柔かく女豹がふみて岩灼くる　富安風生
砂丘灼けつつひにひとりの影尖る　山口草堂
おのれ吐く雲と灼けをり駒ヶ嶽　加藤楸邨
石垣はしづかに灼けて我が立つ影　高柳重信

▼灼けた岩にしなやかに足を置いた女豹《めひょう》の一連の動き。▼ついに独りとなった自分の影の鋭さ。灼けた砂丘が孤独感を強調している。▼山頂の岩はもちろん、雲まで熱をもつ。▼動かぬ影も静かに灼けている。

涼《すず》し

三夏

涼《りょう》・涼気《りょうき》・涼味《りょうみ》・朝涼《あさすず》・夕涼《ゆうすず》・宵涼《よいすず》し・晩涼《ばんりょう》・夜涼《やりょう》・涼夜《りょうや》

蒸し暑い日本では、夏は生活や文化のすべてにおいて涼しさが第一とされる。ある人が千利休《せんのりきゅう》に夏と冬の茶の湯の極意を尋ねたところ、利休は「夏はいかにも涼しきやうに、冬はいかにもあたゝかなるやうに、炭は湯のわくやうに、茶は服(飲み口)のよきやうに、これにて秘事はすみ候」(『南方録《なんぽうろく》』)と答えた。涼しさは一日の時間帯によって呼び名が変わる。「夕涼」は夕べ(日の入り前)の涼しさ、「宵涼し」は宵(日の入り後、間もない頃)の涼しさ、「晩涼」は晩(夜のうち、真夜中まで)の涼しさ、「夜涼」は夜(宵と暁の間)の涼しさ。夏の涼しさは立秋を境にして改まり、「新涼」となる。 関連 新涼《しんりょう》→秋

此《この》あたり目に見ゆるものは皆涼し　芭蕉
涼しくも野山にみつる念仏《ねぶつ》哉《かな》　去来
涼しさや鐘をはなるるかねの声　蕪村
下々《げげ》も下々下々の下国《げこく》の涼しさよ　一茶
住吉の松の下こそ涼しけれ　武藤紀子
涼しさのとりことなつてゐる旅路　奥田好子

▼長良川《ながらがわ》のほとりにあった、岐阜の油商人の別荘。▼京の真如堂《しんにょどう》で、信濃《しなの》・善光寺の如来が開帳された時の句。仏の徳を讃《たた》える。▼鐘を離れてゆく鐘の音を心に思い描く。▼奥信濃の温泉での句。最下級の国とは謙遜《けんそん》。何はばかることなく、寛《くつろ》いでいるところ。▼大阪の住吉《すみよし》大社の松を讃え、住吉明神を讃える。▼夏の暑い場所を避けて、涼しい場所への旅。実感が読者にも伝わってくる。

夏《なつ》の果《はて》

晩夏

夏果《なつはて》・夏終《なつお》わる・ゆく夏《なつ》・夏惜《なつお》しむ

夏の終わり。立秋間近とはいえ、暑さは衰えを見せず、日射しも強くしぶとい。したがって、過ごしやすい季節の終わりとは異なる思いがおのずと湧く。厳しい暑気も終わりが見えてきた安堵《あんど》感のほうが強い。しかし、長かった夏休みが終わ

鶏頭や色深ければ蝶も来ず：鮮やかな真紅に蝶も寄ってこない。鶏頭の存在感。

る時や、夏期旅行の終わり、避暑地を去る時などは、なんとも名残惜しい。

水は水洲は洲の夏の果つるかな　久保田万太郎
夏果ての木戸や垣根や繕はず　永井東門居
夏惜しむ岬の先に火を焚きて　遠藤若狭男

▼夏の間に水に運ばれてできた砂州にも、水と同様の季節の終わりの表情が見てとれる。▼傷んだ木戸や伸び放題の垣根のありようも夏の果て。▼キャンプファイヤーか。過ぎゆく夏を惜しむ思いが湧く。

【秋《あき》近《ちか》し】 晩夏

秋《あき》を待《ま》つ・秋隣《あきどなり》・秋《あき》の隣《となり》

連日の暑さに喘《あえ》ぎつつも、空の彼方に鱗雲が現われたりすると、秋が近づいているのを感じる。盛んに鳴きたてる蟬《せみ》の声につくつく法師の声がまじっているのを聞く時、夜明け前や夕方に蜩《ひぐらし》の声を聞く時、「秋の隣」にいることを知る。早く秋がきてほしいと待つ心で五感を研ぎ澄ませて過ごしていると、その気配を感じることができる。

秋近き心の寄るや四畳半　芭蕉
物の葉のそよぎに浜の秋近し　里紅
草庵の壁に利鎌や秋隣　飯田蛇笏

▼心知る少人数の席。秋の気配を感じ取った芭蕉最晩年の作の一つ。▼何の葉と限定せず、そこらの雑草のそよぎに耳を傾けて気づいた季節の気配。▼「利鎌《とがま》」は鋭い鎌。研ぎ澄まされた刃物の光に「秋隣」を実感。

【夜《よる》の秋《あき》】 晩夏

晩夏、日中はうだるように暑いのに、夜になると、秋の兆しが漂う。これが「夜の秋」。夏の夜に感じる秋の気配という意味であり、秋の夜のことではない。無事、夏の峠を越えた安らかな心持ちがこもる。秋は四季の中で春とともに過ごしやすい季節だからこそ、その訪れを待ちわび、その去りゆくを惜しむ。このように「待つ」は「惜しむ」と一対の感情。「夜の秋」という季語はその秋を待つ心の一つのあらわれ。関連 秋《あき》の夜《よ》↓秋

西鶴の女みな死ぬ夜の秋　長谷川かな女
凭り馴れて句作柱や夜の秋　松本たかし
灯の下の波がひらりと夜の秋　飯田龍太
夜の秋ホテルのキーを受けとれば　今橋眞理子

▼「お夏清十郎《なつせいじゅうろう》」のお夏をはじめ、恋に殉《じゅん》じる女たち。▼凭《もた》れると、必ず句の浮かぶ柱があるのだ。▼船の明かりに照らされる夜の波頭。▼晩夏になると、夜は少し秋の雰囲気が漂ってくる。旅への期待感が伝わってくる。

完来《かんらい》▶寛延元年 (1748)—文化 14 年 (1817) 大島氏。津藩士。蓼太に師事、その養子となり雪中庵を継承。

【夏《なつ》の日《ひ》】

三夏　夏日《なつび》・夏日影《なつひかげ》

夏の一日、夏の太陽、夏の日射しの三通りの意味をもつ。何を意味するかは句の内容による。天気予報で聞かれる夏日《なつび》とは、最高気温が二五度以上の日をいうが、季語として用いる場合は気温より実感を優先する。「夏日影」は夏の日の光をさす。星影、月影というごとく、「影」という語には、「光」そのものの意味もある。

夏の日を或る児は泣いてばかりかな　中村汀女
岩を攀《よ》ぢ天の夏日の小さゝよ　石橋辰之助
硬きまで乾きしタオル夏日にほふ　篠原梵

▼夏の一日、泣いてばかりいる幼子もいる。あわれを嘆ずる母性の句。▼太陽そのものを詠んだ、登攀《とうはん》中の作。▼夏の日射しに乾いたタオルに顔を埋めると、その匂いが心地よい。触覚と嗅覚《きゅうかく》に訴えてくる句。

【夏《なつ》の雲《くも》】

三夏　夏雲《なつぐも》・夏雲立《なつぐもた》つ

夏空の雲全般をいう。盛んな上昇気流によって生じることが多く、積雲や積乱雲がその代表的なもの。積雲は綿雲《わたぐも》の別名があるように、一つ一つがくっきりと綿のように浮かび、しだいに上へ盛り上がり、夕方には姿を消す。青天に白く輝く雲は生命力にあふれている。

あるときは一木に凝り夏の雲　原裕
夏雲群るるこの峡中に死ぬるかな　飯田蛇笏
父のごとき夏雲立てり津山なり　西東三鬼

▼時空を切り取って夏の雲の質感をあらわした句。▼綿雲が山に挟まれた峡谷の細長い空に群れる、印象鮮明な句。作者は甲斐《かい》に生まれ、甲斐に生涯を過ごした。▼夏雲を父のようだと見た比喩の冴《さ》え。津山《つやま》(岡山県)は作者の故郷であり、墓所でもある。

【雲《くも》の峰《みね》】

三夏　積乱雲《せきらんうん》・入道雲《にゅうどうぐも》・雷雲《らいうん》・峰雲《みねぐも》・坂東太郎《ばんどうたろう》・丹波太郎《たんばたろう》

積乱雲を山にたとえて、「雲の峰」という。東晋《とうしん》の文人画家顧《こ》愷之《がいし》の「神情詩《しんじょうし》」に、「春水《しゅんすい》、四沢《したく》に満《み》ち　夏雲《かうん》、奇峰《きほう》多《おお》し　秋月《しゅうげつ》、明輝《めいき》を揚《あ》げ　冬嶺《とうれい》、孤松《こしょう》秀《ひい》づ」とあり、夏の雲を、奇怪な山が立ち並ぶようだと形容している。ここから誕生した季語。まさに真っ白に輝く夏の象徴である。雷を鳴らす「雷雲」も、夕立を降らせる「夕立雲」も、この雲。

雲の峰幾《いく》つ崩《くずれ》て月《つき》の山《やま》　芭蕉
しづかさや湖水《こすい》の底の雲のみね　一茶
ぐん〳〵と伸び行く雲の峰のあり　高浜虚子
厚餡割ればシクと音して雲の峰　中村草田男
一隅を展げ青空雲の峰　河野美奇

▼『おくのほそ道』月山《がっさん》(山形県)での句。昼間の雲の峰は崩れ、今は月が月山を照らしている。▼湖水に映る雲の峰。深閑たる夏の真昼。▼みるみるうちに伸びる今朝の入道雲。▼「シク」という幽

白魚や小さい腹に江戸の水：花のお江戸の水をたっぷり飲んだ白魚を囃《はや》しているのだ。

かな音のかなたに、雲の峰が感じられる。▼だんだんと雲の峰が天に展《ひろ》がってゆく姿と青空との対比がダイナミックである。

【夏《なつ》の月《つき》】 三夏

月涼《つきすず》し・夏《なつ》の霜《しも》

夏の夜空に涼しくかかる月。月は年中見られるが、季節によってその印象が異なる。秋は皓々《こうこう》と澄みわたり、冬は氷のように凍《い》て、春は朧《おぼろ》に潤《うる》み、夏は涼しげに輝く。「月にえをさしたらばよき団哉《うちはかな》」（宗鑑）も、「涼しさのかたまりなれやよはの月」（貞室）も、夏の月の涼しさを讃《たた》える句。 関連 月《つき》→秋

蛸壺《たこつぼ》やはかなき夢を夏の月　芭蕉
夏の月ごゆより出《いで》て赤坂や　芭蕉
市中《いちなか》は物のにほひや夏の月　凡兆

▼蛸壺の中に入って、夏の短夜の月のような束《つか》の間《ま》の夢を貪《むさぼ》るうちに捕らえられてしまう蛸。▼御油《ごゆ》と赤坂（愛知県）の間は一・七キロしかない。東海道の中で最も短い区間。短夜の月が照らすのも、束の間のこと。▼京の町なかにはものの匂いがたちこめているが、空には月が涼しげにかかっている。

【梅《つ》雨《ゆ》の月《つき》】 仲夏

梅雨の時期は、雨が降らないまでも雲に閉ざされていることが多いので、ほとんど月を見ない。それだけに、雨雲の間に浮かぶ月は印象的である。多くは雲間に滲《にじ》んで見えるが、時には雨後の空に満月が輝いていることもある。蒸し暑く、じめじめした夜半に見える月は、不気味な感じがすることもある。他の季節に見る月より表情豊かである。

わが庭に椎の闇あり梅雨の月　山口青邨
春の月ありしところに梅雨の月　高野素十
梅雨の月なましらけつつ上りけり　野村親二
乾坤《けんこん》の闇一痕の梅雨の月　福田蓼汀

▼椎《しい》の大木の抱える闇が、梅雨の月により強調される。▼同じ場所に同じ月。ただ季節だけが確実に移っている。▼月の色だけでなく、何となくしらけた表情まで描いた句。▼音読すると、角ばった音が闇の確かさを伝える。この月は細い月か。

【夏《なつ》の星《ほし》】 三夏

夏星《なつぼし》・星涼《ほしすず》し・梅雨《つゆ》の星《ほし》

星は四季を通じて見られるものだが、人が最も夜空を仰ぐ季節は夏ではないだろうか。暑い一日の終わり、しのぎやすい野外に出て星を眺める。夏休みの旅行先で都会では見られないような星空に出合う。星の輝きの印象と夜風の涼しさとが相まって「星涼し」という季語も生まれた。「梅雨の星」は、梅雨時の晴れ間の夜に見える星のこと。夏の星座でよく知られているのは南に低く横たわる蠍《さそり》座。射手《いて》座、白鳥座なども探してみよう。

夏の星影なつかしもくれかかる　鬼貫
夜明前夏星のせて忘れ潮　秋元不死男

寥松《りょうしょう》▶宝暦 10 年（1760）—天保 3 年（1832）巒《みね》氏。蓼太門。江戸で活躍。豊かな財力をもち不自由がなかった。

星涼しアンデルセンの童話など　星野麥丘人

▼「星影」は星の光。暮れかかる空にいち早く輝くのは金星か。▼「忘れ潮」は潮が引いた後に岩間に残るわずかな水。そこに夏の星を涼しげに宿す。▼星の涼しさにアンデルセン童話を思い出したか、どんな話か想像がふくらむ。語っているか。どんな話か想像がふくらむ。

【南風《みなみ》】三夏

大南風《おおみなみ》・南風《みなみかぜ》・南風《なんぷう》・南吹《みなみふ》く・正南風《まみなみ》・海南風《かいなんぷう》・はえ・まじ

夏の季節風。四月頃から八月頃にかけて、湿った暖かい風が南から吹き続ける。強風になると「大南風」と呼ぶ。関東以北の太平洋沿岸では「みなみ」と呼ぶが、他の地方では「はえ」「まじ」などと呼ぶ。いずれも海上で働く人や海辺で暮らす人が使ってきた言葉が季語として用いられるようになったもの。晴天の穏やかな風は順風として船乗りに喜ばれる。

関連　東風《こち》→春／北風《きたかぜ》→冬

日もすがら日輪くらし大南風　高浜虚子

南風のおもてをあげてうたふかな　木下夕爾

南風の浪渚大きく濡らしたる　清崎敏郎

▼一日中、大南風が吹き渡る。そんな日は大海の湿気によって太陽が暗い。▼南風《なんぷう》に真向かって堂々と詠《うた》う姿が健康的。▼南風《はえ》に押されるように打ち寄せた浪《なみ》が渚を大きく濡らした。「たり」と言い切っていないため、まだ濡れ濡れとした渚が眼前に広がる。

【やませ】三夏

山瀬風《やませかぜ》・山背風《やませかぜ》

五、六月頃、オホーツク海高気圧が発達して三陸沖まで及び、冷たく湿った風を吹かせる。名の由来は、山を越えて吹く風から。北東風または東風で、濃霧が発生し日照時間も減り、冷害を起こすので農業関係者に恐れられてきた。とくに長く吹き続ける「七日やませ」は嫌われる。西へ行くに従って吹く季節が遅れ、北陸では秋、山陰では冬の風を同じ名で呼ぶが、季語としては夏の寒い風。

やませ吹く風垣砂垣縦横に　村上しゆら

やませ来るいたちのやうにしなやかに　佐藤鬼房

山瀬《やませ》風くるほとけに巨き絵蠟燭　澁谷道

▼風垣《かざがき》も砂垣も自然の脅威の前にはなすすべもなく、はかなげ。▼まがまがしい風を生き物のように感じた作者は岩手県釜石《かまいし》の出身。▼太く豪華な絵蠟燭《ろうそく》に人間の祈りがこめられている。

【黒《くろ》南《は》風《え》】仲夏

黒《くろ》ばえ・荒南風《あらはえ》

夏の季節風である南風を「はえ」と呼ぶが、その中でも梅雨時の南風をいう。長雨が続く頃の空の暗さを色であらわすと黒というわけだろう。柔らかな湿った風であるが、低気圧の通過で強く吹く時は「荒南風」と呼ぶ。もともとは伊豆《いず》・鳥羽《とば》地方の漁師の言葉からきたもの。これに対して梅雨明け以降の明るい南風は「白南風《しろはえ》」という。

黒南風や島山かけてうち暗み　高浜虚子
黒はえにうろくづ匂ふ漁村かな　青木月斗
黒南風が殖え老斑が殖えにけり　相生垣瓜人
黒南風に落着きのなき風見鶏　山下美典

▼梅雨時の浜辺に出て見渡した時の実感。黒南風の語の源を知る思い。▼「うろくづ」とは「魚」の古語。湿った海風の匂い。▼増殖するもののように風を体感し、肌の老いを自嘲気味に詠んだ。▼梅雨の頃の湿った風が風見鶏に吹きつけている。梅雨のうっとうしさが見て取れる。

白南風《しろはえ》

晩夏

しろばえ・しらはえ

梅雨が明けた後の、盛夏の季節風のこと。南東から吹く梅雨のさなかの風を「黒南風《くろはえ》」と呼ぶのに対し、明るく輝かしい季節感をこめて「白」を冠した。雲の色、空の色に敏感だった古人の実感が託された呼び名である。梅雨の晴れ間に吹く明るい風をいう場合もあるが、うっとうしい雨雲を吹き払い、新たな季節を運んでくる風という思いが強い。

白南風や犇《ひし》めく鰹の尾　瀧春一
白南風の木々立直る遑《いとま》なし　石塚友二
白南風にかざしてまろし少女の掌　楠本憲吉

▼無造作に投げ込まれた鰹《かつお》の尾が豊漁を語る。▼立ち直る遑がないとは、吹かれづめの状態をいうが、木々は白南風を喜んでいる感じ。▼明るい風にかざした少女の手も白く初々《ういうい》しい。眩《まぶ》しげなまなざしも見えてくる。

茅花流し《つばなながし》

初夏

筍流し《たけのこながし》

「茅花」は茅萱《ちがや》の花穂《かすい》のこと。銀白色の穂が野に一斉になびくさまは、日本の田園風景の一つ。「流し」は湿気を含んだ南風のことで、茅花を吹き渡る頃は「茅花流し」、筍が生える頃には「筍流し」と呼ばれて同じく夏の季語。夏の風はおよそ南から吹くが、地上の風物の時期に合わせてこまやかに呼び名を変えるのは、日本人の風流心のあらわれといえよう。

関連　茅花《つばな》→春

茅花流し水満々と吉野川　松崎鉄之介
もう一度つばな流しに立ちたしよ　角川照子

▼茅花の銀色が豊かな光を溜《た》めてたなびくかたわらに、吉野川《よしのがわ》（高知県・徳島県）が水かさを増して流れ続ける。土地誉《ほ》めの趣のある句。▼懐旧の思いから発した句。茅花流しの光景の中に過去の自分の姿を置いている。

茅花流し

大江丸《おおえまる》▶享保７年（1722）―文化２年（1805）大坂の飛脚問屋を業とした。軽妙自在な独特の俳風。

青嵐《あおあらし》《あをあらし》

三夏

青嵐《せいらん》

緑の草木をなびかせて吹く夏の強い風。気圧配置が不安定な時に吹く風で、南風(太平洋高気圧から吹く風)とはかぎらない。また、南風はそよそよと吹く風だが、それよりはるかに強い風である。中国では青々と茂る山の気を「青嵐《せいらん》」と呼ぶが、日本では草木を吹く風の意味に使う。一方、晴れた日の霞を「晴嵐《せいらん》」といい、これと混同しないように「青嵐」は「あおあらし」と読むことが多い。

長雨の空吹き出だせ青嵐　素堂
其の中に楠高し青嵐　正岡子規
大いなる仏顔打つて青嵐　福田蓼汀
青嵐雀の喧嘩空へ地へ　神蛇広

▼青嵐よ、雨雲を吹き払って青空を見せてくれ。▼他の木々にぬきんでて、豪快にそよぐ楠《くすのき》の大樹。▼容赦なく仏の顔にも吹き渡る。▼懸命に生きる雀たち。小さいながら激しい動き。

風《かぜ》《かぜ》薫《かお》《かを》る

三夏

薫風《くんぷう》・薫《かお》る風《かぜ》・風《かぜ》の香《か》・南薫《なんくん》

初夏に限らず夏の間中、使える季語だが、やはり初夏五月の柔らかな風の印象が強い。梅雨時の六月(仲夏)や猛暑の七月(晩夏)に「風薫る」といわれても、どうもしっくりしない。春には「風光る」という季語があるが、この視覚的な季語が立夏を境にして「風薫る」という嗅覚《きゅうかく》的な季語に変わる。薫風は木々を揺らし、若葉をそよがせて日本列島を夏の色に染めてゆく。

関連 風光《かぜひか》る→春

風かほる羽織は襟《えり》もつくろはず　芭蕉
有難《ありがた》や雪《ゆき》をかほらす南谷《みなみだに》　芭蕉
風薫るさとや千尋《ちひろ》の竹の奥　闌更
薫風《くんぷう》やともしたてかねついつくしま　蕪村
薫風に鉢巻なびく位置につく　竹下陶子

▼江戸初期の文人、石川丈山《じょうざん》が洛北に結んだ草庵詩仙堂《しせんどう》で、その肖像画を見て詠んだ一句。丈山の人柄を薫風のようと讃《たた》える。▼『おくのほそ道』の旅の途中、羽黒山《はぐろさん》(山形県)での句。夏なお雪の残る南谷を吹く薫風。▼薫風のゆらす竹林の奥深く、小さな村がある。▼薫風に煽《あお》られて消えそうな厳島《いつくしま》神社(広島県)の灯明。▼何かの競技かイベントであろう。きりりと締めた鉢巻と薫風の対比が絶妙。

涼《すず》風《かぜ》

晩夏

涼風《りょうふう》・風涼《かぜすず》し

夏の暑いさなかに吹く、一陣の涼しい風のこと。大気がすっかり涼しくなった秋の季語ではない点が、興味深い。暑いからこそ、ふと覚える風の涼しさが嬉《うれ》しいのである。敏感に感じとった涼しさは、ほんの一時《いっとき》のもの。

関連 涼《すず》し→020

涼風の曲りくねつて来たりけり　一茶
涼風や老師敬ふ弟子二人　深見けん二

風薫る

野逸《やいつ》▶享保８年（1723）—文化４年（1807）加藤氏。素堂以来の葛飾派の継承者。同門の一茶と親交が深かった。

涼風の一楽章を眠りたり　矢島渚男

▼真っ向から幅広く吹く風ではない点に、涼風らしさが出ている。▼老師と弟子の関係も、涼しいものであることが想像される。▼聴覚と皮膚感覚に訴えてくる心地よさ。まさに至福の時。

夕凪《ゆうなぎ》《ゆふなぎ》　晩夏

夕凪《ゆうな》ぐ・朝凪《あさなぎ》

海岸地帯の風は、昼間は海から陸へ吹き、夜はその反対の向きとなる。昼夜の風向きが変わる時、まったく風も波も凪《な》ぐ時間帯が生じる。夏は海水の温度が下がりにくく、日没から午後十時近くまで夕凪が続き、無風の暑さは耐え難い。朝も同じ現象(朝凪)が起きるが、夕凪のほうが強く印象づけられているせいか、句も多く詠まれている。

夕凪や仏づとめも真つ裸　宮部寸七翁

どの家もいま夕凪の伊予簾　今井つる女

朝凪や膝ついて選る市のもの　片山由美子

▼仏さまの前では身繕いをするものだが、夕凪の暑さにはそんなこともかまっていられない。▼伊予簾《いよすだれ》は愛媛産の篠《しの》で編んだ良質の簾。瀬戸内海の夕凪に耐える静けさ。▼海辺の朝市の光景が見えてくる。

風《かぜ》死《し》す　晩夏

盛夏に、それまで吹いていた風がはたと止む現象。蒸し暑さが著しく、息苦しさを感じることもあって耐えがたい。とくに関西方面の海岸地方で見られる現象で、朝凪《あさなぎ》、夕凪《ゆうなぎ》、土用《どよう》凪《なぎ》などはこの状態をいう。

合はせ酢をつくる厨に風死せり　岡本差知子

ピラミッドの影の頂点風死せり　見市六冬

▼嗅覚《きゅうかく》を生かした句で、「厨《くりや》」(台所)に立ち込める「酢」の匂いが蒸し暑さを強調。▼ピラミッドの濃い影によって、エジプトの乾いた大地と空気が思われる。

夏《なつ》の雨《あめ》　三夏

夏雨《なつさめ》・緑雨《りょくう》

五月雨《さみだれ》、梅雨、夕立など夏に降る雨は多いが、それ以外のふつうの雨。日本人は降る雨にも四季折々の情趣を感じとってきた。「春の雨」「秋の雨」「冬の雨」と他の季節に置き換えてみると、夏には夏の降りようと雰囲気があることに気づく。緑の濃くなる季節でもあるので、「緑雨」という色彩感覚に富んだ季語を用いる人も増えてきた。

着ながらにせんたくしたり夏の雨　一茶

太幹にはりつきし蝶や夏の雨　西山泊雲

夏の雨きらりきらりと降りはじむ　日野草城

▼びしょ濡《ぬ》れになってもかえってちょうどいい。こんなことが言えるのも夏ならでは。▼葉が茂っているので蝶《ちょう》はこうして雨をやり過ごすことができる。▼明るく降り注ぐ雨の様子を単純明快に描ききった。

卯《う》の花《はな》腐《くた》し

初夏

旧暦四月は卯月《うづき》、すなわち卯の花の月である。その頃、雨が降り続くと、卯の花を腐《くた》す(朽ちさせる)のではないかと、古人は心配した。白い卯の花が野山に咲き乱れる風景の記憶が人々の心から薄れるに従って、あまり使われない言葉となったが、雨にもこうした名前をつけた日本人のセンスは季語となって残っている。関連 卯《う》の花《はな》↓076

書淫の目あげて卯の花腐しかな　富安風生

一つ家のよよと卯の花腐しかな　深川正一郎

▼読書にふける目をあげると、相変わらず卯の花腐しが降り続いている。▼野中の一軒家の垣根に咲く白い卯の花。「よよと」は、泣く姿が思い浮かぶ言葉だが、そんな様子で濡《ぬ》れているのだろう。

走《はし》り梅《づ》雨《ゆ》

初夏

迎《むか》え梅《づ》雨《ゆ》・前《まえ》梅《づ》雨《ゆ》・梅《つ》雨《ゆ》の走《はし》り

五月末頃、まだ梅雨入り前なのに梅雨のような天候になることがある。このまま梅雨になるのかと思っていると、また、晴天が続いたりもする。そんな梅雨の前ぶれをいう。「はしり」とは物事のさきがけの意味なので、まだ本格的な梅雨の始まりというわけではない。しかし、遠からず梅雨に入るであろうという気配が感じられるので「迎え梅雨」ともいって、人々はうっとうしい梅雨の季節への心構えをする。関連 入《にゅう》梅《ばい》↓011

摂津より河内がくらし走り梅雨　米澤吾亦紅

五位鷺の声したたるや走梅雨　市村究一郎

こもりくの初瀬も梅雨のはしりかな　太田鴻村

▼やがて摂津《せっつ》も河内《かわち》も梅雨一色に染まる日がやってくる。▼五位《ごい》鷺《さぎ》の声にも水っぽさを感じる梅雨の前ぶれ。▼「こもりく」は初瀬《はつせ》(奈良県桜井市)にかかる枕詞《まくらことば》。山に囲まれた地の深く暗い緑が梅雨の気配をたたえる。

梅《つ》雨《ゆ》

仲夏

梅《ばい》雨《う》・黴《ばい》雨《う》・梅《うめ》の雨《あめ》・青《あお》梅《つ》雨《ゆ》・荒《あら》梅《づ》雨《ゆ》

日本の南方沖に停滞する梅雨前線によってもたらされる、雨が約一か月続く期間をいう。梅の実が熟する頃なので「梅雨」と書き、古くは「梅《うめ》の雨《あめ》」と詠まれた例もある。また、湿気のため黴《かび》が生えやすいことから「黴雨」とも書く。和歌や俳諧《はいかい》では「五月雨《さみだれ》」として詠まれていたが、大正以降、「梅雨」の語が盛んに用いられるようになった。「五月雨」が雨そのものをさ

名句鑑賞

ふところに乳房ある憂さ梅雨ながき　桂信子

自分の体の一部を憂しと感ずるのは、うっとうしい梅雨の季節ゆえである。雨の日々が続くからこそ、ふだんは意識しない乳房の存在を意識し、乳房をもつ身を憂く思う。乳房が女の身体の象徴であることを思う時、この句はたんなる体感を訴えたものではなくなる。女性であること自体をなさけなくつらく思う。存在の根源に触れた句といっても過言ではない。若くして夫と死別した作者の、三十代前半の作。句集『女身《にょしん》』の代表的作品でもある。［西村］

二柳《じりゅう》▶享保８年（1723）―享和３年（1803）勝見氏。蕉風復古を唱え諸国を行脚。芭蕉顕彰に功績を遺した。

すのに対し、「梅雨」は一つの季節という語感がある。関連 入《にゅう》梅《ばい》↓011／梅雨明《つゆあけ》↓014

家一つ沈むばかりや梅雨の沼　田村木国
わらうてはをられずなりぬ梅雨の漏　森川暁水
さよならと梅雨の車窓に指で書く　長谷川素逝
梅雨の犬で氏も素性もなかりけり　安住敦

▼大量の雨が降り続く様子を、家一軒を描くことであらわした。▼雨漏りが一か所なら笑ってもいられるが……。▼まるで映画の一場面のよう。その字を雨滴が消してゆく。▼濡れそぼった犬の情けない姿が見えてくる。

【空梅雨《からつゆ》】

仲夏

旱梅雨《ひでりづゆ》

梅雨なのに雨がほとんど降らないこと。通常ならば日本列島の南方沖に留《とど》まるはずの梅雨前線が、はるか南で止まってしまったり、早めに北上して雨をもたらさずに夏になってしまったりするのが原因。水不足で田植えに影響するほか、農作物に被害が出る。気候不順は人々に不安を与え、生活面にも心理面にも何らかの影響を及ぼす。

空梅雨の日輪病みて鶏鳴けり　高橋淡路女
空梅雨の月煌々とかなしけれ　深見けん二
デモの列に吾子はあらずや旱梅雨　角川源義

▼雨が降るべき季節に照る日輪は、どこか病的。時をつくる鶏の声も。▼美しいはずの月が哀しいのは、季節の恵みを受けて生きる存在ゆえの心情。▼父親としての恐れ、心配などを、「旱梅雨」が語っている。

【五月雨《さみだれ》】

仲夏

五月雨《さつきあめ》・さみだる・五月雨雲《さみだれぐも》・五月雨傘《さみだれがさ》

六月に降る長雨を「梅雨《つゆ》」と呼び、「五月雨《さみだれ》」とも呼ぶ。この「さみだれ」は「田の神（サガミ）の水が下垂《したた》る」という意味。旧暦五月にあたるので「五月雨」の漢字をあてる。「梅雨」が季節をさすこともあるのに対し、「五月雨」は雨そのものをさす。五月雨の晴れ間が「五月晴《さつきばれ》」である。今では太陽暦五月の晴天の意味で使う人もいるが、旧暦から新暦への暦の転換が引き起こした誤用である。

五月雨や天下一枚うち曇り　宗因
さみだれをあつめて早し最上川　芭蕉
湖《みずうみ》の水まさりけり五月雨《さつきあめ》　去来
髪剃や一夜に錆びて五月雨　凡兆
五月雨や上野の山も見あきたり　正岡子規
さみだれのあまだればかり浮御堂　阿波野青畝

▼見渡すかぎりの梅雨空。▼最上川（山形県）は日本三急流の一つ。水流は激しく逆巻いていたことだろう。▼こちらは五月雨を満々とたたえる琵琶湖《びわこ》。▼湿気のために一夜で錆《さ》びた剃刀《かみそり》。▼根岸（東京都台東区）の子規庵から日々眺め続けた上野の山。▼琵琶湖のほとり、堅田《かただ》の浮御堂《うきみどう》。

日に動く葵まばゆき寝覚哉：ゆらゆら揺れる葵がまばゆくて目覚めた夏の朝。

送《おく》り梅《づ》雨《ゆ》

晩夏

返《かえ》り梅《づ》雨《ゆ》・戻《もど》り梅《づ》雨《ゆ》

梅雨明けが近づく頃、雷鳴をともなう豪雨が降る。これを「送り梅雨」と呼ぶのは、長く続いた梅雨を送ってしまいたいという思いが潜んでいよう。しかし、雨季が突然乾季になるような変化をしないのが日本の風土の特色で、一気に梅雨が明けるという年はあまりない。数日晴れても、またぶり返したように雨が降るのを、「返り梅雨」「戻り梅雨」と呼ぶ。こうして季節は徐々に移ってゆく。

本降りとなつて来たりし送り梅雨　清崎敏郎

妻にのみ憤りをり返り梅雨　石田波郷

戻り梅雨寝てゐて肩を凝らしけり　臼田亜浪

病妻の素直がかなし戻り梅雨　舞原余史

▼雨の降りように、そろそろ梅雨もしまいの頃かと思い、眺めている。▼妻にだけ怒りを向けるのは、妻に非があるからではない。そんな夫婦の機微を季語に託す。▼病臥《びょうが》の長いことの嘆き。もういいかげん梅雨が明けてほしいという思い。▼「かなし」に「悲し」と「愛《かな》し」の両意をこめる。病む妻を思う夫の身のやるせなさも伝わる。

薬《くすり》降《ふ》る

仲夏

旧暦五月五日、端午《たんご》の節句の午《うま》の刻(正午を中心とした二時間)に降る雨のこと。この雨を「神水《しんずい》」といい、これで医薬を作ると効き目があらたかであると伝えられた。竹筒に雨水を溜《た》めて、粉薬を溶いたりしたものか。この日は薬の日であって、野に出て薬草などを採る薬狩りをしたり、邪気払いの薬玉《くすだま》を掛けたりする風習があった。特殊な季語だが、信じたい季語でもある。

関連 端午《たんご》↓260

目のとどくかぎり津の国薬降る　宇多喜代子

薬降る宇陀の安騎野は佳き香せり　大石悦子

▼摂津《せっつ》の国(大阪)に暮らす人々に、この日降り注ぐ雨は、いわば癒《いや》しの雨。▼安騎野《あきの》(奈良県宇陀《うだ》市)は万葉の昔から薬狩りの地。森野旧薬園もある。

虎《とら》が雨《あめ》

仲夏

虎《とら》が涙雨《なみだあめ》・曽我《そが》の雨《あめ》

旧暦五月二十八日(太陽暦七月一日頃)に降る雨。この日は曽我兄弟が討たれた日で、毎年不思議と雨が降る。兄十郎祐成《すけなり》の愛人、大磯(神奈川県)の遊女虎御前《とらごぜん》の涙であると言い伝えられてきた。曽我兄弟の物語は軍記物として愛読され、芝居で親しまれ、日本人の心に深くしみわたっていたので、こうした思い做《な》しが受け継がれてきたものだろう。気象学的に見ても、この日は雨の特異日だといわれている。

草紙見て涙たらすや虎が雨　路通

花売の虎が雨とぞ申しける　内田暮情

虎ヶ雨史実に拘はること勿れ　景山筍吉

闌更《らんこう》▶享保11年(1726)—寛政10年(1798)高桑氏。金沢の人。枯芦の句で名高く「枯芦の翁」と呼ばれた。

ひとたびの虹のあとより虎が雨　阿波野青畝

▼兄弟の敵討ちの物語は、時を超えて愛読され、涙を絞る。▼なんと風流な花売り。後半の言い回しに味がある。▼史実の逆は虚。物語も文芸も芝居も虚実の間に開く華。▼「虹」は美化されたもの、はかないものの象徴か。

夕立《ゆうだち》《ゆふだち》　三夏

ゆだち・よだち・白雨《はくう》・夕立雲《ゆうだちぐも》・夕立晴《ゆうだちばれ》・夕立後《ゆうだちご》

夏の午後にざあっと降る大粒の雨。上昇気流によって発達した積乱雲(夕立雲)が降らせる雨で、しばしば雷や雹《ひょう》(氷雨《ひさめ》)をともなう。積乱雲の下だけに降り、積乱雲とともに移動する。つまり、局地的かつ一時的。地上の熱気を洗い流す涼しい雨でもあり、雨後の虹もまた格別。「白雨」は漢詩から生まれた言葉。降りしきる時、風景が白く見えるのでこう呼ぶ。

夕立にはしり下るや竹の蟻　丈草
夕立や江戸は傘うりあしだ売り　大江丸
夕立や竝んでさわぐ馬の尻　正岡子規
大夕立来るらし由布のかきくもり　高浜虚子
法隆寺白雨やみたる雫かな　飴山實
大夕立青樟の香を残したる　坂内文應

▼急な夕立に慌てふためく蟻《あり》たち。▼作者は大坂の飛脚《ひきゃく》問屋の主。足駄《あしだ》は高歯の下駄《げた》。▼夕立に襲われて慌てふためく馬たちの後ろ姿。▼真っ黒な夕立雲に包まれる由布岳《ゆふだけ》(大分県)。▼法隆寺の伽《が》藍《らん》の雨垂れ。▼夕立に打たれて香る樟《くす》の青葉。

驟雨《しゅうう》　三夏

「夕立」と同義語であるが、近年好んで詠まれるようになった季語。吉行淳之介の芥川賞受賞作の小説『驟雨』や映画やドラマのタイトルなどの影響もあるかもしれない。「夕立」には、古典的、日本的な情緒と語感があるが、「驟雨」には、現代的な響きと烈《はげ》しさがある。また、「夕立」は夕方のものだが、「驟雨」は午前中や日中のにわか雨をもいう。

地下鉄道驟雨に濡れしひと乗り来る　山口誓子
薔薇垣の見る〳〵煙る驟雨かな　清崎敏郎
すみずみを叩きて湖の驟雨かな　綾部仁喜
驟雨の谷矢のごときもの遡上せり　松林尚志

▼車窓に雨は見えないが、乗ってきた人の濡《ぬ》れように地上の雨の烈しさがわかる。▼短時間のうちに変化する景色。薔薇垣《ばらがき》の色彩と雨の勢いの交響。▼水際を強調した描写は、絵筆の強いタッチを思わせる。▼写真や映像ではあらわせないものを写し出すのも俳句の冥利《みょうり》。

喜雨《きう》　晩夏

慈雨《じう》・雨喜《あめよろこ》び

旱《ひでり》が続いた後の雨。待ちに待った雨だけに、農家では「おしめり休み」をするところもある。ひび割れた田や、生気を失った畑のものに注ぐ雨は、人々に生きた喜びをもた

見かへればうしろを覆ふ桜かな：淋しさにふと後ろを振り返ると、来し方は桜でおおわれていた。

らす。雨をつかさどる竜神に雨乞いをしたおかげと受けとめる人々もいることだろう。　関連　雨乞《あまごい》↓250

追ひ肥を茄子へくれて喜雨休　斎藤俳小星
ありがたやひゞきて喜雨の竹雫　石塚友二
厨にも水鳴る喜雨の音の中　谷野予志

▼茄子《なすび》に追《お》い肥《ごえ》を施しておいて、今日はおしめり休み。▼天を仰いで感謝をあらわす詠《うた》い出し。青竹を伝わる雨粒も見えてくる。▼「厨《くりや》」は台所。屋外の雨音と重なって、炊事の水音も勢いづく。

夏《なつ》の露《つゆ》

三夏　露涼《つゆすず》し

「露」は昼夜の温度差によって大気中の水分が凝結する現象で、秋に多く見られることから秋の季語。しかし、夏にも高原や山間部では草々に露を結ぶことがあり、早朝の散歩や庭の手入れの時に足や手が濡《ぬ》れて気づいたりもする。そこから「露涼し」と詠まれることが多い。まさに夏の露は、見た目にも触れてみても涼しい。　関連　露《つゆ》↓秋

朝の間のあづかりものや夏の露　千代女
露涼し木末に消ゆるはゝき星　石井露月
露涼し子の足音が雨戸繰る　富安風生

▼夏の露はすぐに乾いてしまうので、朝の間のほんのひとときのもの。「あづかりもの」と響き合っている。▼「はゝき星」とは箒星《ほうきぼし》、すなわち彗星《すいせい》。天も地上も涼しげな光景。▼雨戸が何枚もある廊下だろう、子供の足音がとととと、と軽やか。緑の下に露が涼しい早朝。

夏《なつ》の霧《きり》

三夏　夏霧《なつぎり》

「霧」は秋の季語だが、水蒸気の量が多く、山で大気の対流が盛んになる夏にも発生しやすい。秋の霧はセンチメンタルな感じが濃いが、夏の霧は登山の最中に出合ったり避暑地で体験することが多いせいか、軽やかで明るい感じがする。しかし、気象的には同じ現象なので、登山者にとっては侮れない。

関連　霧《きり》↓秋

夏霧や巣箱のあはき廂影　秋元不死男
夏霧に薄日さしたる深山草　飯田龍太

▼巣箱の廂《ひさし》の影という小さな淡い一点を描いて、高原の木々にうすうすとかかる霧を思わせる。▼「深山草《みやまぐさ》」とは深山幽谷の草の意で、これに出会えたのは登山者。日の光を遮《さえぎ》るほどの霧ではないことがわかる。

海霧《じり》

三夏　海霧《うみぎり》・海霧《かいむ》・ガス

六月に入ると、北海道の太平洋岸を中心に濃霧や霧雨の日が多くなる。これは南風に運ばれてきた暖かく湿った空気が、北方の親潮《おやしお》寒流に冷やされて発生するもので、二、三メートル先の視界を奪うこともある。北の海で呼び交わす霧笛の音は旅情をかきたてるが、霧は海難事故の原因と

樗良《ちょら》▶享保14年（1729）―安永9年（1780）三浦氏。鳥羽の人。蕪村と交友。妻とともに放浪、一時貧窮の苦労があった。

雲海

もなり、航海者には油断のならない気象。俗に「ガス」と呼ばれるが、季語としては「海霧《じり》」が定着している。

海霧の村夜警の鈴の還り来ず　村上冬燕

親馬は海霧のしづくの音にも覚め　福田甲子雄

花売の花にも海霧の流れけり　依田明倫

▼移流霧《いりゅうむ》とも呼ばれる海霧は、陸地へも流れる。濃霧の怖さを遠のく鈴が象徴している。▼子馬を産んだばかりの神経の鋭敏さを誇張。▼北の港町のエキゾチックな情景。「も」は他のものをも暗示している。

夏霞《なつがすみ》　三夏

「霞」は春の季語だが、夏にも遠くの山々が霞むことがある。春の霞と違って、木々の精気が立ちのぼって霞むような印象がある。霧や靄《もや》など、似た現象をあらわす語があるが、霞は気象学的には定義がないという。ただ、古い気象学では「千メートル以上見えるが、大気透明ならず霧とも煙霧《えんむ》とも区別のできない場合には、これを霞とする」と定義していたことは興味深い。文学上は、霧は濃く流れ、霞は薄くたなびく。

関連　霞《かすみ》→春

一坊や比枝から湖を夏霞　松根東洋城

夏霞脚下に碧き吉野川　青木月斗

▼比叡山《ひえいざん》のとある僧坊にあって、山から湖を眺めわたし、水陸の夏霞を描く。▼奈良県を流れる吉野川《よしのがわ》なら両岸は吉野杉の産地。

降る中へ降り込む音や小夜時雨：時雨が降っているところへ、さらに時雨が降り込んでくる。

四国の吉野川であれば上流の風景。木々の発する旺盛な「気」が、夏霞となって立ち込める。

雲海《うんかい》

晩夏

雲が海原のように見える光景。高山の頂上や飛行機から年間を通じて望めるが、登山が夏の季語であることに関連して夏のものとする。登山者は雲海に御来光が射しわたる眺めの荘厳さを口々に讃《たた》える。日頃は仰ぎ見ている雲が足下に広がるさまは、この世ならぬ天上界の光景のようにすばらしい。

雲海のとよむは渦の移るらし　水原秋桜子
雲海に礁なしけり八ケ嶽　本田一杉
雲海の音なき怒濤尾根を越す　福田蓼汀

▼「とよむ」とは、響き渡るとか、どよめくといった意。壮大なスケールで雲海が鳴動する様子。▼雲の上から見ると、八ケ岳《やつがたけ》の峰々の頂が海中の岩(礁《いくり》)のよう。▼雲の海には怒濤《どとう》も寄せる。尾根を越す烈《はげ》しさを動的に描いた。作者は山岳俳句の第一人者。

御来迎《ごらいごう》《ごらいがう》

晩夏

御来光《ごらいこう》・円虹《えんこう》

高山の頂上で日の出を迎えると、太陽と反対側の霧や雲の中に自分の姿が映り、光線の具合で後光が射しているように見えることがある。仏が出現して自分を迎えに来たものと見なしてこう呼んだ。東の空は晴れていて、西側に霧がかかっている時しか見えないものなので、めったに目にすることができない。気象学的にはブロッケン現象と呼ばれるものの一つ。「円虹」ともいう。「御来光」は高山で見る日の出のこと。

御来迎人々珠数を揉みにけり　野村泊月
御来迎涼しきまでに燃ゆるかな　大谷碧雲居
御来光待つ岩蔭も飯噴ける　望月たかし
円虹の中に吾が影手振れば振る　福田蓼汀

▼いかに荘厳な景色であるかが伝わってくるようだ。おのずと拝みたくなるような幻の出現。▼山頂の大気の冷えと、燃えるような光の妖しさ。▼登山者の一日の始まり。飯盒《はんごう》で炊く飯の噴く匂いは現実感がある。▼山頂でなければ見られない円い虹。その中心に自分の影があるという喜び。

御来迎

虹《にじ》

三夏

朝虹《あさにじ》・夕虹《ゆうにじ》・虹立《にじた》つ・虹《にじ》の橋《はし》・二重虹《ふたえにじ》・白虹《びゃっこう》・虹《にじ》の輪《わ》

他の季節にも見られるが、夏の夕立の後に現れることが多いことから夏の季語とする。古人はこれを竜形の獣と見て、虫偏の字「虹」と書いた。雨後の大気中の細かい水滴に太陽の光があたり、屈折率の違いにより、外側から赤、橙《だいだい》、黄、緑、青、藍、紫の七色の半円を生じる。まれに外側に副虹が見えるが、

五明《ごめい》▶享保16年(1731)―享和3年(1803) 吉川氏。秋田の富商。当地で蕉風復古を興す。蕪村の影響が強い。

虹　二重虹。

色の並びは逆となる。「円虹」も虹の一種。関連 春《はる》の虹《にじ》→春／秋《あき》の虹《にじ》→秋／冬《ふゆ》の虹《にじ》→冬

紙芝居来さうな虹のかかりけり　榎本好宏

虹二重神も恋愛したまへり　津田清子

空に虹地に人々の祈りあり　須藤常央

▼子供の頃の思い出につながっている虹。夕方が長かった頃。▼神々しいまでの感動を受けた時の、確信に満ちた詠嘆。▼虹は一見神秘的な現象であり、人の祈りをも誘う力があるのだろう。

名句鑑賞

虹立ちて忽《たちま》ち君の在る如し　高浜虚子

虹は、儚《はかな》く美しいものの象徴でもある。虹が立つとそこにあなたがいるようだ、という相聞歌のような句。これと対をなすべく、「虹消えて忽ち君の無き如し」の句がある。虚子晩年の小説『虹』は、夭逝《ようせい》した三国《みくに》(福井県)の女弟子森田愛子をモデルとした短篇で、薄幸の女性との心の通い合いが淡々と綴《つづ》られている。その軸をなすように、この一対の句は詠まれた。二句を並べて味わいたい。［西村］

雹《ひょう》

三夏

氷雨《ひさめ》

積乱雲が発達する際、凍った水滴が雲の中で転がされて氷の粒となり、上昇気流の勢いで何度も上昇と落下を繰り返すうちに表面に水滴が凍りついて大きくなり、地上に落下してきたものを「雹」という。「氷雨《ひょうう》」の転じた名だといわれる。初夏に降ることが多く、気温の高い真夏には落下途中で解けて大粒の雨となる。雹に雨が混じったものを「氷雨」という。

落葉おちかさなりて雨雨をうつ：落ちてはうち重なる落葉。落ちた雨をしとどにうつ雨。

冬の雪混じりの霰《あられ》や霙《みぞれ》とは別物。

八大龍王怒つて雹を抛《なげう》ちし　青木月斗
雹の瘤皆に笑はれ見られをり　河野静雲
雹降りし桑の信濃に入りにけり　吉岡禅寺洞
雹一過やさしき雨を残しけり　大久保白村

▼「八大龍王《はちだいりゅうおう》」は雨をつかさどる神。漫画的なおもしろさがある。▼時には鶏卵大のものも降る。作者は僧形《そうぎょう》だったので頭に大きな瘤《こぶ》ができたものか。▼雹の被害を目のあたりにした句。車窓に広がる桑畑の状況が見えてくる。▼激しく降った雹の後は、雨もうっとうしいが、何か優しさを感じるものである。

雷《かみなり》

三夏

神鳴《かみなり》・鳴神《なるかみ》・いかずち・雷鳴《らいめい》・遠雷《えんらい》・迅雷《じんらい》・雷雨《らいう》・落雷《らくらい》

雷と稲妻は空中の放電現象の音と光。上昇気流によって積乱雲（雷雲）の発達する晩夏や初秋に多いが、歳時記では雷は夏、稲妻は秋に分類する。雷は夕立にともなうものとして夏としているが、その豪快な音に涼味を感じてきたということもある。稲妻を秋とするのは、文字どおり稲に実りをもたらすと考えられたから。音は夏、光は秋。これも鋭い季節感による季節の仕分け。

関連 春雷《しゅんらい》→春／秋《あき》の雷《らい》・稲妻《いなずま》→秋／冬《ふゆ》の雷《らい》→冬

雷に小家はやかれて瓜の花　蕪村
空間を遠雷のころびをる　高浜虚子
迅雷やおそろしきまで草静か　原石鼎
鳴神を心揺ぎて聴くもよし　相生垣瓜人
雷ひそか花活けてゐる女たち　飯田龍太

▼落雷に小家《こいえ》は焼かれて瓜畑が残った。▼「空間を」という言葉が斬新に響く。▼雷鳴の轟《とどろ》く中、そよともしない夏草。▼雷を怖《こわ》がる自分を楽しんでいる。▼女性ばかりで生け花の最中。遠雷だけが静かに鳴っている。

五月闇《さつきやみ》

仲夏

梅雨闇《つゆやみ》

旧暦五月の五月雨《さみだれ》が降る頃の暗闇をいう。鬱蒼《うっそう》と木が茂り、昼なお暗いこともいうが、雨に閉ざされて月も見えない闇夜をいう場合が多い。平安時代から和歌に詠まれている言葉だが、昔の闇は現代人の想像の及ばぬ深さである。まして、雨と湿気に塗り込められた闇の濃さは不気味。自然界の生命力が旺盛な時期であるだけに、人々は闇の奥に不可思議なものを感じとっていたのである。

関連 春《はる》の闇《やみ》→春

はらはらと椎の雫や五月闇　村上鬼城
かすかにも顔明りあり五月闇　鈴木花蓑
やはらかきものはくちびる五月闇　日野草城
五月闇燐寸に照りて男消ゆ　堀井春一郎

▼椎《しい》の花が咲くのもこの頃。闇夜に強い匂いも押し寄せる。▼梅雨時の漆黒の闇に目をこらしていると、かすかにも顔のあたりが見えてきた。五月闇の奥深さ。▼触覚によって闇の深さを表現。濃《こま》やかな闇である。▼燐寸《マッチ》で煙草《たばこ》に火をつけた瞬時の男の顔が印象的。

暁台《きょうたい》▶享保17年（1732）―寛政4年（1792）加藤氏。蕉風復古を推進。最高権威「花の下」の号を允許される。

朝《あさ》曇《ぐもり》

晩夏

「旱《ひでり》の朝曇り」とか「朝ぐもり、昼ひでり」などといって、朝のうちは靄《もや》のかかったような曇りであったのが、晴れあがって日中厳しい暑さになることがある。朝の間の曇天のみをさす言葉ではなく、やがて暑い一日となる予測をも体験上含んでいる季語。

牧の馬みな歩きをる朝曇　大橋越央子
ふるづけに刻む生姜や朝ぐもり　鈴木真砂女
朝曇島は見えねど通ひ舟　星野椿

▼すでに活動を始めた馬たちが靄の中に薄く濃く見えてくる。▼食欲の失《う》せた真夏の朝も、これならご飯が進みそう。味覚にきりりと訴えてくる。▼島を覆う靄もやがては晴れて、小さな舟を海の輝きが包むだろう。どの句も、昼間の暑い晴天を予感してこそ味わいが増す。

梅雨《つゆ》晴《ばれ》

仲夏

梅雨晴間《つゆはれま》・梅雨《つゆ》の晴《はれ》・梅雨晴《つゆは》る

雨の日が続いたあと、一日か二日ぽっかり晴れることがある。一日の数時間だけ、太陽が顔を見せることもある。およそひと月続く梅雨の、中休みの晴天という場合もある。本来は、梅雨明け直後の晴れをいう語であったが、気象庁の梅雨明け発表とは関わりなく、雨の季節のわずかな晴れ間を喜ぶ思いがこめられている季語である。

関連 梅雨明《つゆあけ》→014

梅雨晴の山を見上る嗽ひかな　水落露石
梅雨晴の眩惑するに任せけり　相生垣瓜人
師の浅間梅雨晴間得て見に出づる　富安風生

▼久しぶりに晴れた朝の山に向かって嗽《うがい》をする気持よさ。山も青々としている。▼晴天の眩《まぶ》しさと、このまま晴れが続くような天気に惑わされたい思いと。▼「得て」の一語に、貴重な晴れ間であることがあらわれている。長野県の小諸《こもろ》に疎開中の師、虚子《きょし》を訪ねた折の作。

五《さ》月《つき》晴《ばれ》

仲夏

旧暦五月の「さつき」の呼称に由来する季語。旧暦五月は梅雨の真っ最中だから、長雨の合間の晴天を意味していた。しかし現在は、梅雨の前の、太陽暦の五月の晴れをいう場合が多い。旧暦と太陽暦の混同が生んだ誤用であるが、日本語の歴史には、ままある現象。「梅雨晴」「梅雨晴間」という同じ意味の季語が定着する一方で、「五月晴」という美しい言葉が、一般には誤用のまま使われている。

朝虹は伊吹に凄し五月晴れ　麦水
抱きおこす葵の花やさ月ばれ　蝶夢
美しき五月の晴の日も病みて　日野草城

▼梅雨のさなかの水っぽい晴天だからこそ、きわめて鮮やかな朝虹が立つ。▼昨日までの雨に打たれて倒れた葵《あおい》。両句とも旧暦五

たうたうと滝の落ちこむ茂り哉：いかにも士朗らしい平明ながら印象明瞭で力強い句。

夕焼

月の晴れ間。▼「美しき五月」という詠《うた》い出しは西洋的。太陽暦の五月の晴天。

朝焼《あさやけ》

晩夏

朝焼雲《あさやけぐも》

日の出の際、東の空が紅《あか》く染まる現象。夕焼+と同様に太陽光線が大気の層を通る時の散乱現象だが、夕焼の翌日が晴天であるのに対し、朝焼の日は天気は下り坂となる。とくに夏の朝焼は荘厳なので、夏の季語となった。他の季節より、夏に朝焼を目にする機会が多いのは、涼しい早朝のうちから活動する人々が多いからだろう。

朝焼の波飛魚をはなちけり　山口草堂

朝焼の褪せてけはしき街となりぬ　加藤楸邨

椰子の丘朝焼しるき日日なりき　金子兜太

▼波が飛魚《とびうお》を放ったかのように描き、張りつめた朝の力を漲《みなぎ》らせている。▼朝焼のひとときが過ぎてしまえば、いつもの表情の都会。▼「なりき」の過去形が、回想の風景であることを示している。戦争中、南方に出征した折の印象か。毎日の朝焼が、今もなお瞼《まぶた》に焼きついているのだろう。

夕焼《ゆうやけ》《ゆふやけ》

晩夏

ゆやけ・夕焼雲《ゆうやけぐも》

『万葉集』に「わたつみの豊旗雲《とよはたくも》に入日《いりひ》さし今夜《こよひ》の月夜《つくよ》さやけかりこそ」（中大兄皇子《なかのおおえのおうじ》）と詠まれているごとく、入日が生む

士朗《しろう》▶寛保2年（1742）—文化9年（1812）井上氏。「尾張名古屋は士朗で持つ」とうたわれた。寛政三大家の一人。

夕焼の美しさは好天の兆しであることを、古人も知っていた。夕焼は四季を通じて見られる現象だが、夏の旱《ひでり》の頃は壮大な夕焼が見られることや、夕方の時間が長いことなどから、夏の季語として定着したのだろう。関連 春《はる》の夕焼《ゆうやけ》↓春／秋《あき》の夕焼《ゆうやけ》↓秋／冬《ふゆ》夕焼《ゆうやけ》↓冬

夕焼は膳のものをも染めにけり　富安風生
夕焼くるかの雲のもと人待たむ　橋本多佳子
夕焼けて西の十万億土透く　山口誓子
大夕焼わが家焼きたる火の色に　鈴木真砂女
夕焼濃し手を振りあふだけの別れ　木下夕爾

▼膳の上のこまやかなものをも、と描き出して、屋外の大景も染まっていることを暗示。▼夕焼雲の下で作者を待っているであろう人は亡き人かもしれない。▼十万億土とは娑婆《しゃば》と極楽の間にある仏国土《ぶっこくど》の数。西方浄土へゆく前の地が荘厳されている。▼作者が処女句集を受け取りに上京した留守に家は火事にあった。実際には見ていない火の色が大夕焼に甦《よみがえ》る。▼子供の情景と見れば平和だが、大人と見ればなぜかせつなく哀しい。

日《ひ》盛《ざかり》

晩夏

日《ひ》の盛《さか》り

真夏の晴天の日の正午から午後三時頃にかけての、最も暑い時間帯をいう。太陽は真上から容赦なく照りつけ、屋外には人影も少なくなる。真夏の日射の頂点は身にこたえ、日射病、熱中症などの恐れがあるのもこの時間帯。讃《たた》えつつも恐れる思いがある。関連 炎昼《えんちゅう》↓015

日盛や松脂匂ふ松林　芥川龍之介
日盛や所かへたる昼寝犬　島村元
万象に影をゆるさず日の盛　相馬遷子
石庭の刻の止りし日の盛り　倉田紘文

▼盛んな日射にあぶり出されたような松脂《まつやに》の匂い。皮膚感覚、嗅《きゅう》覚《かく》、視覚に訴える句。▼昼寝の犬もいつの間にか陰を選んで移動している。▼真上から照りつける直射日光の厳しさ。▼動くものがない石庭を「刻《とき》の止りし」と描いたことで、日盛りの時間帯が強調される。

名句鑑賞

日盛りに蝶のふれ合ふ音すなり　松瀬青々

「音すなり」は、音がするようだという意味の推定であり、「するなり」と断定していない点に工夫がある。蝶《ちょう》のふれ合う音がするように思えるほど、静かな日盛りのひとときをあらわしている。動いているのは影を濃く引いた二匹の蝶ばかり。互いに魅《ひ》かれあう蝶は、翅《はね》の触れ合う音をたてたかも知れない。そのひそやかな乾いた音が聞こえるような幻覚によって、日盛りの静寂の本質に迫った句。［西村］

西《にし》日《び》

晩夏

大西日《おおにしび》

日が西に傾いてからの日射しのこと。もちろん年中あるが、とくに夏は暑く長く眩《まぶ》しいので、夏の季語となった。西日の熱は強烈で、西側の窓はこれを遮《さえぎ》るために日除《ひよ》け、葭簾《よしず》、カーテンが必需品。エアコンをフル稼働させても耐えられないほ

十月の鶴を見に行く漁村哉：十月、うらさびしい漁村に早くも鶴が飛来してきた。

ど強烈。まして屋外は苛烈《かれつ》である。

西日中電車のどこか摑みて居り　石田波郷

窓一つ捉へ西日の燃えさかり　清崎敏郎

なつかしき徹底的な西日かな　杉本雫

▼疲労感に満ちた句。電車のどこかを摑《つか》んですがって、運ばれてゆく。▼窓の一つに反射している西日の強烈さを象徴的に描いた。▼「徹底的」という散文的抽象的な言葉が、思い出の中の西日を鮮やかに甦《よみがえ》らせた。

炎《えん》天《てん》

晩夏

炎天下《えんてんか》

カッと照りつける太陽が君臨する真夏の空。古来中国では、夏をつかさどる神を「炎帝《えんてい》」と呼ぶ。燃えるような暑さからの連想であろう。この時期の太陽は、輝度《きど》、熱ともに一年中で最も威力を発揮し、まさに天そのものが炎を上げるかのよう。文字も音韻も、威圧的な夏空を明快にあらわした季語といえよう。 関連 炎昼《えんちゅう》→015

炎天や人が小さくなつてゆく　飛鳥田孋無公

あはあはと富士容あり炎天下　富安風生

吸殻を炎天の影の手が拾ふ　秋元不死男

炎天の遠き帆やわがこころの帆　山口誓子

▼天から見下ろしたような視点。▼「容《かたち》」と読む。誰もが知る富士山の姿と存在感が炎天と拮抗《きっこう》している。▼実体よりも影の濃さを印象づけて炎天の苛烈《かれつ》を描く。▼沖に輝く白帆は純化され、自分の憧れやまぬものとして見えてくる。炎天という季語が、強靭《きょうじん》さを与えている。

油《あぶら》照《でり》

晩夏

脂照《あぶらでり》

薄曇りの天気で風もなく、じっとり蒸し暑いこと。脂汗が出るような暑さのことだから「脂照」とも書く。炎天の汗は玉と噴き出すが、油照りの汗は、苦しい時に滲《にじ》み出るようなべとついた脂汗。こういう日は気温はやや低くても湿度が高く、不快指数は晴れの日より高い。

大阪や埃の中の油照り　青木月斗

じりじりと山の寄せくる油照り　福田甲子雄

油照逃げ場なきこと空気にも　宮津昭彦

▼大阪の暑さは太陽が顔を見せない日も衰えない。▼油照りに攻められているような実感と、山の生命力に押され気味の体力。▼淀《よど》んだような暑気が逼塞感《ひっそくかん》を呼ぶ。

名句鑑賞

西日照りいのち無惨にありにけり　石橋秀野

部屋の奥まで容赦なく照りつける西日は、真昼の頭上の日射しよりかえって身にこたえる。暑い暑い一日がやっと終わると思うせいか、なかなか沈まぬ執念《しゅうね》き直射日光は人を打ちのめす。この時、作者は結核のため病臥《びょうが》の日々だった。その肉体から魂だけが遊離し、わが身を見定めているような詠みぶりだ。わが身のいのちそのものを無惨と言い放つ精神の強靭《きょうじん》さが心を打つ。幼な子を遺《のこ》し、三十八歳で逝《い》った作者の最後の夏の作。［西村］

樗堂《ちょどう》▶寛延２年（1749）―文化11年（1814）栗田氏。暁台門。一茶、士朗らと交遊。後世、子規に伊予第一の俳人と評された。

片蔭《かたかげ》

晩夏

片《かた》かげり・夏陰《なつかげ》・日陰《ひかげ》

照りつける真夏の太陽も、正午を過ぎると、木の下や家並《やなみ》やビル街に少しずつ日陰を生む。「片蔭」は灼《や》けるような道の片側にわずかにできた陰をいう。人々は直射日光を避けて陰のある側を選んで歩き、佇《たたず》み、汗を拭《ぬぐ》う。ほんの少しの陰でもありがたく思う季節ならではの言葉。季語としては大正以降のもので、自然界の陰よりは、並木、家並、塀、ビルなど、人工的な物との関わりが深い。

片かげを早行く夜店車かな　富安風生

紙芝居片蔭の大人のはうが笑ふ　原田種茅

片蔭を行き遠き日のわれに逢ふ　木村蕪城

片かげり嬉しや暇申さんか　池内たけし

▼「早《はや》行く」に、まだ日も高いうちに夜店の車が始動することへの驚きがこめられている。▼子供らは日向《ひなた》で見ているのだろう。おかしさがピンとこないで、飴《あめ》などなめながら。▼片蔭のつくる明暗のコントラストが、時空を逆転させたシュールな句。▼他人《ひと》の家を辞する時、思わず口をついて出たような台詞《せりふ》めいた句。

旱《ひでり》

晩夏

旱天《かんてん》・旱魃《かんばつ》・旱害《かんがい》・旱年《ひでりどし》・旱畑《ひでりばたけ》・旱草《ひでりぐさ》・旱雲《ひでりぐも》・旱星《ひでりぼし》・大旱《たいかん》

小笠原《おがさわら》高気圧の勢いが強く、長く留《とど》まると、日照り続きで、田畑や井戸、河川の水が乏しくなる。水不足は農作物だけでなく、断水、電力不足など、日常生活をも脅かす。「大旱」はその被害の深刻さを暗示する。「旱雲」は雨を降らすほどの雲ではない。旱の続く炎暑の頃、夜空に赤みを帯びて輝く蠍《さそり》座の赤星（アンタレス）や牛飼《うしかい》座の麦星《むぎぼし》（アルクトゥルス）などを「旱星」と呼ぶ。 関連 雨乞《あまごい》→250

大海のうしほはあれど旱かな　高浜虚子

大ひでり吾が前に馬歯をならす　佐藤鬼房

しらしらと明けて影濃し旱雲　前田普羅

▼海には潮が満ち満ちているのに陸は旱。自然界の皮肉な一面。▼眼前の馬の渇きに、何もしてやれない無力感。▼あの雲が雨を呼ぶほどに育ってくれればよいのだが、と思いつつ空を仰ぐ。

うづみ火や壁に翁の影ぼふし：「翁」は芭蕉のこと。蝶夢は芭蕉を偶像化するほどまで慕った。

夏《なつ》の山《やま》

三夏

夏山《なつやま》・夏嶺《なつね》・青嶺《あおね》・夏山路《なつやまじ》・夏山家《なつやまが》・山滴《やましたた》る

北宋の画家郭熙《かくき》の言葉に「春の山は笑ふが如《ごと》く、夏の山は蒼《そう》翠《すい》として滴る如し。秋の山は粧《よそお》ふが如く、冬の山は眠るが如し」とあり、四季それぞれの山の姿が端的にあらわされている。夏の山は登山の対象ともなるので、遠望ばかりでなくさまざまに詠まれる。夏なお雪を残す雪渓や、草木を拒む高山や岩山もまた、夏山の姿である。

夏山や吊橋かけて飛騨に入る　前田普羅

夏山の大噴火口隠すなし　高野素十

夏山に向ひ吸ひよせられんとす　清崎敏郎

▼夏山登山の途上だろうか。谷の深さが見え、瀬音が聞こえてくるようだ。▼火山の大景がまざまざと見えてくる。▼大きな生命力に真向かった時の実感。高浜虚子を信州・小諸《こもろ》に訪ねた折の青春時代の作。

五月《さつき》富士《ふじ》

仲夏

旧暦五月頃の富士山。この頃になると残雪も消え、荒々しい山肌の雄渾《ゆうこん》な姿が現われる。太陽暦の六月は梅雨時《つゆどき》であり、山が全貌を現わすことが少ないだけに、新緑に囲まれて聳《そび》え立つ雄姿は人目を奪う。

関連 初富士《はつふじ》→新年

目にかかる時やことさら五月富士　芭蕉

五月富士屢々湖のいろかはる　加藤楸邨

五月富士しなやかな風谿づたひ　井上康明

▼「箱根の関越えて」と前書がある。ちょうど目に入る位置で、運よく見ることができた富士を讃《たた》えた句。▼「湖《うみ》」の色とともに、富士山もまた屢々《しばしば》表情を変える。▼雄渾な五月富士から風が谷を伝わって吹く。その生命感を描く。

富士《ふじ》の雪解《ゆきげ》

仲夏

富士雪解《ふじゆきげ》・雪解富士《ゆきげふじ》・富士《ふじ》の農男《のうおとこ》

「雪解」は春の季語だが「富士の雪解」だけは夏の季語。これは、「初雪」が冬の季語なのに「富士の初雪」だけは秋の季語であるのに呼応する。『万葉集』巻三に「富士の嶺《ね》に降り置く雪は六月《みなづき》の十五日《もち》に消《け》ぬればその夜《よ》降りけり」と詠まれているように、富士山頂の雪はほとんど消えることがないとされていた。実際は五月に解け始め、七月中旬には大方消える。

関連 雪解《ゆきげ》→春／富士《ふじ》の初雪《はつゆき》→秋

打ち解くる稀れの一夜や不二の雪　一茶

田子の田植わするな不二の農男　馬琴

雪解富士林道山の端を行けば　大島民郎

▼「稀《ま》れの一夜」とは、『万葉集』に詠まれた六月の十五夜を下敷きにしている。▼雪解け途中の雪の形によって、農男、農鳥、農烏《からす》などと見立て、田植えの合図とした。▼林道が山の端《は》に出た時に富士の姿が見えた感動。

蝶夢《ちょうむ》▶享保 17 年（1732）―寛政 8 年（1796）五升庵蝶夢。芭蕉の伝記や著作を集成し刊行。蕉風復興に尽力。

赤富士《あかふじ》 晩夏

日の出の光によって、二〇分ほどの間、富士山の肌が赤く染まる現象。山梨県側から見る裏富士によく見られる。雪の富士も薄紅色に染まることはあるが、とくに晩夏から初秋にかけての夏の富士は、溶岩地帯が真っ赤に染まり雄々しく神秘的。葛飾北斎《かつしかほくさい》「富嶽三十六景」の「凱風快晴《がいふうかいせい》」にも描かれている。季語として詠まれるようになったのは戦後のこと。

赤富士の雲紫にかはりもし　阿波野青畝

赤富士に滴る軒の露雫　深見けん二

赤富士のやがて人語を許しけり　鈴木貞雄

赤富士を仰ぐは先師仰ぐなる　行方克巳

▼明け方の光によって富士も雲の色も刻々と変化してゆく。▼露の降りた早朝などにこの現象はあらわれるものらしい。▼夜明けの静寂と緊張感のなかに染まる富士。▼「先師」は、赤富士を詠むことに情熱を傾けた富安風生。敬意をこめた表現。

名句鑑賞

赤富士に露滂沱《ぼうだ》たる四辺かな　富安風生

朝日をとらえた富士の目覚めの鮮やかさ。露にまみれた森羅万象のみずみずしさ。昭和二十九年（一九五四）、山中湖《やまなかこ》に避暑中の作。昭和三十二年、富士山麓における高浜虚子を囲む句会の折、赤富士が季語たり得るか否かが話題に上った。おもに避暑客によって喧伝《けんでん》されたので夏の季語にしたい、との虚子の言葉に力を得た風生は、その後ますます意欲的に赤富士の句作に真向かう。湖畔の避暑は、風生没年の前年まで、約四半世紀にわたった。「赤富士のぬうつと近き面構へ」「赤富士を見よともろ鳥告げわたる」。［西村］

雪渓《せっけい》 晩夏

クレバス

夏になっても雪が解けない高山の渓谷のこと。夏山の魅力は雪渓とお花畑であると登山者たちは言う。「クレバス」は雪渓の裂け目で、青い深淵《しんえん》をなしている。北アルプスの白馬岳《しろうまだけ》の大雪渓と、剱岳《つるぎだけ》の剱沢、針ノ木岳のものを日本の三大雪渓と

呼ぶ。真夏に雪を目の当たりにするのは、登山者ならではの醍醐味《だいごみ》である。

雪谿にまはだかの日をさむく見き　石橋辰之助

雪渓に山鳥花の如く死す　野見山朱鳥

雪渓の水汲みに出る星の中　岡田日郎

▼裸の太陽が真夏の雪を寒々と照らしている。▼色鮮やかな山鳥が羽を広げたまま骸《むくろ》となっている。高山ならではの不思議な光景。▼雪渓の下の流れを汲《く》みに出て気づいた満天の星。夜目《よめ》にも白々とたたえられた雪。際立たせているのは雪渓の白。

氷河《ひょうが》 三夏

高山に何万年も前に積もった雪が、その重みで氷塊となり、低地へ流れ出るもの。ふつう流速は一日五〇センチ以内。ヨーロッパや北米などではおもに夏に、氷河を見ようと登山客や

雪渓　北アルプス白馬岳。

観光客が訪れる。

　夏雲の奥なほ蒼き氷河立つ　　澤田緑生

　大氷河はるかの地中海めざし　　鷹羽狩行

▼自然の作り出す神秘的な姿を「蒼《あお》き氷河」ととらえた。▼氷河自体に意志があるかのように擬人化することで、壮大な時間と空間を表現した。

お花《はな》畑《ばたけ》

晩夏

お花畠《はなばたけ》・おはなばた

高山植物が夏の一時期、一斉に花咲く場所をいう。標高二五〇〇メートル以上の山でなければ出合えない、美しい風景を愛する思いからの呼び名。北アルプスの白馬岳《しろうまだけ》、乗鞍岳《のりくらだけ》、東北の岩手山《いわてさん》、鳥海山《ちょうかいさん》などが有名。俳句では五音に整えるため、「おはなばた」と読ませる場合が多い。「花畠《はなばたけ》」は秋の草花が咲いた畑や庭のことで、秋の季語。

　石おいて渡る流やお花畑　　本田一杉

　ねころんであげゐる杖やお花畑　　皆吉爽雨

　山にはぐれお花畑にめぐり合ふ　　島村茂雄

▼石を置くくらいで渡れる小流れが、高山の花々に縁《ふち》取られている牧歌的な情景。▼登山杖《づえ》にすがって登り、やっと安息の場に至った喜びを全身で表現している。▼登山の途中だろう。めぐり合いを祝福する花々。

青蘿《せいら》▶元文5年（1740）―寛政3年（1791）松岡氏。姫路藩士であったが、藩を追われ俳諧の道へ。中興期の有力俳人。

夏野《なつの》

三夏

卯月野《うづきの》・五月野《さつきの》・青野《あおの》・夏野原《なつのはら》

夏の日光が注ぎ、草いきれがこもる野性的な野をいう。高温多湿の日本の夏は雑草が伸び放題に生い茂る。緑深く生命力にあふれた光景は万葉の昔から親しまれ、詠まれてきた。「卯月野」は新緑の頃、「五月野」は梅雨の頃の野。「青野」は山口誓子が「青野ゆき馬は片眼に人を見る」と詠んでから季語となった。夏の季語には「青」を冠したものが多いため、抵抗なく受け入れられたものだろう。

馬ぼくぼく我を絵に見る夏野哉　芭蕉
おのがはむ馬草をつけて夏野かな　許六
頭の中で白い夏野となつてゐる　高屋窓秋

▼どこまでも続く夏野を、馬をゆっくり歩ませゆく自身の姿を絵のように客観視している。▼自分が食べる秣《まぐさ》を背に歩む馬のあわれ。馬といわずに馬の姿を描き出している点が巧み。▼夏野の青のイメージを頭の中で転換させ、明るさの極みに晒《さら》した句。

夏《なつ》《なつ》の川《かわ》《かは》

三夏

夏川《なつがわ》・夏河原《なつがわら》

梅雨時の水嵩《みずかさ》の増した濁流、鮎《あゆ》釣りをする清流、夏休みの子供たちが水遊びに興じる川、日照り続きのやせ細った川、すべて夏の川である。同じ川でも初夏には初夏の、晩夏には晩夏の趣がある。水辺の恋しくなる夏、河原のキャンプも夏の楽しみの一つ。

夏河を越すうれしさよ手に草履　蕪村
夏の河赤き鉄鎖のはし浸る　山口誓子
夏の河美貌の少年工が佇つ　草間時彦

▼水流が少なくなったので歩いて渡ることができる川。草履《ぞうり》が時代を語る。▼鉄の鎖は船から垂れているものか、岸壁からか。いずれにせよ河口に近い一景。▼汗して働く少年工の無為の時の表情。これも都会の川。

出《で》《で》水《みず》《みづ》

仲夏

梅雨出水《つゆでみず》・夏出水《なつでみず》・出水川《でみずがわ》・水害《すいがい》・水禍《すいか》

梅雨時の大雨や集中豪雨などにより河川が氾濫《はんらん》すること。梅雨末期、西日本を中心に豪雨に見舞われることが多い。空《から》梅《つ》雨《ゆ》も困るが、降りすぎて堤防が決壊したり浸水したりするのも怖い。「時によりすぐれば民のなげきなり八大龍王《はちだいりゅうおう》雨やめたまへ」という『金槐和歌集《きんかいわかしゅう》』の源実朝《さねとも》の歌なども思い出される。ちなみに、秋の台風による出水は「秋出水《あきでみず》」という。

関連 水見舞《みずみまい》→195／秋出水《あきでみず》→秋

草花にあはれ日のさす出水かな　原石鼎
窓の犬出水の街に吠えてをり　藤川点翠
荒縄に通す鯰や梅雨出水　鳥越三猿

▼大雨の後、やっと雲間から日が射してきた。水に押し流されそうな草花のあわれ。▼ただならぬ状況を飼犬も感じ取る。▼水があふれ出たため流されてきた鯰《なまず》。とりあえず荒縄でくくった点に

桜桜散つて佳人の夢に入る：美しい女性の夢の中に散りこんでゆく桜の花びら。

非常時感がある。

夏《なつ》の海《うみ》

三夏

夏海《なつうみ》

夏は人が最も海に親しむ季節。サーフィンを楽しむ若者は梅雨明けを待たずに海に繰り出すが、夏の海のイメージは、やはり盛夏の太陽の下で繰り広げられる賑《にぎ》わいと切り離せない。紺碧《こんぺき》の海の沖に入道雲が湧き上がり、沖合にはヨットの白帆が輝き、浜辺にはビーチパラソルが並び、海水浴を楽しむ人々が集う。一年のうち、海が最もエネルギッシュで魅惑的になる季節が夏である。

刻々と真珠は育つ夏の海　松尾いはほ

掌に掬《すく》へば色なき水や夏の海　原石鼎

夏すでに海恍惚として不安　飯田龍太

▼豊かで美しい海の底で、今も真珠は育ちつつあるのだという想像。▼こんなに真っ青な海なのに、という思いから生じた句。▼まだ夏本番というわけではないのに、海は人の心を奪う。命までさらうことも。

夏《なつ》の波《なみ》

三夏

夏濤《なつなみ》・夏怒濤《なつどとう》

源実朝《さねとも》の歌「大海の磯もとどろに寄する波われて砕けてさけて散るかも」(『金槐《きんかい》和歌集』)に季節をあらわす言葉はないが、大波が砕け散る有様に感応するのは夏の情感といえよう。照りつける太陽、紺碧《こんぺき》の大海原、真っ白な波頭と飛沫《しぶき》。砂浜に寄せる波、岩壁に砕ける波、サーフィンに絶好の高波とさまざまだが、いずれも烈《はげ》しく豪快。

夏浪の寄せ来る浜に恋もなし　山口誓子

夏濤夏岩あらがふものは立ちあがる　香西照雄

▼夏の開放的な海辺と恋、という短絡的配合を否定したおもしろさ。▼前半のごつごつした句調が効果的。抗《あらが》っているのは作者自身でもある。

卯《う》波《なみ》

初夏

卯浪《うなみ》・卯月波《うづきなみ》

卯月(旧暦四月)の海原に立つうねりや波をいう。卯の花が風にそよぐように立つ白波ともいう。沖を低気圧が通過する時に寄せてくる波だが、太平洋側ではその低気圧がやがて梅雨前線に変わる。梅雨の予兆の波でもある。

散りみだす卯波の花の鳴門かな　蝶夢

名句鑑賞

乳母車夏の怒濤によこむきに　橋本多佳子

乳母車《うばぐるま》が描かれているのに、中に眠っているはずの赤ん坊も、見守る母親の姿も見えてこない。強烈な夏の日射しとダイナミックに打ち寄せる怒濤《どとう》。波打ち際に横向きに置かれた乳母車は、次の瞬間には押し倒されるかもしれない。そんな危機感をあらわすために、乳母車は意図的に「よこむき」に置かれたのだ。もし怒濤に向かって置かれているなら、立ち向かって船出するかもしれない。山口誓子が提唱した「写生構成」の作句法による作品。［西村］

無腸《むちょう》▶享保19年(1734)―文化6年(1809)上田秋成。『雨月物語』等の読本で知られる。俳諧は几圭に師事。

あるときは船より高き卯浪かな　鈴木真砂女

▼白々と立つ卯波を卯の花に見立てる。▼この「卯浪」は大きなうねり。

土《ど》用《よう》波《なみ》　晩夏

土《ど》用《よう》浪《なみ》

夏の土用の頃、太平洋岸に見られる高波。南方沖に発生した台風の影響で、風もないのに高波がうねり寄せる。海水浴には危険だが、サーフィンを楽しむ人たちには絶好の波。まだまだ暑さには衰えが見えないけれど、この波が立つと、秋の気配を感じる。 関連 土用《どよう》→017

土用波沖見えぬまで立ちにけり　松藤夏山
土用波わが立つ崖は進むなり　目迫秩父
土用浪の裏は日あたりつつ奔る　加藤楸邨

▼波の高さを描いて単純明快。▼土用波に立ち向かう気概に満ちた句。崖《がけ》の突端に立つ作者。▼立ち上がり奔《はし》る浪の裏をあぶる日光は、真夏の明るさを失っていない。

夏《なつ》の潮《しお》　三夏

夏潮《なつじお》

夏季の潮全般をいうが、初夏の潮流は色鮮やかで勢いがあり、梅雨時は暗く荒れるなど、さまざまな表情がある。俳句に詠まれるのは炎天下のダイナミックな濃紺の潮流が多い。日本列島に沿って流れる暖流・黒潮は黒に近い濃紺で、夏の強い日光の下で最も美しく輝く。潮がはらむ動きと勢いが夏の海の表情を豊かにする。

夏の潮ランチに移る時蒼し　富安風生
夏潮の今退く平家亡ぶ時も　高浜虚子
夏じほの夕とゞろきとなりにけり　久保田万太郎
夏潮の絞り上げては一つ巌　本井英

▼客船からランチ(小型の船)に乗り移る時の鮮やかな印象。▼壇之浦(山口県)の潮流の変わり目に、平家滅亡の時を想像する時空のスケールの大きさ。▼勢いがまさってきたことを音であらわしている。▼「ては」は繰り返しを示す。大海に聳《そび》え立つ巌《いわお》が見えてくる。

青《あお》葉《ば》潮《じお》　初夏

青山潮《あおやまじお》・鰹潮《かつおじお》

日本列島の南から日向《ひゅうが》沖、土佐沖を北上し、伊豆沖、房総沖を流れる暖流が黒潮。五月頃、太平洋岸を流れる黒潮を、漁師たちは「青葉潮」と呼ぶ。プランクトンの繁殖で濁った寒流との潮目がくっきりとする頃で、鰹の豊漁をもたらすので「鰹潮」ともいう。この潮の流勢が強く、北海道の釧路《くしろ》沖まで至る年は豊年、宮城県の金華山《きんかざん》沖までしか及ばないと東北地方は冷夏となり、凶作になるといわれる。

青葉潮みちくる一期一会《いちごいちえ》なる　細見綾子
ねむる子のまぶたのうごく青葉潮　藺草慶子

▼陸地が青葉に覆われる頃、海も青葉の色の潮が満ちる。豊かな

人恋し灯ともしごろをさくらちる：桜が散る夕べ。ふと人恋しくなる。現代にも通じる孤独感。

自然との出合いも人の縁も生涯にただ一度という緊張感に満ちた句。▼眠る子のまぶたの動きに、海面には現われない潮のうねりを、ふと思う。

代《しろ》田《た》

初夏

田水張る《たみずはる》・田水引く《たみずひく》

水が張られ、田植えを待つばかりとなった田をいう。米作りには八十八の手間がかかると俗にいうが、田んぼの手入れもその中に数えられる。田に水を張り、かつては牛馬、現在はトラクターや耕耘機《こううんき》で掻《か》いた後、杁《えぶり》という農具で田の表面をならす。これを代掻《しろか》きという。代掻きが終わった後の田が代田である。この時期、米どころは一面、水をたたえた景に一転する。関連 代掻《しろか》く→248

幣たれてよき雨のふる代田かな　篠田悌二郎
代田いま清姫塚をうつしをり　下村梅子

▼豊作を祈願する幣《ぬさ》に、いよいよ始まる田植えのためによい雨が注ぐ。▼安珍清姫《あんちんきよひめ》伝説ゆかりの地、紀州道成寺《どうじょうじ》あたりの情景。代田の濁り水と、恋に狂って大蛇となった清姫の塚との取り合わせが妙。

植《うえ》《うゑ》田《た》《た》

仲夏

早苗田《さなえだ》

田植えが終わったばかりの田をいう。近年はほとんど田植え機で植えられるので、苗は隅々まで整然と並んでいるが、なかには倒れた苗や浮き苗もあり、植田の隅には余り苗が束になって控えているのなども見られることがある。苗の先がわずかに出るくらいに水を張った田に、木々や山々の緑が映り、米どころは水の国へと景色が一変する。苗は二、三日で根づく。関連 田植《たうえ》→249

潮急に植田は鏡より静か　川端茅舎
さざなみの田水や植ゑしばかりなる　高浜年尾
遠目にも植田は色をなしにけり　清崎敏郎

▼海辺の田の、動と静の対照。潮の色と植田の色との対比も美しい。▼田植えのすんだ夕方という感じ。苗よりもさざ波が目立つ。▼水が張ってあるだけの田とは明らかに異なる色が、遠目にも見分けられる。

青《あお》《あを》田《た》《た》

晩夏

青田風《あおたかぜ》・青田波《あおたなみ》・青田面《あおたのも》・青田道《あおたみち》・青田時《あおたどき》

晩夏、青々と生長した稲の田んぼが「青田」。稲作地帯の見渡すかぎり広がる青田、山国の谷あいにひっそりと隠れるようにある二、三枚の青田。それぞれに美しい夏の田園風景である。桂離宮《かつらりきゅう》の笑意軒《しょういけん》は田舎家風の茶室。裏に水田があって障子窓を開くと、田植えや稲刈など、四季折々の景が眺められる。青田の頃は窓が鮮やかな緑に染まる。室内に切り入れられた生きた風景画。

朝起の顔ふきさます青田かな　惟然
むら雨の離宮を過ぐる青田かな　召波

白雄《しらお》▶元文3年（1738）—寛政3年（1791）加舎《かや》氏。中興期の代表的俳人。格調高く余情を湛える作風。多くの門弟を育てた。

一つ家の昼寝見えすく青田かな　青蘿

▼寝ぼけ顔に吹きつける朝の青田風。▼真っ青な田んぼの中にある離宮。青田の緑と離宮の組み合わせが斬新《ざんしん》。▼建具を取り外した青田の中の一軒家。

田《た》《た》水《みず》《みづ》沸《わ》《わ》く　晩夏

梅雨明けの連日の強い日射しの下、田水の温度も上がり、ところどころに泡が立ちのぼるのが見える状態を、あたかも田水が沸くようだと表現した言葉。この泡は、地力維持のために水田に敷き込んだ草木の茎葉や、稲刈機で切り落とされた藁《わら》が発酵し、ぷくぷくと浮いてくるもの。実際に沸き立っているわけではない。

田水沸く話聞くとき風まとも　宇多喜代子

田水沸く父に死なれし日のやうに　榎本好宏

父の忌のまた近づきし田水沸く　若井新一

▼田水の沸く話を農耕に従事している人から聞いているのだろう。あれは刈敷《かりしき》が腐ってゆく泡ですよ、と。▼「死なれし」という受け身形によって、その死によってもたらされた不幸の大きさが言外に語られている。幼少期の鮮明な記憶。▼この現象と父の忌日との密接なつながり。作者は新潟県南魚沼市で米づくりに励む一人。

名句鑑賞

泉への道後れゆく安けさよ　石田波郷

泉へいたる道を歩みつつ、同行者に後《おく》れてゆくという状況である。泉そのものを詠んでいるのではなく、泉に向かって歩いている心の状態をあらわした句。後れゆくことの安けさ、安心感を支えているのは滾々《こんこん》と湧きやまぬ泉の豊かさであり、常に冷たく清らかな水を湛《たた》える悠揚たる自然のありようである。この句は「その後、私の心の置場所のやうな句になった」と、作者自身、書き残している。［西村］

泉《いずみ》《いづみ》　三夏

地下から湧き出した水が湛《たた》えられている所。単なる池ではなく、絶えずきれいな冷たい水が湧き出しているものをさす。春夏秋冬、いつでも見られるものだが、夏はとくにその冷たさや清らかさがありがたいので、夏の季語となった。語源は「出《い》づ水《み》」と思われる。旅人や登山者の喉を潤し、元気づけ、憩わせる泉は、新たな命が滾々《こんこん》と生まれ継ぐ象徴でもある。

関連　冬《ふゆ》の泉《いずみ》→冬

掬《むす》ぶより早《はや》歯にひびく泉かな　芭蕉

底砂の綾目さやかに泉かな　松根東洋城

己が顔映りて暗き泉かな　野村泊月

いのち短し泉のそばにいこひけり　野見山朱鳥

▼口に含むやいなや歯に響くのは泉の冷たさ清らかさ。▼底砂に綾目《あやめ》を描いているのは、湧き出す水の勢い。▼泉を覗《のぞ》いた時の発見。▼自然の豊かさを実感する時、人間の命の短さに思いいたる。

海にすむ魚の如身を月涼し：月下に身を泳がせているのだろうか。幻想的な一句。

清水《しみず》　三夏

真清水《ましみず》・山清水《やましみず》・岩清水《いわしみず》・磯清水《いそしみず》・門清水《かどしみず》・草清水《くさしみず》

「泉」が湛《たた》えられているのに対して、こちらは地中からしみ出て流れているものをいう。語源は「しみ出《い》づ」であろう。西行の歌に「道のべに清水流るる柳陰《やなぎかげ》しばしとてこそ立ちどまりつれ」（『新古今和歌集』）とあるが、旅人がしばらく足をとどめたくなるような涼しげな清水は、夏に最もその魅力を増す。水がしみ出てくる場所によって、さまざまな呼び名がある。「真清水」の「真」は純粋、称賛などの意を添える接頭語。

石工《いしきり》の鑿《のみ》冷し置く清水かな　蕪村
母馬が番して呑《の》ます清水哉　一茶
ふるさとやわが影映る門清水　佐藤漾人

▼石工の使う道具も、清水に冷やしておくと切れ味が甦《よみがえ》るようだ。▼子馬に清水を飲ませる間、母馬が番をしている、ほほえましい姿。子馬が舌を鳴らす音も涼しげ。▼門先を流れる清水は生活に欠かせない水。

噴井《ふけい》　三夏

噴井《ふきい》

「泉」や「清水」が自然のままの姿であるのに対し、「井戸」は人工的なもの。なかでも、絶えず水の噴き出る井戸を「噴井」と呼ぶ。ことに、夏にその水の冷たさが喜ばれることから、夏の季語としている。静岡県富士宮市、愛知県の濃尾《のうび》平野北部、滋賀県の安曇川《あどがわ》周辺などは、豊かな湧水に恵まれている。冷蔵設備などなかった頃、夏の噴井は重宝であった。

森の中噴井は夜もかくあらむ　山口青邨
山のもの浸してくらき噴井かな　山崎秋穂
手を入れて井の噴き上ぐるものに触る　山口誓子

▼森の中の夜の噴井を思うことで自然の神秘に触れた句。▼「山のもの」とは何であるか限定せずに、読み手の想像に委ねられている点が楽しい。▼噴井に冷やしてから食べると美味《うま》いあれこれ。

滴り《したた》　三夏

山の懸崖《けんがい》にわずかに湧き出た水が、雫《しずく》となって滴々と伝い落ちるものをいう。同じ水滴でも、雨後の枝々の雫や蛇口からの滴りは季語ではない。もともとは「下垂る」で、芭蕉の『おくのほそ道』雲巌寺《うんがんじ》のくだりに「松杉黒く苔《こけ》したゞりて、卯月《うづき》の天《てん》今猶《なほ》寒し」とある。苔から水が滴る清冽《せいれつ》な涼味から夏の季語に定着したのは明治以降のこと。

滴りの迭《かた》みの音の明らかに　富安風生
こらへたる泪のごとく滴れり　松尾静子
したたりの音の夕べとなりにけり　安住敦
滴りの金剛力に狂ひなし　宮坂静生

▼「迭み」は「互い」の意。二か所の音がくっきり描かれている。▼滴りとなるまでの滲《にじ》みようが見えてくる。▼繊細な耳には小さな音のささいな変化も聞き取れる。▼一滴一滴はわずかだが、途切

星布尼《せいふに》▶享保17年（1732）―文化12年（1815）榎本氏。鳥酔、白雄に師事した女流。感覚に秀で、格調高い句柄。

れぬ力は大きい。

滝《たき》

三夏

瀑《たき》・瀑布《ばくふ》・飛瀑《ひばく》・滝《たき》しぶき・滝《たき》の音《おと》・滝壺《たきつぼ》・滝見《たきみ》・滝涼《たきすず》し・作《つく》り滝《たき》

狭い国土に高い山々のある日本には急流が多く、大小あまたの滝がかかる。切り立った崖《がけ》を落下するもの、斜面を流れ下るもの、その形はさまざまだが、どれもみな涼しい夏の眺め。滝という言葉は「たぎつ」(激つ、滾つ)から生まれた。「たぎつ」とは、水が激しく逆巻《さかま》きながら流れること。万葉時代に「滝」といえば川の激流のことで、流れ落ちる滝は「垂水《たるみ》」と呼んだ。『万葉集』の「石走《いはばし》る垂水の上《うへ》のさわらびの萌《も》え出《い》づる春になりにけるかも」(志貴皇子《しきのみこ》)は有名。滝を夏の季語に取り立てたのは近代以降のこと。それまでは夏の季語ではなかったので、江戸時代の滝の句は「暫時《しばらく》は滝にこもるや夏《げ》の初《はじめ》」(芭蕉)、「滝水の中やながるる蟬の声」(惟然)のように、必ず別の夏の季語(「夏の初」「蟬」)を詠み込んでいる。関連 冬滝《ふゆだき》→冬

奥や滝雲に涼しき谷の声　其角

神にませばまこと美はし那智の滝　高浜虚子

滝の上に水現れて落ちにけり　後藤夜半

滝のおもてはよろこびの水しぶき　山上樹実雄

刻々と滝新しきこと怖し　矢島渚男

▼この谷の奥に滝があるのだろうか。その轟《とどろ》きが雲間に響いている。▼那智大社《なちたいしゃ》(和歌山県)の別宮飛瀧《ひろう》神社のご神体は滝そのもの。▼滝口に現われた水のかたまりがゆっくりと落ちてくる。▼真っ白な水しぶきが歓声をあげているかのよう。▼この「怖し」は、恐怖ではなく畏怖《いふ》。

滝

植物

動物

余花《よか》《よくわ》

初夏

立夏（五月五日頃）を過ぎてもまだ咲き残っている桜。晩春の「残花」は春の名残の印象が強いが、「余花」には、あらためて出合った花のような新鮮さがある。山中の緑にまぎれていたり、北国で見ることが多いからだろう。

余花に逢ふ再び逢ひし人のごと　高浜虚子

余花といふ消えゆくものを山の端に　大串章

▼余花に出合うのは人との再会のようだとは言い得ている。▼さほど長くは咲いていないであろう。山の端がはかなげである。

葉桜《はざくら》

初夏

桜若葉《さくらわかば》

桜の若葉。花が終わってしまった淋《さび》しさと、風にそよぐ時のすがすがしさと。葉桜には二つの表情がある。初夏の桜若葉は塩漬けにして桜餅に、盛夏の桜青葉は葛桜《くずざくら》に用いる。

関連　桜《さくら》→・桜餅《さくらもち》→春

葉桜や又おそろしき道となり　暁台

葉櫻のかげの匂へる思ひあり　高浜年尾

葉桜の影ひろがり来深まり来　星野立子

葉桜や忘れし傘を取りに来ず　安住敦

葉ざくらやしづかにも終る日のあらん　石橋秀野

葉桜の中の無数の空さわぐ　篠原梵

▼風にざわめく葉桜の下、道が続いている。▼青々とした葉陰。緑が香るかのよう。▼しだいに濃く茂る葉桜。▼葉桜の季節になっても取りに来ない忘れ物。▼喧騒の花時を過ぎたある静かな一日。▼風が渡るたび葉の隙間から見える青空が騒ぎ立つ、そんな初夏の一景。

桜《さくら》の実《み》

仲夏

実桜《みざくら》

桜は花が散った後、青い実を結ぶ。西洋実桜の実のさくらんぼより小粒で愛らしい。熟すと紫色になり、かつては子供たちが喜んで食べた。落ちた実が樹下を染めるのも、夏めいてきた光景。

関連　桜《さくら》→春

来て見れば夕《ゆふべ》の桜実《み》となりぬ　蕪村

桜の実わが八十の手を染めし　細見綾子

桜の実朱唇ゆたかに伎芸天　松本澄江

実桜や少年の目の海の色　永方裕子

▼夕桜を楽しんだ木の下に来てみれば、すでに実桜となっていた。▼童心に返って拾ってみたが、赤紫の汁が染めたのはまぎれもない八十歳の手。▼伎芸天《ぎげいてん》の桜の実のような唇の赤さが生々しい。▼目が青く澄んでいるのを海の色とみた。まだ堅い実桜のように初々しい。

薔薇《ばら》

初夏

薔薇《そうび》・薔薇《しょうび》・薔薇園《ばらえん》

深紅から、ピンク、クリームイエロー、白など、彩り豊かで豪華な花は古来、愛と美の象徴とされ、香りは香水として珍重されてきた。愛されるがゆえに交配や改良が盛んで、園芸品種は一千種を超え、「女神」や「女王」をはじめとする、さまざまな名前がつけられている。美しい花でありながら、鋭い棘《とげ》をもつのも、薔薇の特徴である。

関連 薔薇《ばら》の芽《め》→春／秋薔薇《あきばら》→秋／冬薔薇《ふゆばら》→冬

トランプを投げしごと壺の薔薇くづれ　渡辺水巴

バラ散るや己がくづれし音の中　中村汀女

薔薇よりも濡れつつ薔薇を剪りにけり　原田青児

石階を上り第二の薔薇の園　橋本美代子

薔薇園の薔薇整然と雑然と　須佐薫子

花びらの薔薇のかたちを守りけり　辻美奈子

薔薇　❶オールド・ローズ系、❷ハイブリッド・ティー・ローズ系

▼薔薇はくずおれるように散る。その花びらをトランプに見立てた鮮やかな比喩。▼薔薇が崩れる音に己が心を重ねる作者。美しいゆえに際立つ瞬間。▼雨雫《あましずく》を散りばめた花。鋏《はさみ》を入れるたび、それをいっぱいに浴びる。▼一面に咲き満ちた花を堪能して石段を上ると、そこには新たな薔薇の園が。▼美を競い合うかのような花々。▼花弁の一枚一枚がふくらみをもち、ふっくらと形をなす。

牡丹《ぼたん》

初夏

ぼうたん・白牡丹《はくぼたん》・深見草《ふかみぐさ》・富貴草《ふうきぐさ》・牡丹園《ぼたんえん》

牡丹は初夏、香り高い豊麗な花を開く。花の色は紅を基本にして、淡紅、臙脂《えんじ》、紫、白、黒などさまざま。緋牡丹《ひぼたん》、白牡丹、黒牡丹と呼ぶ。原産国である中国では「花王」と讃《たた》えられ、日本には遅くとも平安時代には渡来していた。安土桃山時代には障壁画に描かれ、武将たちの政治、生活空間を豪華に彩った。江戸時代になると、園芸ブームに乗って多くの品種が作り出された。春に花芽を摘み取って花期を遅らせ、冬に咲かせるのが「冬牡丹」「寒牡丹」である。

関連 牡丹《ぼたん》の芽《め》→春／冬牡丹《ふゆぼたん》→冬

名句鑑賞

ちりてのちおもかげにたつ牡丹《ぼたん》かな　蕪村

蕪村の牡丹の句は名句揃い。この華麗な花とよほど馬が合ったのにちがいない。画家の目で描いた印象鮮明な句が多いが、この句は散ってしまって何もないところに見える牡丹の花。いわば心の目で見た牡丹。［長谷川］

虎杖《こじょう》▶寛保元年（1741）―文政６年（1823）宮本氏。白雄門。姨捨山を訪れる際、俳人はこぞって虎杖を頼った。

牡丹散《ぼたんちり》て打《うち》かさなりぬ二三片《にさんぺん》　蕪村
白牡丹といふといへども紅ほのか　高浜虚子
きしきしと牡丹莟をゆるめつつ　山口青邨
夜の色に沈みゆくなり大牡丹　高野素十
牡丹百二百三百門一つ　阿波野青畝
牡丹の奥に怒濤怒濤の奥に牡丹　加藤楸邨
ぼうたんの百のゆるるは湯のやうに　森澄雄

▼まるで絵を見ているかのような一句。▼白い花びらにあるかなきかの紅がさしている。▼牡丹の大きな莟《つぼみ》。音をたててゆるむかのよう。▼夜の闇に沈んでいく花の重み。▼たった一つの門と無数の牡丹。▼牡丹と怒濤《どとう》の二重写し。▼牡丹が揺れる豊かな質感を湯に喩えた。やわらかな調べも印象的。

紫陽花《あじさい》《あぢさゐ》

仲夏

七変化《しちへんげ》・四葩《よひら》の花《はな》・手鞠花《てまりばな》・あずさい・かたしろぐさ

紫陽花は梅雨の花。梅雨に入る頃に花を咲かせ、梅雨が明ける頃に花期を終える。花の色ははじめ緑だが、しだいに白や藍《あい》や薄紅に変化するので「七変化」とも呼ばれる。花びらのように見えるのは四枚の萼《がく》で、その中心に小さな花が一つずつある。紫陽花は日本原産の植物だが、その原種は額紫陽花（額の花）。これが十八世紀にイギリスに伝わり、西洋紫陽花（hydrangea　ハイドランジア）が誕生した。ハイドランジアとは水差しを意味するギリシャ語。紫陽花の実が水差しに似ているからという。

あぢさゐやよれば蚊の鳴く花のうら　暁台
あぢさゐや澄み切つてある淵の上　蒼虬
紫陽花の浅黄のまゝの月夜かな　鈴木花蓑
あぢさゐやきのふの手紙はや古ぶ　橋本多佳子
あぢさゐの藍をつくして了りけり　安住敦
あぢさゐのどの花となく雫かな　岩井英雅

▼ぶーんという蚊のかすかな羽音を聞きとめた。▼水の上へ枝を広げる紫陽花。▼やや色づき始めた紫陽花。浅黄は薄い藍色。▼昨日の手紙に対する気持ちの変化。色を変える紫陽花に移ろう心を寄せる。▼紫陽花にさまざまな色合いの藍を見尽くした。▼雨が上がったばかりの紫陽花。

額《がく》の花《はな》

仲夏

額紫陽花《がくあじさい》

紫陽花の原種。粒ほどの小さな花の周りに、四片からなる装飾花をつけるところから、「額紫陽花」とも呼ばれる。「額の花」の種類は多いが、青紫や白など、落ち着いた雰囲気のものが多いため、茶花《ちゃばな》としても好まれる。

谷深く日のとどきゐて額の花　江中真弓
あけがたや額の咲くより空ひくゝ　石橋秀野

額の花

黄鳥のころ転がして行く茶の実哉：黄鳥は鶯のこと。茶の実を転がして飛び去った。

水よりも土が濡れゐて額咲けり　草間時彦

▼谷間にひっそり咲く花を、スポットライトのような日射しが照らし出す。▼梅雨時の雲が垂れ込めた空が、こんなアングルで見えることも。▼雨に洗われた地の美しさ。額の花が映っていそうな土の輝き。

【繡毬花《てまりばな》】初夏

手毬花《てまりばな》・粉団花《てまりばな》・おおでまり

四、五月、紫陽花《あじさい》に似た球状の白い花を多数つけ、風に揺れると手毬が弾んでいるかのようである。紫陽花とは別種で、藪手毬《やぶでまり》の園芸品種。江戸時代の歳時記にも載っており、古くから観賞用に栽培されていた。

落ちてまたあがれ手まりの花の露　立圃

▼花が宿していた露さえも落ちて弾みそうなのである。露に着目したところの芸がこまかい。

繡毬花　オオデマリ

【石楠花《しゃくなげ》】初夏

石南花《しゃくなげ》

躑躅《つつじ》に似ているが、一つ一つの花が大きく、薬玉《くすだま》のように集まって咲き、躑躅より優美である。厚くて光沢のある葉に囲まれて、白や淡紅色の花が引き立つ。高山性で、日本でもやや高い山に自生するが、観賞用に改良された西洋シャクナゲを見ることが多くなっている。

石楠花に手を触れしめず霧通ふ　臼田亜浪

石楠花に躍りゆく瀬や室生川　水原秋桜子

よべの雨とどめず山の石楠花は　島谷征良

白石楠花夜になり夜の白さなる　加藤知世子

▼山深く咲く神聖な花。人を阻むかのように霧が包む。▼室生《むろう》川(奈良県)のほとりに咲く石楠花に水しぶきがかかる。▼昨夜の雨で辺りの草木は濡《ぬ》れているが、石楠花だけは水滴をとどめず、凛《りん》と咲いている。▼闇にまぎれず、白さがますます輝いている。潔癖さが似合う花である。

石楠花

【泰山木《たいさんぼく》の花《はな》】初夏

初夏の木の花は白色が多い。なかでも王者の風格を誇っているのが泰山木。六月頃、樹上に驚くほど大きな白い花を開く。香りが高く、どこか霊気を感じさせる。「泰山《たいざん》」は中国山東省にある霊山で、高さ一〇〇〇メートル以上にもなる木が、その山のように堂々としているところからつけられたか。しかしこの木、じつは北アメリカ原産である。

冥々《めいめい》▶寛保元年 (1741)―文政7年 (1824) 塩田氏。陸奥本宮の蚕商。白雄に師事、東北俳壇の雄となる。

壺に咲いて奉書の白さ泰山木　渡辺水巴
泰山木月下にて花あきらかに　畠山譲二
あけぼのや泰山木は蠟の花　上田五千石
泰山木葉を押しひろげ咲きにけり　棚山波朗

▼辛夷《こぶし》が陶器の白さなら、泰山木は和紙の白さ。壺に活けてまじまじと見た花の色。▼月光のもとでの神々しいばかりの白さ。▼時間によって印象が異なる。明け方は蠟《ろう》の光のように神秘的。▼深い緑の葉に囲まれ、まるでみずから葉を押し開いて咲いたかのような花。

泰山木の花

【金雀枝《えにしだ》】

初夏

金雀花《えにしだ》

エニシダに「金雀枝」とあてたのは、黄金色に近い蝶《ちょう》のような花を、金の雀に見立てたことによる。おびただしい数の花を支える茎は太くたくましく、濃い緑が花の色を引き立てる。赤いぼかし入りや白などの園芸種もあるが、やはり黄金色こそ金雀枝にふさわしい。

金雀枝

金雀枝や基督に抱かると思へ　石田波郷
金雀枝に雨上りたる日射しあり　高木晴子
金雀枝の咲きあふれ色あふれけり　藤松遊子

▼ヨーロッパ原産の花ゆえに、西欧的、宗教的な世界への連想が働く。▼雨の後の日射しを真っ先に受け止めて。▼花がこんもりと盛り上がった金雀枝。「咲きあふれ色あふれ」のリフレインが生気あふれる姿を伝える。

【杜鵑花《さつき》】

仲夏

皐月《さつき》つつじ

躑躅《つつじ》と同じツツジ科で、正式名称はサツキツツジ。杜鵑《ほととぎす》（時鳥）が鳴く旧暦皐月（六月）頃に、小ぶりの花を多数つけることから、この字をあてた。紅色ほか多種の色があり、庭木や盆栽として多数の品種が生み出され、その数は千とも二千とも。秋の菊花展同様、花盛りの頃には各地でさつき展が開かれる。 関連 躑躅《つつじ》→春

庭石を抱てさつきの盛りかな　嘯山
満開のさつき水面に照るごとし　杉田久女

杜鵑花

世の中を降りたいらげて雪白し：一切が雪に包まれて平らかな様子。世の平安を思う。

濡れわたりさつきの紅のしづもれる　桂信子

▼渓流の岩間に自生する植物なので、庭石にもなじみやすい。だいぶ年を経た木であろう。▼明るい花色が見えるよう。▼鮮やかすぎる赤は時に疎ましい。濡《ぬ》れて落ち着きを得た花を「紅のしづもれる」ととらえた。

【繡線菊《しもつけ》】

仲夏

繡線菊《しもつけ》の花《はな》

この字を見て「しもつけ」と読める人は少ないだろう。下野《しもつけ》国(栃木県)で見つかったところからついた名前に、漢名「繡線菊」をあてたもの。淡紅色の小さな花が群がって咲き、野の花ながら艶《あで》やか。丈は一メートル近くになり、弾むように風に揺れる。よく似た花に下野草《しもつけそう》がある。

繡線菊

繡線菊やあの世へ詫びにゆくつもり　古舘曹人

しもつけの花を小雨にぬれて折る　成瀬正俊

▼作者は妻と娘に先立たれた。季語と以下の内容を「取り合わせ」という手法で結びつけた。繡線菊がそのイメージを見事に生かしている。▼小雨に濡《ぬ》れながらというところに季節感があふれる。

【野《の》牡《ぼ》丹《たん》】

仲夏

+牡丹のように美しいというのでこの名があるが、別種である。漢名を「山石榴」というように、深い紫色が美しい。その趣には反するが、花びら以外には淡い褐色の剛毛が密生している。沖縄や台湾などには自生している。

野牡丹

かくも名に咲きて野牡丹濃むらさき　大橋桜坡子

野牡丹の古代紫たぐひなし　五十嵐播水

野牡丹の咲き継ぎながら散り急ぐ　小出秋光

▼その名を裏切らない紫の深さ。▼まるで染めたように美しい色。▼咲いたかと思うとはらはらと散り、また次の蕾《つぼみ》がどんどん開き、花の時期は案外長い。

【梔子《くちなし》の花《はな》】

仲夏

花の魅力の一つは香りにある。なかでも心地よい香りのベスト5に入るのが梔子の花ではないだろうか。甘く濃厚な香りは独特で、純白の花とともに強烈な印象を与える。八重咲きのものもあるが、清楚な一重のほうが好まれるようだ。雨の

碩布《せきふ》▶寛延3年(1750)―天保14年(1843)川村氏。白雄に師事。同門の葛三より春秋庵を継承する。

降り出す前にはことさら強く匂う。単に「梔子」といえば実をさし、秋の季語。

梔子の花見えて香に遠き距離　八木澤高原
われ嗅ぎしあとくちなしの花の錆び　山口速
錆びてより梔子の花長らへる　棚山波朗
薄月夜花くちなしの匂ひけり　正岡子規

▼視覚と嗅覚《きゅうかく》の違いを、端的に言いきった。▼自分の息がかかったために錆《さ》び色が兆したのではないかと思うほど、潔癖な花である。▼純白がやがて黄を帯びて、しだいに茶色に。それでも散ることができない哀れさ。▼そういえば、昼より夜のほうが匂いが強く感じられる。

梔子の花

【百日紅《さるすべり》】
仲夏

百日紅《ひゃくじつこう》・紫薇《しび》

中国南部の原産で、「百日紅」は中国名。花期が長いところから名づけられた。実際、梅雨の頃から秋の初めまで咲き続ける。花の色は紅色が主だが、白や紫もある。日本名の「さるすべり」は、樹皮が自然にはがれて幹がつるつるになるので、猿も滑り落ちそうなところから。また、「紫薇」の呼び名は、かつて唐の長安の紫微宮に多く植えられていたことによる。幹や枝を軽く擦《こす》ると、ゆさゆさと花が揺れ、それがくすぐったさに身をよじらせているように見えることから、「くすぐりの木」ともいう。

籠らばや百日紅の散る日まで　支考
咲き満ちて天の簪百日紅　阿部みどり女
女来と帯纏き出づる百日紅　石田波郷
さるすべり美しかりし与謝郡　森澄雄
さるすべりしろばなちらす夢違ひ　飯島晴子

▼百日紅の咲く間、ずっと夏籠りをしようというのだ。百日紅の夏は長い。▼満開の百日紅。まるで天が簪《かんざし》を挿しているかのよう。▼自堕落にしているところへ、女性の来訪。▼丹後国《たんごのくに》与《よ》謝《さ》郡《ごおり》(京都府北部)は蕪村の母の故郷といわれる。▼白い百日紅が散るさまは夢なのか現なのか。不思議な空間が眼前する。

百日紅

【夾竹桃《きょうちくとう》《けふちくたう》】
仲夏

暑さとともに咲き続ける花である。鮮やかな紅色もインド原産と聞けばうなずける。ほか、白色や淡黄色の花もある。江戸時代に渡来したが、俳句に好んで詠まれるようになったのはそう古いことではない。公園などで目にすることが増えた

月寒く我かげ我に似ざりけり：寒々しい月。おのれの影さえ他人のように見える孤独。

からだろう。

夾竹桃しんかんたるに人をにくむ　加藤楸邨
夾竹桃河は疲れを溜めて流れ　有働亨
二階より見えて夜明けの夾竹桃　菖蒲あや
ヒロシマの夾竹桃が咲きにけり　西嶋あさ子

▼静けさゆえに高まる感情。花が憎しみを印象づける。▼淀《よど》みがちな流れに疲れをみた。どこか倦怠《けんたい》感を感じさせる花でもある。▼暑い日の始まりを予感させるような鮮やかな色である。▼あの広島、という思いが「ヒロシマ」にこめられている。

夾竹桃

南《なん》天《てん》の花《はな》

仲夏

花南天《はななんてん》

「難を転ずる」として、昔は屋敷の鬼門に植えられた。赤い実は正月飾りに用いる。花が咲くのは六、七月頃。円錐《えんすい》状に白い小さな花が開き、実ほどは目立たないが、ひっそりとした趣をたたえている。

関連 南天《なんてん》の実《み》→冬

南天の花

南天の花にとびこむ雨やどり　飴山實
南天の花咲くさかりとも見えず　坂間晴子
花南天実るかたちをして重し　長谷川かな女

▼雨宿りに飛び込んだ軒下に南天の花。それを「南天の花にとびこむ」と誇張したことで俳諧《はいかい》味《み》が生まれた。▼満開とはいっても辺りの景にまぎれてしまう。▼枝にびっしり花がつくと、実と同様に重そうに見える。

凌霄《のうぜん》の花《はな》

晩夏

凌霄《のうぜん》・凌霄花《のうぜん》・のうぜんかずら

夏は、暑さに抗するかのように鮮やかな赤系統の花が目につく。朱色の凌霄が樹木や垣根などをよじのぼるように蔓《つる》を伸ばして生長し、漏斗《ろうと》状の花をたくさんつけると、あたかも炎がゆらめいているかのようだ。

凌霄の花や鐘楼《しゅろう》を巻《まか》んとす　野逸
のうぜんの花は遠くに見ゆるなり　今井杏太郎
凌霄や同じ女が二度も過ぎ　永作火童
凌霄やギリシャに母を殺めたる　矢島渚男

▼鐘《かね》撞《つ》き堂を取り囲む凌霄の花は、迫りくる炎を思わせる。▼遠く離れていても目に入ってくる。むしろ遠くの花ばかり見えるの

凌霄の花

長翠《ちょうすい》▶寛延3年（1750）—文化10年（1813）常世田氏。師・白雄から春秋庵を継承。作庭、茶道、画業にも才を発揮。

かも。▼探している家が見つからないのか、あるいは訪ねるのをためらっているのか。▼ギリシャ悲劇では主要なモチーフの一つの母親殺し。凌霄のどこか毒のある華やかさが誘う連想の飛躍。

梯梧《でいご》

三夏

梯梧《でいご》の花《はな》・海紅豆《かいこうず》

インド原産の落葉高木で、真っ赤な花がいかにも南国的である。沖縄の県木であり、戸外では奄美大島以南でしか生育しない。関東以西で見られる「海紅豆」は南米原産のアメリカデイゴ。

海彦とふた夜寝ねたり花でいご　小林貴子

▼別世界へやってきたような南の島の旅。「海彦」は海そのものであり、梯梧の花が作者の情熱を象徴。

梯梧

仏桑花《ぶつそうげ》《ぶつさうげ》

晩夏

扶桑花《ふそうか》・ハイビスカス・琉球木槿《りゅうきゅうむくげ》

ハイビスカスといったほうが親しみやすいかもしれない。漏《ろう》斗《と》形の花で、雄蘂《おしべ》と雌蘂《めしべ》が長く突き出ているのが特徴。南国的なイメージが強い。花の色は赤のほか、白、桃、黄のものもある。江戸時代に琉球（沖縄）から伝わり、「仏桑花」の名で俳句に詠まれてきた。

仏桑花

仏桑花魔除けの獅子が屋根に立つ　塩川雄三

寺院ありハイビスカスの咲く中に　星野椿

▼シーサーと呼ばれる魔除《まよ》けの獅子とともに、沖縄の象徴といえる。▼仏桑花の原産地は、インドあたりではないかという。この句もインドの風景を思わせる。

時計草

時計草《とけいそう》《とけいさう》

三夏

時計の文字盤のような花をつける。多くの蘂《しべ》が時計のからくりのように見え、夜になるとしぼむことなどから、この名がある。南米原産で十八世紀に日本へ入ってきた。

どの国の時計に似たる時計草　後藤比奈夫

▼そのままの形の時計があるわけではない。日本で文字盤をもつ時計が普及したのはいつ頃からだろう。

麦秋やふたつの乳にふたりの子：両脇に双子を抱えて乳を与えるたくましい母。

茉莉花《まつりか》《まつりくわ》

三夏

素馨《そけい》・ジャスミン

光沢のある緑の葉が茂る枝先に、白い花が数個ずつかたまって咲く。強い芳香があり、香水の原料となるほか、乾燥した花を茶に加えて香りを楽しむ。

茉莉花を拾ひたる手もまた匂ふ　加藤楸邨

▼地に落ちた茉莉花を手に取ると花がよく香る。花を手離した後もエキゾチックな香りが手に残るのだ。

蜜柑《みかん》の花《はな》

初夏

花蜜柑《はなみかん》

五、六月、枝先や葉腋に白い五弁の小花をつける。群がり咲く花は木の周りを甘い香りで包み、郷愁を誘う。蜜柑山や蜜柑畑などが一面に花を咲かせている景色も慕わしい。関連 蜜柑《みかん》→冬

改札で父が手をふる花みかん　黛まどか

▼久しぶりに蜜柑の花の香る故郷に帰る。改札口まで出迎えてくれた父が大きく優しく手を振っている。

柚《ゆ》の花《はな》

初夏

柚子《ゆず》の花《はな》・花柚《はなゆ》・花柚子《はなゆず》

柚は柑橘《かんきつ》類の一種。初夏、蜜柑《みかん》の花に似た香り高い白い花をつける。「柚の花」とも「花柚」ともいう。結実して緑の実(青柚《あおゆ》)を結び、これが熟れて黄金色の「柚子」になる。柚子の「子」は実のこと。柚の花も青柚も柚子もみな香りがよく、料理の香りづけに使われる。王朝の和歌では「五月《さつき》まつ花橘《はなたちばな》の香《か》をかげば昔の人の袖《そで》の香ぞする」(読人しらず『古今和歌集』)のように、もっぱら橘の花が詠まれたが、近世以降、俳諧《はいかい》では柚の花に取って代わられる。柚の花は花橘の俳諧版と考えればよい。関連 柚子《ゆず》→新年

柚《ゆ》の花や昔しのばん料理《れうり》の間《ま》　芭蕉

柚の花はいづれの世の香ともわかず　飯田龍太

色欲もいまは大切柚子の花　草間時彦

▼京都嵯峨野《さがの》にあった去来《きょらい》の別荘、落柿舎《らくししゃ》での句。前の持ち主の名残の大きな台所があった。▼柚の花の香りは遠い昔を思わせる。▼若い頃にはもてあました色欲も、今となっては大事。

柚の花

栗《くり》の花《はな》

仲夏

花栗《はなぐり》

山中を歩いていて、むっとするような青臭い匂いに驚くことがある。見上げると、白い房状の花がたくさん垂れている。栗の花である。木の花ではよくあることだが、実の形から想像できない花。穂のような部分には雄花が密生し、その基部

東皐《とうこう》▶宝暦2年(1752)―文政2年(1819)高橋氏。蕪村、几董に師事。几董没後は隠棲。書は良寛と並称された。

に雌花が二、三個ついていて、受粉が終わると雄花は茶色くなって落ちる。関連 栗《くり》→秋

世の人の見付けぬ花や軒の栗　芭蕉
栗の花丹波は雲の厚き国　茨木和生
花栗のちからかぎりに夜もにほふ　飯田龍太
栗咲く香この青空に隙間欲し　鷲谷七菜子

▼軒近く咲いていても、大概の人は見過ごしてしまうというのが、いかにも栗の花らしい。▼丹波《たんば》は栗の名産地。盆地から空を見上げた様子を、梅雨が近づいている頃の雲の厚さにとらえた。▼暗くなると匂いに敏感になる。「ちからかぎりに」が、命を育む花の懸命さを思わせる。▼晴れていても重く立ちこめる花の匂いに耐えかねて、「青空に隙間欲し」と言った。

栗の花

柿《かき》の花《はな》

仲夏

柿《かき》の蔕《とう》

柿の花は薄緑なので、青葉にまぎれて目立たない。庭に一つ二つ落ちているのを見つけて、花が咲いていたことに初めて気づく。花びらのように見えるのは萼《がく》。関連 柿《かき》→秋

渋柿の花ちる里と成にけり　蕪村
柿の花こぼれて久し石の上　高浜虚子
十ばかり拾ひてみたり柿の花　三好達治
地に落ちて真昼にひゞく柿の花　相馬遷子
田の水に浮いて吹かるゝ柿の花　飴山實

▼『源氏物語』に出てくる「花散《はなちる》里《さと》」の名を踏まえる。▼いつまでも石の上に残っている柿の落花。▼何となく拾ってみたくなるのだが、拾ったからといって何のこともない。▼深閑とした真昼。▼田水に落ちて吹かれている。

柿の花

石榴《ざくろ》の花《はな》

仲夏

花石榴《はなざくろ》

筒状の朱色の花が愛らしいので、日本に入ってきた当初は観賞用に栽培された。実を食べるようになったのは江戸時代以降だという。「花石榴」は八重咲きの園芸品種で結実しないが、俳句では五音で収めやすいからか、石榴の花のことを「花石榴」とも呼ぶ。関連 石榴《ざくろ》→秋

日のくわつとさして石榴の花の数　小林篤子

石榴の花

寝起から団扇とりけり老いにけり：起きて早々暑さに耐えられず団扇《うちわ》を取る。老いを感じた。

花石榴老人のゐずなりし家　岸田稚魚
妻の居ぬ一日永し花石榴　辻田克巳
花石榴風が灯してゆきにけり　三村純也

▼かっと射した日に照らし出されるおびただしい花。鮮やかな朱色にたじろぐ。▼庭先でよく植木の手入れをしていた老人は、いつの間にか、いなくなってしまった。▼独りにされると妻への依存度がわかる。▼風が灯《とも》していったという発想に夢がある。

青梅《あおうめ》《あをうめ》

仲夏

梅《うめ》の実《み》・実梅《みうめ》・小梅《こうめ》・煮梅《にうめ》・豊後梅《ぶんごうめ》・信濃梅《しなのうめ》・甲州梅《こうしゅううめ》

梅の実の、まだ堅く、青いもの。梅の青葉の陰から、まるい顔をのぞかせているところなど、美しい。「実梅」といえば、やや熟れて黄色く色づいた実を思い浮かべる。六月の長雨である「ツユ」に「梅雨」の字をあてるのは、梅の実る季節だから。青梅は梅酒や梅干に、実梅は梅干にする。

関連 梅《うめ》→春／梅干《うめぼし》・梅酒《うめしゅ》→208

青梅

うれしきは葉がくれ梅の一つかな　杜国
青梅に眉《まゆ》あつめたる美人かな　蕪村
青梅に手をかけて寝る蛙かな　一茶
塩漬の梅実いよいよ青かりき　飯田蛇笏
青梅の臀《しり》うつくしくそろひけり　室生犀星
青梅に今日くれなゐのはしりかな　飴山實

▼葉陰にちょっと見える実梅。▼あまりの酸っぱさに、眉をひそめる美女。▼安心の体《てい》で眠る雨蛙《あまがえる》。▼鮮烈な緑の梅が目に浮かぶよう。▼青梅が枝に並んでいるところ。▼紅のひと刷《は》けさす実梅。

青柿《あおがき》《あをがき》

晩夏

梅雨の頃、ひっそりとした花が散ると、青い実がふくらみ始め、夏の間中、少しずつ太る。小ぶりの青柿が地に転がっていたり、葉隠れにいくつもついていたりする姿が見られる。

関連 柿《かき》→秋

青柿落ちて疵つかざるはなかりけり　安住敦

▼実りの秋を迎えぬまま落ちてしまった青柿には、どれにも無数の疵《きず》がついている。

青柚《あおゆ》《あをゆ》

晩夏

青柚子《あおゆず》

まだ青い柚子《ゆず》の実。その緑濃い皮を細く刻み、あるいは、おろし金でおろし、刷毛《はけ》で掃いて料理の香りとする。青柚の「青」は未熟をあらわす青。青梅《あおうめ》、青瓜《あおうり》、青柿《あおがき》、青山椒《あおざんしょう》、青胡桃《あおくるみ》、青葡萄《あおぶどう》、青鬼灯《あおほおずき》の青も同じ。どの青もみな、夏らしい。

関連 柚子《ゆず》→新年

まだ小さき青柚なりしがもたらしぬ　池内たけし

▼小さくても香り高い。

道彦《みちひこ》▶宝暦7年（1757）—文政2年（1819）鈴木氏。白雄門。化政期江戸俳壇において最大勢力を誇るも晩年は不遇。

青胡桃《あおくるみ》《あをくるみ》

晩夏

生胡桃《なまくるみ》

まだ熟しきっていない青い胡桃の実。葉陰に房《ふさ》をなして実る。山野の風や川音などを背景にしたり、みずみずしい外皮の中に包まれた堅い殻に心を寄せて詠まれることも多い。 関連 胡桃《くるみ》→秋

青胡桃しなのの空のかたさかな　上田五千石

川音の空へ抜けゆく青胡桃　小島健

▼信濃《しなの》の荒々しい山野をおおって、青空は硬く引きしまっている。その青空を背景に青胡桃は太ってゆく。▼山間の川辺に多い青胡桃。その川音は青胡桃を超え、青空へ。

青葡萄《あおぶどう》《あをぶだう》

晩夏

熟する前のまだ小さく堅い葡萄をいう。房状の実の粒と粒の間には隙間があり、みずみずしい緑色で、まだ食用にならない。 関連 葡萄《ぶどう》→秋

青葡萄玲瓏と昼過ぎにけり　菅原関也

子にだけは唄ふ父なり青葡萄　能村研三

▼実りの時を待って葡萄棚で玲瓏《れいろう》と輝く青葡萄。明るい昼の光に満ちた静かな時が過ぎてゆく。▼人前では唄《うた》わない父も子供に対してだけは唄ってやる。みずみずしく優しい父子の時間。

青林檎《あおりんご》《あをりんご》

晩夏

夏のうちに出荷される早生《わせ》種の林檎で、七月頃から出回る。貯蔵がきかないので緑の色が鮮やかなうちに賞味する。堅くて酸味のまさった果肉は暑い盛りにすがすがしさを呼ぶ。

関連 林檎《りんご》→秋

刃を入れて拒む手ごたへ青林檎　鷹羽狩行

青林檎よき歯を母にもらひけり　西嶋あさ子

▼青林檎を割ろうとして刃を入れると、拒み返すような手応えを感じた。▼青林檎をさくりと齧《かじ》ることができた。母から丈夫な歯をもらったからだ。母もこうして齧っていたのだろうか。

木苺《きいちご》

初夏

山野に自生するバラ科の落葉低木で、紅葉苺《もみじいちご》、梶苺《かじいちご》ほかがある。四月頃、白い花が咲き、夏に黄色または紅色の果実が熟する。そのまま食べるほか、ジャムや果実酒にして楽しむ。

木苺をふふめば雨の味のして　比田誠子

木苺

▼山歩きで見つけた木苺を口に含むと、甘酸っぱさの中に雨の味

稲妻や曰人と二字書かぬ間に：「曰人」と自署するわずかな間に稲妻が迸《ほとばし》った。

がするよう。昨夜降った雨だろうか。

桑《くわ》《くは》の実《み》《み》

仲夏

桑苺《くわいちご》

養蚕が盛んだった時代には、家の周りに桑畑があって、実はいくらでもなっていた。桑[+]の実は初めは赤く、熟れるにしたがって紫色に変わる。これを食べるのは子供たちの楽しみの一つだが、食べた後は唇や舌が紫に染まるので、すぐにわかってしまうのだった。

関連　桑《くわ》→春

桑の実や湖のにほひの真昼時　水原秋桜子

黒く又赤し桑の実なつかしき　高野素十

桑の実ややうやくゆるき峠道　五十崎古郷

桑の実の紅しづかなる高嶺かな　飯田龍太

桑の実を食べたる舌を見せにけり　綾部仁喜

▼真昼という不思議な時間。日射しを眩《まぶ》しく返す湖のほとりの景色。▼桑の実に、子供の頃のことが思い出される。▼しばらく急な坂が続いたのだろう。やっと辺りに目をやる余裕が生まれた。▼手前には実をつけた桑。遠景には高い山。おのずからなる構図の美しさ。▼紫に染まった舌の子供たち。屈託のない表情が浮かぶ。

桑の実

楊梅《やまもも》

仲夏

山桃《やまもも》・やまうめ・ももかわ・楊梅《ようばい》・樹梅《じゅばい》

山野に自生するほか、樹形がよいため、公園や庭などにも植えられる。実は夏に紅熟し、甘酸っぱく独特の香気がある。ジャムや酒などにして野趣を楽しむこともある。

やまももを頬張つて目の笑ひをり　大串章

▼木から取ったばかりの楊梅をすばやく頬張って、いたずらっ子のように笑う。

楊桃

さくらんぼ

仲夏

桜桃《おうとう》の実《み》・桜桃《おうとう》・チェリー

さくらんぼは、味はもちろんだが、見た目の愛らしさが好まれる。日本に入ってきたのは明治初年、その後改良され、佐藤錦《さとうにしき》などの甘くて大粒の品種が生み出された。山形県を中心に、東北地方や北海道の寒冷地が産地となっている。これにさきがけて市場に出回るのが、アメリカ産のダークチェリーである。

さくらんぼ

臼人《わつじん》▶宝暦8年(1758)―天保7年(1836)遠藤氏。仙台藩士。門人は数千人とも。芭蕉研究に功績。

茎右往左往菓子器のさくらんぼ　高浜虚子
舌に載せてさくらんぼうを愛しけり　日野草城
幸せのぎゆうぎゆう詰めやさくらんぼ　嶋田麻紀
桜桃の百顆に百の雨雫　朝妻力

▼長い茎をつまんで口へ運ぶのが楽しいさくらんぼ。菓子器に盛られた向きはバラバラ。それを「茎右往左往」とみた。▼舌の上で弾力を味わう。「さくらんぼう」と呼びたくなったのも、その愛らしさゆえ。▼茎を見せずに整然と並べられた箱詰めのさくらんぼ。不幸とは無縁の屈託のない赤さ。▼こちらはまだ木になっているさくらんぼ。雨に濡《ぬ》れてひと粒ひと粒に雫《しずく》が輝いている。

【山桜桃の実《ゆすらのみ》】

仲夏

山桜桃《ゆすらうめ》・ゆすら

ユスラウメは家庭果樹として植えられることが多い。六月頃に紅熟する実は一センチほどの球形で、光沢があり、食べられる。名は、枝を揺すって実を落とすところなどから。

ゆすらうめ実のほろほろと草の上　岩崎眉乃

▼きれいな紅色のゆすらうめの実が青々とした草の上に宝石のように落ちる。

山桜桃の実

名句鑑賞

一つづつ灯を受け止めてさくらんぼ　右城暮石

さくらんぼが人を引きつけるのは、その色だけでなく輝きにある。赤い光を放つ実は、まるでルビーのようだと誰もが思うだろう。卓上に出されたさくらんぼは灯《あか》りに照らされ、まさに宝石の輝きだが、それを、ひと粒ずつが「灯を受け止めて」いると見たところに、作者のまなざしの確かさが感じられる。　［片山］

【李《すもも》】

仲夏

李子《すもも》・米桃《よねもも》・牡丹杏《ぼたんきょう》

六月頃、黄色または赤紫色に熟する。名は「酸桃」の意。果実は球形で果皮は堅く、毛がない。そのまま食べたり果実酒にしたりする。

関連　李《すもも》の花《はな》→春

葉隠れの赤い李になく小犬　一茶

▼茂った葉の間に見え隠れする赤い李の実を見つけて、いったい何だろうと小犬がほえ立てていることだ。

【巴旦杏《はたんきょう》《はたんきやう》】

仲夏

李《すもも》の一種。果実は梅よりやや大形で、先端がゆるやかにとがる。果皮は緑黄色に紅色を刷《は》き、果肉は黄色で香り高く、甘酸っぱい。

簀にあげてしづかな雫巴旦杏　斎藤夏風

▼巴旦杏を簀《すのこ》の上に広げると、艶《つや》やかな肌に細かい雫《しずく》が宿っている。みずみずしく見るからにおいしそう。

杏子《あんず》

仲夏

杏《あんず》・からもも

果実は直径三センチほどの梅†の実に似た球形で、表面にびっしりと毛が密生し、赤みがかった黄色に熟する。生のままや干して食べるほか、ジャムやシロップ漬け、果実酒に利用する。 関連 杏《あんず》の花《はな》→春

あんずあまさうなひとはねむさうな　室生犀星

月一つ杏子累々熟れはじむ　青柳志解樹

▼よく熟して甘そうな杏の実の傍らで、人が眠たげにのんびりと時を過ごしている。▼夜空に月が一つ。月光に照らされて一面の杏畑の杏子が実りの時へ近づく。

枇杷《びわ》

仲夏

枇杷《びわ》の実《み》

薄い皮をむき、果汁を滴らせて食べるところに、季節感と独特の味わいがある。昔は特別の木箱に入った高級な果物だった。海岸の土壌に適するところから、長崎市の茂木《もぎ》や房総が産地として有名。 関連 枇杷《びわ》の花《はな》→冬

枇杷買ひて夜の深さに枇杷匂ふ　中村汀女

やはらかな紙につつまれ枇杷のあり　篠原梵

口中にふくらむばかり枇杷の種　右城暮石

▼闇の中で甘酸っぱい匂いを放つ食べ頃の枇杷。▼枇杷の実は美しく仕上げるために一つずつ袋掛けをし、さらに出荷の際には薄紙に包んだりする。▼枇杷の特徴の一つは大きな種。口には入れたものの往生している。

夏蜜柑《なつみかん》

初夏

夏柑《なつかん》・夏橙《なつだいだい》

初夏に芳香のある白い花をつけたのち実を結び、秋には橙黄《とうおう》色《しょく》に熟するが、翌春から夏にかけて収穫するのでこの名がある。大ぶりで皮は厚く、果肉には苦みを帯びた酸味がある。

眉に力あつめて剝けり夏蜜柑　八木林之助

夏みかん酸つぱしいまさら純潔など　鈴木しづ子

▼堅い果皮を、力をこめてむく様子。▼酸っぱい夏蜜柑を嚙《か》みしめて、今さら甘やかな幻に浸ることはできない。

パイナップル

晩夏

鳳梨《アナナス》・まつりんご・鳳梨《ほうり》

熱帯アメリカ原産の果物で、英名はパイン(松)とアップル(林檎《りんご》)から。日本では沖縄を中心に栽培され、七月から九月にかけて収穫される。剣状の葉の株の間から茎が出て集合花をつけ、甘く多汁の実を結ぶ。

パイナップル日照雨《そばへ》が中の香のはげし　関谷嘶風

▼パイナップル畑であろうか。強い日射しの中をきらきらと雨が降り、甘い香りが辺りに強く香る。

保吉《やすよし》▶宝暦10年(1760)—天明4年(1784) 藤原氏。江戸の馬具商。白雄門にあって最も将来を嘱望されたが早世。

【パパイヤ】 三夏

パパヤ・ちちうりの木《き》・木瓜《もっか》・万寿果《まんじゅか》

熱帯アメリカ原産の果物で、瓜に似た形の果実。黄色に熟した実には、黒い種が多数入っている。特有の青臭さとねっとりとした甘さがある。日本では、沖縄や奄美《あまみ》諸島を中心に栽培されている。

パパイヤの匙もて南十字星《サザンクロス》指す　杉良介

▼甘い果肉を掬《すく》って食べながら、その匙《さじ》で空に輝く南十字星を指し示す。心地よい海外の夜を詠む。

パパイヤ

【バナナ】 三夏

実芭蕉《みばしょう》

熱帯を中心に広い地域で栽培される果物。日本には一九〇〇年代、四月から六月頃に台湾辺りから入ったのが始まり。現在は一年中、輸入品が出回り、季節感に乏しくもあるが、なじみ深い果実である。日本では、沖縄や奄美《あまみ》諸島などでは、初夏から秋にかけて、島バナナが旬を迎える。

バナナ熟れ礁の月は夜々青し　神尾季羊

▼バナナが黄色く色づき、夜ごと青白い月が美しくかかる。波音と潮の香と黒々とした岩礁が南国の情趣を醸《かも》す。

【夏木立《なつこだち》】 三夏

夏木《なつき》

夏の青々と茂る樹木。「夏木立」といえば、一本のことも複数のこともあり、一句ごとに判断することになる。「夏木」といえば、一本。夏の間中使える季語だが、その時期によって趣が異なる。初夏五月は風にそよぎ、仲夏六月は鬱蒼《うっそう》と茂り、晩夏七月は深い影を落とす。

先《ま》づたのむ椎《しひ》の木も有《あり》夏木立　芭蕉
酒十駄《じふだ》ゆりもて行《ゆく》や夏こだち　蕪村
動く葉もなくておそろし夏木立　蕪村
甘き香は何の花ぞも夏木立　太祇
人声に蛭《ひる》の降るなり夏木立　一茶
磨かれし馬匂ふなり夏木立　福田甲子雄
雨浸みて巌の如き大夏木　高浜虚子

▼椎《しい》はがっしりした木。緑蔭も深い。▼酒二樽《たる》が一駄。十頭の馬に積んで運ぶところ。▼微動だにしないがゆえの恐ろしさ。▼これは花をつけた夏木。▼人の気配を察知して山蛭が落ちてくる。▼緑濃き木立と輝く馬の総身が放つ匂いには力強い生命力が漲《みなぎ》る。▼岩のような大樹の幹。

【新樹《しんじゅ》】 初夏

初夏の木々は青々とした若葉がすがすがしい。この時期の鮮

かたむきて田螺も聞くや初かはづ：小さな田螺《たにし》たちも体を傾けて初蛙の声を聞いている。

やかな緑をあらわす季語には「青葉」「若葉」「新緑」などがあるが、「新樹」はとくに個々の樹木の姿を印象づけるものといえよう。「しんじゅ」という言葉の響きにもみずみずしさが感じられる。明るい日射しに包まれた姿はもちろん、風に大揺れする姿もまた颯爽《さっそう》としている。

白雲を吹尽したる新樹かな　才麿
大風に湧き立つてをる新樹かな　高浜虚子
夜の雲に噴煙うつる新樹かな　水原秋桜子
夜の新樹詩の行間をゆくごとし　鷹羽狩行

▼風の中の新樹の勢いが、雲にまで及んでいるとみた。▼「湧き立つてをる」がたくましい姿を思わせる。▼火山の上の雲は噴煙と一体であるかのよう。裾野の木々が闇に浮かび上がる大景。▼新樹の並木を詩の行とみた、鮮やかな発想の飛躍。都会的な雰囲気が感じられる。

若葉《わかば》　初夏

山若葉《やまわかば》・谷若葉《たにわかば》・里若葉《さとわかば》・若葉時《わかばどき》・若葉風《わかばかぜ》・若葉雨《わかばあめ》

樹木の新しい葉。明るく柔らかくみずみずしい。木の種類によって、さまざまな形、さまざまな色合いがある。若葉の頃に吹く風を「若葉風」、降る雨を「若葉雨」という。また、山中のものは「山若葉」、谷のものは「谷若葉」というように、その場所ごとに言い方を変えることもある。若葉の季節は人生でいえば、まさに青春の時。

若葉して御《おん》めの雫《しづく》ぬぐはばや　芭蕉
あらたうと青葉《あをば》若葉《わかば》の日《ひ》の光《ひかり》　芭蕉
若葉吹く風さらさらとなりながら　惟然
不二《ふじ》ひとつうづみ残《のこ》してわかばかな　蕪村
をちこちに滝の音聞く若ばかな　蕪村
ざぶざぶと白壁洗ふわか葉《ば》哉《かな》　一茶
若葉して手のひらほどの山の寺　夏目漱石

▼唐招提寺《とうしょうだいじ》の鑑真和上《がんじんわじょう》像を拝した時の句。光を失ったその目を、やわらかな若葉で拭《ぬぐ》ってさしあげたい。▼『おくのほそ道』の途上、日光での句。「あらたうと」は「何と尊い」。日光という地名を解きほぐして、「日の光」にしている。▼「なりながら」は「鳴りながら」。若葉を吹きわたる風の音が聞こえる。▼一面の若葉の中に、ちょんとある富士《ふじ》。▼遠く近く、若葉の奥から滝の音が聞こえる。▼白壁を洗うようにそよぐ若葉。▼若葉に覆われた初夏の山。遠くから見ると山の中の寺は掌に入るようだ。

柿若葉《かきわかば》　初夏

艶やかでまぶしい柿の若葉。柿の木は人間と深い関わりがある。果樹として畑や庭に植えるが、果実だけでなく、その葉も役に立つ。奈良県の吉野《よしの》では、鯖鮓《さばずし》を柿の葉で包む。これが柿葉鮓《かきのはずし》。関連 柿《かき》→秋

茂山やさては家ある柿若葉　蕪村
しんしんと月の夜空へ柿若葉　中村汀女

▼こんな山奥とはいえ、柿若葉があるからには、人が住んでいる

巣兆《そうちょう》▶宝暦11年(1761)—文化11年(1814)建部氏。白雄門。江戸で活躍。谷文晁に師事し書画にも秀でた。

にちがいない。「茂山《しげやま》」は木々の茂る山。▼月光を浴びる柿若葉。

椎若葉《しいわかば》《しひわかば》

初夏

神社や寺の境内などでも多く見かける椎の木。淡緑色の若葉が全体を覆うようになると、黒ずんだ古い葉は落ちる。花穂《かすい》とともに盛り上がるように萌え出る若葉は、明るさが際立つ。関連 椎《しい》の実《み》→秋

教室にわつと歓声椎若葉　谷野予志

椎若葉おのがひかりにたちさわぐ　角川春樹

▼学校の校庭などに植えられることも多い椎の木。教室で子供たちの歓声が上がると、窓外の椎若葉も応えるようにざわめき、初夏の光に輝く。▼鮮やかな緑の椎若葉は、自ずからその光に昂ぶるのであった。

椎若葉

樫若葉《かしわかば》

初夏

樫茂る《かししげる》

樫の木は山地に自生するほか、庭などにもよく植えられる。樫は木が堅い意の「かたし」からきた名。新葉には絹のような軟毛を生じ、しだいに革質の艶を帯びる。関連 樫《かし》の実《み》→秋

樫若葉雀おん宿つかまつり　石塚友二

▼樫の若葉の茂みを、雀《すずめ》が賑《にぎ》やかに出入りしている。宿としているのであろう。

樟若葉《くすわかば》

初夏

樟《くすのき》(楠)は木全体に芳香があり、枝が張り、葉もよく茂り、病虫害に強く長命である。そのため神社などに多く植えられ、神木となっている場合も多い。新葉は萌葱《もえぎ》色で光沢がある。

樟若葉大きな雨の木となりぬ　森賀まり

▼樟の大樹に雨が降った。雨の間ももちろん、雨がやんでしばらく後も、雫《しずく》してやまない。すがすがしい緑の光を詠む。

若楓《わかかえで》《わかかへで》

初夏

楓の若葉の繊細な風情は昔から人々に愛されてきた。楓は初夏の若葉と秋の紅葉、二度の見頃がある。関連 楓《かえで》→秋

若楓茶いろになるも一さかり　曲水

若楓影さす硯あらひけり　水原秋桜子

子を産みに子が来てゐるや若楓　安住敦

若楓京に在ること二日かな　川崎展宏

▼茶色の若楓がしだいに青葉に変わってゆく。▼硯《すずり》に揺れる若楓の影。▼娘の安産祈願の句。若楓が安らか。▼紅葉の名所、京都は、若楓の名所でもある。

魚くうて口なまぐさし昼の雪：しんしんと冷える昼の雪と、生臭い口の対比が鮮やか。

青葉《あおば》《あをば》

三夏

青葉若葉《あおばわかば》・青葉山《あおばやま》・青葉雨《あおばあめ》・青葉寒《あおばざむ》・青葉冷《あおばび》え・青《あお》時雨《しぐれ》・青葉時雨《あおばしぐれ》

「若葉」と同じように、木々の美しいさまをいうが、若葉よりも緑の深まりを感じさせる。みなぎる生気と、目にしみるような艶《つや》やかさに力がある。「青時雨」「青葉時雨」は、青葉の頃、雨上がりの木の下を通ると、葉にたまっていた雫《しずく》が落ちてくることをいう。

はつきりと亡き人かなし青葉山　北枝

心よき青葉の風や旅姿　正岡子規

ドアにわれ青葉と映り廻りけり　篠原梵

鳥籠の中に鳥とぶ青葉かな　渡辺白泉

▼生気みなぎる青葉の山を見ると、人の死が改めて強く実感される。▼青葉を渡って風が吹いてくる。旅にふさわしいすがすがしさだ。▼回転ドアをくるりと抜けた時、ドアの硝子《ガラス》に青葉が映り込む。涼やかな都会の風景。▼籠の鳥は自然を知らない。青葉が籠の鳥の哀れを誘う。

新緑《しんりょく》

初夏

緑《みどり》・緑《みどり》さす

初夏の木々の新葉の緑のみずみずしいさまをいう。深い緑に変わる前の鮮やかな明るい緑で、目の醒《さ》めるような溌剌《はつらつ》とした感じがある。

みどりさす壁に牧草管理表　福永耕二

新緑に命かがやく日なりけり　稲畑汀子

子の皿に塩ふる音もみどりの夜　飯田龍太

▼牧場の事務室か、管理室か。窓から射し込む光も、緑に染まっているかのようだ。▼新緑の明るさに心を委ねていると、命も新しく輝くように思えた。▼新緑の美しい夜、子供の夕食の皿に白い塩を振る音も新鮮に思える。

茂《しげり》

三夏

茂《しげ》み・茂《しげ》る・茂《しげ》り葉《ば》・野山《のやま》の茂《しげ》り

夏の木々の枝葉が、盛り上がるように鬱蒼《うっそう》と重なり合って茂っているさまをあらわす。

光り合ふ二つの山の茂りかな　去来

目かくしの子を一人置く茂りかな　渡辺純枝

樹といれば少女ざわざわ繁茂せり　金子兜太

▼どちらもよく茂った山が二つ、夏の陽光を返して並んでいる。▼鬱蒼と茂った大樹の根元に、かくれんぼの鬼の役の子だけが一人、目隠しをしている。▼樹と少女が一体となって成長してゆく。

名句鑑賞

摩天楼より新緑がパセリほど　鷹羽狩行

一九六九年、ニューヨークのエンパイア・ステートビルでの作として有名。三八一メートルという、当時、世界で一番高い建物に上り、街を見下ろしたのだ。すると、公園の新緑の木々が、まるで皿に盛りつけた時のパセリほどの小ささに見えたという。その驚きが伝わってくる。海外俳句そのものがまだ新しかった時代、高層ビルが舞台という、新時代を象徴する作品となった。〔片山〕

成美《せいび》▶寛延２年（1749）―文化14年（1817）夏目氏。蔵前の札差。一定の流派に属さず広く交友。一茶を庇護。

様が立ち現れる不思議な世界。

万緑《ばんりょく》

三夏

夏の野山にあふれる満目の緑をいう。「バンリョク」という力強い響きさながらに湧きあがる植物の力、それを生み出す大地の力のこもる季語。この言葉は、北宋の政治家で文学者の王安石《おうあんせき》の作とされる「柘榴《せきりゅう》を詠《よ》む」詩の一節「万緑叢中紅一点《ばんりょくそうちゅうこういってん》／動人春色不須多《ひとをうごかすしゅんしょくおおきをもちいず》」にある。中村草田男の「万緑の中や吾子の歯生え初むる」で、季語として不動のものとなった。

万緑の万物の中大仏　高浜虚子
万緑の中さやさやと楓あり　山口青邨
万緑を顧みるべし山毛欅峠　石田波郷
万緑や死は一弾を以て足る　上田五千石
万緑のどこに置きてもさびしき手　山上樹実雄
万緑やわが掌に釘の痕もなし　山口誓子

▼万物が緑に染まる中での大仏の存在感。▼さまざまな木々の中でもことにさやいでいる楓《かえで》。▼この句の「山毛欅《ぶな》峠」は奥武蔵（埼玉県）の橅《ぶな》峠。▼万緑の生命感と人の命のはかなさ。▼置きどころのない自分の手。▼キリストの磔刑《たっけい》を想起し傷の無いわが掌を見る作者。自己凝視の句。

木下闇《こしたやみ》

三夏

下闇《したやみ》・青葉闇《あおばやみ》・木の晩《このくれ》・木暮《こぐれ》・木の下闇《このしたやみ》

夏の木々が鬱蒼《うっそう》と茂って、昼なお暗いさまをいう。夏の陽光のまぶしさにより、樹下に入った時の暗さがいっそう印象づけられる。

須磨寺やふかぬ笛きく木下やみ　芭蕉
小鏡をとりおとしてや木下闇　石橋秀野

▼須磨寺《すまでら》の木下闇に佇《たたず》んでいると、平敦盛《たいらのあつもり》の最期が思われ、形見の笛の音が聞こえるようだ。▼手鏡で髪を直そうとしたところ、落としてしまった。木下闇の暗さに心もとなくなる。

緑蔭《りょくいん》

三夏

翠蔭《すいいん》

夏木立の落とす影が「緑蔭」。涼風が通い、木洩《こも》れ日《び》が揺れている。炎天下、ひと息つける安らぎの場所。ヴェネチア派のジョルジオーネの「嵐（ラ・テンペスタ）」やフランス印象派のマネの「草上の昼食」は緑蔭で憩う人々を描いたもの。昼なお暗い緑蔭は木下闇《こしたやみ》とも下闇《したやみ》ともいう。

緑蔭や矢を獲ては鳴る白き的　竹下しづの女
緑蔭に三人の老婆わらへりき　西東三鬼
幹高く大緑蔭を支へたり　松本たかし
緑蔭に憩ふは遠く行かんため　山口波津女
緑蔭をよろこびの影すぎしのみ　飯田龍太

鐘氷る夜や父母のおもはるる：奥州行脚中の一句。故郷に残してきた父母をはるかに思う。

▼緑の中の白が鮮やか。▼シェークスピアの『マクベス』の冒頭に登場する三人の魔女を思わせる。▼幹の上に葉が茂り、葉が影を落としている。▼人生という旅の途中のひと休み。▼「よろこびの影」とは人生そのもの。札幌での作。

葉柳《はやなぎ》

初夏

夏柳《なつやなぎ》

柳も夏には緑が深まり、風をはらんで大きく揺れるさまが涼しげである。そんな姿を「葉柳」「夏柳」と表現する。川辺や池のほとりに植えられることの多い柳が、水面にその姿を映している光景は美しい。また、街の中の並木の柳も目を楽しませてくれる季節である。 関連 柳《やなぎ》→春

葉柳の寺町過ぐる雨夜かな　白雄

葉柳に舟おさへ乗る女達　阿部みどり女

街は夜の顔となりゆく夏柳　門屋文月

▼夜ともなれば寺町の人通りは少なく心細くはあるが、雨に洗われた葉柳が夜目にも美しい。▼揺れる舟を押さえながら乗り込もうとする。女同士の遊山《ゆさん》がたまにしかかなわなかった時代の楽しげな場面。▼かつての銀座を思わせるような夏柳。ネオンサインが柳を照らす。

常磐木落葉《ときわぎおちば》《ときはぎおちば》

初夏

樫落葉《かしおちば》・椎落葉《しいおちば》・杉落葉《すぎおちば》・柊落葉《ひいらぎおちば》・木斛落葉《もっこくおちば》・冬青落葉《もちおちば》・樅落葉《もみおちば》・檜落葉《ひのきおちば》・夏落葉《なつおちば》

常磐木は、一年中、緑色の葉を保つ常緑樹のこと。初夏から新しい葉が広がり始めると、古い葉は徐々に落ちてゆく。落葉樹のようにいったん裸木《はだかぎ》になることがないため目立たないが、常緑の葉もひっそりと世代交代する。

掃き集め常磐木落葉ばかりなる　高浜年尾

見れば降るくらやみ坂の夏落葉　蘭草慶子

▼庭に散っているものを掃き集めると、何本もの常緑樹の落葉ばかりだったという軽い驚き。▼くらやみ坂で目を凝らして見上げていると、はらはらと夏落葉が降ってくる。

松落葉《まつおちば》

初夏

散松葉《ちりまつば》・松葉散《まつばち》る

静かに音もなく散り、いつのまにか落ちているのに気づく。風の強い日など、松林で風に乗って降ってくることもある。

散松葉歩幅小さくなりにけり　飯島晴子

▼ほっそりとした松葉が散っている場所を歩いていると、歩き方まで自然にひそやかになる。

菊舎《きくしゃ》▶宝暦3年（1753）—文政9年（1826）長門の人。24歳で夫と死別。以後、俳諧の道へ進む。

病葉《わくらば》

三夏

常緑樹の古葉が落ちる常磐《ときわ》木落葉《ぎおちば》とは別に、病害虫や夏の暑さのため、枝の葉が褐変、黄変したり、そのような葉が落ちていたりする。これを「わくらば」といい、古くから和歌にうたわれてきた。

地におちてひびきいちどのわくらばよ　秋元不死男
病葉の渦にのりゆく迅さかな　石橋秀野
病葉や鋼のごとく光る海　飴山實
病葉を降らす木に手を当てにけり　七田谷まりうす

▼命を失ったものの哀れさ。弾むことも吹かれることもないのだ。▼流れに落ちたものはすぐ流れ、渦があれば逃れることはできない。▼鋼《はがね》のごとき海の光の重々しさ。病葉との対比が鮮やか。▼労《いたわ》るように幹に手を当てている。病む人を気遣うかのように。

病葉

卯《う》の花《はな》

初夏

空木《うつぎ》の花《はな》・花空木《はなうつぎ》・卯《う》の花垣《はながき》・初卯《はつう》の花《はな》

空木の花。新緑の野山に咲く白い卯の花は見るからにすがすがしいもの。春から夏へ、草木の花の色は紅から白へ移り変わる。春の間は桜や桃のように薄紅の花が多いが、夏に入ると、梔子《くちなし》の花や蜜柑《みかん》の花のように白い花が次々に咲く。卯の花はその最初の花。卯の花の名の由来について、卯月《うづき》(旧暦四月)に咲くからとも、房状の花が白い兎《うさぎ》(卯)のようだからともいう。茎が空洞なので「空木」と呼び、ここから卯の花と呼ぶようになったという説もあるが、これはこじつけめいている。むしろ「卯の花の木」「卯の木」が「卯つ木」となり、これに「空木」の字をあてたと考えるべきだろう。

関連 卯《う》の花腐《はなくた》し

↓029

卯の花

うのはなの絶間《たえま》たたかん闇《やみ》の門《かど》　去来
卯の花や茶俵作る宇治の里　召波
うの花の中に崩《くず》れし庵《いほり》かな　樗良

▼白い卯の花の途絶えているところが、門。▼卯の花の咲くのは新茶の頃。▼庵は朽ち、卯の花だけが花盛り。

茨《いばら》の花《はな》

初夏

花茨《はないばら》・花《はな》うばら・野茨《のいばら》・野薔薇《のばら》・茨《いばら》

日本に自生する野茨の花。棘《とげ》のある枝はゆるやかにたわみ、日当たりのよい野原や河原に茂る。初夏、白い小さな花が枝先に房となって咲く。中国大陸や朝鮮半島にも自生している。十八世紀にヨーロッパに渡り、交配によって蔓薔薇《つるばら》や房咲き

折る柴のなほ細かれや炉のけぶり：函館に「斧の柄」と名づけた庵を結んだ際の一句。

の薔薇が誕生した。

花いばら古郷の路に似たるかな　蕪村

愁《うれ》ひつつ岡《をか》にのぼれば花いばら　蕪村

花うばらふたゝび堰《せき》にめぐり合ふ　芝不器男

関連 茨《いばら》の実《み》→秋

▼茨の花の香りのように甘い郷愁。牡丹《ぼたん》と並び、茨の花も、蕪村好みの花の一つ。しばしば追想を誘う花として詠まれる。▼とりとめのない憂愁。そのほとりにも茨の花が咲く。▼初夏の田園を歩く。どこかで見た懐かしい景色のように、堰《せき》のほとりに茨の花が咲いている。

茨の花

桐《きり》の花《はな》

初夏

花桐《はなぎり》

五月頃、枝先に紫色の香りのよい花が円錐《えんすい》状にかたまって咲く。木の高さが一〇メートルにもなるので、樹下から見ても花に気づかず、花が落ち始めてようやく仰ぐことがある。山中に自生したものは遠くからでもそれとわかり、印象深い。

関連 桐《きり》の実《み》→秋

若かりし日の白昼夢桐の花　木下夕爾

桐の花

くもりのち雨のあかるさ桐の花　山口速

山々に麓ありけり桐の花　小島健

桐の花らしき高さに咲きにけり　西村和子

▼桐の花の清楚な美しさに、若かりし頃の匂い立つような夢が蘇る。▼雨の前より、むしろ降り始めてからのほうが空が明るいのは、桐の花が咲く頃の夏の雨ならではのこと。▼山の麓近くに桐の花が咲いているのだろうか。ゆったりとした地形の広がりが浮かぶ。▼高々と咲いてこその桐の花。「らしき」が一句の要《かなめ》となっている。

胡桃《くるみ》の花《はな》

初夏

花胡桃《はなくるみ》

団栗《どんぐり》類などと同様に、胡桃もその実の形からは花を想像しにくい。雌雄同株で、長い紐《ひも》状の雄花《おばな》が前年に出た枝から垂れ、雌花《めばな》は新枝の先に直立する。

関連 胡桃《くるみ》→秋

沢音やみどりの紐の花胡桃　山田みづえ

▼水気を好み、谷や川の近くに自生する。初夏の山中、沢音が聞こえてくるような場所で花に気づく。

胡桃の花

朴《ほお》《ほほ》の花《はな》《はな》

初夏

厚朴《ほお》の花《はな》

初夏の山中を歩いていると、高い木の上に大きな白い花が咲

乙二《おつに》▶宝暦5年（1755）—文政6年（1823）岩間氏。松窓と号する。陸前白石の人。奥羽四天王の一人。

いているのを目にすることがある。朴葉味噌《ほおばみそ》でおなじみの朴の木の花である。二〇メートルにもなる木なので、花を間近に見ることはできないが、心地よい香りが漂ってくる。九枚ほどの大きな花びらからなる花は、さながら白い大杯といった趣である。

壺にして深山の朴の花ひらく　水原秋桜子
火を投げし如くに雲や朴の花　野見山朱鳥
日のみちを月またあゆむ朴の花　藤田湘子
朴咲いて山の眉目のひらきけり　きくちつねこ

朴の花

▼朴の花は壺《つぼ》に生けても、山中に咲くかのように泰然としている。▼夕空には炎のような雲がかかり、白い花を赤く照らす。▼朴の花の上を、昼には太陽が、夜には月が過ぎる。大きな空間に息づく命を象徴するかのごとき花。▼山腹に朴の花が見える初夏の山は、凛々《りり》しい目鼻立ちの青年のように溌剌《はつらつ》としている。

【栃《とち》の花《はな》】

初夏

栃（橡《とち》）は高さ三〇メートルになることもある落葉高木。花は五月頃、枝先に、高さ二〇センチほどの上向きの円錐花序《えんすいかじょ》となって咲く。花びらは白く、長い雄蘂《おしべ》が花の外に突き出る。秋になる実は食用にする。

よき繭のむすぶ村あり栃の花　阿波野青畝

▼良質の繭を育てる村。穏やかな暮らしぶりには、どこか優雅なたたずまいの栃の花がふさわしい。

関連 橡《とち》の実《み》→秋

栃の花

【アカシアの花《はな》】

初夏

針槐《はりえんじゅ》の花

日本で一般にアカシアと呼んでいる木は、針槐あるいはニセアカシアと呼ばれる木。五、六月頃、藤のような形の白い花を咲かせる。その名の美しい響きといい、その甘い香りといい、時代的な郷愁を誘う花である。西田佐知子が歌った「アカシアの雨がやむとき」、清岡卓行《きよおかたかゆき》の小説『アカシヤの大連《だいれん》』を連想する世代も多いことだろう。

アカシヤの花のほかにも何か降る　今井つる女
アカシアの花のうれひの雲の冷え　千代田葛彦
たそがれの歩をゆるめゆく花アカシヤ　伊藤敬子

アカシアの花

蜻蛉の腹の見えすく簾かな：簾《すだれ》越しに透けて見えている涼しげな蜻蛉《かげろう》の腹。

針槐風とどまればにほひたつ　深谷雄大

▼花とともに降ってくるのは光かそれとも……。「何か」によって広がる世界。▼高空をわたる雲にも及ぶ憂いを白い花は漂わせている。▼アカシアの並木道を歩く。黄昏《たそがれ》の空の色とアカシアの花が溶け合う美しい時間。▼針槐といえばその花。揺れが収まった時の確かな匂い。

【槐《えんじゅ》《ゑんじゅ》の花《はな》《はな》】

晩夏

花槐《はなえんじゅ》

槐は中国からもたらされた落葉高木で、街路樹として植えられることが多い。七、八月頃、黄色みを帯びた白い小花を円《えん》錐《すい》状につける。ニセアカシア(針槐《はりえんじゅ》。前項参照)の花に似ている。

槐咲く峡やさだかに雲のみち　西島麦南

▼槐は二〇メートルを超すことも。見上げた谷間の空を、雲が道を辿《たど》るかのように流れて行ったのである。

【棕《しゅ》櫚《ろ》の花《はな》】

初夏

花棕櫚《はなしゅろ》・椶櫚《しゅろ》の花《はな》

各地に自生し、庭木としてもよく植えられる。初夏に葉の間から太い花茎を出し、黄色い小花が集まって房状に多数垂れる。

椶櫚さいて夕雲星をはるかにす　飯田蛇笏

▼見上げる棕櫚の花。その先に夕方の雲が見え、そのはるか先に星が輝く。

【水《みず》《みづ》木《き》《き》の花《はな》《はな》】

初夏

五月頃、平らに広がり伸びた枝に、白い小さな花がまとまって皿状に咲く。高野公彦《たかのきみひこ》の若い頃の代表歌に「青春はみづきの下をかよふ風あるいは遠い線路のかがやき」があるが、水木の花は遥かなものへの憧れを象徴している。春に薄紅色の花をつけるハナミズキは別種。

花咲きて水木は枝を平らにす　八木澤高原

水木咲く高さ那須嶽噴く高さ　齋田鳳子

▼水木の花が咲く様子そのものだが、「平らにす」とは、木に意志があるかのようだ。▼遠景と近景が重なって見えるところに構図のおもしろさが感じられる。花の白さと噴煙の白さのかすかな違いが見えるよう。

水木の花

【山《やま》《やま》法《ぼう》《ぼふ》師《し》《し》】

仲夏

山帽子《やまぼうし》・山桑《やまぐわ》

六月頃、真っ白な花を樹頭いっぱいにつける。この白い花はじつは四枚の苞《ほう》(蕾《つぼみ》を保護する葉)で、真ん中の緑黄色の玉のように見える部分が花。それを法師の頭に見立て、白い苞を頭《ず》

多代女《たよめ》▶安永5年(1776)―慶応元年(1865)市原氏、陸奥須賀川の人。道彦、乙二門。幕末を代表する女流。

巾《きん》に見立てて、「山法師」という。「山桑」ともいう。漢名「四照花」。また、秋に赤い実がなるので

東京を三日離れて山法師　鈴木真砂女
山法師妻籠は雨に変りけり　松本陽平
風音を過客と聞けり山法師　鈴木鷹夫
雲中にして道岐れ山法師　木内彰志

▼慌ただしい東京を「三日離れて」は、ちょっとした遠出を楽しむ気分。山中の温泉かも。▼木曽路《きそじ》を辿《たど》ってきたのだろう。妻籠《つまご》(長野県)までやってくると空模様が変わった。▼「過客《かかく》」は旅人。「風音を過客と聞けり」に、芭蕉のような風雅の趣が漂う。▼雲の中かと思われるところまで山道を登ってきた。山法師の超俗的な美しさ。

山法師

【忍冬《すいかずら》《すひかづら》の花《はな》《はな》】

初夏

忍冬《にんどう》・吸葛《すいかずら》・金銀花《きんぎんか》

昔の子供は蜜が吸える花を知っていた。甘い香りの白い花が美しい忍冬もその一つで、蜜を吸う時の唇の形に似ているから「吸葛」というとの説もある。「忍冬」の名は、冬も緑の葉をつけたままであることから。花は最初は真っ白だが、だんだん色が濃くなって黄色になってしまう。そこから「金銀花」というめでたい名もある。

忍冬の花折りもちてほの暗し　後藤夜半
忍冬の花のこぼせる言葉かな　後藤比奈夫
忍冬一連風に漂へる　今井つる女
牛うまれ牧をいろどる金銀花　大島民郎

▼山中で歩きつつ折り取った忍冬の白さのため、辺りの暗さが際立つ。▼何か言いたげに見える愛らしい花。作者にはその言葉が聞こえたのだろう。▼細い蔓《つる》に連なり咲く花が一緒に揺れているさまが優雅。「一連」が数をうかがわせる。▼牛の誕生を祝福するかのように次々に花が咲きだした。金銀の花があふれる牧場の明るさ。

忍冬の花

【大《おお》《おほ》山《やま》《やま》蓮《れん》《れん》華《げ》《げ》】

初夏

天女花《おおやまれんげ》

花の形は朴《ほお》や泰山木《たいざんぼく》に似ているが、太い雌蘂《めしべ》を囲むように雄《お》蘂《しべ》がびっしりつき、その先端の葯《やく》が真っ赤なため中心部が目立ち、朴などの花とは趣がだいぶ異なる。「天女花」という字をあてたのも、この花の艶《あで》やかさゆえか。

大山蓮華浸す山水手も浸し　高崎公久

鳥たちし大山蓮華ゆるるかな　小澤實

月の出を待ちゐる天女花かな　森澄雄

高千穂が見える大山蓮華咲く　加古宗也

▼花の一枝を浸そうとした、その流れの清冽《せいれつ》さが心地よく、手を差し入れる。▼枝に止まっていた鳥が飛び立ち、花が大きく揺れた。鳥の姿はすぐに見えなくなっても、揺れはしばらく残っている。▼夕暮にどことなく色めいている花が、月の出を待つとは美しい場面だ。一輪一輪の表情が見えてくるような花である。▼大山蓮華の自生地から天孫降臨の地といわれる高千穂の嶺々が眼前に見えた。

大山蓮華

楝《おうち》《あふち》の花《はな》

仲夏

樗《おうち》の花《はな》・花樗《はなおうち》・梅檀《せんだん》の花《はな》

楝は梅檀の古名。五、六月頃、高さ一〇メートルほどの木に薄紫の小花をびっしりつける。遠くからは白くけぶっているように見え、雨の多い時期の花だけに、濡《ぬ》れているさまもまた美しいが、鎌倉時代には晒《さら》し首にするための獄門の木として忌まれたという歴史もある。「梅檀は双葉より芳《かんば》し」の「梅檀」は別種で、白檀《びゃくだん》の異名。

どむみりと樗や雨の花曇り　芭蕉

むら雨や見かけて遠き花樗　白雄

花楝谷風騒ぐとき匂ふ　小路紫峡

むらさきの散れば色なき花樗　松本たかし

旅人の旅に倦むとき花樗　森澄雄

▼「どむみり」は「どんより」。雨の日は空も花も重たげ。▼にわか雨にけぶっても、遠目にそれとわかる花。▼谷から吹き上げてくる風に匂い立つ花。地形が見えてくる。▼小さな五弁花は散るとひとひらずつになって、紫には見えない。▼ふと見上げると、思いがけず楝の花……。長旅の疲れを忘れてしまったことだろう。

楝の花

櫟《くぬぎ》の花《はな》

初夏

団栗《どんぐり》の花《はな》

櫟は山野に自生し、初夏に新しい枝から、多数の黄褐色の細い雄花を七、八センチの穂状に垂らす。雌花の穂は短く少ない。古名「つるばみ」。秋に実が熟し、団栗となる。

関連　団栗《どんぐり》↓秋

櫟の花

一具《いちぐ》▶天明元年(1781)—嘉永6年(1853)高梨氏。福島大円寺住職であったが、寺を譲り江戸へ出て活躍。

葉もなくて櫟の老樹花満てり　飯田蛇笏

▼櫟の花はいくぶん葉にさきがけて開く。まだ葉をつけていない老樹に、黄色い房飾りをたくさんつけたように花が満ちている。

【椎《しい》《しひ》の花《はな》《はな》】

仲夏

花椎《はなしい》

椎は暖地に生え、六月頃、花をつける。雄花は薄黄色の長い穂となって密集し、甘いような強烈な匂いを出す。雌花は穂が短い。花の季節には、木全体がふくらんで黄色を帯びたように見えるほど。 関連 椎《しい》の実《み》→秋

遠目にはもゆる色なり椎の花　松藤夏山

こま〳〵と椎の落花にうごく蟻　島村元

▼まるで新芽が萌えているかのように、木全体が薄黄色に染まる。▼花粉を散らした雄花が穂ごと落ち、重なって落ちた穂に小さな蟻《あり》がうごめいている。

【木《もっ》《もく》斛《こく》《こく》の花《はな》《はな》】

仲夏

木斛は暖地に自生し、庭木としてもよく植えられる。艶のある丸みを帯びた葉の付け根に、七月頃、小さな白い五弁花を下向きにいくつもつける。よい香りがある。

木斛の花うすあをき別れかな　山田みづえ

▼目立たぬ木斛の花が薄青く見える別れ。引き止めるほどの心残りはないが、ふとした別れ難さがある。

【えごの花《はな》】

仲夏

山苣《やまぢさ》の花《はな》・ちしゃのきの花《はな》

エゴノキは山野に自生し、寺院の庭や公園にも植えられる。五、六月頃、枝の端に乳白色の小さい花を多数つける。高い木なので、落花にまず気づき、見上げると、長い花柄を垂れて下向きの花が、枝を覆うように見える。

えごの花散り敷く水に漕ぎ入りぬ　大橋越央子

えごの花遠くへ流れ来てをりぬ　山口青邨

▼えごの花はころころとした落花が目立つ。落花の散り敷く水面に舟を漕《こ》ぎ入れた。▼流れてきた落花。目で探せば、遠く上流に、一面に白い花をつけたえごの木が見えた。

【合《ね》歓《む》の花《はな》】

晩夏

ねぶの花《はな》・花合歓《はなねむ》

合歓は梅雨の明ける頃、薄紅色の夢見るような花を樹冠いっぱいに咲かせる。その花は一見、糸の房のようだが、そう見えるのは小さな花から伸びる雄蘂《おしべ》である。合歓の葉は鳥の羽根のような形をしていて、夕暮には静かに合わさって閉じる。その風情がまるで眠りに入るようなので、「ねむ」と呼ぶ。漢字の「合歓」は、男

合歓の花

女の愛し合う姿になぞらえる。

象潟《きさがた》や雨《あめ》に西施《せいし》がねぶの花　芭蕉

うつくしき蛇が纏ひぬ合歓の花　松瀬青々

風わたる合歓よあやふしその色も　加藤知世子

合歓の花本流へ舟ゆらぎ出づ　川崎展宏

▼『おくのほそ道』の象潟《きさかた》(秋田県)での句。雨に打たれる合歓の花は西施のよう。西施は古代中国の絶世の美女。▼合歓の花にからまって蛇はいよいよ妖しく、蛇にからまれて合歓の花はいよいよ美しい。▼合歓の花には妖艶な危うさがある。▼舟はいよいよ本流へ。

沙《しゃ》羅《ら》の花《はな》

晩夏

夏椿《なつつばき》・さらの花《はな》・姫沙羅《ひめしゃら》

沙羅の植物名は「夏椿」。ひそやかに咲く白い花には清澄な趣が漂う。やや小ぶりの別種「姫沙羅」もあり、庭木として人気がある。暑さが増す時期だけに、涼しげな花は目を楽しませてくれる。「沙羅」の名は、釈迦入滅《しゃかにゅうめつ》の場所に植えられていたという別種の沙羅双樹と取り違えたため。

沙羅の花

指さして届かぬ高さ沙羅の花　上野章子

ひとごゑも夕べとなりぬ沙羅の花　細川加賀

濡縁に夕べのひかり沙羅の花　蘭草慶子

夏椿きのふの落花打ちて落つ　谷迪子

▼指さした指のその先に咲く沙羅の花。一〇メートルを超える木もあるらしい。▼往来する人々の声が気忙《きぜわ》しいのも夕方ゆえ。沙羅の花も夕暮の白さとなる。▼濡縁《ぬれえん》の光と花の白さが響き合う夏の夕暮。▼錆《さび》色が兆した昨日の落花の上に、今日も容赦なく花が落ちる。

蘇《そ》鉄《てつ》の花《はな》

晩夏

御赦免花《ごしゃめんばな》

蘇鉄は沖縄や九州南部に自生し、観賞用にも栽培される。濃緑の堅い葉を八方に広げる。雌雄異株で、雌花は茎の頂に短く黄色い穂をなし、雄花は六〇センチを超える松毬《まつかさ》のように直立する。八丈島では、この花が咲くと流人が御赦免になるといわれ、「御赦免花」とも呼ばれた。

渦潮のとどろく島に蘇鉄咲く　阿波野青畝

▼渦潮の激しい音が響く島。青い空と青い海の見えるところに、南国風の大きな蘇鉄が花をつけている。

さびたの花《はな》

晩夏

花《はな》さびた・糊《のり》うつぎの花《はな》・糊《のり》の木《き》の花《はな》

サビタはノリウツギの北海道での呼び名。山野に生える紫陽花《あじさい》の仲間で、二、三メートルにもなる。七、八月頃、額《がく》紫陽花《あじさい》(額《がく》の花)に似た白い花を円錐《えんすい》状につける。樹皮から和紙作りに使う糊《のり》を採った。

素檗《そばく》▶宝暦 8 年 (1758)―文政 4 年 (1821) 藤森氏。油問屋。行脚俳人を厚遇し「諏訪《すわ》の俳関」とよばれた。

花さびた草にかくれて水ゆくも　辻桃子

▼さびたが白い花をつけている。深い草葉の茂りの下には、水の流れが見え隠れしている。

玫瑰《はまなす》

晩夏

浜茄子《はまなす》・浜梨《はまなし》

海岸の砂地に自生するバラ科の落葉低木で、六、七月頃、紅色の香りのよい花をつける。愛らしい花にも似ず、枝には棘《とげ》が多く、葉も薔薇《ばら》に似ている。北海道の夏を代表する花。花の後にできる直径二、三センチの実は赤く熟すと食べられる。その実を梨に見立てた「浜梨」が「はまなす」に転じたという。「玫瑰」は漢名。

はまなすの丘北すればオホーツク　有働亨

玫瑰は人待つ花よ風岬　渡辺恭子

玫瑰や舟ごと老ゆる男たち　正木ゆう子

▼「北すれば」は、北を目指せば、あるいは北を見れば。北の海を望む断崖《だんがい》に咲く玫瑰。▼岬の風の中を歩いていって出合えた花。

さびたの花

玫瑰

名句鑑賞

玫瑰や今も沖には未来あり　中村草田男

作者の代表句の一つであると同時に、玫瑰《はまなす》といえば真っ先に浮かぶのがこの句である。「今も沖には未来あり」という、ややもすれば散文になってしまいそうな観念的な一節が、「玫瑰」の季語を得て、叙景句としての確かさをもつにいたった。未来に対する希望を与えてくれるこの句が多くの人々に愛誦され、その結果、玫瑰という季語が広く親しまれることになったともいえる。〔片山〕

誰かが訪ねて来るのをじっと待っている健気《けなげ》な花でもある。▼長い年月を共にしてきた舟の手入れをする漁師たちを労《いたわ》るかのような花。

鼠黐《ねずみもち》の花《はな》

三夏

女貞《ねずみもち》の花《はな》・玉椿《たまつばき》

鼠黐（女貞）は関東以西の山地に生え、庭木や生垣に用いる。葉は椿のような艶がある。六月頃、枝先に白い小さな花を円錐《えんすい》状に多数つける。果実は黒紫色で、鼠の糞《ふん》に似ているという。関連 女貞《ねずみもち》の実《み》→冬

降る雨が仏くもらす女貞花　茨木和生

▼小さな寺だろうか。雨の日はお堂の中がいっそう暗い。ちょうど今は梅雨の季節。庭には白くて小さい、地味なねずみもちの花が咲いている。

鼠黐の花

海桐《とべら》の花《はな》

三夏

花海桐《はなとべら》

暖地の海岸に自生するが、冬も緑が衰えないので庭木にもする。花は初めは白く、しだいに黄色となり、独特の芳香がある。地方によっては✦大晦日《おおみそか》や✦節分に葉のついた枝を扉に挿して悪鬼を避ける風習があり、「とびらの木」が「とべら」に転訛《てんか》した。漢名「海桐」。関連 海桐《とべら》の実《み》→秋

海桐の香夜を走りつぐ波白し　岡田貞峰
はるかより潮さすひかり花とべら　村沢夏風
花とべら香に立つ岬の尽くる辺に　大橋敦子

▼海桐の花は海の景とともに詠《うた》われる。夜も香りを惜しむことのない花と、闇にまぎれることのない波の白さ。▼真昼の海のはるかな輝き。▼濃厚な香りに包まれて立つ岬の先端。その先には青い海原が広がる。

竹落葉

竹《たけ》落《おち》葉《ば》

初夏

笹落葉《ささおちば》・笹散《ささち》る

竹は五月頃、新しい葉が出始めると古葉が落ちる。風がなくとも一日ひらひらと散り続け、からからに乾いた薄い竹の葉が竹林に深く降り積もる。関連 竹《たけ》の秋《あき》→春

はら〳〵と諸刃ふりつつ竹落葉　阿波野青畝
水の中まで竹の葉の散り敷ける　波多野爽波

▼細長い竹の葉の姿を諸刃《もろは》の剣《つるぎ》にたとえる。回りながらはらはらと散る竹落葉。▼明るい枯れ色の竹落葉が、水の中にまで散り敷いている。辺り一面の竹林。

竹《たけ》の皮《かわ》脱《ぬ》ぐ

初夏

籜《たけのかわ》脱《ぬ》ぐ・竹《たけ》の皮落《かわお》つ・竹《たけ》の皮《かわ》散《ち》る

✦筍《たけのこ》は伸びるにつれて下の節《ふし》から皮が落ち始め、鮮やかな緑の若竹の肌を見せる。かつては竹の皮を集めて草履《ぞうり》や笠に編み、また食物を包むのにも用いた。

竹の皮日蔭日向と落ちにけり　高浜虚子
水に浮く竹皮金ンをふちどりぬ　波多野爽波

▼竹林にも日向、日陰はある。竹の皮が日陰に落ち、また日向に落ちた。▼獣の皮のように見える竹皮が水に浮いている。皮の縁の繊毛《せんもう》に光が映えて金色に輝く。

良寛《りょうかん》▶宝暦8年（1758）—天保2年（1831）禅僧。和歌をはじめ詩歌に優れ、書家としても名高い。

燕子花

若《わか》竹《たけ》

仲夏

今年竹《ことしだけ》・竹《たけ》の若葉《わかば》・竹《たけ》の若緑《わかみどり》

初夏の筍《たけのこ》はぐんぐん伸びて若竹となる。今年、生まれた竹なので「今年竹」ともいう。竹の皮を落としながら高々と伸び、やがてみずみずしい若葉を広げる。風にそよぎ、日射しに揺れる姿は美しい。

若竹や竹より出でて青き事　北枝
若竹に折ふし雲の往来かな　大江丸
陽炎の真盛なりことし竹　一茶
若竹や鞭の如くに五六本　川端茅舎

▼「出藍《しゅつらん》の誉《ほま》れ」にならって、青々と伸びた若竹。▼若竹の空を行き来する初夏の浮雲。▼陽炎《かげろう》のなかにゆらぎ立つ若竹。▼若竹は強く、かつ、しなやか。

篠《すず》の子《こ》

初夏

笹《ささ》の子《こ》・根曲竹《ねまがりたけ》

スズタケの子。シノダケやネザサの子とも考えられる。季語としては、山地に自生するスズタケ、ネマガリタケなどの細長い筍《たけのこ》を念頭に置いて詠む。 関連 筍《たけのこ》↓108

其処此処に篠の子と名を冠り出づ　川崎展宏

▼細く小さな筍が「其処此処《そここここ》(あちらこちら)」から一斉に顔を出す。「篠の子」と名乗りをあげているように。

燕子花《かきつばた》

仲夏

杜若《かきつばた》・白《しろ》かきつばた

尾形光琳《おがたこうりん》の「燕子花図屏風《びょうぶ》」に描かれているように、湖や沼に群生する。剣のような葉を伸ばし、梅雨《つゆ》の頃、紫の花を咲かせる。『伊勢物語』の東下りの段には、三河国八橋《みかわのくにやつはし》のほとりで燕子花を眺めて歌を詠む場面がある。光琳の「燕子花図屏風」もこれに想を得たもの。「カキツバタ」という花の名は、この花の汁で白い衣に模様を描いたので「描きつけ花」と呼ばれたものがつづまったという。『万葉集』には「かきつはた衣《きぬ》に摺《す》り付けますらをの着襲《きそ》ひ狩《かり》する月は来《き》にけり」(大伴家持《おおとものやかもち》)という歌がある。

人々の扇あたらし杜若　蓼太

かきつばた紫を解き放ちゐし　細見綾子

天上も淋しからんに燕子花　鈴木六林男

水に足浸けてやすらふ杜若　岩井英雅

雨粒の当たりては揺れ杜若　神蛇広

▼夏半ば、扇もまだ新しい。▼「紫を解き放ち」が、燕子花の花を力強く描く。▼地上のこの世界も淋《さび》しいというのだ。「淋しからんに」で、しっかり切って読む。▼水辺にしばし憩いのひと時。▼勢いよく雨粒が当たって花を揺らしている。

渓蓀《あやめ》

初夏

花《はな》あやめ・野《の》あやめ

燕子花《かきつばた》、渓蓀、花菖蒲《はなしょうぶ》、菖蒲は混同しやすい。花が一見似ているのは燕子花、渓蓀、花菖蒲だが、渓蓀は葉の幅が一センチほどと狭く、花菖蒲の葉には中肋《ちゅうろく》があり、燕子花の葉は幅二、三センチで中肋がないので区別できる。「あやめ祭」などという時の「あやめ」は花菖蒲をさす。

一人立ち一人かゞめるあやめかな　野村泊月

あやめ咲く野のかたむきの八ヶ岳　木村蕪城

風筋に立つ野あやめの二三本　星野麥丘人

▼草丈は三〇～五〇センチほどで、立つ人、かがむ人によって花の高さが見えてくる。▼野に咲く花であることがよくわかる。野の傾斜と遠景の八ヶ岳《やつがたけ》が絵画的な構図をなす。▼群生しているのではない。風に吹かれる花のすがすがしさ。

花菖蒲《はなしょうぶ》《はなしやうぶ》

仲夏

白菖蒲《しろしょうぶ》・菖蒲園《しょうぶえん》・菖蒲田《しょうぶだ》

燕子花《かきつばた》や渓蓀《あやめ》と混同されがちだが、燕子花は水生、渓蓀は陸

渓蓀

花菖蒲

蒼虬《そうきゅう》▶宝暦11年（1761）―天保13年（1842）成田氏。蘭更《らんこう》門。天保の三大家の一人。『炭俵』調を志向し平淡な作風。

生であるのに対し、花菖蒲は水陸どちらにも生育する。垂れ下がった花びらが水に映るさまが美しいので、水をめぐらせた庭園などに植えて楽しむことが多い。江戸時代に品種改良が盛んに行なわれ、紫、白を中心に絞りなどのさまざまな花があり、その優美さが好まれる。

はなびらの垂れて静かや花菖蒲　高浜虚子
花菖蒲たゞしく水にうつりけり　久保田万太郎
抽んでし高さに揃ひ花菖蒲　清崎敏郎
文を解くごとしや朝の白菖蒲　角川照子
きれぎれの風の吹くなり菖蒲園　波多野爽波

▼風もない一日、「垂れて静か」に、艶《あで》やかさがきわまる。▼くっきり映る花の姿を「たゞしく」ととらえた表現の妙。▼群生する花菖蒲の美しさの一つは、花丈がほぼ揃っていること。▼蕾《つぼみ》がほぐれていくさまが「文《ふみ》を解くごとし」と見えたのは、白菖蒲ならではのこと。▼風が吹き抜けていかないのは花も葉もいっぱいだから。小刻みに揺れる花びらが目に浮かぶ。

菖蒲《しょうぶ》《しやうぶ》

仲夏

白菖《しょうぶ》・菖蒲草《あやめぐさ》・あやめ・あやめ草《ぐさ》

ショウブ、アヤメグサと呼ぶが花菖蒲《はなしょうぶ》や渓蓀《あやめ》とは別種。アヤメ科の花菖蒲、燕子花《かきつばた》、渓蓀が花を観賞するのに対し、菖蒲はサトイモ科で、水辺に群生し、花も花弁状ではなく、淡黄色の小花が密集して細い円柱形をなす。邪気を払うとされる香気のある剣状の葉が重要で、「尚武《しょうぶ》」にちなんで端午の節句に欠かせず、菖蒲湯や軒菖蒲に用いられる。関連 端午《たんご》→260／菖蒲葺《しょうぶふ》く→261／菖蒲湯《しょうぶゆ》→262

あやめ草足に結ばん草鞋の緒　芭蕉

▼疫病や蛇などを避ける効果があるとされ、昔は菖蒲の葉を草鞋《わらじ》に結んで旅に出た。

鳶尾草《いちはつ》

仲夏

一八《いちはつ》・こやすぐさ・水蘭《すいらん》

五月頃、剣状をした葉の間から花茎を伸ばし、渓蓀《あやめ》に似た紫色の花をつける。大きく垂れた花弁の根元に、白いとさか状の突起がある。昔から大風を防ぐといわれ、火災除《よ》けとして藁《わら》屋根に植えられた。

蕗の中あはれ一八咲きにけり　山口青邨

▼蕗《ふき》が茂るような、手入れされていない土地。上品な一八がぬきんでるように咲いている。

菖蒲

鳶尾草

つる引けば遥に遠しからす瓜：実をたぐり寄せようと蔓《つる》を引いたが、どうやら違う蔓だった。

著莪《しゃが》の花《はな》

仲夏

胡蝶花《しゃが》

著莪は湿った日陰に群生する。剣状の葉は鮮やかな緑で艶がある。高さは三、四〇センチ。四、五月頃、白色から薄紫色の、渓蓀《あやめ》に似た小ぶりの花を開く。花の中心に黄色の斑点が見える。「射干」と書くこともあるが、これは同じアヤメ科の檜扇《ひおうぎ》の漢名が転用されたものである。

山の娘は犬がお供や著莪の花　田畑三千女

▼山がちな土地に住む元気そうな娘が犬を連れて現われた。辺りには著莪の花が群れ咲いている。

著莪の花

アイリス

仲夏

アヤメ科の中で、とくに外国種の花を総称していう。「アイリス」はギリシャ神話の虹の神の名で、白、紫、黄と多彩な色をもつ。ジャーマンアイリス、スパニッシュアイリス、イングリッシュアイリスなどの品種がある。高さ六〇～九〇センチ。花菖蒲《はなしょうぶ》より少し小さい。

アイリスの花弁一筋黄をとほす　山口青邨

▼いくぶん細いアイリスの花弁に近づいてみる。中央に一筋の黄色い部分が見えた。

グラジオラス

三夏

南アフリカ原産だけあって、いかにも南国の花らしく色も形も大らかである。グラジオラスの名は剣を意味するラテン語のグラディオラスからきているという。細く長い葉はたしかに剣に似ている。江戸時代、オランダ商船が持ち込んだことから「和蘭《おらんだ》あやめ」「唐菖蒲《とうしょうぶ》」ともいう。

グラヂオラス妻は愛憎鮮烈に　日野草城

グラジオラス揺れておのおの席につく　下田実花

理科室の窓明るくてグラジオラス　あざ蓉子

▼グラジオラスの原色が性格描写にひと役買っている。▼会食直前のざわめきや華やぎがうかがえる。▼窓から射し込む光を浴びたグラジオラスが印象的。

アイリス

グラジオラス

抱一《ほういつ》▶宝暦11年（1761）―文政11年（1828）姫路城主酒井家の次男。絵師として名高い。句集に『屠竜之技』がある。

芍薬《しゃくやく》

初夏

古来、中国では牡丹《ぼたん》を「花の王」、芍薬をそれに次ぐ「花の宰相」と呼んだ。花の王の名にふさわしく大ぶりで重い印象を与える牡丹に対し、芍薬はやや控えめで優しさを感じさせる。花の色は紅色、淡紅色、白など、一重の単純なものから複雑に花弁が重なる八重咲きもあり、どれもみな優美である。もともとは、根から芍薬または白芍《びゃくしゃく》という薬を採る薬草として中国から入ってきたものが、花を観賞するために栽培されるようになったということがよくわかる。牡丹と同じボタン科だが、牡丹は落葉低木、芍薬は多年草。

芍薬

芍薬の蕾の玉の赤二つ　前田普羅
左右より芍薬伏しぬ雨の径　松本たかし
芍薬のうつらうつらとふえてゆく　阿部完市

▼玉のような、という表現がぴったりの蕾《つぼみ》。赤い二つがこれから開く。▼芍薬は草本なので茎は牡丹ほど頑丈ではない。葉も多いため、雨の日には重そうに倒れかかる。それもまたなまめかしい。▼「うつらうつら」が夢のような世界を思わせ、艶《あで》やかさを際立たせている。

罌粟《けし》の花《はな》

初夏

芥子《けし》の花《はな》・花芥子《はなげし》

五月頃、高い草丈の頂に、一〇センチほどの美しい四弁の花をつける。園芸種も多くの種類があり、白、紅、紫など色もさまざま。しかし、未熟な実からアヘンがとれることから、栽培が禁止されている品種がある。

芥子咲けばまぬがれがたく病みにけり　松本たかし
罌粟ひらく髪の先まで寂しきとき　橋本多佳子
人駈けて真昼の芥子の土ひびく　波多野爽波

▼美しい芥子の花だが、一日で萎《しお》れ、どこか病的なイメージがある。作者も病弱だった。▼はかなげな花に寂しさを掻《か》き立てられる。自愛の念も。▼芥子の咲く道を誰かが走る。その振動が芥子の根元の土を揺らす。

雛《ひな》罌《げ》粟《し》

初夏

虞美人草《ぐびじんそう》・ポピー・アマポーラ・コクリコ

観賞用に栽培され、色とりどりの花が花壇に一斉に開くさまは華やか。「虞美人草」は中国戦国時代の武将、項羽《こうう》の寵姫《ちょうき》であった美女虞《ぐ》氏の名を冠したもの。スペイン語でアマポーラ、フランス語でコクリコ。与謝野晶子《よさのあきこ》は「ああ皐月《さつき》仏蘭西《ふらんす》の野は火の色す君も雛罌粟《コクリコ》われも雛罌粟」と情熱的にうたった。

陽に倦《う》みてひな罌粟いよよくれなゐに　木下夕爾
虞美人草只いちにんを愛し抜く　伊丹三樹彦

玉をまくうちもあぶなきばせを哉：玉を巻いている芭蕉だが、葉は早くも風に破られそう。

すぐ散つてしまふポピーを買ひにけり　草間時彦

▼日射しがだいぶ強くなってきた。色鮮やかな花もあるなか、疲れて色を深めている花もあるとは。▼真っ赤な雛罌粟は、まさに愛の花。▼切花としても好まれるが、本当にあっという間に散ってしまうはかなさ。

罌粟坊主《けしぼうず》

晩夏

芥子坊主《けしぼうず》・芥子《けし》の実《み》

罌粟の花が散った後、楕円《だえん》状の実が残る。青い実はやがて黄色に熟れ、振ると種の音がするようになる。やがて上部の穴から細かい種をたくさん出す。これを芥子粒といい、食用にする。

芥子坊主まだ花びらをつけてをり　岩田由美

▼丸い頭が目立つようになっても、まだ一、二枚、花びらが残っている。どことなくユーモラスな姿。

矢車菊《やぐるまぎく》

仲夏

矢車草《やぐるまそう》

五、六月に咲く、キク科の小ぶりの花。葉は細い。花は青い色が代表的だが、紅、白などもある。鉢植えや花壇で見かけるのは二、三〇センチの矮性《わいせい》種。「矢車草」とも呼ばれるが、同名にユキノシタ科の矢車草（夏に白い小花を円錐《えんすい》状につける）があるので注意。

北欧は矢車咲くや麦の中　山口青邨

雛罌粟

矢車菊

矢車草病者その妻に触るゝなし　石田波郷

▼ヨーロッパ原産の矢車草は、北欧ではのびのびと麦の間に咲いている。▼繊細な矢車草の花を見ながら、妻を思う。作者は療養生活が長かった。

除虫菊《じょちゅうぎく》

三夏

花に含まれる殺虫成分を、蚊取り線香などに利用するため栽培されていたが、現在は瀬戸内地方に観光用に残る程度。高さ六〇センチほどで、長い茎に三センチほどの菊に似た白い花をつける。

太陽に午の衰へ除虫菊　鷹羽狩行

除虫菊女中に白き故郷あり　攝津幸彦

▼白い小花が一面に咲いた畑に太陽が照りつける。正午、その眩《まぶ》しさに衰えを感じた。▼「じょちゅう」という音からの発想だが、「白き故郷」という言葉から想像が豊かに広がる。

鳳朗《ほうろう》▶宝暦12年（1762）―弘化2年（1845）田川氏。肥後の人。江戸へ出て活躍。芭蕉を神格化した。天保三大家の一人。

石竹《せきちく》
仲夏

唐撫子《からなでしこ》

花壇に植えたり鉢植えにしたりする。高さは三〇センチほどで、細く丈夫な茎と細い葉をもつ。五、六月頃、撫子に似た五弁の花を開く。花色は紅や白、ピンクなど。中国原産のため「唐撫子」ともいう。

関連 撫子《なでしこ》→秋

植ゑかへて石竹の土まだ新た　奥村霞人

▼植え替えたばかりの土は柔らかくほぐされているようだ。石竹の堅くしっかりとした感じとの対比。

石竹

カーネーション
初夏

「母の日」に贈る花として親しまれているナデシコ科の多年草で、十七世紀にオランダから入ってきたことから「和蘭石竹《おらんだせきちく》」「和蘭撫子《おらんだなでしこ》」などと呼ばれた。

灯を寄せしカーネーションのピンクかな　中村汀女

▼カーネーションというと赤を思いやすいが、色の種類は豊富。灯に照らされて鮮やかな色が浮かぶ。

マーガレット
初夏

キク科だが、日本の菊とは趣が異なり、真っ白な花弁と花の中心の黄色い蘂《しべ》の部分がコントラストをなし、図案的な印象を受ける。語源は真珠を意味するギリシャ語で、ドイツ語ではマルガレーテ。西欧では女性の名として親しまれている。

マーガレット主の椅子を犬が占め　中村汀女

マーガレット束ねて消ゆる悔ならず　岡本眸

野の景にマーガレットの白を置く　稲畑汀子

▼マルチーズでも飼っていそうな家の優雅なリビング。▼後悔を胸にマーガレットを摘んで花束を作っているのだが、心は晴れないまま。▼広い野原の一角をマーガレットが占めている。「白を置く」と、積極的に表現した強さ。

ガーベラ
三夏

朱色から小豆色に近い赤まで、鮮やかな色の花が大きく開き、南アフリカ原産だけあって、いかにも南国的。花壇に植えるほか、切花としても人気が高い。俳句に詠むのにはとらえにくい花ともいえる。

ガーベラの炎《ほむら》だつなり海を見たし　加藤楸邨

明日の日の華やぐが如ガーベラ挿す　藤田湘子

▼ガーベラはまさに炎のような花だ。真っ赤な花から青い海への

花の影寝まじ未来が恐ろしき：最晩年の句。迫り来る死への恐怖を直截《ちょくせつ》に詠み下した。

紅の花

イメージの転換。▼みずからを励ますように、明日への希望を花に託す。

ダリア

晩夏

ダリヤ・天竺牡丹《てんじくぼたん》・ポンポンダリア

原産地はメキシコの熱帯高地という。色とりどりの花はメキシコの絵画や建築の豊かな色彩を思わせる。日本に伝わってきたのは江戸時代で、「天竺牡丹」と呼ばれた。ポンポンダリアは丸い造花のような花である。

敗戦の瓦礫ダリアが咲いてゐた　川崎展宏
ダリア活け婚家の家風侵しゆく　鍵和田秞子
一滴の雨もとどめず緋のダリア　中村菊一郎
南浦和のダリヤを仮りのあはれとす　攝津幸彦

▼瓦礫《がれき》と化した町に、場違いのように鮮やかに、すっくと咲いていたダリア。口語調によって際立つ思いの強さ。▼ダリアの似合わない古風な家。家風の古さが浮き彫りになる。果敢な作者像が彷彿《ほうふつ》。▼緋色《ひいろ》のダリアは太陽さながら。雨などたちまち乾いてしまいそう。▼作り物めいたダリアの危さが作者の想念を刺激したか。俳句は意味ではない。

紅《べに》の花《はな》

仲夏

紅花《べにばな》・紅藍花《べにばな》・末摘花《すえつむはな》

紅花は丸い刷毛《はけ》の形をした黄金色の花で、紅色の染料や化粧品の原料となる。その一大産地が、芭蕉が『おくのほそ道』の

一茶《いっさ》▶宝暦13年（1763）―文政10年（1827）小林一茶。境涯性や仏教色の強い作風。口語や俗語を自在に駆使した。

旅で訪れた山形県尾花沢《おばなざわ》であった。末(先)の花から摘み取るので「末摘花《すえつむはな》」とも呼ばれる。『源氏物語』に登場する女性の一人もこの花の名で呼ばれ、巻名にもなっている。アフリカ北部の原産とされ、古代エジプトではファラオのミイラとともに出土している。日本には古墳時代にシルクロードを経て伝わった。

まゆはきを俤《おもかげ》にして紅粉《べに》の花《はな》　芭蕉

紅粉の花おはんの使来れば剪《き》る　山口青邨

▼尾花沢での句。花の姿が眉を刷《は》く小さな刷毛に似ている。▼「おはん」は、地唄舞《じうたいまい》の舞い手、武原はん。

【鉄線花《てっせんか》】

初夏

鉄線《てっせん》・てっせんかずら・クレマチス

蔓《つる》が、まるで鉄線のように細くて堅いところからついた名だが、花は深い紫で優美。白い花もある。六枚から八枚の大きな花びらのように見える部分は、萼片《がくへん》が変化したもの。園芸種も多く、鉄線花とカザグルマなどの交配から生まれたのがクレマチスである。

花影を重ね夕べの鉄線花　深見けん二

まことその名のごときひと鉄線花　鷹羽狩行

鉄線花うしろを雨のはしりけり　大嶽青児

鉄線の花の白より雨あがる　五十嵐播水

▼どこか憂いを帯びた夕方の花。重なり合った紫がいっそう優美。▼美しい名のイメージとぴったりの女性。鉄線花のような紫が似合っていたか。▼「雨のはしりけり」に勢いが感じられる。雨を背景に浮き上がる鉄線花のきっぱりとした紫。▼上がりかけの雨に揺れている白い鉄線花。そこから明るさが広がっていくかのよう。

百合　❶山百合、❷小鬼百合、❸鉄砲百合、❹姫百合。

【百合《ゆり》】

初夏

鉄砲百合《てっぽうゆり》・鬼百合《おにゆり》・笹百合《ささゆり》・姫百合《ひめゆり》・透百合《すかしゆり》・山百合《やまゆり》・白百合《しらゆり》・カサブランカ

「ゆり」の語源は「揺り」。風に大きく揺れるさまが印象的だ。小百合、百合子など、女性の名としても人気があり、「夏の野の繁《しげ》みに咲ける姫百合の知らえぬ恋は苦しきものそ」(大伴坂上郎女《おおとものさかのうえのいらつめ》)と『万葉集』の時代から歌に詠まれてきた。花言葉の「純潔」「無垢《むく》」が示すように、キリスト教では聖母マリアを象徴する花である。マリアの絵には、どこかに百合が描かれていることに気づくだろう。

星の夜も月夜も百合の姿かな　闌更
灯ともせば傾く如し瓶《かめ》の百合　佐藤紅緑
偽りのなき香を放ち山の百合　飯田龍太
起ち上る風の百合あり草の中　松本たかし
仏壇の中の暗きに百合ひらく　菖蒲あや
百合ひらき甲斐駒ケ岳目をさます　福田甲子雄

▼夜も美しさを失わない花。昼とはまた異なる風情が漂う。▼切花にすることも多い。明かりをともした時、花の重さに傾くかに見えた。▼清浄な空気を醸すあの香りは「偽りのない香」なんだと納得。▼打ち伏してはまた立ち上がる、風の中の百合。▼蕾《つぼみ》がいつの間にか開き出した。仏壇内の暗さが百合の艶《あで》やかさを浮き彫りにする。▼大自然の中の百合。生気に満ちた朝の風景が浮かぶ。

【立《たち》《たち》葵《あおい》《あふひ》】

仲夏

葵《あおい》・花葵《はなあおい》

立葵は花を咲かせながら直立して丈を伸ばし、人間の背丈ほどになる。花には白、紅、薄紅などがあり、繊細さを感じさせるところが好まれる。花の歴史は古く、日本に入ってきたのは室町時代で、観賞用としてだけでなく、薬用にも栽培されてきた。アオイ科にはほかに冬葵、双葉《ふたば》葵などがある。徳川家の紋所も双葉葵の葉を三枚組み合わせたものである。

呼鈴を押してしばらく立葵　鷹羽狩行
夕刊のあとにゆふぐれ立葵　友岡子郷
貧乏に匂ひありけり立葵　小澤實
立葵いま少年の姿して　岩田由美

▼応答をじっと待つ傍らに、立葵が寄り添うかのよう。▼まだ明るいうちに配達された夕刊。なかなか暮れさらない夏の夕べの、のびやかな気分がとらえられている。▼「貧乏に匂ひありけり」には不思議な説得力がある。嗅覚《きゅうかく》の記憶は残る。▼真っすぐに立つ姿に少年のすがすがしさを見た。

立葵　京都府南丹市

【黄《おう》《わう》蜀《しょっ》《しょく》葵《き》《き》】

晩夏

とろろあおい

かつては和紙を漉《す》く時の糊《のり》を採るために栽培したが、現在は観賞用。高さ一メートル以上になり、晩夏に大きな五弁の花をつける。淡い黄色で、中心部が紫色になる。朝開いて夕方しぼむ一日花がつぎつぎと咲く。

清瀧の雨にさまよひ黄蜀葵　波多野爽波

▼京都の清滝（京都市右京区）で雨にあった。そのまま散歩を続けている時、背の高い黄蜀葵の花を見かけた。

一瓢《いっぴょう》▶明和7年(1770)—天保11年(1840) 河原氏。日暮里本行寺住職。飄逸な句風は親友の一茶に通じる。

黄蜀葵

紅蜀葵

紅蜀葵《こうしょっき》《こうしょくき》

晩夏

紅葉葵《もみじあおい》

七、八月頃、高さ一、二メートルにもなる、ほっそりした茎の先に、一五センチほどの紅色の五弁の花を横向きにつける。細かく裂けた長い葉をもつ。花は一日でしぼむ。

紅蜀葵真向き横向ききはやかに　鈴木花蓑

▼厚みはないが、濃い紅の色が目をひく。真正面に咲くもの、横向きに見えるもの、花の向きは明らか。

ゼラニウム

三夏

ゼラニューム・天竺葵《てんじくあおい》

五、六月頃、長い花茎の先に、多様な色の花をたくさん、こんもりとつける。葉は肉厚で、独特の匂いがある。観賞用に栽培される。

馭者憩ふ白鳥城のゼラニウム　山田弘子

ゼラニウム

松葉牡丹

▼おとぎ話に出てきそうなドイツの古城。馬車の馭者《ぎょしゃ》が休んでいる庭に花も葉も鮮やかなゼラニウムが咲いている。白鳥城はノイシュバンシュタイン城か。

松《まつ》葉《ば》牡《ぼ》丹《たん》

晩夏

日照草《ひでりそう》

強い日射しの下、地面に広がって赤や黄、オレンジ色などの花をつける。乾燥地を好み、日照りでなければ咲かないところから「日照草」ともいう。一度植えると、こぼれた種が芽を出し、毎年、自然に増える。+牡丹を名のるだけに華やかで、小さいながらも自己主張をしているような元気な花である。

松葉牡丹ぞくぞく咲けばよきことも　山崎ひさを

松葉牡丹咲かせ近隣相似たり　島谷征良

▼明るい色ばかりの花を見ていると、よいことがありそうな気がしてくる。▼昔はどの家の庭にも夏になれば松葉牡丹がいっぱい咲いていた。暮らし向きも相似てという安心感があった。

角落し鹿は丹波へ帰りけり：角だけを残して丹波の山中へ帰っていった鹿。

【ユッカ】

晩夏

糸蘭《いとらん》

庭や公園でよく見られる。鋭く尖《とが》った堅い葉が根元から広がり、五、六月頃、一メートルを超える花茎を出し、紡錘《ぼうすい》状の白い花を下向きに多数つける。花の径は五センチばかり。

雨あしの広場にしぶきユッカ咲く　飯田蛇笏

▼人気《ひとけ》のない広場。激しい雨脚の中に丈夫そうなユッカが直立し、堅い葉にも雨が弾《はじ》かれる。

【向日葵《ひまわり》《ひまはり》】

晩夏

日車《ひぐるま》・日輪草《にちりんそう》・天蓋花《てんがいばな》

向日葵は真夏の日射しが照りつける校庭に四、五本直立して咲く花というイメージを抱いていたので、その昔、イタリア映画『ひまわり』の中の、見渡す限りの向日葵畑には衝撃を受けた。ロシア向日葵という品種で、花の直径は六〇センチ、人の背丈を超えるほどの高さで、陰鬱な表情のソフィア・ローレンが花をかきわけて歩く姿が目に焼きついている。良質の油が採れることから、日本でも広い畑で栽培されるようになった。切花用の小型の種もあるが、向日葵と呼ぶには寂しい気がする。ヒマワリという名から、花が太陽の動きを追って向きを変えると思われがちだが、それは蕾《つぼみ》の時だけである。

向日葵の蕋を見るとき海消えし　芝不器男

向日葵に剣の如きレールかな　松本たかし

向日葵の群れ立つは乱ある如し　大串章

喪の席にゐて向日葵を見てゐたり　保坂敏子

▼向日葵以外の一切が眼前から消えてしまうほど太陽のように力強い花。▼汽車のレールの輝きが剣《つるぎ》に見えたのは強い日射しのせいか。向日葵の太い茎と二本のレールの組み合わせの直線的な構図が力強い。▼花は人間の顔、無骨な茎は手にした槍《やり》。一斉蜂起した人々が槍を突き上げる、そのどよめきを思わせる向日葵畑。▼葬儀に訪れた人々を迎えている場面。視線を上げると庭の向日葵が見える。その鮮やかな黄色から、虚《うつ》ろなまなざしをそらすことができない。非日常の心理を伝えて印象深い。

【仙人掌《さぼてん》の花《はな》】

晩夏

覇王樹《さぼてん》の花《はな》

サボテンはサボテン科の植物の総称で、種類が多く、形も花の色も多種多彩。多肉質で葉が退化し、棘《とげ》が多い。花は艶《あで》やかなものが多い。日本には十七世紀にウチワサボテンが渡来。以後、おもに観賞用に栽培されている。

名句鑑賞

向日葵の一茎一花咲きとほす　津田清子

向日葵《ひまわり》は、太く真っすぐ伸びた茎の先端に大きな花をつけるところから、人間が立っている姿のように見える。そんな花が、強い意志をもって咲き続けているのではないかと思わせるのは「一茎一花《いっけいいっか》」の表現である。英語名はサンフラワーで、太陽そのものを思わせる花でもある。そこから崇拝や栄光の象徴になっており、この句のもつ潔癖さやたくましさをあらためて思う。［片山］

逸淵《いつえん》▶寛政２年(1790)—文久元年(1861)児玉氏。碩布門。江戸で活躍。一茶『おらが春』の序文を書いた。

仙人掌の花

月下美人

仙人掌の花が真赤で島は夏　山本孕江

▼南方の暑い土地を思わせるサボテンの花が真っ赤に咲いている。この島も暑い夏。

月下美人《げっかびじん》

晩夏

女王花《じょおうか》

誰がつけたのか知らないが、これほど豪華な名の花があるだろうか。属するサボテン科には繊細で美しい花が多いが、優美さでこれにまさるものはない。しかも咲くのが夜であるのが神秘的。夜八時頃、ようやく開き始めて豊かな香りを放ち、朝も待たずにしぼんでしまう。「佳人薄命《かじんはくめい》」を思わせるはかなさも、魅力の一つにちがいない。

月下美人力かぎりに更けにけり　阿部みどり女

きぬぎぬの別れは月下美人とも　後藤比奈夫

見せてもらふ月下美人とひとの妻　渡辺鮎太

▼最後の力をふりしぼって、ながらえようとする花。だが、時間は刻々と過ぎてゆく。▼逢瀬《おうせ》の後の別れのつらさを詠《うた》うのは和歌の伝統。月下美人とも別れを惜しむ。▼月下美人を見る宴《うたげ》に招かれて、というところか。夫人にも会わせてもらったというウイットに富む一句。

金魚草《きんぎょそう》《きんぎよさう》

仲夏

六、七月頃、三〇～六〇センチの茎の上のほうに、唇のような弁のついた、金魚に似た形の花を多数、穂状につける。赤紫、黄、ピンク、白など、さまざまな色がある。花壇に植えるほか、切花にも喜ばれる。

金魚草

金魚草よその子すぐに育ちけり　成瀬櫻桃子

▼華やかな金魚草の咲く花壇。洒落《しゃれ》たよその家の子が、ちょっと見ない間に大きくなっている。

花魁草《おいらんそう》《おいらんさう》

晩夏

草夾竹桃《くさきょうちくとう》・フロックス

一メートルほどの茎を伸ばし、七、八月頃、先端に小花が毬《まり》のように群がって咲く。花の色は白、ピンク、紅などで、花房の形は簪《かんざし》のようにも見える。「草夾竹桃」の名は、花の形が夾竹桃に似ていることによる。

浜先や昼の余寒をなく鳥：浜辺の真昼の余寒に、鳥もたまらず声を上げているのだ。

花魁草

揚羽蝶おいらん草にぶら下る　高野素十

▼揚《あげ》羽《は》蝶《ちょう》が飛んで来て花魁草の花にすがる。花の上に乗るのではなく、ぶら下がるようにして。

縷紅草

縷《る》紅《こう》草《そう》《るこうさう》

晩夏

留紅草《るこうそう》

観賞用に栽培される蔓草《つるくさ》。羽根のように細く裂けた葉をもつ。六、七月頃、葉のわきから花茎を伸ばし、星形に裂けた漏斗《ろうと》状の、濃い紅色の花をつける。まれに白や桃色花もある。

縷紅草烏揚羽に煽らるる　阿波野青畝

▼クリスマスの飾りのような縷紅草に烏揚羽《からすあげは》が近づく。その動きに煽《あお》られて華奢《きゃしゃ》な葉や蔓が揺れる。

日《にち》日《にち》草《そう》《にちにちさう》

晩夏

そのひぐさ

別名「その日草《ひぐさ》」というが、一日でしぼむわけではなく、数日は咲き続ける。丈夫な植物で、小さな鉢植えでも絶えることなく花をつけ、なんとも健気《けなげ》である。花色は白や桃色など。日日草より長く咲く花を「百日草」、百日草より長く咲く花を「千日草」と名づけた発想にも感心する。

今日をもて日々草の花終る　富岡桐人

根つめて歳月逝かす日日草　大牧広

子規庵を訪ふ人絶えず日日草　杉良介

▼これで最後と見届けた日。▼日々の暮らしへの連想を誘うのもその花の名ゆえ。根をつめていても容赦なく流れてゆく時間。▼草花を愛した正岡子規の旧居（東京都台東区根岸）には今も季節の花が咲き続けている。花同様、子規を偲《しの》んで訪れる人も絶えることがない。

日日草

百《ひゃく》日《にち》草《そう》《ひやくにちさう》

晩夏

夏の間中、咲いているのではないかと思うくらい、花期の長い、たくましい花。赤、桃、黄など色も豊富。メキシコ原産だけに暑さに強く、乾燥気味の土地を好む。名は似ているが、日日草はキョウチクトウ科、百日草はキク科、千日草はヒユ科で、花の形も異なる。

奇淵《きえん》▶明和２年（1765）―天保５年（1834）菅沼氏。化政期、大坂を中心とした西国一帯に大勢力を築いた。

心濁りて何もせぬ日の百日草　草間時彦

百日草洗ひ晒しの色となり　本井英

ああ今日が百日草の一日目　櫂未知子

▼どこか疲れを感じさせる花である。倦怠感あふれる午後を象徴するかのよう。▼なぜか色褪《あ》せたような花が多い。雨に洗われ日射しに耐え、まさに「洗ひ晒《ざら》し」の色。▼長い長い夏百日の始まり。発想の自在さに遊びたい。

百日草

【千日草《せんにちそう》《せんにちさう》】

晩夏

千日紅《せんにちこう》

✦百日草よりさらに花期が長く、初夏から晩秋まで咲き続ける。高さは五〇センチほど。多く枝分かれし、真っすぐ伸びた茎の先に、紅、ピンク、白などの小花を丸く集めて咲く。ドライフラワーにしても、長く色が変わらない。

一日千秋千日重ね千日草　富安風生

▼「千」という言葉を重ねて楽しむ。ひたすら待ち続ける思いにかわいい千日草の花がニュアンスを添える。

千日草

【ジギタリス】

三夏

きつねのてぶくろ

たくましく生長して、次々に花を咲かせる。色は白、桃、紅。個々の花が袋をぶら下げたような形をしていることから「狐の手袋」の名がある。葉は強心剤として使われるが、多くの薬草がそうであるように有毒植物でもある。

ジギタリス

少年に夢ジギタリス咲きのぼる　河野南畦

あまり口利かぬ子がゐてジギタリス　星野高士

▼夢を抱きながら健やかに育ってゆく少年とジギタリスの生長が重なる。▼無口だけれどしっかりしていそうな子が、ジギタリスを黙って見ている。思春期にさしかかった子供の心の中まで入り込むことはできない。

【ベゴニア】

三夏

シュウカイドウ科の多年草または半低木。花壇やベランダを彩る花としてなじみ深い。四季咲きのセンパフローレンスは葉に光沢があり、小花が密につく。エラチオールベゴニア、球根ベゴニアなど、品種が多い。

ベゴニアの多情多恨や日の射して　加納立子

かたびらにまばゆくなりぬ広小路：帷子《かたびら》を着た人でにぎわう広小路。まばゆい夏が来た。

▼ベゴニアの艶《あで》やかな色、葉の込み入った様子を、人間の感情の複雑さに見立てた。

ベゴニア

サルビア

【サルビア】

晩夏

緋衣草《ひごろもそう》

百日草や松葉牡丹《まつばぼたん》とともに夏の花壇を彩る花である。なかでもサルビアは初秋まで咲き続けるので、歳時記によっては秋の季語としている。原産地はブラジルで、オランダを経由して江戸時代に渡来した。その燃えるような赤い色から「緋衣草」と名づけられたが、薄紅や紫、白などの種類もある。

サルビアの花の衰へ見れば見ゆ　五十嵐播水

サルビアのどつと暮れたる海のいろ　黒田杏子

▼情熱的な赤い花は衰えることを知らないかのようだが、よく見れば色褪《あ》せている花がある。▼青い海を縁取るように、夕方になっても明るいサルビア。夕闇が迫ってきた、と思った瞬間、海も一気に暗くなった。

【アマリリス】

仲夏

夏、百合《ゆり》に似た形の花が数個、横向きに開く、異国情緒たっぷりの花。原産地は中南米である。情熱的な赤がそれらしいが、橙《だいだい》や白などもある。アマリリスという独特の響きが愛され、唱歌にも歌われる。

アマリリス

アマリリス眠りを知らずただ真紅　堀口星眠

あまりりす妬みごころは男にも　樋笠文

首曲げて人を待つなりアマリリス　石井保

▼アマリリスの鮮やかな花を、眠らない花とみたのだ。▼赤は嫉妬の色。女同士より、男の妬《ねた》みに手を焼いているらしい。▼こちらは若い女性の姿。アマリリスが愛くるしい表情を思わせる。

【京鹿子《きょうがのこ》《きやうがのこ》】

仲夏

夏雪草《なつゆきそう》

一メートルほどの茎から分枝した先に、多数の濃い紅色の小花を粒のように密集してつける。京染めの鹿の子絞りを連想させるところから、この名がある。古くから庭などに植えられている。

梅室《ばいしつ》▶明和６年（1769）―嘉永５年（1852）桜井氏。加賀の人。「天保三大家」の一人。花の下宗匠を允許《いんきょ》される。

落人の裔の藁屋の京鹿子　佐藤至朗

▼落人《おちうど》の里と呼ばれている土地。鄙《ひな》びた藁葺《わらぶ》きの家に、まるで京を懐かしむような京鹿子が咲く。

京鹿子

金蓮花

【金蓮花《きんれんか》《きんれんくわ》】

三夏

凌霄葉蓮《のうぜんはれん》・ナスタチウム

多年草だが、園芸上は一年草扱いされる。円い葉のわきから長い柄を伸ばし、その先に、凌霄花《のうぜんかずら》に似た赤、橙《だいだい》、黄などの五弁花が横向きに咲く。葉の形が蓮+の葉に似ているのでこの名がある。英名はナスタチウム。茎や葉に香気や辛みがあるところから、ヨーロッパでは新芽をサラダなどに利用することもある。

金蓮花いまだ睡りの足らぬさま　鷹羽狩行

▼夏の日射しの中で溶けるような橙色の花を見ると、ふと睡《ねむ》りを誘われる。

【鬼灯の花《ほおずきのはな》《ほほづきのはな》】

仲夏

酸漿《ほおずき》の花《はな》

赤い実を口に含んで鳴らす鬼灯+は、実になる前に、やや黄色がかった白い小さな合弁花をひっそりとつける。鬼灯+市のまだ青々とした鉢の中に、花が残っていることがある。

関連　鬼灯市《ほおずきいち》→273／鬼灯《ほおずき》→秋

仲見世の空くれなづみ花鬼灯　山下道子

▼七月の初め、東京浅草寺《せんそうじ》の参道「仲見世」を抜けたところに鬼灯市が立つ。灯《ひ》ともし頃の風情がいい。

鬼灯の花

【小判草《こばんそう》《こばんさう》】

仲夏

俵麦《たわらむぎ》

ヨーロッパ原産のイネ科の一年草で、その名のとおり、長さ一、二センチの小判形の小さな穂が、多数垂れる。穂は初めは緑色だが、熟すと金色になる。これを黄金の小判や麦俵に見立て、「小判草」「俵麦」の名がついた。観賞用に

小判草

秋風や案山子の骨の十文字：骨だけになった案山子《かがし》が秋風に吹かれている。

入って来たものが野生化した。

小判草引けばたやすく抜けるもの　星野椿

▼風に揺れる金色の穂を見るとつい手が出るが、ちょっと引くだけで根こそぎ抜けてしまい、なんともあっけない。

【含羞草《おじぎそう》《おじぎさう》】

晩夏

眠草《ねむりぐさ》

青々としたこまかい葉が鳥の羽根のように並んでいるが、触れるとすぐに閉じ、葉柄ごと垂れてしまう。その姿をお辞儀をしているさまと見た。夜も同様に葉をたたんでしまうので「眠草」ともいう。「含《がん》羞《しゅう》」の字を当てたのも、それらしい仕草を思わせるところから。七月から九月にかけて咲く桃色の集合花も可憐《かれん》である。

含羞草

含羞草夜は文机にやすますする　石川桂郎

眠草眠りつくまで窓に置き　神蔵器

眠草静かにさめるところかな　山田美好

▼大切そうに扱っているところに、いささかのおかしみが漂う。▼熟睡した幼児を寝床へ移すように、完全に眠ったものを部屋の片隅にそっと置いたか。▼閉じた葉はやがて開く。いわば目覚めの時を詠んだところがユニーク。

【青芭蕉《あおばしょう》《あをばせう》】

仲夏

芭蕉若葉《ばしょうわかば》・夏芭蕉《なつばしょう》

✦芭蕉はバショウ科の多年草。葉鞘《ようしょう》が密に重なった偽茎《ぎけい》を二〜五メートル直立させ、その先に、長い巻き葉をつける。若葉は解けると大きく広がる。夏、青々とした何枚もの葉がゆったりと茂るさまは見事である。晩夏には花茎を出して大きな包葉をつけ、その内側に十数個の花をつける。糸芭蕉の葉鞘からとった繊維で織った布が✦芭蕉布である。関連 芭蕉布《ばしょうふ》→197／芭蕉《ばしょう》・破芭蕉《やればしょう》→秋／枯芭蕉《かればしょう》→冬

師の句碑よ雨滴生みつぐ青芭蕉　鍵和田秞子

▼青芭蕉から落ちる雨滴に師の詩心を偲《しの》んでいる。師の青春性を見たのだろう。

【玉巻く芭蕉《たままくばしょう》《たままくばせう》】

初夏

芭蕉《ばしょう》の巻葉《まきは》・玉解《たまと》く芭蕉《ばしょう》

✦芭蕉の新しい葉は、初め堅く巻いたまま伸び出し、やがてそれがほぐれて大きく葉を広げる。その芭蕉の巻き葉に「玉」という美称をつけて、「玉巻く芭蕉」と呼ぶ。

ことごとく風に玉とく芭蕉林　高野素十

深川の芭蕉巻葉の勢ひかな　武貞啓子

▼風が吹いて一斉にほぐれる芭蕉の巻葉が夏の眩い陽射しに照り輝く。▼東京・深川の芭蕉記念館に芭蕉が植えてある。巻き葉は広がると予想外に大きい。そこに勢《きお》いを感じた。

牧之《ぼくし》▶明和7年（1770）—天保13年（1842）鈴木氏。随筆『北越雪譜』で知られる。俳諧は美濃派の影響を受ける。

瓜《うり》の花《はな》

初夏

＋瓜には甜瓜《＋まくわうり》、越瓜《しろうり》などがあるが、胡瓜《＋きゅうり》、南瓜《＋かぼちゃ》などを含めて、広く瓜の仲間の花を「瓜の花」と呼んでいる。いずれも生長が早く、花が終わったかと思うと、すぐに実の部分がふくらんでくる。「瓜」もまた夏の季語。

美濃を出て知る人まれや瓜の花　支考

さざなみの志賀に見てをり瓜の花　森澄雄

▼美濃《みの》ではよく知られた人の感慨。ひっそりと咲く瓜の花に思いを重ねる。▼「さざなみの」は、志賀《しが》、大津《おおつ》などにかかる枕詞《まくらことば》。和歌の手法を借りた古典的な趣と、日常的な瓜の花の取り合わせの妙。

南瓜《かぼちゃ》の花《はな》

仲夏

花南瓜《はなかぼちゃ》・唐茄子《とうなす》の花《はな》

南瓜畑で、明るい葉陰に咲く径七、八センチの黄色の花はよく目につく。雄花と雌花があり、確実に実をならせるためには雄花の雄蘂《おしべ》を採って、雌花の柱頭につけてやるとよい。実は秋に収穫する。関連 南瓜《かぼちゃ》→秋

舟小屋のうしろ日蔭の花南瓜　上村占魚

南瓜咲き室戸の雨は湯のごとし　大峯あきら

▼南瓜の蔓《つる》が自由に這《は》っていそうな、そんな光景が確かにある。▼高知県の室戸岬《むろとざき》は気候が温暖で、南国情緒がある土地。降る雨も温かく感じる。

南瓜の花

瓢の花

瓢《ひさご》の花《はな》

晩夏

ふくべの花《はな》・瓢箪《ひょうたん》の花《はな》

瓢《ひさご》は「瓢《＋ふくべ》」（瓢箪《ひょうたん》）のことで、初秋に実がなるところから秋の季語。瓢箪は棚に仕立てて日除《ひよ》けにしたり、実を観賞したり容器にしたりする。花は夏の夕方、白い花を開くが、翌朝にはしぼんでしまう。関連 瓢《ふくべ》→秋

瓢箪の花にひともす逮夜かな　飯田蛇笏

▼「逮夜《たいや》」は忌日の前夜や葬儀の前夜のこと。瓢箪が咲く夕方、灯《ひ》の元に人々が静かに集まってくる。

夕《ゆう》《ゆふ》顔《がお》《がほ》

晩夏

夕顔《ゆうがお》の花《はな》・夕顔棚《ゆうがおだな》

『源氏物語』に登場するはかない女性夕顔《ゆうがお》のイメージから、はかなげな花として詩歌に詠まれてきた。夕方に開花し、翌朝にはしぼんでしまう。夜顔を夕顔と称して売っていることが

太秦の祭過ぎけり百舌の声：太秦《うずまさ》の祭は牛祭のこと。鵙《もず》が一声鋭く過った。

あるが、夕顔はウリ科、夜顔はヒルガオ科で別種。夕顔の方が野趣がある。夕顔の実から干瓢《かんぴょう》を作る。南瓜《かぼちゃ》や茄子《なす》は、「南瓜」「茄子」といえば実をさし、花は「南瓜の花」「茄子の花」というが、夕顔は、「夕顔」といえば花、実は「夕顔の実」といい、秋の季語。関連 夕顔《ゆうがお》の実《み》↓秋

夕顔

夕顔や酔て顔出す窓の穴　芭蕉

夕顔やひだるき吾子と手を繋ぎ　山西雅子

▼酔って窓の穴から外を覗《のぞ》くと夕顔が開いていた。夕顔がもつ鄙《ひな》びた味わいをとらえた。▼「ひだるき」は空腹であること。夕暮の中で、空腹の子と家路を辿《たど》る。命へのいとおしさが夕顔にあらわされた。

【茄子《なす》の花《はな》】

三夏　なすびの花

艶《つや》やかな茄子紺《なすこん》が美しい茄子であるが、その茎もまた茄子紺で、花は味わいのある薄紫色である。俳句のみならず、日本画の題材としても好まれるようだ。次々となる実は晩夏に収穫する。関連 茄子植《なすう》う↓253

葉の紺に染りて薄し茄子の花　高浜虚子

妻呼ぶに今も愛称茄子の花　辻田克巳

うたたねの泪大事に茄子の花　飯島晴子

▼色にポイントを絞り、茄子の花を活写。▼なんとも微笑《ほほえ》ましい夫婦。目立たないが愛らしい、茄子の花のような妻にちがいない。▼日常のふとした場面が俳句になるおもしろさ。茄子の花と泪《なみだ》とは、ひそやかさにおいて通じる。

茄子の花

【馬鈴薯《じゃがいも》の花《はな》】

初夏　馬鈴薯《ばれいしょ》の花《はな》・じゃがたらの花《はな》

白、または薄紫の星のような花が薬玉《くすだま》さながらに集まって咲くさまは、野菜の花とは思えない味わいがある。北海道では六月から七月にかけて、広大な畑を花が一面に白く染め上げる。馬鈴薯は秋に収穫するが、走りの新馬鈴薯《しんじゃが》は夏に収獲する。関連 馬鈴薯《じゃがいも》↓秋

馬鈴薯の花

護物《ごぶつ》▶安永元年（1772）―弘化元年（1844）谷川氏。伊勢の人。はじめ闌更門、のち江戸へ出て道彦に師事。

咲かずともよき馬鈴薯の花咲きぬ　右城暮石
じゃがいもの花の三角四角かな　波多野爽波
じゃがたらの花遠くまで朝日さし　深見けん二

▼懸命に咲いている健気《けなげ》な花を労《いた》わる心。▼星形の花は角度によっては三角に見えたり四角に見えたりする。俳句的デフォルメの妙。▼朝日を浴びたじゃがいも畑の輝かしさは、豊かな実りを約束するかのよう。

胡麻《ごま》の花《はな》

晩夏

胡麻は草丈一メートルほどで、盛夏、軟毛におおわれた葉腋《ようえき》（葉柄が茎につく部分）に二、三センチくらいの淡紫色の鐘状の花をつける。胡麻を収穫するのは、九月末。 関連 胡麻《ごま》→秋

胡麻の花旱の闇のうすれけり　太田鴻村
山畑は垣など結はず胡麻の花　辻田克巳

▼アフリカ原産の胡麻は暑さや乾燥にも強い。闇さえ乾いて感じられるという中で、うすうすと開く花が見える。▼囲いなど不要の山畑に栽培されている胡麻。ひっそりと咲く花が山中の静けさを思わせる。

胡麻の花

山葵《わさび》の花《はな》

初夏

花山葵《はなわさび》

根の部分が日本料理に欠かせない香辛料である山葵は、もともと渓流近くに自生していたものだが、今は山葵田で栽培されている。初夏、緑の葉の中に白い小花が咲くさまは、流れの清冽《せいれつ》さとともに印象深い。葉柄や花穂も食用になり、おひたしや酢の物などにすると辛味があって美味。単に「山葵」といえば春の季語。 関連 山葵《わさび》→春

夜の膳の山葵の花をすこし嚙み　能村登四郎
行く水に影もとどめぬ花わさび　渡辺恭子

▼刺身のつまとして添えられていたか。少し嚙《か》んでみたところに、かすかな心の翳《かげ》りが感じられる。▼水に影も映らないというところに流れの速さが感じられる。

山葵の花

韮《にら》の花《はな》

晩夏

韮といえば、青々とした葉の独特の匂いが精の強さを思わせるが、花はむしろ繊細で美しい。真っすぐに伸びた花茎の先

名月の方へころばす枕かな：流行したコレラに冒され病臥にあった。辞世の一句。

端に傘を開いたような白い小花をたくさんつけ、観賞用に植えたくなるような魅力をたたえている。春、薹《とう》が立つ前の若い葉を食用にするが、蕾《つぼみ》のついた花ニラもおひたしなどで食べる。 関連 韮《にら》↓春

韮の花ひとかたまりや月の下　山口青邨
足許にゆふぐれながき韮の花　大野林火
人去つて風残りけり韮の花　岸田稚魚

▼月光を浴びていっそう白さを増した花。かたまって咲く美しさ。▼夕暮の時間の長さを思うのは夏なればこそ。足元を韮の花が照らしているから暗くならないといっているようで味わい深い。▼夏の夕風か。去って行った人の気配を思わせるような風に揺れる韮の花。

韮の花

苺《いちご》

初夏

覆盆子《いちご》

露地栽培の苺は春に白い花をつけ、初夏に収穫される。果実として食べているのは花托《かたく》(花柄の先端)が肥大した部分で、表面のぶつぶつした種のようなものが実である。ハウス栽培では、早いものだと正月から出荷されるが、季語としては初夏のもの。 関連 苺《いちご》の花《はな》↓春

水の中指やはらかく苺洗ふ　大橋敦子
胎の子の名前あれこれ苺食ぶ　西宮舞
ねむる手に苺の匂《にほ》ふ子供かな　森賀まり

▼傷みやすい苺の扱いには気を遣う。洗うにも指を柔らかく使って。▼産み月が近づいているのに違いない。子供の名前を考えるのも苺を食べるのも豊かな時間。▼食べていたと思ったらもう眠ってしまった幼子《おさなご》。まだ手には苺の匂いが残っているというのが愛らしい。

苺

豌《えん》豆《どう》

初夏

莢豌豆《さやえんどう》・絹莢《きぬさや》・グリンピース

日常よく食されるマメ科の野菜。中の豆が小さなうちに莢ごと食べるので「莢豌豆」という。「絹莢」は柔らかい莢を小さな豆ごと食べる。「グリンピース」は莢がふくらんできたら、中の未熟な豆を食べる。 関連 豆《まめ》の花《はな》↓春

ひとづまにゑんどうやはらかく煮えぬ　桂信子
豌豆や子がそつと出す通知表　野中亮介

▼自身を人妻と第三者的に言ったところに、心の揺らぎが見える。▼夕飯の支度をしている母親の表情をうかがっているのである。

西馬《さいば》▶文化5年(1808)—安政5年(1858)志倉氏。高崎の人。逸淵門。芭蕉七部集の校訂や評釈に功績。

蚕《そら》豆《まめ》

初夏

空豆《そらまめ》・はじき豆《まめ》

蚕豆は初夏の食べもの。初夏になると蚕豆を思い、蚕豆を見るたびに初夏を思う。太い莢《さや》の内側は柔らかな綿でおおわれ、その中に薄緑の豆が三、四個並んでいる。ふつう湯がいて食べるが、莢のまま火で炙《あぶ》ってもうまい。お多福豆は蚕豆の一種。蚕豆を甘く煮たものもお多福豆という。

関連 豆《まめ》の花《はな》→春

蚕豆

そらまめの月は奈良より出でしかも　路通

そら豆はまことに青き味したり　細見綾子

よろこんでそら豆の莢剝くことに　清水基吉

昭和の子食うても食うてもそら豆　川崎展宏

▼蚕豆のようなお月さまとは愉快。「やまとの国におもひいづる人ありて」と前書がある。▼「青き味」とは初夏の味。▼蚕豆の莢をむくのは楽しい。▼作者は昭和二年（一九二七）生まれ。食べても食べても空腹だった。そんな思い出ばかり残っているのだろう。

筍《たけのこ》

初夏

孟宗竹《もうそうちく》の子《こ》・淡竹《はちく》の子《こ》・たこうな・たかんな

竹は初夏、地下茎から新芽を出す。これが筍である。湯がいて筍飯にしたり、若布《わかめ》と炊き合わせたり、さまざまな料理法がある。小ぶりの筍を皮のまま炙《あぶ》って食べるのもうまい。竹には多くの種類があるが、真竹《まだけ》、淡竹のほかはほとんどが中国からの伝来種。大きな筍のとれる孟宗竹は江戸時代半ばに伝来した。西行も芭蕉も孟宗竹の筍は食べたことがなかった。「たかむな」「たかんな」「たこうな」は古称。

関連 春《はる》の筍《たけのこ》→春／筍飯《たけのこめし》→203

筍

竹の子の力を誰にたとふべき　凡兆

眠たさに竹の子折りに出でにけり　士朗

筍の光放つてむかれたり　渡辺水巴

たかんなを掘つて来しかば尼汚る　飴山實

煮て炊いて初筍を余すなく　松本梓

▼京都東山にある豊国《とよくに》神社での句。「誰」とは、太閤秀吉《たいこうひでよし》のこと。▼眠気覚ましに、ちょっとそこまで筍掘りに。▼皮の中から現われる白玉のような筍。▼筍掘りから戻ってきたばかりの尼僧。どこかなまめかしい。▼初物の筍尽くし。

ほととぎす旅なれ衣ぬぐ日かな：漂泊の果てに信州伊那に定住を決めた。その思いを詠んだ。

蕗《ふき》

初夏

蕗《ふき》の葉《は》・蕗《ふき》の広葉《ひろば》・伽羅蕗《きゃらぶき》・蕗刈《ふきか》り・蕗《ふき》の雨《あめ》・秋田蕗《あきたぶき》・蕗畑《ふきばたけ》

蕗は初夏、緑のまるい葉を広げる。ただ人間が食べるのはこの葉ではなく長い葉柄の部分。灰か重曹を入れた湯で煮て灰汁《あく》を抜き、皮をむいて水に晒《さら》す。炊き合わせにしたり、醤油で煮て伽羅蕗にしたりする。野山に自生するが、畑に育てることもある。これが蕗畑。早春の蕗の薹《とう》は蕗の花芽。関連 蕗味《ふきみ》噌《そ》・蕗《ふき》の薹《とう》↓春

やまみづの珠なす蕗の葉裏かげ　飯田蛇笏

伽羅蕗の滅法辛き御寺かな　川端茅舎

蕗きつて煮るや蕗畠暮れにけり　石田波郷

▼蕗の葉の陰を清流がほとばしる。▼このお寺の自慢の真っ黒な伽羅蕗。▼夕闇に浮かぶ蕗の緑。

瓜《うり》

晩夏

瓜畑《うりばたけ》

瓜はウリ科の仲間の総称で、甜瓜《まくわうり》、胡瓜《きゅうり》、越瓜《しろうり》、西瓜《すいか》、糸瓜《へちま》などを含むが、古くは甜瓜をさした。熱帯アフリカ原産、中央アジアを経由して古くに渡来した。『万葉集』に詠まれた山上憶良《やまのうえのおくら》の「瓜食《うりは》めば子《こ》ども思《おも》ほゆ」はよく知られているが、これは甜瓜のこと。素朴な果実として鄙《ひな》びた風景で詠まれることが多い。

朝露によごれて涼し瓜の泥　芭蕉

はらばうて瓜むく軒のかげりかな　蓼太

明日食べむ瓜あり既に今日楽し　相生垣瓜人

瓜貫ふ太陽の熱さめざるを　山口誓子

▼地に据えられたかのように、なった瓜。露に濡《ぬ》れて泥がついている。ひんやりとした朝の瓜畑。▼腹ばいになって瓜をむいている人。庶民的な、この果実らしい情景。▼瓜を食べる楽しみが率直。▼とれたての瓜が熱い。この瓜は太陽を思わせる黄金甜瓜《こがねまくわうり》かもしれない。

甜瓜《まくわうり》《まくはうり》

晩夏

真桑瓜《まくわうり》・真瓜《まくわ》・黄金甜瓜《こがねまくわうり》・姫瓜《ひめうり》・越瓜《しろうり》

「まくわ」は美濃《みの》の真桑村が産地として有名になったところから、その読みを漢名の「甜《てん》瓜《か》」に当てた。古くから盛んに栽培されていたが、プリンスメロンに押されて栽培は減少した。姫瓜、越瓜は甜瓜の変種。関連 冷《ひや》し瓜《うり》↓207

甜瓜

初真桑たてにやわらん輪に切《きら》ん　芭蕉

吹井戸やぼこりくと真桑瓜　夏目漱石

▼縦に切ってもよいし、輪に切ってもよいと、真桑瓜の初物を手にした喜び。▼「吹井戸《ふきいど》」は水のあふれ出ている井戸のこと。冷やしている瓜が少し躍る。

井月《せいげつ》▶文政 5 年 (1822) ？—明治 20 年 (1887) 井上氏。幕末の漂泊俳人。芥川や山頭火らに影響を与えた。

胡瓜《きゅうり》《きうり》

晩夏

青胡瓜《あおきゅうり》・胡瓜《きゅうり》もぐ

一年中、店頭に並んでいるが、旬は夏。畑のもぎたての胡瓜は格別においしい。疣《いぼ》のついた胡瓜や反った胡瓜の形から句が生まれやすい。

新墾筑波胡瓜はりはりと嚙めば別れ　金子兜太

やむにやまれず胡瓜の曲る籠の中　蜂須賀薫

▼「新墾《にいばり》」は開墾したての田地をいう。古来、詩歌に詠まれてきた筑波山《つくばさん》が背景にある。▼意志のない胡瓜の描写として、やむにやまれずと言った意外性。

メロン

晩夏

マスクメロン・夕張《ゆうばり》メロン・プリンスメロン

特有の香りをもち、甘く果汁たっぷりのメロン。西洋メロンとも呼ばれてきた。白い網目で芳醇《ほうじゅん》な香りのマスクメロン、果肉がオレンジ色の夕張メロン、✚甜瓜《まくわうり》と西洋メロンの交配種であるプリンスメロンなどがある。

メロン食む別れの刻のあをあをと　鍵和田秞子

メロン置き病名は遂に聞かざりし　今井聖

▼みずみずしいメロンを分け合って、別れの前のひとときを大切に思っている。▼見舞いにメロンを持参したが、病者への心遣いから病名を聞かずに帰る。

茄子《なす》

晩夏

なすび・初茄子《はつなすび》・焼茄子《やきなす》・長茄子《ながなす》・丸茄子《まるなす》

✚胡瓜《きゅうり》と並ぶ夏野菜。初物は「初茄子」と喜ばれる。焼いたり煮たりはもちろん、漬物や汁の実など、食材として幅広い用途がある。ナスは「為す」「成す」の意であり、実がよく生《な》ることに由来している。✚初夢に見るものとして「一富士二鷹三茄子《なすび》」というが、これも同様に「為す」「成す」をかけて、ありがたがったもの。秋には「✚秋茄子」といって珍重する。

関連 茄《な》子漬《すづけ》↓207／茄子植《なすう》う↓253／秋茄子《あきなす》↓秋

うれしさよ鬼灯ほどに初茄子　涼菟

生きて世にひとの年忌や初茄子　几董

長茄子のどこまで伸びてゆくことか　川崎展宏

▼鬼灯《ほおずき》ほどとはまた可憐《かれん》。▼自らはながらえて人の年忌に会する。人の生死のかたわらで今年も初茄子が実った。▼長茄子は九州地方特産。品種によっては四〇センチ以上にもなる。

トマト

晩夏

赤茄子《あかなす》・蕃茄《ばんか》・トマト畑《ばたけ》

爽やかな酸味と甘み、鮮やかな赤い色が食欲をそそるトマト。品種や形、大きさもさまざまである。原産地は南米のアンデス高地。日本には十七世紀末に入り、明治初年に「赤茄子」の名で栽培された。独特の青臭さから長く普及しなかったが、品種改良が進み、戦後は食卓の代表的野菜になるまで

梅が香やちよつと出直す垣隣：隣の梅を見に出直すような気楽さで、あの世へ行ってくるという洒脱な辞世句。

甘藍

に広がった。ナス科で、花は黄色。

トマト洗ふ蛇口全開したりけり　本井英

昭和遠し冷しトマトといふ肴　伊藤伊那男

▼真っ赤に熟れたもぎたてのトマト。蛇口を全開にし、水をあふれさせながら洗う。収穫の喜び。▼最近では居酒屋のメニューに冷やしただけのトマトがある。確かに昭和の時代にはなかった。

甘藍《かんらん》

初夏　キャベツ・玉菜《たまな》

世界中で最もポピュラーな野菜といえる。中央の葉が密に重なって結球する。高原のキャベツ畑は壮観である。葉が赤紫色の「紫甘藍《むらさきかんらん》」（紫キャベツ）は冬の季語。

貧厨にどかとキャベツを据ゑにけり　菖蒲あや

巻き急ぐ甘藍母として生きむ　石田あき子

▼贅沢《ぜいたく》な食材はなくとも、キャベツ一つはさまざまに調理できる。頼もしい食材である。▼甘藍の葉が包むように育ってゆくのを見て、子育てを思った。

夏大根《なつだいこん》

三夏　みの早生《わせ》・四十日《しじゅうにち》

普通の大根は冬に収穫するが、春に種を蒔《ま》いて夏に収穫する大根を「夏大根」という。辛みがやや強い。「みの早生」「四十日」は品種名。関連 大根《だいこん》↓冬

夏大根ひりひりと食べ倦怠期　加藤晴美

香以《こうい》▶文政5年(1822)?—明治3年(1870)細木氏。豪商・摂津国屋藤次郎。文化人を保護したが、遊蕩の末、零落。俳諧は永機門。

▼夏大根をおろしにしたのだろう。その辛い味が倦怠《けんたい》期の刺激になるような気がしたのだ。

新《しん》馬《じ》鈴《や》薯《が》

初夏

馬鈴薯《じやがいも》の本格的な収穫は秋口からだが、五月に走りのものが市場に出回る。季節の先取りを珍重する文化から、新馬鈴薯も喜ばれ、薄皮つきのまま調理したりと、走りならではの食べ方がある。関連 馬鈴薯《じやがいも》→秋

新じやがのゑくぼ噴井に来て磨く　西東三鬼

選り分けて新じやがの粒揃ひたる　廣瀬直人

▼馬鈴薯の窪《くぼ》みを愛らしいえくぼのようだと見たのも新馬鈴薯だからこそ。地下水が湧き出る噴井《ふけい》で丁寧に洗う。▼出荷するには粒を揃えなければならない。新馬鈴薯が一様にみごとな輝きを発している光景。

夏《なつ》葱《ねぎ》

三夏

刈葱《かりぎ》

葱は本来、冬の野菜だが、秋に種を蒔《ま》いて夏に収穫する葱がある。葉は細めで白い部分が少ない。薬味として用いたり、青菜の代わりに汁に入れる。関連 葱《ねぎ》→冬

夏葱に鶏裂くや山の宿　正岡子規

▼人のもてなしに鶏《とり》を裂いて鶏鍋にでもするのか。夏葱を薬味としてたくさん入れる。

玉《たま》葱《ねぎ》

三夏

葱頭《たまねぎ》

どこの家の台所にも一年中、欠かさずにある玉葱だが、夏に収穫されることが多い。葉は葱に似ているが、鱗茎《りんけい》を食べる。刺激のある辛みがあり、刻んでいると涙が出るが、加熱するとこの辛みが甘みに変わる。

戦争にゆく玉葱を道連れに　八田木枯

玉葱のくび玉葱で括りたる　早川志津子

▼玉葱は切ると涙が出てきて、匂いも強い。戦争に行った誰彼の心境は想像するにあまりある。▼玉葱は軒下などに吊《つ》って保存される。

辣《らつ》韮《きよう》

三夏

薤《らつきよう》・らっきょ

六、七月、地中にできた小さな卵形の鱗茎《りんけい》を収穫して、塩漬や甘酢漬などにして食べる。独特の香りと辛みがある。カレーライスに欠かせないという人も多い。

辣韮

辣韮の無垢の白より立つにほひ　文挾夫佐恵

らつきようの白き光を漬けにけり　大石悦子

▼皮をむけば「無垢《むく》の」白さ。哀れなまでに強烈な匂いがそぐわな

い。▼辣薤に対する最高の賛辞ともいうべき一句。「白き光」が匂いを忘れさせそうだ。

茗《みょう》《めう》荷《が》《が》の子《こ》《こ》

晩夏

茗荷汁《みょうがじる》

薬味として使われ、食欲が増進する。ショウガ科の多年草で、葉は生姜《しょうが》に似ている。若い茎は春に「茗荷竹《みょうがたけ》」といわれて食用。夏に地下茎から出る蕾《つぼみ》が「茗荷の子」で、花が咲く前のものを食べる。関連 茗荷竹《みょうがたけ》↓春／茗荷《みょうが》の花《はな》↓秋

茗荷掘る市井の寸土愉しめり　西島麦南

▼「市井《しせい》」は人家の集まっているところ。「寸土」は少しの土地をいう。小庭に茗荷が出る嬉《うれ》しさ。

茗荷の子

パセリ

三夏

葉や茎に爽やかな芳香があり、料理の付け合わせに用いられる。日本には江戸時代に渡来し、その後、洋風料理が普及するとともに食卓にのぼるようになった。

パセリ青し日曜といふ週はじめ　岡本眸

後朝《きぬぎぬ》や冷しスープに浮くパセリ　小林貴子

▼一週間が始まる朝の食卓の皿のパセリが眩《まぶ》しい。▼ホテルの朝食のルームサービス。パセリの浮くヴィシソワーズをゆっくり口に運ぶ女性の姿が浮かぶ。

紫《し》蘇《そ》

晩夏

青紫蘇《あおじそ》・赤紫蘇《あかじそ》

葉が緑色の青紫蘇と、赤い赤紫蘇があり、古くから芳香のある葉を薬味にしたり、漬物に用いたりしてきた。いうなれば日本のハーブである。梅干に使うのは赤紫蘇。晩夏、小さな花が咲き、この穂紫蘇は刺身のつまにする。秋になる実は香の物などに用いる。関連 紫蘇《しそ》の実《み》↓秋

雑草に交らじと紫蘇匂ひたつ　篠田悌二郎

紫蘇の香や朝の泪のあともなし　藤田湘子

島へゆく船の畳に紫蘇の束　吉田汀史

▼強い匂いは、意志あるものの自己主張のよう。▼さっき泣いたことなど忘れているかのような素振りで厨《くりや》(台所)に立っている女性。▼行商の荷の一つか。船にはいつも季節の匂いがする。

青《あお》《あを》山《ざん》《ざん》椒《しょう》《せう》

晩夏

山椒は日本料理の香辛料として欠かせない。春には木《き》の芽、秋には山椒の実を利かせた料理がいろいろある。夏は、まだ青い実を青山椒として用いる。焼き魚に添えたり、汁物の吸口、佃煮《つくだに》など、独特の風味が好まれる。関連 木《き》の芽和《めあえ》・山椒の芽《さんしょうめ》↓春／

永機《えいき》▶文政6年(1823)―明治37年(1904)七世其角堂。穂積氏。幕末から明治初期にかけて幹雄と人気を二分した。

山椒《さんしょう》の実《み》↓秋

青山椒擂《す》りをり雨の上るらし　村沢夏風

茫々と山も濡るゝか青山椒　飴山實

▼つんと鼻を刺す青山椒の香りと雨上がりの気分。どちらも生き生きとしている。▼雨にけぶる山。青々とした山椒の実と、すっかり緑の濃くなった山々の対比。

青山椒

麦《むぎ》

初夏

大麦《おおむぎ》・小麦《こむぎ》・黒麦《くろむぎ》・烏麦《からすむぎ》・燕麦《えんばく》・麦《むぎ》の穂《ほ》・麦畑《むぎばたけ》・熟《う》れ麦《むぎ》・麦生《むぎう》

晩秋に種を蒔《ま》き、冬を越して春になると青い穂が出る。初夏に成熟して黄色くなり、風が吹くと乾いた音をたてるようになる。この時期を「麦の秋」と呼び、時候の季語である。麦畑が一面黄色くなった風景には郷愁が漂う。

関連　麦踏《むぎふみ》・青麦《あおむぎ》↓春／麦《むぎ》の秋《あき》↓009／麦蒔《むぎまき》・麦《むぎ》の芽《め》↓冬

麦の穂を便につかむ別れかな　芭蕉

いくさよあるな麦生《むぎふ》に金貨天降《あまふ》るとも　中村草田男

麦

陰《ほと》に生《な》る麦尊けれ青山河　佐藤鬼房

村あれば芯に教会麦の風　南波周子

▼健康の衰えを感じ始めていた芭蕉の晩年の句。麦の穂を心の支えとしてつかむという。▼「麦生」は麦の生えているところをいう。反戦の精神。▼『古事記』に登場する女神、大気都比売《おおげつひめ》は口や尻から食物を取り出した。そこから発想された句。▼欧州の風景であろうか。村ごとに教会が立つ。

早苗《さなえ》《さなへ》

仲夏

余《あま》り苗《なえ》・玉苗《たまなえ》・早苗束《さなえたば》・苗運《なえはこ》び・苗配《なえくば》り・苗打《なえう》ち

代田《しろた》に植える稲の苗が早苗。早苗の「サ」は「サガミ」（田の神）のこと。春、苗代《なわしろ》に蒔《ま》いた種籾《たねもみ》が二〇センチほどに伸びたもの。そのみずみずしさを讃《たた》えて「玉苗」ともいう。束ねた早苗を水田のあちこちに投げておき、これを早乙女《さおとめ》が手にとって植えてゆく。田植え機の場合は苗箱を田植え機に載せ、これを機械の手が自動的に植える。苗代から苗を取るのが「早苗取」、それを代田へ運んで配るのが「苗運び」「苗配り」、田に投げ込むのが「苗打ち」。

早苗

関連　苗代《なわしろ》↓春／代田《しろた》↓049／田植《たうえ》↓249

湖や鳥のくはへて行く早苗　信徳

月の出や印南野に苗余るらし　永田耕衣

早苗たばねる一本の藁つよし　福田甲子雄

▼湖の空を飛ぶ鳥の嘴《くちばし》にある緑の苗。▼印南野《いなみの》は兵庫県明石《あかし》付近の台地。▼苗束は濡《ぬ》れた藁《わら》で、くるりと縛ってある。

帚木《ははきぎ》

晩夏

箒木《ほうきぎ》・箒草《ほうきぐさ》・帚草《ほうきぐさ》・真木草《まきくさ》・地膚子《ははきぎ》

夏に穂状の黄緑色の小花が咲く。葉は細く、茎は赤色を帯び、細かく密に分枝してこんもりと卵形になる。これで草箒を作る。実は食用で、「とんぶり」と呼ばれる。『古今六帖』の「園原《そのはら》や伏屋《ふせや》に生《お》ふる帚木のありとて行けど逢《あ》はぬ君かな」や『源氏物語』の「帚木」の巻から、朦朧《もうろう》としたものに喩《たと》えられる。また、「はは」の音から、「母」にかけて使われることがある。関連 とんぶり→秋

帚木

帚木に影といふものありにけり　高浜虚子

帚木ながき日暮を見てゐたり　森澄雄

ははきぐさ雨たかぶればくれなゐに　鍵和田秞子

▼靄《もや》のような、形が見えにくい帚木に、じつは影が明白にあることを把握し、その影に実在感を抱いた。▼夏の日暮に佇《たたず》む帚草と作者。そこには茫洋とした時空が流れている。▼雨に打たれている帚木に母性的なものを見ている。

棉の花《わたのはな》

晩夏

綿《わた》の花《はな》

棉は、木綿棉をとるために栽培される。七、八月頃、葵《あおい》の花に似た黄色や白色の五弁花が咲く。秋になると実がなり、熟して裂けた実から綿をとる。関連 綿取《わたとり》→秋

棉の花

ファラオの世遠し真闇を棉ひらく　渡辺祥子

▼「ファラオ」は古代エジプト王の称号。エジプトでの夜、畑に咲く棉の花にロマンを感じている。

麻《あさ》

晩夏

大麻《おおあさ》・大麻《たいま》・麻畑《あさばたけ》・麻畠《あさばたけ》・麻の葉《あさのは》・麻の花《あさのはな》

麻は古くから、麻糸を作るための繊維作物として栽培されてきた。「麻の葉文様」に見られるとおり、葉の形は掌状《しょうじょう》に深く切れ込む。晩夏、茎を刈り取り（「麻刈」）、茎の皮から繊維をとる。皮を剝いだ後の茎は苧殻《おがら》（「苧」は「麻」のこと）と呼ばれ、盆の迎え火や送り火などに使われる。秋にとれる「麻の実」は食用となる。関連 苧殻《おがら》→秋

しののめや露の近江の麻畠　蕪村

まつすぐに雨とほしをり麻畑　きくちつねこ

▼東の空がうっすらと明るくなる頃、麻畠に露が降りている。秋

幹雄《みきお》▶文政 12 年 (1829)—明治 43 年 (1910) 三森氏。『俳諧明倫雑誌』を創刊、旧派最大の勢力を誇った。

が近い近江《おうみ》の淡彩画のような風景。▼直線的な麻の葉は、群がっていても涼しげに雨を通す。

夏草《なつくさ》

三夏

夏《なつ》の草《くさ》・青草《あおくさ》

夏になると、野にも山にも、至るところ勢いよく草が生い茂り、その生命力に圧倒される。「夏草の」は枕詞《まくらことば》として「萎《しな》ゆ」「深くも」「かりそめに」「しげき思い」などにかかり、和歌では盛んに使われてきた。俳句ではなんといっても芭蕉の句が代表的な例である。関連 夏野《なつの》→046

夏草や兵どもが夢の跡　芭蕉
夏草に延びてからまる牛の舌　高浜虚子
夏草や野島ヶ崎は波ばかり　中村草田男
夏草に汽罐車の車輪来て止る　山口誓子
夏草や詩人でありし志士の墓　今田尋子

▼『おくのほそ道』の平泉高館《ひらいずみたかだち》(岩手県)にて。戦の跡はただ夏草に覆われていた。▼夏草の茂りと牛の旺盛な食欲。▼この句の「野島ヶ崎」は千葉県房総半島にある岬。作者三十歳の作で「波ばかり」に青春の旅情が窺える。▼線路の傍らに生えた夏草に、汽罐車《きかんしゃ》の車輪が触れそうになって止まった。即物的実感の句。▼幕末の志士が漢詩を詠んでいた。

草茂《くさしげ》る

三夏

茂《しげ》る草《くさ》・夏草茂《なつくさしげ》る

野山の雑草や名のある夏草が大いに茂っている様子である。春や秋の草に比べて勢いがあり、猛々《たけだけ》しくもある。似た季語に「茂《しげり》」があるが、こちらは、夏に木々の葉が鬱蒼《うっそう》と茂るさまをあらわす。

草茂るばかり湖中の孤つ島　河東碧梧桐

▼岸から見ると、湖中の島は夏草が覆っているだけに見える。「孤《ひと》つ島《しま》」と表現したところに、孤立しているものの存在とやるせなさが感じられる。

草《くさ》いきれ

晩夏

草《くさ》のいきれ・草《くさ》いきり・草《くさ》の息《いき》

「いきれ」は蒸れるような熱気や匂いをいう。夏の日射しが照りつけるなか、草叢《くさむら》に近づくと、むせ返るような熱気や匂い、湿気を放っていることに気づく。

草いきれ人死に居ると札の立つ　蕪村
草いきれ海流どこか寝覚めのよう　伊藤淳子
引き返すならこの辺り草いきれ　三木瑞木

▼夏草の中に人の死が告知されている。生と死が一つの場面にリアルに描かれた。▼草叢から海を眺めていて、潮の流れは常に新しい水を運び続けることに気づいた。▼何かに憑《つ》かれたように草叢の中をずんずんと歩いてきたが、ふと恐れを感じたのだ。

只頼む湯婆一つの寒さかな：湯たんぽ一つにすがる寒夜。鳴雪の絶唱とされる。

青《あお》芝《しば》
（青《あを》芝《しば》）

三夏

夏芝《なつしば》

春に芽が出て緑を取り戻した芝生は、夏を迎えると、一面青々とその丈を伸ばす。公園では、そんな芝生を子供が駆け回ったり、思い思いに憩う人々の姿を見るようになる。関連 若芝《わかしば》→春／枯芝《かれしば》→冬

青芝に一片の雲さしかかる　谷野予志

青芝に鋏やさしく横たはり　京極杞陽

見えぬ雨青芝ぬれてゆきにけり　中島斌雄

▼「さしかかる」という微妙な動きにリアリティがある。▼鋏《はさみ》がふわりと浮いているかのような光景。青芝の弾力が伝わるとともに、横たわる鋏に諧謔《かいぎゃく》的なおもしろさがある。▼青芝が洗われたようにみずみずしくなっていく。雨が心地よく思えるのは夏だからこそ。

青《あお》蔦《つた》
（青《あを》蔦《つた》）

三夏

蔦茂《つたしげ》る

春の芽吹き、秋の紅葉と、蔦は季節ごとにさまざまな美しさを見せるが、夏は光沢のある青葉が茂るので「青蔦」という。青蔦が建物の壁を覆い尽くすのも、いかにも夏らしく涼しげである。関連 蔦《つた》→秋／枯蔦《かれつた》→冬

青蔦のがんじがらめに磨崖仏　菖蒲あや

蔦青し父となりゆくわが日々に　大嶽青児

蔦茂り壁の時計の恐しや　池内友次郎

▼磨崖仏《まがいぶつ》は崖に仏の姿を直接彫ったもの。青蔦に絡め取られ、自然のなすがままになっているのも悟りゆえか。▼わが子とともに、自身も父親として一人前になっていく様子が、青蔦のイメージと重なる。▼一面の青蔦の中の大きな目玉のような時計が、ユーモラス。

青《あお》芒《すすき》
（青《あを》芒《すすき》）

三夏

青薄《あおすすき》

芒というと、秋の野原に花穂をそよがす姿が思い浮かぶが、まだ花穂の出ていない夏の芒を「青芒」という。青々と茂る葉が印象的である。丈が一メートル以上にもなり、細い葉は堅く鋭く、縁に手を触れると刃物で切ったように切

青芒

名句鑑賞

脚を投げ出して青芝寛がす　後藤比奈夫

青一色の芝生へやってきて、思い切り脚を投げ出して座ってみた。家の中ではそんなことはしないにちがいない。何ともここちよく、開放感でいっぱいである。この句の決め手はそれを「青芝寛《くつろ》がす」といったところだ。もちろん寛いだのは作者である。それを青芝が寛いでいるといってみたのだ。ちょっとした発想の転換だが、一句にいきいきとした表情を与えている。［片山］

内藤鳴雪《ないとうめいせつ》▶弘化4年（1847）―大正15年（1926）松山藩士として江戸に生まれる。子規に師事。長老として敬慕された。

れる。

切先の我へ我へと青芒　行方克巳

関連 芒《すすき》→秋／枯尾花《かれおばな》→冬

▼切っ先が自分に向かってくるということから、作者が芒が茂る中を突き進んでいく様子がわかる。

青《あお》蘆《あし》《あをあし》　三夏

青葦《あおあし》・蘆茂《あししげ》る・青蘆原《あおあしはら》

蘆は水辺に群生するイネ科の多年草。春に芽を出し、夏には二メートルを超えるほどに生長し、芒《すすき》に似た細長い葉を茂らせる。これを「青蘆」と呼ぶ。一面の青蘆が風に吹かれてそよぎ、さわさわと音をたてるのはすがすがしい。関連 蘆《あし》の角《つの》→春／蘆《あし》の花《はな》→秋／枯蘆《かれあし》→冬

青蘆にすつと入れたる舳先かな　川崎展宏

青蘆の触れ合ふ音の蘆出でず　宮坂静生

▼川を進む小舟の動きに、舳先《へさき》の細さを「すつと入れたる」と表現。

▼風にそよぐ青蘆。蘆どうしが触れ合っているだけの音であることが「蘆出でず」でわかる。

夏《なつ》蓬《よもぎ》　三夏

蓬長《よもぎた》く

春には若葉を搗《つ》き込んで草餅にするなど、みずみずしかった蓬も、夏になると草丈を伸ばし、たくましい姿を見せる。路傍で土埃《つちぼこり》を浴びていたりするのは、いかにも野の草らしい。

関連 蓬《よもぎ》→春

山風や人の背丈の夏蓬　勝又水仙

▼一メートルにもなる夏蓬。人の背丈とは誇張だが、山風に吹かれる荒々しさが、それを納得させる。

夏《なつ》萩《はぎ》　仲夏

青萩《あおはぎ》

「秋の七草」の一つである萩は、秋を代表する花だが、種類によっては七月頃から咲き出すものもある。ちらほらと花をつけ始めたもの、葉の青々と茂ったものなどを、「夏萩」と呼ぶ。

関連 萩《はぎ》→秋

夏萩や男の束ね髪もよし　友岡子郷

▼嫋々《じょうじょう》とした秋の萩との違いを、束ね髪の男性の雰囲気に重ねた。自由でいて颯爽《さっそう》とした立ち居の人。

葎《むぐら》　三夏

金葎《かなむぐら》・八重葎《やえむぐら》・葎茂《むぐらしげ》る・葎生《むぐらう》・葎《むぐら》の宿《やど》

蔓《つる》を絡ませながら鬱蒼《うっそう》と茂る雑草のこと。カナムグラ、ヤエムグラを葎と呼ぶが、特定の種をさすというより、荒れた庭や屋敷の形容に使われる。関連 枯葎《かれむぐら》→冬

清水湧き葎となれる茶所の跡　右城暮石

▼草が茂り、すっかり荒れた、かつて茶所であった場所。清水は変わらず湧き続けている。

初虹や白川道を花売女：京都祇園の白川沿いの道。芸妓や舞妓が行きかう。

紫草《むらさき》

晩夏

『万葉集』巻一の「あかねさす紫草野《むらさきの》行《ゆ》き標野《しめの》行き野守《のもり》は見ずや君が袖《そで》振る」（額田王《ぬかたのおおきみ》）、「紫草のにほへる妹《いも》を憎くあらば人妻故《ゆゑ》に我《あれ》恋ひめやも」（大海人皇子《おおあまのみこ》）で有名な紫草。直径一センチほどの小さな白い花が咲く。根から紫色の染料がとれ、かつては武蔵野《むさしの》の特産品だった。

紫草の花の白さを風のなか　飴山實

▼群がって咲くところからその名がついたともいわれる紫草。今、風の中にその盛りを迎えている。

紫草

竹煮草《たけにぐさ》

晩夏

竹似草《たけにぐさ》

日当たりのよい山野に自生する。高さ一、二メートル。直立した太い茎は中空。葉は大きく、菊の葉に似る。盛夏に乳白色の小花を円錐《えんすい》花序につける。竹と一緒に煮ると竹が柔らかくなるところから「竹煮草」、茎が中空であるのが竹に似ているところから「竹似草」というとの説がある。

竹煮草

本流のほかは急がず竹煮草　廣瀬町子

▼竹煮草がさやさや音をたてる野山をゆるやかに水が巡る。本流へ出ると流れ下る水である。

紫蘭《しらん》

初夏

日当たりのよい庭で、植え込みの紫蘭が明るい紫の花をいっぱいにつけている姿には静かな華やぎがある。栽培が容易なため観賞用として普及してきた。根を漢方に用いる。漢名は「白及《びゃくきゅう》」。紫蘭といいつつ白いものもある。

紫蘭

紫蘭咲いていささかは岩もあはれなり　北原白秋

雨を見て眉重くゐる紫蘭かな　岡本眸

▼自然の中に咲く紫蘭だろう。「あはれ」は親愛の情を誘うしみじみとした思いをいう。▼雨の日の晴れない気分を「眉重く」と感じたのは女性ならではの感覚。紫蘭には、古典的な女性の雰囲気を思わせるものがある。

中川四明《なかがわしめい》▶嘉永２年（1849）―大正６年（1917）「懸葵」を創刊。京都において近代俳句の先駆けとなる。

風《ふう》蘭《らん》
晩夏

香りのよい白い花をつける、草丈一〇センチほどの蘭。関東以西で、山地の樹木や岩に着生した姿を見ることができる。その可憐《かれん》な姿から、江戸時代から観賞用に栽培され、吊るして楽しめるように仕立てたりする。

風蘭にかくれし風の見えにけり　後藤比奈夫

▼わずかな風に揺れる花の繊細さをとらえた。風通しのよいところに生えるこの花らしさを描いている。

風蘭

胡《こ》蝶《ちょう》蘭《らん》
晩夏

花が、蝶の舞う姿に似ているところから、この名がある。さまざまな種類があるが、現在、「胡蝶蘭」といえば、白色あるいは紫色の、まるく大きな花をつける高級洋ランをさす。温室栽培のため、一年中見ることができる。

窓外のひかりへ通ふ胡蝶蘭　進藤一考

▼室内に大切に据えられた胡蝶蘭の一鉢。輝くようなひと花ひと花が今にも飛び立ちそうである。

鈴《すず》蘭《らん》
初夏

君影草《きみかげそう》

小さな鈴を連ねたような白い花は、愛らしく香りがよい。おもに北海道や本州中部以北に自生するが、よく見かけるのはドイツ鈴蘭で、日本のものより大ぶりで香りも強い。フランスでは五月一日にこの花を贈る習慣がある。

すずらんのりりりりりりと風に在り　日野草城
晩鐘は鈴蘭の野を出でず消ゆ　斎藤玄
鈴蘭はコップが似合ふ束ね挿す　鈴木榮子
鈴蘭とわかる蕾に育ちたる　稲畑汀子

▼小さな鈴のような花が風に吹かれ、りり……と鳴るように聞こえた。最後を「鳴り」ではなく、「在り」とした効果にも注目。▼鈴蘭が自生する北海道の風景。教会の夕暮の鐘が、小さな鈴蘭のベルにも響いてくるかのよう。▼鈴蘭をコップに飾ってみた。可憐《かれん》な花にはそれが一番似合うのだ。▼花が咲くのを待つ楽しみ。

浜《はま》昼《ひる》顔《がお》
初夏

昼顔の仲間で、日本全土の海浜に自生している。丈は低く、砂中に地下茎を巡らし、縦横無尽に這《は》う蔓草《つるくさ》である。漏斗《ろうと》状の花はピンクで可憐《かれん》。葉は厚く光沢がある。

点綴の浜昼顔となりにけり　山田みづえ

▼遠目の浜昼顔であろう。真緑に広がる葉の絨毯《じゅうたん》に、ピンクの点《てん》

元日や我は日本に生れたり：日本に生まれたことのよろこびを真っ直ぐに詠んだ。

綴《てい》(点々と散らばっていること)が愛らしい。

【昼顔《ひるがお》《ひるがほ》】

仲夏

✝朝顔に似た小さな薄紅色の花で、野原や路傍など、どこにでも生える。✝躑躅《つつじ》の植え込みに絡んでいるのを見ることも多い。白に近い色の花もある。繁殖力旺盛でたくましい植物だが、花は可憐《かれん》である。ケッセルの小説『昼顔』は、昼と夜とで別の顔をもつ女性を描き、カトリーヌ・ドヌーヴ主演で映画化された。

昼顔や行く人絶えし野のいきれ　几董
昼顔のほとりによべの渚あり　石田波郷
昼顔や捨てらるるまで櫂痩せて　福永耕二

▼日中の人通りが絶える時間。草いきれに、にわかな暑さを覚える。▼昨夜歩いた渚に立つ。そこにはただ海が見えるだけ。▼浜辺に打ち捨てられた古びた櫂《かい》。「痩せて」に哀れがにじむ。三句とも、点景のように添えられた昼顔が情景を鮮明にしている。

浜昼顔

昼顔

【月見草《つきみそう》《つきみさう》】

晩夏

大待宵草《おおまつよいぐさ》・待宵草《まつよいぐさ》・宵待草《よいまちぐさ》

一般に「月見草」と呼ばれる花は「待宵草」(宵待草とも)である。晩夏の夕方、大きめの黄色の花を開き、日の出の頃には橙色《だいだい》になってしぼむ。じつは本来の月見草は同じアカバナ科の別種の白い花だが、繁殖力旺盛な待宵草におされ、待宵草が月見草の名で呼ばれるようになった。俳句に月見草として詠まれるのも、おもに待宵草である。

月見草夕月よりも濃くひらき　安住敦
月見草にしばらく残る汽車の匂ひ　伊藤通明
魚籠の中しづかになりぬ月見草　今井聖

▼夜が更ければ月も月見草もしだいに色を深めてゆくだろう。▼

月見草

名句鑑賞

ひるがほに電流かよひゐはせぬか　三橋鷹女

昼顔の蔓《つる》は細く針金のようだ。それを見て、電流が流れているのではないかと思った作者の感覚は特異である。針金と電流だけならとくに意外な結びつきではないが、それが植物のこととなると尋常な発想とはいえない。鷹女の俳句は、強い自己愛に発する鋭敏な感覚によって裏打ちされているものが多い。［片山］

角田竹冷《かくたちくれい》▶安政４年（1857）―大正８年（1919）紅葉、小波らと「秋声会」結成。古俳書蒐集にも功績。

月見草はよく線路沿いに咲いている。汽車の吐き出す熱風をまともに浴びて揺れる。▼海岸の砂地に群生する月見草。傍らの魚籠《びく》の中で跳ねていた魚も動かなくなったようだ。

擬《ぎ》宝《ぼう》珠《し》の花《はな》

仲夏

ぎぼし・ぎぼしゅ

花の形が橋の欄干《らんかん》などに使う擬宝珠に似ているところからこの名がある。長い花茎を伸ばし、細長い漏斗《ろうと》状の花を下から順に房のように咲かせる。

熱の目に紫うすきぎぼしゆかな　飯島みさ子

▼擬宝珠は朝開き夕べにしぼむ一日花。淡い紫を見つめる作者は、大正十二年（一九二三）、二十五歳で亡くなった。翌年、句集『擬宝珠』が刊行された。

擬宝珠の花

蓮《はす》

晩夏

蓮《はす》の花《はな》・蓮華《れんげ》・蓮池《はすいけ》・はちす・紅蓮《べにはす》・白蓮《びゃくれん》

アジアでは蓮は聖なる花。仏教では、仏はこの花の上に座し、中国では、君子の傍らに咲くとされる。柔らかな緑の葉は花に劣らず美しい。風に揺れる蓮池の眺めなど、夏の真昼の夢。「ハス」という名は、花が散った後の花托《かたく》の形が蜂の巣に似ているので「ハチス」と呼ばれ、それが「ハス」になった。地下茎は蓮根《れんこん》。

関連 蓮見《はすみ》→239／敗荷《やれはす》・蓮《はす》の実《み》→秋／蓮根《はすね》掘《ほ》る・枯蓮《かれはす》→冬

蓮の香や水を離るる茎二寸　蕪村

葩《はなびら》を葉におく風の蓮《はちす》かな　暁台

蓮咲くや水を離るゝ朝の靄　伊藤松宇

蓮剪《き》つて畳の上に横倒し　村上鬼城

蓮の茎散り方の花を支へたる　瀧井孝作

遠き世の如く遠くに蓮の華　山口誓子

▼蕾が水中から顔を出しただけで、この香り。▼蓮の葉にのる花びら。▼水面から立つ朝の靄《もや》。▼「横倒し」とはいうものの、そっと横たえるところ。▼今にも散りそうな満開の蓮の花。▼はるかに仏の世を思わせる。

蓮《はす》の浮《うき》葉《は》

初夏

蓮浮葉《はすうきは》・浮葉《うきは》・銭荷《せんか》・銭葉《ぜには》

泥の中の根茎から伸びてきた蓮の新葉は水面に浮き、しばらくすると巻き葉を突き出し、やがて大きく葉を広げる。葉の

蓮

蓮の浮葉

雄大な句を想ふ夜の野分哉：野分で荒れ狂う夜に雄大な一句を想念している。

上の水が玉となって転がるのは、密生しているこまかな毛が水をはじくから。「銭荷」「銭葉」は小さな葉のことである。

飛石も三つ四つ蓮のうき葉かな　蕪村

遠くより風立ちてくる蓮浮葉　星野椿

いつぺんに水のふえたる浮葉かな　千葉皓史

▼「飛石も」は「浮葉同様」という意味である。▼初夏の心地よい風が吹き渡る蓮池の景。▼浮き葉によって水面が広がったように感じた、いわば詩的錯覚である。

睡《すい》蓮《れん》

晩夏

未草《ひつじぐさ》

睡蓮は水に浮く花。太陽の運行とともに花びらを開閉し、花びらを閉じた姿が水の上で眠るようなので、中国では「睡蓮」と呼んだ。そこからこの花は、水と眠りのイメージをまとうことになった。耐寒性のある温帯産と耐寒性のない熱帯産がある。ともに昼咲きだが、熱帯産には夜咲きもある。十九世紀のフランスでブームが起こり、交配によって栽培種が誕生した。

睡蓮

「未草」は日本に自生する睡蓮。未の刻（午後二時頃）に開花するので、そう呼ぶ。

睡蓮や風に吹きよる水馬　巌谷小波

睡蓮や鯉の分けゆく花二つ　松本たかし

睡蓮の一むら離れ白ばかり　大場白水郎

▼風に吹かれて遊ぶ水馬《あめんぼ》。▼睡蓮の花の間を抜ける鯉《こい》。▼赤い睡蓮の群落の向こうに白い睡蓮の株がある。

真《ま》菰《こも》

三夏

菰《こも》・花《はな》かつみ・かつみ草《ぐさ》

各地の沼沢《しょうたく》に群生する。茎は太く中空。葉は刈り取って筵《むしろ》とし、若芽と種子は食用に、根は漢方薬となる。花は秋に咲く。『古今和歌集』にある「陸奥《みちのく》の安積《あさか》の沼の花かつみ」は、一説に真菰のこと。『おくのほそ道』に、芭蕉が「いづれの草を花かつみとはいふぞ」と尋ね歩くくだりがある。

関連 真菰《まこも》の芽《め》→春

舟の波真菰を越えて田にはしる　加藤楸邨

水べりは独りの居場所花かつみ　手塚美佐

▼水路と田の境界があってないような所。舟のつくる柔らかな波が見えてくる。▼水辺に寄って花かつみに隠れるようにすると、この世に私独りきりの気分。

伊藤松宇《いとうしょうう》▶安政６年（1859）―昭和18年（1943）近代俳句の確立に貢献。俳諧研究、古俳書蒐集でも知られる。

沢瀉《おもだか》

仲夏

花慈姑《はなくわい》

水田や湿地に自生する。矢じりの形をした葉が人の顔に似るところからの名。葉の間から花茎を伸ばし、白い三弁の花をつける。雌雄異花同株。食用の慈姑《くわい》はこの変種。「勝ち草」の別名があり、武家が好んで家紋に使った。

沢瀉に昏れし水面がまた昏れゆく　横山白虹

▼日が沈み、暗み始めた水面に、夜の気配が深まってゆく。沢瀉の白い花も闇に沈んでゆく。

沢瀉

河骨《こうほね》《かうほね》

仲夏

川骨《かわほね》

水面から金色にも見える黄色の花を突き出した姿は、遠目にもよくわかる。水が深い沼などでは水面下に沈み、浅い所ではぬきんでて咲くという性質がある。名の由来は、地下茎が白く、骨のようだというところから。

河骨

河骨の高き蕾《つぼみ》を上げにけり　富安風生

河骨の金鈴ふるふ流れかな　川端茅舎

河骨に月しろがねをひらきつつ　柴田白葉女

▼誇らしげに掲げられた珠《たま》のような蕾。▼形といい色といい、河骨の花はまさに金の鈴と呼ぶにふさわしい。▼河骨の金に対して月は銀《しろがね》の大輪。

菱《ひし》の花《はな》

仲夏

菱は池や沼に自生する。水底の泥から芽を出し、水面に至る茎の上部に菱形の葉を放射状に広げる。花は白く四弁。花の後、鋭い角のある実を結ぶ。秋にとれる実は食用や薬用となる。

関連 菱《ひし》の実《み》↓秋

胸薄く来たりて菱の花愛す　岸田稚魚

花菱の底なる空も晴れてをり　佐保美千子

▼肺結核を病んでいた作者。だが、「胸薄く来た」のは、紅顔の美少年でも胸を病む美少女でもいい。菱の花には薄幸の匂いがする。▼快晴の日、菱の花が咲く池の底にも晴れ渡った空が広がっている。

菱の花

酒の燗あたゝめ返し花の冷：花冷えで冷めてしまった酒。もういちど温め直す。

藺《い》《ゐ》の花《はな》《はな》

仲夏

藺草《いぐさ》(藺《い》とも)は湿地に自生するイグサ科の多年草。畳表《たたみおもて》や花《はな》筵《むしろ》を作るため、水田で栽培される。根茎から無数に直立する茎は緑で光沢があり、先端に緑褐色の小花を線香花火のようにつける。

藺の花の咲く水白し草の中　寒川鼠骨

▼針のように立つ茎の間に水が見える。白く光っているのは曇り空が映っているのだろうか。

太《ふと》《ふと》藺《い》《ゐ》

三夏

太藺《ふとい》の花《はな》・青藺《あおい》・唐藺《からい》

カヤツリグサ科の多年草で、池や沼などに群生する。高さが一・五メートルから二メートルほどになり、この茎で筵《むしろ》を編んだりする。葉は退化し、茎の先端に黄褐色の花がつく。

放牧の馬あり沢に太藺あり　高浜虚子

太藺折れ水の景色の倒れけり　粟津松彩子

▼沢の太藺を背景に、放牧されている馬のすがすがしい表情が浮かぶ。▼直線だけで描かれた絵を見るよう。折れた太藺を映す水を、景色が倒れていると見た、その切り取り方が斬新である。

蒲《がま》

三夏

蒲《がま》の穂《ほ》

湿地に自生。葉は菖蒲《しょうぶ》に似る。青く太い茎が直立し、一、二メートルにもなる。盛夏、茎の先に円柱状の花穂(蒲の穂)をつける。花穂の上部は雄花、下部は雌花。秋、雌花がほぐれて穂絮《ほわた》を飛ばす。

蒲そよぐ因幡の国を素通りす　藤本節子

蒲

▼「素通りす」とわざわざ言うのは気になるからだ。蒲のそよぐあたりに因幡《いなば》の白兎《しろうさぎ》がいるようで。

水《みず》《みづ》芭《ば》《ば》蕉《しょう》《せう》

仲夏

水芭蕉といえば尾瀬《おぜ》というくらいに湿原の風景とともに記憶されているのは、江間章子作詞、中田喜直作曲「夏の思い出」によるところが大きい。実際、群生する水芭蕉の美しさには目を見張る。真っ白な帆のように見えるのはサトイモ科特有の仏炎苞《ぶつえんほう》と呼ばれる部分で、それに包まれて立つ一〇センチほどの棒状のものが花穂である。

花と影ひとつに霧の水芭蕉　水原秋桜子

水芭蕉水さかのぼるごとくなり　小林康治

岡野知十《おかのちじゅう》▶万延元年（1860）—昭和７年（1932）明治期に「新々派」を称し独自路線。研究や古俳書蒐集に功績。

水芭蕉　長野県小谷村の栂池自然園。

水はまだ声を持たざる水芭蕉　黛 執

影つねに水に流され水芭蕉　木内怜子

▼水に映る影と一体であるかのような水芭蕉。うすうすと霧が漂い、白さが広がってゆく。▼帆をいっぱいに張って、流れを遡る舟さながら。▼山の清冽《せいれつ》な雪解け水も、まだ声をひそめている。▼影も水の流れに揺らめいて。水があってこその美しさ。

ぎしぎしの花《はな》

仲夏

羊蹄《ぎしぎし》の花《はな》

✦ぎしぎしは、湿地、水辺に自生する。茎は直立し一メートルにもなる。春、若芽を茹《ゆ》でて酢味噌和えなどにする。夏には薄緑色の小花を房状につける。 関連 ぎしぎし↓春

ぎしぎしの花揺れ村にニュース無し　本郷桂子

▼みっしりと詰まったように咲くぎしぎしの花が重たく揺れる。村は平和で、可もなく不可もなく。

滑歯莧《すべりひゆ》

三夏

滑莧《すべりひゆ》

田畑や道端など、至るところに生える。地を這《は》う茎は暗紅色、葉は緑色で、黄色の小さな五弁花をつける。園芸種の✦松葉牡丹《まつばぼたん》はこの仲間。中国、インド、ヨーロッパでは野菜

滑歯莧

闘鶏の眼つぶれて飼はれけり：悲惨な闘鶏の姿におのれの不遇の生涯を重ねた。

の一つとされ、若い茎や葉を食する。

言う前にひらく唇すべりひゆ　池田澄子

▼唇が形を作り、息が通い、音が生まれて声になる。「言う」のiuと「すべりひゆ」のhiyuとの通い合いも、また楽しい。

藜《あかざ》　三夏

どこにでも生える一年草で、直径三センチ、高さは一メートルにもなる。大きな茎は杖にしたり、若葉を食用にしたり、葉のしぼり汁を薬用にしたりするなど、利用してきた。

やどりせむ藜の杖になる日まで　芭蕉

藜伐つて遠く小さき山を見る　長谷川零余子

ふるさとの藜も杖となるころか　三田きえ子

▼前書「其草庵《そのさうあん》に日比有《ひごろあり》て」。客人としてゆっくり滞在させてもらいましょうとの心をこめた挨拶句。▼遠近を描くことで手元の藜がクローズアップされる。▼豊かな自然の中で育った作者の郷里へ寄せる思いの深さ。

虎杖《いたどり》の花《はな》　晩夏

紅虎杖《べにいたどり》・明月草《めいげつそう》

+虎杖は、春に食用とするところから春の季語で、夏はその白い花を詠む。根は生薬《しょうやく》で、名は「痛み取り」の転じたものという。赤い花のものを「紅虎杖」といい、別名「明月草」。『枕草子《まくらのそうし》』「見るにことなる事なきものの、文字に書きてことごとしきもの」の段に「虎の杖」と書くのを訝《いぶか》る。「杖なくともありぬべき顔つきを」と、虎を思い浮かべるところがどこかおかしい。関連 虎杖《いたどり》→春

藜

虎杖の花

虎杖の花やわびしき水の音　佳兆

虎杖の花月光につめたしや　山口青邨

虎杖の花しんかんと終るなり　新谷ひろし

▼虎杖の花が咲く山中、どこからか音だけがわびしく聞こえてくる。▼夜の虎杖の花。月光が射して冷たいのは山中か、それとも北国か。▼咲いている時も静かだが、終わりはいっそうさみしい花だ。

夏薊《なつあざみ》　三夏

ナツアザミという名の植物があるわけではなく、夏に咲く薊+一般をさす。薊の種類は多く、晩春から晩秋まで咲く。単に「薊」といえば春の季語。関連 薊《あざみ》→春

女教師の矜恃に疲れ夏あざみ　鍵和田柚子

村上鬼城《むらかみきじょう》▶慶応元年（1865）—昭和13年（1938）「ホトトギス」同人。難聴がもとで苦労した境涯を格調高く詠んだ。

▼見た目に反し、触れてみると意外に柔らかな夏薊。女教師の姿と響き合う。

酢漿《かたばみ》の花《はな》

三夏

酢漿は、庭、道端など至るところに生える。葉はハート形で三枚の複葉。小さな黄色の花は五弁。夏を中心に花期は長い。花の後、熟した莢《さや》は、触れると種をはじき飛ばす。

かたばみや何処にでも咲きすぐ似合ひ　星野立子

▼姿に似ぬ旺盛な繁殖力である。さりげなく似合ってしまうこともその一因か。

車前《おおばこ》の花《はな》

初夏

大葉子《おおばこ》の花《はな》

オオバコ科の多年草で、初夏から秋にかけて、白い小花を穂状につける。たくましい植物で、車に踏みつけられるような路傍に生えるというので、「車前草」の字を当てる。

酢漿の花

車前の花

名句鑑賞

どくだみの花の白さに夜風あり　高橋淡路女

どくだみの白い十字は夜も閉じることがない。闇のなかでまるで目を見開くかのように、くっきりと白さが浮かぶ。時折、吹き渡る風に揺れるさまは、昼とは違う不思議な光景で、ひんやりとした風を肌に感じはしないだろうか。「花の白さの夜風」ではなく、「花の白さに」とした微妙な表現が、そこはかとない雰囲気をかもし出している。［片山］

おほばこの花に日暮の母の声　大嶽青児

▼どこにでも生える車前草の、花ともいえない花が日常を象徴している。夏の夕暮の気分が漂う。

現《げん》の証《しょう》拠《こ》

仲夏

民間療法では、葉や茎を乾燥させ煎じたものを下痢止めに用いてきた身近な植物で、六月頃、梅に似た五弁の花をつける。色は白、紅紫、淡紅など。

げんのしようこかかる花とは抜いてみむ　吉田鴻司

▼薬草として茎葉を乾燥させたものしか知らず、初めて花を見て驚いたのである。それならば抜いてみたくもなろう。

十《じゅう／じふ》薬《やく》

仲夏

蕺菜《どくだみ》

空き地にはびこり、抜いても抜けず、強い臭いを発して疎まれるドクダミ。しかし、梅雨時に咲く花は真っ白で美しく、

現の証拠

十薬

季語になっている。じつはこの花は総苞《そうほう》で、本当の花は中心の花穂についている。「十薬」の名は多くの薬効がある薬草であるから。ドクダミは「毒痛み」の意。

十薬の匂ひに慣れて島の道　稲畑汀子

十薬のさげすむたびに増えてをり　大牧広

どくだみの辺りの暗さいつも同じ　伊藤通明

▼一面の十薬の中を貫く白い砂の道。▼嫌われてばかりの花のあわれと強い生命力。▼そういえば、どくだみは薄暗いところにばかり咲いている。

【踊子草《おどりこそう》《をどりこさう》】

初夏

踊草《おどりぐさ》・踊花《おどりばな》・虚無僧花《こむそうばな》

茎を取り巻くように、淡紅色または白い花がつく。葉が踊り笠をかぶっているように見えるところから、この名がついた。同じような見立てから「虚無僧花」とも呼ばれる。よく目にするのは小ぶりの外来種で、「姫踊子草」という。

踊子草ところ選ばず踊りけり　宇都木水晶花

踊子草みな爪立てる風の中　岡部六弥太

こゑかけて踊子草に跼《かが》みけり　嶺治雄

▼どこにでも生えるたくましさが、その名に生きている。▼風に吹かれて浮き足立っているのを爪立っていると見た擬人化。▼可憐《かれん》な花なので、かがんでじっくり見ようということになる。「こゑかけて」がやさしい。

踊子草

【立浪草《たつなみそう》《たつなみさう》】

初夏

山野、道端などの日当たりのよい所に自生する。赤紫色の唇の形をした小花を穂状につける。群がり咲くさまが波頭に見えるところからこの名がある。葉はまるいハート形である。

そろひたる立浪草の波がしら　片山由美子

▼草丈も花期も、ほぼ揃って群がり咲く立浪草。まるで小さな海が現われたようだ。

立浪草

安藤和風《あんどうわふう》▶慶応2年（1866）―昭和11年（1936）生国・秋田で「秋田正風」を唱える。秋田魁新報社社長。

狐《きつね》《きつね》の提《ちょう》《ちやう》灯《ちん》《ちん》

初夏

宝鐸草《ほうちゃくそう》・宝鐸草《ほうちゃくそう》の花《はな》

花の形から、「狐の提灯」「宝鐸草」（「宝鐸」は堂塔の軒に吊《つ》るす大形の風鈴）という。筒状の花は白色で、先端が緑色を帯びる。山野に自生する。林や藪《やぶ》の中など、日陰を好む。

崖見よや狐の提灯咲きにける　水原秋桜子

▼ほら、あそこ、と指さされた先は崖。仰ぐと白い小花がちらちら揺れて、灯《とも》っている。

狐の提灯

捩《ねじ》《ねぢ》花《ばな》《ばな》

初夏

文字摺《もじずり》・文字摺草《もじずりそう》

その名のとおり、螺旋《らせん》をなしつつ咲く、一〇～二〇センチほどのピンクの愛らしい花。「文字摺」は染めの一種に似ているところから。文字摺は忍摺《しのぶずり》、忍捩摺《しのぶもじずり》ともいい、『伊勢物語』の「みちのくの忍捩摺り誰《たれ》ゆゑに乱れそめにし我ならなくに」などを思い起こさせる優美な名である。

捩花

捩花はねぢれて咲いて素直なり　青柳志解樹

捩花のもののはづみのねぢれかな　宮津昭彦

捩花をきりりと絞り雨上がる　浅田光喜

▼捩れていてこその捩花に、「素直」という言葉の意外性。▼ほんのはずみで捩れてしまった花なのかとも。▼雨の後の捩花。捩じり直したような新鮮さ。

姫《ひめ》《ひめ》女《じょ》《ぢよ》苑《おん》《をん》

初夏

北米原産の帰化植物。明治の初めに渡来し、現在では全国至るところに自生する。キク科の一年草または越年草で、花は春に咲く春紫苑《はるじおん》に似るが、ひと回り小さい。

ひめぢよをん路地は働く人ばかり　神尾季羊

▼掃く、拭く、洗う……。路地をはさんで暮らす人々がくるくると働く。姫女苑が初夏の風に揺れて。

姫女苑

敦《あつ》《あつ》盛《もり》《もり》草《そう》《さう》

仲夏

茎の頂に、紅紫色または淡紅色の特異な形の花をつける、野生の蘭《らん》。一ノ谷の合戦の時に、薄紅色の母衣《ほろ》をつけていたという平敦盛にちなみ、花の形を鎧《よろい》の上につける母衣に見立て

提灯を螢が襲ふ谷を来り：提灯の火を狙って襲ってくる荒々しい蛍。深吉野《みよしの》時代の句。

敦盛草

靫草

て名づけられた。

敦盛草山湖の霧の来てつつむ　平賀扶人

▼山深く咲く敦盛草。その紅の色が湖の霧に白く巻かれてゆく。

靫草《うつぼぐさ》　仲夏

空穂草《うつぼぐさ》

シソ科の多年草で、六月頃、茎の先の太く短い穂に、紫色の唇形の花をつける。その花穂の形が矢を入れる靫に似ているところから、この名がある。穂の内部が空洞なため「空穂草」ともいう。

雨に揺れ虻にゆれけりうつぼ草　堀口星眠

高原の三角点や靫草　安部州子

▼雨粒に打たれて揺れ、虻《あぶ》がとまれば揺れ、自然のなすがままの花なのである。▼高原に登り三角点に辿りついた。静かに紫の靫草が咲いている。

破《やぶ》れ傘《がさ》　仲夏

大きな葉に切れ込みがあり、破れた傘に見えるところから、この名がある。山地の日陰に自生する。直立した茎の上に白い筒状の地味な花をつける。

破れ傘貧しき花を傘の上　青柳志解樹

▼破れ傘のような葉の上に、ふさわしくひそやかな花を掲げていることよ。

蛍《ほたる》袋《ぶくろ》　仲夏

釣鐘草《つりがねそう》・提灯花《ちょうちんばな》・風鈴草《ふうりんそう》

捕らえた蛍を入れるのにこの花を袋がわりにしたところからついた名。まさに先が開いた袋のような形をしていて、何かを入れたくなる。大きな花だと長さ五センチほどもあり、うつむいて咲く。花の色は淡紅色や白色など。

蛍袋に指入れて人悼みけり　能村登四郎

山の雨蛍袋も少し濡れ　高田風人子

ほたるぶくろ重たき光ひとつづつ　山田みづえ

山中のほたるぶくろに隠れんか　小澤實

蛍袋

原石鼎《はらせきてい》▶明治19年（1886）―昭和26年（1951）「鹿火屋」主宰。大正期の俳壇で活躍。晩年は神経症に苦しんだ。

▼手持ち無沙汰であるかのような仕草は、言葉にならない亡き人への思いの現われ。▼細かい毛が密生していて水をはじきやすい蛍袋も少し濡《ぬ》れるほどに。▼いかにも重たげな花の一つずつが光を抱いているとみた。▼戯《ざ》れ心を誘うのは、どこか童話的な花だから。

虎尾草《とらのお》《とらのを》

仲夏

夏の野山を歩いていると、真っ白な穂を垂れた花を目にすることがある。これが虎尾草。可憐《かれん》な花のイメージとはギャップがあるが、白い穂が動物の尾を連想させることは確かである。辺りの緑が濃くなってゆくなか、白い花穂が風に揺れているさまは涼しげである。

虎の尾や防人《さきもり》のみち岬《さき》に尽く　岡部六弥太

虎の尾のさゆらぎもせぬ湖《うみ》ほとり　今井千鶴子

とらのをの尾の短きへ日が跳ねて　大石悦子

▼九州には今なお防人の道が残る。その道を辿《たど》った人々の心細さを思わせるように虎尾草が咲いている。▼ひたと風がやんだ湖のほとり、暑さの中で微動だにしない花。▼日向《ひなた》の虎尾草はしっかり育つ。短い花の穂が弾むように見えたのを「日が跳ねて」ととらえた。

虎尾草

烏柄杓《からすびしゃく》

仲夏

烏柄杓《からすびしゃく》の花《はな》・半夏《はんげ》

ヒャクショウナカセとも呼ばれる畑の雑草。苞《ほう》から花軸が長く突き出る、特異な形の緑の花をつける。蝮蛇草《まむしぐさ》や浦島《うらしま》草《そう》の花に類似している。漢名は「半夏」。漢方の生薬《しょうやく》がとれる。この草が生える時季(七月二日頃)を「半夏生」といい、夏の時候の季語である。

関連 半夏《はんげ》生《しょう》→012

烏柄杓

わたくしに烏柄杓はまかせておいて　飯島晴子

▼一筋縄ではいかなさそうな草。そのうわてをいきそうなこの囁《ささや》きは、少々こわい。

鴨足草《ゆきのした》

仲夏

雪《ゆき》の下《した》・虎耳草《ゆきのした》

日陰の湿地に白い小さな五弁花が密生して咲く姿は、辺りを明るくするような華やぎがある。花が鴨の足に似ているところから「鴨足草」、葉の形から「虎耳草」、雪の中で

鴨足草

春の海竜のおとし子拾ひけり：駘蕩《たいとう》とした春の海から打ちあがった竜の落とし子。

も葉の緑が衰えないところから「雪の下」とも書く。

夕焼は映らず白きゆきのした　渡辺水巴
鴨脚草咲く井やお菊ものがたり　水原秋桜子
釣瓶より飲みて鉄臭鴨足草　鷹羽狩行

▼夕焼の中、鴨足草が咲いている辺りだけが白く浮かび上がる。▼鴨足草は湿ったところが大好き。ここは「番町皿屋敷《ばんちょうさらやしき》」のお菊が身投げをしたという井戸。▼釣瓶《つるべ》に口をつけた時の金臭さ。鴨足草とともに、遠い日の記憶として。

【岩煙草《いわたばこ》《いはたばこ》】晩夏

水がにじみ出ている岩肌などに張りつくように、煙草の葉に似た大きな葉を広げる多年草。七月から八月頃、葉の横から花茎が伸び、星形の赤紫の花が咲く。鎌倉では、寺院の裏や切り通しなど、行く先々で目にする。

岩煙草

滴りに濡れにぞ濡れて岩たばこ　瀧春一
透きとほる雨後の谺《こだま》や岩煙草　平子公一

▼岩肌から沁《し》み出た水が雫《しずく》となって落ちるのが「滴《したた》り」。そこに生えている岩煙草。▼雨に洗われて、こだまも澄みきって聞こえ、岩煙草も洗いたてのような美しさ。

【鷺草《さぎそう》《さぎさう》】晩夏

真っ白な鷺が飛んでいるかのごとき、羽根のような花びらの細かな切れ込みの美しさゆえに乱獲され、湿原に自生するものは絶滅しかかって久しい。東京では、九品仏《くほんぶつ》の名で親しまれている世田谷の浄真寺《じょうしんじ》で長年栽培しており、季節になると可憐《かれん》な花を見ることができる。

鷺草

鷺草や風にゆらめく片足だち　嘯山
鷺草や天の扉の閉まりし音　橋閒石
鷺草の鉢を廻して見せにけり　森田公司
鷺草にかげなきことのあはれなり　青柳志解樹

▼長い茎を片足とみた。いかにも鷺類の鳥が水辺に立っているか

名句鑑賞

風が吹き鷺草の皆飛ぶが如　高浜虚子

いたって単純に見える句ではあるが、咲きそろった鷺草《さぎそう》の様子が明快に描かれている。「鷺草が飛ぶ」という表現を誰も疑問に思わないのは、その花の一輪一輪が、鳥の姿にしか見えないからである。折しも風がたち、一斉に揺れる鷺草は、まるで宙を飛んでいるかのよう。「皆」によって、少なからぬ数であることもさりげなく伝えるなど、表現に無駄がない。［片山］

幸田露伴《こうだろはん》▶慶應3年（1867）—昭和22年（1947）小説家。蝸牛庵と号し、俳句をよくした。『評釈芭蕉七部集』。

のよう。▼帰るべき天の扉が閉ざされてこの世をさまよう鳥の化身のような花。▼よく見てもらいたいという気持がそのまま動作になった。▼持つべき影すら持たぬはかなさ。この世のものとは思えない。

射干《ひおうぎ》《ひあふぎ》

晩夏

剣の形をした幅の広い葉が密に並んでつくさまが、檜扇《ひおうぎ》を開いたように見えるところからこの名がある。内側に紅色の斑点のあるオレンジ色の六弁花をつける。枕詞《まくらことば》でもある「ぬばたま」は射干の黒い実。

射干の花大阪は祭月　　後藤夜半

▼射干は関西では祭の花。街中の至るところで見かける今月、大阪では夏祭が始まる。

灸花《やいとばな》

晩夏

屁糞葛《へくそかずら》

山野に自生する。釣鐘形で外側は白色、内側は紅紫色の小さな愛らしい花をつける。花がお灸《きゅう》の痕《あと》のように見えるところから「灸花」、また、葉、蔓《つる》、実を揉《も》むと悪臭を放つところから「屁糞葛」という。

名をへくそかづらとぞいふ花盛り　　高浜虚子

引つぱつてまだまだ灸花の蔓　　清崎敏郎

▼つくづく気の毒な名前だ。今を盛りの、このかわいらしい花は。▼何にでも巻きつく蔓はどこが発端だか。ぐいぐい引いても切れもせず。

射干

灸花

蚊帳吊草《かやつりぐさ》

晩夏

空き地や道端に生える一年草で、三稜形の茎を両端から裂き、四角い蚊帳を吊ったような形にして遊ぶところからこの名がある。晩夏に茎の先に三、四個の黄褐色の花をつけるが、線香花火のように見えるのが特徴。

淋しさの蚊帳吊草を割きにけり　　富安風生

▼他愛のない遊びを思い出し、裂いてみた蚊帳吊草。それで淋《さび》しさが紛れるわけでもないのだが。

蚊帳吊草

人訪へば梅干してゐる内儀哉：突然の訪問。内儀は梅を干す作業の真っ最中だった。

日光黄菅

【日光黄菅《にっこうきすげ》《につくわうきすげ》】

晩夏

夏の高原を彩る、橙黄色《とうおう》で漏斗《ろうと》形をした花々。日光戦場ヶ原（栃木県）などに多く自生しているところから名がついた。秋の季語の花野では、さまざまな種類の花が咲き乱れるが、夏の高原は時に日光黄菅一色に染まる。

日光キスゲとその名覚えてまた霧へ　加藤楸邨

日光黄菅雲とぎれ連嶺ちらと見ゆ　岡田日郎

曇る日の日光黄菅黄を足せり　伊藤敬子

荷を降すニツコウキスゲの風の中　松尾隆信

▼花の名を訊《たず》ねたら「ニッコウキスゲ」だという。霧に包まれた高原のハイキング風景。▼雲に閉ざされがちの連嶺が姿を見せた一瞬。黄色い花、白い雲、青い山々と、夏の高原気分横溢《おういつ》。▼日が射すと輝いて見える花が、曇ると色が濃くなるという発見。▼山歩きの荷物だろう。風に揺れる日光黄菅に目を休め、しばしの休憩。

【夕菅《ゆうすげ》《ゆふすげ》】

晩夏

黄菅《きすげ》

鮮やかな淡黄色の花は、日光黄菅に似ているが、別の花。日光黄菅が昼の花であるのに対し、こちらは夕方開いて、翌日の午前中にしぼむ。そこから「夕菅」の名がある。

夕菅や叱られし日のなつかしく　伊藤敬子

夕菅のぽつんぽつんと遠くにも　倉田紘文

尾崎紅葉《おざきこうよう》▶慶応３年（1867）―明治36年（1903）小説家。「紫吟社」「秋声会」を結成。近代俳句確立の一翼を担った。

▼夕菅の花が幼い日を思い出させる。叱られた記憶も懐かしい遠い日々のこと。▼群れ咲くほどではないが、目の前だけでもない。そんな夕菅に目をやる夕べ。

萱《かん》《くわん》草《ぞう》《ざう》の花《はな》《はな》

晩夏

萱草《かんぞう》・藪萱草《やぶかんぞう》・野萱草《のかんぞう》・忘草《わすれぐさ》

百合《ゆり》に似た朱色の花が、すっくと立ち上がって咲く。八重咲きのものを「藪萱草」、一重のものを「野萱草」といい、よく似た花に黄菅《きすげ》や日光黄菅がある。別名「忘草」の由来は、持ったり食べたりすると憂いを忘れるからとか、精霊に手向《たむ》けると精霊が憂いを忘れるからなど諸説がある。『万葉集』にも「忘れ草吾《わ》が紐《ひも》につく時となく思ひわたれば生けりともなし」（作者未詳）と、思い続けるのが苦しいので忘れ草を着物の紐につけてみたと、恋の苦しみから逃れたくても逃れられない心を「忘草」に託している。現代の俳句では、花そのものを描写することが多い。

夕菅

萱草の花

萱草の一輪咲きぬ草の中　夏目漱石
萱草や浅間をかくすちぎれ雲　寺田寅彦
野に咲いて忘れ草とはかなしき名　下村梅子

▼草丈が六〇センチほどになるので、雑草の中からぬきんでて咲く。▼絵のような構図。萱草の花越しに見える浅間山《あさまやま》。それを隠す一片の雲。遠近法の妙である。▼すがすがしい野の花に似合わない名があわれ。

黒《くろ》百《ゆ》合《り》

晩夏

黒というより葡萄茶《えびちゃ》に近い紫色で、ユリ科ではあるがユリ属ではなくバイモ（貝母）属の花なので、百合のような華やかさはない。日本では、北海道や本州中部以北の高山でしか見られない。めったに見られない神秘的な花であることから、恋の花や魔の花といわれるのだろう。

黒百合や星帰りたる高き空　水原秋桜子
黒百合の残んの一花霧に堪へ　林　翔

黒百合

▼明け方の空を「星帰りたる」といったところに叙情が生まれた。▼瞬きもせずに花を掲げている黒百合。▼最後の花が、たちこめる霧の中で毅然《きぜん》と咲いている。

山はへの字蕨はのゝ字のゝ字哉：児童文学者らしい、いきいきとした愉快な句。

駒草《こまくさ》

晩夏

高山植物には可憐《かれん》な花が多いが、なかでも人気があるのは駒草だろう。五〜一〇センチの草丈に、小さなランプを吊《つ》り下げたかのように赤紫色の花が連なり、高山植物の女王と呼ばれるにふさわしい華やかさをもっている。

「駒草」の名は、花の形が馬の横顔に似ているところから。

岩昃《かげ》りそめて駒草昃りけり　森田峠

駒草や膝つき火口覗き見る　岡田日郎

駒草や谷へかたむく道しるべ　若井新一

▼遮るもののない山の上では、岩から花へ、雲の動きがそのまま日陰の動きとなる。▼おそるおそる覗《のぞ》いてみた火口の周囲に、駒草が風にふるえて咲いていた。▼登山道の道標だろうか。駒草の咲く高さにあって、「谷へかたむく」という危うさが、道の険しさを思わせる。

駒草

ちんぐるま

晩夏

✦駒草とともに人気のある高山植物で、一〇〜二〇センチの花柄の先に、白い小さな五弁花をつける。群れ咲く花が風に揺れるさまはすがすがしく、はるばる登ってきた疲れを忘れさせる。花の後、結実すると実が羽毛状に広がって風車のようになる。玩具の「稚児車《ちごぐるま》」に似ており、「ちごぐるま」が転訛《てんか》して「ちんぐるま」になった。

岳人の巨き靴過ぐちんぐるま　宮下翠舟

一面に一輪づつのちんぐるま　清崎敏郎

切崖の岩をささふるちんぐるま　深谷雄大

▼ちんぐるまの高さで登山靴を見上げているかのような構図。▼群れていても一輪ずつ紛れることがない。▼「切崖《きりぎし》」は絶壁。崖から転がり落ちそうな岩を支えていると見えたのは、群生する花の多さゆえ。

ちんぐるま

岩鏡《いわかがみ》《いはかがみ》

晩夏

高原や山地の岩場などに群生する。五月から七月にかけて、茎の先に三個から十数個、淡紅色の漏斗《ろうと》形の花をつける。葉

岩鏡

巌谷小波《いわやさざなみ》▶明治3年（1870）—昭和8年（1933）小説家。近代日本児童文学の祖。句集に『さゝら波』がある。

が革質で光沢があるところから、この名がある。

岩鏡落石ひびきやまざりし　高島茂

▼落石注意の岩場。身を屈《かが》めてやり過ごしているところか。小さな岩鏡の花にも落石の音が響いている。

風知草《ふうちそう》《ふうちさう》　晩夏

裏葉草《うらはぐさ》

山の斜面や谷川の崖などに群生する。細い葉の表は白く裏が緑で、風に吹かれると葉裏が見えるところから「裏葉草」ともいう。鉢で栽培し、涼味を楽しむ。

目を閉ぢてゐて目の前の風知草　細川加賀

▼風知草のそよぎに目を遊ばせていたのだろう。目を閉じて気配を感じつつ、涼しさを楽しむ。

綿菅《わたすげ》　晩夏

初夏につけた灰黒色の花穂が終わった後にできる白い綿毛からこの名がある。北海道、本州中部以北の日当たりのよい湿原に群生する。夏の湿原に一面に広がるさまはみごとである。

綿すげや強力雲に並び出て　太田蓁樹

綿菅

▼「強力《ごうりき》」は登山の荷を運んだり、案内をする人。「雲に並び出て」から、山頂の近さがうかがえる。

浜木綿の花《はまゆうのはな》《はまゆふのはな》　晩夏

浜木綿《はまゆう》・浜万年青《はまおもと》

浜木綿は浜辺に自生する。盛夏、万年青に似た光沢のある緑の葉の間から花茎を立て、先端に芳香を放つ白い花を傘状につける。葉は冬も枯れない。

大雨のあと浜木綿に次の花　飴山實

浜木綿に流人の墓の小ささよ　篠原鳳作

▼大雨によって無惨に荒れた浜木綿に、ふと認めた新しい花。▼堂々たる浜木綿の花の傍らに、流人の墓。その小ささが哀れを誘う。

浜豌豆《はまえんどう》《はまゑんどう》　初夏

その名のとおり、海岸の砂浜などに生えるマメ科の多年草で、スイートピーのような赤紫の花をつける。花の後に、豌豆に

浜木綿の花

浜豌豆

水晶を夜切る谷や時鳥：島根・玉造温泉での作。夜、谷から伐り出す水晶。

似た豆の莢《さや》ができるところからこの名がある。

浜豌豆海のぼる日は雲の中　大井雅人

▼水平線から昇った朝日が雲の中を動いている。手前の浜豌豆との距離が景色の奥行きを感じさせる。

烏瓜《からすうり》の花《はな》

晩夏

屈託のない赤い実からは想像もつかない、レースのような繊細さをもった白い花。しかも夕方から夜にかけて咲くというのが神秘的だ。蕾《つぼみ》を蔓《つる》ごと切って水に浸けておくと、開花するところを楽しめる。どこにでもはびこり、庭に入り込まれると往生するのだが、そんなことを忘れさせるような優美な花である。

関連 烏瓜《からすうり》→秋

烏瓜の花

方丈に月出て烏瓜の花　堀古蝶

烏瓜咲ききはまつてもつれなし　深見けん二

烏瓜咲きて吉野に夜が来て　大石悦子

花見せてゆめのけしきや烏瓜　阿波野青畝

▼ぽっかりと月。ふわりと烏瓜の花。どちらも闇に浮かんで。▼無数の細い糸がもつれてしまうのではないかと案じながら見ていたのであるが、みごとな咲きぶり。▼吉野というゆかしい地名。花を包み込んでゆく真の闇もまた美しいに違いない。▼「ゆめのけしき」とでもいわずにはいられない幻想的な花。

蛇《へび》苺《いちご》

初夏

苺に似た小さな実をつけるが、渋みが強く食べられない。蛇が食べるわけでもなく、毒もないが、その名ゆえに不気味な印象を与える。湿った草地や畦《あぜ》などに生える。

蛇苺

濡れ巌のしののめあかり蛇苺　松村蒼石

▼夜明けの光の中で、黒く光る岩と真っ赤な蛇苺の対照が鮮やか。朝露に濡《ぬ》れた蛇苺が目に見えるよう。

一《ひと》つ葉《ば》

三夏

シダ植物の一種。樹上や岩などに着生し、大きな楕円《だえん》形の葉を一枚ずつつける。その緑が夏に涼しげなところから、鉢植えや盆景にして楽しんだりする。

旅ひとり一つ葉ひけば根のつづき　山口草堂

▼長い根茎から直接葉が出ているので、こんなことになる。手持ち無沙汰に引いてみた一つ葉。

泉鏡花《いずみきょうか》▶明治6年（1873）—昭和14年（1939）小説家。師の尾崎紅葉に従い紫吟社に参加、句作。

夏《なつ》蕨《わらび》

初夏

蕨はふつう春に若芽を伸ばすが、雪深い土地や高原では、夏に入ってからようやく蕨の季節となり、蕨狩りもこの頃に行なわれる。 関連 蕨《わらび》→春

鳥啼いて谷静なり夏蕨　正岡子規

▼人影もなく、聞こえるのは鳥の声だけ。深山幽谷の趣であり、夏蕨のみずみずしさが思われる。

苔《こけ》の花《はな》

仲夏

花苔《はなごけ》

コケ類は花をつけない植物だが、胞子《ほうし》の入った胞子嚢《のう》が花のように見えるため、昔から「苔の花」と呼んでいる。種類によって白、紫、赤などがあり、形もさまざまである。

絶々《たえだえ》に温泉《ゆ》の古道や苔の花　蓼太

苔の花

藻の花

洛北の暮色をたたへ苔の花　長谷川双魚

膝ついてより苔の花つまびらか　田畑美穂女

▼湯宿へ続く道はすっかり荒れているが、道々見つけた苔の花に心安らぐ。▼苔寺の名のある西芳寺《さいほうじ》があるのも洛北。ひっそりとした日暮の趣を苔の花に見た。▼身をかがめなければ見えないほど小さく、繊細な花。

松蘿《さるおがせ》《さるをがせ》

晩夏

さがりごけ

地衣類のサルオガセの総称。高山の霧の多いところに生え、針葉樹などに付着して枝から枝へ垂れ下がる。とろろ昆布を広げたような異様な姿が不気味である。

さるをがせ湖の冷え吹きのぼる　金箱戈止夫

▼湿った空気が夏ながら冷えびえと感じられる、そんなところに広がるのが松蘿。

松蘿

藻《も》の花《はな》

仲夏

花藻《はなも》・梅花藻《ばいかも》の花《はな》

淡水に繁茂する藻にはいろいろな種類があり、夏、水面に花を咲かせる。水泡と見誤りそうな小さなものから、梅花藻のように美しい花をつけるものまで、さまざま。

洪水のあとに色なき茄子かな：修善寺の大患後、おのれの顔を鏡に見たときの自嘲的感興。

藻の花や小舟よせたる門の前　蕪村

▼家々の前の小川などには藻が生えやすい。門前に着けた小舟の傍らに揺れる藻の花が見えてくるようだ。

萍《うきくさ》

三夏　浮草《うきくさ》・根無草《ねなしぐさ》・かがみぐさ・萍《うきくさ》の花《はな》

池や沼、水田、溝などに浮遊する水草。長い根をもち、根のつけ根にある幼体で増える。まれに裏側に小さな白い花をつける。古典では「浮き草」は枕詞《まくらことば》として、また「浮き」を「憂き」にかけ、恋や人生の無常を込めて用いられる。「根無し草」や「浮草稼業」など、あまりよい意味には使われない。俳句では、水面を緑に染める植物としての姿を描写することが多い。

関連　萍《うきくさ》生《お》ひ初《そ》む→春

舟着くや萍の葉のもりあがり　大橋桜坡子
萍に大粒の雨到りけり　星野立子
萍の裏はりつめし水一枚　福永耕二

▼舟の動きにつれて萍が片寄り、盛り上がって見えた。▼大粒の雨が萍の一つ一つに打ちつける。大慌てをしているようでユーモラス。▼まったく隙が見えないほどに増えた萍。ひしめきあう萍同士の緊張感、息を詰めている水面。「水一枚」が効いている。

青《あお》《あを》みどろ

三夏

水田や池、川などにはびこる緑色の藻。大量に発生すると、水田では稲の生育に悪影響を及ぼし、池や川でも水質が悪化するので嫌われる。語源は「青水泥《あおみどろ》」という。

大鯉の錦にじみて青みどろ　鷹羽狩行
青みどろ野菜高値となりにけり　岩田由美

▼錦鯉《にしきごい》の色が隠れがちになるほどの池の青みどろ。触るとぬるぬるして、見た目にも不快である。▼気象のせいか、水中も陸も異常が生じているらしい。

蛭蓆《ひるむしろ》

三夏　蛭藻《ひるも》

各地の池や沼に生える水生植物で、夏、黄緑色の小さな花を密につける。蛭のいそうなところに生えるところからその名があり、群生する葉を詠むことが多い。

雨雲の風おろしくる蛭蓆　石田波郷

▼名前だけでも気味の悪い蛭蓆だが、雨もよいの風が、さらに不快感を増幅。

蓴菜《じゅんさい》

三夏　蓴《ぬなわ》・蓴《ぬなわ》の花《はな》・蓴採《ぬなわと》る・蓴舟《ぬなわぶね》

池や沼に生える水草。茎や葉がゼラチン質で覆われていて、若芽や若葉を食用にする。独特のつるりとした食感を生かし、吸い物や酢の物にする。小舟や盥《たらい》に乗っての蓴菜採りは夏の風物詩の一つ。夏に、赤紫の小さな花をつける。

関連　蓴生《ぬなわお》ふ→春

引《ひく》ほどに江の底しれぬ蓴かな　尚白

夏目漱石《なつめそうせき》▶慶応3年（1867）―大正5年（1916）小説家。友人・子規の影響から俳句を始める。「則天去私」の境地へ。

身一つを入るる盥に蓴採る　鈴鹿野風呂
吹かれ寄るごとく相寄り蓴舟　林翔

▼水底の泥の中に根を張っている蓴を引いた時の不気味な手ごたえ。▼身動きもできないほどの小さな盥に乗って蓴を採る過酷な作業だ。▼舟の小ささとともに、蓴の池の水の滑らかさを思わせる。

梅雨茸《つゆだけ》

仲夏

梅雨茸《つゆきのこ》・梅雨菌《つゆきのこ》

「茸」といえば秋のものだが、茸は梅雨時にも朽木などのじめじめした所に生える。食べられないものも多いが、倒木に茸が並んで生えているさまなどは、黴《かび》と並んでこの季節らしい。

関連 茸《きのこ》→秋

梅雨茸や天下にはかに動きたる　有馬朗人
大形《おほぎやう》に崩れてしまふ梅雨茸　殿村菟絲子
梅雨きのこひとの油断を見てをれり　藤田湘子

▼どこか人間臭い季語だが、天下国家の話にまで広がるところに俳諧《はいかい》味がある。▼これみよがしの姿はおおかた毒茸《どくたけ》だろう。▼人間が茸を見ているのだとばかり思っていたら、茸のほうも様子をうかがっているらしい。

黴《かび》

仲夏

黴《かび》の香《か》・黴煙《かびけむり》・青黴《あおかび》・毛黴《けかび》・黒黴《くろかび》・白黴《しろかび》・黴《かび》の宿《やど》・黴拭《かびぬぐ》う

茸《きのこ》以外の菌類。高温多湿、おまけに太陽の光の乏しい日本の梅雨時は黴にとって楽園。食べ物、衣類、住宅など、何にでも色とりどりの黴が生える。酒、酢、味噌、醤油など製造に役立つ麴菌《こうじきん》のように有益な黴もあるが、ほとんどは嫌われもの。日本人はその嫌われものも季語として大事にしてきた。

黴の香のそこはかとなくある日かな　吉岡禅寺洞
かほに塗るものにも黴の来りけり　森川暁水
徐《おもむ》ろに黴がはびこるけはひあり　松本たかし
黴けむり立ててぞ黴の失せにける　池内たけし

▼「そこはかとなく」は、奥ゆかしくの意。▼食べ物ばかりかおしろいも黴びる。▼ざわざわと黴の広がる音が聞こえる。▼黴びたものを手で叩《たた》いているところ。

昆布《こんぶ》

三夏

食用に欠かせない海藻で、北海道沿岸がおもな産地。幅三〇センチ、長さは二〜六メートルにもなる。漁期は七月から九月で、採取すると、すぐに浜に干して乾燥させる。

関連 昆布刈《こんぶかり》→257／昆布飾《こんぶかざ》る→新年

手をそれて波のつれ去る流れ昆布　原柯城

▼昆布漁は波の荒いところでの重労働である。思うにまかせない動きがうかがえる。

糸瓜咲て痰のつまりし仏かな：臨終の床にあって、自らを「痰《たん》のつまりし仏」と笑い飛ばす。

鹿《か》の子《こ》

三夏

鹿《しか》の子《こ》・子鹿《こじか》・鹿《か》の子斑《こまだら》

鹿《しか》の子が誕生するのは五月の半ば。母鹿の脚にまつわったり子鹿どうしでじゃれあったり、何をやっても愛らしい。子鹿の背には白い斑がある。白い斑点《はんてん》模様を「鹿の子」というのは、このことから。関連 鹿《しか》↓秋

うれしげに回廊はしる鹿の子かな　蝶夢

萩の葉を咥《くは》へて寝たる鹿子《かのこ》哉　一茶

鹿の子にももの見る眼ふたつづつ　飯田龍太

▼厳島《いつくしま》神社（広島県）の海辺の回廊で遊ぶ子鹿。▼かわいい子鹿の寝顔。▼子鹿が初めて見る世界の姿。

鹿の子

袋《ふくろ》角《づの》

初夏

鹿《しか》の袋角《ふくろづの》・鹿《しか》の若角《わかづの》・鹿茸《ろくじょう》

鹿の角は、春に根元から落ちた後、角座と呼ばれる部分から、柔らかな毛で覆われた袋のような角が生えてくる。内部には血液が流れ、感覚が鋭敏で、ものに触れたり蚊に刺されたりすることを嫌う。小さく茸状のうちは「鹿茸」という。関連 落《おと》し角《づの》↓春／鹿《しか》の角切《つのきり》↓秋

袋角鬱々と枝を岐《わか》ちをり　橋本多佳子

袋角夕陽を詰めてかへりゆく　澁谷道

木洩れ日の影のからまる袋角　西宮舞

▼繊細で柔らかな角の中の混沌には命の神秘とパワーが秘められているのだ。▼柔らかそうな角。文字どおり袋に見立て、「夕陽を詰めて」と表現した。シルエットが思い浮かぶ。▼柔らかそうな袋角に、触れては離れるような木漏れ日の動き。密生した和毛《にこげ》が離さない。

蝙蝠《こうもり》《かうもり》

三夏

かわほり・蚊喰鳥《かくいどり》

飛翔できる唯一の哺乳類で、前脚が鳥類と同様に翼の役目をする。夜行性で、昼間は屋根裏、岩窟《がんくつ》、木の洞《うろ》などに潜む。後ろ脚が弱く立つことができず、休息時には後ろ脚の爪で枝や洞窟の天井にぶら下がる。超音波を発信し闇夜でも難なく

正岡子規《まさおかしき》▶慶応3年（1867）—明治35年（1902）写生を導入。俳句のみならず近代文学全般に大きな影響を与えた。

飛ぶ。初夏が繁殖期。

少年に帯もどかしや蚊喰鳥　木下夕爾
浜町の路地の昔や蚊喰鳥　草間時彦
かはほりの天地反転くれなゐに　小川双々子
蝙蝠の黒繻子の身を折りたたむ　正木ゆう子

▼三尺帯の黒と蝙蝠のイメージ。▼昔の夕暮時、蝙蝠はどこにでもいた。浜町は東京都中央区。▼「くれなゐ」は反転した際の脳内イメージか。▼肌に光沢のあるさまを黒繻子《くろしゅす》にたとえた。

亀《かめ》の子《こ》

三夏　銭亀《ぜにがめ》

日本石亀の幼体。丸い甲羅が江戸時代の硬貨である銭《ぜに》に似ていることから「銭亀」と呼ばれる。石亀は夏、川の土手や中州、田の畦《あぜ》などで産卵する。石亀があまり見られなくなったため、現在はクサガメの幼体を銭亀と呼んで、夜店などで売っている。

銭亀売る必ず白き器にて　斎藤夏風
亀の子のすつかり浮いてから泳ぐ　髙田正子

▼「白き器」は昔ながらの琺瑯《ほうろう》。▼水面に達してから手足を掻き始める——細部への興味。

雨蛙《あまがえる》《あまがへる》

三夏　青蛙《あおがえる》・枝蛙《えだかわず》

水辺や森林の枝葉の上などに生息する蛙。梅雨の頃、雨が降ったり、その気配を感じると激しく鳴く。足先の吸盤で枝に吸いつくところから「枝蛙」ともいう。「青蛙」は雨蛙よりひと回り大きいが、鳴声は小さく高い。水辺あるいは土中に、泡で包まれた卵の塊を産む。関連 蛙《かわず》→春

葛城の雲のうながす雨蛙　水原秋桜子
青蛙おのれもペンキぬりたてか　芥川龍之介
鉄板に息やはらかき青蛙　西東三鬼

▼葛城《かつらぎ》（奈良盆地南西部）一帯を覆う雨雲、それを察知したかのように鳴き始める雨蛙。▼てらてらの艶を、ペンキ塗りたてに見立てた。▼硬い金属と、柔らかな青蛙の対比。

夏の蛙　❶雨蛙、❷河鹿、❸牛蛙、❹蟇。

【河鹿《かじか》】三夏

河鹿蛙《かじかがえる》・河鹿笛《かじかぶえ》

山地の渓流や湖、森林などに生息する蛙。雄は五月頃から、縄張りである石の上で「ヒョロヒョロ、フィフィフィー」と鳴き始める。その美しい声は和歌の題材になったほどで、牡鹿《おじか》の鳴声に似ているところから「河鹿」の名がある。関連 蛙《かわず》→春

よき河鹿痩せていよ〱高音かな　原石鼎
河鹿聴く我一塊の岩となり　福田蓼汀
河鹿笛枕に旅の耳二つ　小笠原和男

▼痩せる、尖《とが》るイメージが響き、よき高音になると思われる。▼微動だにせず聴きほれる自分の姿を岩にたとえた。▼神経が耳に集中しているから「耳二つ」。

【牛蛙《うしがえる》《うしがへる》】三夏

うしかわず

食用蛙として知られている。北米原産のものが移入され、現在では日本各地の池や沼に生息。全長二〇センチに達する後肢肉は、鶏のササミに似た淡泊な味がする。中国語の菜単《メニュー》で「田鶏」とあれば蛙のこと。夏の夜、牛のような大きな声で鳴くことからこの名がある。関連 蛙《かわず》→春

飛騨の夜を大きくしたる牛蛙　森澄雄
沼におく雲を重しと牛蛙　中村契子
牛蛙おのれのこゑに鳴きやみぬ　武田樵人

▼牛蛙の声が飛騨の夜のしじまに響き渡り、闇が大きく深くなってゆく。▼沼べりにすむ鈍重な牛蛙にも言い分があるようで、沼を覆う雲が重いという。▼牛蛙も自分のだみ声が美声には程遠いと知り、一瞬ためらって鳴くのをやめた。

【蟇《ひきがえる》《ひきがへる》】三夏

蟾蜍《ひきがえる》・蟾《ひき》・蝦蟇《がま》・がまがえる

床下や草むらにいる、大型の蛙である。夜や雨の日に這《は》い出してきて虫を食べる。まるでその家の主であるかのような風貌をしている。「蝦蟇の油」で知られる筑波山《つくばさん》（茨城県）の「四六《しろく》の蝦蟇」（前足の指が四本、後ろ足の指が六本）も蟇の一種。関連 蛙《かわず》→春

つくねんと愚を守る也引がへる　一茶
蟾蜍長子家去る由もなし　中村草田男
蟇ないて唐招提寺春いづこ　水原秋桜子
蟇誰かものいへ声かぎり　加藤楸邨
蟇歩く到り着く辺のある如く　中村汀女
遅れたる足を引き寄せ蟇　石田勝彦

▼「凡愚」を守っている蟇こそ尊いというのだ。▼「家」を背負う長子としての覚悟を蟇に重ねた。▼蟇の底ごもるような鳴き声に、作者は天平のロマンと物寂しさを感じたか。▼蟇は作者の物言えぬ鬱屈の象徴である。この句の背景には戦争がある。▼どこかに目的地があるかのように。▼これこそ蟇の歩き方。

藤井乙男《ふじいおとお》▶明治元年（1868）—昭和20年（1945）俳号は紫影。子規に出会い作句を始める。俳文学研究の礎を作った。

山椒魚《さんしょううお》《さんせううを》

三夏

はんざき

渓流、湿地に生息し、粘膜に覆われた皮膚をもち、呼吸の大半を皮膚呼吸に頼っている。山椒に似た体色と匂いがあるところから、この名がある。体長二〇センチ以下のものもいるが、おもに一五〇センチ以上にもなるオオサンショウウオは半分に裂いても死なないとの言い伝えから「はんざき」の名がある。

身をよぢり浮び四肢のべ山椒魚　福田蓼汀

はんざきの傷くれなゐにひらく夜　飯島晴子

▼手足が矮小《わいしょう》化した山椒魚は、身をよじるようにして移動する。▼半裂きにしても生きている、山椒魚の傷のイメージ。

蠑螈《いもり》《ゐもり》

三夏

井守《いもり》・赤腹《あかはら》

日本でイモリという場合はアカハライモリをさす。背中は黒褐色、腹は赤地に黒の斑点模様がある。河豚《ふぐ》と同じ毒をもち、斑点はそれを警告するためという。水田、池、川などの淡水に生息し、井戸の中にもすむため、「井戸を守る」意味から「井守」の名がある。

蠑螈

恋薬とぞ這ふ蠑螈踏みて啼かす　加藤知世子

沈みゆくときのゐもりの楽しげや　本井英

▼雌雄を焼いて粉にした黒焼きは惚《ほ》れ薬とされる。▼全身を開ききった姿を、作者は「楽しげ」と見る。

守宮《やもり》

三夏

屋守《やもり》・壁虎《やもり》・守居《やもり》

体長一〇センチほどの小型の夜行性のトカゲで、指の裏に吸盤をもち、夜間、壁、天井、門灯などに張り付いているのを目にする。昼間は壁の隙間などで休み、夜になると、虫などを捕食するため灯火の周りに現われる。

守宮出て全身をもて考へる　加藤楸邨

こんばんは守宮の喉に喉仏　川崎展宏

▼ヘコヘコと腹をふくらませたりして、じっと一か所に長く留まる姿が、まるで体全体で考え込んでいるよう。▼守宮は夕刻現われる。「こんばんは」という挨拶がわりか、喉仏《のどぼとけ》をヒクヒク動かせて。

守宮

蜥蜴《とかげ》

三夏

青蜥蜴《あおとかげ》

体長数センチから、二、三〇センチくらいまで、大きさはさまざま。光沢のある肌に鮮やかな縞《しま》模様があり、草むらや石垣の隙間などにいて、腹を地につけるようにして素早く走る。

甘酒屋打出の浜におろしけり：甘酒屋はかつて夏の風物詩。打出は大津の北、琵琶湖畔《びわこはん》。

敵に襲われると長い尾を切って逃げるが、切れても尾は再生する。夏が産卵期。

いくすぢも雨が降りをり蜥蜴の尾　橋本鶏二

なめらかに地の罅《ひび》わたる青蜥蜴　福田蓼汀

▼岩陰からはみ出している蜥蜴の尾と雨との対比。▼地割れをしなやかに渡っていく体。

蛇《へび》

三夏　くちなわ・ながむし・青大将《あおだいしょう》・赤楝蛇《やまかがし》

手足は退化して、ない。蝮《まむし》など一部を除いて日本の蛇は無毒で、青大将のように鼠《ねずみ》を捕食する有益なものもいる。しかし、鳥の卵を好むことから巣箱や鶏舎に忍び込み、その姿からも不気味がられている。

蛇逃げて我を見し眼の草に残る　高浜虚子

軽雷や松を下りくる赤楝蛇　水原秋桜子

全長のさだまりて蛇すすむなり　山口誓子

石仏やどこかに蛇の卵熟れ　石田波郷

長き長き数秒蛇をやり過ごす　林　翔

蛇を見て光りし眼もちあるく　野澤節子

▼蛇の眼だけが草に残っているかのような不気味で不思議な感触。▼するするうねうねと動く蛇身と雷の音が不穏な空気を見せている。▼いったん停止して全長を見せたかのよう。▼蝮は卵胎生だが、ほかは卵生。▼蛇の長さが、実際の時間を増幅させる。▼蛇の眼光をもらったかのような錯覚。

蛇《へび》衣《きぬ》を脱《ぬ》ぐ

仲夏　蛇《へび》の衣《きぬ》・蛇《へび》の殻《から》

蛇が脱皮をして、その後に外皮が残ることをいう。蛇は一年に何回も脱皮を繰り返し、そのつど体が大きくなってゆくが、とくに梅雨明けの頃は活動が活発になり、脱皮回数も増える。草むら、垣根、石垣などにその抜け殻が目立つ。関連 蛇穴《へびあな》を出《い》づ→春／蛇穴《へびあな》に入《い》る→秋

髪乾かず遠くに蛇の衣懸る　橋本多佳子

蛇の衣一枚岩に尾が余り　廣瀬直人

▼髪も生乾き、蛇の衣も脱いだばかりで生乾きの予感。▼かなり大きな岩なのにまだ尾が残るほどの長さ。

名句鑑賞

水ゆれて鳳凰堂へ蛇の首　阿波野青畝

宇治《うじ》の平等院での作。池の中島に建てられた鳳凰堂《ほうおうどう》に向かい、蛇が泳いでゆく姿を描いた句である。霊的な力をもつとされる蛇は、時として神の使いであったりもするが、どちらにしてもあまり人間に好かれる生き物ではない。S字に身をくねらせて泳ぐ蛇の姿に、作者の視線はある距離を保ちつつ注がれている。「水ゆれて」で、そのなめらかな身のこなしを暗示し、最後に「蛇の首」とだけ置き余分なものを省くことによって、美的かつ時空を超えた絵巻物に仕上げた。［中原］

松瀬青々《まつせせいせい》▶明治2年（1869）―昭和12年（1937）「倦鳥」主宰。子規に師事。大阪俳壇の重鎮として独自の俳風を示した。

蝮《まむし》 三夏

赤蝮《あかまむし》・蝮捕《まむしとり》・蝮酒《まむしざけ》

日本本土に産する唯一の毒蛇。比較的小型で動作は鈍く、耕地周辺や藪《やぶ》、森林などに生息する。夜行性で昼間は薄暗い場所に潜む。雨天や曇天には昼間も行動する。生きた蝮を焼酎に漬けた「蝮酒」や、蝮の黒焼きは強壮剤となるため「蝮捕」も出る。夏から秋にかけてが産卵期。

蝮

夜遊びの座に持ち込みし蝮酒　吉田汀史

一本の棒は蝮となりにけり　坊城俊樹

▼精がつくぞーと座興に持ってきた一升瓶。蝮入りともなれば沸きに沸く。▼「朽ちた縄」(くちなわ＝蛇の古称)にも見える蛇。棒が突如動き出せば蝮にも。

羽抜鳥《はぬけどり》 晩夏

羽抜鶏《はぬけどり》

夏、繁殖期が終わる頃、鳥類はいったん全身の羽毛が抜け落ち、翌年に備えてまた生え替わる。この時期の羽毛の生え揃わない鳥を「羽抜鳥」という。鶏はとくに「羽抜鶏」と呼ぶ。

人間と暮してゐたる羽抜鶏　今井杏太郎

羽抜鶏五六歩駆けて何もなし　岡田日郎

▼人間に飼われているのだが、自分でも人間のような気でいるところを、「人間と」と、同等ふうにあらわした。▼「五六歩」という歩数は、餌を見つけて走り寄った歩数か、それとも飛び立とうとしての助走か。

時鳥《ほととぎす》 三夏

杜鵑《ほととぎす》・不如帰《ほととぎす》・子規《ほととぎす》・初時鳥《はつほととぎす》・卯月鳥《うづきどり》・沓手鳥《くつてどり》・妹背鳥《いもせどり》

卯の花が夏を告げる花なら、時鳥は夏を告げる鳥。五月頃に南から日本に渡ってきて、八、九月に南へ帰る。「キョッキョッキョキョキョキョキョ」と鳴くが、これを「テッペンカケタカ」「特許許可局」と聞きなす。鳥には姿を愛《め》でる鳥と鳴声を愛でる鳥がいるが、時鳥は声の鳥。まだ上手に鳴けない時鳥の声が忍音《しのびね》。その年、初めて聞く時鳥の声が初音《はつね》。時鳥は昼だけでなく夜も鳴くので、昔は誰より先に時鳥の初音を聞こうと夜明かしすることもあった。初音を待つ鳥は春の鶯《うぐいす》、夏の時鳥、秋の雁《かり》。鶯の巣に托卵《たくらん》(ほかの鳥の巣に卵を産み、育てさせる)する。

京にても京なつかしやほととぎす　芭蕉

郭公一声夏をさだめけり　蓼太

ほととぎす平安城を筋違《すぢかひ》に　蕪村

子規なくや夜明の海がなる　白雄

時鳥厠半ばに出かねたり　夏目漱石

谺して山ほととぎすほしいまゝ　杉田久女

▼京の都で時鳥の声を聞けば、昔の京が偲《しの》ばれる。▼「郭公」を「ほ

ととぎす」と読ませる。▼碁盤の目をなす京の都を斜めによぎる時鳥。▼子規《ほととぎす》の一声の後、堰を切ったように夜明けの海が鳴った。▼間の悪いことに厠《かわや》の最中。▼英彦山《ひこさん》（福岡・大分県境の山）での雄渾《ゆうこん》の一句。山に谺《こだま》する一声。

郭公《かっこう》《くわくこう》

三夏

閑古鳥《かんこどり》

高い木のてっぺんにいて、跳ね上げた尾を左右に振りながら「カッコー、カッコー」と鳴く。郭公の声を遠くに聞くと、深閑と広がる夏の大地が思い浮かぶ。その鳴声から「カッコウ」「カッコドリ」と呼ばれ、「郭公」「閑古鳥」の字をあてる。時鳥《ほととぎす》同様、初夏、南から渡ってきて秋に南へと去る夏鳥。時鳥が日本的、古典的な印象をもっているのに対して、郭公は西洋的、近代的な印象がある。大正時代、白樺派《しらかばは》の作家たちが描いた高原の風景にふさわしいのは時鳥ではなく郭公。時鳥のように、ほかの鳥（葭切《よしきり》など）の巣に托卵《たくらん》する習性をもつ。

うき我をさびしがらせよかんこどり　芭蕉
飯櫃の底たたく音やかんこ鳥　蕪村
閑呼鳥我が行くかたへ啼きうつり　暁台
郭公や何処までゆかば人に逢はむ　臼田亜浪
郭公の風に消さるるほど遠し　阿部みどり女
郭公の谺し合へりイエスの前　大野林火
目開けば海目つむれば閑古鳥　飯田龍太

▼寂しさを存分に味わいたいというのだ。▼空っぽの飯櫃《めしびつ》を叩《たた》くような声だというのだ。▼山道を歩いていると、遠く近く鳴き移りながら、閑呼鳥がついてくる。▼人の絶えた山道。▼はるか遠くの郭公の声。▼森の教会のイエス像。郭公の声が清澄な空間に響き渡る。▼満目の海。背後の山からは郭公の声が聞こえてくる。

筒鳥《つつどり》

三夏

時鳥《ほととぎす》と郭公《かっこう》の中間ぐらいの大きさで、この二鳥同様、ほかの鳥の巣に卵を産み、育てさせる托卵《たくらん》の習性をもつ。背中や胸は青灰色、腹部には黒色の縞《しま》に見える斑《まだら》模様がある。繁殖期の雄は「ポポー、ポポー」と鳴き、この筒を叩《たた》くような鳴声から、この名がある。

筒鳥

筒鳥や山に居て身を山に向け　村越化石
筒鳥や風いくたびも吹き変り　山田みづえ

▼一心にその声を聞こうとしている姿。▼待ちに待って聞こえてくる風向きを知る。

十一《じゅういち》《じふいち》

三夏

慈悲心鳥《じひしんちょう》

体長三〇センチほどで、背中は濃灰色、胸から腹にかけて赤みがかかり、尾には帯状の黒い縞《しま》が入る。大瑠璃《おおるり》、小瑠璃、

五百木瓢亭《いおきひょうてい》▶明治3年（1870）—昭和12年（1937）ジャーナリスト。同郷の子規と作句。後年、国粋主義運動に奔走。

瑠璃鶲《るりびたき》などの巣に卵を産みつける托卵《たくらん》の習性をもつ。和名は「ジュウイチ、ジュウイチ」と聞こえる雄の鳴声に由来する。「慈悲心鳥」は古名。

慈悲心鳥乗鞍へ雲の濤立てり　堀口星眠

慈悲心鳥待つ間ぎつしり星のこゑ　平井さち子

▼乗鞍岳《のりくらだけ》(長野・岐阜県境の山)まで続く雲を濤《なみ》に見立て、慈悲心鳥の声がその雲間より聞こえる。▼鳥の声はせず、星の輝きのほうを音にするほどの静寂。

仏法僧《ぶっぽうそう》《ぶつぽふそう》

三夏

三宝鳥《さんぼうちょう》・木葉木菟《このはずく》

夜、森の中で「ブッポウソウ」と鳴く木葉木菟と混同されてきたが、実際の仏法僧は「ギャッギャッ」と濁った声で鳴く。体長約三〇センチ、頭部や尾羽の羽毛は黒く、胴体は光沢のある緑色の羽毛で覆われ、嘴《くちばし》は大型で赤い。ただし、俳句での「仏法僧」は木葉木菟をさすこともある。

仏法僧

仏法僧精進の酒過ぎにけり　矢島渚男

仏法僧廊下の濡れている理由　夏井いつき

▼僧侶としての精進もかけている。▼黒光りする寺、僧坊の廊下を思わせる。

夜鷹《よたか》

三夏

蚊吸鳥《かすいどり》・怪鴟《よたか》

森林や草原に生息する。夜行性のため昼は枝で休み、夜は飛翔しながら小さな嘴《くちばし》を大きく開いて蚊などの昆虫を捕食する。羽は、黒、褐色、白などの斑紋が複雑に入り混じり、先端は尖《とが》る。雄は繁殖期になると「キョキョキョキョキョ……」と続けて鳴く。

まぎれなく夜鷹と聴きて寝そびれし　千代田葛彦

ランプの火消して夜鷹の近くなる　谷村祐治

▼話に聞いていた夜鷹の声に興奮する作者。すっかり寝そびれてこのままどうするのだろう。▼山荘の一夜の泊まりか、ランプの火を消してさらに耳を澄ます。

練雲雀《ねりひばり》

晩夏

夏雲雀《なつひばり》

春の繁殖期が終わり、羽が抜け替わる夏の雲雀のことをいう。春ほどには高く舞い上がることもなく、縄張りを宣言するための鳴声もない。「練る」は「音《ね》を入《い》る」の意かといわれるが、はっきりしない。

関連 雲雀《ひばり》→春

人体は荷物のひとつ夏雲雀　高野ムツオ

噴煙と高さを競ひ夏ひばり　足立幸信

▼夏野を行く作者。荷に加えて自分の体が思うようについてこない。あんなに雲雀は軽やかに中空に鳴いているというのに。▼空

にいて高さを競うものがない雲雀。遊び心か、噴煙の高さを測っているかのよう。

青葉木菟《あおばずく》《あをばづく》
三夏

繁殖のため、青葉が茂る頃に飛来する。頭から背中にかけては黒褐色、腹面は灰白色で褐色の縦縞《たてじま》が入る。ほかの梟《ふくろう》の仲間ほど顔が扁平《へんぺい》ではなく、外耳状の羽毛(羽角《うかく》)もない。鳴声は「ホーホー」と二声ずつ聞こえる。

青葉木菟ひるよりあをき夜の地上　竹下しづの女
青葉木菟灯せば胸の奥ぬれて　古賀まり子
青葉木菟声とめて何やりすごす　上田五千石

青葉木菟

▼青葉の茂みで鳴く青葉木菟。「あをき」夜と捉えたみずみずしい詩情。▼「胸の奥ぬれて」に、鳴声を聞いての心の昂《たか》ぶりをあらわす。▼先ほど来、鳴いていた声がぱたりとやむ。何か静観しているせいかと慮《おもんぱか》る作者。

老《おい》《おい》鶯《うぐいす》《うぐひす》
三夏

夏鶯《なつうぐいす》・老鶯《ろうおう》

夏に、平地から高原や山岳地帯に移ってきた鶯をいう。「老」とはあるが、繁殖期を迎えた雄の囀《さえず》りは激しくなり、声にいっそう艶が出てくる。警戒心が強く笹藪《ささやぶ》を好み、なかなか姿を見ることができない。関連 鶯《うぐいす》→春

老鶯や晴るるに早き山の雨　成瀬櫻桃子
夏うぐひす総身風にまかせゐて　桂信子

▼雨脚の早い山中、晴れればまたすぐ鳴声が。▼高原での一時《ひととき》か、心地よい風に身を任せつつ耳を傾ける。

鶯《うぐいす》《うぐひす》音《ね》《ね》を入《い》《い》る
晩夏

晩夏になると繁殖期を過ぎた鶯は囀《さえず》りをやめ、「チャッチャッ」という笹鳴《ささな》き(「地鳴《じな》き」とも)になる。これは他の鳥も同様だが、とくに囀りが美しく期間も長い鶯だけに、晩夏の感が否めない。関連 鶯《うぐいす》→春／笹鳴《ささなき》→冬

鶯の音《ね》をや入《いれ》けん哥袋《うたぶくろ》　蕪村

▼あれほど鳴いていた鶯が鳴きやんだ。きっと哥袋(歌会などの詠草を入れる袋)にしまったのだろうという洒落《しゃれ》。

名句鑑賞

夫恋へば吾に死ねよと青葉木菟　橋本多佳子

明治三十二年(一八九九)、東京本郷に生まれた多佳子は十八歳で橋本豊次郎と結婚する。だが、その夫は急逝。夏の夜、青葉木菟《あおばずく》の鳴く声がどこからともなくしてくる。それをぼんやりと聞いている作者。その鳴声はやけに寂しく沈み、あたかも亡夫を回想する自分をあざけるように響いてくる。まるで、そんなに夫を恋い慕っているなら向こう岸に行けば逢えるぞ、と言っているかのように。ほかに夫恋《つまこ》いの句に「雪はげし抱かれて息のつまりしこと」がある。［中原］

藤野古白《ふじのこはく》▶明治4年(1871)—明治28年(1895)子規の従弟。将来を嘱望されたが、ピストル自殺。

雷鳥《らいちょう》《らいてう》

三夏

雷鶏《らいけい》

這松《はいまつ》が群生する高山帯にすみ、夏は褐色に、冬は純白に、季節によって羽色が変化する。翼や脚が短く、飛ぶことはできるが、おもに地上で生活。犬鷲《いぬわし》などの天敵から身を守るために、霧が出る時や雷の鳴るような空模様の時に姿を見せることから、この名があるといわれる。

雷鳥の霧より翔ちて視界なし　福田蓼汀

雷鳥に鳴らすひとりの靴の鋲　岡田貞峰

▼濃霧の中に飛び立った雷鳥を少し案じる。作者の眼前も霧が濃い。▼雷鳥のすむ這松地帯まで登ったか。登山靴の金具の音に雷鳥は気づいているに違いない。

雷鳥

燕《つばめ》の子《こ》

三夏

子燕《こつばめ》・親燕《おやつばめ》

燕の産卵期は五月初め頃と、六月半ばから七月までの二回。それぞれ一番子、二番子といい、十四日ほどで孵化《ふか》する。雛《ひな》は親鳥から餌をもらって成長し、やがて飛行の練習に励む。孵化から二十日もたつ頃には巣立ちを始める。燕は人と親しく、人家の軒や天井に巣をかけるので、雛の成長の一部始終を観察できる。 関連 燕《つばめ》→春

飛び習ふ青田の上や燕の子　麦水

つばめの子ひるがへること覚えけり　阿部みどり女

早鞆の風に口あけ燕の子　飴山實

飛び過ぎていのち落とすな燕の子　福田甲子雄

▼青田の上で飛ぶ練習。▼くるりと翻るのが燕の得意技。▼早鞆《はやとも》ノ瀬戸は、関門海峡の水路。潮流の激しいところ。▼飛べるのが嬉《うれ》しくてならない子燕たち。

鴉《からす》の子《こ》

三夏

烏《からす》の子《こ》・子鴉《こがらす》・親鴉《おやがらす》

鴉は春から夏にかけて卵を産み、孵化《ふか》するまで二十日前後、巣立ちまで三、四十日ほどかかる。この間は一夫一婦制で協力して子育てを行ない、縄張り意識も強くなるため、巣に近づいた人間や動物を攻撃することもある。繁殖期以外は集団で森の中にねぐらを形成し、連帯意識が強い。

風切羽きられて育つ烏の子　村上鬼城

鴉の子尻なき尻を振りてけり　飯島晴子

▼飛べないように風切羽《かざきりば》を切られて、飼われている烏の子なのであろうか、少々哀れを催す。▼尻らしい尻でもないのだが、尾羽を振って歩く姿は滑稽である。

雪二日花なき瓶を愛すかな：大雪で花も無い。空の瓶《びん》を愛でて満足しているのだ。

葭切《よしきり》

三夏

行々子《ぎょうぎょうし》・大葭切《おおよしきり》・小葭切《こよしきり》

全長一八センチほどの大葭切と一三センチほどの小葭切がいる。双方とも灰褐色の背中と白色の胸で似ているが、ふつう「葭切」といえば大葭切をさす。水辺の葦《あし》（葭《よし》）原《はら》で雄が「ギョギョシ、ギョギョギョシ」と鳴くことから「行々子」の名がある。葦の茎を組み合わせた椀状の巣を作る。

よし切のひねもす啼いて水長し　尾崎紅葉
月やさし葭切葭に寝しづまり　松本たかし
葭切に空瓶流れつく故郷　藤田湘子
葭切や夕日落下をやめている　高野ムツオ
行々子殿に一筆申すべく　波多野爽波

▼「ひねもす」で、終日葭切の鳴くのどかさと川の滔々《とうとう》たる流れを。▼昼間の賑やかさとは違った葭切の側面が。それは月夜だから。▼「空瓶」とは空疎な意か。故郷の廃れた様子を嘆く。▼けたたましい鳴声にしばし日没が滞るかの錯覚。▼少々騒々しすぎるのではと一筆戯れる作者。

大葭切

小葭切

翡翠《かわせみ》《かはせみ》

三夏

かわせび・しょうびん・川蟬《かわせみ》

雀《すずめ》ほどの大きさで、鮮やかな水色をした鳥である。大きな頭、嘴《くちばし》は黒くて長く、首、尾、脚は短い。水辺に生息し、採餌《さいじ》の時は、鋭く直線的な鳴声とともに水中に飛び込み、魚類や水生昆虫を捕らえる。

翡翠の打ちたる水の平かな　松根東洋城
かはせみの一句たちまち古びけり　黒田杏子

▼何もなかったような錯覚、幻影、一瞬の出来事。▼句にしたとたん、もう翡翠はそこにいない。

翡翠

鷭《ばん》

三夏

大鷭《おおばん》・小鷭《こばん》

鳩ほどの大きさの鳥で、黒っぽい羽に覆われるが、背中はくすんだオリーブ色。長い脚を高く上げながら水草の間や上を器用に歩き回る。潜水もし、尾を高く上げて首を前後に振りながら泳ぐが、水かきはない。

鷭飛びて利根こゝらより大河めく　菅裸馬
鷭鳴いて病める教師に朝が来る　木村蕪城

鷭

小平雪人《こだいらせつじん》▶明治５年（1872）―昭和33年（1958）諏訪の人。師・永機より阿心庵を継ぐ。子規も一目置いた。

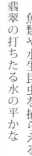

▼一斉に鷭が飛び立つ景色。河口近くなると対岸も煙るようで、さすが利根川も大河であると思われる。▼クルルッと軽快に鳴く鷭の声を聞きつつ、どうも浮かない気分の教師。この職業に倦《あぐ》んでいるようだ。

浮巣《うきす》　三夏

鳰《にお》の浮巣《うきす》・鳰《にお》の巣《す》

✚鳰《かいつぶり》は草などを集めて水に浮かぶ巣を作り、卵を産む。この浮巣は葭《よし》の茎などにつながれていて、水かさの増減にしたがって上下する仕掛けになっている。やがて雛《ひな》が孵《かえ》り、巣のまわりで遊ぶ姿が見られる。関連 鳰《かいつぶり》→冬

五月雨に鳰の浮巣を見に行む　芭蕉
世は水のまにまに鳰の浮巣せり　二柳
つゝがなく浮巣に卵ならびをり　阿波野青畝

▼江戸からちょっと琵琶《びわ》湖まで。暇乞《いとまご》いの句。▼この世さながら、鳰の浮巣は水の流れまかせ。▼何ごともなかったかのように安らかに並ぶ卵。

通《とお》し鴨《がも》　三夏

越冬のため秋に渡来し、翌春になって北方に帰る真鴨《まがも》の一部が留《とど》まって繁殖する。これが「通し鴨」である。北海道の湖沼、上高地、尾瀬、奥日光の湯ノ湖など高山の湖沼で見ることができる。ただ、四季を通して留まる軽鴨《かるがも》(夏鴨✚)は通し鴨とは呼ばない。関連 鴨《かも》→冬

翔つことのなきが如くに通し鴨　清崎敏郎
水暗きところにをりぬ通し鴨　星野麥丘人

▼まるで置物か何かのように静かに水に浮かぶ。翔《た》つ仕草さえしないのが不憫《ふびん》。▼帰らずにいる鴨の後ろめたさか、寂しさか。陽の当たる所へ出ないさまを詠む。

夏鴨《なつがも》　三夏

軽鴨《かるがも》・鴨涼《かもすず》し

夏の間も日本に留《とど》まって繁殖する軽鴨をさす。日本の鴨類では真鴨と並ぶ大型種で、羽の色は雌雄同じく黒褐色、淡色の波模様がある。湖沼、河川、湿地など淡水で見ることが多いが、都市の公園などでも見かける。

夏鴨にほとほと湖の広過ぎし　大貫聴鳥
刎頸の友のごとくに夏の鴨　佐藤鬼房

▼ちまちまとかたまっている夏鴨。冬と違って他の水鳥もおらず、湖面を広々と余している。▼刎頸《ふんけい》の友(友のためなら首を刎《は》ねられてもかまわないほど信頼し合う仲)のように寄り合う夏鴨。

軽《かる》鳧《る》の子《こ》　三夏

軽鴨《かるがも》の子

軽鳧(夏鴨✚)は湖沼や河川などの水辺に広く生息し、都会にある池などでも、晩春から初夏にかけて繁殖する。一夫一妻で毎年番《つが》いを形成し、卵を抱き雛《ひな》を育てるのは雌の役目。

風の日の蟷螂肩に来てとまる：強風にあおられた蟷螂。人間の肩に取り縋る。

二十六日くらいで孵化《ふか》し、二か月ほどで巣立つ。

軽鳬の子の親を離るゝ水尾引いて　今井つる女
軽鳬の子もはばたくやうなことをして　髙田正子

▼軽鳬の子も一人前になったようで、時折、親離れの行動に出る。▼親鳥をまねて羽ばたいてはみたものの、まだ飛んだことはない。

鵜《う》

三夏　海鵜《うみう》・河鵜《かわう》

海鵜は、優れた遊泳、潜水能力をもち、先が鉤《かぎ》状に曲がっている嘴《くちばし》で魚を確実に捕らえ、丸呑《まるの》みにする。捕獲、飼育されたものが古くから鵜飼に用いられ、なかでも長良川《ながらがわ》(岐阜県)の鵜飼が有名。 関連 鵜飼《うかい》→258

鵜

羽根ひろぐ岩礁の鵜の黒十字　秋元不死男
波にのり波にのり鵜のさびしさは　山口誓子
曇天に時に湧きたつ鵜なりけり　細見綾子

▼羽を広げると、海鵜は確かに十字架のように見える。▼波のまにまに浮かぶ鵜を寂しいと見た。▼一斉に羽を広げるさまを「湧きたつ」ととらえた。

水鶏《くいな》《くひな》

三夏　緋水鶏《ひくいな》・水鶏笛《くいなぶえ》・水鶏《くいな》たたく

水田、水辺の草むらで生活、半夜行性で警戒心が強く、あまり人前に姿を現わさない。繁殖期の夜、雄は「キョッ、キョッ、キョッ」と鳴き、この戸を叩《たた》くような鳴声を「水鶏たたく」と呼ぶ。水鶏笛は水鶏を誘い出すための笛。

水雞さへ待てどたゝかぬ夜なりけり　永井荷風
墨をぬるランプの夜明け水鶏鳴く　皆吉爽雨
一つ家を叩く水鶏の薄暮より　松本たかし
叩きたたきて水鶏が村を絶やしけり　齊藤美規

▼いつもは聞こえる水鶏さえ、聞こえぬ寂しい夜だと独《ひと》り居《い》を嘆く。▼明るくては、と、ランプに墨を塗る配慮も。▼一軒家の暮れ時を水鶏の声が包む。▼水鶏が鳴くような寂しい村になってしまった。

水鶏

青鷺《あおさぎ》《あをさぎ》

三夏

日本の鷺の中では最大種。ほかの鷺同様、脚、首、嘴《くちばし》が長く、胴体は淡い青灰色である。魚、蛙、甲殻類、昆虫類を捕食するため、河岸、水田、干潟などで首を伸ばしてじっと待つ姿が見られる。 関連 冬鷺《ふゆさぎ》→冬

青鷺

青鷺のみぢんも媚びず二夜経つ　殿村菟絲子
青鷺と青嶺動かず千曲川　堀口星眠

篠原温亭《しのはらおんてい》▶明治5年(1872)―大正15年(1926)子規、虚子に学ぶ。国民新聞社に勤務。後に島田青峰らと「土上」を創刊。

▼一瞥《いちべつ》も与えないどころか、二夜じっとしている青鷺。▼動いているのは千曲川《ちくまがわ》の流れのみ。

白《しら》鷺《さぎ》　三夏

白い鷺類の総称であり、大鷺《だいさぎ》、中鷺、小鷺と、大きさ、脚の色、冠羽《かんう》の有無などで識別する。湿地や水辺を昼間渡り歩き、魚、両生類、昆虫などを捕食する。繁殖期を迎える初夏、水辺の林などに「鷺山」と呼ばれる集団営巣地を作ることから、夏の季語とする。関連 冬鷺《ふゆさぎ》→冬

四角い駅弁白鷺はその端に立つ　磯貝碧蹄館

白鷺の風を抱へて降りにけり　西山睦

▼駅弁は田園で開かれたという設定。▼白鷺が降りる時の羽の抵抗を、このように詠む。

鰺《あじ》《あぢ》刺《さし》《さし》　三夏

鮎刺《あゆさし》・鮎鷹《あゆたか》・小鰺刺《こあじさし》

翼と尾羽が細く尖《とが》り、真っすぐ伸びた嘴《くちばし》は、頭、脚、翼の先同様黒い。喉と胸が白、ほかの部分は淡い灰色。鰺刺、それを小さくした小鰺刺ともに、海や河川の上空を忙しく飛び、魚の影を発見すると狙《ねら》いをつけ急降下する。

鰺刺の搏つたる嘴のあやまたず　水原秋桜子

鰺刺

鰺刺や空に断崖あるごとし　林翔

▼水中の小魚を、目にも止まらぬ速さで、まるで搏《う》つ（ぶつける）ように捕らえる、強靭《きょうじん》な嘴《はし》。▼垂直に落下する鰺刺を見ての、鮮やかな直感。

大《おお》《おほ》瑠《る》《る》璃《り》《り》　三夏

瑠璃《るり》・瑠璃鳥《るりちょう》

囀《さえず》る声が美しいため、鶯《うぐいす》+、駒鳥+とともに「三鳴鳥《さんめいちょう》」として、絵画に描かれたり、飼育されてきた。高い木の上で「ピールーリー、ジジ」と囀る。雄の背は光沢のある青で、尾の左右には白斑があり、喉《のど》、顔は黒く、腹は白い。山地や丘陵、とくに渓流沿いのよく茂った森林に生息する。

大瑠璃

彫刻のうしろ大瑠璃こゑみがく　河野多希女

瑠璃啼くや暁紅湖にさしわたり　小倉英男

▼野外の公園だろう。定評ある磨きあげた声に、磨きあげた彫刻のイメージも重ねられて。▼明け方の赤く染まった湖面を渡っていく大瑠璃の声。一点の濁りもない。

三《さん》《さん》光《こう》《くわう》鳥《ちょう》《てう》　三夏

比較的暗い林を好み、地鳴きは「ギィギィ」と地味だが、囀《さえず》り

は「ツキヒーホシ、ホイホイホイ」と鳴く。「月、日、星」と聞こえ、三つの光を意味するところから、この名がある。繁殖期を迎えた雄は体長の三倍ぐらいの尾羽をもつ。

三光鳥森のしづくとなる遠音　北川孝子
失恋に三光鳥がホイと言ふ　小林貴子

▼遠くから聞こえてくる独特の鳴声。森の雫《しずく》のように。▼失恋は当人には大いなる痛手。タイミングよく「ホイ」と鳴く三光鳥にあっけにとられ、思い直す作者。

三光鳥

夏燕《なつつばめ》　三夏

「燕」は春の季語だが、夏に見かける燕のことを「夏燕」という。燕は四月から七月頃にかけて二回ほど産卵し、二週間前後で雛《ひな》が生まれ、巣立ちまでには三週間ほどかかる。つまり三か月ほどの間、親鳥は雛にせわしなく餌を運び続ける。巣立ち後は、親子で並んで電線に止まったり、水辺をすれすれに飛んだりする光景をよく目にする。関連 燕《つばめ》→春

むらさきのこゑを山辺に夏燕　飯田蛇笏
潮の香へ開く改札夏つばめ　奥名春江
安房は手を広げたる国夏つばめ　鎌倉佐弓
雨脚をうす刃のよぎり夏燕　高室有子

▼夏の山河を飛び回る夏燕の声をむらさきと捉えた独特の感性。▼燕が巣くった海近い駅に降り立つ作者。▼安房《あわ》（房総半島）の形を手とし、燕の翼の形に見立てる。▼雨のなかの夏燕の飛翔を、薄い刃が横切ったと一気に表現する。

駒鳥《こまどり》　三夏

こま

囀《さえず》りが「ヒンカラカラカラ」と馬の嘶《いなな》きに似ていることからこの名がある。鶯《うぐいす》、大瑠《おおる》璃《り》とともに「三鳴鳥《さんめいちょう》」の一つで、鳴く時は深く赤みがかった胸をそらし、嘴《くちばし》を上に向けて勢いよく行なう。熊笹《くまざさ》の茂るような亜高山帯に生息。鳴声はしても姿は見つけにくい。

駒鳥

駒鳥やまだ歯にあらき岩清水　千代田葛彦
駒鳴くやいくつ滝落つ大樹海　岡田日郎

▼森深くすむ駒鳥の声に出合う。「歯にあらき」とは、しみ入るような冷たさ。作者は岩清水を飲んでいる。▼「ヒンカラカラ」とよい声で鳴く駒鳥は聞こえるが、滝の音はここまで届いてこない。樹海にも滝はあるはずなのに。

虎鶫《とらつぐみ》　三夏

ぬえつぐみ・鵺《ぬえ》

羽の黄褐色の鱗《うろこ》模様が特徴的で、これが虎斑《とらふ》に見えることが

石井露月《いしいろげつ》▶明治6年（1873）―昭和3年（1928）「俳星」主宰。郷里・秋田にて壮大雄渾《ゆうこん》の奥羽調を唱える。

虎鶫

蒿雀

名の由来となった。丘陵地や低山の広葉樹林に生息するが、時に樹木の多い公園でも観察される。夜中に「ヒョー、ヒョー」と薄気味悪い声で鳴き、『平家物語』などで有名な源頼政《よりまさ》の鵺退治にもあるように、古くは怪物と思われていた。

鵺鳴いて高千穂を夜のはなれゆく　橋本世紀夫

鵺鳴いて一升壜がもう空らに　奈良文夫

▼高千穂の山深さと朝になりゆく気配。▼夜更けの酒を飲みながらの歓談も一時静かに。

【蒿雀《あおじ》《あをじ》】 三夏

青鵐《あおしとど》

雀《すずめ》より少し大きく、背面は褐色、体の下面は黄色。夏に本州の中部以北で繁殖する。本来は森林性の鳥であるが、造林地の低木状のところでも見られることがある。雄は繁殖期に強い縄張り性を示し、「チッ、チョ、チチロー、チョッリリリ」と声高に囀《さえず》る。

チッといふ声に蒿雀と決まりたり　多田裕計

雲中のこころとなりて青鵐聴く　神尾季羊

▼鳴き出しの「チッ」という高さからすぐに蒿雀とわかるという。▼標高一〇〇〇メートル以上に生息する青鵐。その声を聞くと自分も一緒に雲の中にいるようだ。

【眼白《めじろ》】 三夏

目白《めじろ》・目白押《めじろお》し・目白籠《めじろかご》・目白捕《めじろと》り

雀《すずめ》よりも小型。背面は暗黄緑色で、腹は白く雌雄同色。眼の周囲に白い輪があるのが特徴。低山帯の山林や雑木林にすみ、温暖な地、広葉樹の林を好み、冬季や春先には都会の公園や庭先にもよく飛来する。枝に一列に並び止まる「目白押し」が知られる。かつては飼育されたが、現在は保護鳥。

見えかくれ居て花こぼす目白かな　富安風生

綿棒の水を貰へる目白の子　原田保江

▼花の咲く季節、逆さまにぶらさがって花蜜を吸う姿をよく見かける。▼現在は保護鳥のため飼うことはできないが、こうして綿棒で水を与えた時代もあった。

【四十雀《しじゅうから》《しじふから》】 三夏

雀《すずめ》くらいの大きさで、低地から山地にかけて分布している。近年は市街地の公園などでも見られることがある。頭

四十雀

馬独り忽と独り戻りぬ飛ぶ螢：独力で厩《うまや》へ戻ってきた農耕馬。蛍の夜の幻のような出来事。

は黒く頬《ほお》は白い。首から腹にかけて、巣立ち後、最初に生え替わる羽にあらわれる黒いネクタイのような模様が特徴的。夏の繁殖期には「ツーツーピー」と鳴く。

妻呼べば四十雀また一羽殖ゆ　波戸岡旭

四十雀絵より小さく来たりけり　中西夕紀

▼四十雀にも晴れわたった日は嬉《うれ》しいようで、仲間と呼び合い戯れる。▼いつも図鑑で見ていたのよりずっと小さくて驚く作者。

山雀《やまがら》

三夏

雀《すずめ》よりやや小さく、灰褐色の翼に、胸から腹部にかけて栗色をしている。平地から山地のよく茂った照葉樹林や落葉広葉樹林にすむ。繁殖期になると、雄は梢で「ピーツツピー、ツツピー」と繰り返し囀《さえず》る。人に馴《な》れやすく利口な鳥なので、縁日でお神籤《みくじ》を引く芸などをしていた。

山雀

山雀の山を出でたる日和かな　藤野古白

山雀の日の色曳きてもうをらず　吉村玲子

▼天気のよい日には人里へ降りて、「ピーツツピーツツピー」と甲高い声で鳴く。▼姿は見えなくともその声だけで山雀とわかる。▼灰色に白、栗色という斬新な羽色で目立つ山雀。見かけたと思ったら、もういない。

日雀《ひがら》

三夏

北海道から屋久島まで生息する留鳥で、シジュウカラ科では最も小さい。頭と喉《のど》が黒く、頬《ほお》と首の後ろが白い。繁殖期、雄の多くは針葉樹林の梢で「ツツピンツツピン」と囀《さえず》る。巣箱の利用も多く、四十雀《しじゅうから》と混群を作る。

日雀来るだけで恵まれゐるやうな　佐藤宣子

▼鳴声の特徴から作者は日雀を識別できる。来ているとわかると、ちょっと得した気分。

雪加《せっか》

三夏

雪下《せっか》

雀《すずめ》より小さく、体色は雌雄同色で地味である。芒《すすき》などのイネ科植物が生える平地から、山地の草原、水田の農耕地にまで生息し、雄は繁殖期に「ヒッヒッヒッヒッ、ジャッジャッジャッ」と鳴きながら低空飛翔し、雌を誘う。

雪加

見失ふ雪加の声の残りをり　松田美子

義仲寺に雪加鳴きゐる木を仰ぐ　朝妻力

▼草むらへ入ってしまったか、姿は見えないが、その声はしっかりと耳に残っている。▼木曽義仲《きそよしなか》を葬る義仲寺《ぎちゅうじ》(滋賀県大津市)。

河東碧梧桐《かわひがしへきごとう》▶明治6年(1873)―昭和12年(1937)子規の俳句革新を助けた。のちに新傾向俳句を推進、虚子と対立。

芭蕉の墓もある。折から雪加にお目にかかるとは。しかし、声はすれども姿は見えない。

海猫《うみねこ》

三夏

ごめ

上面が黒、下面が白色の翼、嘴《くちばし》の先端には黒色と赤色の斑があり、日本では最もよく目にするカモメ類。各地の離島や岩礁などに集団で繁殖している。北海道天売島《てうりとう》、青森県蕪島《かぶしま》などが集団繁殖地として知られ、「ミャーオ」という鳴声が猫の鳴声に似ていることからこの名がある。関連 海猫渡《うみねこわた》る→春／海猫帰《うみねこかえ》る→秋

一羽鳴き一万羽鳴く島の海猫　池田ロバート

▼一羽が「ニャー」と鳴くと、ほかも一斉に鳴き出す、蕪島の景か。小さな島が白い糞《ふん》と鳴声に覆われる。

濁《にご》り鮒《ぶな》

仲夏

鮒は梅雨を迎える頃、産卵する。湖沼や河川沿いの浅所にも産卵するが、雨で水位が増して濁った川を遡り、水路や水田に入り込んで産卵することもある。濁り水に光る銀鱗《ぎんりん》には夏の季感がある。関連 子持鮒《こもちぶな》→春

濁り鮒近江の真昼楕円なり　鈴木湖愁

▼濁り鮒を捕っている風景か。頭上には夏の太陽が輝いている。琵琶湖《びわこ》が北に向け斜めに伸びている地勢から、その空間を円ではなく楕円《だえん》と感じたのだろう。

鯰《なまず》

仲夏

梅雨鯰《つゆなまず》

頭と口が大きく目は小さい。鱗《うろこ》がなく、体表は粘液で覆われている。全長三〇センチから六〇センチほどで、湖沼、池の底の泥中などに生息し、五月から七月に産卵。夜行性だが、大雨のあとで水が濁っている時などは、昼間でも活発に動く。かつては付け焼き、すっぽん煮、煮付け、衣揚げなどで食されていた。

大鯰じたばたせずに釣られけり　成瀬櫻桃子

桶底の泥のごときが梅雨鯰　由山滋子

▼鯉《こい》や鮒《ふな》はたいていひと暴れするが、尾も振らず泰然と貫禄を見せて揚がってきたこの大鯰は、池の主のようだ。▼桶《おけ》の形に沿って沈んでいる鯰は、一見、分厚く溜《た》まった泥のようで、目を凝らさないと見紛う。

鮎《あゆ》

三夏

年魚《ねんぎょ》・香魚《こうぎょ》・鮎鮨《あゆずし》・鮎膾《あゆなます》・鮎狩《あゆがり》・鮎生簀《あゆいけす》・囮鮎《おとりあゆ》・鮎籠《あゆかご》

鮎は姿の美しい夏の川魚である。六月に入ると全国の川で次々に鮎漁が解禁される。それを友釣りや鵜飼《うかい》などの方法で捕らえる。最もふつうで最もうまい料理は塩焼きだろう。鰭《ひれ》を外し、頭をつまんで背骨を抜いてから蓼酢《たでず》に浸して食べる。香ばしく、ほのかに川苔《かわのり》の香りがする。春、水が温《ぬる》み始める

松杉の暗きが中や藤の花：松や杉が鬱蒼《うっそう》と茂るなか、鮮やかに咲く藤の花。

と海から川を上り、秋、水温が下がり始めると川を下って死に絶える。春の上り鮎を「若鮎」、秋の下り鮎を「落鮎《おちあゆ》」「錆鮎《さび》」という。一年のうちに一生を終えるので「年魚」ともいう。

関連 若鮎《わかあゆ》↓春／落鮎《おちあゆ》↓秋

鮎くれてよらで過行夜半《すぎゆくよは》の門《もん》　蕪村

新月の光めく鮎寂びしけれ　渡辺水巴

山の色釣り上げし鮎に動くかな　原石鼎

笹づとを解くや生き鮎真一文字　杉田久女

淡麗といふべき鮎は匹見から　飴山實

鮎の腸《わた》口をちひさく開けて食ふ　川崎展宏

▼釣果《ちょうか》を分けてくれた人。▼針のように細い新月。その新月のように、水中で時折光る鮎。▼釣り上げた鮎に色めき立つ夏の山。▼見事な生き鮎。▼匹見峡《ひきみ》(島根県)の淡麗な鮎。川ごとに鮎の風味は異なる。▼鮎の腸を惜しみながら食べる。

岩魚《いわな》《いはな》

三夏

巌魚《いわな》・嘉魚《かぎょ》・岩魚釣《いわなつり》

一生を淡水で過ごし、体長は七、八〇センチに及ぶことがある。体色は褐色から灰色、背部から側面にかけて、多数の白い斑点が散らばる。夏でも水温が一五度以下の冷水を好み、鮎《あゆ》や山女《やまめ》のさらに上流を生息地とする。肉食性の悪食《あくじき》で、時には小動物、蛇《へび》なども口にするが、香ばしくて美味なところから「嘉魚」と呼ばれる。

岩魚

木曾宿や岩魚を活かす筧水　鈴鹿野風呂

ひとり酔ふ岩魚の箸を落したり　石川桂郎

▼山から引いてきた筧《かけひ》の水で岩魚を飼う。▼岩魚の骨酒《こつざけ》でも飲んだか、酔いが回った。

山女《やまめ》

三夏

山女魚《やまめ》・あまご

桜鱒《さくらます》のうち、海に下らず、一生を河川で過ごすものをさす。体の側面に、上下に長い斑紋《はんもん》(パーマーク)があり、背に小黒点が散在する。渓流の冷水域(岩魚《いわな》より下流)にすむ。岩魚同様、悪食《あくじき》の肉食。また琵琶鱒《びわます》の幼魚および海に下らないものを「甘子《あまご》」という。

関連 雪代《ゆきしろ》 山女《やまめ》↓春

山女

月いでて岩のしづまる山女魚釣り　松村蒼石

あまご焼くあまご動けば火の動く　伊藤敬子

▼月光に照らし出され、不動に見える磐石《ばんじゃく》(大きな岩)のもと、山女魚釣りは今か今かと息をひそめて待っている。▼捕りたての甘子は、串に刺し、火にかざしても、反抗するように動く。それを逆説的に火のほうが動くと表現した。

坂本四方太《さかもとしほうだ》▶明治６年（1873）―大正６年（1917）子規の写生文運動に貢献。「ホトトギス」選者を務めた。

虹《にじ》鱒《ます》

三夏

アメリカからの移入種。体側に、帯状に輝く虹色の部分が縦走していることからこの名がある。河川の上・中流域に分布する冷水性魚類だが、比較的高温にも耐えられるため、各地の湖や河川に放流され、在来種の山女《やまめ》などを凌駕《りょうが》し、分布を広げている。

虹鱒の焼かれて虹を失へる　松倉ゆずる

▼釣り上げた時の虹鱒の虹色の美しさ。塩を振って焼かれると、しろがねの肌も曇って虹もどこへやら。

金《きん》魚《ぎょ》

三夏

和金《わきん》・蘭鋳《らんちゅう》・琉金《りゅうきん》・出目金《でめきん》・獅子頭《ししがしら》・丸子《まるこ》・銀魚《ぎんぎょ》

金魚は涼を得るために飼われる。中国人は並々ならぬ情熱を傾けて鮒《ふな》から金魚をつくり出した。日本に伝わったのは室町時代末。それに輪をかけて、さまざまな金魚をつくり出したのは江戸時代のバロック趣味だった。縁日などの金魚すくいでよく見かける和金、頭に瘤《こぶ》をもち、背鰭《せびれ》がなく丸っこい姿の蘭鋳、尾鰭《おびれ》の長い琉金、目が出ている出目金など、多彩な品種がある。

関連 金魚売《きんぎょうり》→235／金魚玉《きんぎょだま》→238／秋の金魚《あききんぎょ》→秋

いつ死ぬる金魚と知らず美しき　高浜虚子
女だちおしやべり金魚浮き沈み　山口青邨
やはらかに金魚は網にさからひぬ　中村汀女
金魚手向けん肉屋の鉤に彼奴を吊り　中村草田男
金魚大鱗夕焼の空の如きあり　松本たかし
金魚屋のとどまるところ濡れにけり　飴山實

▼「美しき」に非情の味わいがある。▼女性たちのおしゃべり声が響く部屋の片隅で、静かに浮き沈みする金魚。▼金魚すくいの感触。▼草田男の多難な境遇が反映された句。金魚の赤は怒りの象徴であろうか。▼「大鱗」とは大きな魚のこと。▼金魚の桶《おけ》をかけた天《てん》秤棒《びんぼう》を担ってやってくる金魚売り。かつて見られた風景。

熱《ねっ》帯《たい》魚《ぎょ》

三夏

天使魚《てんしうお》

グッピーなど、熱帯の淡水域に生息する魚類をさす。これを水槽で飼育し観賞する。一年を通して飼われるため、やや季節感が薄れているが、夏の季語としてよく使われるものの一つである。

しづかにもひれふる恋や熱帯魚　富安風生
熱帯魚石火のごとくとびちれる　山口青邨
昼も灯に照らされ通し熱帯魚　右城暮石
天使魚の愛うらおもてそして裏　中原道夫

▼やわらかに身をひるがえして泳ぐ熱帯魚は恋する乙女の姿とも。▼グッピー、ネオンテトラなどがパッと飛び散るさまを石火にたとえる。▼昼夜照らされ通しの熱帯魚を哀れに思う作者。▼鮮やかな鰭《ひれ》を揺らめかせて泳ぐ姿は着飾った女性のよう。「うらおもて」の愛の駆け引き。

凧の尾のぞろりと下りぬ苗代田：「ぞろりと」に、いかにも凧の尾の感触がある。

目高《めだか》

三夏　緋目高《ひめだか》・白目高《しろめだか》

体長四センチほどの淡水魚で、飼育が簡単なため、観賞魚として古くから親しまれてきた。日本各地の小川や水路などに生息し、蚊の幼虫である孑孑《ぼうふら》や動物性プランクトンなどを好んで食べる。現在では絶滅危惧種に指定されている。

水底の明るさ目高みごもれり　橋本多佳子
吾子ゆきて目高追ふ子にまぎれけり　瀧春一
笹の葉に目高の鼻の流れよる　石橋秀野
天職欲し一心に進む目高の列　花田春兆
緋目高の生れていまだ朱もたず　五十嵐播水

▼みごもるめでたさに明るさを増す水底。▼目高を追う子供たちも目高のよう。▼寄り来る目高には鼻らしきものが。▼そのうち自分の道を進むようになることを期待。▼生まれたての緋目高は普通の目高と変わりない。

鮴《ごり》

三夏　石伏魚《いしぶし》・鮴汁《ごりじる》

ハゼ類特有の形をした淡水魚の総称であり、地方名でもある。石川県金沢市周辺では、佃煮《つくだに》、唐揚げ、照り焼き、白味噌仕立ての鮴汁(夏の季語)などの鮴料理が名物。琵琶湖《びわこ》周辺ではハゼ科のヨシノボリを、高知県の四万十川《しまんとがわ》ではハゼ科のチチブの幼魚を「鮴」と呼ぶ。

鮴さわぐアルミの鍋に移されて　阿波野青畝
真清水の極みは黒し鮴のうを　高橋睦郎

▼鮴汁にされることを察知したかのような騒ぎ。▼滾々《こんこん》と湧く清水の黒さと鮴の黒さを比べ見る。

黒鯛《くろだい》

三夏　茅海《ちぬ》・黒鯛釣《ちぬつり》

真鯛の赤色に対し、その体色からこの名がある。釣り人には絶大な人気があり、成長するにしたがい警戒心も強くなるので、日中よりも暗くなってからの磯釣り(夜釣り)での人気が高い。関東ではクロダイと呼ぶが、関西ではチヌというほうが通りがよい。

ちぬ釣の月光竿をつたひくる　米澤吾亦紅
ちぬ釣りの莨火に浮く目鼻立　大島雄作

▼夜釣りの風景。といっても、見えるものは月光に照らし出された釣竿《つりざお》。竿の先のほうから手元へ月明かりがやってくるごとく詠む。▼ちぬ釣りで一服する男。莨《たばこ》の火で、真闇から顔かたち、目鼻立ちが時折見える。

石鯛《いしだい》

三夏　縞鯛《しまだい》

側面に七本の黒い横縞があり、縞鯛とも呼ばれるが、この縞は成長すると全体に黒ずんでくる。南日本に多く生息する。鋭い歯で雲丹《うに》や栄螺《さざえ》、フジツボのような硬い貝類をばりばり

佐藤紅緑《さとうこうろく》▶明治７年（1874）―昭和24年（1949）小説家。俳句は子規に師事、日本派を代表する俳人と目された。

と食べ、このため肉質はかたく美味。黒鯛とともに磯釣りの好対象である。

石鯛の皮も湯引にしてあると　茨木和生

▼釣り上げてすぐに一杯という算段。身は薄造り、皮も湯引きにしてあるとは抜かりない。

初鰹《はつがつお》《はつがつを》

初夏

初松魚《はつがつお》

鰹の初物。それがもてはやされたのはおもに江戸の町でのこと。鰹は活《い》きが命。夜、鎌倉の沖でとれた鰹は早舟や早馬で江戸へ運ばれ、朝のうちに高値で売りさばかれた。江戸っ子にとって鎌倉の初鰹は、上方《かみがた》での明石《あかし》の鯛に匹敵するものだった。当時の鰹の食べ方は刺身にして芥子《からし》醤油。土佐風の「たたき」が広まるのは土佐藩士たちが活躍した明治維新以降のこと。

目には青葉山ほととぎすはつ松魚《がつを》　素堂

鎌倉《かまくら》を生《いき》て出《いで》けむ初鰹《ガツヲ》　芭蕉

▼鎌倉での句。視覚、聴覚、味覚で味わう初夏。▼要塞《ようさい》都市、鎌倉を生きて出られた人のようだと、初鰹の活きのよさをたたえる。

鰹《かつお》《かつを》

三夏

松魚《かつお》・えぼし魚《うお》・鰹時《かつおどき》・鰹売《かつおうり》

体は紡錘形で尾鰭《おびれ》以外の鰭は小さく、高速で泳ぐのに適している。背側は濃い藍色、腹側は無地の銀白色で、死ぬと数本の縦縞《たてじま》がはっきりと現われる。夏と秋が旬だが、近年好まれるのは脂の乗った秋の戻り鰹。江戸時代は脂の少ない「はしり」のほうが好まれた。関連 秋鰹《あきがつお》→秋

出刃の背を叩く拳や鰹切る　松本たかし

纜をいくたびまたぐ鰹どき　北村仁子

▼出刃包丁が肉に入ったきり動かなくなった。拳で出刃の背を叩《たた》いてやっと切れた。▼鰹漁の最盛期、船の甲板でも波止場でも、纜《ともづな》をまたいで行き来する人々。

鯖《さば》

三夏

鯖火《さばび》・鯖釣《さばつり》・鯖舟《さばぶね》

食用魚として「鯖」という場合は「真鯖」をさすことが多い。古くから日本人になじみが深く、各地にさまざまな料理がある。「鯖の生き腐れ」といわれるようにいたみやすい。夜間、煌々《こうこう》と火を焚《た》き行なわれる鯖漁は迫力がある。

水揚げの鯖が走れり鯖の上　石田勝彦

皆食うて一人が鯖に中《あた》りたる　三村純也

▼鯖の豊漁。いちいちかまっていられない。▼なかにはそういう不運な者がいて。鯖は鮮度が勝負。

鯵《あじ》《あぢ》

三夏

鯵売《あじうり》・真鯵《まあじ》・室鯵《むろあじ》・小鯵《こあじ》・鯵釣《あじつり》

鯵は梅雨時がいちばんうまい。たたきにしてよし、塩焼きにしてよし、煮てよし。干物もうまい。「鯵」といえば、ふつう

春の山屍をうめて空しかり：頼朝の墓を詠んだ句。最晩年の虚子の嘆息が聞こえる。

「真鯵」をさす。その小ぶりのものを「小鯵」という。「室鯵」は干物によく、「くさや」にもなる。

世の中をしらずかしこし小鯵売　其角

篠垣の外とほりしは鯵売りか　安住敦

▼つつましく生きる小鯵売。芭蕉の「稲妻にさとらぬ人の貴さよ」に通じる。▼鯵売りがくる海辺の町。

鱚《きす》

三夏　白鱚《しろぎす》・青鱚《あおぎす》・鱚釣《きすつり》

沿岸に生息し、食用や釣りの対象として人気が高い。細長く円筒形をした体は目立たない色をしているが、細かい鱗《うろこ》に覆われ、光を反射して輝く。味は淡泊で、塩焼、天ぷら、酢の物と、何にでも合う。「白鱚」は標準和名で、「青鱚」と区別するための呼び名。青鱚はその名のとおり体が青みがかっている。

荒海の鱚直線に焼かれたり　小檜山繁子

鱚釣れで睡魔いよいよ耐へ難し　石塚友二

▼荒波の曲線にもまれて育った鱚が、真っすぐに焼かれる妙。▼時間だけはたったというのに、鱚が釣れない。そうなるとどうも睡魔に襲われる。

飛魚《とびうお》《とびうを》

三夏　とびら・あご

巨大な胸鰭《むなびれ》を広げ、時として水上を長距離滑空することからその名があり、九州や日本海側ではアゴと呼ばれる。初夏から夏にかけてが旬で、新鮮なものは刺身がとくに美味。鳥取や島根あたりでは蒲鉾《かまぼこ》や竹輪《ちくわ》に、新島《にいじま》、八丈島では、くさやに加工される。

飛魚の飛びし長さの青海波　斎藤夏風

飛魚の翅透くまでにはばたける　福永耕二

▼長々と距離を飛ぶ海原を「青海波《せいがいは》」と意匠風にとらえた。▼「はばたける」で、魚でなく鳥に見立てる。

皮剝《かわはぎ》《かははぎ》

三夏

著しく左右に平たい体をもち、皮膚は硬く、突出した吻《ふん》の先端に小さな口がある。硬い皮を剝いで食べるところからこの名がある。薄造りを肝和《あ》えで食すのが知られている。さまざまな地方名がある。

名句鑑賞

手に軽く握りて鱚といふ魚　波多野爽波

船で白鱚《しろぎす》を釣り上げたのか、または遠浅の海に脚立《きゃたつ》を立て、かつての江戸前の風物詩よろしく青鱚を釣っているのか。あるいは魚屋の店先でのことなのか。手のひらに大きすぎず、小さすぎない一尾の鱚がのっている。そこにはざらざらとした細かい鱗《うろこ》の感触がある。そして作者は、昆布締め、三枚おろしにしたものを結んだ結び鱚、天ぷら、骨煎餅、吸物、焼き物、または身の甘さを味わえる刺身の糸造りか、一夜干しへと、すでに鱚を使った料理に思いが及んでいるのかもしれない。［中原］

高浜虚子《たかはまきょし》▶明治7年（1874）―昭和34年（1959）「客観写生」「花鳥諷詠」を提唱、近代俳句の源流となる。

⓫鰻。国立国会図書館

皮剝の糶られ三和土に小山積み　窪田光代

▼平たくて皮がゴワゴワした皮剝は、糶《せ》られて三和土《たたき》に積み上げても、崩れることがない。

舌鮃《したびらめ》

三夏

いしわり・牛《うし》の舌《した》

長楕円《ちょうだえん》形の体形が舌を思わせることから、地方によってシタビラメ、ウシノシタ、ベロなどと呼び名が変わる。赤舌鮃が最も美味とされ、フランスではムニエルをはじめとした料理に珍重される。

舌鮃みな胸うすきパリジェンヌ　今村潤子

▼英仏の間にあるドーバー海峡でとれるドーバーソールか。それを好んでムニエルにして食べる人たち。得てして痩せている。

虎魚《おこぜ》

三夏

鬼虎魚《おにおこぜ》

鬼虎魚を単に「オコゼ」ともいう。中部以南沿岸の暖かい砂地の海に生息する硬骨魚である。体色はすむ場所により異なる。鱗《うろこ》はなく奇異な姿をし、背鰭《せびれ》の棘《とげ》には毒腺があり、刺されると激しく痛む。外観に反して味は淡泊で美味。夏が旬である。

胃の中に入りて虎魚のにらみゐる　宮坂静生

鬼をこぜ笑ひ顔にて揚げらるる　松尾和代

▼食べた後でも、あの怒ったような形相を思い出す作者。▼唐揚げになってしまうと、いかめしい顔つきが笑い顔になったという

江戸時代の魚図 『梅園魚譜』『梅園魚品図正』より。❶鯖、❷黒鯛、❸白鱚、❹鰹、❺鯵、❻皮剝、❼飛魚、❽虎魚、❾穴子、❿鱧、

発見。

鯒《こち》

三夏

中部以南の砂泥地にすむ。体が平たく、棘《とげ》状の突起がある頭は大きく、骨板に包まれている。体色は黄褐色で、黒褐色の横帯または小さな円形の斑点《はんてん》が多数存在。産卵期の夏が旬で、洗膾《あらい》などが美味である。

おぼつかな母の稼ぎの鯒一尾　宇多喜代子

▼この時期には鯒が食べたいと買ってくる母。美味なる時は一尾といえども高い。今日の稼ぎがとんでしまうのではと心配する。

赤鱏《あかえい》

三夏

鱏《えい》・鱝《えい》

鞭《むち》状の細長い尾をもち、体は上から押しつぶされたように平たく菱形《ひしがた》をしている。左右の胸鰭《むなびれ》は緩やかな曲線を描き、体表は滑らかで背中に小さな棘《とげ》が並び、尾へと続く。背中から尾に続く長い棘には毒腺があり、刺されると激痛に襲われる。だが、肉は美味で夏が旬である。

黒きもの動きて鱝となりにけり　岡田耿陽

水槽の無音を鱏の横断す　奥坂まや

▼何かの影かと思っていたら動き、驚く。▼鱏の鰭のしなやかさを眼前にした時の驚きを「横断」と表現。

増田龍雨《ますだりゅうう》▶明治7年（1874）—昭和9年（1934）旧派俳人であった養父の影響から幼少より句作。万太郎と親交。

鱧《はも》 三夏

祭鱧《まつりはも》・小鱧《こはも》・落し鱧《おとしはも》・水鱧《みずはも》・鱧料理《はもりょうり》

✦鰻《うなぎ》同様、細長い円筒形で、体長一メートル以上にもなる。体は茶褐色で腹部は白く、鱗《うろこ》はない。夜行性のため、漁は夏場に夜通し行なう。小骨が多い鱧料理は、皮を残して小骨を切断する熟練した技法が必要。関連 鱧《はも》の皮《かわ》→216

ぱつたりと風とまり鱧のざくざく　宇多喜代子

二階への階段暗し鱧尽くし　森田智子

▼無風状態の関西の暑さを背に、鱧の骨切りの音を書く。▼民家風の京の料理屋の階段か。これから鱧尽くしを食べる。

穴子《あなご》 三夏

真穴子《まあなご》・穴子釣《あなごつり》・焼穴子《やきあなご》・穴子鮓《あなごずし》

穴子は✦梅雨の頃から脂が乗って、だんだんうまくなる。流れの緩やかな内海や湾内に生息。昼間は海底に潜み、夜、餌を探しに出てきたところを夜釣りで捕らえる。東京湾は真穴子の名産地。これが江戸前の穴子。握り鮨《ずし》や天ぷらもいいが、味醂《みりん》醤油に浸して焼く雉子焼《きじやき》こそ絶品。

帰り来る舟に出てゆくあなご舟　五十嵐播水

床屋から出て来た貌の穴子かな　川崎展宏

▼穴子は昼間は底引き網で漁をするのが一般的。穴子舟が出るのは、ほかの舟が帰ってくる頃。▼そういえば、穴子の顔は散髪をすませて髪をきれいに撫《な》でつけた人にそっくり。

名句鑑賞

鱧食べて夜がまだ浅き橋の上　草間時彦

祭鱧《まつりはも》という言葉があるように、鱧の旬はちょうど祇園祭《ぎおんまつり》や天神祭の頃にあたる。湯引きした鱧を梅肉や酢味噌《すみそ》で口にしたのか、または鱧鮨《はもずし》でも食したのであろうか。店を出ても外はまだ暮れなずんでいる。橋の上に立つと街の喧噪《けんそう》に混ざり、どこかに祭を控えた浮遊感が足もとから忍び寄るようで、いっそう短い夜を実感する。鱧を取り上げた作者のほかの作品に、「大粒の雨が来さうよ鱧の皮」がある。なお「鱧の皮」は生活季語に分類される。［中原］

鰻《うなぎ》 三夏

鰻筒《うなぎづつ》・鰻掻《うなぎかき》・真蒸《まむ》し

鰻の蒲焼《かばやき》は江戸初期には、読んで字のごとく、鰻を蒲《がま》の穂のようにぶつ切りにして串に刺して焼いただけの料理だった。現在のような形で食べるようになったのは、江戸後期である。「鰻筒」は鰻の習性を利用した捕獲用の筒。関連 土用鰻《どよううなぎ》→215

鰻屋の手洗ひで遇ふ旧師かな　鈴木鷹夫

鰻釣り上げて家まで走りけり　大串章

▼まさか恩師と、それもこんな手洗いで会おうとは。そういえば、先生は鰻に目がないと聞いたことがあった。▼鰻が釣れた嬉《うれ》しさ。早く家人に見せたいが、針を外すのが少々気持悪い。エイッ、このまま走っちゃえ。

口あいて落花眺むる子は仏：純粋な心で桜を見る、天真爛漫な子供の尊さ。

章魚《たこ》

三夏　蛸《たこ》・蛸壺《たこつぼ》

おもに岩礁や海底で活動し、危険を感じると、吐いた墨にまぎれて逃げる。頭のように見える部分は胴体で、足の付け根部分がじつは頭である。古くから食されており、夏場のものがとくに美味とされる。

章魚沈むそのとき海の色をして　上村占魚
生きてゐることの烈しき蛸つかむ　吉田汀史

▼液体の広がるような形も手伝って、海中に沈んでいく章魚は素早く海の色となじむ。▼蛸をつかむと、その全身筋肉の塊のような強さに驚く。それを「生きてゐることの烈《はげ》しき」と形容する。

鮑《あわび》《あはび》

三夏　鰒《あわび》・鮑取《あわびとり》

水深二〇メートルくらいまでの岩礁地帯に生息し、若布《わかめ》や昆布《こんぶ》などの褐藻類を食べる巻貝。おもに夜行性で、日中は岩の間や砂の中に潜っていることが多い。古来、中国に干し鮑として輸出され、美味な肉は日本でも引く手あまたである。

鮑海女天に蹠《あうら》をそろへたる　橋本鶏二
口中に鮑すべるよ月の潟　野澤節子

関連　水貝《みずがい》→216

▼海に一斉に潜る時の蹠《あしうら》の白さが見える。▼切り身の鮑の滑らかさを舌にのせる作者、浅瀬の海を眼前に。

海酸漿《うみほおずき》《うみほほづき》

三夏　長刀酸漿《なぎなたほおずき》・軍配酸漿《ぐんばいほおずき》・南京酸漿《なんきんほおずき》

海産の巻貝類が卵を入れて保護する、酸やアルカリに強い袋をいう。名称は、夜店や海水浴場で赤色や黄色に染めて売られ、それを鬼灯《ほおずき》のように吹き鳴らしたことによる。「長刀酸漿」など、種類によって名はさまざまである。

海ほほづき鳴らせば遠し乙女の日　杉田久女
旅長し海酸漿の美しき　高野素十

▼そういえば、夜店で買って友達と鳴らし合った日があった。▼赤や黄に染められた海酸漿を旅の間中、鳴らしている。鳴らすのは連れている娘か。

帆立貝《ほたてがい》《ほたてがひ》

三夏

大型の食用二枚貝で二〇センチほどになる。北海道、東北の浅い砂礫《されき》底にすむ。大きな貝柱をもち、この筋肉を使い殻を激しく開閉して反対方向に跳ねるように泳ぐ。貝柱は非常に美味で、調理法も多種多様である。

帆立貝海の呟きこぼしけり　禰寝雅子

▼手のひらよりも大きな帆立貝。たっぷり海水を吐かせたつもりが、焼き始めるとまだ水分を出す。それを「海の呟《つぶや》き」と作者はみたのだろう。

大谷句仏《おおたにくぶつ》▶明治8年（1875）―昭和18年（1943）真宗大谷派第二十三代法主。碧梧桐に師事するも独自路線へ。

蝲蛄《ざりがに》 三夏

ニホンザリガニは日本固有種で、北海道日高山脈以南、青森、秋田、岩手の渓流にすむ。分布が限られているため、移入種であるアメリカザリガニほど知られていない。体長も四〜六センチで、アメリカザリガニよりかなり小さい。生息環境の保護が必要な種である。

ザリガニの音のバケツの通りけり　山尾玉藻

▼少年たちがバケツをさげて通って行く。あのガサゴソという音はザリガニにちがいない。

蝦蛄《しゃこ》 三夏

海老《えび》に似た扁平《へんぺい》な甲殻類で、第二脚が鎌状に発達している。日本沿岸の内湾の砂泥底に穴を掘ってすむ。夜行性で、強大な捕脚を使って、魚類、甲殻類、ゴカイ類や頭足類などを捕食する。初夏が旬で美味。

蝦蛄

讃岐にて無限に蝦蛄をむいてをる　岡井省二

蝦蛄といふ禍々しくて旨きもの　長谷川櫂

▼讃岐《さぬき》は蝦蛄の特産地。むく端から食べるだけの人がいて次から次へ。サービス精神旺盛な人はずっとむくだけ。▼蝦蛄はどこかグロテスク。しかし、むかれて鮨種《すしだね》ともなればこんなにうまいものはない。

蟹《かに》 三夏

沢蟹《さわがに》・川蟹《かわがに》・磯蟹《いそがに》・蝤蛑《がざみ》

夏の水辺で目にする小蟹のことで、食用となる冬場の蟹（鱈《たら》場蟹《ばがに》やずわい蟹）のことではない。かつては沢の石をひっくり返すと、ざざ虫などとともに沢蟹がいた。多くの種類が淡水、汽水、沿岸といった水域、そして深海から洞窟までと、いろいろな場所にすむ。

怖るるに足らざる我を蟹怖る　相生垣瓜人

滅びつつピアノ鳴る家蟹赤し　西東三鬼

▼逃げることはない。一緒に遊ぼうと思っている作者。▼飼われている沢蟹か。物音に敏感な蟹が察知する何か。「赤し」が蟹のことをいいつつ家の不安を象徴する。

船虫《ふなむし》 三夏

舟虫《ふなむし》

岩礁、船舶まわりなどに群がり、至るところで目にする。約六センチの扁平《へんぺい》な体は泳ぐこともできるが、水中では生きられない。釣り餌《え》によく利用されるが、七対一四本の足を素早く動かし岩陰に逃げ込むため、捕まえるのは難しい。

船虫

一つ見て無数の船虫を感じる　加倉井秋を

千万の舟虫が舐め岩痩せし　肥田埜勝美

月大きく枯木の山を出でにけり：蕭条とした枯木の山から上ってくる大きな冬の月。

▼一匹いれば陰に相当数の船虫の存在を感じる。▼岩が痩《や》せるほどと、おびただしい数を言外に。

【海鞘《ほや》】 三夏

保夜《ほや》・真海鞘《まぼや》

食用となるのは、おもに真海鞘。被嚢《ひのう》と呼ばれる厚い組織で覆われた形状から、海のパイナップルと呼ばれる。海底の岩などに固着しているため、植物と見紛うが、脊椎《せきつい》動物の近縁種で、幼生はお玉杓子《たまじゃくし》のように遊泳する。

海鞘

海鞘裂いてざわざわ汐の香を湧かす　藤木倶子
海鞘啜る男つかれをひた隠し　塚越としを

▼海鞘にはコブ状の突起があり、切り方を間違えると臭くて食べられなくなる。そこは承知の人、手慣れた様子でむくと潮の香が漂ってくる。▼海鞘を啜《すす》る男。遠く三陸沖辺りまでやって来た疲れがあるはずなのに。

【水母《くらげ》】 三夏

海月《くらげ》・水水母《みずくらげ》・越前水母《えちぜんくらげ》

日本近海で最も普通に観察できる水水母《みずくらげ》は傘の径が一五センチから三〇センチ、雄は透明、雌はやや茶色がかっている。プランクトンのように漂う生活をするが、傘を開閉して遊泳する。刺激に対する攻撃性がある。

沈みゆく海月みづいろとなりて消ゆ　山口青邨
裏返るさびしさ海月くり返す　能村登四郎
人去つて海のふくらむ水母かな　神蔵器

▼水面に浮かんでいた水母が、海中に没するまでを丁寧に活写。▼水母の生態に作者自身のいいようのない寂しさが投影されている。▼水母のふくらみ閉じる運動が、あたかも海全体に及んだように書く。

【夏《なつ》《なつ》の蝶《ちょう》《てふ》】 三夏

夏蝶《なつちょう》・梅雨《つゆ》の蝶《ちょう》・揚羽蝶《あげはちょう》・鳳蝶《あげはちょう》・揚羽《あげは》・黒揚羽《くろあげは》

ふつう「蝶」といえば春の季語。「夏の蝶」は、春先や秋に目にする小灰蝶《しじみちょう》や紋白蝶などと違い、翅《はね》を広げると一〇センチにも達する大きな揚羽蝶(鳳蝶)の仲間をさし、種類も多い。

関連 蝶《ちょう》→春

夏の蝶高みより影おとしくる　久保田万太郎
つまみたる夏蝶トランプの厚さ　髙柳克弘
弱々しみかど揚羽といふ蝶は　高野素十
岩稜の角鋭しとまる孔雀蝶　福田蓼汀
夕立避くアサギマダラのゆかた着と　的野雄
好色の揚羽を湧かす西行墓　安井浩司
磨崖佛おほむらさきを放ちけり　黒田杏子
忘却に淵あり青条揚羽発つ　高野ムツオ

▼蝶の影が過る瞬間を鋭い感性で写生した。いかにも夏の蝶らしい。▼数枚のトランプがちょうど翅を閉じた揚羽の厚みに近い。▼高貴な名を戴くこの蝶、黒揚羽ならさしずめジョーカーの札か。

寒川鼠骨《さむかわそこつ》▶明治7年(1874)―昭和29年(1954)師・子規の遺業編纂や子規庵保存に尽力。写生文に秀でた。

どことなくおっとり弱々しい。▼前翅《ぜんし》の目玉模様が登山者を誘うがごとく、岩尾根の尖《とが》った所に止まる孔雀蝶《くじゃくちょう》。▼雨を避けて入ったその軒下にふわふわ飛ぶ浅葱斑《あさぎまだら》を、浴衣着の娘さんに見立てた。▼揚羽の「好色」なまでの花への執拗《しつよう》さと、世の無常を思い僧になった西行の墓との取り合わせ。▼大紫の棲処《すみか》となっている磨崖仏《まがいぶつ》のある渓谷。時折、紫色の閃光《せんこう》を放つ。▼記憶と忘却とを断絶する淵に、じっと止まっていた青条揚羽《あおすじあげは》。急に何かを思い出したかのように飛び立った。

【蛾《が》】 三夏

種類が多く、個々の色彩や斑紋、生活形態もさまざまである。夜行性のものが大部分なので、灯火に集まるものをさして「火蛾《ひが》」「灯蛾《ひが》」「火取蛾《ひとりが》」（次項「火取虫《ひとりむし》」参照）と呼ばれる。ほとんどの幼虫が植物の葉を食べるため、害虫と呼ばれる蛾の種類は非常に多い。

山の蛾の灯を打つ荒行僧のごと　中村苑子

白き蛾のゐる一隅へときどきゆく　飯島晴子

舷梯をはづされ船の蛾となれり　鷹羽狩行

▼山の蛾の中でも大形のものか。羽ばたくさまは袖を翻す荒行僧のように鬼気迫るものがある。▼作者の心象風景か。シュールな世界へ扉が開かれる。▼舷梯《げんてい》（タラップ）を外され出てゆく船か。誤って舷《ふなばた》に止まってしまった蛾は、このまま船の蛾として蹤《つ》いてゆくのか。

名句鑑賞

揚羽より速し吉野の女学生　藤田湘子

この句は吉野（奈良県）を訪れたときのものである。ふつう吉野といえば、兜巾《ときん》を戴き金剛杖《こんごうづえ》を突いて法螺《ほら》を鳴らす山伏、後醍醐《ごだいご》天皇にまつわる南朝、義経《よしつね》や静《しずか》御前、あるいは西行法師だったりと、古風なイメージが先行する。だが、作者はこの吉野の地に「女学生」という新鮮な素材を持ち込んだ。しかも、その女学生の健脚は作者を追い抜いてゆくばかりでなく、どこからか舞い出てきた揚羽蝶《あげはちょう》さえ追い越してゆく。動きのある絵を一句のなかに収めた見事さである。［中原］

【火取虫《ひとりむし》】 三夏

灯取虫《ひとりむし》・火虫《ひむし》・灯虫《ひむし》・火蛾《ひが》・灯蛾《ひが》・灯蛾《とうが》・火取蛾《ひとりが》

夏の夜、灯火に集まる昆虫。甲虫や羽虫などさまざまだが、その最たるものは蛾で、「火蛾」とも呼ぶ。わざわざ自ら進んで災禍に身を投じることを「飛んで火に入《い》る夏の虫」というが、まさにそれが「火取虫」のことである。

酌婦来る灯取虫より汚きが　高浜虚子

火取蟲翅音重きは落ちやすし　加藤楸邨

金粉をこぼして火蛾やすさまじき　松本たかし

火蛾落ちて机の上の荒野かな　遠山陽子

▼みすぼらしい酌婦《しゃくふ》の哀れを非情に詠んだ。▼山繭蛾《やままゆが》や雀蛾《すずめが》のような大きな蛾。▼「金粉」の一語ゆえに凄《すさ》まじい。速水御舟《はやみぎょしゅう》の「炎舞」さながらの一句。▼朝、机の上で動かない蛾。そこに荒野を感じた。

一諾を得て帰り行く夜長人：秋の夜長、粘り強く交渉して一諾を得た。

夏蚕《なつご》

仲夏

二番蚕《にばんこ》

「二番蚕」ともいうように、春に飼った蚕《かいこ》の卵が孵《かえ》ったものをいう。春に比べて暑いため、飼育日数が短く、上蔟《じょうぞく》(蚕に繭《まゆ》を作らせるため蔟《まぶし》に移し替えること)も七月上、中旬となり、糸の量も質も落ちる。関連 蚕《かいこ》↓春／上蔟《じょうぞく》↓256

夏蚕いまねむり足らひぬ透きとほり　加藤楸邨

ちちははの山河しづかに夏蚕飼ふ　永井由紀子

▼桑の葉もたくさん食べて、たっぷり寝たらしく、体が透き通ってきた。繭ごもり、上蔟も近い。▼生まれ故郷は養蚕が盛ん。山間の村は静寂そのもの。音のするものといえば、蚕が桑を食べる際の雨のような音のみ。

天蚕《やままゆ》

晩夏

山繭《やままゆ》・山蚕《やまがいこ》

日本在来の野蚕《やさん》。大きく厚い前翅《ぜんし》をもち、全国の雑木林に生息。卵の状態で越冬し、五月上旬に孵化《ふか》、幼虫は櫟《くぬぎ》、栗《くり》、楢《なら》、樫《かし》などの葉を食べて成長し、四回の脱皮をして七月に入ると、鮮やかな緑色をした繭を作る。この繭からは光沢のある、上質な天蚕糸《てんさんし》が採れる。関連 蚕《かいこ》↓春／繭《まゆ》↓256

天蚕のみどりいつしんふらんかな　安田汀四郎

天蚕は山日の珠のひとつかな　中澤康人

▼一心不乱に緑色の繭を作ることを、倒置の言い方で。▼天蚕の「繭」を自然の中の珠《たま》とたとえる作者。

樟蚕《くすさん》

晩夏

てぐすむし・白髪太郎《しらがたろう》

天蚕《やままゆ》の仲間で、広げた翅《はね》が一二センチほどある。幼虫は梅、桃、栗など、あらゆる果樹に寄生する。白色の長毛に覆われているため「白髪太郎」と呼ばれる。かつて釣糸用にテグスの代用品となる糸をとったことから「てぐすむし」の名もある。

べうべうと吹かれて白髪太郎の眼　佐々木六戈

▼「べうべう」は縹渺《ひょうびょう》、かすかではっきりしない意。幼虫の眼が小さくて、風で飛んでしまいそうだと詠《うた》う。

毛虫《けむし》

三夏

毛虫焼《けむしや》く

蝶《ちょう》や蛾《が》の幼虫で、毛が多く生えているものをさす。実際に有毒なものは数種類の幼虫に限られ、しかもすべての毛に毒があるわけではない。作物、果樹、庭木を食い荒らす害虫であるため、「毛虫焼く」という言葉があるように、焼いて駆除してしまうことがある。

毛虫焼く火のめらめらと美しき　木下夕爾

毛虫くる旧知のごとく顔上げて　林　翔

だぶだぶの身をだぶつかせ毛虫這ふ　中西碧秋

▼嫌われ者を焼く晴れ晴れとした気分が、「美しき」と感じさせる。▼毛虫が旧知のようだという。毛虫へのオマージュ。▼縫いぐる

志田義秀《しだぎしゅう》▶明治9年(1876)―昭和21年(1946)俳文学者。俳号は素琴。「東炎」主宰。門下に内田百閒、村山古郷ら。

みをかぶった、それも大きめの、という感じ。

尺《しゃく》蠖《とり》

三夏

尺取虫《しゃくとりむし》・寸取虫《すんとりむし》・土瓶割《どびんわり》

尺蛾《しゃくが》の幼虫。体の前後にしかない脚を使って進む姿が、まるで指で採寸するかのように見えるところから、この名がある。ある種は、後端の脚で全身を支えて休むため、枯枝にしか見えず、農作業の時、茶を入れた土瓶を枝に引っ掛けたつもりが落ちて割れたところから「土瓶割」の名がある。

しやくとりのとりにがしたる虚空かな　加藤楸邨

尺蠖の哭《な》くが如くに立ち上り　上野泰

尺蠖の登りつめたる思案顔　須田成子

▼奇妙で覚束ない尺蠖の動きを独自の表現で活写。▼立ち上がった姿がどこか慟哭《どうこく》する姿だと。▼さてこれからどうすべきか迷う尺蠖。

夜盗虫《よとう》《よたう》

三夏

よとうむし・やとう

夜盗蛾《よとうが》の幼虫をさす。刺毛はなく表面は平滑。夜間に作物、草花などに害を及ぼすので「夜盗虫」の名がある。何でもよく食し、豌豆《えんどう》、キャベツ、大根、胡瓜《きゅうり》など、イネ科以外のほとんどの植物を食害する。

夜盗虫いそぎ食ふ口先行す　加藤楸邨

夜盗虫下弦の月になりにけり　森脇埴雄

名句鑑賞

ゆるやかに着てひとと逢ふ蛍の夜　桂信子

蛍狩りは雨上がりの蒸す夕方が恰好《かっこう》だといわれる。ゆるやかに着ているのは、藍《あい》の匂うような浴衣。それも着慣れたという印象。蛍を見に出かけると言いつつも、じつは先に約束してあった人と逢《あ》うことのほうが〝本意〟のようだ。蛍の明滅の中でなら、すれちがう人に顔など知られる心配がない。弾む心が隠しきれない作者を微笑《ほほえ》ましく思う。［中原］

▼作物を食い荒らすその口の速さといったら。のっそり動く体とは、まるで対照的。▼夜、地中より出て悪さをする夜盗虫。下弦の月の今夜あたり、どうも出てきそうだ。

根《ね》切《きり》虫《むし》

三夏

蕪夜蛾《かぶらやが》の幼虫。草花や野菜のまわりの土中に潜み、草花や作物の苗の根際に加害、切断して茎を倒す習性がある。根を切られたように見えるところから、この名がある。

根切虫あたらしきことしてくれし　高浜虚子

根切虫にも言ひ分はありぬべし　高田風人子

▼皮肉をこめて、またやってくれたネ、と軽く言っているが、そのじつ憎々しげに駆除している。▼私らも食べないことには生きていけませんので、と答えるか。

バラックに一幅かけぬ月の秋：震災被災者が建てたバラック小屋に一幅の掛け軸。

蛍《ほたる》

仲夏

蛍火《ほたるび》・初蛍《はつほたる》・源氏蛍《げんじぼたる》・平家蛍《へいけぼたる》・蛍合戦《ほたるがっせん》・ほうたる

蛍は夏の宵、水のほとりを光を明滅させながら飛び交う。闇の支配する夜の世界にはさまざまな神秘が潜んでいるが、光を発するこの昆虫もその一つ。源氏蛍は日本でいちばん大きな蛍。清流で見られるのはこの蛍。やや小さな平家蛍は池や沼などにいる。蛍の光は求愛の信号。まず雄が明滅させながら飛ぶ。これに草むらの雌が信号を返すと、求愛は成功。雄は雌の近くに止まり、互いに明滅させながら交尾する。蛍の尻には発光器があり、ここでルシフェリンという発光物質が酵素の働きによって光る。熱をともなわない冷たい光である。

関連 蛍狩《ほたるがり》↓240／蛍籠《ほたるかご》↓241／秋《あき》の蛍《ほたる》↓秋

艸《くさ》の葉を落《おつ》るより飛《とぶ》蛍哉《かな》　芭蕉

蛍火や吹《ふき》とばされて鳰《にほ》のやみ　去来

暗闇の筧《かけひ》をつたふ蛍かな　許六

さびしさや一尺消《きえ》てゆくほたる　北枝

死蛍に照らしをかける蛍かな　永田耕衣

蛍獲て少年の指みどりなり　山口誓子

蛍火の明滅滅の深かりき　細見綾子

おおかみに蛍が一つ付いていた　金子兜太

▼蛍の火の軌跡をのびやかな線で描く。▼琵琶湖《びわこ》のほとりでの蛍狩。琵琶湖は「鳰《にお》のうみ」と呼ばれた。▼水源から筧を伝って家まで蛍が来る。▼すうっと飛びながら明滅する蛍。▼息絶えた蛍に光を放つ蛍。生と死の哀れと凄みがある。▼合わせた手の指を開くと、ほのかに灯っている。▼こちらは葉の上でゆっくりと明滅する蛍。▼絶滅した日本狼。幻想の一句。

兜虫《かぶとむし》

三夏

甲虫《かぶとむし》・皀莢虫《さいかちむし》

漆黒の兜のような甲虫。雄の頭部には、皮膚が発達した大きな角、胸部にも小さな角があり、餌場や雌の奪い合いに使用する。雌は雄よりひと回り小さく、頭部に角はなく、わずかに尖《とが》る。夜行性で、櫟《くぬぎ》、楢《なら》、皀角子《さいかち》の樹液を餌とし、幼虫は腐植土や朽ち木の中でそれらを食べて成長する。卵、幼虫、蛹《さなぎ》、成虫の完全変態を行なう。

縛されて念力光る兜虫　秋元不死男

死があると思へぬ固さ兜虫　山口速

角見事なるゆゑ兜虫不運　山下美典

名句鑑賞

ひつぱれる糸まつすぐや甲虫　高野素十

甲虫《かぶとむし》の捕獲。その昔、男の子の夏休みの楽しみだった。甲虫の餌場にも縄張りがあるように、それを手にする子供たちにも縄張りというか、秘密の場所があった。捕ってきた甲虫に何かを引っ張らせて遊んだり、時には自分の分身であるかのように、他の子の持っている甲虫と力比べをしたりもした。互いに角と角を結んだ糸がぴんと張っている。競り合いに子供たちの熱い視線が注がれる。視点を糸から引いてゆき、まわりの臨場感までを描写する手法が見事である。［中原］

永田青嵐《ながたせいらん》▶明治9年（1876）―昭和18年（1943）関東大震災時の東京市長。大臣を歴任。「ホトトギス」同人。

▼縛られて初めて、引くという力を発揮する兜虫。「念力光る」という発想の妙。もちろん兜虫もてらてら光る。▼死してなお艶やかな体と固さ。標本箱の中の兜虫は今にも動き出しそうで、死とは無縁の気がする。▼兜虫の角を見て、この見事さはこの虫に利益だったかどうなのかと。

鍬《くわ》《くは》形《がた》《がた》虫《むし》《むし》

三夏

黒色や褐色が多い甲虫で、大きさもさまざま。夜間活動し楢《なら》や櫟《くぬぎ》の樹液に集まる。雄は雌に比べて一般に大顎《おおあご》が著しく発達している。これは縄張り争いなどで役立つ。大顎を兜《かぶと》の飾り金具の鍬形に見立てて、この名がある。

鍬形といふ男振り兜虫　長谷川かな女

鍬形の値札引きずり売られけり　澁谷雄峯

▼貫禄は兜虫に十歩譲るが、すらりと伸びた角をもつ鍬形の男振りには敵《かな》わない。▼値札を引きずる力持ち。もっと値が上がるか、それとも……。哀れクワガタ。

天牛《かみきり》

三夏

髪切虫《かみきりむし》・紙切虫《かみきりむし》

楕円《だえん》形をした細長い体の前翅《ぜんし》は硬く、鞭《むち》のような長い触角をもつ甲虫。捕まえると、胸にある発音器を使い、キイキイと鳴く。顎《あご》が強く、髪の毛を噛《か》み切るほど

天牛

名句鑑賞

きりきりと紙切虫の昼ふかし　加藤楸邨

夏の昼下がり。作者の指先は紙切虫の翅《はね》のつけ根をつまんでいる。もともと夜に行動する昆虫なので、昨夜、灯火を慕って室内に飛び込んで来たものを捕らえ、虫籠《むしかご》か菓子箱かに放っておいたのだろう。今それをふと思い出し、取り出すとしげしげと眺めてみた。目の前の紙切虫は、脚をせわしなく動かしては長い触角を左右に振りあがいている。そして「きりきり」と鳴くその声に、けだるい夏の午後がだんだんと深まってゆく不思議さがある。［中原］

ということから「髪切虫」と呼ばれる。「天牛」は漢名で、長い触角を牛の角に見立てたものである。

髪切虫放つや罪を許すごと　百合山羽公

天牛の髭の先まで斑を持てり　伊藤伊那男

▼天牛を放す時の気分を、悪党どもの「罪を許すごと」とたとえた。▼ゴマダラカミキリなどは長い髭《ひげ》(触角)の先まで、細かい斑《ふ》を省略せずにもっている。

玉《たま》虫《むし》

晩夏

吉丁虫《きっちょうむし》

細長い体全体が緑色の金属光沢で包まれ、背中に赤と緑の縦《たて》縞《じま》が入る美しい姿が、昔から好まれてきた。緑色に見える翅《はね》の色彩が角度によって変化するのは、表面が多層構造であるため、目が違う色を認識するからである。

玉虫の死して光のかろさなる　野澤節子

離宮跡とは玉虫の飛ぶところ　大峯あきら

雪であれこの忌来るその夜の雪忘却の中に：生涯にわたって思慕しつづけた碧梧桐の忌日での一句。

▼死んでもその艶《つや》は変わらない玉虫。それでもやはり生きている時と比べると、発する光もどことなく軽く感じられる。▼離宮跡は往時の繁栄をうかがい知る所。そこには照り輝く玉虫の飛ぶ姿がふさわしい。

【金亀虫《こがねむし》】

三夏

金亀子《こがねむし》・黄金虫《こがねむし》・かなぶん・ぶんぶん

体の大きさや形はさまざま。また色も、さまざまな金属光沢がある。市街地でも普通に見られる。幼虫は朽ち木などを食べて育ち、成虫は広葉樹の樹液、熟した果実、花を餌とする。飛行能力に優れ、どんな体勢からでも飛び立つことができる。

金亀子擲《なげう》つ闇の深さかな　高浜虚子

こがね虫葉かげを歩む風雨かな　杉田久女

裏富士の月夜の空を黄金虫　飯田龍太

みちのくの強き引力黄金虫　中嶋秀子

▼迷い込んだ金亀虫を無造作につかみ、窓の外へ放り投げた。吸い込まれそうな深い闇へと。▼虫どもの知恵で、風雨を避けることを知っている。▼月夜に飛ぶ黄金虫と裏富士のシルエットが印象的。▼東北の強くぶつかってくる姿を引力と。

金亀虫

【瓢虫《てんとうむし》《てんたうむし》】

三夏

天道虫《てんとうむし》・てんとむし

光沢のある翅《はね》を割り、たたみ込まれた後翅《こうし》を広げ、飛び立つが、その翅にある星の数もさまざま。よく見かけるのは七星《ななほし》瓢虫《てんとう》、並《なみ》瓢虫などで、蟻巻《ありまき》(アブラムシ)を食べる益虫。「天道虫」の名の由来は、太陽に向かって飛ぶところから、太陽神である天道よりとられた。

翅わつてんたう虫の飛びいづる　高野素十

まづとまりゆつくり天道虫となる　廣瀬ひろし

てんと虫一兵われの死なざりし　安住敦

▼助走、そして飛び立つまでの様子を書く。▼翅をたたんで一粒というような天道虫に。▼てんとう虫の飛ぶ様に、戦争に翻弄されたわが身を投影する作者。

【穀象《こくぞう》《こくざう》】

三夏

象鼻虫《ぞうはなむし》・米《こめ》の虫《むし》・よなむし

穀物を食いあらす害虫。頭の先が象の鼻のようになっていることからこの名がある。主食である米を食いあらすため「米の虫」の異名をもつ。数ミリの体はやや細長く、穀物の貯蔵庫や米櫃《こめびつ》などに簡単に侵入することができる。

穀象とあらぬあたりに逢ひにけり　相生垣瓜人

穀象やわれに貧しき戦後あり　岡部六弥太

▼棲処《すみか》はたいてい米櫃と相場が決まっているのに、思いがけない

喜谷六花《きたにりっか》▶明治 10 年(1877)―昭和 43 年(1968)碧梧桐門。東京下谷の梅林寺住職。書家。のちに自由律へと進む。

所で見つけた。▼穀象のわく米などがあればまだまし、と、戦後の貧しさを述懐する。

斑《はん》《はん》猫《みょう》《めう》

三夏

道《みち》おしえ

肉食性の甲虫で、よく発達した大きな顎《あご》をもつ。夏に平地、山地でよく見られ、人が近づくと一メートルほど先に飛ぶ。再び近づくとまた同じ動作を繰り返し、まるで道を教えているようなので「道おしえ」の名で親しまれる。

斑猫や松美しく京の終《はて》　石橋秀野

参道の清らかなるに道をしへ　富安風生

いそがねば戻れぬ道のみちをしへ　加藤楸邨

▼斑猫の体は光沢があり、緑、紫、赤、青などの斑紋がある。その美しさを「松美しく」と言いかえる。▼掃き清められた参道。斑猫はまるで参拝者を導くかのように飛んでゆく。▼日が暮れては戻れなくなる道、それともやはりあの世への道か。

斑猫

落《おと》し文《ぶみ》

三夏

時鳥《ほととぎす》の落《おと》し文《ぶみ》・鶯《うぐいす》の落《おと》し文《ぶみ》

産卵の時に櫟《くぬぎ》や楢《なら》などの広葉樹の葉を巻き、巻物の書状に似た巣を作ることで有名な昆虫。「落し文」とは「公然と言えないことを記し、わざと道などに落としておく文書」のこと。俳人好みの季語の一つである。

音たてゝ落ちてみどりや落し文　原石鼎

落し文端やゝ解けて拾へとや　皆吉爽雨

手にしたる女人高野の落し文　清崎敏郎

▼「音たてゝ」は周囲の静寂を強調した誇張表現。枯れ色でなく「緑」だというところに注目させる。▼拾われるために巻きを少し弛《ゆる》めてありますよとのメッセージ。▼女人禁制の室生寺の歴史や秘話を思わせる落し文。

落し文

米《こめ》搗《つき》虫《むし》

三夏

叩頭虫《ぬかずきむし》

舟の形をした甲虫で、仰向けに置くと、頭と胸をのけぞるように下へ曲げ、頭と胸を起こす反動で跳びはね、腹面を下にする。この動作をする時、パチンと音がして、その音と動作が米搗きに似ることから、この名がある。

勤《いそ》しみし米搗虫が搗き厭きし　相生垣瓜人

▼盛んに米を搗くような動作をしていた米搗虫だが、さすがに飽きてきたのか、やらなくなった。

源《げん》《げん》五《ご》《ご》郎《ろう》《らう》

三夏

源五郎虫《げんごろうむし》

流れの緩やかな川や池沼にすむ体長三、四センチの水生昆虫

児は畦に松明振れる田植哉：夜になった田植作業。子供も照明係として手伝う。

で、体は扁平《へんぺい》、背面は緑光色を帯びた黒色をしている。成虫、幼虫ともに肉食性で、水中のヤゴ、お玉杓子《たまじゃくし》、小魚などを捕食する。かつては灯火に飛来する姿が見られたが、開発や農薬の影響などでその数は激減した。

蓼科の雲稚《をさな》かり源五郎　小林貴子

源五郎天を覗きて沈みしや　村山二二

▼長野の蓼科《たてしな》高原の雲はまだ生まれたばかり。夜は飛ぶこともできる。さあて目ざす雲は——。▼日頃、「異界」に興味はあるものの、水面からちょっと覗《のぞ》いて諦《あきら》めた。

源五郎

鼓虫《まいまい》《まひまひ》

三夏

水澄《みずすま》し・渦虫《うずむし》・まいまい虫《むし》

池沼や小川などに生息する七ミリ前後の甲虫で、水上を滑るように旋回し、水面に落下してきた小昆虫などを長い前脚で捕らえる。紡錘《ぼうすい》形の黒色の体には、鋼鉄状の光沢がある。幼虫は水中で生活し、小動物を捕らえて体液を吸う。

まひ〱や雨後の円光とりもどし　川端茅舎

まひまひや父なき我に何を描く　角川源義

▼雨がやんだらそれまでどこかに隠れていた鼓虫が出てきて、また円を描き始めた。▼ぐるぐる水面を回って、何を描いて私を楽しませようというのだ。

水馬《あめんぼ》

三夏

あめんぼう・水澄《みずすま》し

長い脚で水面を移動する昆虫で、水面に落ちてきた小昆虫が動いた時に発する小さな波を感知して位置をつかみ、捕らえて体液を吸う。水の表面張力を利用しているため、石鹼《せっけん》などによって表面張力が弱まると溺れ死ぬ。

水馬水ひつぱつて歩きけり　上田五千石

あめんぼと雨とあめんぼと雨と　藤田湘子

▼脚から分泌する脂で水を弾き、表面張力を利用して歩く姿が、水面を引っぱるように見える。▼雨が降り出した水面の様子を、「あめんぼ」と「雨」のリフレインで賑《にぎ》やかに、生き生きと描く。

水馬

田亀《たがめ》

三夏

河童虫《かっぱむし》・高野聖《こうやひじり》・どんがめ

体長が六五ミリにもなる水生昆虫。体は暗褐色で、やや長い小判形。強力・強大な前脚で、蛙、魚、虫などを捕食。水田で繁栄した水生カメムシの意から「田亀」、背に高野僧の負う笈《おい》の模様があることから「高野聖」の名がある。

田亀

西山泊雲《にしやまはくうん》▶明治 10 年（1877）—昭和 19 年（1944）酒造業。弟の泊月の紹介で虚子に師事。「丹波二泊」と称される。

泥に生れ高野聖の名をもらふ　服部一放

▼泥の中に生まれたというのに、「高野聖」の名を戴くとは……。訝《いぶか》っている態度とも。

風《ふう》船《せん》虫《むし》

三夏

みずむし

かつては池沼や水田など、水のあるところならどこにでもいた水生昆虫で、体長十数ミリの水生カメムシの一種。コップなどに紙片とともに入れると、底の紙片につかまったまま浮いては沈む。これを繰り返すことから「風船虫」の名で親しまれてきた。

風船虫飼へるコップに田の匂ひ　小島國夫

▼田で捕まえた風船虫をコップで飼う。すんでいた田の水で飼うのがよかろうと。

蟬《せみ》

晩夏

蟬時雨《せみしぐれ》・初蟬《はつぜみ》・蟬捕《せみと》り・にいにい蟬《ぜみ》・油蟬《あぶらぜみ》・みんみん蟬《ぜみ》・熊蟬《くまぜみ》・松蟬《まつぜみ》

蟬の声は、夏を象徴するものの一つ。蟬は蝶《ちょう》や蜻蛉《とんぼ》のような「姿」の虫ではなく、秋の鈴虫《すずむし》や蟋蟀《こおろぎ》と同じく「声」の虫。しかし秋の虫のように声そのものを愛《め》でるのではなく、蟬の声に夏の旺盛な力を感じとる。蟬は幼虫として長い年月を

蟬

地中で過ごすが、地上に出て羽化すると、数日で命が尽きる。にいにい蟬、油蟬、みんみん蟬、熊蟬などの種類があるが、歳時記は、蜩《ひぐらし》(かなかな)と法師蟬《ほうしぜみ》(つくつく法師)は「秋の蟬」とする。声の音色に秋を感じてのこと。

関連 春蟬《はるぜみ》→春／秋《あき》の蟬《ぜみ》・蜩《ひぐらし》・つくつく法師《ぼうし》→秋

閑《しづか》さや岩《いは》にしみ入《いる》蟬《せみ》の声《こゑ》　芭蕉
やがて死ぬけしきは見えず蟬の声　芭蕉
蟬の音も煮ゆるがごとき真昼かな　闌更
初蟬のひとつのこゑのつゞきけり　日野草城
おいて来し子ほどに遠き蟬のあり　中村汀女
子を殴ちしながき一瞬天の蟬　秋元不死男
天寿おほむね遠蟬の音に似たり　飯田龍太
蟬しぐれ谷間の坊は夕仕度　坂内文應

▼『おくのほそ道』立石寺《りっしゃくじ》(山形市)での句。山上に広がる天地の静寂。▼今を一生懸命に生きる蟬のはかなさ。人生とはこういうものだ。▼いよいよ耐えがたい蟬の声。▼最初の一匹だけがいつまでも鳴いている。▼子供が泣いているように聞こえる。▼子供を殴ってしまった後悔。その時空に蟬声が響き渡る。▼天寿もはるか、蟬の声もはるか。▼坊では夕支度が始まったが、まだまだ盛んな蟬の声。

空《うつ》蟬《せみ》

晩夏

蟬《せみ》の殻《から》・蟬《せみ》の抜殻《ぬけがら》・蟬《せみ》のもぬけ

蟬の抜け殻。それが文学的な意味を帯び始めるのは「ウツセ

ミ」という音の働きによる。『万葉集』の時代は「現せ身《うつせみ》」すなわち生きた肉体の意だったが、『古今和歌集』の時代以降は「虚せ身《うつせみ》」、すなわち空《むな》しい命、はかない命の意に転じてゆく。空蟬はそのはかない命の抜け殻。

天地《あめつち》の間にかろし蟬の殻　松瀬青々
空蟬のからくれないに砕けたり　橋閒石
空蟬の一太刀浴びし背中かな　野見山朱鳥
蟬の殻流れて山を離れゆく　三橋敏雄

▼天地の間に軽く転がっている蟬の殻。▼砕ける瞬間に感じた赤。唐紅《からくれない》は濃く艶やかな紅。▼空蟬の背中には、蟬が出ていったひと筋の裂け目がある。▼水に落ちて流れ去る空蟬。流転の相を思わせる。

蜻蛉《とんぼ》生《うま》る

仲夏

やご・やまめ

ヤゴと呼ばれる蜻蛉の幼虫は、水中で生物を捕食して成長する。小さい時は孑孑《ぼうふら》やミジンコを食べるが、大きくなると、小魚やお玉杓子《たまじゃくし》を捕食。何度かの脱皮後、水辺の草などに登って羽化する。これを「蜻蛉生る」と呼び、秋の季語「蜻蛉」に対して夏の季語とする。関連 蜻蛉《とんぼ》→秋

蜻蛉生れ水草水になびきけり　久保田万太郎
眼に映る世界ゆらゆら蜻蛉生る　渡辺啓二郎

▼水辺の一日の変わらぬ風情。▼瞬時もじっとしていない、ゆらめきの世界の中に蜻蛉は生まれる。

糸蜻蛉《いととんぼ》

三夏

灯心蜻蛉《とうしんとんぼ》・とうしみ蜻蛉《とんぼ》・とうすみ蜻蛉《とんぼ》

糸蜻蛉はふつうの蜻蛉と違い、前後の翅《はね》がほぼ同じ形である。頭は幅広く、複眼が左右に離れ、腹部は細長い円筒形で体色は美しい。あまり水辺を離れず草の間をゆらゆら低く飛び、何かに止まる時は背の上で翅を合わせる。

草に来て風より軽し糸とんぼ　山下しげ人
とうすみはとぶよりとまること多き　富安風生

▼風には撓《しな》う草が糸蜻蛉が止まってもそよりともしない。▼川辺の葉に止まっているのをよく見かけるが、あまりにも細い体なので、止まらないと見えないのだ。

川蜻蛉《かわとんぼ》《かはとんぼ》

三夏

鉄漿蜻蛉《おはぐろとんぼ》・かねつけ蜻蛉《とんぼ》・おはぐろ

体は五センチほどの細い円筒形で、雄雌とも金属緑色である。翅《はね》の色は、雄は透明、橙《とう》黄《こう》色、橙赤《とうせき》色、赤褐色とさまざまだが、雌は通常、透明である。春の早い時期に出現して、夏季には山間を除いて姿を消す。

見え過ぎる目は重からむ川蜻蛉　松下康雨
おはぐろは風の隙間に生まれけり　佐伯秋

川蜻蛉

沼波瓊音《ぬなみけいおん》▶明治10年(1877)—昭和2年(1927)「俳味」主宰。国文学者、思想家としても幅広く活動。日本精神を探求。

▼近づくと察知して逃げる川蜻蛉はきっと目がいいのだろう。▼鉄漿蜻蛉は翅をたたむと剃刀《かみそり》のように薄い。その薄さを「風の隙間」と表現した。

【蟷《とう／たう》螂《ろう／らう》生《うま》る】 仲夏

蟷螂生《かまきりうま》る・蟷螂《とうろう》の子《こ》・子蟷螂《こかまきり》

✦蟷螂《かまきり》は晩秋、草の茎や小枝、人家の外壁などに卵を産みつける。越冬した卵は、翌年五、六月頃に孵《ふ》化《か》し、卵嚢《らんのう》から無数の蟷螂の子が体をくねらせるようにして生まれ出てくる。

蟷螂生る

関連 蟷螂《かまきり》→秋

産土神《うぶすな》の針金細工子かまきり　合田秀渓
子かまきりぞろぞろ生れて同じ貌　小島良子
富士山の裾野に生れ子かまきり　廣瀬町子

▼幼時から慣れ親しんだところで、子蟷螂を見た。まるでうまくできた針金細工のよう。▼おおじがふぐり(蟷螂の卵鞘《らんしょう》)から出てきた子蟷螂は、同じ貌《かお》、貌、貌である。▼雄大な富士の裾野に生まれる無数の蟷螂の子の生命感。鮮明な対比。

【蠅《はえ／はへ》】 三夏

金蠅《きんばえ》・銀蠅《ぎんばえ》・縞蠅《しまばえ》・家蠅《いえばえ》・五月蠅《さばえ》

コンパクトな胴体に、よく発達した前翅《ぜんし》と、後翅が退化した平均棍《へいきんこん》と呼ばれる器官をもち、飛翔能力は昆虫類の中でも非常に高い。静止飛行(ホバリング)や高速での方向転換など、複雑で敏捷《びんしょう》な飛翔をする。人家にいる黒褐色の家蠅、鮮魚店の店先にいる縞蠅、金緑色や青緑色の金蠅と種類は多く、病原菌を媒介するものも少なくない。

関連 春《はる》の蠅《はえ》→春／蠅除《はえよけ》・蠅叩《はえたたき》→223／冬《ふゆ》の蠅《はえ》→冬

やれ打つな蠅が手をすり足をする　小林一茶
庭土に皐月の蠅の親しさよ　芥川龍之介
生創に蠅を集めて馬帰る　西東三鬼
句帳に蠅私小説めく詩ばかりに　平畑静塔
戦争にたかる無数の蠅しづか　三橋敏雄
人急に去りたる宿の夜の蠅　深見けん二
蠅の来て我見て彼岸へと戻る　坊城俊樹

▼小さな生き物への優しい眼差しが蠅の一挙一動をリアルに描く。▼庭土に親しむ五月。「蠅よ、おまえも土が好きか」と作者。▼生創《なまきず》からは血が。蠅を集めて帰る馬に、のどかさと憐憫《れんびん》と。▼私小説にはどこか腐臭がすると。▼死体と、それに群がる蠅。その背後にあるものを「戦争」で象徴した。▼急に一匹の蠅が気になりだした夜の宿。▼蠅は彼岸から来た昆虫と考える作者。

【蛆《うじ》】 三夏

蛆虫《うじむし》・さし

✦蠅《はえ》の幼虫をさす。細長い体には脚がなく、伸縮運動で移動する。円錐《えんすい》形、または円筒形の体に、頭らしいものはない。腐

今そこに居たかと思ふ火燵哉：いつもこたつで一緒にいた亡き妻を偲んだ句。

肉やゴミにわくが、「さし」というのは釣りの餌として人工的に養殖されたものである。

ふとわれの死骸に蛆のたかる見ゆ　野見山朱鳥

▼誰もが自分の死後の姿を思わないわけではないが、究極の姿を書く。

蚊《か》　三夏

藪蚊《やぶか》・縞蚊《しまか》・赤家蚊《あかいえか》

大きさはだいたい一五ミリ以下で、後翅《こうし》は退化し、飛行能力は蝿《はえ》などに比べると低く、細長い口で蜜《みつ》や植物の汁を吸う。雌は産卵に必要な蛋白《たんぱく》質を摂取するために人や家畜、鳥類などから吸血。伝染病を媒介することもある。ふだん目にするのは藪蚊、縞蚊、赤家蚊などである。

関連　春《はる》の蚊《か》→春／蚊帳《かや》・蚊遣火《かやりび》→224／秋《あき》の蚊《か》→秋／冬《ふゆ》の蚊《か》→冬

草抜けばよるべなき蚊のさしにけり　高浜虚子

山の蚊の縞あきらかや漱《くちすす》ぎ　芝不器男

蚊を搏つて頬やはらかく癒えしかな　石田波郷

▼「よるべなき蚊」も、かまってほしいから刺す。▼山の水で漱《くちすす》ぐところを察知してやってきた蚊に、鮮やかな縞を見た。▼蚊を搏《う》ちすえた自分の頬《ほお》に肉がついてきたことを知る作者。

蚊柱《かばしら》　三夏

空中に群がる蚊が柱のように見えるもの。夏の夕暮、西日の照らす軒先などに立ちのぼる。

蚊柱《かばしら》に夢の浮《うき》はしかかる也　其角

蚊ばしらや棗《なつめ》の花の散《ちる》あたり　暁台

▼蚊柱のあたりに幻の浮橋がかかっている。浮橋は小舟を並べて浮かべ、その上に板を渡して通れるようにしたもの。「夢の浮橋」は『源氏物語』最終巻の名でもある。▼棗の花はひそかに散り、蚊柱はひそかに立つ。

孑孑《ぼうふら》　三夏

ぼうふり・棒振虫《ぼうふりむし》

蚊の幼虫。全身を曲げたり伸ばしたりして、棒を振るように泳ぐことから「ぼうふり」とも呼ばれる。川の澱《よど》み、沼、池、ちょっとした水溜《みずた》まりなど、わずかな水があれば育つ。定期的に水面にぶら下がるような形で浮上すると、尾の端にある呼吸管を使用して空気呼吸をする。

名句鑑賞

叩かれて昼の蚊を吐く木魚哉《かな》　夏目漱石

僧侶が連なって読経している大寺院での話ではない。おそらく檀家《だんか》の数なども少なく、どこか鄙《ひな》びた寺での法要の場面であろう。住職がポクポクと木魚を叩《たた》いた途端、その口からフラリフラリと蚊が出てきた。数匹はいたのかもしれない。それはまるで木魚が蚊を吐くかのごとく漱石には映った。そして、「昼の蚊」としたところに、諧《かい》謔《ぎゃく》があり、洒落《しゃれ》っ気があり、どこかで『吾輩《わがはい》は猫《ねこ》である』に通じるところがあり、この句の旨味《うまみ》である。明治二十八年（一八九五）の作。［中原］

寺田寅彦《てらだとらひこ》▶明治 11 年（1878）―昭和 10 年（1935）物理学者にして漱石門の随筆家。俳句関連の著述も多い。

子子のふらふら沈む力かな　有馬朗人

子子の礼を尽くせる泳ぎぶり　野中亮介

▼「ふらふら」は子子の「ふら」をかけている。▼体をかがめる格好を、お辞儀＝礼を尽くす姿に見立てる。

がが んぼ

三夏

蚊蜻蛉《かとんぼ》・蚊《か》の姥《うば》

蚊をひとまわり大きくしたような体形だが、人を刺したり吸血したりすることはない。ただ、体のつくりは華奢《きゃしゃ》で、長い脚は外れやすく、飛行速度も敏速ではない。蚊を大きくしたようなところから「蚊の姥」とも呼ばれる。

ががんぼの脚の一つが悲しけれ　高浜虚子

ががんぼの脚あまた持ち地をふまず　長谷川双魚

ががんぼにいつもぶつかる壁ありけり　安住敦

▼ががんぼの脚を悲しいととらえた出色の感性。▼六本の脚があるのに、いつもふわふわ浮遊している。「地に足着かず」とはこのこと。▼ぶつかるのは、壁や窓際に止まろうとして。光を好む性質による。

蚋《ぶと》

三夏

蟆子《ぶと》・ぶゆ・ぶよ

東日本ではブヨ、西日本ではブトと呼ぶ地方が多い。体長一～五ミリの種が多く、産卵のため雌のみが吸血し、吸血活動は高温多湿な日の朝や夕方に盛ん。幼虫が水生のため、吸血の被害も都市よりも農村や山間部に多い。

蟆子に血を与へては詩を得て戻る　中村草田男

▼微小ではあるが毒をもつ蚋。刺されて野から戻るそのことと、詩を得ることを甘受する態度。

蠛蠓《まくなぎ》

三夏

めまとい・糠蚊《ぬかか》・蠓《なまぐさ》

体長が一ミリから数ミリ程度。一部の雌は蚊と同じく吸血性がある。夏の水辺や野道などでひとかたまりになり、上下しながら飛び、口や目を狙って飛来する。糠粒《ぬかつぶ》のように小さい蚊という意味から「糠蚊」、目にまとわりついてくることから「めまとい」の名がある。

まくなぎや湖もまた揺れどほし　綾部仁喜

まくなぎの群はひつぱりあひにけり　藤本美和子

▼湖面も揺れどおし、蠛蠓も合わせるかのように揺れどおし。▼群れ飛ぶさまが、あたかもそう見える。

草蜉蝣《くさかげろう》《くさかげろふ》

晩夏

臭蜉蝣《くさかげろう》

淡緑色や青緑色の体、翅脈《しみゃく》をもつ。レース模様の透き通った翅《はね》で、ひらひらと力なく飛ぶ。種によっては、前胸から臭気を発するため、「臭蜉蝣」の名がある。幼虫は蟻巻《ありまき》を捕食する益虫。卵を「優曇華《うどんげ》」という。

月に飛び月の色なり草かげろふ　中村草田男

草かげろふ草に近づく影をもつ　河野多希女

滝落つる天の破れや時鳥：「天の破れ」とは、いかにも那智《なち》の滝らしい勇壮さ。

▼月の色に染められてしまう草蜉蝣の薄紙のようにはかない美しさ。▼草かげろうの影が、そもそも草とも同化するような、はかない存在であるよ。

草蜉蝣

優曇華

優曇華《うどんげ》

晩夏

草蜉蝣《くさかげろう》の卵。雌は、天井の隅や電灯の笠などに、腹部から出した粘液で一センチほどの糸状の柄を作り、その先端に白色の卵を産みつける。その卵の形状が花を咲かせた植物を思わせることから、仏教でいう幻の花「優曇華」をその名にあてたといわれる。

優曇華や壺中《こちゅう》は夜の棲むところ　佐藤鬼房

優曇華や悪友はみな生きのこり　亀田虎童子

▼光が底まで射さない壺《つぼ》は、闇ではなく夜が棲《す》むと言いきる作者。優曇華はそんな暗がりを好むよう。▼人目につかない暗がりを好む優曇華を、悪友にたとえた。そんな悪友は上手に生き延びている。

薄翅蜉蝣《うすばかげろう》《うすばかげろふ》

晩夏

薄羽蜉蝣《うすばかげろう》

蜻蛉《とんぼ》に似た細い棒状の体と、薄く細長い翅《はね》をもち、体色は黒色または暗褐色をしている。幼虫の蟻地獄《ありじごく》は二年を土中で暮らす。山地の林、神社の森などに生息し、羽化後の寿命は約一か月で、もっぱら夕方から夜間にかけて活動する。

うすばかげろふ翅重ねても透きとほる　沖崎一考

▼あまりにも翅の薄い薄翅蜉蝣。命も透けて見えるかのよう、翅を重ねても。

薄翅蜉蝣

蟻地獄《ありじごく》《ありぢごく》

三夏

あとずさり

薄翅蜉蝣《うすばかげろう》の幼虫。松林や縁の下などの乾いた土に、周囲が少し盛り上がった擂《す》り鉢《ばち》状の窪《くぼ》みを作り、滑り落ちてきた蟻《あり》などの昆虫を鉤《かぎ》状の顎《あご》で捕らえ体液を吸う。地上を這《は》わせると後ろに進むため、「あとずさり」の名がある。

蟻地獄

松根東洋城《まつねとうようじょう》▶明治11年(1878)—昭和39年(1964)師・漱石の勧めで「ホトトギス」に参加するも離脱。「渋柿」を主宰。

蟻地獄松風を聞くばかりなり　高野素十

待つものの静けさにゐて蟻地獄　桂信子

▼蟻地獄の穴は集音もするかのように漏斗状をしている。獲物のない一日は、松籟《しょうらい》(松風)を聞いて過ごすことになる。▼蟻地獄に限らず人間も、待つことに慣れてしまった者は、静かに、ただ静かに待っている。

油《あぶら》虫《むし》　三夏

ごきぶり・御器噛《ごきかぶ》り

体色は褐色あるいは黒褐色で、油を塗ったように光っていることからこう呼ばれる。雑菌をもち、不衛生な害虫だと激しく嫌われている。「御器噛り」とは、木製の器を噛《か》むことによるといわれている。もともとは熱帯雨林に生息する昆虫で、寒冷地では見られない。

嫌はれてしまへば自由油虫　高田風人子

ごきぶりにしばし逃るる刻あたふ　北村仁子

ごきぶりを見しより疑心兆したる　西村和子

▼昆虫の扱いを受けることもなく自由である。▼打つほどの勇気もなくて静観している様子。▼一匹いれば物陰には何匹もいるのでは、という疑念。

蚤《のみ》　三夏

哺乳類などの体表に寄生し、細長く針のような口で吸血する。宿主の毛の間を動きやすいように縦に扁平《へんぺい》な形をし、邪魔になる翅《はね》は退化し、かわりに発達した後脚をもち、体長の六〇倍の高さ、一〇〇倍の距離に跳躍できる。

見事なる蚤の跳躍わが家にあり　西東三鬼

灯と真顔一点の蚤身に覚ゆ　中村草田男

▼蚤がいる家などと吹聴することは、むしろ憚《はばか》られることなのだが、あえて「見事」と言ってみせる。▼灯をともし、真剣な顔で蚤を捜す。たしかいたはず、と。

虱《しらみ》　三夏

半風子《はんぷうし》

数ミリ程度の扁平《へんぺい》な体に翅《はね》はない。種類は多いが、血液や組織液を吸うことは共通しており、宿主の範囲は特定される。人につくものはヒトジラミとケジラミで、頭部、衣服、陰毛につくそれぞれの種類が存在する。

のみしらみ馬の尿《しと》する枕もと　芭蕉

▼逗留先は蚤《のみ》や虱がいるだけでなく、馬が枕元で尿をするような鄙《ひな》びた所、という自嘲がおもしろい。

紙《し》魚《み》　三夏

衣魚《しみ》・雲母虫《きららむし》

蝦《えび》を小さくしたような細長くやや扁平《へんぺい》な形で、銀灰色の鱗《うろこ》で覆われている。魚が泳ぐように体をくねらせて素早く走ることからこの名があるといわれる。光を避ける性質があり、衣服や本などに使われる糊《のり》や紙を好んで食べる。このため、土用の晴天の日に、衣服や本を陰干しして食害を防ぐことを「虫干」という。 関連 虫干《むしぼし》↓228

紙魚走り父祖の手沢の懐しや　大橋越央子

紙魚ならば棲みてもみたき一書あり　能村登四郎

▼代々伝わる大切な書物を食い荒らす紙魚ども。憎き紙魚なれど、書物についた手の艶《つや》(手沢《しゅたく》)を愛《め》でているのだ。▼読書好きの作者。ぜひともすみついて、じっくり食べ尽くしたい本があるという。

蟻《あり》

三夏

山蟻《やまあり》・大蟻《おおあり》・蟻《あり》の道《みち》・蟻塚《ありづか》・白蟻《しろあり》

産卵に専念する女王蟻、雄蟻、食料の調達や育児を担う雌の働き蟻が、時に数千からなる群れを作る社会性の高い昆虫。寿命は、働き蟻で一年から二年、女王蟻で約一〇年。巣の多くは地中に作られ、垂直な通路と多数の小部屋からなる。長々と列を作って進むことを「蟻の道」、巣を作るため地表に運び出された土の盛り上がったものを「蟻塚」という。蟻と同様に集団で社会生活を営む「白蟻」は、蟻とは別種で、木材を食い荒らす害虫。この「白蟻」も夏の季語である。 関連 蟻《あり》穴《あな》を出《い》づ↓春

蟻　クロオオアリの巣。

木蔭より総身赤き蟻出づる　山口誓子

蟻の居て寝釈迦の如く蟬死して　京極杞陽

蟻の列しづかに蝶をうかべたる　篠原梵

年老いし蟻を見掛けしことのなし　高田風人子

蟻の列切れしがつなぐ蟻走る　福永耕二

▼緑濃き木陰から出てきた蟻の赤さが不気味。▼仰向けに死んでいる蟬《せみ》を入滅の寝釈迦《ねしゃか》にたとえ、死骸にたかる蟻を、釈迦をとりまく衆生《しゅじょう》に見立てたか。▼死蝶を捕えた蟻たちの静かな行列。白昼の小さなドラマがある。▼黒々艶々として俊敏な蟻ばかり。よぼよぼの蟻は見たことがないと。▼列が途切れたかと思うと、韋《い》駄天《だてん》走りの蟻が現われ、また列は切れることなくつながる。

羽蟻《はあり》

三夏

蟻や白蟻《しろあり》の雌(女王)と雄には翅《はね》があり、盛夏の頃に飛び立って結婚飛行を行なう。交尾を終えると、白蟻は雌雄共同で巣を作るが、蟻の場合は雄はまもなく死に、女王蟻は雄から得た一生分の精子を貯精嚢《ちょせいのう》に貯蔵し、自ら翅を落とし、巣穴を作って産卵行動に入る。

老斑の遂にわが手に羽蟻の夜　篠田悌二郎

羽蟻の夜死後のあれこれ指図して　草間時彦

▼とうとう自分の手にも老斑を見つけた。その驚きと諦《あきら》めと。▼自分の死後のことであろうか、ぞろぞろと羽蟻の入ってくるさまに達観し、指図する作者。

籾山梓月《もみやま しげつ》▶明治11年(1878)—昭和33年(1958)虚子から俳書堂を譲り受け、籾山書店を経営。「俳諧雑誌」を創刊。

螻蛄《けら》

三夏

おけら

小さい頭に茶褐色の体、鋭い爪を備え、モグラを思わせる前脚で地表に近い地中にトンネルを掘り、その中で生活する。雄は小さな前《ぜん》翅《し》を振動させてジージーと低い音で鳴く。これを「螻蛄鳴く」（秋）といい、この声を蚯蚓《みみず》の声と誤って、「蚯蚓鳴く」の言葉もある。関連 螻蛄鳴《けらな》く・蚯蚓鳴《みみずな》く→秋

土木科の螻蛄の手力《たぢから》水を掻く　的野雄

▼腕の膨らんだ螻蛄からの連想か、作者は筋力があるとみた。土の中ではなく、水を掻《か》く哀れ。

螻蛄

蜘蛛《くも》

三夏

蜘蛛《くも》の囲《い》・蜘蛛《くも》の巣《す》・蜘蛛《くも》の糸《いと》・蜘蛛《くも》の子《こ》・女郎蜘蛛《じょろうぐも》

尻に見える腹部の先端から粘性のある細い糸を出し、それを網状に張り巡らせて獲物を捕獲する。この網を「蜘蛛の囲」と呼ぶ。横糸に粘液が付着していて、これが獲物に粘り着く。蜘蛛が網を歩く時には、粘りのない縦糸を伝い歩くことで自分は網にかからない。産卵した雌は卵を糸で包んで卵嚢《らんのう》とする。孵《ふ》化《か》すると卵嚢から子蜘蛛が出てきて、四方八方に散っていく。

鉄階にいる蜘蛛智慧をかゞやかす　赤尾兜子

塵取の手にも夕べの蜘蛛の糸　鈴木花蓑

蜘蛛の子が散れり花火の開く如　相生垣瓜人

▼「鉄階」とは建物の外階段。精緻《せいち》に作られた蜘蛛の囲を見ての驚きを書く。▼夜の間に張られた蜘蛛の糸が塵取《ちりとり》に。蜘蛛の存在が確かに感じられる。▼蜘蛛の子を散らしたような、とはよくいわれるが、それが花火の開くようだとズバリ形容した。

蠅虎《はえとりぐも》《はへとりぐも》

三夏

蠅取蜘蛛《はえとりぐも》

その名は、敏捷《びんしょう》な跳躍によって巧みに蠅を捕食するところからついた。糸も吐かず、網も張らず、八個の単眼からなる高度な視覚によって、家屋内外を身軽に徘徊《はいかい》し、獲物を捕らえる。

経櫃に蠅虎のとりつきぬ　大石悦子

▼何を好んで経櫃《きょうびつ》にとりついている蠅虎。そなたきっと功徳があるやもしれぬと慈愛の眼差しで見ている。

蜈蚣《むかで》

三夏

百足虫《むかで》

頭部に一対の触角と大きな顎《あご》、それに続く細長く平べったい体は多くの胴節《どうせつ》から成り、一つの胴節に一対の脚がある。その脚の数が多いことから「百足虫」とも書く。脚の数は種によって一五対から一七七対までさまざま。肉食で、毒の牙、

顎肢《がくし》を使い、小さな昆虫などを捕食する。毒は強く、噛《か》まれるとかなりの痛みを覚える。

百足虫ゆく畳の上をわるびれず　和田悟朗

大百足虫尼が抓みぬこともなげ　大橋敦子

▼普段は畳の上など這《は》ったことなどない百足虫。その百足虫が、堂々と畳の上を渡っていく姿を「わるびれず」と書いた。▼多くの女性が忌み嫌う百足虫を、顔色ひとつ変えずに抓《つま》む。なんのこれしき。

蚰蜒《げじげじ》《げぢげぢ》　三夏

げじ

蜈蚣《むかで》に比べて脚や触角が長く、体は比較的短い。また、蜈蚣と違い、人に噛《か》みつくことがない。移動する時は蜈蚣のように体をくねらせるのではなく、一五対三〇本の脚を音もなく動かして疾走する。日本各地に生息する。

げぢげぢよ誓子嫌ひを匐ひまはれ　山口誓子

蚰蜒の二尾を見てゐるだけのこと　佐藤鬼房

▼作者自身も大嫌いなげじげじ。自分(誓子)を嫌うヤツにはどんどん匐《は》いまわればよいという。▼げじげじの雌雄か。こいつらにもやっぱり情交などあるのだと、作者はまじまじと見ている。

蛞蝓《なめくじ》《なめくぢ》　三夏

なめくじり・なめくじら

殻が退化した蝸牛《かたつむり》の仲間で、一対の触角の先端に目をもつ。全身が粘膜に覆われ、梅雨時に多く発生して人家を這《は》いまわり、草食性のため、畑の作物にも害を及ぼす。這った跡は、その粘膜の筋が残り、鈍く光る。塩をかけると体内の水分が奪われて縮むが、めったに死なない。

蛞蝓といふ字どこやら動き出す　後藤比奈夫

花びらのごとくつめたくなめくぢり　山西雅子

▼漢字の写生。なめくじが這ったように見える。▼花びらとは見た目も感触も似ていないが、冷たさに共通なものを感じる作者。

蝸牛《かたつむり》　三夏

かたつむり・かたつぶり・でんでん虫《むし》・ででむし・まいまい

梅雨の花が紫陽花《あじさい》なら、梅雨の虫は蝸牛。陸生の巻貝で雨を好み、雨の中、葉や枝を悠々と這《は》いまわる。その一方、晴れて乾燥している時は、殻の中に閉じこもってしまう。童謡に唄《うた》われていることもあって、なじみ深い存在である。種によっては食用となり(エスカルゴ)、フランス料理で珍重される。

かたつぶり角ふりわけよ須磨明石　芭蕉

親と見え子と見ゆるありかたつぶり　太祇

夕月や大肌《おほはだ》ぬいでかたつぶり　一茶

光陰は竹の一節蝸牛　阿部みどり女

かたつむりつるめば肉の食ひ入るや　永田耕衣

あかるさや蝸牛かたく〱ねむる　中村草田男

殻の渦しだいにはやき蝸牛　山口誓子

かたつむり甲斐も信濃も雨のなか　飯田龍太

青木月斗《あおきげっと》▶明治 12 年（1879）—昭和 24 年（1949）大阪にて新派運動を牽引。子規曰く「俳諧の西の奉行」。

でで虫の繰り出す肉に後れをとる　飯島晴子

▼須磨《すま》と明石《あかし》は「這ひわたるほど」(『源氏物語』)近い位置にある歌枕。それぞれ角で指し示せというのだ。▼大小二つの蝸牛。親でも子でもないのにそう見える。▼殻から身を乗り出して進む蝸牛。肌脱ぎとは、着物の上半身をはだけること。▼竹の一節のように短い一生。ゆっくり歩む蝸牛が健気である。▼蝸牛の肉の質感がグロテスクにリアルに描かれている。▼日照りの時、殻を閉ざして眠る蝸牛。▼中心に向かうにしたがい、渦巻きの速度が速くなる。▼二つの山国が雨の中に、しんと静もっている。巨視的な句。▼蝸牛の動きを「繰り出す肉」とは言い得て妙。後れをとるのは作者の心か。

蛭《ひる》

三夏　馬蛭《うまびる》・山蛭《やまびる》

体は扁平《へんぺい》または円筒形で、体長二ミリほどのものから、一〇センチの馬蛭まで、さまざま。人や動物の血を吸ったり、蚯蚓《みみず》や昆虫などを捕食したりする。自分の体重の一〇倍もの血液を一度に蓄えられ、年に二、三回の吸血で生きられる。

蛭売の声もねむたき一つかな　高浜虚子

▼瀉血《しゃけつ》によって血行を回復する蛭療法があった頃、蛭売りもいた。その売り声の澱《よど》んださまも懐かしいと。

蚯蚓《みみず》

三夏

土中に生息する紐《ひも》状の環形動物。体表は体節ごとに短い毛で覆われ、この蠕動《ぜんどう》運動により前へ進む。土を食べ、土に含まれる有機物や微生物を消化、吸収し、排泄《はいせつ》することから、農業の土壌改良にも利用され、堆肥《たいひ》の中を棲処《すみか》とするものもいる。

関連 蚯蚓鳴《みみずな》く→秋

山みみずぱたぱたはねる縁ありて　金子兜太

貌といふものを持たざる蚯蚓の死　津田清子

▼元気な山の蚯蚓との交歓。▼蚯蚓には「死に顔」というものなし。

夜光虫《やこうちゅう》《やくわうちゆう》

三夏

海洋性のプランクトン。外形は一ミリほどの球形で、細胞内に発光体をもち、暗い場所で光る。物理的な刺激に対して光る性質があるため、夜の波打ち際や波間、航跡などで、とくに明るい。大量に発生すると魚介類に影響を及ぼす赤潮の原因となる。

夜光虫闇をおそれて光りけり　久保田万太郎

みな陸を向き陸前の夜光虫　高野ムツオ

▼真闇になることの恐怖が夜光虫を光らせると、逆説的に考える。▼陸前の「陸」をかけて、海からの光を「陸を向き」と書く。

生活
行事

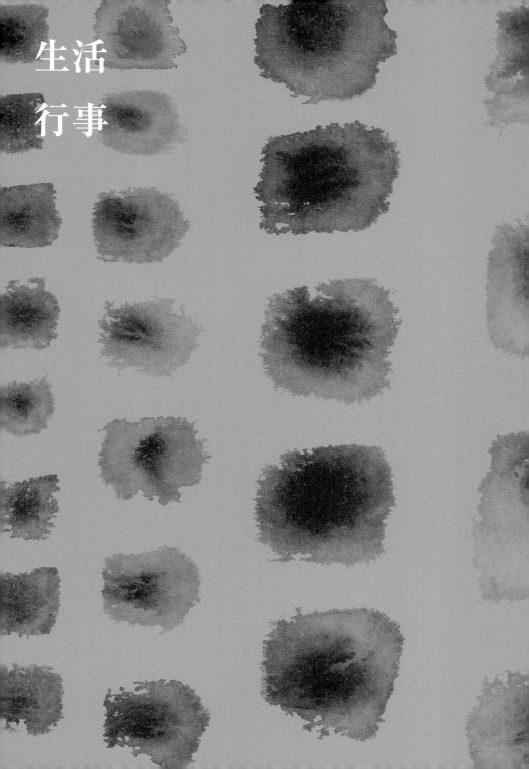

夏休《なつやすみ》

晩夏

暑中休暇《しょちゅうきゅうか》・暑中休《しょちゅうやすみ》

学校や職場で夏期にとる休暇のこと。学校ではだいたい七月下旬から九月上旬にかけて休みとなるので、旅行に出かけたりアルバイトをしたりと、平素できないことをまとめてする。また、盆の時期とも重なることから帰省する人も増え、道路や交通機関は混雑する。騒がしいみんみん蟬《ぜみ》が、つくつく法師や蜩《ひぐらし》といった秋の蟬に替わる頃、遊んでばかりいた子は宿題が気になり始める。

朝顔に口笛ひようと夏休　中村汀女
作文に加筆は祖父か夏やすみ　皆吉爽雨
旅終へてよりB面の夏休　黛まどか

▼朝顔の観察も宿題の一つ。▼宿題の作文におじいちゃんが少しばかり手助けをしたのがばれた。▼旅はA面。それが終わった後はおまけのような時間。

帰省《きせい》

晩夏

帰省子《きせいし》

平素、休みのとれない学生や勤め人が、夏の休暇に郷里に帰ることをいう。久々に家族の顔を見て、都会暮らしで疲れた身を癒やし、休暇が終われば郷里をあとにする。学生が夜行バスを使って帰省する光景は、かつての夜汽車で帰省した時代を彷彿《ほうふつ》させる。

水打つて暮れゐる街に帰省かな　高野素十
ぐんぐんと山が濃くなる帰省かな　黛執
うみどりのみなましろなる帰省かな　髙柳克弘

▼帰り着くのはたいてい夕刻。故郷の街の匂いがする。▼故郷に近づく気持のはずみ。▼かつて見ていたものが新鮮に見えるのが、帰省というものだろう。

避暑《ひしょ》

晩夏

避暑地《ひしょち》・避暑《ひしょ》の宿《やど》・避暑客《ひしょきゃく》・避暑名残《ひしょなごり》

暑さを避け、涼しい海浜や高原に出かけること。軽井沢（長野県）、那須《なす》（栃木県）、伊豆《いず》（静岡県）、房総（千葉県）などが関東周辺の代表的な避暑地だが、都会の熱帯夜を逃れ、田舎で涼しく過ごすのもまた、避暑。

避暑の日は三日五日と経ち易し　富安風生
伊良湖岬見えてなつかし避暑の宿　村上鬼城
この避暑地ポストの多きことうれし　森田峠

▼楽しい日とはそんなもの。▼伊良湖《いらご》岬（愛知県）の見える、この宿に来たのは初めてではないらしい。わかることはそれだけだが、それで十分。▼ゆっくりとしたため手紙やはがきを、ゆっくりと投函する。

納涼《すずみ》

晩夏

涼《すず》む・朝涼《あさすず》み・夕涼《ゆうすず》み・宵涼《よいすず》み・夜涼《よすず》み・門涼《かどすず》み・土手涼《どてすず》み・縁涼《えんすず》み・涼《すず》み台《だい》・納涼舟《すずみぶね》・納涼《のうりょう》

暑さを逃れて、戸外、おもに縁《えん》や門先、池や河畔などの水

燈籠のわかれては寄る消えつつも：人生という旅もまた、この流れゆく燈籠《とうろう》のようなもの。

辺、土手の上、橋の上など、夕風の涼しいところに出ることをいう。日没後の涼しい風には、クーラーや扇風機にはない心地よさがある。縁台に腰をおろして寛《くつろ》いだり、将棋をさしたり、舟に乗ったり……。日が高く昇る前の涼しい時間を楽しむ「朝涼み」という季語もある。

更くる夜を隣にならふ涼みかな　去来
納涼映画に頭うつして席を立つ　田川飛旅子
栓抜のどこにもかかり涼み船　石田勝彦

▼隣家が涼むのならわが家でも。相当暑かった模様だ。▼広場の野外映画で夕涼み。誰かが動けばその影が大きく写るのが納涼映画のスクリーン。それでも誰からも文句はなかった。▼船内でのセルフサービス用。

端居《はしい》《はしゐ》　三夏

夕端居《ゆうはしい》

夏の夕べ、まだ屋内にこもる暑気を避けて、縁《えん》に出て涼むこと。縁は太陽が沈むと、家の中でいちばん先に涼風の訪れる場所。現代ではマンションのベランダでも端居にちがいないが、もともとは日本の住宅の縁という空間があってこその行動。縁は座敷の延長でもあり、庭の延長でもある。この細長い空間で家の内と外が潮目《しおめ》のように入り混じり、人間界と自然界が交錯する。縁は家の端であるばかりでなく、人間界の端であり、端居は家の端に出るばかりでなく、人間界の端に出ることでもある。

後に飽く蚊にもなぐさむ端居かな　鬼貫
端居してそもじは女吾は男　佐藤漾人
端居してただ居る父の恐ろしき　高野素十

▼縁側に出ると早速寄ってくる蚊。▼縁先で涼んでいる男女。男女といっても、良い年配の二人が、思い出話をぽつりぽつりとしている姿は涼しそう。▼こんな父親も少なくなった。

川床《かわゆか》《かはゆか》　晩夏

川床《ゆか》・床《ゆか》・川床《かわどこ》・床涼み《ゆかすずみ》・納涼床《すずみゆか》・四条河原《しじょうがわら》の納涼《すずみ》・河原《かわら》の納涼《すずみ》

暑い時期に、納涼のために、川の流れに張り出した桟敷《さじき》や床几《しょうぎ》のこと。江戸時代、祇園祭《ぎおんまつり》の頃に期間を限って、京都鴨川《かもがわ》の四条河原に設《しつら》えられた川床で客をもてなしたのが始まりと

川床　貴船川

臼田亜浪《うすだあろう》▶明治12年（1879）―昭和26年（1951）「石楠」主宰。新傾向派にも守旧派にも組せず独自の地歩を築く。

いう。日の落ちた鴨川河原の川床にぼんぼりが灯《とも》り、涼み客が集う様子は、京の市中の風物詩の一つとなっている。また、清流で知られる貴船《きぶね》や清滝《きよたき》などでの床涼みは、川風や瀬音などが何よりのご馳走。京都では「ゆか」と呼ばれて親しまれている。

川床へはこぶぼんぼり竝《なら》べあり　五十嵐播水

南座におくれて川床《ゆか》に灯の入りぬ　榎本好宏

木洩日のさざなみとなる川床《ゆか》料理　永方裕子

▼今にも夜の帳《とばり》が下りようとしている時間。並べられたぼんぼりに、やがて灯《ひ》が入る。▼南座《みなみざ》(京都市四条)によい芝居がかかっている様子がうかがえる句。▼貴船か、あるいは清滝か。皿の料理は川魚か。川床涼みも佳境に入ったところ。

【氷《ひ》室《むろ》】

晩夏

氷室守《ひむろもり》・氷室《ひむろ》の山《やま》・氷室《ひむろ》の雪《ゆき》

夏の暑い盛りに冬の氷があればという思いは、太古の昔から人類が抱いてきた夢。かつては冬の氷雪を夏まで保存するしかなく、そのための貯蔵庫が氷室。日の届かない山の北側の陰などにある。夏の氷は自然の理《ことわり》に逆らうものだから、これをかなえるには絶大な権力と資金力が必要だった。氷室の跡が京都周辺の山々に多いのはこのため。氷室の氷は権力の象徴でもあった。『枕草子《まくらのそうし》』に「あてなるもの」(品のいいもの)の一つとしてあがる「削り氷《けづりひ》に甘葛《あまづら》入れて、あたらしき鋺《かなまり》に入れたる」は、削った氷に蜜を加えて新しい銀の器に入れたもの。この「削り氷」は朝廷の氷室から下《くだ》された氷。関連 氷《こおり》・採氷《さいひょう》→冬

水の奥氷室尋《たづ》ぬる柳哉《かな》　芭蕉

涼しさや氷室の雫しづくより　千代女

氷室の戸白雲深く閉しけり　河東碧梧桐

鉄扉して大岩がねの氷室かな　阿波野青畝

▼氷室のように涼しい川上のお宅。『おくのほそ道』の旅の、新庄《しんじょう》(山形県)での句。▼氷室の氷の涼しげな雫。▼白雲の奥深く、ひっそりと氷室がある。▼岩山の陰にある氷室。

【暑中見舞《しょちゅうみまい》《しょちゅうみまひ》】

晩夏

盛夏見舞《せいかみまい》・土用見舞《どようみまい》・夏見舞《なつみまい》

暑中、つまり立秋前の夏の土用の十八日間に、親しい間柄で物品を贈って安否を尋ねたり、見舞状を送ったりする習慣。土用中なので「土用見舞」ともいう。涼しそうな絵入りの暑中見舞はがきも売り出される。関連 土用《どよう》→017

腐りたる暑中見舞の卵かな　正岡子規

子規の絵の暑中見舞を誰に出そ　吉村玲子

▼冷蔵設備の不備だった時代のこと。この卵は病気見舞いでもあったのだろう。▼その子規《しき》が病中に描いた草花の絵葉書を手にして、さてと思案しているのだ。

枯れ菊の終に刈られぬ妹が手に：松浜は菊を愛し、よく句にした。その菊を妻に刈られる。

水見舞《みずみまい》《みづみまひ》

仲夏

梅雨末期の大雨や夏台風などで、出水《でみず》や浸水などの被害を受けた親戚や知人の安否を問い、見舞いに赴いたり葉書や手紙を送ること。秋にも水害は多いが、「水見舞」を季語として用いるのは夏のみ。関連 出水《でみず》→046

持ち重る茄子やトマトや水見舞　星野立子

水見舞馬あづかつて戻りけり　成瀬櫻桃子

▼とりあえず茄子《なす》やトマトを持って出てきたのだが、この荷は重い。▼幼児や老人を預かるのはよくあるが、これはまたえらいものを預かったものだ。

更衣《ころもがえ》《ころもがへ》

初夏

衣更《ころもがえ》・更衣《ころもか》う

衣服を夏物に改めること。「更衣《こうい》」ともいう。軽快な服に着替えると、気持も夏らしく、開放的になる。現在では六月一日を「更衣の日」とするが、必ずしも定まっているわけではない。かつては旧暦四月一日（太陽暦五月初め頃）に、綿入れを脱いで袷《あわせ》に替えた。これがいわゆる「更衣」。さらに端午《たんご》の節句（太陽暦六月初め頃）に、袷を帷子《かたびら》に替えた。

一ツぬひで後《うしろ》に負《おひ》ぬ衣がへ　芭蕉

けふこそは父のもの着ん更衣　士朗

人にやゝおくれて衣更へにけり　高橋淡路女

ともしびの明石の宿で更衣　川崎展宏

▼身軽な旅人の更衣。▼そろそろ父の形見の着物が似合う年頃。▼ちょっと寒がりの人。▼「ともしびの」は明石（兵庫県）にかかる枕詞《まくらことば》。

夏衣《なつごろも》

三夏

夏着《なつぎ》・夏物《なつもの》

更衣《ころもがえ》後に着る夏の衣服全般をさす。おもに麻や木綿を用いる。ことに夏向きの和服には、透けた織りで涼味を感じさせる絽《ろ》や紗《しゃ》、織りを練って皺《しわ》寄せをして肌触りを涼しくした縮布《ちぢみふ》、細い麻糸を平織《ひらおり》した上布《じょうふ》などがある。

朝風に衣桁すべりぬ夏衣　青木月斗

あはれ妻人の夏衣を縫ふあはれ　森川暁水

▼昨夜着ていたものを衣桁《いこう》にかけておいた。するりと滑り落ちる布が、夏衣らしい軽さを感じさせる。▼仕立てで暮らしを助けていた妻への眼が、「あはれ」二つにほとばしる。

夏服《なつふく》

三夏

麻服《あさふく》・白服《しろふく》・サマードレス・簡単服《かんたんふく》

夏に着る洋服。素材は木綿、麻、絹など肌に涼しいもので、見た目に涼しい白や夏向きの柄、デザインも風通しのよいものが好まれる。昭和二十年代初め、「パパママという子のママのアッパッパ」という川柳もどきが流行《はや》ったが、女性が夏に着るワンピース型の普段着を「簡単服」とか「アッパッパ」な

岡本松浜《おかもとしょうひん》▶明治12年（1879）—昭和14年（1939）「寒菊」主宰。「ホトトギス」編集に携わり、将来を嘱望された。

どと呼ぶ。これらによって、女性たちは洋装に慣れていったのである。

夏服も母の一部よ子がすがる　森田智子

趣味のなき夏服太りすぎし人　星野立子

▼ママにくっついていなくては。上着の裾《すそ》、スカートの腰のあたりなどを離さない。▼なんというリアリズム。ひそかに自分のことかと疑ってしまう。

袷《あわせ》《あはせ》

初夏

初袷《はつあわせ》・綿抜《わたぬき》

単衣《ひとえ》に対して裏の付いた和服を「袷」と呼ぶが、これが夏の季語になっているのは、かつて旧暦四月一日を更衣《ころもがえ》の日と定め、この日に綿入《わたいれ》の綿を抜いて袷にしたことによる。現代では句作に使われることは少なくなったが、古典的な句を鑑賞する際に必要な季語。関連 綿入《わたいれ》→冬

二日三日身の添ひかぬる袷かな　千代女

初袷ひと日の皺をたゝみけり　奈良鹿郎

男より高き背丈や初袷　中村汀女

▼綿入から袷に替えた時のどこか頼りない感じ。▼今日から袷。よく動いた一日だったのだろう。▼下ろしたてか縫い替えか。すらりとした女性を彷彿《ほうふつ》させる。

セル

初夏

薄手の毛織物で、単衣《ひとえ》の着物にする。さらっとした着心地が、暑からず寒からずの季節によく合う。好んで着用されるようになったのは、明治以降という。外出着というより、寛《くつろ》いだ気分の普段着にふさわしい。男女ともに着用するが、俳句に登場するのはもっぱら男性。

健康のもつともセルに勝れけり　飯田蛇笏

セル着れば風なまめけりおのづから　久保田万太郎

セルを着て村にひとつの店の前　飯田龍太

▼気負わない、べたつかない、それでいて身に添う。まことに健康的。▼洋服の時にはなかった色気の出るのもセルの魅力。▼普段着の面目躍如たるところ。

単衣《ひとえ》《ひとへ》

三夏

単衣《ひとえぎぬ》・単物《ひとえもの》・帷子《かたびら》

裏地をつけずに仕立てた一重の夏の着物。初夏から初秋にかけて着る。木綿、麻、絹、羊毛などの薄手の生地で仕立てられ、その軽く涼しい感触を楽しむ。絽《ろ》や紗《しゃ》のものはまるで風を着ているようで、見た目にも涼しい。夏帯《なつおび》(単帯《ひとえおび》とも)を締める。「帷子」は、麻布で仕立てた、単衣の着物。

ひとへもの径の麦に刺されたり　臼田亜浪

単衣着て眠る泉のこゑきこえ　野澤節子

正月や宵寝の町を風のこゑ：正月疲れで寝静まった町。荷風らしい下町情緒の句。

▼人に会いに急ぐところか。麦畑の径《こみち》を通ると、麦の穂がちくちくと着物の上から刺してくる。▼夏の夜、さっぱりとした単衣に着替えて床《とこ》に就く。庭の泉水の噴く音がいつまでも聞こえる。

羅《うすもの》　晩夏

絽《ろ》・紗《しゃ》・薄衣《うすぎぬ》・薄衣《うすごろも》・軽羅《けいら》・綾羅《りょうら》

絽、紗など、透けて見えるほど薄い絹地で仕立てた夏の着物。晩夏七月と初秋八月に用いるのだが、初めをとって晩夏の季語としている。着物の一年のめぐりは次のとおり。「袷《あわせ》」は五月まで、「単衣《ひとえ》」は六月(更衣《ころもがえ》)から九月まで、「羅」は七月から八月まで、「袷」が十月(後の更衣、秋の更衣)から。

家なしもせみの羽衣きる折りぞ　一茶

羅をゆるやかに着て崩れざる　松本たかし

羅の折目たしかに着たりけり　日野草城

▼「せみの羽衣《はごろも》」とは、蟬《せみ》の羽のように薄い衣。▼ゆったりとして、しかもきちんとしている。▼きちんとした佇《たたず》まい。ぴりっとした涼感がある。

上布《じょうふ》《じやうふ》　三夏

薩摩上布《さつまじょうふ》・越後上布《えちごじょうふ》・能登上布《のとじょうふ》

細い麻糸を平織りにした、しゃりっとした麻織物で、夏の単衣《ひとえ》に用いる。薩摩上布、越後上布、能登上布などが有名。「上布」は、江戸時代に武士の正装が麻織物だったため、これを上納させたことから「上納の布」という意味。

腕節は上布にかくれ男舞　澁谷道

鳳作に惚れて上布のをんなかな　山田弘子

湖《うみ》流れをりゆらゆらと上布にも　宮坂静生

▼たくましい男の腕をさらりと隠す上布。舞の静かな所作に、常とは違う男の色気が立つ。▼宮古上布を粋に着こなして篠原鳳作に心酔する女である。▼川ほどではないが、湖の水にも流れはある。上布とも呼応して。

芭蕉布《ばしょうふ》《ばせうふ》　三夏

糸芭蕉の繊維で織った平織りの布地。薄くて張りがあり、通気性に富むことから、夏の単衣《ひとえ》のほか、座布団地や蚊帳《かや》などにも用いられる。沖縄や奄美《あまみ》大島の特産である。関連 芭蕉《ばしょう》→秋

芭蕉布に肘の透けゐて動きをり　小澤實

▼荒い織り目から覗く肌色がきびきびと動く。機を織っている姿とも。

名句鑑賞

羅や人かなします恋をして　鈴木真砂女

盛夏、昼の暑気がやや退いた夕暮。恋人との逢瀬であろう。この恋の陰で悲しむ誰かがいる。そのことを承知のうえで、この恋はどうしても貫きたい。その思いに連なる恋の経緯や説明の一切を省いて、「羅や」に何もかもを語らせた句。作者の着こなした「羅」が、きりりとした心の強さと、艶やかさを放つ。［宇多］

永井荷風《ながいかふう》▶明治12年（1879）—昭和34年（1959）小説家。紅葉や小波のもとで句作を始める。『荷風句集』がある。

夏羽織《なつばおり》 三夏

単衣羽織《ひとえばおり》・薄羽織《うすばおり》・絹羽織《きぬばおり》・麻羽織《あさばおり》

紗《しゃ》、麻、木綿のような夏向きの薄い生地で仕立てた羽織。男女を問わず夏の礼装に着ることが多く、夏袴《なつばかま》とともに、ことに男性の夏の冠婚葬祭には欠かせない。夏祭や式典などでご隠居が差配する姿がキリリと見えるのは、夏羽織や夏袴のおかげもあるかもしれない。

別ればや笠手に提《さげ》て夏羽織　芭蕉
吹きつけて痩せたる人や夏羽織　高浜虚子
村あげて弔了へし夏羽織　蓬田紀枝子

▼手に笠《かさ》を提げ、発《た》つ用意をしている。笠と夏羽織で別れの場を見せた句。▼夏羽織の人に突然の風。薄物が体の線をくっきりと見せる。男か女かは不明。▼村ならではの弔い。村の長老だったのだろう。

甚平《じんべい》 晩夏

じんべ・甚兵衛《じんべえ》

陣羽織から転じたものだとも、甚兵衛さんの考案によるものだともいう。麻、木綿、縮《ちぢみ》のような涼しい布で作った袖《そで》なしの衣で、紐《ひも》で前を結ぶ。「袖なし」ともいうが、冬の「ちゃんちゃんこ」も「袖なし」というから紛らわしい。職人の仕事着であったが、現在では、普段の室内着として好まれている。

膝といふ寂しきふたつ甚平着て　能村登四郎
甚平や一誌持たねば仰がれず　草間時彦
職退けば甚平を着て書を読まな　福永鳴風

▼甚平は膝丈《ひざたけ》。膝頭への切々たる自愛。▼せめて俳誌の一つも持って頭領となれば仰がれようものを。持たざる者の自嘲か、いや、自讃か。▼自由な身になれば、あれもしよう、これもしようと思うばかり。

すててこ 晩夏

夏にはく男性用の下着で、膝《ひざ》までの長さのもの。生地はクレープが主で、ゆったりと作られている。かつては湯上がりの後、すててこ姿で夕涼みをする人もいた。

すててこできたる病ひの老いし人　滝沢伊予次
すててこを子に嫌はれて日曜日　山浦嵯峨子

▼すててこで診察を受けに来た病気の老人。この気軽さを受け入れている医師が作者。▼日曜日くらいすててこで寛《くつろ》ぎたいのに、それを子供は毛嫌いする。

浴衣《ゆかた》 三夏

湯帷子《ゆかたびら》・藍浴衣《あいゆかた》・染浴衣《そめゆかた》・糊浴衣《のりゆかた》・初浴衣《はつゆかた》・浴衣掛《ゆかたがけ》

湯上がりに、さっとまとう糊《のり》のきいた浴衣は、肌触りも見た目も涼しい。夏物の木綿の単衣《ひとえ》だが、形も名もその昔、入浴時や湯上がりに着た「湯帷子」が源。現代では色とりどりの浴衣があり、祭や温泉街などを浴衣掛けでそぞろ歩く姿が見ら

君還るなかれ燈火のさくらもち：帰るのは桜餅を食べてからにしたまえ、と友を引き留める。

れるが、もともとは白地に藍、あるいは藍地に白の染め抜きが基本。涼しくて寛《くつろ》げる家庭着であった。

雑巾となるまではわが古浴衣　加藤楸邨

生き堪へて身に沁むばかり藍浴衣　橋本多佳子

浴衣人妻子にうとく花卉めづる　西島麦南

漬茄子も浴衣も紺の濃かりけり　草間時彦

▼着られなくなれば雑巾《ぞうきん》に。しかしそれまでは、古くとも大事に着る。浴衣への愛情の一句。▼浴衣の藍が香りたつ。「生き堪《た》へて」とは、かろうじて生きていて、の意。▼不器用な夫であり、父であるのだ。▼紺色の浴衣。こちらは男物。

白《しろ》絣《がすり》　晩夏

白地《しろじ》・白飛白《しろがすり》

白地に黒や紺の絣模様を、染め出したり織り出したりしたもの。浴衣《ゆかた》のような普段着でありながら、きちんと着れば外出着にもなるため重宝である。男女ともに着用。かつて学生や書生の白絣には青春の初々しさがあった。

妻なしに似て四十なる白絣　石橋秀野

少年の面ざし今に白絣　上村占魚

白地着てこの郷愁のどこよりぞ　加藤楸邨

▼作者が病に倒れた日。白絣で厨《くりや》(台所)に立つ夫への詫《わ》びの気持。立てない自分への自嘲でもあろう。▼ああ、少年時代よ。白絣を着ていた来《こ》し方《かた》が思われる。▼青春時代の明るさと鬱屈。いずれもただ懐かしい。

人事
生活　衣

レース　三夏

レース編《あ》む

透かし模様のレース地は高級感があり風通しもよいので、夏の洋服はもとより、ハンカチの縁や襟《えり》飾りなどに広く用いられる。また、カーテンやテーブル掛けなど、夏のインテリアにも不可欠。レース編みは鉤針《かぎばり》一本でできる手軽さが受ける。

レース着て水の匂いをひるがえす　出口善子

レース編む胸中赫と薔薇咲かせ　小檜山繁子

▼レースの服をまとった時の感覚を詠《うた》ったもの。水の匂いはレース地の清涼感である。▼レース編みに没頭しているように見せながら、ほんとうは別の世界に思いを馳《は》せているのだ。

夏《なつ》シャツ　三夏

白《しろ》シャツ・開襟《かいきん》シャツ・アロハシャツ

夏に着る上着用、あるいは下着用のシャツのこと。麻、綿、クレープなど、通気性の高い生地を用いる。上着にはネクタイ不要の「開襟シャツ」が多い。「アロハシャツ」はハワイ生まれの開襟シャツ。派手な色柄が人目をひく。

夏シャツの駅の三人掛木椅子　梅田津

アロハシャツいつか見馴れてしまひけり　徳川夢声

▼夏シャツの男が三人、ベンチで電車を待つ朝の駅の光景。三人掛け木椅子の設定がおもしろい。▼派手な柄に眉をひそめていたアロハもいつか見馴《みな》れた。そしてそれはアロハシャツばかりではない。

岩木躑躅《いわきつつじ》▶明治14年（1881）―昭和46年（1971）虚子に師事。情に勝れた句風。関西俳壇の長老として活躍。

【日傘《ひがさ》】 三夏

白日傘《しろひがさ》・絵日傘《えひがさ》・パラソル

夏の日射しをしのぐための傘。近年は黒い日傘もあるが、ただ「日傘」とあれば、やはり白。日本古来のものは竹製の骨と柄に紙や絹を張ったもので、そこに絵を入れたものを「絵日傘」といった。江戸時代に男性にも流行《はや》ったことがあるが、現在ではおもに女性のもの。パラソルは女性用の洋傘で、色もさまざま。 関連 春日傘《はるひがさ》→春／秋日傘《あきひがさ》→秋

降るものは松の古葉や日傘《ひからかさ》　嘯山
鈴の音のかすかにひゞく日傘かな　飯田蛇笏
遠くゆく七里ケ浜の日傘かな　鈴木花蓑
日傘ゆくチャイナタウンは未だ覚めず　嶋田摩耶子
たたみたる日傘のぬくみ小脇にす　千原叡子

▼雨傘に降るのは雨だが、日傘には松の落葉が降るのである。▼夏の日盛りの鈴の音。日傘の女性の身のどこからか聞こえる。▼砂浜をたどる日傘の人。七里ケ浜は鎌倉の海岸。▼日傘をさしてチャイナタウンを行く女性、ノスタルジアを醸し出す不思議な魅力のある句。▼小脇に日傘を挟むという動作によって感じた日傘のぬくみ。上天気の喜びがよく出ている。

【水着《みずぎ》《みづぎ》】 晩夏

海水着《かいすいぎ》・海水帽《かいすいぼう》

海やプールで泳ぐ時に着るもの。水辺を彩る若い女性の水着姿は夏の風物詩。毎年、流行が話題となる。近年では、ハイテク素材を用いた競泳用水着も出てきている。

ひそやかに水着の妻となりゐたり　田中春生
少女みな紺の水着を絞りけり　佐藤文香

▼いつの間に着替えたものか、水着姿の妻が立つ。もう若くはない妻への愛憐《あいれん》の情深い句。▼プールから上がって着替えた少女たちが一斉に水着を洗い絞る。紺の水着は彼女たちの青春。

【サングラス】 晩夏

強い日射しや紫外線から目を保護するための、色つきレンズの眼鏡。冬に雪原に反射する紫外線や風から目を保護する雪《ゆき》眼鏡《めがね》もあるが、「サングラス」の名で句作に採用するのは夏のものだけ。

沖雲の白きは白しサングラス　瀧春一
サングラス掛けて妻にも行くところ　後藤比奈夫
彼の来る青い世界よサングラス　佐土井智津子
ひきだしに海を映さぬサングラス　神野紗希

名句鑑賞

たゝまれて日傘も草に憩ふかな　阿部みどり女

たたまれた白い日傘が草の上に置いてある。日傘の主の女性も友人たちもそこにいるのだが、日傘だけを描いた。一を描いて、ほかのすべてを想像させる手法。緑深い木陰も涼しい風も、女性たちの笑い声も聞こえる。［長谷川］

雁鳴いて大粒な雨落としけり：雁《かり》が来る頃の不安定な秋の空を感じさせる。

▼どんな色のサングラス越しでも夏雲は白。▼妻のサングラスに「おっ」と思う。いつも家にいて家事に追われている妻の変身。▼サングラスを通した世界は青い。やって来る彼の姿も青くクローズアップされる。▼あわれサングラス。海を映してこそのサングラス。失恋に付き合ったサングラスか。

腹《はら》当《あて》　三夏

腹掛《はらかけ》・腹巻《はらまき》・寝《ね》冷《び》え知《し》らず

夏、うっかり寝冷えしないように、腹に当てたり巻いたりするもの。毛糸で編んだものが多く、昼寝の子供が金太郎の腹掛けをしていた頃が懐かしい。

腹当の子が出て奥へ案内かな　篠塚しげる
腹当の金の一字や男の子　滝沢伊予次
腹当に子の似顔絵のアップリケ　水上れんげ

▼腹当をしている幼い子が一人前に客を案内する、ちょっとユーモラス。▼かつて男の子の腹当はこれに決まっていた。▼腹当をすると暑いものだから子供は嫌がる。そこで母親の考えた作戦が子供の似顔絵のアップリケ。

夏《なつ》帽《ぼう》子《し》　三夏

夏帽《なつぼう》・麦稈帽《むぎわらぼう》・カンカン帽《ぼう》・パナマ帽《ぼう》

夏にかぶる帽子のこと。夏の日射しから熱中症や日焼けを防ぐためにかぶる。細く裂いたパナマ草で編んだパナマ帽や、麦藁《むぎわら》で編んだカンカン帽などの高級品から、布製や、木を薄く削った経木《きょうぎ》で編んだものまでさまざま。

手にとれば月の雫や夏帽子　泉鏡花
飛びたがる夏帽おさへつつ帰郷　木附沢麦青
蔵うのに大きい麦藁帽子かな　池田澄子

▼夜、置きっぱなしの夏帽子。たっぷり月の光を含んで。▼飛びたがるのは作者の気持。▼妙な折りぐせがつかないよう、つば広のまま収納しなければ。

夏《なつ》手《て》袋《ぶくろ》　三夏

夏用の手袋。もともとサテンやレース地で、礼装用に用いられていたが、現在では、外出時の紫外線防止のためにも用いられている。関連 手袋《てぶくろ》→冬

船に乗る夏手袋の手を助け　副島いみ子
メニュー見る夏手袋を脱ぎ乍ら　嶋田摩耶子
首かざり夏手袋の上に置く　下山芳子

▼手を取って船に乗る。その手にはめてあった夏手袋が、いかにも上品で涼しげな感じがしたのである。▼映画かドラマのワンシーンのよう。▼フォーマルな会合から戻って、まず脱ぐのは夏手袋、ついで大切な首飾りをその上に。

夏《なつ》足《た》袋《び》　三夏

単足袋《ひとえたび》・麻足袋《あさたび》・縮足袋《ちぢみたび》

「足袋」は冬の季語だが、夏にはく足袋は「夏足袋」と呼んで夏

大須賀乙字《おおすがおつじ》▶明治14年（1881）—大正9年（1920）新傾向運動に加わるも対立し離反。独自路線の活動へ。理論家。

の季語。更衣《ころもがえ》に準じて、六月から九月まで夏足袋をはくのが約束事。しかし浴衣《ゆかた》にははかない。麻、ブロード、キャラコなどの木綿表地で、裏地も薄い木綿を用いる。一重のものを「単足袋」という。関連 足袋《たび》→冬

掛取りにゆく夏足袋を穿きにけり　鈴木真砂女
夏足袋の同じ足型姉妹　高木晴子
脇役に徹しすがしき単足袋　江隈順子

▼この、しゃんとした意気のよさ。▼姉妹で足の型が同じだなんていいものだと思う。▼「脇役」としての生き方。これもいい。

【白靴《しろぐつ》】三夏

夏には涼しげな白い靴を履く。とはいえ、近年では、このような決まりはないに等しくなった。更衣《ころもがえ》と同時に靴を白にした日も、昔日の記憶に収まってしまった。

白靴の音なき午後をペルシヤまで　和田悟朗
白靴や鍾乳洞を出るところ　森田峠
靴白し一寸先の闇知らず　岡本眸

▼白靴を履いた静かな午後。ペルシャへの旅を夢想したか。▼暗い穴から外へ出る。まず靴の白が野外の気に反応する。▼少しの汚れでも気になる白。すぐそこの闇も知らぬが仏。

人事 生活 衣

【衣紋竹《えもんだけ》】三夏

衣紋竿《えもんざお》・衣桁《いこう》

着物の肩幅に合わせて、真っすぐな竹、または木で作られた、和服用のハンガー。中央の穴から紐《ひも》を通して下げるようにしてあるので、「衣桁《いこう》」より扱いが簡単。脱いだ着物や着る予定の着物、常着などを吊《つ》るしておける。

衣紋竹の喪服に今日の夜は来ぬ　阿部みどり女
衣紋竹西日逃るるすべもなや　中村汀女
両肩に朱のいろ透けて衣紋竹　下田実花
つるす衣の齢ふかれて衣紋竹　桂信子

▼思うことの多い一日が終わる。▼灼《や》けるような夏の西日に耐えねばならぬ着物。▼衣の両肩の透ける向こうに見る別世界。▼年齢相応の着物。いいものだ。

【ハンカチ】三夏

汗拭《あせぬぐ》い・ハンケチ

日用品であるハンカチを、夏の汗を拭《ふ》くためのものである「汗拭ひ」という古い季語に合流させたもの。歳時記の多くが「汗拭ひ」を主季語とし、ハンカチを傍題としているが、現代では「ハンカチ」のほうに親しみがある。女性のおしゃれ用ハンカチや紳士のポケットチーフなど、夏以外のものは季語とならない。

すぐ汚れる白ハンカチは薄幸ぞ　清水径子

汗のハンケチ友等貧しさ相似たり　石田波郷
車中の子退屈ハンカチまた落とす　千原草之
ハンカチを小さく使ふ人なりけり　櫂未知子

▼実用のためにこそあるハンカチ。▼一枚のハンカチが大事だった、貧しさに若さがあった時代に作られた句。▼車中、退屈凌ぎにハンカチを落として遊んでいる子。ハンカチだから許される。▼使いようで、すごい小道具になる。

夏料理《なつりょうり》《なつれうり》　三夏

夏ならではの食材を用いた料理や、見た目にも涼しい工夫を凝らしたもの、口当たりのひんやりしたものなどをいう。夏野菜料理や、洗膾《あらい》や水貝《みずがい》、冷索麺《ひやそうめん》や冷奴《ひややっこ》、冷汁《ひやじる》など。ガラス器を用いたり、氷や緑の葉などをあしらったりと、涼やかに見える工夫をする。

美しき緑走れり夏料理　星野立子
夏料理岩牡蠣殻のまま盛られ　宮津昭彦
山を褒め川を称へて夏料理　黛　執

▼緑のかもす涼しさ。水音が聞こえるよう。▼殻からの潮の香りが目にも鼻にも届く。▼膳《ぜん》の上、皿の上に夏の山河の美しさを映して見せる。

筍飯《たけのこめし》　初夏

筍を炊き込んだ飯のこと。筍は晩春から五月半ば頃までのものが最も美味。筍そのものは淡泊な味なので、鶏や季節の山菜を入れ、薄味の出汁《だし》で炊き上げる。仕上げに木の芽を散らすと見た目にも美しい。関連 筍《たけのこ》→108

筍飯届きて妻の来ぬ不安　石田波郷
酒断つて筍飯のはや炊かれ　星野麥丘人
禅寺の筍飯を食ひにゆく　長野唯生
からつぽの筍飯の釜洗ふ　白石順子

▼入院中の夫に妻から人を介して筍飯が届く。事情のわからぬ不安。▼酒を断った夫に、妻はそれならと夕餉《ゆうげ》を早めて筍飯を炊く。▼寺領の竹藪の筍を炊き込んだ接待の筍飯。▼大釜で炊いたもてなしの筍飯だったか。

豆飯《まめめし》　初夏

むいた豌豆豆《えんどうまめ》（グリーンピース）を炊き込んだ飯のこと。炊き上がった後、お釜の蓋《ふた》を取ると、やわらかい豆の匂いが鼻先にくる。豆の味や風味がたち、色が映えるように、薄い塩味で仕上げる。初夏に採れる蚕豆《そらまめ》を入れてもよい。関連 豌豆《えんどう》・蚕豆《そらまめ》→108

すき嫌ひなくて豆飯豆腐汁　高浜虚子

小沢碧童《おざわへきどう》▶明治14年（1881）—昭和16年（1941）碧梧桐に師事。書や篆刻にも優れた。瀧井孝作や芥川と交友。

お替りをする子せぬ子や豆の飯　池上不二子

かをりにもまづ目をつむり豆の飯　森澄雄

歳月やふっくらとこの豆ごはん　坪内稔典

▼幸せ獲得には、好き嫌いのないことが必要。▼お替わりの様子で子供の調子がわかるお母さんはすごい。▼豆の色、香り、かすかな塩味。五感で夏の訪れを味わう。▼豆飯のふっくらを幸せと思うには、歳月の重みが必要。

麦《むぎ》飯《めし》

初夏

すむぎ

米に大麦を混ぜて炊いた飯。麦だけを炊いた飯は「すむぎ」といい、ポロポロして食べにくい。食糧難の時代によく食したいい、麦飯やすむぎを、近年はダイエットのために食べる人が増えている。 関連 麦《むぎ》↓114

麦飯に拳《こぶし》に金の西日射す　西東三鬼

大盛であり麦飯でありにけり　山田弘子

▼強い西日が射し込む部屋で食べる麦飯。茶碗を持つ手が拳のようう。▼とにもかくにも大盛りがありがたい。旺盛な生命力を感じさせる句。

鮓《すし》

三夏

鮨《すし》・握《にぎ》り鮓《ずし》・圧《お》し鮓《ずし》・ちらし鮓《ずし》・飯鮓《いいずし》・稲荷鮓《いなりずし》・熟《な》れ鮓《ずし》・早鮓《はやずし》・一夜鮓《いちやずし》

「鮓」といえば、江戸前の「握り鮓」や、上方の「圧し鮓」を思い浮かべる。どちらも酢飯の上に魚や貝をのせたものだが、本来の鮓は近江《おうみ》の鮒鮓《ふなずし》のように、魚に飯を混ぜて乳酸菌で発酵させた「熟れ鮓」だった。熟れ鮓の漬け込みは夏の土用なので、「鮓」を夏の季語としている。元禄時代以降、発酵させる代わりに食酢を加えた「早鮓」が現われる。この早鮓から、握り鮓や圧し鮓が生まれた。鮓の起源は、魚醤《ぎょしょう》など東南アジアの発酵食品にある。これが中国や日本に伝わって熟れ鮓になったが、中国では元《げん》以降、衰退した。

飯鮓の鱧なつかしき都哉　其角

寂寞《じゃくまく》と昼間《ひるま》を鮓のなれ加減《かげん》　蕪村

鮒《ふな》ずしや彦根《ひこね》が城《しろ》に雲かかる　蕪村

鮓の石雨垂れの穴あきにけり　室生犀星

▼この飯鮓は鱧《はも》の箱鮓。▼ひっそりとした夏の真昼。仕込んでおいた早鮓がそろそろ熟れる頃。▼琵琶湖《びわこ》のほとりの夏景色。鮒鮓は近江《おうみ》の名産。▼雨垂れで窪《くぼ》のできた石を鮓の重石にしている。

水《すい》飯《はん》

晩夏

水飯《みずめし》・洗《あら》い飯《めし》・水漬《みずづけ》

現在では、飯に水をかけたものを「水飯」と呼ぶ。また、夏には、少し臭う饐《す》え飯を笊《ざる》に入れて幾度も洗って粘りをとり、あらためて水飯にして食べることもあった。そもそもは平安時代の貴族たちが食していた干飯《ほしいい》(干した飯)に水をかけてふやかしたものをいい、『枕草子《まくらのそうし》』『源氏物語』などにも記述がある保存食料である。

僧来ませり水飯なりと参らせ　正岡子規

天の川枝川出来て更けにけり：天の川をちょっとはみだした星々を枝川ととらえた。

水飯に味噌を落として濁りけり　高浜虚子

▼軽い口調だが、暑中に僧を接待する気分がよく出ている。この家では水飯を用意した。▼眼前に碗の中の様子が立ってくる。うまそうだ。

飯《めし》饐《す》える　三夏

饐飯《すえめし》・汗《あせ》の飯《めし》

蒸し暑い梅雨時や真夏の頃、飯櫃《めしびつ》に入れておいた飯がひと晩のうちに汗をかいて饐えることがある。麦飯はことに足が早く、ぷんと臭って「饐飯」となった。

饐飯に一英断を下しけり　深川正一郎

葬のあと昨日も今日も飯饐る　中山純子

▼かなり腐敗臭のしている饐飯である。洗い飯にしようかと迷っている妻に、捨てなさいと命令。▼葬儀の二、三日の慌ただしさ、毎日炊いた飯が、残っては饐える。

冷《ひや》汁《じる》　三夏

冷《ひや》し汁《じる》・煮冷《にびや》し・煮冷《にざま》し

器ごと冷やした味噌汁やすまし汁をいう。喉《のど》にも胃にも涼やか。冷蔵庫がなかった時代は冷水に浸けて冷やした。馬鈴薯《じゃがいも》や豌豆《えんどう》を使った洋風の冷製スープも一種の冷汁。

冷汁によみがへりたる髪膚かな　清原枴童

母がりのそら豆青き冷し汁　大谷櫻

▼暑い一日を外で過ごし、夕餉《ゆうげ》に冷汁をいただくと、ほっと命のよみがえる思いがする。▼母の作ってくれる冷汁には、きまって蚕豆《そらまめ》が入る。青い豆の色に、さらに涼しさが増す。

冷《ひや》麦《むぎ》　三夏

冷《ひや》し麦《むぎ》・切麦《きりむぎ》

麺《めん》の一種。熱麦《あつむぎ》(熱くして食べるうどんなど)に対していう。うどんより細めに打った麺を茹《ゆ》でて冷水にとり、葱《ねぎ》、青紫蘇《あおじそ》、茗荷《みょうが》などの薬味を添えた、濃いめのつゆで食べる。赤や緑に着色した麺が一筋二筋混じるのが涼感を誘う。

冷麦に氷残りて鳴りにけり　篠原温亭

冷麦に朱の一閃や姉遠し　秋元不死男

冷麦てふ水の如きを食うてをる　筑紫磐井

▼氷を入れた硝子《ガラス》の鉢で出された冷麦。残った氷が器に触れて涼しい音をたてる。▼兄弟のいる家庭では、冷麦に混じる赤い一筋の麺を争ったものだ。遠い日の姉が恋しい。▼冷麦のうまさを水にたとえたもの。喉越しのよい、くせのない、ちょうどのゆで加減の冷麦。

冷《ひや》《ひや》索《そう》《さう》麺《めん》《めん》　三夏

素麺《そうめん》・索麺冷《そうめんひ》やす

小麦粉を塩水で捏《こ》ね、油を加えて細く延ばし、日に干したものが索麺。茹《ゆ》でて冷やし、つけ汁に薬味を添えて食す。麺のうちで最も細い。「そうめん」は索麺《さくめん》の音便で、素麺とも書く。七夕《たなばた》の夜、中国では索餅《さくべい》(小麦粉を練って延ばしたもの)を供え

鈴木花蓑《すずきはなみの》▶明治14年(1881)—昭和17年(1942)「客観写生」を信奉。大正末期の「ホトトギス」に一時代を築く。

たが、その索餅が日本に伝わり、索麺のもととなった。今も京都では七夕に索麺を食べたり贈答したりする。現在はほとんどが機械延べだが、奈良の三輪《みわ》素麺、兵庫の播州《ばんしゅう》素麺ほか、今なお手延べで製造しているところもある。

ざぶくと索麺さます小桶かな　村上鬼城
素麺のつひにいつぽんただよへる　松澤昭
掬ふたび冷さうめんの氷鳴る　岡本眸

▼この水は井戸水だろう。水も索麺も桶《おけ》によくなじんでいる。▼冷たい水に最後の一筋が残っている。終《つい》の一本への名残。▼何よりのご馳走《ちそう》は氷の音。

冷奴《ひややっこ》

三夏

冷豆腐《ひやどうふ》・水豆腐《みずどうふ》

冷やした豆腐を切っただけのもの。いわば「切る」だけで成り立つ夏の料理である。あとは少々の薬味と醤油があればよい。夏は、衣食住に簡素であることが何より涼しい。手をかければかけるほど暑苦しい。その名は江戸時代、奴《やっこ》と呼ばれた中間《ちゅうげん》が四角の紋をつけていたことに由来する。

冷奴水を自慢に出されたり　野村喜舟
もち古りし夫婦の箸や冷奴　久保田万太郎

冷奴

冷奴隣に灯《ともし》先んじて　石田波郷

▼水どころは豆腐がうまい。自慢の水に、自慢の豆腐。▼古びた箸に、夫婦のさまざまな思い出がよみがえる。▼隣家はまだ真っ暗。今宵は早々と夕食。

瓜揉《うりもみ》

三夏

瓜揉《うりも》む・胡瓜揉《きゅうりもみ》・瓜膾《うりなます》

瓜や胡瓜を刻んで塩揉みし、酢などで味つけしたもの。食欲の落ちる夏の食卓には欠かせない。おもに胡瓜を用いるが、果肉の柔らかい越瓜《しろうり》(白瓜)もおいしい。若布《わかめ》や魚介をあしらい、生姜《しょうが》や青紫蘇《あおじそ》などの薬味を利かせてもよい。 関連 瓜《うり》→109

男手の瓜揉親子三人かな　石橋秀野
物言はぬ独りが易し胡瓜もみ　阿部みどり女
貧乏の光をちらし胡瓜もみ　原コウ子
瓜揉んでさしていのちの惜しからず　鈴木真砂女

▼夫婦と子供の三人家族。子供は幼く妻は病んでいる。▼賑《にぎ》やかなのもいいが、たまには独りも。▼「光をちら」す貧乏も、なかなかいいものだ。▼自信をもって生きている人の句。作者は最後までキリリとして、九十六歳で没した。

瓜漬《うりづけ》

三夏

胡瓜漬《きゅうりづけ》・越瓜漬《しろうりづけ》・漬瓜《つけうり》

胡瓜や越瓜などの瓜類を、糠《ぬか》漬けあるいは塩漬けにしたもの。その色や歯ごたえ、味などが涼しさを誘い、食欲の減退する

心太山のみどりに啜りけり：北九州河内貯水池での作。山の空気とともに啜るかのようだ。

夏の食膳には欠かせない。関連 瓜《うり》↓109

漬瓜の機嫌を訊きて灯を消しぬ　朴散華子

香のもの瓜茄子けふは白磁鉢　及川貞

▼明日の朝食べる瓜の漬かり具合を確かめてから寝るのが日課。漬瓜のご機嫌が最優先のこの頃。▼色よく漬かった瓜や茄子《なす》。自慢の漬物を最もおいしく見せるために器にも気をつかう。

冷《ひや》し瓜《うり》

三夏

瓜冷《うりひや》す

甜瓜《まくわうり》を冷やしたもの。冷やすと甘みがきわだつ。単に瓜といえば胡瓜《きゅうり》、甜瓜、西瓜《すいか》、南瓜《かぼちゃ》・冬瓜《とうがん》など瓜類の総称だが、とくに甜瓜をさしていう。井戸や山の清水に冷やしたものだ。関連 甜瓜《まくわうり》↓109

道元のつむりほどなる瓜冷やす　伊藤白潮

この辺の水は若狭へ冷し瓜　山本洋子

▼高僧道元《どうげん》のつむり、といわれると、形もさることながらその大きさを思ってしまう。噴井《ふけい》に浮かせた瓜だろう。▼若狭《わかさ》街道沿いの集落での所見か。瓜を冷やす清水もいずれ若狭へと流れ下る。

茄子《なす》漬《づけ》

三夏

なすび漬《づけ》・茄子《なす》漬《つ》ける

茄子を糠《ぬか》や塩で漬けたもの。「色はなすびの一夜漬け」というように、鮮やかな茄子紺色は茄子の命。関西では糠味噌漬のことを「どぼづけ」というが、どぼづけの茄子が最もうまい。関連 茄子《なす》↓110

茄子漬の色鮮やかに母とほし　古賀まり子

茄子漬ける塩むらさきに染まりけり　水田千代子

小ぢんまり女暮しの茄子漬ける　田畑美穂女

▼母を真似て、茄子を色よく漬けられるようになった。離れて住んでいる母が懐かしい。▼糠漬けの茄子を色よく仕上げるには、塩で表面をこするとよい。掌《てのひら》の塩がみるみる茄子の色に染まる。▼つつましく暮らしながら、茄子を漬けるこだわりは失わない。

茄子《なす》の鴫《しぎ》焼《やき》

三夏

鴫焼《しぎやき》・茄子《なす》田楽《でんがく》・雉焼《きじやき》

茄子を皮付きのまま縦に切り、串に刺して焼き、味噌だれをつけたもの。ゴマ油を塗ると風味がよくなり、皮の色がよくなる。味噌だれに青紫蘇《あおじそ》や生姜《しょうが》を刻み込んだり、唐辛子を振りかけたりすると美味。古くは、茄子をくり抜き、鴫《しぎ》や雉《きじ》の肉を詰めて焼いたものを呼んでいた。江戸では「鴫焼」、京坂《けいはん》では「田楽」といったらしい。関連 茄子《なす》↓110

茄子の鴫焼

鴫焼に偲ぶや故郷の死者生者　石崎素秋

しぎ焼に爺婆の箸出合ひけり　大木あまり

▼鴫焼を食べると、故郷の人を思い出す。死者は若く、生者は老いてしまったかと。▼爺婆《じじばば》ともに柔らかい鴫焼が大好物。一つ皿に二人の手がのびる。

清原枴童《きよはらかいどう》▶明治15年（1882）—昭和23年（1948）「木犀」主宰。虚子門。戦時中、朝鮮半島に渡り当地の俳壇でも活躍。

梅干《うめぼし》

晩夏

干梅《ほしうめ》・梅干《うめほ》す・梅漬《うめづけ》・梅筵《うめむしろ》

日本の誇る健康食品の一つ。青梅に重石を載せて塩漬けにする。二、三日すると梅酢が出始める。「三日三晩の土用干《どようぼし》」といわれるように、その梅の実を簀《す》や筵に並べて昼夜干すことを繰り返した後、梅酢に戻して貯蔵する。赤紫蘇《あかじそ》を一緒に漬け込むことも多い。梅干特有の酸味はクエン酸によるもので、疲労回復効果など種々の効用に富む。かつては戦地に赴く兵士も必携した。梅酢もさまざまに利用される。青梅だけでなく、完熟した梅を漬けることもある。 関連 梅《うめ》↓春／青梅《あおうめ》↓065

梅漬ける甲斐あることをするやうに　細見綾子

動くたび干梅匂ふ夜の家　鈴木六林男

梅漬けて月日の流れとどまらず　鷹羽狩行

原爆地影絵のごとく梅を干す　中村和弘

▼「甲斐《かい》あること」として梅を漬けていることを再認識する。▼一粒ずつ並べた梅はあたり一面に匂いを放つ。他事にまぎれぬ夜はなおさらのこと。▼梅漬は欠かすと縁起がよくないという。まさにとどまらない月日に準じた行事だ。▼広島か、それとも長崎か。まさ延びた梅の影かたちが、かの日を回想させる。

ビール

三夏

麦酒《ビール》・生《なま》ビール・黒《くろ》ビール・缶《かん》ビール・ビヤホール・ビヤガーデン

醸造酒の一種で、主成分は麦。ホップを加えて苦味と香りを出し、酵母を加えて発酵させ、炭酸ガスを溶け込ませながら熟成した後、濾過《ろか》して樽《たる》や瓶に詰める。現在では年中飲むが、季語としてはやはり夏のもの。その地域で生産される地ビールと呼ばれるものもある。

大衆にちがひなきわれビールのむ　京極杞陽

バス一つ遅らすつもりビール飲む　嶋田一歩

麦酒つぐや胸中の子も齢五十　及川貞

さまよへる湖に似てビヤホール　櫂未知子

▼作者は旧豊岡藩（兵庫県）藩主家の第十四代当主。時代は移り、そんな自分も大衆の一人という思い。▼早々とバスで帰るよりもビールに付き合うことにした作者。さぞかし楽しいビールなのだろう。▼子を戦死させた母親の句。誕生日ごとに数えてきた子の齢《とし》。▼混んだビヤホールは、まったくこんな感じ。

梅酒《うめしゅ》

晩夏

梅酒《うめざけ》・梅焼酎《うめしょうちゅう》

梅酒は焼酎に氷砂糖を加え、そこに青梅を漬けたもの。壺やガラス瓶に密閉されて保存され、古いものほど珍重される。琥珀《こはく》色で淡泊な風味は、女性にも人気があり、家庭でも作られる。 関連 青梅《あおうめ》↓065

歳月も梅酒の甕も古りしかな　安住敦

わが死後へわが飲む梅酒遺したし　石田波郷

一杯の梅酒に酔ひし妻の愚痴　稲畑廣太郎

▼歳月も流れ、甕《かめ》の梅酒も古くなり、どちらも味が増す。しみじ

日輪は筏にそゝぎ牡蠣育つ：作者の故郷、的矢湾は牡蠣《かき》の産地として有名。

みとした人生の感懐も。▼死後のことは不明だが、せめてわが飲む梅酒は遺《のこ》したいもの。諦念《ていねん》と余裕が交錯。せつない作だ。▼一杯の梅酒で酔ってしまう妻。ふと洩らす愚痴もかわいらしい。

焼《しょう・せう》酎《ちゅう・ちう》　三夏

麦焼酎《むぎしょうちゅう》・甘藷焼酎《いもじょうちゅう》・蕎麦焼酎《そばじょうちゅう》・泡盛《あわもり》

米、麦、甘藷《さつまいも》などを発酵させ、蒸留してつくった酒。原料に応じたそれぞれの名がある。日本独特の酒で、アルコール度数が高く、強い。「泡盛」は沖縄の酒として有名。

焼酎や頭の中黒き蟻這へり　岸風三楼

泡盛に足裏まろく酔ひにけり　邊見京子

▼焼酎は強い酒。さては飲みすぎたか。頭の中に黒い蟻《あり》が這《は》うとは、もとより幻想。▼中七の措辞《そじ》の巧みさに注目。泡盛の語感とも合致しようか。ふらふらしている様子もうかがえる。

冷《ひや》し酒《ざけ》　三夏

冷酒《ひやざけ》・冷酒《れいしゅ》

暑気を払うために冷やした酒。呼び方によって印象が異なる。「ひやしざけ」は、わざわざ冷やして飲む酒。「ひやざけ」は、燗《かん》をすべきなのに燗をせずに飲む酒。「れいしゅ」は、冷たいまま賞味するように醸造した酒。

冷し酒夕明界となりはじむ　石田波郷

冷酒の氷ぐらりとまはりけり　飴山實

▼「夕明界」とは夕暮の薄明のこと。波郷の造語。▼酒を冷やしている氷がぐらりと回った。

甘《あま》酒《ざけ》　三夏

一夜酒《ひとよざけ》

餅米《もちごめ》などの粥《かゆ》や柔らかく炊いた飯に米麹《こめこうじ》を混ぜ、発酵させてつくる飲物。一夜で発酵して甘みを帯びるので、「一夜酒」ともいう。アルコール分はほとんどない。現代では多く冬に飲むが、江戸時代に、暑さを制する消夏法の一つとして、夏に熱くして飲んだことから、夏の季語。

あまざけや舌やかれける君が顔　嘯山

甘酒啜る一時代をば過去となし　原子公平

▼熱いのをふうふう吹いて飲んでこそ甘酒。君の、熱さに舌をやかれた顔が浮かぶ。▼作者にとって一番の暑さに纏《まつ》わる時代が終わった感慨。

新《しん》茶《ちゃ》　初夏

古茶《こちゃ》・走《はし》り茶《ちゃ》・茶詰《ちゃつめ》

晩春に摘んだばかりのお茶の葉を製したものが「新茶」。「走り茶」ともいう。新鮮な風味がもてはやされる。対して「古茶」は前年製したもので、なお余っているものをいう。「茶摘み」は晩春、「新茶」は初夏の季語。立夏を境に季語が変わる。

関連 茶摘《ちゃつみ》→春

宇治に似て山なつかしき新茶かな　支考

新茶の香真昼の眠気転じたり　一茶

嶋田青峰《しまだせいほう》▶明治15年（1882）—昭和19年（1944）「土上」主宰。新興俳句運動を推進、検挙される。

彼一語我一語新茶淹れながら　高浜虚子

走り茶の針のこぼれの二三本　石田勝彦

▼京都の宇治は茶どころ。よく似た山の姿に宇治のことが懐かしく思い出されるというのだ。▼春の名残か、眠くてならないのだ。▼茶を入れるしばしの間。ぽつりと交わされる互いの一語。じつにすがすがしい。▼こぼれ落ちた針のように鋭い茶葉。

【麦《むぎ》湯《ゆ》】三夏

麦茶《むぎちゃ》・冷《ひや》し麦茶《むぎちゃ》

大麦を殻付きのまま炒《い》って煎《せん》じ、冷やした飲物。カフェインを含まないので子供にもよい。水代わりに、また、その香ばしい香りとともに、万人に好まれる夏の飲料。

夜の音の噴井をころぶ麦湯壜　石川桂郎

どちらかと言へば麦茶の有難く　稲畑汀子

▼明日飲むための麦湯を、壜《びん》に入れて噴井《ふけい》に浸けておく。夜のしじまに噴井の底を転がる壜の音が聞こえる。▼お飲物は、と尋ねられた返事がそのまま一句になったもの。即妙のよさ。

【アイスコーヒー】三夏

冷《ひや》し珈琲《コーヒー》・アイスティー

冷たいコーヒー。大正期、コーヒーを冷やして飲み始めたのが始まり。現在はアイスコーヒー用に焙煎《ばいせん》された豆を使って濃いめに抽出した液を急激に氷で冷やして作る。紅茶を冷やした「アイスティー」もまた、夏の季語。

アイスコーヒーいつもの席に老教授　星野乃梨子

アイスコーヒー二十時の男寂ぶ　掛井広通

▼大学の近くの喫茶店だろうか。指定席のようにいる老教授。▼一日の仕事を終えた男に滲《にじ》み出る虚無感。

【ソーダ水《すい》】三夏

水に二酸化炭素を含ませ、甘味料や香料などを加えた清涼飲料水。栓を抜いた時やコップに注いだ時、炭酸の泡がはじけるところから、青春、若さなどを感じさせる。

姉は赤弟は青ソーダ水　稲畑廣太郎

ソーダ水方程式を濡らしけり　小川軽舟

ソーダ水大きな窓に雨の海　金原知典

▼姉と弟が選ぶソーダ水の色を優しく見守る父親。▼喫茶店で勉強そっちのけで話がはずんでいる学生。こぼれたソーダ水がかかってしまったのは、方程式が書かれたノート。▼泡立つソーダ水のコップの水滴と、窓に打ちつける雨。

【サイダー】三夏

冷《ひや》しサイダー・シトロン

炭酸水に甘味料や酸味料、香料などを加えた透明な清涼飲料水。もともとはリンゴ酒の意で、その風味を模して明治二十年（一八八七）に売り出されたのがはじめ。発泡の勢いが若々しい感じを醸す。「シトロン」は炭酸水にレモン果汁などを入

花にそむき水に臨みて書斎あり：花時であっても、浮かれたところのない清澄な書斎。

れた清涼飲料水。

サイダーや含めば消ゆる氷屑　柴田宵曲

二階へ運ぶサイダーの泡見つつ　波多野爽波

▼泡も氷片も、みな消えるのがサイダー。大正十一年（一九二二）、俳誌「ホトトギス」に「サイダー」として掲載。▼階段を上がり終えたあたりで泡が落ち着く。

ラムネ

三夏

サイダーに似た清涼飲料水で、上部がくびれた独特の形の瓶に詰められている。飲み口はガラス玉で栓がされており、それを押し込んで飲むと、くびれにガラス玉が止まる仕組み。現在はプラスチック製の容器も多い。

男には喉仏ありラムネ乾す　村上杏史

青空の中に顔入れラムネ飲む　高倉和子

▼首を反らしラムネを飲んでいる男の喉《のど》。▼上を向き、青空に瓶を突き上げて、ごくごくと飲む。

ラムネ

かちわり

三夏

ぶっかき

氷を割り砕いたぶっかき氷のこと。おもに関西での呼び名。「かちわり」の名を広めたのは、夏の甲子園で行なわれる全国高校野球選手権大会のスタンドで売られるビニール袋入りの「かちわり」か。炎暑の下、「勝ち」に通ずることもあり、白熱した試合には、ついつい買い求めてしまう。

かちわりやスコアブックの端濡らし　山崎ひさを

頬返しできぬぶつ欠き氷かな　高瀬武次郎

▼膝にはスコアブック、手にはかちわり。どちらも不安定。▼氷の塊が少し大きかったようだ。口の中のかちわりが動かせない。しゃべればフガフガ。

氷《ひょう》《ひよう》菓《か》《くわ》

三夏

氷菓子《こおりがし》・アイスクリーム・ソフトクリーム・シャーベット・アイスキャンデー・アイス最中《もなか》

アイスキャンデーやアイスクリームなど、夏の氷菓子の総称。第二次世界大戦後の甘いものの乏しかった時代に、割箸を芯に砂糖水を凍らせただけのアイスキャンデーは庶民の贅沢《ぜいたく》な楽しみだった。今ではソフトクリームや果実入りのものなど種類は多彩。季節を問わず親しまれるが、舌先でひんやりと溶ける食感は、やはり夏のもの。

六月の氷菓一盞の別れかな　中村草田男

氷菓ごときに突出す舌の力かな　三橋敏雄

どのベンチにも至近距離氷菓売　山崎みのる

▼酒ならぬ氷菓での別れ。青春の情感があふれる。▼快い自嘲。ソフトクリームを舐《な》めている図か。▼氷旗を立てた氷菓売り。どのベンチの誰が買ったか。

野村泊月《のむらはくげつ》▶明治15年（1882）―昭和36年（1961）兄・泊雲とともに「ホトトギス」で活躍。晩年は失明しながらも句作。

柏餅《かしわもち》《かしはもち》

初夏

一枚の柏の葉で餡《あん》入りの新粉餅《しんこもち》を挟んだもの。粽《ちまき》とともに端《たん》午《ご》の節句の食べ物。柏は神の宿る木。葉は神聖なものとされた。その葉で挟むのは、軒菖蒲《のきしょうぶ》や菖蒲湯と同じく、植物の力にあやかろうというのである。

柏餅古葉を出づる白さかな　渡辺水巴

水筒に新茶あふるゝ柏餅　水原秋桜子

裏庭の柏大樹や柏餅　富安風生

▼貯蔵してある去年の古葉を使うこともある。▼ちょっと遠出をしたところ。▼現在は店で買うが、昔は家で作ったものだ。

麦《むぎ》こがし

三夏

はったい・麦香煎《むぎこうせん》・はったい茶《ちゃ》・麦落雁《むぎらくがん》

「麨《はったい》」（砕飯《はたきいい》が転訛《てんか》したものとも）の名は関西での呼び名が普及したもの。広くは「麦こがし」と呼ばれている。大麦を香ばしく炒《い》り、碾《ひ》いて粉にしたものに砂糖を加え、水で練って食べる。団子状のものから飲物状のものまで食べ方はさまざま。かつては新麦のとれる頃の何よりのおやつだった。型で固めたものを「麦落雁」といい夏の季語。

母方の祖母より知らず麦こがし　岡本眸

遠くよりさみしさのくる麦こがし　友岡子郷

▼血縁者で最も懐かしいのは「母方の祖母」。麦こがしを食べさせてくれたのも「母方の祖母」。▼去った人か、去った時間か、麦こがしが引き寄せる郷愁。

葛《くず》餅《もち》

三夏

葛粉を水で練り、煮つめたものを箱に流して冷やし固めたもの。三角に切り、黄粉《きなこ》と糖蜜をかける。冷たい食感が快い。関東地方に多い、野趣に富む夏の菓子の一つ。

葛餅や老いたる母の機嫌よく　小杉余子

▼葛粉は栄養価が高く風味もよい。少し柔らかめに作られた葛餅だろうか。今日は母の機嫌がめっぽうよい。

葛饅頭《くずまんじゅう》《くずまんぢゆう》

三夏

葛桜《くずざくら》

夏の和菓子の一つ。葛粉を水で溶いて練り、火にかけて半透明になったものを皮にして餡《あん》を包む。ツルっとした感触が夏の暑さを忘れさせる。笹の葉や桜の葉で包んだものが多く、東京では「葛桜」の名で呼ばれている。

長崎の旧街道の葛饅頭　有馬朗人

葛ざくら濡れ葉に氷残りけり　渡辺水巴

宵は灯の美しきとき葛桜　森澄雄

▼この葛饅頭、ところを得たという感じ。▼笹の葉だろうか。残っていたのは氷のかけらか。いかにも涼しそう。▼宵という時間も、葛桜も、まことに美しい。

雁行のととのひし天の寒さかな：自ずから空に整う雁《かり》の列。天上の寒さを感じさせる。

葛切《くずきり》

三夏　葛練《くずねり》

水で溶いた葛粉を火にかけて、透明になるまで練り、冷やし固めたものを細長い麺《めん》状に切ったもの。白蜜または黒蜜をかけて食べる。舌に冷たく見た目にも涼やかで、まさに夏の菓子。葛粉は、葛餅、葛饅頭《まんじゅう》などのほか、飲物にも用いられ、夏には少量の湯で作った葛湯に冷水を加え、葛水として飲む。「葛水」も夏の季語。

葛切に淡き交り重ねたる　後藤比奈夫
葛切や少し剰《あま》りし旅の刻　草間時彦
葛切や口べつぴんといふ言葉　水原春郎

▼淡交ゆえにいくたびも。葛切の爽やかさが心地よい。▼帰りの電車までのわずかな時間。葛切に味わう旅の余韻。▼「口べっぴん」とは京都の言葉。オブラートに包むようにはっきりとは言わない。

水羊羹《みずようかん》

三夏

小豆餡《あずきあん》を煮溶かした寒天で固めて作る。羊羹より水分を多めにして作るため柔らかく、冷やして食べることが多い。竹筒に入ったものもあり、夏の涼菓として喜ばれる。

青年は膝を崩さず水羊羹　川崎展宏

▼緊張の席なのだろう。その前に出された角張った水羊羹。その水羊羹もそろそろ汗をかき始める。

白玉《しらたま》

三夏　白玉《しらたま》ぜんざい・氷白玉《こおりしらたま》

白玉粉を水少々で練り、耳たぶくらいの柔らかさになったものを球状に小さく丸めて茹《ゆ》でたもの。冷やして蜜などをかける。かき氷や冷し汁粉に入れたりもする。

白玉は何処へも行かぬ母と食ぶ　轡田進
白玉やなつかしうして初対面　山田弘子

▼親子で食べるものが「白玉」というだけで、母なる人の表情が浮かぶ。至福の時だ。▼初対面の人になつかしさを感じる。白玉が取りもつ情感である。

蜜豆《みつまめ》

三夏　餡蜜《あんみつ》

茹《ゆ》でた赤豌豆《あかえんどう》に、賽《さい》の目に切った寒天、紅白の求肥《ぎゅうひ》、果物などを加え、砂糖蜜をかけたもの。これに餡を入れる「餡蜜」を考案したのは、昭和十一年（一九三六）に銀座で甘党の店「月ヶ瀬」を開店した俳人の橋本夢道。夢道の「蜜豆をギリシヤの神は知らざりき」というコピーが電車の中吊《づ》り広告にも登場したという。

蜜豆のくさぐさのもの匙《さじ》にのる　亀井糸游
みつ豆はジャズのごとくに美しき　国弘賢治
あんみつの餡たつぷりの場末かな　草間時彦

渡辺水巴《わたなべすいは》▶明治15年（1882）—昭和21年（1946）「曲水」主宰。鳴雪、虚子に師事。情調本位から次第に句境を深める。

▼今の「くさぐさ」はトロピカル・フルーツ。▼「美しき」といわれてみると、納得できる。▼蜜豆はもともと路地や駄菓子屋で売られていたもの。上品ぶった高級店のものより、場末のものにかぎる。

心太《ところてん》

三夏

心天《ところてん》・こころぶと・心太突《ところてんつ》き

海藻の天草《てんぐさ》を煮た汁を漉《こ》して、冷やし固めたもの。心太突きで筋状に押し出し、好みで芥子《からし》醤油や酢、あるいは黒蜜などをかけて食べる。つるつるとした食感が清涼感を呼ぶ。「ところてん逆《さか》しまに銀河三千尺」(蕪村)は、この食品が大宇宙をもあらわすことを知らしめた句。

清滝《きよたき》の水くませてやところてん　芭蕉

ところてん煙のごとく沈みをり　日野草城

生ひ立ちを語りて啜る心太　的場秀恭

▼京都は清滝の清流の水に冷やした心太。▼もやもやとして、つるつるとして、動くでもなく動く心太は煙のよう。▼ふーん、そうなの、と話を聞いている。

ゼリー

三夏

溶かしたゼラチンに、砂糖、果汁やワイン、コーヒーなどを加え、型に入れ、冷やし固めて作る菓子。ペクチンや寒天を用いても作られる。冷たい喉《のど》越しと透明感が涼味を誘う。

うす茜ワインゼリーは溶くるかに　日野草城

ふるふるとゆれるゼリーに入れる匙　川崎展宏

▼うす茜《あかね》という色の形容が絶妙。美しい大人の味のお洒落《しゃれ》なワインゼリー。▼匙《さじ》を入れたゼリーの感触。柔らかくいかにもおいしそう。

飴《あめ》湯《ゆ》

三夏

飴湯売《あめゆうり》・冷《ひや》し飴《あめ》

水飴を湯に溶かし、少量の肉桂《ニッキ》(シナモン)や生姜《しょうが》を加えた、暑気払いの飲物。昔は天秤棒《てんびんぼう》に荷を振り分けにした飴湯売りが、独特の売り声をして町を流し歩いた。

眦を汗わたりゆく飴湯かな　阿波野青畝

飴湯売荷が結界の昼寝かな　内田哀而

▼暑気払いに舌の焼けそうな熱い飴湯を飲む。流れ出る汗が眦《まなじり》(目尻)に入りそうだ。▼街なかの涼しい物陰で昼寝をしている飴湯売。天秤棒と湯を沸かす釜などのわずかな荷を縄張として。

氷《こおり》《こほり》水《みず》《みづ》

三夏

かき氷《ごおり》・夏氷《なつごおり》・氷小豆《こおりあずき》・氷金時《こおりきんとき》・氷《こおり》いちご・みぞれ・氷店《こおりみせ》・氷旗《こおりばた》

削った氷にシロップをかけたもの。シロップの種類により「氷いちご」「みぞれ」などと呼ばれる。茹《ゆ》で小豆、白玉、アイスクリームなどを加えたものもある。「氷店」の目印が「氷旗」。

氷水　氷旗。

あるけばかつこういそげばかつこう：「信濃路」の前書。いずこにも郭公の声がこだまする。

大和路やかき氷にも茶の香り　成田千空

かき氷舐めて凡愚もあからさま　山上樹実雄

▼茶の名産地大和路《やまとじ》は、どこへ行っても茶の香りがする。もちろんかき氷は緑鮮やかな宇治氷。▼かき氷を食べるのに行儀作法は不要。とはいえ、わが凡愚の露見した一杯のかき氷であることよ。

洗膾《あらい》《あらひ》　三夏

洗い《あら》・洗鱸《あらいすずき》・洗鯛《あらいだい》・洗鯉《あらいごい》

新鮮な魚の身を薄く削《そ》いで冷水で洗い、身をしめたもの。海の魚なら鱸や黒鯛(茅渟《ちぬ》)、川魚なら鯉。ガラスの皿や氷に載せてもてなす。見た目も涼しげに工夫された夏料理の一つ。鯉は酢味噌で、ほかは山葵《わさび》醤油で食する。

ビードロに洗ひ鱸を並べけり　正岡子規

な咎めそ洗ひの塵の水苔を　阿波野青畝

▼ガラスの皿に涼しげに並ぶ鱸の洗膾。▼洗膾に混じる塵《ちり》をいちいち咎《とが》めてはいけない。これも鄙《ひな》の風情であるから。

土用鰻《どよううなぎ》　晩夏

土用丑《どようし》の日《ひ》の鰻《うなぎ》

夏の土用の丑の日、鰻店や川魚店は蒲焼《かばやき》のたれの香ばしい煙でむんむんしている。江戸中期の本草学者《ほんぞうがくしゃ》平賀源内《ひらがげんない》が知り合いの鰻屋に頼まれて書いた「土用の丑の日、鰻の日。食すれば夏負けすることなし」という看板が評判を呼んだといわれているが、夏負けの処方として鰻を食べていたことは、すでに『万葉集』に、大伴家持《おおとものやかもち》の歌「石麻呂《いわまろ》に吾《われ》物申す夏痩《なつやせ》に良しといふ物そ鰻《むなぎ》漁《と》り食《め》せ」ほかが見える。関連 土用《どよう》↓017／鰻《うなぎ》↓168

土用鰻息子を呼んで食はせけり　草間時彦

丑の日のけむり窓より昇天す　五所平之助

▼この鰻の味、たぶん息子の宝になっているにちがいない。▼昇天したのは鰻なのだが、それをいわずに「けむり」に託したところ。これがいい。

鰌鍋《どじょうなべ》《どぢやうなべ》　三夏

泥鰌鍋《どじょうなべ》・どぜう鍋《なべ》・泥鰌汁《どじょうじる》・柳川鍋《やながわなべ》

東京・浅草の「駒形《こまがた》どぜう」などの老舗《しにせ》では、炭火にかけた小鍋の割下《わりした》に泥鰌を並べ、刻み葱《ねぎ》をたっぷり盛って供する。暑気を払い滋養をとって夏負けを防ぐ。「どぜう」は歴史的仮名遣いではないが、この表記を使っている店は多い。

鰌鍋

更くる夜を上ぬるみけり泥鰌汁　芥川龍之介

どぜう鍋熱き息して食べにけり　藤松遊子

▼泥鰌汁は泥鰌をまるのまま入れた味噌《みそ》汁。少し冷めた汁にかすかな夜涼を覚える。▼葱や七味もろとも熱々の泥鰌を頬ばり、思いっきり汗を流す。

種田山頭火《たねださんとうか》▶明治15年（1882）—昭和15年（1940）井泉水門。全国を行乞行脚しながら自由律により句作。

沖膾《おきなます》

三夏

釣り船を使った船遊びの一つ。船に乗り込んで、鰺《あじ》や鱵《さより》などの魚を釣り、それを船上で刺身にして食べ、酒を過ごさぬほどに酌み交わしたりする。

船内に真水たっぷり沖膾　太田寛郎

包丁が見事にちびて沖膾　茨木和生

▼船に真水をたっぷりと積み込んでの出港、生臭さの残らないように存分に水を使う沖膾。▼よく使い込んだ漁師の包丁、その見事な包丁捌《さば》きも見もの。

生節《なまぶし》

三夏

なまり・なまり節《ぶし》

鰹《かつお》漁が最盛期を迎えると、大きな鰹を使った生節も作られる。三枚におろした身を蒸して生干しにしたもので、蕗《ふき》や筍《たけのこ》と薄味で煮つけるとうまい。関連 鰹《かつお》↓164

生節や痩せたる師弟むかひあひ　下村槐太

海の家へ朝日が赫つと生り節　皆川盤水

▼生節は手軽に料理できる食材。痩身の師弟が向かい合って生節を肴《さかな》に酌み交わしている。▼海の家の朝食に出た生《なま》り節。赫《あか》い朝日に部屋が染まる。

鱧《はも》《はも》の皮《かわ》《かは》

三夏

大きな鱧の身は良質の蒲鉾《かまぼこ》に使われるが、その時に出る皮を焼いたものが「鱧の皮」。細かく刻んで胡瓜《きゅうり》もみを添え、二杯酢、三杯酢で食べる。関連 鱧《はも》↓168

大粒の雨が来さうよ鱧の皮　草間時彦

鱧の皮買ひに出て父帰らざる　山尾玉藻

▼夕立が来そうな空が小料理屋の窓から見える。鱧の皮での一献《いっこん》はなにより。▼鱧の皮を買いに行って戻らぬ父。作者の父は子規の弟子だった岡本圭岳。

水貝《みずがい》《みづがひ》

三夏

肉を盛り上げて動くような生きのよい鮑《あわび》を殻から外して、二センチ角ほどの賽《さい》の目に切り、氷片を入れた水で冷やして山葵《わさび》醤油で食べる。鮑の一番うまい食べ方。関連 鮑《あわび》↓169

水貝や遊船にはや灯の入りて　水原春郎

水貝も並べ今夜は祝の酒　稲畑廣太郎

▼芸妓さんも乗り込んだ粋な船遊び。灯《ひ》が入って水貝も出てきた。▼水貝も並んだ豪華な祝いの宴。

棹さして月のただ中：名月の夜、香取から鹿島へ棹《さお》をさして舟で渡った折の句。

夏《なつ》の灯《ひ》

三夏

夏灯《なつともし》・灯涼《ひすず》し

夏、昼間の暑気がおさまり、暮れ方になって辺りがぼんやりとし始める頃、ぽつんぽつんと家々に灯《とも》が点る。庭園の灯、木陰や水辺の灯も点る。夏、夜の闇に点る灯はどこか涼しさを感じさせ、また、ほっとさせる。

とゞめたる男のなみだ夏燈　飯田蛇笏

乾杯の指うつくしき夏灯し　佐藤博美

まだ外の明るさにあり夏灯　下田実花

▼なにゆえの涙なのか。それがわからないところが、この句の魅力。▼指だけで美人だろうと察しがつく。そこが、この句の魅力。▼なかなか日の暮れない夏の黄昏時《たそがれどき》。街はそろそろ灯ともし頃。

夏《なつ》館《やかた》

三夏

夏邸《なつやしき》

夏らしい設《しつら》えをした邸宅。木々が涼しい陰を作り、庭石には水が打たれ、屋内には涼しげな調度が設えられている。ある程度の広さも夏館の条件。

ロンロンと時計鳴るなり夏館　松本たかし

夏館より楡眺め馬眺め　依田明倫

▼涼風にレースのカーテンが揺れる広間。大きな古時計の時を告げる音が響く。▼牧場が見晴らせる瀟洒《しょうしゃ》な邸宅。「楡《にれ》」「馬」とくれば、北海道の景であろう。

夏《なつ》座《ざ》敷《しき》

三夏

高温多湿の日本では、昔から夏を涼しく過ごすための工夫をしてきた。襖《ふすま》などの建具を外して葭戸《よしど》を入れ、簾《すだれ》を吊《つ》るす。床の軸や花、調度品などを夏向きのものに替え、座布団や敷物、暖簾《のれん》などの素材も、麻や木綿のような涼しげなものに替える。軒の風鈴や釣忍《つりしのぶ》、金魚玉なども、夏座敷には欠かせないもの。風が通るように、また、目に涼やかな工夫を凝らし、夏をやりすごす。

山も庭にうごきいるるや夏座敷　芭蕉

真中に僧が帯解く夏座敷　柿本多映

雨音を野の音として夏座敷　廣瀬直人

▼山からの風が庭を伝い、座敷に届く。どんな高性能の空調よりも涼しい風致。▼広い寺の座敷。勤めを終えた僧の安堵《あんど》の気配がにじむ。▼夏の雨音。珠玉のような静けさである。

夏《なつ》炉《ろ》

三夏

夏《なつ》の炉《ろ》・夏火鉢《なつひばち》

北国や山国などでは夏にも冷える日があり、気温の下がる朝や夜、雨の日など、火がなくては過ごせない。そのため、冬に焚《た》く炉を塞《ふさ》がないでおき、夏にも焚くことがある。この炉を「夏炉」といい、冬に使っていた火鉢も、夏に使えば「夏火鉢」と呼ばれる。

関連 炉《ろ》→冬

荻原井泉水《おぎわらせいせんすい》▶明治17年（1884）—昭和51年（1976）「層雲」主宰。自由律俳句を興し、放哉、山頭火らを輩出。

夏炉の火一つ移しぬ莨盆《たばこぼん》　橋本鶏二
夏炉端こきりこ踊る少女が来　宮坂静生
月山《がっさん》の頂にある夏炉かな　岸本尚毅

▼火入れ、吸殻《すいがら》を入れる筒などをセットした箱が莨盆。移すのはほんのわずかの火。▼「こきりこ」と呼ばれる楽器を鳴らす踊り。富山県五箇山《ごかやま》の夏炉か。▼夏なお寒い山形県月山の頂。

風《ふ》炉《ろ》茶《ちゃ》　三夏

風炉点前《ふろてまえ》・初風炉《しょぶろ》・初風炉《はつぶろ》・風炉《ふろ》

茶道では、四月にそれまでの炉を塞《ふさ》ぎ、五月から十月末まで、唐銅《からかね》製や鉄製、または土製(奈良風炉)などの焜炉《こんろ》、「風炉」を用いる。釜《かま》も炭道具も風炉用にして行なわれる点前が「風炉点前」。障子は簾《すだれ》に、花は木のものから草花に替えて籠《かご》に入れ、香もあっさりした香木とする。この一時期の点前が「初風炉」。また、盛夏には、涼しい朝方に茶会を催す。これを「朝茶の湯」「朝茶」といい、夏の季語。またその点前も、簡略に済ませる「夏点前」とする。これも夏の季語。九月以降は初秋の趣向とし、これを「風炉の名残」という。

関連 風炉《ふろ》の名残《なごり》→秋／炉開《ろびらき》→冬

風炉茶

二三人老の清らや風炉茶釜　松根東洋城
一筋の風の通へる風炉手前　田中祥子

▼涼しげで美しい茶室のたたずまいを「老《おい》の清《きよ》ら」であらわした老練の句。▼茶室という狭い空間を流れる風。このひと筋の風の、なんと心地よいこと。

噴《ふん》水《すい》　三夏

吹上《ふきあ》げ・噴泉《ふんせん》

観賞用として、公園や駅前、広場、校庭や庭園の池などに設置された、水を噴き上げる仕掛け。サイフォンの原理を応用したもので、目にするだけで涼しげな感じが伝わってくる。日本には明治初期に初めて設置された。

おなじ丈ほどの噴水子の死後も　北光星
噴水となる軽い水重い水　後藤立夫

▼子とともに幾度も見てきた噴水。子はいないのに噴水は同じように水を噴き上げて。▼噴き上がる水の勢い。穂のように細く上がるものもあれば、太いものも。

夏《なつ》蒲《ぶ》団《とん》　三夏

夏布団《なつぶとん》・麻蒲団《あさぶとん》・夏掛《なつがけ》

夏用の蒲団のこと。夏になると麻や木綿、絽《ろ》などの薄い蒲団に替え、さらに暑くなると、タオル地やガーゼのような涼しいものにする。寝冷えを避けるためには不可欠。

母が泊りに来る夏布団つくろひし　安住敦

一日物云はず蝶の影さす：須磨寺大師堂の堂守をしていた頃の作。独居無言の生活。

あけがたの雨のさむさや夏布団　徳永山冬子

▼急に繕っても、母の目には子の暮らし向きなどひと目でわかる。▼夏布団の恋しくなるのは、きまって明け方。まして雨の明け方であれば、なおさらのこと。

【夏座蒲団《なつざぶとん》】三夏

麻座蒲団《あさざぶとん》・藺座蒲団《いざぶとん》

夏向きの座蒲団のこと。色目や柄の涼しげな、麻や木綿などを用い、中綿も薄く仕立てる。ひんやりとした感触の藺草《いぐさ》やパナマ草、皮を使ったものもある。

連衆の数だけ並ぶ夏座蒲団　星野恒彦

▼この「連衆《れんじゅ》」は句会の人々か。夏の句会場の様子が目に見えるよう。

【花茣蓙《はなござ》】三夏

絵茣蓙《えござ》・絵筵《えむしろ》・綾筵《あやむしろ》

涼しげな花模様や幾何学的な模様を織り込んだ夏の敷物。ひんやりした藺草《いぐさ》製が珍重される。花見の時に敷く「✝花筵《はなむしろ》」は春の季語。

花茣蓙にわがぬくもりをうつしけり　阿部みどり女

▼ほてった体で茣蓙に寝転ぶ。素足で歩く。いずれも涼しくて、ひとときの涼を味わう。

【寝茣蓙《ねござ》】三夏

寝筵《ねむしろ》

昼寝の際に敷いたり、夏の夜の✝蒲団に敷いたりして暑気を凌《しの》ぐ敷物。藺草《いぐさ》製が多い。

しゆるしゆるとのべて表裏もなき寝茣蓙　森川暁水

▼使うたびに昨日の表が裏になり、裏が表となる。用がすめばくるくると巻いておく。

【簟《たかむしろ》】三夏

籐筵《とうむしろ》・蒲筵《がまむしろ》

竹や籐で編んだ敷物で、編み目も凝ったものが多く、夏の敷物の✝花茣蓙《はなござ》などよりは高級な場所に用いられる。

この国に足より老いて簟　橘孝子

▼足裏にひやっとした心地よさを感じつつ、こんな暮らしで生きてきた日々を思う。

【円座《えんざ》《ゑんざ》】三夏

藺《い》、藁《わら》、蒲《がま》などを用い、渦巻状の円形に編んだ座蒲団。板間で用いることが多い。古くから使われてきたもので、現在も同類のものが神社の拝殿などで使われている。

従つて円座つや〳〵縁つや〳〵　高野素十

硬さうな円座の重ねありにけり　柴原保佳

▼どなたかの後を歩いてゆく。使い込んだ円座も縁《えん》も美しく光って見える。▼平たい形の円座は硬い。高々と積み重ねてある様も涼しげである。

尾崎放哉《おざきほうさい》▶明治18年（1885）—大正15年（1926）自由律俳人。破滅的性格と病から不遇な生活を送った。

油団《ゆとん》　三夏

和紙を重ねて厚く貼り合わせ、桐油《とうゆ》等を引いた敷物。使い込んだ艶と、ひんやりとしたなめらかな感触は夏に最適であったが、現代では目にすることはほとんどない。

柱影映りもぞする油団かな　高浜虚子

この家と共に古りたる油団かな　伊藤柏翠

▼昭和九年（一九三四）の作。当時の夏の客人には何よりの涼味であった。▼使い込んだ油団を見るにつけ、古い家の年月に思いが及ぶ。

油団

籠枕《かごまくら》　三夏

籐枕《とうまくら》

竹や籐で編んだ、円筒形または箱形の枕。空洞なので蒸れず、素材の竹がひんやりしていて、夏の昼寝に最適。軽くて持ち運びが楽なのもよい。

雨やむを待ちて仮寝の籠枕　鈴木花蓑

何もかも夢も抜けたり籠枕　森澄雄

おのが身を捨ててもおけず籠枕　村越化石

今もなほ昭和が好きで籠枕　池田琴線女

▼籠枕で雨音を聞きながら雨の上がるのを待っている。のんびりとしていて涼しげ。▼無になったという感懐を軽く受けてくれている籠枕。▼深く考えれば深刻なことを、籠枕の力でさりげない独白にした句。▼ただただ同感。

陶枕《とうちん》　三夏

磁枕《じちん》・白磁枕《はくじちん》・青磁枕《せいじちん》

陶磁製の枕のこと。ひんやりした感触が涼を呼ぶとして、昼寝用に珍重される。陶器製が「陶枕」、磁器製が「磁枕」。なかでも「白磁枕」「青磁枕」は高級品。唐子《からこ》や山水を描いて涼しげである。

陶枕の呉須の長江下りかな　飴山實

▼長江下りの景色を、呉須《ごす》（青色の顔料）で染め付けた陶枕で寝ると、青霞む景勝の地を舟で行くような、心地よい眠りに落ちる。

竹婦人《ちくふじん》　三夏

竹夫人《ちくふじん》・抱籠《だきかご》・添寝籠《そいねかご》・竹奴《ちくど》

竹や籐《とう》で編んだ、円筒状の籠の形をしたもの。寝苦しい夏の夜、抱いたり足をのせたりして涼をとる。何よりその名称が、俳諧《はいかい》的で好ましい。小柄な女性の背丈ほどある竹婦人が、年を経て飴《あめ》色になった姿は、どこか哀れである。

竹婦人

人事　生活　住

日盛を書庫のにほひにゐて静か：外は日盛り。書庫は涼しい別天地。静かに本が匂う。

天にあらば比翼の籠や竹婦人　蕪村

竹夫人背中へ廻る夜明けかな　鈴木鷹夫

▼白居易《はくきょい》の「長恨歌《ちょうごんか》」からの発想。使い慣れた竹婦人への愛着を、玄宗の楊貴妃《ようきひ》への寵愛《ちょうあい》になぞらえ、「比翼《ひよく》の籠《かご》」ととらえるところが蕪村の才。▼寝苦しい夜、悶々と身を預けた竹夫人も、明け方にはこのように。

網戸《あみど》

三夏　網障子《あみしょうじ》

夏季の通風、害虫除《よ》けのため、金網やアルミ・合成樹脂などの網を張った戸のこと。アルミサッシの網戸の普及のおかげで、夏の住環境は飛躍的に改善された。

窓景色きのふはここに網戸なく　山口波津女

網戸越し隣はチャイコフスキーの夜　山田弘子

▼通風や虫除けに威力を発揮する網戸ではあるが、窓からの視界を妨げるものでもある。その鬱陶《うっとう》しさ。▼網戸を通して届く隣家の音楽。チャイコフスキーという言葉が涼しげで面白い。

日除《ひよけ》

三夏　日覆《ひおおい》

夏の日盛り、照りつける日光を遮《さえぎ》るためにかける覆いのこと。布やビニールシート、葭簀《よしず》などが用いられる。窓に朝顔や糸瓜《へちま》、近年では蔓茘枝《つるれいし》(ゴーヤ)を這《は》わせる家もある。

ばた〳〵と夕風強き日除巻く　星野立子

めしといふ文字が壁にも日覆にも　小畑一天

喪がくれの海女の日覆の荒筵　高橋伸張子

▼テント地の日除けだろう。風をはらんだ日除けを巻くのは女手には手ごわい。▼単純明快に書かれた「めし」という文字。下町のめし屋の雰囲気が漂う。▼身内を亡くしたばかりの海女を訪ねる。日除けの荒筵が重く垂れた家の中は暗く、悲しみの深さが思われる。

簾《すだれ》

三夏　青簾《あおすだれ》・竹簾《たけすだれ》・葭簾《よしすだれ》・簾戸《すだれど》・掛簾《かけすだれ》・古簾《ふるすだれ》・簾売《すだれうり》

細い葦《あし》、葭《よし》、細く割った竹などを糸で編んだもので、襖《ふすま》や障子などの建具を外した部屋に下げ、間仕切りや日除《ひよ》けなどに用いる。「青簾」は青竹で作った簾。「日除」「簾」「葭簀《よしず》」「葭《よし》戸《ど》」は関連する季語だが、仕様や用途がそれぞれ異なる。

世の中を美しと見し簾かな　上野泰

にほひつゝとほる海風伊予すだれ　佐野まもる

夕簾捲くはたのしきことの一つ　篠原梵

▼煩雑なものを隠してくれる簾。強い光を和らげてもくれる。▼風に混じる海の匂い。伊予《いよ》簾は伊予(愛媛)特産の良質の簾。▼日が落ち、ようやく涼風が吹き始めた。ほっとした思いの伝わる句。

夏暖簾《なつのれん》

三夏　麻暖簾《あさのれん》

麻や木綿、絽《ろ》など、涼しさを誘う布地に涼しげな絵柄を配し

岡本圭岳《おかもとけいがく》▶明治17年(1884)—昭和45年(1970)子規、月斗に師事。主宰誌「火星」は新興俳句の拠点となった。

た夏用の暖簾。建具を外した部屋や、開け放った部屋の間仕切り、または装飾に用いる。現代では、レースやフリルを使ったものも好まれる。

夏暖簾河童三匹ひらひらす　福田蓼汀
座敷より厨を見せず夏のれん　大場白水郎
箸づかひきれいな男夏暖簾　帯屋七緒

▼描かれた河童《かっぱ》。少しの風にも動く。▼当節のキッチン育ちには、なぜ「厨《くりや》を見せず」なのか、理解できないだろう。▼この男、かなりの二枚目に見える。

葭簀《よしず》

三夏

葭簀茶屋《よしずぢゃや》・葭簀張《よしずばり》

葭の茎を編んだ簀《す》の子《こ》。夏の直射日光を遮《さえぎ》るために、軒に立てかけたりする。砂浜の海の家などは、これで部屋を仕切ったり、屋根代わりにしたりする。葭簀で囲うことを「葭簀張」といい、そうした茶屋を「葭簀茶屋」という。

客稀に葭簀繕ふ茶屋主　高浜虚子
影となりて茶屋の葭簀の中にをる　山口誓子

▼営業中に店の葭簀のほころびを繕う主《あるじ》。客はたまにしか来ないのだ。▼葭簀に透ける影法師。

葭戸《よしど》

三夏

葭障子《よししょうじ》・簀戸《すど》・葭屏風《よしびょうぶ》

葭の細い茎を選んで編んだ簀をはめ込んだ戸障子。暑さを避け、風通しをよくするために、襖《ふすま》や障子を取り外して葭戸を入れる。屏風に仕立てた「葭屏風」もある。

こなたへと葭戸障子のつづく部屋　阿波野青畝
通されて風は湖より葭戸の間　水田むつみ

▼料亭に着くと、「こなたへ」と案内され、葭障子の続く部屋の廊下を奥へと歩いていく。▼湖からの風が葭戸越しに届く部屋。思いがけなくささやかな幸せに出合った喜び。

襖《ふすま》外《はず》《はづ》す

三夏

風通し《かぜとおし》・風通り《かぜとおり》

夏場は襖を外して二つの部屋を一つにして、見た目にも涼しくし、風通しをよくする。風に重きをおいて、「風通し」「風通り」とも使う。関連 障子《しょうじ》襖《ふすま》を入れる→秋

遠州の庭へ絵襖外しけり　大島民郎

▼見事な絵襖を外してゆくと、ぱっと開ける小堀遠州《こぼりえんしゅう》作の庭の景色がすばらしい。

籐椅子《とういす》

三夏

籐寝椅子《とうねいす》

籐で編んだ椅子。編み目に隙間があり、風を通すので、夏の調度として用いる。椅子だけでなく、寝椅子、寝台、テーブル、敷物、枕《まくら》などさまざま。どれも昼寝や端居《はしい》のよき友。籐（ラタン）は蔓性《つるせい》の椰子《やし》のこと。おもに東南アジアに自生し、なかでもマナン籐は最高級品。大航海時代以降、この一帯を植

奥白根かの世の雪をかゞやかす：白根は南アルプスの主峰。この世のものではない雪景。

民地としたヨーロッパ諸国で、籐の家具は植民地風の調度として居間や寝室を飾った。

籐椅子にならびて掛けて恋ならず　富安風生
籐椅子の清閑に得し句一つ　日野草城
籐椅子が廊下にありし国敗れ　川崎展宏
頭から足の先まで籐寝椅子　粟津松彩子

▼はたからは恋人同士に見える。▼籐椅子にかけるだけで静かな世界が広がる。▼敗戦の日もそこに籐椅子があった。▼籐寝椅子には適度な硬さと弾力がある。寝ると全身がぴたっと貼り付いて清涼感に包まれる。

【竹床几《たけしょうぎ》《たけしやうぎ》】 三夏

竹で作られた横長の腰掛け。簡単に持ち運びができるので、門辺《かどべ》や庭先に出して夕涼みに使った。真ん中に将棋盤《しょうぎばん》を置いて将棋をさしていた景などが懐かしい。

父も竹牀几もなくてはや久し　神尾季羊

▼父が亡くなってかなりの年月がたつ。父との思い出の竹床几もまた、なくなって久しい。

【水盤《すいばん》】 三夏

陶器で作られた平らな器で、円形、楕円形《だえん》、長方形、瓢簞形《ひょうたん》とさまざま。華道の流派が工夫をこらして、涼感を呼ぶような花や草を生ける。鉄製、木製のものもある。

水盤に浮びし塵のいつまでも　高浜年尾
母の月日ありぬ青磁の水盤に　大橋敦子

▼水盤にいつまでも浮かんでいる塵に目を凝らす作者。所在なき時なのか、思いがなかなか結実しない時なのであろうか。▼母の残した青磁の水盤を見ていると、母の月日が、母とともに過ごした月日が、思い出される。

【蠅除《はえよけ》《はへよけ》】 三夏

蠅帳《はえちょう》・蠅入《はえい》らず

卓袱台《ちゃぶだい》に置いた食べ物に蠅がたからないようにするためのもので、金網を使ったり、蚊帳《かや》を張ったりした道具。蠅を防ぎ、通風をよくした、開き戸のついた金網製の「蠅帳」もある。

関連 蠅《はえ》↓182

蠅除に網塩辛の小壺かな　宗田千燈

▼アミエビを材料にした塩辛があみ塩辛。小壺《こつぼ》に入れて売られていたが、蠅除けにはその小壺が一つ。

【蠅叩《はえたたき》《はへたたき》】 三夏

蠅打《はえう》ち

蠅一匹が食卓にやってきた時の厄介《やっかい》さ、昼寝時に腕あたりをうろうろされる煩わしさといったらない。その蠅をパチンと打ちのめす道具。身辺から蠅が減ってからというもの、蠅叩きの出番もなくなった。

関連 蠅《はえ》↓182

前田普羅《まえだふら》▶明治17年（1884）—昭和29年（1954）「辛夷」主宰。虚子門。大正期を代表する俳人。ことに山岳詠で知られる。

ふりかぶる此の必殺の蠅叩　高柳重信
鈍感のどんの男の蠅たたき　草間時彦
葬式のやがて始まる蠅叩　小島健

▼なんと大げさな構えだこと。まるで猛獣相手のよう。▼鈍中の鈍。打てども打てども蠅に命中せず。▼蠅は葬式であろうと婚礼であろうとやってくる。

蚊帳《かや》　三夏

蚊帳初《かやはじめ》・初蚊帳《はつかや》・蚊帳《かちょう》・麻蚊帳《あさがや》・木綿蚊帳《もめんがや》・白蚊帳《しろかや》・青蚊帳《あおかや》

蚊の襲撃から身を守るため、夜、寝る時、部屋に吊《つ》る帳《とばり》。冷房の普及であまり見かけなくなったが、夏の夜の風情を色濃く漂わせる。素材にはもともとは麻が用いられていた。萌黄色に染めた青蚊帳が一般的で、赤い縁布をつけた。色は濃緑、水色、白などもあり、白麻《しろあさ》の蚊帳などは見た目も涼しい。

関連　蚊《か》→183

釣りそめて蚊屋面白き月夜かな　言水
つりそめて水草の香の蚊帳かな　飯田蛇笏
蚊帳の中いつしか応えなくなりぬ　宇多喜代子
蠅帳に妻の伝言はさみあり　足立修平

▼蚊帳越しに眺める月ももの珍しい。▼蚊帳に入ると、水辺の葭《あし》原《はら》に隠れている気分。▼蚊帳の中の人も眠りに落ちてしまった。▼何でもない日常の光景ではあるが、そこには夫を気遣う妻のやさしさがある。

蚊遣火《かやりび》　三夏

蚊遣《かやり》・蚊火《かび》・蚊《か》いぶし・蚊取線香《かとりせんこう》

蚊を寄せつけぬよう何かを燻《いぶ》すこと。蚊取り線香のない時代には、松や杉の皮、柑橘《かんきつ》類の皮や蓬《よもぎ》を乾燥させたものを燻していた。効き目があったのは楠《くす》や榧《かや》の木片。雑草を燃やした煙を牛馬の小屋に流したりもした。夕暮時にどこからともなく流れてくる蚊遣の香りには、そこはかとない郷愁が漂う。

関連　蚊《か》→183

旅寝して香わろき草の蚊遣りかな　去来
兄妹に蚊遣は一夜渦巻けり　石田波郷
母恋へば母の風吹く蚊遣香　角川春樹

▼旅寝に蚊はつらい。それにしても何を燃やしたのやら。▼ぐるぐるの渦巻き。一夜で燃え尽きるようにできている。▼蚊遣と母。心の中から消えぬ風景。

掛香《かけこう》　三夏

匂袋《においぶくろ》・誰袖《たがそで》・薫衣香《くのえこう》

白檀《びゃくだん》、丁子《ちょうじ》、竜脳《りゅうのう》、麝香《じゃこう》などの香料を入れた匂袋で、柱や鴨居《かもい》に掛ける。芳香を楽しみ、夏の暑さを払い、防虫効果があることから、臭気除《よ》けや、疫病・邪気除けにも用いる。懐中や袂《たもと》にも入れる。洋装の国の強い香水の香りとは異なる、日本古来のゆかしい香りである。虫除け効果も期待して衣服や古書にたきしめるものは「薫衣香《くのえこう》」という。

頬を掌におきてしんじつ虫の夜：頬杖をついて聴く虫の声。「しんじつ」に人生の重みがある。

掛香や未婚の儘に老公主　永田青嵐
掛香の闇に目をあけゐたり　加藤三七子
掛香にものや偲ばれひるさがり　伊藤敬子

▼門跡寺院の庵主になられたのだろうか。掛香がそのひととなりを示して優雅である。▼昼間とは違い、闇の中にいると、袋からの匂いだけが届く。闇の中で目を見開いている怖さ。▼明るい昼さがりのもの思いも何やら怖い。

香水《こうすい》《かうすい》　三夏

オーデコロン

汗の匂いに悩まされる夏、愛用の香りをもつ人はもちろん、ふだんは香水を使わない人も、香水の爽快《そうかい》な香りを求めることがある。香料の含有量の高いものから、香水、オー・ド・パルファン、オー・ド・トワレ、オーデコロンなどと呼ばれる。

香水の一滴づつにかくも減る　山口波津女
パリとだけ読める香水えらび買ふ　田畑美穂女
触れぬものの一つに妻の香水瓶　福永耕二

▼減った香水の量は、作者の人生に重なる。▼パリとあれば間違いないと思って買う香水。お洒落な街の代表パリだからこそのこと。▼鏡台の上の香水瓶。とりわけ触れることをためらう妻の聖域がそこにある。

冷房《れいぼう》《れいばう》　晩夏

クーラー・冷房車《れいぼうしゃ》

室内の温度を外気より下げ、涼しくする装置。ビルやデパート、交通機関など、人の多く集まる場所のほか、自動車や一般家庭にも設置されている。冷やしすぎによる体調不良や、電力消費量増大には注意を要する。

冷房にゐて水母めくわが影よ　草間時彦
冷房の内なる企業秘密かな　安藤久美

▼海中のように涼しい冷房だが、人工ゆえにわが影も実体を離れ、水母《くらげ》めく。▼企業秘密は冷房に守られるかのよう。個を超えた企業の現代の不安が垣間見える。

花氷《はなごおり》《はなごほり》　晩夏

氷柱《こおりばしら》

生花や造花、時には作り物の金魚などを入れて凍らせた氷の柱で、人の集まるホテルやデパートの入り口などに置いて、冷気と美しさをともに楽しむ。冷房設備のなかった時代の贅《ぜい》沢《たく》だが、現代でも時々見られる。

花氷人のいのちのかたはらに　田村木国
花氷旧知のごとく頬寄せて　中村苑子
花氷詩型なみだのごとくにて　山崎聰

▼重篤《じゅうとく》の人への見舞いの花氷だろうか。やがて氷は解ける。▼涼しさを直《じか》に受け止めようと頬を寄せる。▼みるみる解けてゆく氷

飯田蛇笏《いいだだこつ》▶明治18年（1885）―昭和37年（1962）「雲母」主宰。重厚で格調高い句柄。大正期を代表する俳人。

と、涙のようだという詩型。この詩型、俳句とみえて俳句ではなさそうだ。否、俳句か。

冷蔵庫《れいぞうこ》《れいざうこ》

三夏

氷冷蔵庫《こおりれいぞうこ》・ガス冷蔵庫《れいぞうこ》

冷蔵庫は食物の腐りやすい夏の必需品。ビールを冷やしたり、氷を作ったりもする。電気冷蔵庫の出現する昭和三十年(一九五五)頃までは、ブロック形の氷を上段に置く木製二層の箱形の氷冷蔵庫が一般的だった。

鯛入れて他はとりいだす冷蔵庫　水原秋桜子
冷蔵庫ひらく妻子のものばかり　辻田克巳
冷蔵庫にいつも卵のある不安　前田典子

▼限られた空間ではあるが、なにしろ鯛《たい》は特別。▼プリンにケーキにアイスクリーム。なにしろ管理者は妻。▼冷蔵庫信仰の恐ろしさ。物のある不安。

扇《おうぎ》《あふぎ》

三夏

扇子《せんす》・絵扇《えおうぎ》・白扇《はくせん》・小扇《こおうぎ》

夏の暑さから逃れるため、あおいで風をおこし、涼をとる道具。古代には檜《ひのき》の薄片で作られた檜扇《ひおうぎ》を用いたが、その後、竹や木でできた骨を、要《かなめ》と呼ぶ釘で止め、広げて紙を貼った、「夏扇」とも呼ばれる紙扇が考案された。涼しげな絵を描いたものや、絹やレース貼りのものも。扇は儀式用や装身具として年中用いるが、季語となるのは夏の扇のみ。

富士の風や扇にのせて江戸土産　芭蕉
一瀑をたたみ秘めたる扇かな　日野草城
扇買ふ祇園に竹葉散る日あり　田中裕明

▼富士山の風を扇にのせて運ぶとはすごい発想。▼滝を描いただけで扇が大きくなる。▼京の祇園《ぎおん》で買う扇は格別。しかも竹の葉が散るとは、他所《よそ》にはない情緒。

団扇《うちわ》《うちは》

三夏

団《うちわ》・白団扇《しろうちわ》・絵団扇《えうちわ》・古団扇《ふるうちわ》・奈良団扇《ならうちわ》・京団扇《きょううちわ》・団扇売《うちわうり》

竹の骨と紙だけの簡単の極み。団扇は涼を得るための最も手軽な道具である。これを折りたたみ式にしたのが扇《おうぎ》だが、扇にやや改まった感じがあるのに対して、団扇はいたってざっくばらん。原形は中国から伝来し、はじめは日除《ひよ》け、虫除けに使われたが、日本列島の蒸し暑い夏にふさわしく、涼風をおこすものに生まれ変わった。

青丹よししろき団扇も奈良団扇　来山
あふぎつつひとの子誉むる団かな　几董
へな〱にこしのぬけたる団扇かな　久保田万太郎
柄を立てて吹飛んで来る団扇かな　松本たかし

▼奈良名産の奈良団扇。青、朱、黄、薄茶、白など色とりどり。▼子供連れの訪問客。団扇であおいでやるご内儀。▼竹の骨の張りがなくなってしまった古団扇。腰抜けとはおかしい。▼涼風に吹き飛ばされる団扇。

家持の二上山へ墓参かな：奈良を懐かしみ大伴家持が名づけた越中の二上山。

扇《せん》風《ぷう》機《き》
三夏

エアコンが普及した現在でも、扇風機の人気は高い。国産第一号の生産は明治二十七年（一八九四）。大正五年（一九一六）に一般発売された。シャンデリア式の天井扇、汽車や電車に設置された車内扇などもある。

扇風機大き翼をやすめたり　山口誓子
首こきと鳴る骨董の扇風機　佐藤鬼房
海よりの風に加へて扇風機　稲畑汀子

▼スイッチを切った扇風機。電動が鳥の動きのように思われる。▼カクンと鳴りつつ回る扇風機。じつに健気《けなげ》。▼うっとりするほどの涼しさ。

風《ふう》鈴《りん》
三夏
風鈴売《ふうりんうり》

窓辺や軒に吊《つ》るす風鈴。釣鐘《つりがね》をかたどった鋳物《いもの》のものも、球のような吹きガラスのものもある。音によって涼しさを得るものであるが、その音は単一の澄んだ音色ではなく、いくつかの音の混じった「にごり」のある音色。ガラスの江戸風鈴などは、わざわざ縁に刻みを入れて音を濁してある。澄みきった音より、「ゆらぎ」や「かすれ」のある音を愛《め》でるのである。風鈴の音は大空を吹き渡る風を想像させる。これもまた風鈴の涼味の一つ。

ふかぬ日の風鈴は蜂のやどりかな　言水
風鈴のもつるるほどに涼しけれ　中村汀女
風鈴の空は荒星ばかりかな　芝不器男
風鈴に荒《すさ》ぶる神のりうつり　飴山實

▼風のない日の風鈴。静かに蜂を宿している。▼いくつかの風鈴がもつれるのではない。下がっているのは一つの風鈴。風に吹かれて、その音がもつれるかのようなのだ。▼夜の風鈴。夜空の大粒の星々が涼しげ。▼神が乗り移ったかのように鳴りしきる風鈴。

釣《つり》忍《しのぶ》
三夏
吊忍《つりしのぶ》・軒忍《のきしのぶ》

「忍」は忍草《しのぶぐさ》というシノブ科の歯朶《しだ》で、湿り気のある岩間や樹幹に生える。その根を束ねて針金などで形をなし、軒端《のきば》に吊《つ》るし、青々した葉や、流れる風の生む涼味を楽しむ。水を絶やさなければ長く楽しめ、形を船形にしたり、風鈴を下げたりする。

名句鑑賞

父も母も家にて死にき吊忍　岡本眸

いつの頃からか、自宅で死を迎えることが少なくなった。病院のベッドで医術の進歩による延命措置を受けることで、末期の命を恵まれることが多くなった。さてこれってほんとうに幸せなことなのかしら、父も母も最期はここ、この吊忍の下がるこの家だった。どっちが幸せなのだろう、そんな難しい問題をさりげなく投げかけ、さりげなく答えている句。「吊忍」以外、この難しさを引き受けてくれる季語はないだろう。［宇多］

大橋越央子《おおはしえつおうし》▶明治18年（1885）—昭和43年（1968）虚子の信頼篤く「ホトトギス」「若葉」で同人会長を務めた。

とばかりに雫やみけり釣忍　　尾崎紅葉

ひとすぢのあらくさ垂れし釣忍　　小原啄葉

巡礼のふれてゆきたる吊忍　　西山睦

▼ポタポタ落ちていた雫《しずく》が少しの間やむ。みずみずしい釣忍。▼忍草に紛れ込んだいわば雑草。それもまた、よし。▼ほんの一時、巡礼者の心に涼風が吹き込む。

【走馬灯《そうまとう》】 三夏

回《まわ》り灯籠《どうろう》

江戸中期に登場した夏の夜の娯楽。内枠に人や馬などの絵を切り抜いて貼り、中央に蠟燭《ろうそく》を灯《とも》し、その熱の上昇気流で内枠が回るように作られている。紙や布を張った外枠をスクリーンとして、影絵を楽しむ。

幸すこし不幸をすこし走馬灯　　岬雪夫

人魂の後追う人や走馬灯　　西池冬扇

ひとところゆつくり見せて走馬灯　　片山由美子

▼走馬灯は過ぎ去った歳月を思い出させるが、今となっては、幸も不幸もほどほどと思える。▼お盆の頃は走馬灯を飾る。人魂と人の影絵が際限なく回り続ける。▼ゆっくり回るのではなく、しみじみとゆっくり見せているのだ。

【虫干《むしぼし》】 晩夏

土用干《どようぼし》・虫払《むしばら》い・曝涼《ばくりょう》・曝書《ばくしょ》

夏の土用、乾いた風の通る晴れた日に、簞笥《たんす》や行李《こうり》の衣服、書架の書物などを広げて風にあてること。「土用干」ともいい、梅雨時の湿気を払い、衣類や紙につく虫や黴《かび》を予防する。母の外出着や懐かしい晴れ着が、衣桁《いこう》や、柱と柱に渡した紐《ひも》などに一挙に掛けられ、その下を潜ったりして子供心に浮き浮きしたことを思い出す。書架の虫払いをしていたら紙魚《しみ》が走り出てきて驚いたこともある。社寺の宝物や資料などの虫干しは「曝涼」といい、正倉院ではこれを十一月に行なう。

関連 土用《どよう》↓017／紙魚《しみ》↓186

虫干やつなぎ合はせし紐の数　　杉田久女

菩提樹の葉の栞とぶ曝書かな　　本田一杉

漢籍を曝して父の在るごとし　　上田五千石

▼紐と紐を繋《つな》いでピンと張っても、着物の重みで中ほどが弛《ゆる》む。▼思い入れのある栞《しおり》だったのだろう。思わぬものが出てくるのも曝書のおまけ。▼父の時代の教養源は漢籍。しゃんと背筋を正してこれを読む。

【晒井《さらしい》《さらしゐ》】 晩夏

井浚《いざらえ》・井戸浚《いどさらえ》・井戸替《いどかえ》

美しい井戸水を保つために、年に一度、夏に井戸の掃除をして、底にたまっている土砂やごみを取り除く。井戸の神さまに灯明《とうみょう》をあげて作業を始め、終わると神酒《みき》を供えた。かつては七月七日の行事であったところもある。

晒井の夜の賑へる山家かな　　茨木和生

▼町に出ている者も戻ってきての井戸浚え、その夜は山家《やまが》の灯《ひ》を

清瀧や流れくるもの皆涼し：奥嵯峨野、清瀧の清流。王城は京阪の名所旧蹟に明るかった。

煌々《こうこう》とつけての酒宴が行なわれる。

打水《うちみず》《うちみづ》

三夏

水打《みずう》つ・水撒《みずま》き

暑中、埃《ほこり》を鎮め、涼を得るために道や庭に水を撒くこと。水に濡《ぬ》れた石畳や飛び石は見るからに涼しい。客を迎える夏のもてなし。

打水のころがる玉を見て通る　飯田蛇笏
打水のとゞめは朴の根を叩き　飴山實
立山のかぶさる町や水を打つ　前田普羅

▼濡れた路面を転がる水の玉。コマ落としの映像を見ているよう。▼打ち余った水。とどめとばかりに朴の木の根元へ打った。▼町に覆いかぶさる立山(富山県)の大いなる山影。

日向水《ひなたみず》《ひなたみづ》

晩夏

桶《おけ》や盥《たらい》に水を汲《く》んで夏の日盛りに日向に出しておく。温まった水を行水や洗濯に使うのである。太陽エネルギーの最も素朴な利用法だ。一日の労働に火照《ほて》った体にざっと水を浴び、汗を流してから健やかな夕餉《ゆうげ》の卓につく。

日向水かぶりて其日暮しかな　森川暁水

▼市井派の貧乏俳句で知られる作者。風呂を沸かすのを惜しみ、日向水をかぶって今日一日を終える。

行水《ぎょうずい》《ぎやうずい》

晩夏

シャワー

盥《たらい》の湯で汗を流す程度の湯浴《ゆあ》みをすること。今はシャワーが普及したが、かつては汗を流す簡便な方法として、ことに幼い子の汗疹《あせも》予防などに効果的だった。湯を沸かす手間を省くために盥《たらい》の水を日向《ひなた》に出しておき、日向水にして行水に使うこともあった。水で行なう行水を「水行水」という。中世の頃の行水は潔斎《けっさい》の意味があったようだが、いつしか夏の暮らしの風俗となった。

行水や白粉花に肌ふるゝ　青木月斗
行水や青桐の葉をわたる風　室生犀星
行水の裏を返せば蒙古斑　森田智子

▼座った人の肩先あたりに白粉花《おしろいばな》。どこで誰が行水をしているのか想像する楽しさは格別。▼まことに心地よさそう。行水の時間を楽しんでいるようだ。▼お母さんであればこそ、このように子

名句鑑賞

夜濯にありあふものをまとひけり　森川暁水

作者は表具職人。貧しいながらも職人としての衿持《きょうじ》をもって市井に生きた俳人であった。貧しい境涯のなかから、黴《かび》、雨漏りなどをいきいきと句に取り入れた佳句を多々残した。「夜濯《よすすぎ》」もそのひとつで、暁水により世に出た季語である。夜、一枚きりの仕事着の汗をザブザブと井戸水で流して干し、翌朝に着る。そのあたりのものを引っ掛けて間に合わせる。「夜濯のざあ〳〵水をつかひけり」も同時発表の句である。［宇多］

田中王城《たなかおうじょう》▶明治18年（1885）—昭和14年（1939）「鹿笛」主宰。京都の骨董商。虚子門最古参の一人。

供を扱える。

夜濯《よすすぎ》

晩夏

夜間に洗濯をすること。盥《たらい》で洗濯をしていた時代の季語で、初めて句作に用いたのは森川暁水《ぎょうすい》、昭和六年（一九三一）、「夜濯にありあふものをまとひけり」ほかで初出。かつて夜の洗濯は忌事《いみごと》とされていたものだったが、現在、夜に洗濯をすることは珍しくなくなった。

夜濯ぎのひとりの音をたつるなり　清崎敏郎
蓮如来し島夜濯ぎの音はげし　宇佐美魚目
夜濯の暗みにこもる母の唄　老川敏彦

▼音をたてているのも聞いているのも自分一人。▼蓮如《れんにょ》は室町時代の浄土真宗中興の祖。幾百年も前のことを昨日のことのように語る。こせこせしない島人の仕事ぶりのわかる句。▼暗いところで母が濯ぎものをしている。歌っているのは禁忌を払う呪《まじな》いの唄《うた》か。

船遊《ふなあそび》

三夏

遊船《ゆうせん》・遊《あそ》び船《ぶね》

納涼のために、川、海、湖などに小型の船を浮かべて興ずること。水面は気温が低く、吹く風も涼しいので、涼をとりながら移り変わる風景を楽しんだり、飲食や演芸に興じたりする。東京の隅田川《すみだがわ》や京都の嵐山《あらしやま》付近、滋賀県の琵琶湖《びわこ》など、名勝地はことに賑《にぎ》わう。大型船による贅沢《ぜいたく》なクルージングも船遊びといえそうだが、あまり大規模のものは、この季語の情趣には収まらない。

日にかざす扇小さし舟遊　阿部みどり女
手を出せばすぐに潮ある船遊び　山口波津女
遊船の幕吹き細り吹き細り　阿波野青畝

▼この扇子は、ちょっとしたおしゃれ用のもの。▼つい手を差しのべてみたくなる。潮に触れている実感。▼船にめぐらせた幕に水面の風が吹いてくる。

ボート

三夏

貸《かし》ボート

公園の池や避暑地の湖などに浮かべて遊ぶボート。貸しボート屋の親父は大きな麦藁《むぎわら》帽子をかぶって営業している。照り返す日射しは強いが、水面を吹きわたる風を受けて快い。オールで漕ぐもののほか、観光地では足でペダルを漕ぐタイプも見かける。「ボートレース」「競漕《きょうそう》」は春の季語。また、救命用ボートなどは季語にならない。

関連 ボートレース→春

恋のボート父子のボート漕ぎかはし　富安風生
ボートからボートへ移るやうな恋　小林貴子

▼日盛りの池に漕ぎ出したたくさんのボート。恋人同士のボートも父と子のボートも笑顔にあふれる。▼乗り移るところを見ている人は、さぞかしはらはらするだろう。

掌にのせて子猫の品定め：掌《てのひら》にのるほどの子猫。器量の良しあしを品定め。

ヨット

三夏

快走艇《かいそうてい》・ヨットレース

小型の西洋式帆船。三角の帆を張り、風をはらんで走る。なかには大洋を走る大型のものもある。夏の風を受けて、滑るように海原や湖面を走る帆船は美しい。「ヨットレース」もしばしば行なわれている。しかし、乗ったことのある人は案外少なく、ヨットを遠くに眺めた情景やヨットハーバーの風景を詠んだ句が多い。同じく「ボート」「カヌー」も夏の季語。ただし「ボートレース」は春の季語である。

競ふとも見えぬ遠さのヨットかな　三村純也
漁港ともヨットハーバーともつかず　吉岡翠生

▼どんな人が乗っているのやら、どの船が勝っているのやら。ただ美しく見える。▼ヨットハーバーにたまたま魚が集まったのか。その逆か。

水遊び

水《みず》遊《あそ》び

三夏

水掛合《みずかけあい》・水合戦《みずがっせん》・水戦《みずいくさ》

子供が水を掛け合ったり、おもちゃの如雨露《じょうろ》で水を掬《すく》ったり、バケツに小舟を浮かべたりして遊ぶことをいう。かつては川の浅瀬などで遊ぶ裸の子がいたものだが、現在では自宅の庭にビニール製プールを出して遊ぶようになった。江戸時代の歳時記の考証によると、大人が水の掛け合い試合をしたことから季語となったとある。

街の子や雨後の溜りの水遊び　石塚友二
水遊とはだんだんに濡れること　後藤比奈夫
燕雀《えんじゃく》の志かな水遊び　和田悟朗

▼これだって街の子には楽しい。水たまりに葉っぱを浮かべただ

名句鑑賞

水遊びする子に先生から手紙　田中裕明

水遊びの子に先生から手紙が届いた。子の年齢も、この先生がどこの先生であるのかも、手紙に何が書いてあったのやらも、詳細はわからない。それなのに、子がいきいきと水遊びをしている光景がはっきりと見えてくる。「水遊び」の水が動いているのだ。作者は、早くからその非凡な才を認められており、これからというところを病魔に冒され、平成十六年(二〇〇四)に四十五歳で他界。その死を惜しむ声は今も絶えない。［宇多］

富安風生《とみやすふうせい》▶明治 18 年（1885）—昭和 54 年（1979）「若葉」主宰。写生に立脚した軽妙な句風。老境はいよいよ自在。

けで、大海の船になる。▼まあいいやとなり、ついには全身が濡《ぬ》れてしまう。これぞ水遊びの醍醐《だいご》味《み》。▼どうもパッと派手にはやれない。

【泳《およ》ぎ】晩夏

水練《すいれん》・水泳《すいえい》・競泳《きょうえい》・遠泳《えんえい》・浮袋《うきぶくろ》・浮輪《うきわ》・抜手《ぬきて》・横泳《よこおよ》ぎ・犬掻《いぬかき》・クロール・平泳《ひらおよ》ぎ・背泳《せおよ》ぎ・立《た》ち泳《およ》ぎ

一般的には西洋の泳法であるクロールや平泳ぎ、背泳ぎなどのスポーツの泳ぎをいうが、日本にも古来、武術の一つとして発達した古式泳法があり、横泳ぎ(のし)、立ち泳ぎ、抜き手など、流派により独特の型がある。現在ではプールで泳ぎを教わるが、かつては海や川で遊びつつ覚えたものだった。

愛されずして沖遠く泳ぐなり　藤田湘子
泳ぎ了へ子の近道の中華街　橋本榮治
遠泳の真顔つぎつぎ到着す　金久美智子
背泳ぎの空のだんだんおそろしく　石田郷子

▼内に秘めた青春期の孤立した想いを、ひとりの営為である「泳ぎ」で表現した句。▼中華街すなわち繁華なところなのだが、泳ぎ子たちはひたすら自宅へ。▼遠泳の「疲れ」と言わず、「真顔」と詠み、達成感を際だたせた。▼背泳ぎの目に見えるのは空のみ。ひとりの実感だろう。

【海《かい》水《すい》浴《よく》】晩夏

潮浴《しおあび》

避暑や娯楽として、家族や友人たちで海に入って遊ぶこと。このような形の海水浴は明治以降で、それ以前は、宗教行事などに限定されていた。また、海水浴は西洋から伝わったが、当初は療養や保養のためだった。

富士暮るゝ迄夕汐を浴びにけり　大須賀乙字
歩き行く地が砂になり海水浴　古屋秀雄

▼単純明快な大きな構図の中で、潮浴びの尽きない楽しさを表現している。▼海水浴への期待感がしだいに高まってくる。潮騒《しおさい》も聞こえ始めた。海はもうすぐだ。

【砂《すな》日《ひ》傘《がさ》】晩夏

浜日傘《はまひがさ》・ビーチパラソル

海水浴などをする時、直射日光を避けるために砂浜に立てる、大きめの日傘。海岸に色とりどりの日傘が立ち並ぶ光景には、

砂日傘

リゾート気分が横溢《おういつ》する。

砂日傘ちよつと間違へ立ち戻る　波多野爽波
砂日傘開けば隠れ竹生島　佐伯哲草
あふられてあふられて浜日傘立つ　藺草慶子

▼違う砂日傘に入ろうとした時の気恥ずかしさ。「あっ」と言って、いそいそと退散する。▼大きな砂日傘は厳しい日差しを遮ってくれるが、美しい竹生島を隠してしまう。▼海風にあおられて翻る浜日傘。カラフルな海辺の光景。

【プール】晩夏

日本のプールは、都市で泳ぎを楽しみたい人のために大正時代に初めて作られ、工場排水や農薬で河川や海が汚染された一九六〇年代から七〇年代にかけて普及した。季語となったのは昭和初期。日野草城や山口誓子らが素材拡大の提唱とともに発表した。

プールを出ず勝者と敗者手とりあふ　小川双々子
風の樹々プールの子らに騒ぎ添ふ　石田波郷
ヘヤピンがプールサイドに錆びてをり　中村青彦

▼「プールを出ず」に勝者と敗者が手を取り合うところに目をとめた句。▼風にぞうぞうと鳴る樹々に囲まれたプール。子らの機嫌に樹の機嫌が重なる。▼落とし主不明のピン。そのピンの「錆《さび》」に焦点を合わせた。

【飛《と》び込《こ》み】晩夏

ダイビング

一定の高さから空中に身を躍らせ、水中に飛び込むこと。夏、子供が海や川でも行なう。水泳競技としての飛び込みは、身体をひねったり回転させたりして飛び込み、そのフォームの美しさ等を競う。

飛込の途中たましひ遅れけり　中原道夫

▼飛び込み中に、肉体と魂を分離させたところが妙味。魂は飛び込みが怖かったのだな、きっと。

【サーフィン】晩夏

波乗《なみの》り・サーフボード

サーフボードに腹ばいになって沖に出て、大波をとらえたらバランスをとりつつ立ち上がり、うねる波に乗って砂浜に向けて滑走する、おもに若者の海のスポーツ。爽快だが技術も要する。海辺の子供たちの遊びとして昔からあった「波乗り」も、同じく波をとらえて遊ぶスポーツ。

サーフィンの陸に真向きて立ち上る　山崎ひさを
浪のりは鋭き口笛を鳴らしけり　横山白虹
波のりの白き疲れによこたはる　篠原鳳作

▼「真向きて立ち上る」、これぞ若者の力。▼「鋭き口笛」は健康な若者のもの。▼「白き疲れ」も健康な若者のもの。

高田蝶衣《たかたちょうい》▶明治19年（1886）—昭和5年（1930）虚子門のち「懸葵」「石楠」へ。病を得て淡路へ帰郷、俳句に専念。

【登山《とざん》】晩夏

山登《やまのぼ》り・登山宿《とざんやど》・登山小屋《とざんごや》・山小屋《やまごや》・ケルン

四季を通して登山は盛んだが、季語としては夏の登山に限る。今ではスポーツやレクリエーションの一つである登山も、古くは山そのものを神と仰ぐ信仰のためのものだった。山伏《やまぶし》や行者たちが、「六根清浄《ろっこんしょうじょう》」(心身の不浄を清める仏教語)を唱えながら、霊山とされる富士山《ふじさん》、大峯山《おおみねさん》、白山《はくさん》、立山《たてやま》、男体山《なんたいさん》、出羽三山《でわさんざん》などに登り、修行をする。登山路で出合う、石をピラミッド状に積み上げたものが「ケルン」。道標や記念のためのものである。

髭白きまで山を攀《よ》ぢ何を得し　福田蓼汀
霧をゆき父子同紐の登山帽　能村登四郎
生涯の岐路かも知れず登山岐路　長谷川秋子

▼並々ならぬ登山歴をもつ者だからこそ湧いてくる自問。▼帽子の色がお揃いなだけで嬉《うれ》しいのに一緒に山登り。父親の頼もしさの伝わる句。▼どちらに行こうか。「生涯の岐路」というからには、よほどの大事。

【キャンプ】晩夏

キャンプ小屋《ごや》・キャンプファイヤー・キャンプ村《むら》

山や海辺、湖畔などにテントを張って野営をすること。キャンプファイヤーでは、火を囲んで歌をうたいゲームに興じたりする。キャンプ設備を備えたキャンピングカーやオートキャンプもキャンプの範疇《はんちゅう》には入るが、夏の野外生活を季語の本意とするところからは、ややそれる。

キャンプの火あがれる空の穂高岳　加藤楸邨
キャンプ張る男言葉を投げ合ひて　岡本眸
少年の声甲高きキャンプかな　三村純也

▼キャンプファイヤーが勢いよく燃え立っている。そのかなたの穂高岳(長野・岐阜県境)。▼女の子の男言葉。楽しさのあらわれ。▼開放された少年の声。聞きなれた声なのにいつもと違う。声とは正直なものだ。

【ナイター】晩夏

夜間に行なわれるスポーツの試合、とくに野球のナイトゲームをいう。春から秋まで行なわれてはいるが、夜風に吹かれ、ビールを片手にひいきの球団を応援するのは、夏の風物詩。近年はドーム球場も増え、やや季節感が薄れてきている。

ナイターの風出でてより逆転打　能村研三
ナイターの席探す間のホームラン　木暮陶句郎
ナイターの点りて空の消えゆける　山田佳乃

▼ドームではなく、屋外の球場ならではの心地よさ。逆転打にどよめく声が、風と一つになる。▼席を探すことに神経が行っていて良い瞬間を見逃してしまったのである。▼照明が点ればその明るさに夜空が見えなくなっていく。

鳰二三浮びて湖をなしにけり：近江の風景だろうか。鳰《にお》の姿があってこその湖。

手《て》花《はな》火《び》　晩夏

花火線香《はなびせんこう》・線香花火《せんこうはなび》・庭花火《にわはなび》・鼠花火《ねずみはなび》

花火には、夜空に打ち上げる大がかりな「花火」と、手に持って遊ぶ「手花火」とがある。打ち上げ花火は鎮魂行事として秋の季語。いっぽう手花火は夏の季語で、紙縒《こよ》りの先に火薬を巻き込んだもの、細い藺《い》の先に火薬をつけたものなど、さまざまな種類がある。パチパチと閃光《せんこう》を発する「線香花火」も手花火の一つ。火花の勢いが次第に弱り、ほどなく消えてゆく。火が消えた後の闇に残る火薬の匂いに、夏の夜の情感がこもる。夜の庭で遊ぶことから「庭花火」ともいう。 関連 花火《はなび》↓秋

手花火の煙もくもく面白や　川崎展宏
手花火にうかぶさみしき顔ばかり　岡本眸
手花火も連絡船の荷のひとつ　黒田杏子

▼単純明快。まさに「面白や」。▼閃光が照らし出す陰影深い面々の顔に、思わぬさみしさが漂う。▼手花火持参の連絡船の旅なんて、楽しいにきまっている。

夜《よ》店《みせ》　三夏

夜見世《よみせ》・干見世《ほしみせ》

夜、縁日などで社寺の境内や参道の両脇に並ぶ、テント掛けの店舗。夕涼みがてらに出かけた子供たちも、平素口にすることのない食べ物を買ったり、金魚掬《すく》いやゲームに興じたりして夜更かしをする。茣蓙《ござ》の上などに古着や骨董《こっとう》、古書などの出物が並ぶのも夜店。裸電球の弱い明かりの下に並べられたものを眺めながら、人ごみの中をそぞろ歩く楽しみは、夜店ならではのものである。

売られゆくうさぎ匂へる夜店かな　五所平之助
夜店にて仮名書論語妻が買ひし　池上浩山人
少年の時間の余る夜店かな　山根真矢

▼亀、ひよこ、兜虫《かぶとむし》、兎《うさぎ》など。買われた後、どうなるのだろう。▼こんなものがあるのも夜店の魅力。▼そこそこのお小遣いもなくなった。うちに帰るには早すぎる。金魚掬いの見物客にでもなるか――。

金《きん》魚《ぎょ》売《うり》　仲夏

金魚屋《きんぎょや》

金魚を売ること、またその人。かつては金魚の入った桶《おけ》を天秤棒《てんびんぼう》で担ぎ、独特の呼び声で町を売り歩いたものであったが、近年は、縁日などで廉価な金魚を水槽に入れ、金魚掬《すく》いを楽しませる。 関連 金魚《きんぎょ》↓162

金魚売けふをり明日もゐあはすや　石川桂郎
六道の辻に金魚の売られけり　井上弘美

▼今日会った金魚売りに明日も会えるだろうか。懐かしさと期待に童心が騒ぐ。▼冥界の入口といわれる六道《ろくどう》の辻《つじ》にいる金魚売り。命ある側の明るさが目を射る。

野村喜舟《のむらきしゅう》▶明治19年（1886）―昭和58年（1983）東洋城に師事。「渋柿」を継承、主宰。脱近代的な俳諧味が特徴。

釣堀《つりぼり》　三夏

人工的に造られた堀や池、あるいは池や川の一部を区切ったところに魚を放流し、有料で釣りをさせる場所。夏はとくに賑《にぎ》わい、魚も釣りやすくなる。避暑地や温泉地等にもあり、女性や子供たちも楽しむ。

釣堀の四隅の水の疲れたる　波多野爽波

▼賑やかな釣堀。魚は逃げるように自然と四隅に集まる。そんな状況では、釣堀の四隅の水も疲れよう。

夏場所《なつばしょ》　初夏

五月場所《ごがつばしょ》

大相撲の本場所の一つ。五月の第二日曜日から十五日間、両国の国技館で開催される。✦初場所とともに歴史が古く、東京で行なわれることもあって、人気の場所である。

夏場所を立出て更に愉快欲し　京極杞陽

はたと止む団扇の波や五月場所　武原はん

▼興奮冷めやらぬままさらに次の興奮を求めるのは、夏場所があまりにも刺激的だったから。▼団扇《うちわ》の動きが一斉に止まる。いい取口だ。固唾《かたず》をのむ人々。思わず力が入る。一瞬の間の後、湧く歓声。

七月場所《しちがつばしょ》《しちぐわつばしょ》　晩夏

名古屋場所《なごやばしょ》

大相撲の本場所の一つ。七月中に十五日間行なわれる。名古屋で開催されるところから、「名古屋場所」とも呼ばれる。荒れる場所といわれている。

名古屋場所見に待ち合す天守閣　田口恵子

▼名古屋城の天守閣で待ち合わすとは豪儀。武士の如《ごと》く髷《まげ》と力で闘う相撲への期待感もいっそう高まろう。

夏芝居《なつしばい》《なつしばゐ》　晩夏

夏狂言《なつきょうげん》

旧暦五、六月の歌舞伎芝居を「五月《さつき》狂言」といい、夏の季語だが、それが終わった後に、おもだった劇場や立役者はしばらく休みをとる。「夏芝居」とは、そんな夏の期間（旧暦六、七月）に演じる芝居のことで、納涼の気分にそう演目を出す。仕掛けに水を使ったもの、幽霊やお化けの出る怪談物や内容の軽いものなどが好まれる。水芸師が主役の「滝の白糸」や「東海道四谷怪談」などは定番。

川のある方にわく雲夏芝居　久保田万太郎

温泉の多き土地なり夏芝居　中村吉右衛門

照明の死相をおびし夏芝居　中村和弘

夏芝居監物《けんもつ》某《なにがし》出てすぐ死　小澤實

▼芝居小屋の背景にむくむく湧く雲。芝居を楽しむ人たちが三々

秋の夜やこれより岩を削る波：寄せてくる波が岩を削ろうとしているところ。秋の夜の寂しさ。

薪能

五々集まってくる。▼巡業の役者にとってこれは嬉《うれ》しい。▼青白く弱々しい照明が臨場感を盛り上げる。▼ろくにセリフもない役柄「けんもつ・なにがし」。ツツと出てきて、パッと死ぬ。

薪能《たきぎのう》

三夏

薪猿楽《たきぎさるがく》・芝能《しばのう》・若宮能《わかみやのう》

もとは奈良の興福寺での野外能「薪御能《たきぎおのう》」（若宮能）をいう。かつては旧暦二月に行なわれていたことから、多くの歳時記では「春」に編入されるが、現在は五月第三金曜・土曜日に催されるため、夏の季語とした。野外に舞台を設け、夕方から篝《かがり》火《び》を焚《た》き、その明かりで能を演じる。またこのほか、各地でもイベントとして「薪能」の呼び名で野外能が演じられており、季節もさまざまである。

薪能万の木の芽の焦がさるる　藤田湘子

薪能闇に移りしおもてかな　渡辺和弘

▼薪能の時期は木の芽が吹き出す時。篝火の強さをさらに強調した句。▼ほんのりと火明かりに浮かんでいた面が闇に消えてゆく。幽玄の世界を見る思い。

袴能《はかまのう》

晩夏

夜能《よのう》

暑中、すべての登場人物が面や装束をつけず、紋服《もんぷく》に袴《はかま》だけの姿で能を演じるものをいう。見た目の重厚さには欠けるものの、爽涼の趣きがあってよい。なお、小道具、作り物など

小杉余子《こすぎよし》▶明治21年（1888）—昭和36年（1961）東洋城門だが、後に去り「あら野」を創刊。晩年は俳壇と関わりを断つ。

は本格と変わらない。涼しい夜に紋服袴で演じる能を「夜能《よのう》」といい、夏ならではの能の興趣である。

足拍子とんと薄暮の袴能　戸川稲村

▼「薄暮」とあるから野外で行なわれているものだろう。紋服袴のいでたちで踏む足拍子の涼しげなこと。

【浮人形《うきにんぎょう／うきにんぎやう》】三夏

浮《う》いてこい

水に浮かべて遊ぶ玩具を総称して「浮人形」という。幼児が風呂で遊ぶブリキやプラスチックの金魚が代表的。「浮いてこい」は科学の原理を応用した浮沈子《ふちんし》と呼ばれるもので、水の入ったガラス管などに吹きガラスで作った人形を浮かべてゴムの膜で密閉し、圧力の変化によって浮き沈みさせるもの。ペットボトルでも代用できる。

水面にぶつかり沈む浮人形　星野立子

浮いてこい浮いてこいとて沈ませて　京極杞陽

▼浮人形とはいっているが浮いてこいを詠んでいる。圧力をかけられて勢いよく沈む。▼浮上させるにはいったん水圧をかけて沈めなければならない。「浮いてこい」に浮いてこいと言い聞かせているおもしろさ。

【水中花《すいちゅうか／すいちゆうくわ》】三夏

酒中花《しゅちゅうか》

造花を作り、底に重りをつけて、水の入ったガラス器に入れると、糊《のり》が溶けて花が色鮮やかに開く。その涼感を楽しむ玩具。花のほかに金魚や鳥などもある。さらに小さい細工物で、盃《さかずき》の中で開かせたものが「酒中花」。

水中花菊も牡丹も同じ色　長谷川かな女

水中花悦びありて刻知らず　成田千空

病人に一人の時間水中花　稲畑汀子

▼赤、白、黄。水中花の色は単純。それでも菊と牡丹《ぼたん》の区別はつく。▼ふつふつと湧く喜びの中、飽くことなく見入る。▼病人の時間とは、独《ひと》りの時間。

【金魚玉《きんぎょだま》】三夏

金魚鉢《きんぎょばち》

球状のガラス器に金魚を飼い、綱に入れて軒下や鴨居《かもい》に吊《つ》り下げ、金魚の動きや水草の揺らぎを下から横から見て楽しむ。金魚が時にいびつに、時にでこぼこに見える楽しみは、金魚玉ならではのもの。河東碧梧桐《かわひがしへきごとう》の句に「しだり尾の錦ぞ動く金魚かな」があるが、碧梧桐の見た金魚は、もしかしたら金魚玉越しだったのではないか。そんな金魚玉も、近年はほとんど目にしなくなった。「金魚鉢」も同じく夏の季語だが、金魚玉とは違い、目の高さより低い位置に置いて楽しむもの。

関連　金魚《きんぎょ》→162

大阪の屋根に入る日や金魚玉　大橋桜坡子

妙なとこが映るものかな金魚玉　下田実花

遺影には遺影の月日金魚玉　秦夕美

問ひつめてみれば淋しや金魚玉　吉田小幸

▼軒端《のきば》に吊られた金魚玉に日が届く。大阪の家並みが見えてくる。▼透明、球形の器の見せる動き。▼「遺影の月日」とは、残された者の思い出の中に流れる月日。▼自問の果てにたどり着いた悟りにも似た淋しさ。金魚玉という季題に救われる。

箱《はこ》庭《にわ》　三夏

浅い箱や鉢に土や砂を盛り、草木や川や橋、人形などのミニチュアを配して、庭園や名勝の雛型《ひながた》を作って楽しむ。江戸時代、桂離宮の造営にあたって、雛形を作らせたのが始まりだといわれている。江戸時代後半から明治にかけて流行した。

箱庭は見馴れ月日は過ぐるのみ　池内たけし

芭蕉とも蕪村とも箱庭の人　鷹羽狩行

箱庭にうつつの夜の流れけり　藤田湘子

▼箱庭とともに過ぎ行く月日。▼俳人が作った箱庭の中の世界に住むのは俳聖だろう。▼箱庭の仮の世界に遊んでいたが、そこに現実の夜が流れ込む虚と実。

起《おこ》し絵《え》　三夏

立《た》て絵《え》・立版古《たてばんこ》・組上《くみあげ》・切抜灯籠《きりぬきとうろう》

芝居の背景のような舞台に切り絵の風景や人物を立て、明かりを灯《とも》して立体感を楽しむ、納涼の楽しみの一つ。

起し絵の義士の一人を焦しけり　濱口今夜

起し絵の男をころす女かな　中村草田男

起し絵やきりりと張りし雨の糸　高橋淡路女

▼赤穂の四十七士であろうか。その一人をうっかり焦がしてしまったのである。▼静止した切り絵の人物が動き出した。それも怖い場面で。起し絵は、そもそも茶室の立体設計図だったものが、子供の遊びになったもの。それが今は何やら背筋の寒くなるような芝居の一場面に。▼雨をあらわすのに細い糸を使ったことがわかる。

昆《こん》虫《ちゅう》採《さい》集《しゅう》　晩夏

捕虫網《ほちゅうあみ》・捕虫器《ほちゅうき》

昆虫が繁殖する夏、野山に出て昆虫を捕らえること。子供から専門家まで行ない、捕らえる昆虫もさまざまだが、俳句に詠まれるのは捕虫網をもつ子供が多い。捕らえた昆虫は飼育したり標本にしたり、これもさまざま。

捕虫網あづかり吾家子のあるごと　山口波津女

捕虫網数多仕入れし山の店　田川飛旅子

捕虫網振るたび休暇減つてゆく　津田清子

捕虫網一夜の霧にまみれたる　堀口星眠

雲のビスケット吸ふ少年の捕虫網　河野薫

▼預かりものでも捕虫網一本あるだけで、子供のいない家の様子が変わる。▼昆虫採集のお客を当て込んでの仕入れ。▼野原をウロウロするうちに夏休みは終わってしまう。▼草も木も捕虫網も、まんべんなく霧に包まれる。▼少年の捕虫網は何でも吸いこんでゆく。

尾崎迷堂《おざきめいどう》▶明治24年(1891)—昭和45年(1970)東洋城門だが後に去る。大磯の慶覚院などの住職を務め、清貧に生きた。

蓮見

蓮《はす》見《み》

晩夏

蓮《はす》見《み》舟《ぶね》

池や沼に咲く蓮の花を観賞に出向くこと。できれば花が開く早朝がよい。池一面に咲いたばかりの花の淡い紅や白が揺らぐ光景はまことに美しい。花咲く池に出す舟を「蓮見舟」という。蓮の花が開く時、ポンと音がするというが、実際には音はしない。ふっくら膨らんだ、いかにもそれらしい風情から出た俗説だろう。

関連 蓮《はす》↓122

麻頭巾蓮見にまかる小舟かな　召波

もしやとの傘を蓮見の日傘かな　青木存義

蓮見船姑が坐るを見て乗りぬ　蓬田紀枝子

▼麻の頭巾《ずきん》をかぶって「まかる」御仁《ごじん》の顔が見えるよう。▼「もしやとの傘」とはうまい。雨になるかと思って持参した傘が日傘になってしまった。▼お姑《しゅうとめ》さんへのいたわり、船の揺れ具合、どちらにも臨場感がある。

蛍《ほたる》狩《がり》

仲夏

蛍見《ほたるみ》・蛍舟《ほたるぶね》

蛍火を見るために出かけること。また、蛍火を観賞するため蛍を採取して持ち帰ることをもいう。かつては田植えが終わった頃、そこここの水辺で蛍を目にするのは珍しいことではなかった。捕まえた蛍を蛍籠《ほたるかご》に入れて持ち帰って蚊帳《かや》に放ち、蛍火を目で追っているうちに、いつしか寝入ってしまっ

眼つむれば我れも虫なる虫時雨：虫の声と一体になる。人も虫も隔てがない。

た思い出をもつ人も少なくないだろう。近年は、蛍狩りツアーや都心の庭園での「蛍見」が人気を呼んでいる。「蛍舟」は、舟を出して蛍の飛ぶ景色を眺めることをいう。関連 蛍《ほたる》→175

ほたる見や船頭酔《よう》ておぼつかな　芭蕉
蛍狩男にまじり遠く来し　辻田克巳
蛍待つ闇を大きく闇つつむ　倉田紘文

▼蛍舟に乗ったはいいが、蛍どころではなかったのではないか。▼なんでこんな遠くまで来たのかしらと思う。▼このような闇が少なくなった。真闇の世界。

蛍《ほたる》籠《かご》　仲夏

蛍を入れる籠。竹や金属の枠に緑や青の、目の細かい金網を張ったものが多い。中に杉菜のような、葉のこまかい草を入れ、霧を吹いて蛍を放つと静かに明滅して、夢幻の世界が出現する。関連 蛍《ほたる》→175

朝戸出のさびしきものに蛍籠　岡崎莉花女
蛍籠昏ければ揺り炎えたたす　橋本多佳子
蛍籠われに安心《あんじん》あらしめよ　石田波郷

▼昨夜はあれほど美しかった蛍籠。朝はすっかり精細を失って虚しさを感じる。▼作者の深い思念と熱い情念に触れることのできる句。▼仏教語「安心」は、信仰によって心が不動の境地に達すること。自らの命終を意識した句として心に迫る。

草《くさ》矢《や》　三夏

茅《ちがや》や芒《すすき》、蘆《あし》などの葉を縦に裂いて矢の形を作り、指にはさんで飛ばして遊ぶこと。上に向けて飛ばし、高さを競ったり、水平に飛ばして飛距離を争ったりする。懐かしさに大人もすることがある。

一斉に草矢放てば草匂ふ　塙告冬
背後より撃たれて許す草矢かな　中南祐子
少年の日ほどに跳ばぬ草矢かな　尾崎登志男

▼青い葉を思いっきり裂いて草矢を飛ばす。手元に残る草の匂いが懐かしい。▼草矢で背中を射られたが、振り返ってみると、恋人が笑っている。▼懐かしく思って草矢を飛ばしてみたものの、少年の日ほどには飛ばなかった。

草《くさ》笛《ぶえ》　三夏

つやつやと輝く草や木の葉を唇にあてて吹き鳴らす。簡単なようで難しく、唇の使いようや息の加減がつかめないとピイともプウとも鳴らない。電気仕掛けの玩具などない頃の子供にとっては、またとない楽しみでもあった。

左右の手の草笛の音を吹き分けぬ　三宅清三郎
草笛を子に吹く息の短かさよ　馬場移公子
いもうとを泣かせしむかし草の笛　山上樹実雄

室積徂春《むろづみそしゅん》▶明治19年(1886)―昭和31年(1956)「ゆく春」主宰。岡野知十のち佐藤紅緑門。大正期「ホトトギス」でも活躍。

▼コツは手にあるらしい。相当な名手のようだ。▼息継ぎの技術が難しい。いや、肺活量の多寡か。▼鳴っても鳴らなくても強いのはお兄ちゃん。うまく吹けない妹は泣くことになる。

麦笛《むぎぶえ》

初夏

麦藁笛《むぎわらぶえ》

麦の茎をひと節残して切り取り、笛として吹き鳴らすもの。仕組みは単純だが、音を出すのは難しい。麦畑を渡る風や、口に残る麦の青臭い香りなどが思い出される。

麦笛を吹くや拙き父として　福永耕二

麦笛を吹く少年に海の風　森響雨

▼子にせがまれて麦笛を吹くのだが、うまく音が出ない。拙《つたな》いのは麦笛ばかりではない。▼岬へ続く道を、麦の黒穂を笛にして吹きながら辿《たど》る。少年の頃の夏の日。

暑気払《しょきばらい》《しょきばらひ》

晩夏

暑気下し《しょきくだし》

夏は暑さが厳しく、そのためにずいぶん体力が落ち、心身が弱ってくる。それを防ぐため、薬を飲んだり、酒を飲んだりして、暑さを払いのけるのである。とくに後者の飲酒は、いちだんと英気が養われよう。

年とらぬ老人ばかり暑気払　小笠原和男

魚の絵のうつは選びて暑気払　長谷川久々子

▼酒を飲んでの暑気払いであろうか。敬仰の念と礼賛と。少々の風刺も混じるか。▼涼しく楽しい魚の絵柄の器を選んだのが遊び心。暑気払いへの期待感も高まる。

裸《はだか》

晩夏

素裸《すはだか》・丸裸《まるはだか》・裸子《はだかご》

夏、暑さから逃れるために着衣を脱ぎ、裸のままで過ごすこと。木陰で休んでいる人の裸、戸外で仕事をする人の筋骨隆々とした「裸」には、自然の健康美がある。なんといっても愛くるしいのは、子供の「丸裸」。

迎へたる客にも裸すすめをり　桑田青虎

裸子や涙の顔をあげて這ふ　野見山朱鳥

裸の子裸の父をよぢのぼる　津田清子

▼気軽に客に裸をすすめるのも、作者の暮らしぶりや気さくな感じがよくでている。▼まだ歩けない子が何かを訴えようとしてか、必死でこちらへ這《は》ってくる。▼子が岩山をよじ登るように背から首へと登ってくる。暑いが、かけがえのない時間。

跣足《はだし》

三夏

跣《はだし》・裸足《はだし》・素足《すあし》

夏に、靴、下駄、草履《ぞうり》などを履かずに土の上に下りること。跣足で地面を歩く機会が少なくなった現在、海水浴や川遊びの際、跣足のまま過ごすことは夏の楽しみの一つ。「裸足」とも書く。靴下や足袋《たび》をはかない「素足」も跣足にはちがいないが、「跣足」ほどの野性味はない。

鶯や庭掃く僧の青つむり：作者は太宰府に花鳥山仏心寺を創建、住職となった。

熔岩の上を跣足の島男　高浜虚子
病廊を来たる跣足の小鰺売　石田波郷
肥後の子は裸跣に天が下　上村占魚

▼生まれた時から跣足。ただの逞《たくま》しさではない。▼かつて入院は自炊であった。この小鰺《こあじ》売りも浜育ちだろう。▼この肥後《ひご》(熊本県)の子は天下に怖いものなし。

肌《はだ》脱《ぬぎ》

晩夏

片肌脱《かたはだぬぎ》

和服を着て過ごしていた頃、上半身を脱ぐことで暑さをしのいだ。片肩のみ脱ぐことを「片肌脱」という。

肌脱の生駒山見てゐたりけり　茨木和生
肌脱の末子に男匂ひけり　西村和子

▼帯から上を脱いでひと息入れる。遥かな生駒山《いこまやま》(大阪・奈良県境の山)を見るともなく見ている。▼末の子に感じた男の兆し。嬉《うれ》しいような淋《さび》しいような気分。

髪《かみ》洗《あら》ふ《う》

三夏

洗《あら》い髪《がみ》

夏は汗や汚れがひどいため頻繁に髪を洗う。俳句の作例の多くはおもに女性の洗髪を対象にしている。かつて女性が髪を洗うことが特別のことであり、七夕行事や五月忌み月に関わりがあったとする文献もある。そこまでを含んだ理解で詠まれることはないが、過去の作例には、現代の簡単な洗髪にはない、思いのこもったものが多い。

せつせつと眼まで濡らして髪洗ふ　野澤節子
洗ひ髪乾くまでひと訪はずあれ　山口波津女
洗ひ髪母に女の匂ひして　岡本眸

▼いかにも懇ろに髪を洗っている様子。▼ドライヤーのなかった時代、自然乾燥で乾かすほかなかった。▼母が女だなんて、平素は思わない。妙な気分。

汗《あせ》

三夏

玉《たま》の汗《あせ》・汗《あせ》ばむ・汗《あせ》みどろ・汗水《あせみず》

皮膚の汗腺から噴き出る分泌物で、九九・五パーセントは水分。汗を出すことで夏の体温調節がうまくいく。真夏、室内でじっとしている時に出る汗の量は、日本人で約三リットル。肉体労働をするとさらに多くなる。精神的に緊張した際に出る汗は、手のひら、足裏、腋の下から出る。この汗は、季語としては扱わない。

汗の往診幾千なさば業果てむ　相馬遷子
今生の汗が消えゆくお母さん　古賀まり子
ひとすぢの流るる汗も言葉なり　鷹羽狩行
汗の手でピサの斜塔を支へけり　森一心

▼作者は医師。仕事とはいえ、真夏や真冬の往診にはため息ももれる。▼今際《いまわ》の際の母から汗が消えてゆく。「お母さん」は作者の絶唱。▼汗は言葉より雄弁。▼イタリアのピサの斜塔。訪れる人はみんな必死で支えようとする。

河野静雲《こうのせいうん》▶明治 20 年（1887）—昭和 49 年（1974）虚子に師事。「冬野」主宰。温かみのある滑稽句が特徴。

日焼《ひやけ》　三夏

夏の強い日光を浴びて、肌が黒くなったり炎症をおこしたりすること。ことに海水浴などで強烈な日に長時間あたると大変なことになる。近年は、肌に有害とされる紫外線を化粧品や日傘で避けるようになったが、スポーツや労働による自然の日焼けは、若々しくて気持がよい。

日焼童子洗ふやうらがへしうらがへし　橋本多佳子
日に焼けし漁夫の目玉の小粒かな　青柳志解樹
日焼してくちびる厚くなりにけり　木村淳一郎

▼さぞ腕白な子なのだろう。なかなかじっとしていない。▼潮の匂いのする日焼け顔に目が光る。顔の深い皺《しわ》の中に。▼「くちびる厚く」に、日焼けしたリアルな顔が刻まれている。

昼寝《ひるね》　三夏

昼寝覚《ひるねざめ》・昼寝起《ひるねおき》・午睡《ごすい》・昼寝人《ひるねびと》

夏の昼間の暑さをしのぐために、涼しい場所でしばし横になって眠ること。夜の寝苦しさで不足しがちな睡眠を補う意味もある。昼寝は年中するが、歳時記では「朝寝」は春、「昼寝」は夏に分類する。これは「朝寝」には春の、「昼寝」には夏の匂いを感じてのこと。鋭い季節感による仕分けである。中国の古い水墨画には、山中の庵《いおり》で昼寝を貪る仙人や隠者の姿がしばしば描かれる。まさに夏の理想郷。現代でも、団扇《うちわ》を手にごろりと横になれば、束の間、その境地を味わうことができる。

関連　朝寝《あさね》→春

斬られたるごとく昼寝の道具方　吉岡桂六
昼寝ざめ剃刀《かみそり》研ぎの通りけり　西島麦南
山の彼方へかなしき顔す昼寝覚　的場秀恭

▼転がって昼寝をする、芝居の道具方の人々。▼幻のように家の前を通る剃刀研ぎ。▼昼寝から覚めた直後はぼうっとしている。視線もしばし定まらず。

外寝《そとね》　晩夏

暑さを避けて戸外で寝ること。縁台や簡易ベッドを木陰に置いたり、草の上に敷いた茣蓙《ござ》で、涼をとりながら寝る。しかし、蚊や虫が襲来して思うほど楽ではない。

十字星外寝の人を守りにけり　永田青嵐
老婆外寝奪はるべきもの何もなし　中村草田男
外寝して星の運行司る　上田五千石

▼星に守られていると感じている。▼したたかに生きてきたんだという老婆の境地も羨《うらや》ましい。▼星の夜の外寝。天空を動かしているのは自分だという気宇。

寝冷え《ねびえ》　三夏

睡眠中、明け方などに身体が冷えて、腹痛や風邪《かぜ》などの不調

水洟や一念うつす古俳諧：古俳諧を専攻分野とした研究者でもある作者の自画像。

を引き起こすこと。ことに子供や高齢者は要注意。幼児に腹巻や腹掛けを用いるのも、寝冷え予防のためである。

寝冷子の大きな瞳に見送られ　橋本多佳子

寝冷して鶏《とり》のごとき目してあるく　加藤楸邨

▼寝冷えで体調を崩した子をおいての外出。そんな目で見ないでよと言いたくなる。▼ひょろひょろと歩く子の目が、ぎょろぎょろと光る。

【夏《なつ》の風邪《かぜ》】

三夏　夏風邪《なつかぜ》

風邪は冬のものだと思い込んでいるが、夏にひく風邪もある。ことに過度の冷房⁺は夏風邪のもと。ウイルス性のものなどもあり、侮れない。関連 春の風邪《はるのかぜ》→春／風邪《かぜ》→冬

夏風邪になやめる妓を垣間見ぬ　飯田蛇笏

解熱剤効くを待ちつつ夏布団　千原草之

▼酒席に侍する妓《ぎ》の夏風邪。それを隠しているようだ。どこか色っぽい。▼高熱を下げるための薬を飲んだ。このうえは待つよりほかない。

【暑気中《しょきあた》り】

晩夏　暑《あつ》さ負《ま》け

暑さのために身体が弱り、疲労や倦怠《けんたい》、食欲減退や胃腸不良、下痢《げり》などを引き起こす。暑さが原因でぐったりする症状一般を、かつては「暑さ負け」と呼んでいたが、熱中症もその一つである。

のぞきこむ父の面輪や暑気中　石田波郷

茶漬屋の一隅にあり暑気中り　桂信子

▼朦朧《もうろう》としている作者を、父がのぞきこむ。目がぼんやりとして、ああ、お父さんだと思うだけ。▼ただ黙って座っているだけでもぐったり。

【水中《みずあた》り】

三夏

体力の消耗による夏特有の胃腸の不具合をひっくるめて、「水にあたった」「水が合わない」などと原因を水に求め、「水中り」と呼ぶ。実際、暑さに負けて生水を飲みすぎたり、旅先で慣れない土地の水を飲みすぎたりして胃腸をこわし、嘔吐《おうと》や下痢《げり》に悩まされることがある。苦しんでいる当人には申しわけないが、「水中り」の句はどれもおかしい。

へこみたる腹に臍《へそ》あり水中り　高浜虚子

うつぶしに寝たるきりなり水中り　森川暁水

人間は管でありけり水中り　中原道夫

▼腹の中のものがすっからかんになったのだから、おのずと腹はへこむ。▼もう寝返りもできない。▼そういわれれば確かにそう。

【夏痩《なつやせ》】

三夏　夏負《なつま》け

夏の暑さが身にこたえ、食欲が減退し体力がなくなる。とく

鈴鹿野風呂《すずかのぶろ》▶明治20年（1887）—昭和46年（1971）「京鹿子」主宰。関西「ホトトギス」の中心的存在。

にどこがどう悪いというのでもないのに、体重が減り元気がなくなる。もともと虚弱体質でもないのに、夏にかぎってグッタリする人もある。俗に「夏バテ」ともいう。医療が発達し栄養剤も簡単に手に入る現代でも、昔と同じように夏に弱い人は身辺に多い。

夏痩の身を楚々として露台かな　吉井勇
夏痩のかひなをだして襷がけ　田畑三千女
夏痩せて嫌ひなものは嫌ひなり　三橋鷹女

▼露台《ろだい》(バルコニー)にぴったりの、楚々《そそ》とした夏痩人ときたら美女と決まっている。▼着物からにゅっと出た腕。何をする元気もないのに襷《たすき》がけで何かしようと。▼作者は主情を前に出して句作した。「嫌い」を好きとは言えませんという意志の句。

汗疹《あせも》　三夏

あせぼ・汗疹《あせも》・汗瘡《かんそう》

+汗が出た後、皮膚にできる水疱性湿疹《すいほうせいしっしん》。粟粒《あわつぶ》くらいの赤いつぶつぶで痒《かゆ》みと痛みがある。乳幼児や皮膚の弱い人にできる。俗に「あせもの寄り」というのは、化膿《かのう》して悪化したもの。+胡瓜《きゅうり》の切り口で擂《す》るとか壁土をまぶすとよいなどという俗信が江戸期の文書に残っているが、根拠はない。かつては+天瓜《てんか》粉《ふん》をはたいたものだが、現在は、汗を風呂で流し、皮膚を清潔に保つのがいちばんの予防だといわれている。

なく声のおおいなるかな汗疹の児　高浜虚子
おしろいのならぬあせもとなりにけり　日野草城
麨《はったい》をなめて機嫌や汗疹の子　吉岡禅寺洞

▼汗疹の不快をどうにかして訴えたい。泣くしかないのが「汗疹の児《こ》」。▼妙齢だろう。女性の汗疹もつらい。▼この子はさほど汗疹がつらくないようである。

天瓜粉《てんかふん》　三夏

天花粉《てんかふん》・汗《あせ》しらず

天瓜粉は黄烏瓜《きからすうり》(天瓜)の根からとった澱粉《でんぷん》の汗取り粉。雪(天花)のように白いので「天花粉」とも書く。+汗疹《あせも》の予防のため、赤ん坊や子供の体中にはたいてやる。大人も湯上がりなどに使った。欧米のタルカムパウダー(talcum powder)はタルク(talc 滑石粉)にホウ酸、香料を混ぜたもの。現在のベビーパウダーの成分はこれに近い。

天瓜粉とところきらはず打たれけり　日野草城
天瓜粉しんじつ吾子は無一物　鷹羽狩行

▼天瓜粉まみれの赤ん坊。▼赤ん坊はしんじつ無力な存在。吾子《あこ》への想い。

霍乱《かくらん》　晩夏

夏におこる厄介な病気の古称。江戸時代には、激しい腹痛、下痢《げり》、嘔吐《おうと》などを伴う赤痢やコレラ、ぐったりとする日射病、+暑気中《あた》りなどをひっくるめて、漢方の病名で「霍乱」と呼んだ。「赤痢」「コレラ」「日射病」「熱射病」「暑気中り」、すべて夏の

苗床や風に解けたる頬かむり：苗床での作業風景。強い風が吹いていたのだろう。

季語である。「霍」は急激な変化を意味する言葉。しかも乱れもがく様子を伴う。現代では病名ではなくなったが、「鬼の霍乱」という俗な言葉に残っている。これは、平素は達者な人がのた打ち回るさまをいう揶揄《やゆ》的な言葉。

霍乱のさめたる父や蚊帳の中　原石鼎

昼の月霍乱人が眼ざしや　芥川龍之介

▼なんの病だったのやら。いっときのひどい症状がおさまり、眠っている。ほっとした感情のひそんだ句。▼身も世もあらぬ霍乱人の眼。「昼の月」が妙に怖い。

水虫《みずむし》《みづむし》
三夏

白癬菌《はくせんきん》というカビによる皮膚病の一種。スリッパや、バスマットなどを介して感染する。冬の間は治ったようにみえても、夏になると目立ってくる。汗でむれた足指の間や足の裏などに水泡ができたり、ただれたり、皮膚がふやけたりする。痒《かゆ》みや痛みを伴う。治療に時間がかかり、完治しにくいが、近年はよく効く薬もあるようだ。

水虫がほのかに痒しレヴュー見る　富安風生

水虫に爪立つ句敵並べて背高　秋元不死男

足投げて水虫ひそかなるを病む　皆吉爽雨

▼水虫とレヴュー。このミスマッチが愉快。▼背高は恋敵だけではないのだが、ついつい水虫にあたりちらす。▼水虫持ちはあまり同情されることはない。

脚気《かっけ》《かくけ》
三夏

ビタミンB_1の欠乏症によって末梢神経障害をきたす疾患。足のむくみ、手足のしびれなどが症状の特徴。重症になると心不全にいたることがある。副食を摂《と》らず、玄米の糠《ぬか》を落とした白米を食べていた時代、多くの日本人が罹患《りかん》していたが、食生活の改善やビタミン剤の普及で激減した。贅沢《ぜいたく》に精白米を食べていた江戸の町人に患者が多かったことから、「江戸やまひ」と呼ばれていた。

年々にそれとも言はず脚気かな　皆吉爽雨

こいさんの我まま募る脚気かな　西村和子

▼毎年、夏になると何となく気だるい。これが脚気だとはわかってはいるのだけれど。▼「こいさん」は上方《かみがた》言葉で「小さいいとさん（お嬢さん）」のこと。末娘をいう。

苗売《なえうり》《なへうり》
初夏

初夏の頃、畑や庭に植える茄子《なす》、胡瓜《きゅうり》、唐黍《とうきび》、唐辛子《とうがらし》などの野菜の苗や、朝顔、夕顔、桔梗《ききょう》などの苗を、天秤《てんびん》を担いだり荷車を引いたりして、独特の売り声をあげて売り歩いた人のこと。戦後も山中の農家へ苗を売りに来る人がいたものだが、近年ほとんど見かけなくなった。

地下道に売られ茄子苗胡瓜苗　山田弘子

阿部《あべ》みどり女《じょ》▶明治19年（1886）—昭和55年（1980）「駒草」創刊主宰。「ホトトギス婦人句会」を結成し活躍。

苗売に花の香を聞き求めけり　尾池和夫

▼近年の苗売りの風景。地下道の地べたに茄子苗や胡瓜苗を並べて売っている。▼公園で売っている花の苗、どんな香りがするのかと聞いて買う。

麦《むぎ》刈《かり》

初夏

麦刈る《むぎかる》・麦車《むぎぐるま》

「麦の秋」というように、麦の穂が黄金色になるのが五月半ばから六月上旬。この頃が麦刈の時期。かつては稲作の裏作物だったので、雨水や雪水による根腐れを防ぐために畝《うね》を作って栽培し、鎌で刈り取った。近年は減反により麦専用の畑が増え、収穫にもコンバインを使うようになったことで、腰をかがめて行なうつらい作業から解放された。刈り取った麦の穂を落とす「麦扱《むぎこき》」、穂から実をとる「麦打《むぎうち》」を経て、ようやく今年の「新麦《しんむぎ》」が収穫される。「麦扱」「麦打」「新麦」すべて初夏の季語。現在では、麦の多くを輸入に頼っている。

関連　麦《むぎ》の秋《あき》↓009／麦《むぎ》↓114

麦刈りて百姓の墓またうかぶ　森澄雄

母の腰もつとも太し麦を刈る　西東三鬼

病む麦も刈りいづこへか運び去る　野澤節子

麦刈

▼熟れた麦の丈に隠れるほどの墓は、土に生きた農民の誇り。▼母親の頼もしさを恥じらいつつ誇った句。▼黒穂菌《くろぼきん》にやられた麦か。運び去られて燃やされる。

麦《むぎ》藁《わら》

初夏

麦稈《むぎわら》

熟れた麦の実を取り入れた後の茎。中が空洞で表面はぴかぴかと光る。「麦」は植物の季語だが、麦の廃物である「麦藁」は暮らしに利用されるところから、生活の季語。撥水《はっすい》性があり腐りにくいので、屋根葺《ふ》きや畑の敷き藁などに、また麦藁帽子、麦藁籠《かご》、麦笛などの実用品や玩具に用いられ、鳴門巻《なるとまき》や納豆を包んだり、ストローになったりもした。麦作が減ってからは麦藁製品を見ることも少なくなり、初夏の日光の匂いを残した麦藁製品を恋しく思うことがある。

関連　麦《むぎ》↓114

麦藁をもつて麦藁を束ねたる　高浜虚子

麦藁を染めバラ色に空色に　後藤夜半

▼稲藁は稲藁でもって束ね、麦藁は麦藁でもって束ねる。まことに自然。▼色とりどりに染められた麦藁が誘う美しい色の世界を詠んだ句。

代《しろ》掻《か》く

初夏

代掻《しろかき》・田掻《たか》く・田掻牛《たかきうし》・田掻馬《たかきうま》

田仕事は春の「耕《たがやし》」（田打《たうち》）に始まり、田に水を引き、施肥《せひ》もすませれば、水を入れた田の土塊を掻き砕きながら泥状に整え

短夜や乳ぜり啼く児を須可捨焉乎《すてつちまをか》：乳が欲しくて夜泣きする子に一瞬いらだった。夏の夜は短い。

る「代掻」である。「代」は稲を植える区画。かつては牛や馬に引かせて整えていたが、現在では耕耘機《こううんき》がやってくれる。この作業を繰り返した田ほど水もちがよい。関連 代田《しろた》↓049

鋤牛に水田光りて際しらず　水原秋桜子

田掻牛身を傾けて力出す　山口誓子

鞭もまた泥まみれなり田掻牛　若井新一

▼はるか彼方まで水田。牛は幾度も田を往復する。▼牛の力は肩から出る。顎《あご》を引き、脚を踏ん張り、肩に力を入れる。▼牛を使う時、声で合図をする。鞭《むち》は打つためのものではなく、合図のためのもの。

代掻く

【牛冷《うしひや》す】　晩夏

馬冷《うまひや》す・牛馬冷《ぎゅうばひや》す・冷《ひや》し牛《うし》・冷《ひや》し馬《うま》・牛馬洗《ぎゅうばあら》う

代掻《しろか》きなどの使役で泥まみれになった牛や馬を、川や海などの水辺で洗い、労《ねぎら》ってやること。地域により、ダニを除くために特定の日を定めて牛馬を洗うところもある。

冷されて牛の貫禄しづかなり　秋元不死男

冷し馬の目がほのぼのと人を見る　加藤楸邨

▼大きな牛が心地よさそうに水辺に脚を浸している。黒牛だろう。▼馬は農作業だけでなく、乗物になったり荷車を引いたりもした。人馬の繋《つな》がりに信頼が通う。

【田植《たうえ》《たうゑ》】　仲夏

田植時《たうえどき》・田植機《たうえき》・田植笠《たうえがさ》・田植唄《たうえうた》・大田植《おおたうえ》・寄合田植《よりあいたうえ》・田植組《たうえぐみ》・早苗取《さなえとり》

水を張った田に稲の苗を植えること。外国では水田に直播《じかま》きするところもあるが、日本では苗代で育てた早苗を代田《しろた》に植えなおす。「早苗取」（「苗取」とも）とは田植えの前に苗代から早苗を取ることだが、田植えのことも「早苗取」という。田植えは秋の稲刈とともに稲作農家にとって人手の要る仕事なので、かつては「結《ゆい》」という組を作って協力して行なったものだが、近年は農家ごとに田植え機で植える。「田植唄」は田植えの時、早乙女たちが囃子《はやし》に合わせて歌った唄。関連 植田《うえた》↓049／早苗《さなえ》↓114

田植

田《た》一枚《いちまい》植《うゑ》て立去《たちさ》る柳《やなぎ》かな　芭蕉

鯰得て帰る田植の男かな　蕪村

田を植ゑるしづかな音へ出でにけり　中村草田男

田植機に乗りさみどりの晩年へ　齊藤美規

▼西行が歌に詠んだという那須《なす》（栃木県）の遊行柳《ゆぎょうやなぎ》。▼田水とともに鯰《なまず》も田に乗り込んでくる。▼苗を抜き取り泥に挿す音。吹き渡る風の音。みなかすか。▼「さみどり」は若草や若葉の緑。ここでは苗の緑。

竹下《たけした》しづの女《じょ》▶明治20年（1887）—昭和26年（1951）久女らと「ホトトギス」女流黄金期を画した。学生俳句の指導にも尽力。

早乙女《さおとめ》《さをとめ》

仲夏

田植女《たうえめ》・植女《うえめ》・五月女《さつきめ》・五月乙女《さつきおとめ》・そうとめ

田植えをする女性を「早乙女」と呼ぶ。早乙女の「サ」は「サガミ」(田の神)のこと。田の神に仕える乙女という意味だが、既婚でも年配でも早乙女である。田の神に豊作を祈る田植唄を歌いながら植える。しかし現在では、田植えの神事などで見るばかりになった。

早乙女

早乙女《さをとめ》やよごれぬものは歌ばかり　来山

早乙女の下り立つあの田この田かな　太祇

田植女のころびて独りかへりけり　暁台

早乙女と呼ばれつつみな老いにけり　長岡達江

▼泥んこの早乙女たち。歌だけは汚れようがない。▼あちこちの田で一斉に田植えが始まる。▼田んぼで転び、泥だらけの早乙女。▼早乙女とはいうものの、みな老人。

水争《みずあらそい》《みづあらそひ》

仲夏

水論《すいろん》・水喧嘩《みずげんか》

田植えをすませた稲に不可欠なのが水。旱《ひでり》が続き水が乏しくなると、わずかな水をめぐって諍《いさか》いが起こる。灌漑《かんがい》施設が整った現代ではあまりないが、溝川の水を各田の水口から田に引いていた時代には、石や板で堰《せ》いて水の流れを変え、わが田に引く人もいた。そのような人は水盗人《みずぬすっと》と呼ばれ、相応の制裁を受けた。夜陰に乗ずる水盗人と間違われないように、夏の夜には白い衣服を着ることと申し合わせをしているところもある。

水喧嘩恋のもつれも加はりて　相島虚吼

水論に農学校長立ちも出づ　竹下しづの女

▼水のことで言い争ううち、だんだんと厄介なことになってしまった様子。▼昭和初期の作。作者の夫君は農学校の校長で、実際に水論の仲裁に「立ちも出づ」ということがあったのだろう。

水番《みずばん》《みづばん》

仲夏

水番小屋《みずばんごや》・水盗《みずぬす》む・水守《みずまも》る

誰もが公平に水を利用できるように、また、我田引水《がでんいんすい》の謂《いい》のように、自分の田にのみ水を引こうとする水盗人から水を守るために、番人となって見張る役目のこと。

水番の莚の上の晴夜かな　福田甲子雄

さそり座の真下に水を盗みけり　若井新一

▼筵《むしろ》に座って田を見張っていた目を空に転じる。晴れた夜空が青を深める。▼天に星、地に水盗人。

雨乞《あまごい》《あまごひ》

晩夏

祈雨《きう》・祈雨経《きうきょう》

旱《ひでり》が続いて作物が育たない時、祈禱《きとう》で雨を降らせようとする

人事　生活　農林

羽子板の重きが嬉し突かで立つ：上等な羽子板の重み。少女時代のたのしい思い出。

こと。方法は、唱《とな》え言《ごと》をしながら池や沼の水面や淵《ふち》を叩《たた》いたり、石を投じたり、薪《まき》で大きな炎をおこしたり、天に向かって大声を出したりとさまざまだが、いずれも、天上や水中に潜む水神の竜を刺激して雨を降らせようとするもの。現代でも、異常な旱の時には、名の知れた水分《みくまり》神社などで行なわれる。

関連 旱《ひでり》→042

雨乞ひに曇る国司のなみだかな　蕪村
薪負うて雨乞の人つゞきけり　西山泊雲
雨乞の手足となりて踊りけり　綾部仁喜

▼地方官吏の切実な心中のうかがえる句。▼薪を積み上げ、炎をおこして天を仰ぎ、雨よ降れと祈る。▼先祖も踊ったように踊るうちに、忘我の境地に入る。

雨休《あめやすみ》　仲夏

雨祝《あめいわい》・喜雨休《きうやすみ》

日照り続きに雨が降ると、農事を中断して休息をとる。農家の休日ともいえる日で、旱天の喜雨を喜び祝う風習もある。

関連 喜雨《きう》→032

草よりも人のはかなき雨祝　一茶
雨音に手足ゆだねて雨休　浦歌子

▼嬉《うれ》しい雨の日を、とりとめもなく過ごしている。人と草を同等のものとみた句。▼久々にゆっくり休めるのだ。まさに喜雨である。

早苗饗《さなぶり》　仲夏

さのぼり・さなぼり・田植仕舞《たうえじまい》

田植えが終わった後、早乙女《さおとめ》など田植えに従事した者で催す宴で、田の神を送り、秋の収穫を祈願して、酒や肴《さかな》を揃えて一日をゆっくりと過ごす。サナブリのサは、早苗《さなえ》、早乙女のサと同じく田の神といわれているが、「さつき」のサとも、「さいわい月」のサともいわれている。サを迎える行事が「サ降《お》り」「サ開き」、サを送る行事が「サ上《のぼ》り」。これが転訛《てんか》したものがすなわちサナブリ。

早苗饗

早苗饗のあいやあいやと津軽唄　成田千空
馬も潔め早苗饗の酒はじまれり　木附沢麦青
さなぶりや足の先まで酒気を帯び　若井新一

▼青森・津軽の野に「あいやあいや」が流れる。飲んで歌っての宴。作者は津軽唄を歌い酒も飲む、津軽の好漢だった。▼作者も津軽人。耕しから代掻《しろか》きまで、田仕事に馬の力は甚大。▼ひたすら飲む。酒がうまい。

田草取《たくさとり》　晩夏

田草引《たくさひ》く・一番草《いちばんぐさ》・二番草《にばんぐさ》・挙草《あげぐさ》

田植え後、二週間もすると、水生植物が生え始める。施《せ》

長谷川《はせがわ》かな女《じょ》▶明治20年(1887)—昭和44年(1969)零余子の妻。ホトトギス婦人俳句会で活躍。大正を代表する女流。

肥《ひ》の行き届いた田に生える草は生長も早く、時には稲よりも猛々《たけだけ》しく育つ。この除草が「田草取」。最初に取るのが「一番草」、十日ほどして「二番草」、さらに十日ほど後に「三番草」を取る。稲株の周りを掻《か》くことから、土中に空気を送り込む効果もある。暑い中、腰を屈《かが》めて行なう作業はまことにつらかったが、除草機と除草剤の普及で、かつてのような田草取りの姿は見られなくなった。

田草取

山ひとつ背中に重し田草取り　蓼太
やや遅れ出でゆく母や田草取　高野素十
東京に尻向け田草取る青年　山崎十生

▼腰を折っての仕事。背に山がのしかかるようなつらさが、ついには「重し」という実感になる。▼母には田仕事のほかにも家の用が多くある。その用のための「遅れ」だ。▼この青年の気持、よくわかる。

草《くさ》取《とり》

晩夏

草《くさ》むしり・除草《じょそう》

夏は、庭に畑にと、草が茂りやすい。しばらく畑に足を運んでいないと、甘藷《さつまいも》畑は草ぼうぼう。草取りをしないと、甘藷にいくべき養分が雑草に取られてしまう。除草剤散布のできない畑の草取りは大変な作業である。

草引くや紫蘇の一叢のみのこし　青柳志解樹
草引きし夕べは甘きもの欲す　沢木欣一
妻かなし転居の日まで草引いて　松尾緑富

▼紫蘇《しそ》の畑の草取り、どんどんと草を引いていって、紫蘇の一叢《ひとむら》だけを残した。▼草を引き終えた夕暮、疲れを癒やすのに甘いものが欲しくなる。▼転居のその日まで、愛着の在る庭の手入れをする妻の姿がいとおしい。

豆《まめ》植《う》う

初夏

豆蒔《まめま》く・大豆蒔《だいずま》く・小豆蒔《あずきま》く

夏至前後に畑に畝《うね》を立て、畝と畝の間に三〇センチ間隔に二、三粒ずつ蒔き、土をかける。また、田の畦《あぜ》を利用した「畦豆《あぜまめ》」を蒔くのもこの時期。畦塗りが済んだばかりの畦に棒や槌《つち》で穴を掘り、蒔いてゆく。豆が根を張って畦を守り、収穫も期待できる。

関連 豆引《まめひ》く→秋

夕月や畦豆植の杖打ちゆく　高田蝶衣
豆を蒔くひとり往き来の没日《いりひ》なる　村上しゆら

豆植う

風に落つ楊貴妃桜房のまま：楊貴妃桜は大ぶりの八重の花。華やかゆえにあわれ。

▼杖の先で畦に穴をあける。農事の後の仕事だ。▼畝に沿って行ったり来たり。日ももう暮れてきた。

茄子《なす》植《う》う

初夏

茄子苗植《なすなえう》う

茄子の種を苗床に蒔《ま》くのは春。「茄子植う」は、苗床で三〇センチほどに生長した苗を畑に移植すること。大きく生長するので、支柱を立てたり、追肥や消毒、収穫のために畝《うね》間を広く取って植えていく。また、連作を嫌うので、毎年場所を替えて植える。関連 茄子《なす》→110

老農は茄子の心も知りて植ゆ　高浜虚子

▼農作業は経験がものをいう。茄子のことを知り尽くした老農は、自信をもって茄子苗を植えていく。

甘藷《かんしょ》植《う》う

初夏

藷《いも》を挿《さ》す

甘藷《さつまいも》の苗は、三月終わりから四月にかけて、堆肥《たいひ》や鶏糞《けいふん》などを入れた温床を作り、その土に種甘藷《たねいも》を伏せて発芽させる。五月から六月、三〇センチほどに伸びた蔓《つる》を切って甘藷苗《いもなえ》とする。深く耕した畑に、甘藷苗の葉の多くを地上に出しながら、土に挿してゆく。関連 甘藷《さつまいも》→秋

放哉の終焉の島藷を挿す　阿波野青畝

▼尾崎放哉《おざきほうさい》の終焉の地は小豆島《しょうどしま》(香川県)の南郷庵《なんごうあん》。この庵《いおり》を訪れた時、藷苗《いもなえ》を挿す人を見たのである。

菜種刈《なたねかり》

初夏

菜種刈《なたねか》る・菜種干《なたねほ》す・菜種打《なたねう》つ・菜種殻《なたねがら》・菜殻《ながら》・菜殻火《ながらび》

菜の花は、花が終わると、円筒形の莢《さや》ができる。その莢が熟しきって裂けないうちに刈り取り、干して乾燥させた(「菜種干す」)後、叩《たた》いて(「菜種打つ」)、莢の中の種を収穫する。種からは菜種油をとる。種を収穫した後の茎葉が「菜殻」で、菜殻を肥料にするため焼く火が「菜殻火」である。関連 菜の花《はな》→春

菜殻火は観世音寺を焼かざるや　川端茅舎

車窓暮れ菜殻焼く火の来ては去る　長谷川素逝

▼菜殻を焼く火が観世音寺(福岡県太宰府市)の傍にまで迫っている。▼車窓から点々と見える菜殻火。近くに見えてはまた遠ざかる。

麻刈《あさかり》

晩夏

麻刈《あさか》る・麻干《あさほ》す

麻は、茎の皮から繊維をとるために栽培される。夏に茎を刈り取り、蒸して皮をはいで繊維をとる。繊維をとった後の茎を苧殻《おがら》といい、盆の迎え火《むかえび》や送り火《おくりび》に用いる。

麻かりや白髪かしらのあらはるる　暁台

麻干して麓村とはよき名なり　高野素十

▼麻の中からぬっと現れた白髪頭。老いてなお働く姿。▼懐かしい暮らしの原風景に心安らぐ。「麓村」という名にも。

杉田久女《すぎたひさじょ》▶明治23年(1890)—昭和21年(1946)「ホトトギス」同人を除名されるなど波乱に満ちた生涯を送った。

藻刈《もかり》

三夏

藻刈る《もかる》・刈藻《かりも》・藻刈舟《もかりぶね》・藻刈鎌《もかりがま》

夏、川や用水路などに藻が繁茂すると、舟の往き来の障害となることがある。そのため、「藻刈舟」に乗って、長い柄の「藻刈鎌」で刈り取る。刈った藻草は肥料とされた。

遥かより流れつゞける刈藻かな　星野立子

湧水の玉とふくらむ藻刈かな　岸本尚毅

▼刈藻に進む舟。その流れの先は見えない。▼藻を刈った水面に勢いよく湧く水。「玉とふくらむ」に、開放感がある。

干瓢剝《かんぴょうむ》《かんぺうむ》く

晩夏

干瓢干す《かんぴょうほす》・新干瓢《しんかんぴょう》

七月から八月にかけて、大きな球形の夕顔の実の白い果肉を細い紐《ひも》状にむくこと。現在は機械でむく。細い紐状にむいたものを竿《さお》にかけ、天日に干して乾かしたものが干瓢である。竹竿に白く干し上がってくる干瓢は夏の風物詩である。栃木県の特産品。関連 夕顔《ゆうがお》の実《み》→秋

月明に干瓢のいろ解かれけり　中嶋秀子

▼干瓢は天日に干されるが、夜も干すことがある。干瓢の白い色が月明かりになじんでいる。

袋掛《ふくろかけ》

三夏

鳥の食害や病虫害から収穫前の実を守るため、桃、葡萄《ぶどう》、林檎《りんご》などの果実に、新聞紙で作った紙袋やハトロン紙の袋をかぶせる、果樹農家の夏の仕事。脚立に上り、身をかがめて果実の一つずつに袋を掛けてゆく。

二枝にとりつき袋掛けはじめ　清崎敏郎

吹き込んで風熱くなる袋掛　廣瀬直人

▼写生とは、このような人物描写のことだろう。入念な作業がうかがえる。▼袋の中は密室状態。吹き入った風は、密室の中でムンムンとしている。

瓜番《うりばん》

晩夏

瓜小屋《うりごや》・瓜番小屋《うりばんごや》・瓜守《うりもり》・瓜盗人《うりぬすっと》

畑の瓜が熟した頃、これを盗まれることがある。それを見張る役目が「瓜番」。ことに西瓜《すいか》泥棒が出没する畑には瓜番が必要となる。関連 瓜《うり》→109

先生が瓜盗人でおはせしか　高浜虚子

瓜番は闇ふかぶかと土ほめく　田村木国

▼先生と盗人の取り合わせが意外で、意表を突かれる。▼闇の中でごそごそする盗人。土のほめき(ざわめき)がただならぬ雰囲気を伝える。

吾亦紅さして夫の忌古りにけり：結婚後一年で夫と死別。以後、育児と句作に専念した。

竹植《たけう》う

仲夏

竹移《たけうつ》す・竹酔日《ちくすいじつ》・竹迷日《ちくめいじつ》・竹誕日《ちくたんじつ》

旧暦五月十三日に植えた竹は枯れないという中国の古い言い伝えにより、その日に竹を移植する。なぜこの日なのかは不明だが、ちょうど梅雨時にあたるからだろうか。この日を「竹酔日」「竹迷日」「竹誕日」などという。

竹植て小酌常と異ならず　石井露月

庭師権左が来て竹植うる日なりけり　村山古郷

竹植ゑて一蝶すぐに絡みけり　大峯あきら

▼親しい者だけの小酌結構、その境地がよいではないか。▼権左《ごんざ》とはいい名。腕の確かさのわかる名だ。▼「一蝶」がリアル。竹の色、蝶の色が動画となる。

草刈《くさかり》

三夏

草刈《くさか》る・朝草刈《あさくさかり》・草刈女《くさかりめ》・草刈鎌《くさかりがま》・草刈機《くさかりき》

家畜の飼料や田畑の敷き草としたり、堆肥作りなどのために、土手や野の草を刈ること。朝方は露が降りていて草は柔らかく刈りやすいうえに、涼しくて作業がはかどるので、「朝草刈」の季語も生まれた。刈った草の一部は乾燥させて、冬場の家畜の飼料として保存する。

草刈

裏山の草刈つて人棲めるなり　右城暮石

草刈女小野小町は好きならず　後藤比奈夫

▼山家《やまが》での暮らし。裏山の草をきれいに刈って棲《す》みなしている。慎《つつ》ましやかな暮らし。▼草刈女との会話で得た句。句は人との対話から授かることも。

干草《ほしくさ》

晩夏

草干《くさほ》す・刈干《かりぼし》

牛や馬の冬場の飼料とするため、草原や河原の芒《すすき》や茅《ちがや》を刈って干すこと。乾燥した草は集めて束にしたり、近年では機械を使ってロール状にして保存している。

干草の山が静まるかくれんぼ　高浜虚子

▼いくつもの干草の山に散らばって、かくれんぼの子は隠れた。干草の山は急に静まり返った。

虫篝《むしかがり》

晩夏

稲や野菜、果物に害を与える浮塵子《うんか》や蛾《が》、椿象《かめむし》などの害虫をおびき寄せるため、田畑の畦《あぜ》や果樹園の傍らで火を焚《た》く。虫はこの火に飛び込んで焼け死ぬ。農薬が普及した現在では、あまり見かけることはない。

虫焦げし火花美し虫篝　高浜虚子

▼虫篝のそばに立って、虫が火に飛び込んで焼け焦げるのを見ていると、その火花は意外と美しい。

高橋淡路女《たかはしあわじじょ》▶明治23年（1890）―昭和30年（1955）「ホトトギス」のち「雲母」に拠り、それぞれの婦人句会にて活躍。

人事 生活 農林

【虫送《むしおく》り】

晩夏

虫流《むしなが》し・虫追《むしお》い・実盛送《さねもりおく》り

浮塵子《うんか》、蝗《いなご》、螟虫《ずいむし》など、稲に害を及ぼす稲虫を田から追い払う農村行事。農薬や殺虫剤のない時代には、呪詛《じゅそ》による虫退治が行なわれていた。「実盛さん」と呼ばれる藁《わら》人形を立てて、呪《のろ》いの言葉を唱えながら虫を追い立て、焼いたり川に流したりする。娯楽の少ない当時には夏の楽しいイベントで、村の子供らがぞろぞろと付き従う。実盛人形の謂《い》われは、平家の武将斎藤実盛《さいとうさねもり》が稲株につまずいて転んだために討たれ(『平家物語』)、その怨霊が稲虫となって稲に害をなす、という伝承による。

虫送る松明森にかくれけり　正岡子規

虫送うしろ歩きに鉦打つて　小笠原和男

虫送すみたる稲のそよぎかな　三村純也

虫送り

▼列をなして行く村人の松明《たいまつ》の火が、闇夜に浮かび、時に隠れる。▼「うしろ歩きに鉦《かね》打つて」いるのは、たぶんリーダー。▼虫送りで虫が消えたのではないだろうに、「稲のそよぎかな」となるから不思議。

【上蔟《じょうぞく》《じやうぞく》】

初夏

蚕《かいこ》の上蔟《あがり》・蚕《こ》の上蔟《あがり》・上蔟祝《あがりいわい》・蚕簿《まぶし》

蚕は、桑の葉をよく食べて四回の脱皮をした後、桑を食べるのをやめる。すると、その体は透き通ってくる。繭を作り始める熟蚕《じゅくさん》の時である。この蚕を蚕簿(紙製の回転蔟)に入れることを、「上蔟」または「(蚕を)上げる」という。関連 蚕飼《こがい》・蚕《かいこ》→春／夏蚕《なつご》→173

明日は晴れと思ひてあまた上蔟す　今瀬剛一

▼蚕も気象を予知するのだろうか、と思える句である。次々と上蔟する蚕に、そうも思いたくなる。

繭《まゆ》

初夏

繭干《まゆほ》す・繭掻《まゆか》き・白繭《しろまゆ》・玉繭《たままゆ》・新繭《しんまゆ》・繭買《まゆかい》・繭問屋《まゆどんや》・繭市《まゆいち》

蚕《かいこ》の繭は初夏から晩秋にかけて五、六回とれる。これは蚕蛾《かいこが》の活動する期間だが、餌となる桑の葉のとれる期間でもある。その最初をとって、初夏の季語にしている。繭からは生糸《きいと》がとれる。蚕の生み出すこの細い糸が、日本の輸出品として国の経済を支えた時期もあった。製糸工場で生糸をとる手順は次のとおり。養蚕家から繭を買い集め、日に干し、または乾《かん》

仰向きに椿の下を通りけり：見事な椿。仰ぎながらその樹の下を通ってゆく。

繭機《けんき》にかけて中の蛹《さなぎ》を殺す。次にその繭を煮て生糸を繰り出す。あとに残る蛹は干して、肥料や釣りの餌にする。関連 蚕飼《こがい》・蚕《かいこ》↓春

道ばたにまゆ干すかざのあつさ哉　許六

うす繭の中ささやきを返しくる　平畑静塔

一筋の糸引出すや繭躍る　沢木欣一

▼「かざ」は匂いのこと。漢字で書けば「香気」。▼まだ薄い繭の中から蚕の音がする。▼糸を引かれてお湯の中で軽やかに回る繭玉。

糸《いと》取《とり》

仲夏

糸引《いとひき》・糸取女《いとりめ》・糸引歌《いとひきうた》・糸取鍋《いとりなべ》

製糸の手順の一つ。中の蛹《さなぎ》を殺して乾燥させた繭《まゆ》を、六、七個煮ながら繭の糸口をたぐり、糸取り機に合わせて一本の糸にすること。現在も、糸取り鍋に繭を躍らせて糸取りをしているところがある。

神棚に鏡がひとつ糸を引く　茨木和生

▼昔ながらのやり方で糸取りをしていた部屋に小さな神棚があり、一枚の鏡が祀《まつ》ってあった。

照《と》射《もし》

三夏

火串《ほぐし》・ねらい狩《がり》・鹿の子狩《かこがり》

現代では行なわれることのない、鹿《しか》のかつての狩猟法。「五《さ》月山木《つきやまこ》の下闇《したやみ》にともす火は鹿の立ちどのしるべなりけり」（紀貫之《きのつらゆき》『古今六帖』）とあるとおり、山中の鹿の通り道で篝火《かがりび》を焚《た》き、光に反射しやすい鹿の目が火を受けて光った瞬間、物陰に隠れていた猟師が矢を放つ。その篝火を「火串」という。鹿の性質を利用したこの狩猟の様子は、西行の歌「照射する火串の松も替《かはり》なく鹿目《め》合はせで明かす夏の夜」（『山家集』）などから察するよりほかないが、古来、夏の猟法の代表として語り継がれている。

武士の子の眠さも堪へる照射かな　太祇

大峯の谷の底なる火串かな　吉田冬葉

▼「武士の子」だって夜中の猟にはワクワクする。眠さに耐えて決定的瞬間を待っている。▼大峯山《おおみねさん》（奈良県）は山岳信仰で知られた山。なれど谷底ではこれをやる。

昆《こん》布《ぶ》刈《かり》

三夏

昆布刈る《こんぶかる》・昆布干す《こんぶほす》

昆布刈は、七月から八月終わり頃まで行なわれる。晴れた日、船で沖合に出て昆布を刈り取った後、浜辺で天日に干し、夕方までに取り込む。主産地は北海道や三陸地方の海水温の低い所である。大きなマコンブは長さ六メートル、幅三〇センチにも育つ。関連 昆布《こんぶ》↓142

オホーツクの海ねぢりては昆布刈　杉野秋耕死

昆布刈

池内《いけのうち》たけし▶明治 22 年（1889）―昭和 49 年（1974）「欅」主宰。平淡にして滋味ある写生句で知られる。虚子の甥。

昆布刈る舟にそびゆる岩場かな　高木良多

▼舟の上での昆布刈。長い竿《さお》を操り、オホーツク海をねじって昆布を刈っている。▼昆布を刈る舟の前に聳《そび》え立つ岩場、この底の岩礁に昆布は根を張っている。

鵜《う》飼《かい》《かひ》

三夏

鵜舟《うぶね》・鵜匠《うしょう》・鵜川《うかわ》・鵜篝《うかがり》・荒鵜《あらう》・疲れ鵜《つかう》

鵜飼用に飼い馴《な》らした鵜を使って川魚をとる伝統的な漁法。舟を操って行なう方法と、川中を歩いて行なう「徒《かち》鵜飼」があり、規模の大きさもさまざま。歴史は古く、『万葉集』や『源氏物語』にも漁の様子がある。最も知られているのは、岐阜県の長良川《ながらがわ》や小瀬川《おぜがわ》の鵜飼。夜、篝火《かがりび》に集まる鮎《あゆ》を、縄につながれた鵜がとり、「鵜匠」が吐かせる。「おもしろうてやがてかなしき鵜舟哉《かな》」という芭蕉《ばしょう》の句を実感させられる漁法である。

関連 鵜《う》↓155

鵜飼名を勘作と申し哀れなり　夏目漱石

天覧の鵜舟の篝下り来る　伊藤敬子

水中の鵜にも鵜匠の目がとどく　長田等

鵜飼

▼とにもかくにも哀れ哀れ。鵜の名が勘作と聞けばなお哀れ。▼長良川、小瀬川の鵜飼は皇室の御料《ごりょう》鵜飼。▼水中の鵜が見えてこそ鵜匠だろう。

夜《よ》振《ぶり》

三夏

火振《ひぶ》り・夜振火《よぶりび》・川《かわ》ともし

暗夜に、松明《たいまつ》やカンテラの明かりで川漁をすること。明かりに集まる魚の習性を利用した漁法で、寄ってきた魚をヤスで突く。

わが松明を消せばあなたの夜振の火　阿波野青畝

暗礁に目のさまよへば夜振来る　秋元不死男

▼闇の中で火だけが見える。夜振りに参加している臨場感の伝わる句。▼この句にも、闇の中に現われる火に安堵《あんど》している気持がひそむ。

箱《はこ》眼《め》鏡《がね》

三夏

覗眼鏡《のぞきめがね》・水中眼鏡《すいちゅうめがね》・水眼鏡《みずめがね》

水に潜らずに水中を透視しながら魚をとる漁法に用いる道具。箱の底部にガラスを嵌《は》め、上部から覗《のぞ》く。潜って魚をとる時につける眼鏡が「水中眼鏡」(「水眼鏡」とも)。

箱眼鏡みどりの中を鮎流れ　宇佐美魚目

水眼鏡とらず少年走り来る　田中裕明

▼あたりの木々の緑の映る渓流に、鮎《あゆ》が泳ぐ。▼水から出たばかりの少年。自分が水眼鏡をつけていることを忘れているらしい。

烏賊釣《いかつり》　三夏

烏賊釣火《いかつりび》・烏賊火《いかび》・烏賊釣船《いかつりぶね》

烏賊の種類は多く、夏季以外にも漁は行なわれているが、最も漁獲量の多いのは夏に捕獲されるスルメイカ。漁は烏賊の習性を利用して集魚灯を使って釣る。夏の夜の沖につながって見える漁火《いさりび》は「烏賊釣火」が多い。

海上の見知らぬ村は烏賊火村　山口誓子

明け方は西へと寄りぬ烏賊釣火　松林朝蒼

▼作者には「海上の新しき村烏賊火群《いかびぐん》」という句もある。烏賊火の群れを村に見立てたのである。▼夜明けまで烏賊火を灯《とも》し、船を移動させて烏賊を釣る。

簗《やな》　三夏

魚簗《やな》・簗瀬《やなせ》・簗打《やなう》つ

古来行なわれてきた川漁の仕掛け。川瀬に杭《くい》を打って石を積み、水を堰《せ》き止めて魚の道を作り、張った竹の簀《す》に川魚を受けて捕獲する。簗を設けることを「簗打つ」という。遡上する魚をとる簗が「上《のぼ》り簗」で、春の季語。瀬を下る魚をとる簗を「下《くだ》り簗」といい、秋の季語。「簗」に付く「上り」「下り」という言葉の違いだけで季節の変化をあらわす季語の一つ。関連 上《のぼ》り簗《やな》→春／下《くだ》り簗《やな》→秋

手に足に逆まく水や簗つくる　西村泊雲

瀬々白く簗の表にあつまり来　中村三山

▼流れの中で大勢が簗作りの作業をしている。▼絶えることなく流れくる川瀬の波が、白をひるがえしながら、作ったばかりの簗に押し寄せてくる。

夕河岸《ゆうがし・ゆふがし》　晩夏

昼網《ひるあみ》・夕鰺《ゆうあじ》

魚河岸《うおがし》は朝に開かれるのが一般的だが、夏場は魚がいたみやすいので、朝に出漁してとった近海物の魚などを夕方に市を開いて売りさばいた。鰺《あじ》や鰯《いわし》がおもなものだったので、江戸では「夕鰺」ともいった。

夕河岸の鰺売る声や雨あがり　永井荷風

▼夕立が上がった涼しさの中で夕河岸が始まった。鰺を売る威勢のよい競り声が市に響く。

田村木国《たむらもっこく》▶明治22年（1889）―昭和39年（1964）虚子門。「山茶花」主宰。全国高校野球甲子園大会の生みの親。

端《たん》午《ご》

初夏

端《たん》午《ご》の節《せっ》句《く》・五《ご》月《がつ》の節《せっ》句《く》

五節句（六五頁「雛祭《ひなまつり》」参照）の一つで、五月五日。「端午」は五月の最初の午《うま》の日の意。古代中国伝来の行事が江戸時代に武士社会の習俗と結びつき、男児の誕生を祝い、健やかな成長を祈念する日となった。古くは邪気を払うため、菖蒲《しょうぶ》や蓬《よもぎ》などを身につけたり屋根に挿したりした。現代でも菖蒲湯に入ったり菖蒲酒を飲む。江戸時代には武家にとって大事な式《しき》日《じつ》となり、晒布《さらし》を紺地で染めた菖蒲《しょうぶ》帷子《かたびら》を着て出仕し、祝儀を行なった。子供たちは菖蒲の鉢巻《はちまき》や菖蒲冑《かぶと》を身につけることもあった。また、菖蒲刀で打ち合ったり、綯《な》った菖蒲を地に打ちつける菖蒲打ちや石を投げ合う印地《いんじ》打ちをしたりと、合戦の真似事をして遊んだ。菖蒲は「尚武《しょうぶ》」に音が通うため、武家でとくに尊重されたのである。幟《のぼり》を立て、柏餅《かしわもち》や粽《ちまき》を食べる風習は現在でも残っている。とくに初めて誕生した男児の初節句には鯉幟《こいのぼり》を贈るなどして祝う。また農村では、この日を物忌みの日として田の仕事を休む。

　楪の瑞葉の照れる端午かな　　長谷川かな女

　すこしある五月五日の残り酒　　阿波野青畝

▼若々しい楪《ゆずりは》が五月の日の光を照り返す。▼節句の宴の折の酒だろう。祝宴の余韻を楽しんでいるようである。

幟《のぼり》

初夏

五月《さつきのぼり》幟・紙幟《かみのぼり》・初幟《はつのぼり》

端午《たんご》の節句に、男児のいる家では子の幸せを願い、長い幅広の布や紙に定紋《じょうもん》や魔除《まよ》けの絵を染め、庭先などに立てる。とに初めて男児が誕生した家では高々と立てる。これが江戸時代中頃から「鯉幟《こいのぼり》」にかわっていった。

　江戸住みや二階の窓の初のぼり　　一茶

　大風の俄かに起る幟かな　　正岡子規

　幟立つ信州の山うち据ゑて　　藤田湘子

▼一茶に、「いざいなん江戸は涼みもむつかしき」がある。この句の「江戸住みや」にも、江戸の暮らしになじめなかった様子がよく出ている。▼心地のよい初夏の風が急に強く吹き、武者絵などが描かれた幟が勇壮にはためく。▼どっしりとした連山の峰々。はためく幟の動きがいきいきと見えてくる。

鯉《こい》《こひ》幟《のぼり》《のぼり》

初夏

五月鯉《さつきごい》

端《たん》午《ご》の節句に鯉幟を立てるようになったのは江戸時代で十八世紀半ば。もとは旗幟や吹流しを上げていたが、吹流しを鯉の姿にデザインしたのが鯉幟。そこで「鯉の吹流し」ともいった。大胆な構図と斬新な色彩には、歌舞伎や浮世絵に通じる江戸の美意識がみなぎる。もともと男の子の立身出世を願って立てたもの。中国の黄河《こうが》上流、竜門《りゅうもん》の滝を鯉が登ると竜に

草青々牛は去り：牛が去った後の草原。ただ青々と広がっている。

なるという、登竜門の伝説にもとづく。

風吹けば来るや隣の鯉幟　高浜虚子

町変り人も変りし鯉のぼり　百合山羽公

力ある風出てきたり鯉幟　矢島渚男

▼鎌倉の虚子庵だろうか。▼鯉幟を眺めながら、世の転変を顧みている。▼鯉の滝登りといっても、鯉幟には風が命。折しも天上をいい風が吹き始めた。

【吹流《ふきなが》し】初夏

吹貫《ふきぬき》

✝鯉幟とともに竿《さお》に結んで風になびかせるもの。筒状にした旗に蛸《たこ》の脚のように切れめを入れたもので、戦国時代は陣を示す旗として用いられた。

吹流し一旒《いちりう》見ゆる樹海かな　鈴木花蓑

雀らも海かけて飛べ吹流し　石田波郷

▼こんもりとした庭木の中を抜きん出て吹流しが一つ風に吹かれている。▼雀たちも風に乗って海を越えてゆけ。

【矢車《やぐるま》】初夏

✝鯉幟《こいのぼり》の竿《さお》のてっぺんで、風車のようにカラカラと回っているのが「矢車」である。軸のまわりに矢を車状にさし、風に当たって回転すると音が出る仕掛けがしてある。

矢車の止《とま》りいくつも止り居り　中村汀女

矢車の矢の一片の欠けし空　粟津松彩子

喪ごころの荒矢車の夜となりぬ　山田みづえ

▼ぱったりと風がやんだのだ。▼ふと見上げると矢車の一片が欠けている。一旦目に付くとなかなか気になる存在。▼吹きすさぶ夜風。喪に服す心に、矢車が荒々しく響く。

【菖蒲葺《しやうぶふ》く】仲夏

菖蒲挿《しょうぶさ》す・軒菖蒲《のきしょうぶ》・あやめ葺《ふ》く・蓬葺《よもぎふ》く・樗葺《おうちふ》く

✝端午《たんご》の節句には軒に✝菖蒲を葺く。菖蒲と✝蓬の束を軒の瓦に挿し、藁《わら》屋根に投げ上げる。子育てに忙しい✝燕《つばめ》が軒の菖蒲をかすめ飛ぶ様子は、いかにも端午らしい。この菖蒲は、アヤメ科の✝渓蓀《あやめ》や✝花菖蒲ではなく、サトイモ科の菖蒲。花はめだたないが、香り高い緑の草。古典文学で「あやめ」といえば菖蒲のこと。菖蒲に「尚武」（武を尊ぶ）をかけて、端午は男の子の節句になった。

菖蒲葺く

関連　菖蒲《しょうぶ》↓088

鶏が塒も菖蒲葺きにけり　鬼貫

葺きあまる色濃き菖蒲一束ね　西島麦南

一の字に投げて葺かるるあやめぐさ　加藤三七子

▼鶏の小屋（塒《ねぐら》）にも菖蒲を葺いてやる。▼きっと今夜の菖蒲湯に。▼すっと矢のように飛ぶ軒菖蒲。

中塚一碧楼《なかつかいっぺきろう》▶明治20年（1887）―昭和21年（1946）「海紅」主宰。自由律において井泉水「層雲」と双璧をなした。

菖蒲湯《しょうぶゆ》《しやうぶゆ》

仲夏

菖蒲風呂《しょうぶぶろ》・蘭湯《らんとう》

端午《たんご》の節句には菖蒲を入れた風呂に入る。菖蒲の精気によって邪気を払い、健康を祈る。湯舟を漂う緑の葉が目にも鮮やか。この日、銭湯や温泉でも菖蒲湯をふるまう。同様に、邪気を払うものとして、菖蒲の根や葉を刻んで浸けた菖蒲酒を飲む。 関連 菖蒲《しょうぶ》↓088

さうぶ湯やさうぶ寄《より》くる乳《ち》のあたり　白雄

菖蒲湯に浮くや五尺のあやめ草　籾山梓月

幸さながら青年の尻菖蒲湯に　秋元不死男

菖蒲湯の天井高き真昼かな　金子いづみ

▼やはり女性だろう。▼「郭公《ほととぎす》鳴くや五月《さつき》のあやめぐさあやめも知らぬ恋もするかな」（読人しらず『古今和歌集』）の本歌取り。「五月のあやめぐさ」を「五尺のあやめ草」に変えた。▼若々しく、力があふれている。▼桶《おけ》の音もよく響きそう。

武者人形《むしゃにんぎょう》《むしやにんぎやう》

初夏

兜人形《かぶとにんぎょう》・五月人形《ごがつにんぎょう》・あやめ人形《にんぎょう》・飾兜《かざりかぶと》・武具飾《ぶぐかざ》る

男の子の誕生を祝って、端午の節句に飾る武者姿の人形をいう。鎧《よろい》、兜、太刀《たち》、具足櫃《ぐそくびつ》なども一緒に飾られることが多く、「飾兜」「武具飾る」とも詠まれる。

出陣の稚き眉目武者人形　橋本多佳子

飾りたる兜の緒こそ太かりき　後藤夜半

飾りたる武具の静かさ世は移る　山田桂梧

▼勇壮の中の稚《おさな》い眉目《びもく》、子を思う母心も滲《にじ》んでいようか。▼「兜の緒を締める」とは、油断しないよう、さらに気を引き締めること。兜の緒こそ太いのも、もっとも。▼親から子へ、子から孫へと受け継がれてゆく武具。歳月はかくも早く流れて行く。

粽《ちまき》

初夏

粽結《ちまきゆ》う・粽解《ちまきと》く・笹粽《ささちまき》

端午《たんご》の節句に食べる菓子。米粉を長円錐《えんすい》形に固めて真菰《まこも》や茅《ちがや》の葉で包み、藺草《いぐさ》や藁《わら》などで結わえて灰汁《あく》で煮たり、蒸したりする。葛粉で作るものもある。もともとは、中国の楚《そ》の憂国の士屈原《くつげん》が湘江《しょうこう》のほとりをさまよい、汨羅《べきら》に投身した五月五日にその霊を弔うために作られたという故事に由来する。

粽

文もなく口上もなし粽五把　嵐雪

故郷は昔ながらの粽かな　高浜虚子

くるくると粽を解くは結ふに似て　加藤三七子

結び目のまだ濡れてゐる粽かな　山崎ひさを

▼粽を贈るわけなど、つらつらと言わなくてもわかる。▼菓子店に並ぶ美しい粽と違い、故郷のものは形も味も素朴。▼長い藺草を解く際の様子がありありと見える句。▼長円錐形の餅を包んだ

たわたわと薄氷に乗る鴨の脚：薄氷に乗る鴨の重量感がなんともあやうげである。

葉が解けないように、しっかりと結ぶ。葉の乾いた後も、結び目のみまだ濡《ぬ》れている。

薬玉《くすだま》　仲夏

長命縷《ちょうめいる》

丁子《ちょうじ》・沈香《じんこう》・麝香《じゃこう》などの香料を入れた袋を蓬《よもぎ》などの薬草や花で飾って玉状にし、邪気を払うための五色《ごしき》の糸（縷）を垂らしたもの。平安時代の貴族たちは端午《たんご》の節句に、薬玉を飾ったり贈答したりした。これが民間に伝わり、鴨居《かもい》や柱に下げたり、身につけたりするようになった。忌み月である旧暦五月、京都の旧家や町家などでよく見かけることがあったが、いつしか目にしなくなった。現在、店舗の開店やイベントの開会のセレモニーなどで薬玉と称する玉を割るが、これも邪気を払うため。

薬玉や大きな星が一つ出て　片山由美子

玉の緒のそのしだり尾や長命縷　吉田冬葉

▼なにかめでたいことがあったのだろう。▼古い歳時記に「諸病かならず五月におこるゆゑに、これを下げる」とある。暑さが誘発する病気を恐れたのだろう。

薬狩《くすりがり》　仲夏

薬《くすり》の日《ひ》・薬草摘《やくそうつみ》・薬採《くすりと》り・きそいがり

旧暦五月五日に山野に出て、薬草および鹿茸《ろくじょう》（鹿の袋角《ふくろづの》）を採取すること。この日に採ると、ことに薬効があるとされてきた。中国の風習が日本に伝わったもの。

補薬などどざらにはあらず薬狩　倉富あきを

白山のふところを這ひ薬採り　新田裕久

▼補薬は強壮剤のことだが、そんな材料になる薬草などあるものではない。▼加賀の白山《はくさん》は信仰の山だけに薬採りをする人も多い。

こどもの日《ひ》　初夏

子供《こども》の日《ひ》

五月五日。昭和二十三年（一九四八）に、子供の人格を尊重し、子供の幸福を図る目的で国民の祝日に制定された。端午《たんご》のこの日はもともと男子の節句であったが、現在は男女の別なく祝われる。

子供の日小さくなりし靴いくつ　林　翔

湾内に鯨きてゐるこどもの日　鷹羽狩行

雨降れば雨にドライブ子供の日　稲畑汀子

▼どんどん小さくなる靴。すくすく育ってゆく子の成長を嬉《うれ》しく思っている。▼湾内に珍しい鯨。折しもこどもの日を祝ってやってきたかのよう。子供たちの歓声が聞こえる。▼約束していたドライブが雨になった。家族でのドライブは雨もまた楽しい。

母《はは》の日《ひ》　初夏

五月第二日曜日。カーネーションや感謝のメッセージを贈り、母の愛に感謝する日。母生存の人は赤、母の亡い人は白のカー

松村蒼石《まつむらそうせき》▶明治20年（1887）―昭和57年（1982）「鹿火屋」「枯野」を経て「雲母」へ入会。蛇笏、龍太に師事。

ネーションを胸につけるという。アメリカの風習が大正初期に伝わり、一九四〇年代後半に一般に普及した。

母の日や啄木の母賢治の母　小原啄葉
母の日の母に帝国ホテルかな　山崎ひさを
母の日や何もせずとも母とゐて　大橋敦子
母の日に感謝の言葉習ひし子　小川龍雄

▼石川啄木も宮沢賢治も岩手出身で明治の人。母の日にその母を思う。切なし。▼緊張した母の表情のうかがえる句。▼母の前でニコニコするのも親孝行。▼子供の成長の一コマを通して、妻への感謝も込めて。

【愛鳥週間《あいちょうしゅうかん》《あいてうしうかん》】 初夏

バードウイーク・バードデー・愛鳥日《あいちょうび》

五月十日から一週間、野鳥愛護のための運動や行事が行なわれる。野鳥観察、巣箱の設置などを通じ、愛鳥思想を養う。戦後の国土緑化運動と並行して、大きな成果を上げている。

愛鳥週間《バードウイーク》女同士のよく喋り　成瀬櫻桃子
愛鳥の週に最たる駝鳥立つ　百合山羽公

▼女性同士のおしゃべりが小鳥の鳴声と似ているか。若干のアイロニーも。▼確かに駝鳥《だちょう》とて愛鳥の対象ではある。だがしかし、また何と大きなことよ！

【時《とき》の記《き》念《ねん》日《び》】 仲夏

時《とき》の日《ひ》

名句鑑賞

時の日のエスカレーターすれちがふ　横山房子

エスカレーターの上りと下り。人が乗っていてもいなくても、すれ違う運命にある。すれ違う時は一瞬であり、その動きは一瞬の連続。特別のことは何もないのに、ただ「時の日」が、日常の時間ということを意識させる。作者は、新興俳句の系譜につらなる女性俳人。平成十九年（二〇〇七）秋、九十二歳をもって俳歴七十余年の生涯を終えた。日常の暮らしにある思いの深さを、平明な表現で納得させる俳人であった。【宇多】

六月十日。『日本書紀』によれば、日本最初の水時計、「漏刻《ろうこく》」が設置されたのは、天智天皇十年（六七一）四月二十五日。太陽暦六月十日にあたることから、大正九年（一九二〇）に「時の記念日」とし、「時間を大切に」と呼びかける。天智天皇ゆかりの近江《おうみ》神宮（滋賀県大津市）では漏刻祭を行なう。

時の日の花鬱々と花時計　下村ひろし
時の日の時計よ振れば刻みそむ　木下夕爾
時の日の時をゆるやか明治村　遠藤若狭男

▼ただただ美しい花も、重責に悩んでいるのだ。▼振るとコチコチと時を刻み始める律儀な時計。▼ゆるやかな明治の時間へワープ。

【父《ちち》の日《ひ》】 仲夏

六月第三日曜日。父の恩愛に感謝し、その労苦をねぎらう日。「母の日」に対して「父の日」もあるべきだという提唱により、アメリカで年中行事となったものが、第二次世界大戦後に日

春霜や箒ににたる庵の主：「素琴先生」の前書。師への挨拶句だが、からかい気味。

本に入ってきて定着した。ただし歴史が浅いからか、「母の日」に比べて世間の関心はやや薄い。

晴れ間佳し祝ぎ言のみの父の日に　林翔

悲壮なる父の為にもその日あり　相生垣瓜人

父の日の顔にかぶさる新聞紙　安澤静尾

▼「父の日」なんて板につかない。つい空を仰いでしまう。▼マイホームパパから薄らいだのは悲壮感。今の父親だって悲壮なんだけど。▼昼寝か。照れか。

【沖縄忌《おきなわき》《おきなはき》】

仲夏

慰霊《いれい》の日《ひ》

六月二十三日。第二次世界大戦末期の昭和二十年（一九四五）、アメリカ軍が沖縄本島に上陸、日米最後の地上戦が行なわれて島民の十数万人が犠牲となり、総司令官の自決をもって終結した日。犠牲者を悼む慰霊の日である。関連 三月十日《さんがつとおか》→春／原爆《げんばく》の日《ひ》・終戦記念日《しゅうせんきねんび》→秋

沖縄忌「比嘉太郎の子」の刻銘　神谷石峰

ひめゆり忌碑に消えかけし乙女の名　玉城一香

▼この世に生まれ、名を授からぬ前に命を奪われた子。「比嘉《ひが》太郎の子」がその名。▼沖縄の悲劇を知る人も少なくなった。生き残った作者の心中の声が聞こえる。

【御祓《みそぎ》】

晩夏

御祓川《みそぎがわ》

身から罪や穢《けが》れを払い落とすための大祓《おおはらえ》の神事。古くは六月三十日と十二月三十日に行なわれていた。のちに六月のみとなる（夏越《なごし》の祓）。形代《かたしろ》（人形《ひとがた》に切った紙）に息を吹きかけ、夕方、川に流す。その前に神社で茅《ち》の輪《わ》をくぐる。

川ぞひを戻るもよしや御祓の夜　白雄

木薬《きぐすり》の袋ながるる御祓川　蕪村

川下に牛洗ひ居る御祓かな　西山泊雲

▼なすべきことをなした後のゆったりした気持が伝わる。▼病は流れたのか。生薬《しょうやく》を包んでいた袋が流れている。▼清濁ともに引き受けて流れるのが川。

【夏越の祓《なごしのはらえ》《なごしのはらへ》】

晩夏

名越《なごし》・夏祓《なつはらえ》・水無月祓《みなづきはらえ》・川祓《かわはらえ》

旧暦の六月晦日《みそか》（三十日）に行なわれる祓の行事。もとは宮中行事で、六月の夏越と十二月の年越の年二回の「名越の祓」が行なわれていたが、現在は夏越のみが残っている。六月は疫病流行の時期であり、厄除《やくよ》けの意味がある。各地では形代《かたしろ》に穢《けが》れを託して水に流したり、茅《ち》の輪《わ》をくぐったりする。

闇《やみ》美し泉美し夏祓　高野素十

もやもやと老人のゐる夏祓　小原啄葉

▼この日のものは、昼夜を問わずみな美しい。▼個の判別がつかない集団を美しくいうのは難しい。「もやもや」がいい。

内田百閒《うちだひゃっけん》▶明治22年（1889）―昭和46年（1971）小説家。漱石に師事。俳句は俳文学者の志田素琴に習う。

茅《ち》の輪《わ》

晩夏

茅《ち》の輪《わ》潜《くぐ》り・菅貫《すがぬき》

緑の茅萱《ちがや》を束ねて大きな輪に結ったもの。夏越《なごし》の祓《はらえ》に神社の神前に立て、参詣の人々は無限大∞のような形を描きながらこの輪をくぐって無病息災を祈る。その由来は蘇民将来《そみんしょうらい》の伝説に基づく。須佐之男命《すさのおのみこと》(牛頭天王《ごずてんのう》)が一夜のもてなしの礼に蘇民将来とその家族を悪疫から守ると約束し、その目印に茅萱で結った輪を腰につけさせた。茅の輪を潜る時に唱える歌は、「水無月《みなづき》のなごしの祓する人は千《ち》とせの命延《の》ぶといふなり」のほか、「思ふことみなつきねとて麻の葉を切りに切りてもはらへつるかな」「宮川の清き流れにみそぎせば祈れることの叶《かな》はぬはなし」がある。二首目は和泉式部《いずみしきぶ》の歌で、麻の葉を持って茅の輪を潜るところ。ほかは詠《よ》み人しらず。

母の分ンも一ッ潜るちのわ哉　一茶

白雲や茅の輪くぐりし人の上　乙二

ありあまる黒髪くぐる茅の輪かな　川崎展宏

▼三歳の時に亡くした母のため、もう一回茅の輪を潜る。▼茅の輪を潜れば、そこは秋。白雲に秋の気配がある。▼茅の輪を潜る豊かな黒髪の女性。

茅の輪

山《やま》開《びら》き

晩夏

開山式《かいざんしき》・御戸開《みとびらき》・卯月八日《うづきようか》・ウェストン祭《さい》

富士山、大峯山《おおみねさん》、月山《がっさん》、白山《はくさん》など、霊山とされている山に、その年初めて入ること、または登山を許すことをいう。古くは卯月八日に山に登り、山の神を拝むという風習があった。現在では、夏休み前の七月一日に行なうところが多く、山小屋などを開いて一般の登山者が登れるようにする。長野・上《かみ》高地《こうち》のウェストン祭は六月第一日曜日。

ウエストン祭焼岳穂高湖心にあふ　高島茂

神官の背を雲這へり山開き　岡田日郎

山彦の待ちかまへゐし山開き　木内怜子

▼日本の近代登山の発展に貢献したイギリスの登山家ウェストンの功績を上高地の碑の前で称《たた》える。山の全容が湖面に映る。▼神官と山を取り巻く低い雲が、高山を彷彿《ほうふつ》させる。▼「ヤッホー」が山の峰々を伝う。

【海開《うみびら》き】

晩夏

海開きとは、各地の海水浴場開きのことで、七月一日に行なわれる所が多い。「山開き」「川開き」に倣って名づけられた。安全祈願の行事等が華やかに催され、監視所が設けられて、「海の家」などが店開きする。

溺れ役息吹き返す海開き　大星たかし

まだ水の四肢に重たく海開　豊田淳応

▼海開きの安全対策のイベント。溺れ役が人工呼吸で蘇生したか。その瞬間の演技は難しかったであろう。▼海開きが行なわれたもののまだ水温は低い。水中の四肢が思うように動かないのである。

【海《うみ》の日《ひ》】

晩夏

海《うみ》の記念日《きねんび》

七月第三月曜日。海洋活動を啓発する日。明治九年（一八七六）七月二十日、明治天皇が東北巡幸の際に横浜まで明治丸に乗船したことを記念して、昭和十六年（一九四一）に「海の記念日」に制定。のちに「海の日」となり、平成八年（一九九六）以降は七月第三月曜日となった。

海の日を畳の上で養生す　矢島昭子

海の日の国旗疎らに漁夫の町　千田一路

海の記念日散りたる父の若きかな　古賀まり子

▼畳の上での養生。これが一番。▼国民の祝日とは休暇。国旗を出す習慣も今やなく。▼父上は海で亡くなられたか。その父の年をとっくに越えてしまった。

【川《かわ》《かは》開《びら》《びら》き】

晩夏

両国《りょうごく》の花火《はなび》・両国川開《りょうごくかわびら》き

川の納涼シーズンの幕開きを祝い、水難防止を祈願する行事。各地の河川で七月下旬から八月上旬にかけて行なわれる。なかでも有名なのが両国隅田川《すみだがわ》の川開き。江戸中期以来、趣向を凝らした大花火を打ち上げ、観客で賑《にぎ》わう。「川明《かわあ》き」という夏の季語もあるが、これは鮎《あゆ》漁が解禁となること。

通り雨ありし灯色や川開　山田弘子

▼御祓《おはら》いも済み、あとは花火の打ち上げを待つばかり。折からの通り雨に、提灯《ちょうちん》の灯《ひ》もしっとりと見える。

【安居《あんご》】

三夏

夏安居《げあんご》・雨安居《うあんご》・夏《げ》・一夏《いちげ》・夏行《げぎょう》・夏籠《げごもり》・夏百日《げひゃくにち》・結夏《けつげ》・夏《げ》の始《はじめ》・夏《げ》の入《いり》・夏断《げだち》・夏書《げがき》・夏花《げばな》

「一夏」といわれる九十日間（旧暦四月十六日からの三か月間）、僧が一か所に籠《こも》って修行をすること。「夏安居」ともいう。その期間は宗派により異なるが、現在ではおもに禅宗の修行として行なわれている。安居に準じて、他の期間一定の場所に籠って行をすることを「安居」とする宗派もある。夏安居に入ることを「結夏」「夏の入」「夏の始」、夏安居を終えることを「解夏」「夏の終」という。夏安居の間、僧のみならず在家の信者も、飲酒や魚肉を断つ「夏断」や、写経を行なう「夏書」、仏に供え

久保田万太郎《くぼたまんたろう》▶明治22年（1889）―昭和38年（1963）「春燈」主宰。小説家、劇作家。下町の人情や機微を描いた。

る「夏花」を野山に摘むなどして、精進する。 関連 冬安居《ふゆあんご》→冬

夏籠や月ひそやかに山の上　村上鬼城

安居寺大竹藪に世を隔つ　中田余瓶

谷空に鳥の糞散る安居かな　大峯あきら

▼九十日間の堂内の静けさを見守るような山上の月。内も外も静かでひそやか。▼平素はことさらには思わない寺の周辺の竹藪が、安居の間は格別に見える。▼聖の時間であろうとそうでなかろうと、鳥はおおらかに糞を散らす。

【峯入《みねいり》】 三夏

峰入《みねいり》・順《じゅん》の峯入《みねいり》・入峰《にゅうぶ》

修験道《しゅげんどう》の行者が、奈良・和歌山両県に連なる大峯山《おおみねさん》に入り修行すること。大峯山は役行者《えんのぎょうじゃ》ゆかりの霊山で、とくに吉野と熊野を結ぶ大峯奥駈道《おくがけみち》を踏破する奥駈の行《ぎょう》は、修験道の最も重要な行とされている。かつては春に本山派《ほんざん》(天台宗系)が熊野から吉野へ至る「順の峯入」を行ない、秋に当山派《とうざん》(真言宗系)が吉野から熊野へ向かう「逆《ぎゃく》の峯入」を行なっていたが、現在では両派とも六月から七月に吉野から入るコースをとっている。道中、「靡《なびき》」と呼ばれる七十五か所の修行場がある。なお山上ケ岳《さんじょうがたけ》一帯は現在も女人禁制だが、禁制区域は徐々に縮小されている。

願文を股開き読む峯行者　右城暮石

吾よりも遅歩にて大峯行者来る　茨木和生

▼いよいよ峯入の時。山伏《やまぶし》の装束で股《また》を開き、立願の文を読み上げる。▼誰もが、山岳を歩く行者の足は速いものだと思っている。

【湯殿詣《ゆどのもうで》《ゆどのまうで》】 三夏

湯殿行《ゆどのぎょう》・湯殿垢離《ゆどのごり》

湯殿山は山岳信仰の聖地、出羽《でわ》三山(月山《がっさん》・羽黒山・湯殿山)の奥の院とされる山。月山の南西に位置する。谷間にある湯殿山神社は巨岩から湧出する温泉を御神体とする。聖地として神秘化され、そのありさまを他言することは禁じられた。参詣者《さんけいしゃ》は禊《みそぎ》をすませ、素足になって御神体に向かう。『おくのほそ道』の旅で芭蕉も詣でている。

語られぬ湯殿にぬらす袂かな　芭蕉

後厄を湯殿の素足詣かな　茨木和生

▼様子を記すことは禁制に触れる。ただ、ありがたさと温泉に袂《たもと》を濡《ぬ》らすのみ。▼現代の湯殿詣。素足で御神体を詣でて厄を払う。

【祭《まつり》】 三夏

夏祭《なつまつり》・神祭《かみまつり》・神輿《みこし》・御旅所《おたびしょ》・祭太鼓《まつりだいこ》・祭笛《まつりぶえ》・祭獅子《まつりじし》・祭囃子《まつりばやし》・祭衣《まつりごろも》・山車《だし》

京都市の上賀茂《かみがも》・下鴨《しもがも》両社の賀茂祭《かものまつり》(葵祭《あおいまつり》)を単に「祭」と呼ぶが、これが夏に行なわれることから、連句俳諧では、市中の他の「夏祭」も含めて「祭」と呼び、夏の季語としている。京都の祇園会《ぎおんえ》、大阪の天神祭《てんじん》、東京の神田祭《かんだ》や品川の天王祭《てんのう》、博多の祇園山笠《ぎおんやまかさ》、塩竈《しおがま》の塩竈祭などが有名である。春祭、秋祭は農作物の豊穣《ほうじょう》を祈願し感謝する祭だが、夏の祭はおもに作物の疫病退治、風水害除《よ》けなどを祈願する。神輿を出し、行

列を組むなど、市民のエネルギーの発散の場ともなる。

関連　春祭《はるまつり》→春／秋祭《あきまつり》→秋

祭笛吹くとき男佳かりける　橋本多佳子
家を出て手をひかれたる祭かな　中村草田男
村の子にたつた一つの祭鉦　後藤比奈夫
男らの汚れるまへの祭足袋　飯島晴子
踏切に神輿せかれてしまふなり　宗田安正

▼祭を仕切るのは祭装束の男たち。その立ち居、表情、意気など、どれもがいきいきとして艶っぽい。▼手を引いているのは誰なのだろうと想像する楽しみも俳句鑑賞の一つ。▼村に一つしかない鉦《かね》。誰もが打ってみたい。年少の子は、来年はキミだよと世話役に期待を託される。▼祭はなんといっても男のもの。▼踏切にさしかかった際の神輿の様子がよくわかる。

御柱祭

御《おん》柱《ばしら》祭《さい》　初夏

御柱祭《おんばしらまつり》・諏訪《すわ》の御柱祭《おんばしらさい》

寅《とら》年と申《さる》年に行なわれる諏訪《すわ》大社の神事。正式名称は式年造営御柱大祭。山中から御柱となる樅《もみ》の大木十六本を伐り出し、四月上旬の山出《やまだ》し、五月上旬の里曳《さとび》きを経て、上社前宮《まえみや》、上《かみ》社本宮《しゃほんみや》、下社春宮《はるみや》、下社秋宮《しもしゃあきみや》の各社殿の四隅に建てる。急坂を一気に下る木落《きおと》しは勇壮で知られる。

御柱に叫《おら》びて縋る歓喜かな　矢島渚男
宮入りの傷だらけなる御柱　棚山波朗

▼木落しの場面だろう。危険をかえりみず御柱にすがりつく氏子は歓喜に酔いしれる。▼傷だらけなのも御柱の誉れ。いよいよ建《た》御柱《おんばしら》の日を迎える。

筑《つく》摩《ま》祭《まつり》　初夏

鍋祭《なべまつり》・鍋被《なべかぶ》り・筑摩鍋《つくまなべ》・鍋乙女《なべおとめ》・筑摩姫《つくまひめ》

滋賀県米原《まいばら》市の筑摩神社で、五月三日に行なわれる祭礼。『伊勢物語』にも記述のある古い祭で、里の女が、契りを交わした男の数だけ鍋をかぶって参詣《さんけい》させられたことに発するとされる。現在は、狩衣《かりぎぬ》に緋袴《ひばかま》を着けた少女たちが、張り子の鍋や釜をかぶって、祭神に供奉《ぐぶ》する。

鍋の数みんつくまのけふの高旅籠　楓林
丸顔の八つならびて鍋乙女　岩崎照子

▼旅人が、今日は「筑摩祭」と知って、旅籠《はたご》の窓から祭を眺めよう

室生犀星《むろうさいせい》▶明治22年（1889）―昭和37年（1962）詩人、小説家。句作を一時中断するも復帰。『魚眠洞発句集』等。

と言っているのである。▼現在は、八歳の少女八人が鍋乙女となる。

【賀茂《かも》の競馬《くらべうま》】

初夏

競馬《くらべうま》・賀茂《かも》の競馬《けいば》

京都市の上賀茂《かみがも》神社で五月五日に行なわれる競馬の神事。左方と右方に分かれ、勧盃などの儀式の後、馬場で競駆を行なう。寛治七年(一〇九三)、天下泰平と五穀《ごこく》豊穣《ほうじょう》を祈願して始められたという古式ゆかしい祭事で、兼好法師の『徒然草《つれづれぐさ》』にも記述がある。一日には、馬と乗尻《のりじり》(騎手)を組み合わせる足汰《あしぞろえ》式が行なわれる。

賀茂の競馬

くらべ馬顔みえぬ迄誉めにけり　太祇

土けむりかむる一騎やくらべ馬　佐藤念腹

競べ馬勝ちの白絹鞭にうけ　田畑比古

▼乗尻は舞楽の装束を着ていて馬も美麗。人々は姿が見えなくなるまで誉め称える。▼馬は前後に距離をもってスタートし、その差の伸縮で勝敗を決する。▼勝った乗尻は意気揚々と念人《ねんにん》(世話役)の前に進み、白絹を賜る。一つひとつの所作にある伝統的な雅び。

【神田祭《かんだまつり》】

初夏

神田明神祭《かんだみょうじんまつり》・天下祭《てんかまつり》

江戸城の鎮護社である東京都千代田区の神田神社(神田明神)の祭礼。二年に一度、五月の第二木曜日から翌週火曜日にかけて六日間行なわれる。かつては秋祭だったが、台風を避けるため、明治二十五年以降、現在の時期となった。江戸時代に神輿《みこし》が江戸城内に練り込み、将軍が上覧したところから「天下祭」とも呼ばれ、江戸を代表する祭となった。

打ち晴れし神田祭の夜空かな　高浜虚子

お祭や神田つ子にて候と　角田竹冷

ちちははも神田の生れ神輿舁く　深見けん二

▼昼間とは違う祭の夜の趣。▼おおいに威張っているのがこの日の主役の神田っ子。▼親の代から神田っ子だと、祭の日には血が騒ぐ。

【練供養《ねりくよう》】

初夏

当麻練供養《たいまねりくよう》・来迎会《らいごうえ》・曼荼羅会《まんだらえ》

中将姫《ちゅうじょうひめ》の忌日、五月十四日に行なわれる奈良県葛城《かつらぎ》市の当麻寺の練供養が知られている。菩薩《ぼさつ》面をかぶった二十五菩薩が、曼荼羅堂と娑婆《しゃば》堂の間に架けられた来迎橋を渡って、中将姫のいる娑婆堂に着き、姫を蓮台に乗せて曼荼羅堂に戻るお練りである。

脚長き菩薩増えたる練供養　高松早基子

水羊羹行儀正しき夫婦かな：夫婦は籾山《もみやま》梓月《しげつ》夫妻。水羊羹は日本橋清寿軒のもの。

漆感恐れぬ菩薩練供養　松村幸代

▼菩薩は付き人にひかれて歩くが、時代を反映して、このところの菩薩は背が高く、脚が長い。▼新調された菩薩面をかぶると漆に負けることもあるが、どの菩薩も漆かぶれを恐れていない。

葵《あおい》《あふひ》祭《まつり》《まつり》

初夏

祭《まつり》・賀茂祭《かものまつり》・北祭《きたのまつり》・懸葵《かけあおい》・諸鬘《もろかづら》

京都市の上賀茂《かみがも》・下鴨《しもがも》両社の祭礼、賀茂祭のこと。かつては旧暦四月の中の酉《とり》の日、現在は五月十五日に行なわれる。現在では祇園会《ぎおんえ》、時代祭とともに京都の三大祭として賑《にぎ》わう。勅使、検非違使《けびいし》、牛車《ぎっしゃ》、斎王代《さいおうだい》などの行列が、京都御所を出て下鴨神社に向かい、祭儀ののち、上賀茂神社に向かう。牛車や社殿、神官の冠などに物忌《ものい》みのしるしの「葵鬘《あおいかずら》」を懸けたことから「葵祭」と呼ばれている。双葉葵の葉は賀茂神社の神紋。古典文学で「祭」といえば葵祭をさすように、俳句でも単に「祭」と呼ばれる。石清水八幡宮《いわしみずはちまんぐう》(京都市)の祭礼「南祭《みなみまつり》」に対して「北祭」ともいう。

大学も葵祭のきのふけふ　田中裕明

地に落し葵踏み行く祭かな　正岡子規

葵かけて横顔青き舎人《とねり》かな　水落露石

▼祭の列をつとめる大方は、京都の学生アルバイト。学生同士その話題でもちきり。▼落とした葵が行列に無惨に踏まれてゆく。賑々しい雰囲気の中にふと祭の陰のようなものを見た瞬間。▼舎人から斎王代までが京の街を列をなして進む。その列の牛車を曳《ひ》いているひとりの横顔に目をとめる。

団扇撒《うちわまき》《うちはまき》

初夏

梵網会《ぼんもうえ》

奈良市の唐招提寺《とうしょうだいじ》で五月十九日に行なわれる「うちわまき」の行事。この日は梵網会にもあたるので、梵網経の講讃《こうさん》法要が行なわれる。かつて「うちわまき」は僧たちによって鼓楼の上から参拝者に撒《ま》かれたが、奪い合いがあって危険なため、現在は参加人数を制限している。

三千本撒かれし団扇拾へざり　萩谷幸子

▼遠慮していると拾えぬもの。空中に舞う団扇をジャンプしてつかむ人も。三千本も撒かれたのに一本も拾えなかった無念さ。

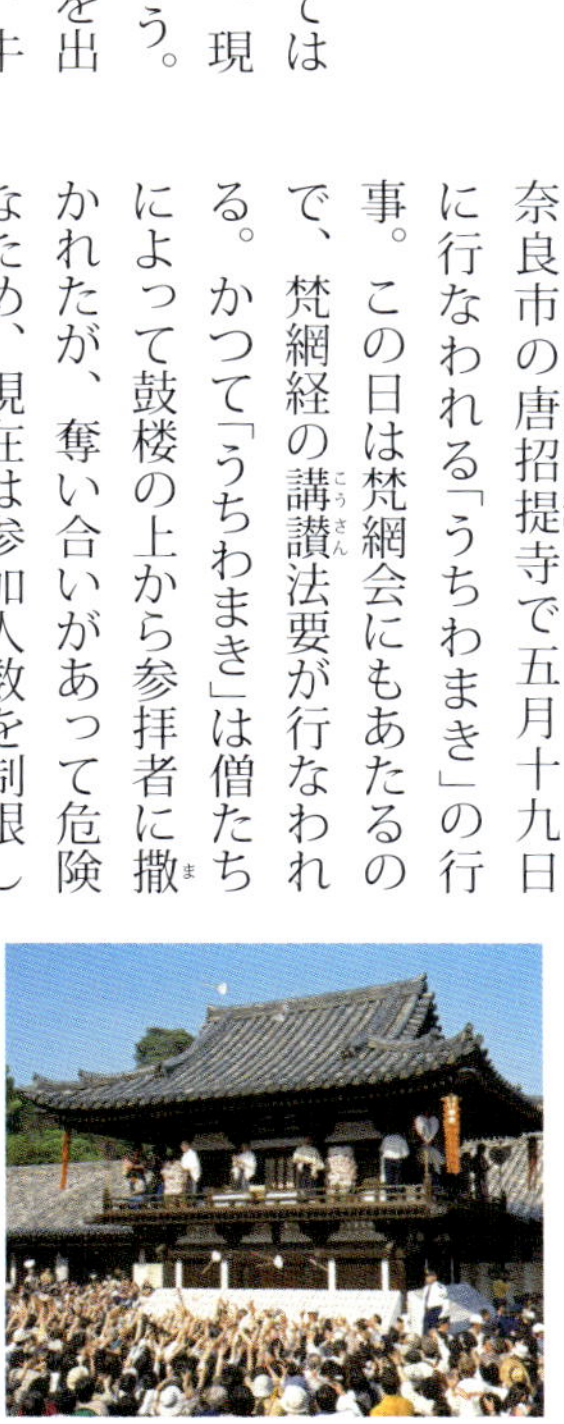

団扇撒

三社祭《さんじゃまつり》

初夏

浅草祭《あさくさまつり》

東京都台東区の浅草《あさくさ》神社の例大祭。浅草神社は浅草寺《せんそうじ》の起こりとなった聖観世音菩薩像《しょうかんぜおんぼさつ》を、海中の投網《とあみ》に見いだした漁師ら三人を祀《まつ》る三社権現《さんじゃごんげん》がその起源。祭は五月第三金曜日から三日間にわたり行なわれる。田楽のびんざさら舞が奉納され、神輿《みこし》が浅草界隈《かいわい》を賑《にぎ》やかに渡御する。

大場白水郎《おおばはくすいろう》▶明治 23 年（1890）—昭和 37 年（1962）「春蘭」「縷紅」主宰。万太郎の盟友で多芸多才の人。

大団扇三社祭を煽ぎたつ　長谷川かな女

▼浅草の道も狭しと神輿の衆が練り歩く。それを取り巻く大団扇《おおうちわ》が祭の気分を大いに盛り上げる。

【伊《い》《い》勢《せ》《せ》の御《お》《お》田《た》《た》植《うえ》《うゑ》】

仲夏

御田祭《おんだまつり》・山田《やまだ》の御田植《おたうえ》

伊勢皇大神宮の楠部《くすべ》の神田（三重県伊勢市）での御田植えは五月上旬。磯部《いそべ》の神田（三重県志摩郡）では六月二十四日。鳴物《なりもの》で囃《はや》しながら、順序通りに作長、早乙女《さおとめ》、楽人などが御田植えをする。ことに楠部では団扇《うちわ》を持って芸能を行なう。その様子が江戸時代の誹諧歳時記『滑稽雑談《こっけいぞうだん》』に「いとど興ある神事」と残されている。

是にあり手風神風御田植　吉江荷雪

▼田植え後の団扇風を、「神風」とみた句。

【住《すみ》《すみ》吉《よし》《よし》の御《お》《お》田《た》《た》植《うえ》《うゑ》】

仲夏

御田《おんだ》・御田植《おたうえ》

大阪の住吉大社での御田植えで、六月十四日に行なわれる。神前から受けた早苗を植女《うえめ》が田植唄を歌いながら植える。また、田に張り出した仮設舞台で舞や風流武士の合戦ぶりなどが演じられる。氏子や一般からは「御田」といって親しまれている。

住吉の御田植

住吉の御田植牛の背に御札　佐藤悦子

人垣の映れる御田植ゑはじむ　石倉啓補

▼代掻きをする牛の背に御札が貼ってあるのは、いかにも由緒ある田植の神事らしい。▼田の周辺の大勢の人。その人影を崩して、田植えが始まる

【江《え》《え》戸《ど》《ど》山《さん》《さん》王《のう》《わう》祭《まつり》《まつり》】

仲夏

日枝祭《ひえまつり》・山王祭《さんのうまつり》・天下祭《てんかまつり》

東京都千代田区の日枝神社の祭礼。行事の中心は六月十五日の例祭と神幸祭で、王朝絵巻さながらに都心を練り歩く。徳川時代には神輿《みこし》の江戸城入りが許され、将軍が上覧したことから、「天下祭」と呼ばれた。幕府の保護も手厚く、盛期には神輿と山車《だし》が行列をなした。

青すだれ山王祭近づきぬ　富安風生

▼青簾《あおすだれ》をかけると、そろそろ山王祭の季節である。近所の家並《やなみ》にも祭の気分が濃くなり始めた。

【祇《ぎ》《ぎ》園《おん》《をん》会《え》《ゑ》】

晩夏

祇園祭《ぎおんまつり》・祇園御霊会《ぎおんごりょうえ》・山鉾《やまぼこ》・鉾《ほこ》の稚児《ちご》・鉾粽《ほこちまき》・宵山《よいやま》・屏風祭《びょうぶまつり》

京都市の八坂《やさか》神社（祇園社）で七月に行なわれる祭。代表的な夏祭の一つ。平安時代半ば、悪疫退散のために当時の国の数と同じ六十六本の鉾《ほこ》を立て、神輿《みこし》を今の二条城辺りにあった神泉苑に渡して禊《みそ》ぎをしたのが起こり。三十二基の山鉾が盛

籠編むや籠に去年の目今年の目：年をまたいで編んだ籠の編み目。

大に巡行する七月十七日の「山鉾巡行」が有名だが、祭は七月一日の「吉符入《きっぷいり》」に始まり、三十一日の八坂神社境内の疫神社の夏越《なごし》の祓《はらえ》まで、ひと月にわたって行なわれる。山鉾巡行の前夜が「宵山《よいやま》」。大路小路の「鉾」や「山」には提灯《ちょうちん》が吊るされ、家々には屛風が巡らされる。それを見るため全国から人々が集い、京都の夏の夜の華やぎは最高潮に達する。

祇園会や真葛が原の風かほる　蕪村

我子にて候へあれにほこの児　大江丸

鉾済むや流るるやうな人通り　鳳朗

祇園会や二階に顔のうづたかき　正岡子規

▼八坂神社の東、円山《まるやま》公園の辺りは、かつて真葛原《まくずがはら》と呼ばれた。▼鉾に乗る稚児《ちご》を自慢する親のせりふ。▼山鉾巡行が終わり、散ってゆく見物の群衆。▼山鉾巡行を二階から見物する人々。

【博多祇園山笠《はかたぎおんやまかさ》《はかたぎをんやまかさ》】晩夏

博多《はかた》の祇園祭《ぎおんまつり》・博多祭《はかたまつり》・山笠《やまかさ》・追山笠《おいやま》

福岡市の櫛田《くしだ》神社で、七月一日から十五日まで行なわれる夏祭。豪華な「飾り山笠」と勇壮な「舁《か》き山笠」が神社に奉納され、期間中、町内を舁き巡る。十五日の未明は「追い山笠」で、七基の山笠が神社に集合。観客が声援を送るなか、約五キロの道程を豪快に走って早さを競う。

追山笠に水濯ぐなり人いきれ　青木月斗

筋肉の隅々動き山笠を舁く　岡部六弥太

▼担ぎ手に浄めの水を浴びせて応援する。▼暑さをものともせず、舁き山笠を担《かつ》ぐ男たちの心意気。

【朝顔市《あさがおいち》《あさがほいち》】仲夏

入谷朝顔市《いりやあさがおいち》

鉢植えの朝顔を売る市。例年七月六日頃から三日間開かれる、東京都台東区入谷の鬼子母神《きしもじん》境内の市が知られている。江戸時代に田んぼだった入谷で、観賞用の朝顔を栽培していたことから、ここの朝顔市が有名になった。現在は、江戸川や葛飾《かつしか》で栽培されたものを並べ、売っている。江戸情緒を楽しむ人々で賑《にぎ》わう。　関連 朝顔《あさがお》→秋

おしめりや朝顔市に人減らず　石川桂郎

しまひ日の朝顔市に来てゐたり　深見けん二

明け方の雨の白さや朝顔市　菖蒲あや

朝顔を見にしのゝめの人通り　久保田万太郎

▼いい雨が降ってきた。それでも人はやってくる。▼七月八日。いい鉢は売れてしまったか。▼早朝から開かれる朝顔市。「白さ」の感じられる雨はやがてやむだろう。▼買うために来たのではなく、観賞のようだ。

【鬼灯市《ほおずきいち》《ほほづきいち》】晩夏

酸漿市《ほおずきいち》・四万六千日《しまんろくせんにち》

東京都台東区の浅草寺《せんそうじ》境内に、七月九、十日に立つ市。七月十日は観世音菩薩《かんぜおんぼさつ》の結縁日《けちえんにち》で、この日に参詣すると四万六千日分のご利益《りやく》があるといわれることから「四万六千日」という。

久米正雄《くめまさお》▶明治24年（1891）—昭和27年（1952）小説家。俳号は三汀。はじめ新傾向俳句、後に芥川や万太郎らと句作。

境内には、前日の九日から二日間、子供の虫封じや女性の癪《しゃく》に効くとして、青鬼灯を売る店が立ち並ぶ。鬼灯は風鈴を付けて売る。関連 鬼灯《ほおずき》→秋

鬼灯市夕風のたつところかな　岸田稚魚

真青な雨が鬼灯市に降る　清崎敏郎

▼葭簀《よしず》張りの裸電球に灯《ひ》が入る頃、鬼灯市はいっそう華やぐ。涼しい夕風がたち、風鈴も一斉に鳴る。▼鬼灯の青い葉に降る雨は青い。誇張法で詩情を増幅。

【パリ祭《さい》】晩夏

巴里祭《パリさい》

一七八九年七月十四日のフランス革命記念日の、日本での呼称。ルネ・クレール監督の映画『巴里祭』（原題は『七月十四日』）にちなみ、日本にその名が定着した。葡萄酒《ぶどうしゅ》酒場でシャンソンを聴いたりして楽しむ。

重く押すホテルの木の扉巴里祭　桂信子

巴里祭夜も街角の似顔絵師　桑田青虎

▼古典的なホテル。木の扉の向こうで巴里祭を堪能している人々の声が聞こえるよう。▼巴里祭は似顔絵師にとっては稼ぎ時である。夜遅くまで描くのであろう。

【野《の》馬《ま》追《おい》】晩夏

福島県相馬《そうま》市、南相馬市で催される祭礼。平将門《まさかど》の軍事訓練に由来するともいう。近年は七月最終土曜から三日間にわたり、中村、太田、小高の三社からの騎馬行列、雲雀《ひばり》ヶ原《はら》での甲冑《かっちゅう》競馬、神旗争奪戦、放った裸馬を捕らえる野馬掛《のまがけ》などの行事が勇壮に繰り広げられる。

駒とめて野馬追の武者水を乞ふ　加藤楸邨

野馬追や荒草丘を桟敷とし　角川源義

▼夏の盛りに武者装束事はつらい。渇きにゆがんだ顔が見える。▼荒草の丘を桟敷として見物に興ずる。野趣あふれる祭の風情だ。

名句鑑賞

汝が胸の谷間の汗や巴里祭　楠本憲吉

昭和八年（一九三三）封切の「巴里祭《パリさい》」と訳されたルネ・クレール監督の映画「七月十四日」が発端となって、この日がフランスの革命記念日であるという本来の成り立ちとは関係のない、日本人のパリ祭が定着していった。この句は第二次世界大戦後の銀座の酒場でのパリ祭。むんむんする酒場の開放された女性の健康的な肉体の汗が香る。歳時記では「巴里祭」の例句になることが多い句だが、「胸の谷間の汗」あればこその日本の巴里祭だ。［宇多］

【天《てん》神《じん》祭《まつり》】晩夏

天満祭《てんままつり》・船祭《ふなまつり》・船渡御《ふなとぎょ》

大阪市北区に鎮座する大阪天満宮の祭礼。天満祭とも。一千年の歴史をもち、天下の三大祭の一つとして名高い。七月初旬から神事が始まり、七月二十四日の宵宮《よみや》には、この祭の原初の形を伝える鉾流《ほこながし》神事がある。翌二十五日の本宮《ほんみや》には、天満宮から乗船場へ神霊を送る陸渡御《りくとぎょ》、夕暮の大川を船が行き

凩や目刺に残る海のいろ：目刺の青々とした背中に海の名残をみた。

交う船渡御が行なわれ、花火が奉納される。

金魚玉天神祭映りそむ　後藤夜半

舟渡御の船発ちさうで発たざりし　山尾玉藻

早鉦の執念き天満祭かな　西村和子

▼軒端《のきば》に吊《つ》るした金魚玉に、天神祭の往来の賑《にぎ》わいが映り始めた。作者は北新地《きたしんち》の生まれ。▼天神祭の当日は日の高いうちから祭舟が集まり、その高揚感が伝わってくる。▼途切れることなく打ち鳴らされる早鉦《はやがね》の響きが耳を離れない。

【桜桃忌《おうとうき》《あうたうき》】 仲夏

太宰忌《だざいき》

小説家太宰治の忌日。太宰は一九〇九年、青森生まれ。第二次世界大戦後の『斜陽』『人間失格』などで無頼派文学の旗手として活躍したが、一九四八年六月十三日、東京の玉川上水で入水自殺した。遺体が発見された六月十九日(太宰の誕生日)を忌日とし、代表作の一つ『桜桃』にちなんで「桜桃忌」と呼ぶ。毎年、墓のある三鷹市の禅林寺で法要が行なわれる。

他郷にてのびし髭剃る桜桃忌　寺山修司

太宰忌や赤じゆうたんの水びたし　落合水尾

▼作者の郷里も青森。青森ならぬところでの感懐。生きてあればこそ髭《ひげ》も伸びる。▼梅雨の出水か。太宰入水の川に関わりがあるのか。ただならぬ水浸しである。

【河童忌《かっぱき》】 晩夏

我鬼忌《がきき》・龍之介忌《りゅうのすけき》・澄江堂忌《ちょうこうどうき》

七月二十四日。小説家芥川《あくたがわ》龍之介の忌日。『羅生門《らしょうもん》』『鼻』など初期の作品が評価され、夏目漱石《なつめそうせき》の知遇を得てその門下になる。俳句は高浜虚子に師事、俳号を我鬼、澄江堂といった。句に「元日や手を洗ひをる夕ごころ」「木がらしや目刺に残る海の色」「水洟《みずばな》や鼻の先だけ暮れ残る」など。句集に『澄江堂句集』がある。昭和二年(一九二七)七月二十四日に自死。享年三十五。河童の絵を好んで描いたところから、その忌日を「河童忌」という。

河童忌の庭石暗き雨夜かな　内田百閒

河童忌や一気一気と呑まされて　宮坂静生

寝返りを打つて闇見る我鬼忌かな　山地春眠子

▼その死を思う時、おのずと暗さがつきまとう。▼芥川龍之介の忌日とあって盛り上がる酒の席。勢いある光景だ。▼闇に見る文学者の煩悶《はんもん》。寝返りによってガラリと変わる心象の風景。

芥川龍之介《あくたがわりゅうのすけ》▶明治25年(1892)—昭和2年(1927)小説家。我鬼、澄江堂と号し句作。没後、『澄江堂句集』刊行。

写真協力者一覧（五十音順、本文掲載順に頁数を表記）

相澤弘
151、153、155、156（下）、158（上・下）（下）、159（上）

青山富士夫
135、136（下）

浅井信義
79

朝倉秀之
139（下）、148、161（上）、170、179（上）（下・左）、181、182、185（下・左）

植松国雄
80（下）98（上・下）、134（下・左）、176、177、185（上・上）

岡田博
58（下）、119（下）

おくやまひさし
25、56、59（下）、64（下・右）、67（上）、77（下）、89（上）（下・上）、103、106（上）、107（下）、114（上・上）、139（上）、144、178、179（下・右）、185（上・下）（下・右）、187

木内博
231

熊谷元一／熊谷元一写真童画館
248、251、252

佐藤秀明
7、52、57（下）、76（下）、93、95、108（下）、114（下）、152、240、249、250、255、257

鈴木俊介
215

竹前朗
140（下）、193、218

中村英俊
57（上）、58（上・右）、59（上）、60（下）、61、66、68、72、76（上）、77（上・左）、84（下）、87（下・上）、91（下・下）、92、96（上・下）（下・上）（下・下）、99（上・上）（下）、100（上・右）（上・左）、101（上・下）、102（上・下）（下・右）、104（下・上）、105（下・左）、107（上）、108（上）、115（下）、117、119（上・上）、130（上・右）、132（下・右）

芳賀ライブラリー
宇野五郎 256
加藤敏明 258
木村敬司 269、272
中田昭 261、270、271

広瀬雅敏
58（上・左）60（上）63、64（上）（下・左）、65、77（上・右）、80（上）88、89（下・下）、91（下・上）、94（①②③）、96（上・上）、98（上・上）（下）、100（下）、101（上・下）、102（上・上）（下・左）、113、115（上）、121（下）、125、131（上・上）、132（下・左）、133（下）、134（下・上）、180、188、232

増村征夫
15、27，34、35、39，45、62（下・上）（下・下）、67（下・左）、70、78、82、83、84（上・上）、87（下・下）、90、94（④）、105（上）（下・右）、106（下）、119（上・下）、121（上・上）（上・下）、122、123、124（上・右）（上・左）、126（上）、127（下・下）、128、129、130（上・左）（下）、131（上・下）（下）、132（上）、133（上）、134（下・下）、136（上）、137（下・上）（下・下）、138、140（上・上）

水野克比古
36 、85 、86 、206 、262 、266

［撮影協力］
川端道喜／ 262
岐阜県本巣市農政課／ 109
杉原商店／ 220（上）
竹虎／ 220（下）

※公共施設（美術館、図書館、博物館等）および寺社所蔵の写真・図版についてはキャプションに掲載した。
※小学館所蔵または提供先記載不要のものについては掲載しなかった。

付録

季語と季節

夏の全季語索引

夏の行事一覧
忌日一覧

春・秋・冬／新年の見出し季語総索引

季語と季節

日本の季節を知る大事な目安は、立春に始まり大寒に終わる二十四節気である。二十四節気は旧暦時代に使われていたため、月の運行にもとづくものと勘違いしている人が多いが、太陽の一年の周期を二十四等分したものである。

二十四節気の柱となるのは、夏至と冬至、春分と秋分。この四つの節気はそれぞれ、夏と冬、春と秋の真ん中に位置している。次に、四季それぞれの始まりが立春、立夏、立秋、立冬である。この四つを境にして、日本の季節は春・夏・秋・冬に分かれる。

この合計八つの節気が二十四節気の基本である。この八節気の間に、それぞれ二つずつ節気が入る。これが二十四節気全体の構造である。

この二十四節気はもともと中国で考えられたものだが、旧暦とともに日本に伝わった。なぜ旧暦時代に二十四節気が必

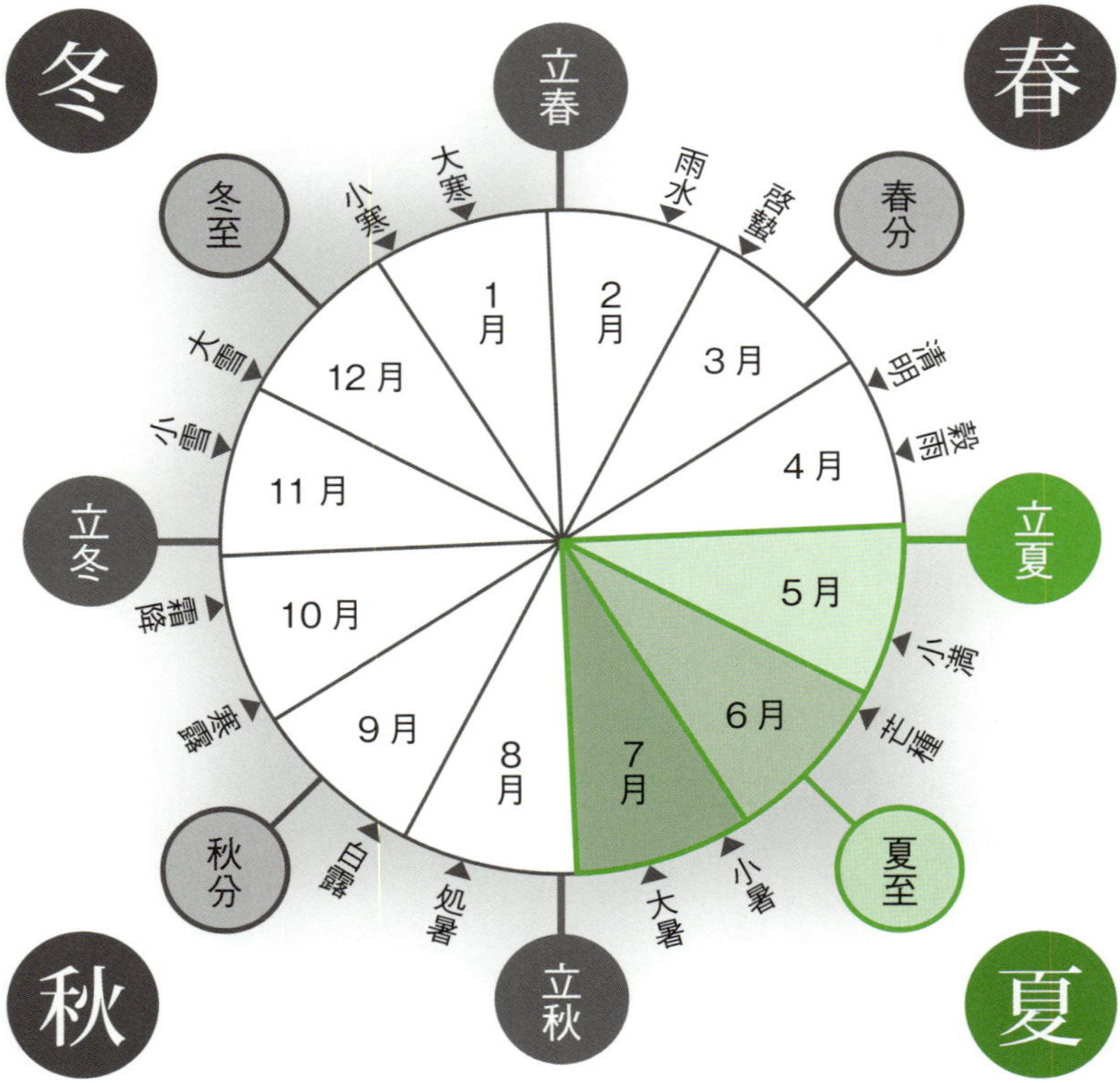

要だったのだろうか。

　月の満ち欠けをもとにした旧暦の一年十二か月は、太陽の一年の周期より十日ほど短く、このずれを調整するために、旧暦では、二、三年おきに閏月を入れて、一年を十三か月にしていた。その結果、年によって旧暦の月は季節と大幅にずれてしまうので、旧暦の月だけでは季節がわからない。そこで、旧暦時代には二十四節気を併用して季節の目安にしていた。

　一方、太陽暦（新暦）の月は太陽に基づいている。明治時代に太陽暦を採用してから二十四節気は不要になったはずだが、季節の区分けを知るためには、やはりなくてはならないものなのであり、大切な季語となっている。

　この二十四節気それぞれを三分したものが七十二候であり、その日本での解釈となる「獺《かわうそ》魚《うお》を祭る」「魚《うお》氷《ひ》に上《のぼ》る」などは、季語としてもよく使われている。

［長谷川］

季節	気節	二十四節気	日取り（頃）	七十二候	日取り（頃）	七十二候
夏						
初夏	四月節	立夏《りっか》	5月5日	初候	5月5日～9日	螻蛄《ろうこく》鳴《な》く
				次候	5月10日～14日	蚯蚓《みみず》出《い》づ
				末候	5月15日～20日	王瓜《おうか》生《しょう》ず
	四月中	小満《しょうまん》	5月21日	初候	5月21日～25日	苦菜《くさい》秀《ひい》づ
				次候	5月26日～30日	靡草《びそう》死《か》る
				末候	5月31日～6月5日	小暑《しょうしょ》至《いた》る
仲夏	五月節	芒種《ぼうしゅ》	6月6日	初候	6月6日～10日	蟷螂《とうろう》生《うま》る
				次候	6月11日～15日	鵙《もず》始《はじ》めて鳴《な》く
				末候	6月16日～20日	反舌《はんぜつ》声《こえ》なし
	五月中	夏至《げし》	6月21日	初候	6月21日～26日	鹿《しか》の角《つの》解《お》つ
				次候	6月27日～7月1日	蜩《せみ》始《はじ》めて鳴《な》く
				末候	7月2日～6日	半夏《はんげ》生《しょう》ず
晩夏	六月節	小暑《しょうしょ》	7月7日	初候	7月7日～11日	温風《うんぷう》至《いた》る
				次候	7月12日～16日	蟋蟀《しっしゅつ》壁《かべ》に居《お》る
				末候	7月17日～22日	鷹《たか》乃《すなわ》ち学習《がくしゅう》す
	六月中	大暑《たいしょ》	7月23日	初候	7月23日～28日	腐草《ふそう》蛍《ほたる》と為《な》る
				次候	7月29日～8月2日	土《つち》潤《うるお》ひて溽暑《あつ》し
				末候	8月3日～7日	大雨《たいう》時《とき》に行《ゆ》く

五十音順 夏の全季語索引

●本書に収録した見出し季語および傍題、季語解説文中で取り上げた季語を収録した。
●配列は現代仮名遣いによる五十音順とした。
●赤字は見出し季語を示す。重要季語は、季語の後に★を付した。
●部分けは、時＝時候、天＝天文、地＝地理、植＝植物、動＝動物、生＝生活、行＝行事をあらわす。
●季語解説文中で触れたものについては、解説のある季語名を〔 〕内に示した。

あ

アイスキャンデー……生211
アイスクリーム……生211
アイスコーヒー……生210
アイスティー……生210
アイス最中《もなか》……生211
愛鳥週間《あいちょうしゅうかん》……行264
愛鳥日《あいちょうび》……行264
藍浴衣《あいゆかた》……生198
アイリス……植089
青蘆《あおあし》……植118
青葦《あおあし》……植118
青蘆原《あおあしはら》……植118
青嵐《あおあらし》★……天026
葵《あおい》……植095
青藺《あおい》……植125
葵祭《あおいまつり》……行271
青梅《あおうめ》★……植065
青蛙《あおがえる》……動144
青柿《あおがき》……植065
青黴《あおかび》……植142
青蚊帳《あおかや》……生224
青鱚《あおぎす》……動165
青胡瓜《あおきゅうり》……植110
青草《あおくさ》……植116
青胡桃《あおくるみ》……植066
青鷺《あおさぎ》……動155
青山椒《あおざんしょう》……植113
蒿雀《あおじ》……動158
青時雨《あおしぐれ》……植073
青紫蘇《あおじそ》……植113
青鵐《あおしとど》……動158
青芝《あおしば》……植117
青芒《あおすすき》……植117
青薄《あおすすき》……植117
青簾《あおすだれ》……生221
青田《あおた》★……地049
青大将《あおだいしょう》……動147
青田風《あおたかぜ》……地049
青田時《あおたどき》……地049
青田波《あおたなみ》……地049
青田面《あおたのも》……地049
青田道《あおたみち》……地049
青蔦《あおつた》……植117
青梅雨《あおつゆ》……天029
青唐辛子《あおとうがらし》〔唐辛子〕……秋・植
青蜥蜴《あおとかげ》……動146
青嶺《あおね》……地043
青野《あおの》……地046
青葉《あおば》……植073
青葉雨《あおばあめ》……植073
青萩《あおはぎ》……植118
青葉寒《あおばざむ》……植073
青葉潮《あおばしお》……地048
青葉時雨《あおばしぐれ》……植073
青芭蕉《あおばしょう》……植103
青葉木菟《あおばずく》……動151
青葉冷え《あおばびえ》……植073
青葉山《あおばやま》……植073
青葉闇《あおばやみ》……植074
青葉若葉《あおばわかば》……植073
青葡萄《あおぶどう》……植066
青《あお》みどろ……植141
青水無月《あおみなづき》……時013
青山潮《あおやまじお》……地048
青柚《あおゆ》……植065
青柚子《あおゆず》……植065
青林檎《あおりんご》……植066
赤家蚊《あかいえか》……動183
赤鱏《あかえい》……動167

藜《あかざ》……植 127
アカシアの花《はな》……植 078
赤紫蘇《あかじそ》……植 113
赤茄子《あかなす》……植 110
赤腹《あかはら》……動 146
赤富士《あかふじ》……地 044
赤蝮《あかまむし》……動 148
上蔟祝《あがりいわい》……生 256
秋田蕗《あきたぶき》……植 109
秋近し《あきちか》……時 021
秋隣《あきどなり》……時 021
秋《あき》の隣《となり》……時 021
秋《あき》を待《ま》つ……時 021
挙草《あげぐさ》……生 251
揚羽《あげは》……動 171
揚羽蝶《あげはちょう》……動 171
鳳蝶《あげはちょう》……動 171
明易《あけやす》……時 017
明易し《あけやす》……時 017
あご……動 165
麻《あさ》……植 115
朝顔市《あさがおいち》……行 273
麻蚊帳《あさがや》……生 224
麻刈《あさかり》……生 253
麻《あさ》刈《か》る……生 253
朝草刈《あさくさかり》……生 255
浅草祭《あさくさまつり》……行 271
朝曇《あさぐもり》……天 038
麻座蒲団《あさざぶとん》……生 219
朝涼《あさすず》……時 020
朝涼み《あさすず》……生 192
麻足袋《あさたび》……生 201
朝茶《あさちゃ》〔風炉茶〕……生 218
朝茶《あさちゃ》の湯《ゆ》〔風炉茶〕……生 218
朝凪《あさなぎ》……天 028
朝虹《あさにじ》……天 035
麻《あさ》の葉《は》……植 115
麻《あさ》の花《はな》……植 115
麻暖簾《あさのれん》……生 221
麻羽織《あさばおり》……生 198
麻畑《あさばたけ》……植 115
麻畠《あさばたけ》……植 115
麻服《あさふく》……生 195
麻蒲団《あさぶとん》……生 218
麻《あさ》干《ほ》す……生 253
朝焼《あさやけ》……天 039
朝焼雲《あさやけぐも》……天 039
鯵《あじ》……動 164
鯵売《あじうり》……動 164
紫陽花《あじさい》★……植 056
鯵刺《あじさし》……動 156
蘆《あし》茂《しげ》る……植 118
鯵釣《あじつり》……動 164
小豆《あずき》蒔《ま》く……生 252
あずさい……植 056
汗《あせ》★……生 243
汗《あせ》しらず……生 246
汗《あせ》拭《ぬぐ》い……生 202
汗《あせ》の飯《めし》……生 205
汗《あせ》ばむ……生 243
あせぼ（汗疹《あせも》）……生 246
汗水《あせみず》……生 243
汗《あせ》みどろ……生 243
汗疹《あせも》……生 246
汗疣《あせも》……生 246
遊《あそ》び船《ぶね》……生 230
暑《あつ》き日《ひ》……時 019
暑《あつ》き夜《よ》……時 019
暑苦し《あつくる》……時 018
暑《あつ》さ……時 018
暑《あつ》さ負《ま》け……生 245
暑《あつ》し★……時 018
アッパッパ〔夏服〕……生 195
敦盛草《あつもりそう》……植 130
あとずさり……動 185
穴子《あなご》……動 168
穴子鮓《あなごずし》……動 168
穴子釣《あなごつり》……動 168
鳳梨《アナナス》……植 069
油蟬《あぶらぜみ》……動 180
油照《あぶらでり》……天 041
脂照《あぶらでり》……天 041
油虫《あぶらむし》……動 186
雨蛙《あまがえる》……動 144
あまご……動 161
雨乞《あまごい》……生 250
甘酒《あまざけ》……生 209
アマポーラ……植 090
余《あま》り苗《なえ》……植 114
アマリリス……植 101
網障子《あみしょうじ》……生 221
網戸《あみど》……生 221
雨祝《あめいわい》……生 251
雨休《あめやすみ》……生 251
飴湯《あめゆ》……生 214
飴湯売《あめゆうり》……生 214
雨喜び《あめよろこ》……天 032
水馬《あめんぼ》……動 179
あめんぼう……動 179
綾筵《あやむしろ》……生 219
あやめ（菖蒲《しょうぶ》）……植 088
渓蓀《あやめ》……植 087
菖蒲草《あやめぐさ》……植 088
あやめ草《ぐさ》……植 088
あやめ人形《にんぎょう》……行 262
あやめ葺《ふ》く……行 261
鮎《あゆ》★……動 160
鮎生簀《あゆいけす》……動 160
鮎籠《あゆかご》……動 160
鮎狩《あゆがり》……動 160
鮎刺《あゆさし》……動 156
鮎鮨《あゆずし》……動 160
鮎鷹《あゆたか》……動 156

鮎膾《あゆなます》……動160
洗膾《あらい》……生215
洗《あら》い……生215
洗《あら》い髪《がみ》……生243
洗鯉《あらいごい》……生215
洗鱸《あらいすずき》……生215
洗鯛《あらいたい》……生215
洗《あら》い飯《めし》……生204
荒鵜《あらう》……生258
荒梅雨《あらづゆ》……天029
荒南風《あらはえ》……天024
蟻《あり》★……動187
蟻地獄《ありじごく》……動185
蟻塚《ありづか》……動187
蟻《あり》の道《みち》……動187
アロハシャツ……生199
袷《あわせ》……生196
鮑《あわび》……動169
鰒《あわび》……動169
鮑取《あわびとり》……動169
泡盛《あわもり》……生209
安居《あんご》……行267
杏子《あんず》……植069
杏《あんず》……植069
餡蜜《あんみつ》……生213

い

飯鮓《いいずし》……生204
家蝿《いえばえ》……動182
いかずち……天037
烏賊釣《いかつり》……生259
烏賊釣火《いかつりび》……生259
烏賊釣船《いかつりぶね》……生259
烏賊火《いかび》……生259
衣桁《いこう》……生202
藺座蒲団《いざぶとん》……生219
井浚《いざらえ》……生228
石鯛《いしだい》……動163
石伏魚《いしぶし》(鮴《ごり》)……動163
いしわり……動166
泉《いずみ》★……地050
伊勢《いせ》の御田植《おたうえ》……行272
磯蟹《いそがに》……動170
磯清水《いそしみず》……地051
虎杖《いたどり》の花《はな》……植127
一夏《いちげ》……行267
苺《いちご》……植107
覆盆子《いちご》……植107
鳶尾草《いちはつ》……植088
一八《いちはつ》……植088
一番草《いちばんぐさ》……生251
一夜鮓《いちやずし》……生204
井戸替《いどかえ》……生228
井戸浚《いどさらえ》……生228
糸取《いととり》……生257
糸取鍋《いととりなべ》……生257
糸取女《いととりめ》……生257
糸蜻蛉《いととんぼ》……動181
糸引《いとひき》……生257
糸引歌《いとひきうた》……生257
糸蘭《いとらん》……植097
稲荷鮓《いなりずし》……生204
犬掻《いぬかき》……生232
藺《い》の花《はな》……植125
茨《いばら》……植076
茨《いばら》の花《はな》……植076
甘藷焼酎《いもじょうちゅう》……生209
妹背鳥《いもせどり》……動148
蠑螈《いもり》……動146
井守《いもり》……動146
藷《いも》を挿《さ》す……生253
入谷朝顔市《いりやあさがおいち》……行273
慰霊《いれい》の日《ひ》……行265
岩鏡《いわかがみ》……植137
岩清水《いわしみず》……地051
岩煙草《いわたばこ》……植133
岩魚《いわな》……動161
巌魚《いわな》……動161
岩魚釣《いわなつり》……動161

う

鵜《う》……動155
雨安居《うあんご》……行267
浮《う》いてこい……生238
ウェストン祭《さい》……行266
植田《うえた》……地049
植女《うえめ》……生250
鵜飼《うかい》★……生258
鵜篝《うかがり》……生258
鵜川《うかわ》……生258
萍《うきくさ》……植141
浮草《うきくさ》……植141
萍《うきくさ》の花《はな》……植141
浮巣《うきす》……動154
浮人形《うきにんぎょう》……生238
浮葉《うきは》……植122
浮袋《うきぶくろ》……生232
浮輪《うきわ》……生232
鶯《うぐいす》音《ね》を入《い》る……動151
鶯《うぐいす》の落《おと》し文《ぶみ》……動178
蛆《うじ》……動182
牛蛙《うしがえる》……動145
うしかわず……動145
牛《うし》の舌《した》……動166
牛冷《うしひや》す……生249
蛆虫《うじむし》……動182
鵜匠《うしょう》……生258
薄衣《うすぎぬ》……生197
薄衣《うすごろも》……生197
薄羽織《うすばおり》……生198
薄翅蜉蝣《うすばかげろう》……動185
薄羽蜉蝣《うすばかげろう》……動185
渦虫《うずむし》……動179
羅《うすもの》★……生197
打水《うちみず》★……生229

団扇《うちわ》★……生 226
団《うちわ》……生 226
団扇売《うちわうり》……生 226
団扇撒《うちわまき》……行 271
卯月《うづき》……時 006
卯月鳥《うづきどり》……動 148
卯月波《うづきなみ》……地 047
卯月野《うづきの》……地 046
空木《うつぎ》の花《はな》……植 076
卯月八日《うづきようか》……行 266
空蟬《うつせみ》★……動 180
靫草《うつぼぐさ》……植 131
空穂草《うつぼぐさ》……植 131
優曇華《うどんげ》……動 185
鰻《うなぎ》……動 168
鰻掻《うなぎかき》……動 168
鰻筒《うなぎづつ》……動 168
卯波《うなみ》★……地 047
卯浪《うなみ》……地 047
卯《う》の花《はな》★……植 076
卯《う》の花垣《はながき》……植 076
卯《う》の花腐《はなくた》し……天 029
卯《う》の花月《はなづき》……時 006
鵜舟《うぶね》……生 258
馬冷《うまひや》す……生 249
馬蛭《うまびる》……動 190
海鵜《うみう》……動 155
海霧《うみぎり》……天 033
海猫《うみねこ》……動 160
海《うみ》の家《いえ》〔海開き〕……行 267
海《うみ》の記念日《きねんび》……生 267
海《うみ》の日《ひ》……行 267
海開《うみびら》き……行 267
海酸漿《うみほおずき》……動 169
梅酒《うめざけ》……生 208
梅酒《うめしゅ》……生 208
梅焼酎《うめしょうちゅう》……生 208
梅漬《うめづけ》……生 208
梅《うめ》の雨《あめ》……天 029
梅《うめ》の実《み》……植 065
梅干《うめぼし》……生 208
梅干《うめほ》す……生 208
梅筵《うめむしろ》……生 208
裏葉草《うらはぐさ》……植 138
瓜《うり》……植 109
瓜小屋《うりごや》……生 254
瓜漬《うりづけ》……生 206
瓜膾《うりなます》……生 206
瓜盗人《うりぬすっと》……生 254
瓜《うり》の花《はな》……植 104
瓜畑《うりばたけ》……植 109
瓜番《うりばん》……生 254
瓜番小屋《うりばんごや》……生 254
瓜冷《うりひや》す……生 207
瓜揉《うりもみ》……生 206
瓜揉《うりも》む……生 206
瓜守《うりもり》……生 254
熟《う》れ麦《むぎ》……植 114
雲海《うんかい》……天 035

え

鱏《えい》……動 167
鱝《えい》……動 167
絵団扇《えうちわ》……生 226
絵扇《えおうぎ》……生 226
絵茣蓙《えござ》……生 219
えごの花《はな》……植 082
枝蛙《えだかわず》……動 144
越後上布《えちごじょうふ》……生 197
越前水母《えちぜんくらげ》……動 171
江戸山王祭《えどさんのうまつり》……行 272
金雀枝《えにしだ》……植 058
金雀花《えにしだ》……植 058
絵日傘《えひがさ》……生 200
えぼし魚《うお》……動 164
絵筵《えむしろ》……生 219
衣紋竿《えもんざお》……生 202
衣紋竹《えもんだけ》……生 202
遠泳《えんえい》……生 232
円虹《えんこう》……天 035
円座《えんざ》……生 219
槐《えんじゅ》の花《はな》……植 079
炎暑《えんしょ》……時 019
縁涼《えんすず》み……生 192
炎昼《えんちゅう》……時 015
炎帝《えんてい》……時 006
炎天《えんてん》★……天 041
炎天下《えんてんか》……天 041
豌豆《えんどう》……植 107
炎熱《えんねつ》……時 019
燕麦《えんばく》……植 114
遠雷《えんらい》……天 037

お

老鶯《おいうぐいす》……動 151
追山笠《おいやま》……行 273
花魁草《おいらんそう》……植 098
扇《おうぎ》★……生 226
黄蜀葵《おうしょっき》……植 095
楝《おうち》の花《はな》……植 081
樗《おうち》の花《はな》……植 081
樗葺《おうちふ》く……行 261
桜桃《おうとう》……植 067
桜桃忌《おうとうき》……行 275
桜桃《おうとう》の実《み》……植 067
大麻《おおあさ》……植 115
大蟻《おおあり》……動 187
大田植《おおたうえ》……生 249
オーデコロン……生 225
おおでまり……植 057
大西日《おおにしび》……天 040
車前《おおばこ》の花《はな》……植 128
大葉子《おおばこ》の花《はな》……植 128
大鷭《おおばん》……動 153
大待宵草《おおまつよいぐさ》……植 121

大南風《おおみなみ》……天024
大麦《おおむぎ》……植114
大山蓮華《おおやまれんげ》……植080
天女花《おおやまれんげ》……植080
大葭切《おおよしきり》……動153
大瑠璃《おおるり》……動156
沖膾《おきなます》……生216
沖縄忌《おきなわき》……行265
送《おく》り梅雨《づゆ》……天031
おけら……動188
起《おこ》し絵《え》……生239
虎魚《おこぜ》……動166
含羞草《おじぎそう》……植103
圧《お》し鮓《ずし》……生204
御田植《おたうえ》……行272
御旅所《おたびしょ》……行268
落《おと》し鱧《はも》……動168
落《おと》し文《ぶみ》……動178
囮鮎《おとりあゆ》……動160
踊草《おどりぐさ》……植129
踊子草《おどりこそう》……植129
踊花《おどりばな》……植129
鬼虎魚《おにおこぜ》……動166
鬼百合《おにゆり》……植094
おはぐろ……動181
鉄漿蜻蛉《おはぐろとんぼ》……動181
おはなばた……地045
お花畑《はなばたけ》……地045
お花畠《はなばたけ》……地045
沢瀉《おもだか》……植124
親鴉《おやがらす》……動152
親燕《おやつばめ》……動152
泳《およ》ぎ★……生232
和蘭《おらんだ》あやめ〔グラジオラス〕……植089
和蘭石竹《おらんだせきちく》〔カーネーション〕……植092
和蘭撫子《おらんだなでしこ》〔カーネーション〕……植092
御田《おんだ》……行272
御田祭《おんだまつり》……行272
御柱祭《おんばしらさい》……行269
御柱祭《おんばしらまつり》……行269

か

蚊《か》★……動183
蛾《が》……動172
カーネーション……植092
ガーベラ……植092
開襟《かいきん》シャツ……生199
海紅豆《かいこうず》……植062
蚕《かいこ》の上蔟《あがり》……生256
開山式《かいざんしき》……行266
海水着《かいすいぎ》……生200
海水帽《かいすいぼう》……生200
海水浴《かいすいよく》……生232
快走艇《かいそうてい》……生231
海南風《かいなんぷう》……天024
蚊《か》いぶし……生224
海霧《かいむ》……天033
返《かえ》り梅雨《づゆ》……天031
薫《かお》る風《かぜ》……天026
かがみぐさ……植141
ががんぼ……動184
我鬼忌《がきき》……行275
かき氷《ごおり》……生214
燕子花《かきつばた》★……植087
杜若《かきつばた》……植087
柿《かき》の蔕《とう》……植064
柿《かき》の花《はな》……植064
嘉魚《かぎょ》……動161
柿若葉《かきわかば》……植071
額紫陽花《がくあじさい》……植056
蚊喰鳥《かくいどり》……動143
額《がく》の花《はな》……植056
霍乱《かくらん》……生246
懸葵《かけあおい》……行271
掛香《かけこう》……生224
掛簾《かけすだれ》……生221
籠枕《かごまくら》……生220
カサブランカ……植094
蝦蟆《がざみ》……動170
飾兜《かざりかぶと》……行262
樫落葉《かしおちば》……植075
河鹿《かじか》……動145
河鹿蛙《かじかがえる》……動145
河鹿笛《かじかぶえ》……動145
樫茂《かしし》げる……植072
貸《かし》ボート……生230
樫若葉《かしわかば》……植072
柏餅《かしわもち》★……生212
ガス……天033
蚊吸鳥《かすいどり》……動150
ガス冷蔵庫《れいぞうこ》……生226
風薫《かぜかお》る★……天026
風死《かぜし》す……天028
風涼《かぜすず》し……天026
風通《かぜとお》し……生222
風通《かぜとお》り……生222
風《かぜ》の香《か》……天026
風待月《かぜまちづき》……時013
片蔭《かたかげ》★……天042
片《かた》かげり……天042
形代《かたしろ》〔御祓〕……行265
かたしろぐさ……植056
かたつぶり……動189
蝸牛《かたつむり》★……動189
かたつむり……動189
片肌脱《かたはだぬぎ》……生243
酸漿《かたばみ》の花《はな》……植128
帷子《かたびら》……生196
蚊帳《かちょう》……生224
かちわり……生211
鰹《かつお》……動164

き

ぎしぎしの花《はな》……植126
羊蹄《ぎし》の花《はな》……植126
雉焼《きじやき》……生207
鱚《きす》……動165
黄菅《きすげ》……植135
鱚釣《きすつり》……動165
帰省《きせい》……生192
帰省子《きせいし》……生192
きそいがり……行263
北祭《きたのまつり》……行271
吉丁虫《きっちょうむし》……動176
狐《きつね》の提灯《ちょうちん》……植130
きつねのてぶくろ……植100
絹莢《きぬさや》……植107
絹羽織《きぬばおり》……生198
擬宝珠《ぎぼうし》の花《はな》……植122
ぎぼし……植122
ぎぼしゅ……植122
君影草《きみかげそう》……植120
キャベツ……植111
伽羅蕗《きゃらぶき》……植109
キャンプ……生234
キャンプ小屋《ごや》……生234
キャンプファイヤー……生234
キャンプ村《むら》……生234
牛馬洗《ぎゅうばあら》う……生249
牛馬冷《ぎゅうばひや》す……生249
胡瓜《きゅうり》……植110
胡瓜漬《きゅうりづけ》……生206
胡瓜《きゅうり》もぐ……植110
胡瓜揉《きゅうりもみ》……生206
京団扇《きょううちわ》……生226
競泳《きょうえい》……生232
京鹿子《きょうがのこ》……植101
行々子《ぎょうぎょうし》……動153
行水《ぎょうずい》……生229
夾竹桃《きょうちくとう》……植060
雲母虫《きららむし》……動186
切抜灯籠《きりぬきとうろう》……生239
桐《きり》の花《はな》……植077
切麦《きりむぎ》……生205
金魚《きんぎょ》★……動162
銀魚《ぎんぎょ》……動162
金魚売《きんぎょうり》……生235
金魚草《きんぎょそう》……植098
金魚玉《きんぎょだま》……生238
金魚鉢《きんぎょばち》……生238
金魚屋《きんぎょや》……生235
金銀花《きんぎんか》……植080
金蠅《きんばえ》……動182
銀蠅《ぎんばえ》……動182
金蓮花《きんれんか》……植102

く

水鶏《くいな》……動155
水鶏《くいな》たたく……動155
水鶏笛《くいなぶえ》……動155
クーラー……生225
草《くさ》いきり……植116
草《くさ》いきれ……植116
草蜉蝣《くさかげろう》……動184
臭蜉蝣《くさかげろう》……動184
草刈《くさかり》……生255
草刈鎌《くさかりがま》……生255
草刈機《くさかりき》……生255
草刈女《くさかりめ》……生255
草刈《くさか》る……生255
草夾竹桃《くさきょうちくとう》……植098
草茂《くさしげ》る……植116
草清水《くさしみず》……地051
草取《くさとり》……生252
草《くさ》の息《いき》……植116
草《くさ》のいきれ……植116
草笛《くさぶえ》……生241
草干《くさほ》す……生255
草《くさ》むしり……生252
草矢《くさや》……生241
くすぐりの木《き》〔百日紅〕……植060
葛切《くずきり》……生213
葛桜《くずざくら》……生212
樟蚕《くすさん》……動173
薬玉《くすだま》……行263
葛練《くずねり》……生213
葛饅頭《くずまんじゅう》……生212
葛水《くずみず》〔葛切〕……生213
葛餅《くずもち》……生212
薬狩《くすりがり》……行263
薬採《くすりと》り……行263
薬《くすり》の日《ひ》……行263
薬降《くすりふ》る……天031
樟若葉《くすわかば》……植072
梔子《くちなし》の花《はな》……植059
くちなわ……動147
沓手鳥《くつてどり》……動148
櫟《くぬぎ》の花《はな》……植081
薫衣香《くのえこう》……生224
虞美人草《ぐびじんそう》……植090
熊蟬《くまぜみ》……動180
組上《くみあげ》……生239
蜘蛛《くも》……動188
蜘蛛《くも》の囲《い》……動188
蜘蛛《くも》の糸《いと》……動188
蜘蛛《くも》の子《こ》……動188
蜘蛛《くも》の巣《す》……動188
雲《くも》の峰《みね》★……天022
水母《くらげ》……動171
海月《くらげ》……動171
グラジオラス……植089
競馬《くらべうま》……行270
栗《くり》の花《はな》……植063
グリンピース……植107
胡桃《くるみ》の花《はな》……植077

け

こ

駒鳥《こまどり》……動157
胡麻《ごま》の花《はな》……植106
小麦《こむぎ》……植114
虚無僧花《こむそうばな》……植129
ごめ……動160
米搗虫《こめつきむし》……動178
米《こめ》の虫《むし》……動177
菰《こも》……植123
こやすぐさ……植088
小葭切《こよしきり》……動153
御来光《ごらいこう》……天035
御来迎《ごらいごう》……天035
鮴《ごり》……動163
鮴汁《ごりじる》……動163
コレラ〔霍乱〕……生246
更衣《ころもか》う……生195
更衣《ころもがえ》★……生195
衣更《ころもがえ》……生195
昆虫採集《こんちゅうさいしゅう》……生239
昆布《こんぶ》……植142
昆布刈《こんぶかり》……生257
昆布《こんぶ》刈《か》る……生257
昆布《こんぶ》干《ほ》す……生257

さ

サーフィン……生233
サーフボード……生233
皀莢虫《さいかちむし》……動175
サイダー……生210
早乙女《さおとめ》★……生250
さがりごけ……植140
鷺草《さぎそう》……植133
桜《さくら》の実《み》……植054
桜若葉《さくらわかば》……植054
さくらんぼ……植067
石榴《ざくろ》の花《はな》……植064
笹落葉《ささおちば》……植085
笹粽《ささちまき》……行262
笹《ささ》散《ち》る……植085
笹《ささ》の子《こ》……植086
笹百合《ささゆり》……植094
さし……動182
杜鵑花《さつき》……植058
皐月《さつき》……時010
五月《さつき》……時007
五月雨《さつきあめ》……天030
五月乙女《さつきおとめ》……生250
五月狂言《さつききょうげん》〔夏芝居〕……生236
五月鯉《さつきごい》……行260
皐月《さつき》つつじ……植058
五月野《さつきの》……地046
五月幟《さつきのぼり》……行260
五月晴《さつきばれ》……天038
五月富士《さつきふじ》……地043
五月女《さつきめ》……生250
五月闇《さつきやみ》★……天037
薩摩上布《さつまじょうふ》……生197
里若葉《さとわかば》……植071
早苗《さなえ》……植114
早苗田《さなえだ》……地049
早苗束《さなえたば》……植114
早苗月《さなえづき》……時010
早苗取《さなえとり》……生249
早苗饗《さなぶり》……生251
さなぼり……生251
実盛送り《さねもりおくり》……生256
さのぼり……生251
鯖《さば》……動164
五月蠅《さばえ》……動182
鯖釣《さばつり》……動164
鯖火《さばび》……動164
鯖舟《さばぶね》……動164
さびたの花《はな》……植083
仙人掌《さぼてん》の花《はな》……植097
覇王樹《さぼてん》の花《はな》……植097
サマードレス……生195
さみだる……天030
五月雨《さみだれ》★……天030
五月雨傘《さみだれがさ》……天030
五月雨雲《さみだれぐも》……天030
五月雨月《さみだれづき》……時010
莢豌豆《さやえんどう》……植107
晒井《さらしい》……生228
さらの花《はな》……植083
蝲蛄《ざりがに》……動170
松蘿《さるおがせ》……植140
百日紅《さるすべり》……植060
サルビア……植101
沢蟹《さわがに》……動170
三夏《さんか》……時006
サングラス……生200
三光鳥《さんこうちょう》……動156
三社祭《さんじゃまつり》……行271
山椒魚《さんしょううお》……動146
山王祭《さんのうまつり》（江戸《えど》山王祭《さんのうまつり》）……行272
三番茶《さんばんちゃ》〔茶摘〕……春・生
三伏《さんぷく》……時018
三宝鳥《さんぽうちょう》……動150

し

椎落葉《しいおちば》……植075
椎《しい》の花《はな》……植082
椎若葉《しいわかば》……植072
慈雨《じう》……天032
潮浴《しおあび》……生232
鹿《しか》の子《こ》……動143
鹿《しか》の袋角《ふくろづの》……動143
鹿《しか》の若角《わかづの》……動143
ジギタリス……植100
鴫焼《しぎやき》……生207
茂《しげ》み……植073
茂《しげり》★……植073
茂《しげ》り葉《ば》……植073

茂《しげ》る……植073
茂《しげ》る草《くさ》……植116
獅子頭《ししがしら》(金魚《きんぎょ》)……動162
四十雀《しじゅうから》……動158
四十日《しじゅうにち》……植111
四条河原《しじょうがわら》の納涼《すずみ》……生193
紫蘇《しそ》……植113
滴《したた》り★……地051
舌鮃《したびらめ》……動166
下闇《したやみ》……植074
七月《しちがつ》……時013
七月場所《しちがつばしょ》……生236
七変化《しちへんげ》……植056
磁枕《じちん》……生220
シトロン……生210
信濃梅《しなのうめ》……植065
芝能《しばのう》……生237
紫薇《しび》……植060
慈悲心鳥《じひしんちょう》……動149
縞蚊《しまか》……動183
縞鯛《しまだい》……動163
縞蝿《しまばえ》……動182
四万六千日《しまんろくせんにち》……行273
紙魚《しみ》……動186
衣魚《しみ》……動186
清水《しみず》……地051
繍線菊《しもつけ》……植059
繍線菊《しもつけ》の花《はな》……植059
紗《しゃ》……生197
シャーベット……生211
胡蝶花《しゃが》……植089
馬鈴薯《じゃがいも》の花《はな》……植105
じゃがたらの花《はな》……植105
著莪《しゃが》の花《はな》……植089
尺蠖《しゃくとり》……動174
尺取虫《しゃくとりむし》……動174
石楠花《しゃくなげ》……植057
石南花《しゃくなげ》……植057
芍薬《しゃくやく》……植090
蝦蛄《しゃこ》……動170
ジャスミン……植063
沙羅《しゃら》の花《はな》……植083
シャワー……生229
十一《じゅういち》……動149
驟雨《しゅうう》……天032
十薬《じゅうやく》……植128
朱夏《しゅか》……時006
首夏《しゅか》……時006
酒中花《しゅちゅうか》……生238
樹梅《じゅばい》……植067
棕櫚《しゅろ》の花《はな》……植079
椶櫚《しゅろ》の花《はな》……植079
蓴菜《じゅんさい》……植141
順《じゅん》の峯入《みねいり》……行268
暑《しょ》……時018
小暑《しょうしょ》……時014
上蔟《じょうぞく》……生256
焼酎《しょうちゅう》……生209
薔薇《しょうび》……植055
しょうびん……動153
菖蒲《しょうぶ》……植088
白菖《しょうぶ》……植088
上布《じょうふ》……生197
菖蒲園《しょうぶえん》……植087
菖蒲挿《しょうぶさ》す……行261
菖蒲田《しょうぶだ》……植087
菖蒲葺《しょうぶふ》く……行261
菖蒲風呂《しょうぶぶろ》……行262
菖蒲湯《しょうぶゆ》★……行262
小満《しょうまん》……時010
女王蟻《じょおうあり》〔蟻〕……動187
女王花《じょおうか》……植098
初夏《しょか》……時006
暑気《しょき》……時018
暑気中《しょきあた》り……生245
暑気下《しょきくだ》し……生242
暑気払《しょきばらい》……生242
溽暑《じょくしょ》……時019
除草《じょそう》……生252
除虫菊《じょちゅうぎく》……植091
暑中休暇《しょちゅうきゅうか》……生192
暑中見舞《しょちゅうみまい》……生194
暑中休《しょちゅうやすみ》……生192
暑熱《しょねつ》……時018
初伏《しょふく》……時018
初風炉《しょぶろ》……生218
女郎蜘蛛《じょろうぐも》……動188
白髪太郎《しらがたろう》……動173
白鷺《しらさぎ》……動156
白玉《しらたま》……生213
白玉《しらたま》ぜんざい……生213
しらはえ……天025
虱《しらみ》……動186
白百合《しらゆり》……植094
紫蘭《しらん》……植119
海霧《じり》……天033
白蟻《しろあり》……動187
白団扇《しろうちわ》……生226
越瓜《しろうり》……植109
越瓜漬《しろうりづけ》……生206
代掻《しろかき》……生248
白《しろ》かきつばた……植087
代掻《しろか》く……生248
白絣《しろがすり》……生199
白飛白《しろがすり》……生199
白黴《しろかび》……植142
白蚊帳《しろかや》……生224
白鱚《しろぎす》……動165
白靴《しろぐつ》……生202
白地《しろじ》……生199
白《しろ》シャツ……生199
白菖蒲《しろしょうぶ》……植087
代田《しろた》……地049

白南風《しろはえ》……天 025
しろばえ……天 025
白日傘《しろひがさ》……生 200
白服《しろふく》……生 195
白繭《しろまゆ》……生 256
白目高《しろめだか》……動 163
新干瓢《しんかんぴょう》……生 254
新馬鈴薯《しんじゃが》……植 112
新樹《しんじゅ》……植 070
神水《しんずい》〔薬降る〕……天 031
新茶《しんちゃ》★……生 209
じんべ……生 198
甚平《じんべい》……生 198
甚兵衛《じんべえ》……生 198
新繭《しんまゆ》……生 256
新麦《しんむぎ》〔麦刈〕……生 248
迅雷《じんらい》……天 037
新緑《しんりょく》……植 073

す

素足《すあし》……生 242
翠蔭《すいいん》……植 074
水泳《すいえい》……生 232
水禍《すいか》……地 046
水害《すいがい》……地 046
吸葛《すいかずら》……植 080
忍冬《すいかずら》の花《はな》……植 080
西瓜割《すいかわり》〔西瓜〕……秋・植
水中花《すいちゅうか》……生 238
水中眼鏡《すいちゅうめがね》……生 258
水飯《すいはん》……生 204
水盤《すいばん》……生 223
水蘭《すいらん》……植 088
水練《すいれん》……生 232
睡蓮《すいれん》★……植 123
水論《すいろん》……生 250
末摘花《すえつむはな》……植 093
饐飯《すえめし》……生 205
透百合《すかしゆり》……植 094
菅貫《すがぬき》……行 266
杉落葉《すぎおちば》……植 075
鮓《すし》★……生 204
鮨《すし》……生 204
涼風《すずかぜ》……天 026
涼《すず》し★……時 020
篠《すず》の子《こ》……植 086
納涼《すずみ》★……生 192
涼《すず》み台《だい》……生 192
納涼舟《すずみぶね》……生 192
納涼床《すずみゆか》……生 193
涼《すず》む……生 192
鈴蘭《すずらん》……植 120
簾《すだれ》★……生 221
簾売《すだれうり》……生 221
簾戸《すだれど》……生 221
すててこ……生 198
簀戸《すど》……生 222
砂日傘《すなひがさ》……生 232
素裸《すはだか》……生 242
滑歯莧《すべりひゆ》……植 126
滑莧《すべりひゆ》……植 126
住吉《すみよし》の御田植《おたうえ》……行 272
すむぎ……生 204
李《すもも》……植 068
李子《すもも》……植 068
諏訪《すわ》の御柱祭《おんばしらまつり》……行 269
寸取虫《すんとりむし》……動 174

せ

盛夏《せいか》……時 017
盛夏見舞《せいかみまい》……生 194
聖五月《せいごがつ》……時 007
青磁枕《せいじちん》……生 220
聖母月《せいぼづき》……時 007
青嵐《せいらん》……天 026
清和《せいわ》……時 008
背《せ》泳《およ》ぎ……生 232
石竹《せきちく》……植 092
積乱雲《せきらんうん》……天 022
赤痢《せきり》〔霍乱〕……生 246
雪加《せっか》……動 159
雪下《せっか》……動 159
雪渓《せっけい》……地 044
銭亀《ぜにがめ》……動 144
銭葉《ぜには》……植 122
蟬《せみ》★……動 180
蟬時雨《せみしぐれ》……動 180
蟬《せみ》捕《と》り……動 180
蟬《せみ》の殻《から》……動 180
蟬《せみ》の抜殻《ぬけがら》……動 180
蟬《せみ》のもぬけ……動 180
ゼラニウム……植 096
ゼラニューム……植 096
ゼリー……生 214
セル……生 196
銭荷《せんか》……植 122
線香花火《せんこうはなび》……生 235
扇子《せんす》……生 226
栴檀《せんだん》の花《はな》……植 081
千日紅《せんにちこう》……植 100
千日草《せんにちそう》……植 100
扇風機《せんぷうき》……生 227

そ

添寝籠《そいねかご》……生 220
そうとめ……生 250
象鼻虫《ぞうはなむし》……動 177
薔薇《そうび》……植 055
走馬灯《そうまとう》★……生 228
素麺《そうめん》……生 205
索麺《そうめん》冷《ひ》やす……生 205
ソーダ水《すい》……生 210
曽我《そが》の雨《あめ》……天 031

素馨《そけい》……植063
蘇鉄《そてつ》の花《はな》……植083
外寝《そとね》……生244
そのひぐさ……植099
蕎麦《そば》焼酎《じょうちゅう》……生209
ソフトクリーム……生211
染浴衣《そめゆかた》……生198
蚕豆《そらまめ》……植108
空豆《そらまめ》……植108

た

大旱《たいかん》……天042
泰山木《たいさんぼく》の花《はな》……植057
大暑《たいしょ》……時019
大豆《だいず》蒔《ま》く……生252
ダイビング……生233
大麻《たいま》……植115
当麻練供養《たいまねりくよう》……行270
田植《たうえ》★……生249
田植唄《たうえうた》……生249
田植笠《たうえがさ》……生249
田植機《たうえき》……生249
田植組《たうえぐみ》……生249
田植仕舞《たうえじまい》……生251
田植時《たうえどき》……生249
田植女《たうえめ》……生250
田掻牛《たかきうし》……生248
田掻馬《たかきうま》……生248
田掻《たか》く……生248
誰袖《たがそで》……生224
簟《たかむしろ》……生219
田亀《たがめ》……動179
たかんな……植108
滝《たき》★……地052
瀑《たき》……地052
抱籠《だきかご》……生220
薪御能《たきぎおのう》〔薪能〕……生237
薪猿楽《たきぎさるがく》……生237
薪能《たきぎのう》……生237
滝《たき》しぶき……地052
滝涼《たきすず》し……地052
滝壺《たきつぼ》……地052
滝《たき》の音《おと》……地052
滝見《たきみ》……地052
田草取《たくさとり》……生251
田草引《たくさひ》く……生251
竹植《たけう》う……生255
竹移《たけうつ》す……生255
竹落葉《たけおちば》……植085
竹床几《たけしょうぎ》……生223
竹簾《たけすだれ》……生221
竹煮草《たけにぐさ》……植119
竹似草《たけにぐさ》……植119
竹《たけ》の皮落《かわお》つ……植085
竹《たけ》の皮散《かわち》る……植085
竹《たけ》の皮脱《かわぬ》ぐ……植085
籜《たけのかわ》脱《ぬ》ぐ……植085
筍《たけのこ》★……植108
筍流《たけのこなが》し……天025
筍飯《たけのこめし》……生203
竹《たけ》の若葉《わかば》……植086
竹《たけ》の若緑《わかみどり》……植086
章魚《たこ》……動169
蛸《たこ》……動169
たこうな……植108
蛸壺《たこつぼ》……動169
太宰忌《だざいき》……行275
山車《だし》……行268
立葵《たちあおい》……植095
立《た》ち泳《およ》ぎ……生232
橘月《たちばなづき》……時010
立浪草《たつなみそう》……植129
立《た》て絵《え》……生239
立版古《たてばんこ》……生239
谷若葉《たにわかば》……植071
玉椿《たまつばき》……植084
玉解《たまと》く芭蕉《ばしょう》……植103
玉菜《たまな》……植111
玉苗《たまなえ》……植114
玉葱《たまねぎ》……植112
葱頭《たまねぎ》……植112
玉《たま》の汗《あせ》……生243
玉巻《たまま》く芭蕉《ばしょう》……植103
玉繭《たままゆ》……生256
玉虫《たまむし》……動176
田水張《たみずは》る……地049
田水引《たみずひ》く……地049
田水沸《たみずわ》く……地050
ダリア……植093
ダリヤ……植093
俵麦《たわらむぎ》……植102
端午《たんご》★……行260
端午《たんご》の節句《せっく》……行260
丹波太郎《たんばたろう》……天022
短夜《たんや》……時016

ち

チェリー……植067
地鏡《ちきょう》〔逃水〕……春・地
竹酔日《ちくすいじつ》……生255
竹誕日《ちくたんじつ》……生255
竹奴《ちくど》……生220
竹婦人《ちくふじん》……生220
竹夫人《ちくふじん》……生220
竹迷日《ちくめいじつ》……生255
ちしゃのきの花《はな》……植082
ちちうりの木《き》……植070
父《ちち》の日《ひ》……行264
縮足袋《ちぢみたび》……生201
縮布《ちぢみふ》〔夏衣〕……生195
茅海《ちぬ》……動163
黒鯛釣《ちぬつり》……動163
茅《ち》の輪《わ》★……行266

常磐木落葉《ときわぎおちば》……植075
蕺菜《どくだみ》……植128
時計草《とけいそう》……植062
心太《ところてん》……生214
心天《ところてん》……生214
心太突《ところてんつ》き……生214
登山《とざん》……生234
登山小屋《とざんごや》……生234
登山宿《とざんやど》……生234
泥鰌汁《どじょうじる》……生215
鰌鍋《どじょうなべ》……生215
泥鰌鍋《どじょうなべ》……生215
どぜう鍋《なべ》……生215
栃《とち》の花《はな》……植078
土手涼《どてすず》み……生192
飛魚《とびうお》……動165
飛《と》び込《こ》み……生233
とびら……動165
土瓶割《どびんわり》……動174
海桐《とべら》の花《はな》……植085
トマト……植110
トマト畑《ばたけ》……植110
照射《ともし》……生257
土用《どよう》……時017
土用明《どようあけ》……時017
土用入《どよういり》……時017
土用丑《どようし》の日《ひ》の鰻《うなぎ》……生215
土用鰻《どよううなぎ》★……生215
土用東風《どようごち》……時017
土用三郎《どようさぶろう》……時017
土用蜆《どようしじみ》〔蜆〕……春・動
土用次郎《どようじろう》……時017
土用太郎《どようたろう》……時017
土用凪《どようなぎ》〔風死す〕……天028
土用波《どようなみ》★……地048
土用浪《どようなみ》……地048
土用干《どようぼし》……生228
土用見舞《どようみまい》……生194
虎《とら》が雨《あめ》……天031
虎《とら》が涙雨《なみだあめ》……天031
虎鶫《とらつぐみ》……動157
虎尾草《とらのお》……植132
とろろあおい……植095
どんがめ……動179
団栗《どんぐり》の花《はな》……植081
蜻蛉生《とんぼうま》る……動181

な

ナイター……生234
苗打《なえう》ち……植114
苗売《なえうり》……生247
苗配《なえくば》り……植114
苗運《なえはこ》び……植114
長茄子《ながなす》……植110
ながむし……動147
菜殻《ながら》……生253
菜殻火《ながらび》……生253
長刀酸漿《なぎなたほおずき》……動169
名越《なごし》……行265
夏越《なごし》の祓《はらえ》★……行265
名古屋場所《なごやばしょ》……生236
茄子《なす》★……植110
茄子植《なすう》う……生253
ナスタチウム……植102
茄子漬《なすづけ》……生207
茄子漬《なすつ》ける……生207
茄子田楽《なすでんがく》……生207
茄子苗植《なすなえう》う……生253
茄子《なす》の鴫焼《しぎやき》……生207
茄子《なす》の花《はな》……植105
なすび……植110
なすび漬《づけ》……生207
なすびの花……植105
菜種打《なたねう》つ……生253
菜種殻《なたねがら》……生253
菜種刈《なたねかり》……生253
菜種刈《なたねか》る……生253
菜種干《なたねほ》す……生253
夏《なつ》★……時006
夏暁《なつあけ》……時015
夏薊《なつあざみ》……植127
夏鶯《なつうぐいす》……動151
夏海《なつうみ》……地047
夏惜《なつお》しむ……時020
夏落葉《なつおちば》……植075
夏帯《なつおび》〔単衣〕……生196
夏終《なつおわ》る……時020
夏陰《なつかげ》……天042
夏掛《なつがけ》……生218
夏霞《なつがすみ》……天034
夏風邪《なつかぜ》……生245
夏鴨《なつがも》……動154
夏川《なつがわ》……地046
夏河原《なつがわら》……地046
夏柑《なつかん》……植069
夏木《なつき》……植070
夏着《なつぎ》……生195
夏兆《なつきざ》す……時008
夏来《なつきた》る……時008
夏狂言《なつきょうげん》……生236
夏霧《なつぎり》……天033
夏草《なつくさ》★……植116
夏草茂《なつくさしげ》る……植116
夏雲《なつぐも》……天022
夏雲立《なつぐもた》つ……天022
夏蚕《なつご》……動173
夏氷《なつごおり》……生214
夏木立《なつこだち》★……植070
夏衣《なつごろも》……生195
夏旺《なつさか》ん……時017
夏座敷《なつざしき》……生217
夏座蒲団《なつざぶとん》……生219
夏寒《なつさむ》……時014
夏寒《なつさむ》し……時014

に

瀑布《ばくふ》……地052
白牡丹《はくぼたん》……植055
白夜《はくや》……時012
曝涼《ばくりょう》……生228
箱庭《はこにわ》……生239
箱眼鏡《はこめがね》……生258
葉桜《はざくら》★……植054
端居《はしい》★……生193
はじき豆《まめ》……植108
芭蕉《ばしょう》の巻葉《まきは》……植103
芭蕉布《ばしょうふ》……生197
芭蕉若葉《ばしょうわかば》……植103
走り茶《はしちゃ》……生209
走り梅雨《はしづゆ》……天029
蓮《はす》★……植122
蓮池《はすいけ》……植122
蓮浮葉《はすうきは》……植122
蓮《はす》の浮葉《うきは》……植122
蓮《はす》の花《はな》……植122
蓮見《はすみ》……生240
蓮見舟《はすみぶね》……生240
パセリ……植113
裸《はだか》……生242
裸子《はだかご》……生242
跣足《はだし》……生242
跣《はだし》……生242
裸足《はだし》……生242
肌脱《はだぬぎ》……生243
巴旦杏《はたんきょう》……植068
淡竹《はちく》の子《こ》……植108
はちす……植122
初袷《はつあわせ》……生196
初卯《はつう》の花《はな》……植076
初鰹《はつがつお》★……動164
初松魚《はつがつお》……動164
初蚊帳《はつかや》……生224
初蟬《はつぜみ》……動180
はったい……生212
はったい茶《ちゃ》……生212
初茄子《はつなすび》……植110
初夏《はつなつ》……時006
初幟《はつのぼり》……生260
初風炉《はつふろ》……生218
初蛍《はつほたる》……動175
初時鳥《はつほととぎす》……動148
初浴衣《はつゆかた》……生198
花葵《はなあおい》……植095
花《はな》あやめ……植087
花茨《はないばら》……植076
花空木《はなうつぎ》……植076
花《はな》うばら……植076
花槐《はなえんじゅ》……植079
花樗《はなおうち》……植081
花《はな》かつみ……植123
花南瓜《はなかぼちゃ》……植104
花桐《はなぎり》……植077
花栗《はなぐり》……植063
花胡桃《はなくるみ》……植077
花慈姑《はなくわい》……植124
花芥子《はなげし》……植090
花氷《はなごおり》……生225
花苔《はなごけ》……植140
花茣蓙《はなござ》……生219
花石榴《はなざくろ》……植064
花《はな》さびた……植083
花椎《はなしい》……植082
花棕櫚《はなしゅろ》……植079
花菖蒲《はなしょうぶ》★……植087
花海桐《はなとべら》……植085
バナナ……植070
花南天《はななんてん》……植061
花合歓《はなねむ》……植082
花残月《はなのこりづき》……時006
花《はな》の宰相《さいしょう》〔芍薬〕……植090
花火線香《はなびせんこう》……生235
パナマ帽《ぼう》……生201
花蜜柑《はなみかん》……植063
花藻《はなも》……植140
花柚《はなゆ》……植063
花柚子《はなゆず》……植063
花山葵《はなわさび》……植106
羽抜鳥《はぬけどり》……動148
羽抜鶏《はぬけどり》……動148
パパイヤ……植070
帚木《ははきぎ》……植115
地膚子《ははきぎ》……植115
母《はは》の日《ひ》……行263
パパヤ……植070
浜豌豆《はまえんどう》……植138
浜万年青《はまおもと》……植138
浜梨《はまなし》……植084
玫瑰《はまなす》……植084
浜茄子《はまなす》……植084
浜日傘《はまひがさ》……生232
浜昼顔《はまひるがお》……植120
浜木綿《はまゆう》……植138
浜木綿《はまゆう》の花《はな》……植138
鱧《はも》★……動168
鱧《はも》の皮《かわ》……生216
鱧料理《はもりょうり》……動168
早鮓《はやずし》……生204
葉柳《はやなぎ》……植075
薔薇《ばら》……植055
腹当《はらあて》……生201
薔薇園《ばらえん》……植055
腹掛《はらかけ》……生201
パラソル……生200
腹巻《はらまき》……生201
針槐《はりえんじゅ》の花《はな》……植078
パリ祭《さい》……行274
巴里祭《パリさい》……行274
馬鈴薯《ばれいしょ》の花《はな》……植105
鷭《ばん》……動153
晩夏《ばんか》……時013

蕃茄《ばんか》……植110
晩夏光《ばんかこう》……時013
ハンカチ……生202
半夏《はんげ》（烏柄杓《からすびしゃく》）……植132
半夏《はんげ》（半夏生《はんげしょう》）……時012
半夏雨《はんげあめ》……時012
半夏生《はんげしょう》……時012
半夏生《はんげしょう》ず……時012
ハンケチ……生202
はんざき……動146
坂東太郎《ばんどうたろう》……天022
半風子《はんぷうし》……動186
斑猫《はんみょう》……動178
晩涼《ばんりょう》……時020
万緑《ばんりょく》★……植074

ひ

ビーチパラソル……生232
柊落葉《ひいらぎおちば》……植075
ビール……生208
麦酒《ビール》……生208
日枝祭《ひえまつり》……行272
射干《ひおうぎ》……植134
日覆《ひおおい》……生221
火蛾《ひが》……動172
灯蛾《ひが》……動172
日陰《ひかげ》……天042
日傘《ひがさ》……生200
日雀《ひがら》……動159
蟾《ひき》……動145
蟇《ひきがえる》……動145
蟾蜍《ひきがえる》……動145
緋水鶏《ひくいな》……動155
日車《ひぐるま》……植097
緋衣草《ひごろもそう》……植101
日盛《ひざかり》★……天040
瓢の花《ひさごのはな》……植104
氷雨《ひさめ》……天036
菱の花《ひしのはな》……植124
避暑《ひしょ》……生192
避暑客《ひしょきゃく》……生192
避暑地《ひしょち》……生192
避暑名残《ひしょなごり》……生192
避暑の宿《ひしょのやど》……生192
灯涼し《ひすずし》……生217
未草《ひつじぐさ》……植123
旱《ひでり》……天042
旱草《ひでりぐさ》……天042
旱雲《ひでりぐも》……天042
日照草《ひでりそう》……植096
旱梅雨《ひでりづゆ》……天030
旱年《ひでりどし》……天042
旱畑《ひでりばたけ》……天042
旱星《ひでりぼし》……天042
単衣《ひとえ》……生196
単帯《ひとえおび》〔単衣〕……生196
単衣《ひとえぎぬ》……生196
単足袋《ひとえたび》……生201
単衣羽織《ひとえばおり》……生198
単物《ひとえもの》……生196
一つ葉《ひとつば》……植139
一夜酒《ひとよざけ》……生209
火取蛾《ひとりが》……動172
火取虫《ひとりむし》……動172
灯取虫《ひとりむし》……動172
雛罌粟《ひなげし》……植090
日向水《ひなたみず》……生229
檜落葉《ひのきおちば》……植075
日の盛《ひのさか》り……天040
飛瀑《ひばく》……地052
火振《ひぶ》り……生258
向日葵《ひまわり》★……植097
火虫《ひむし》……動172
灯虫《ひむし》……動172
氷室《ひむろ》……生194
氷室の山《ひむろのやま》……生194
氷室の雪《ひむろのゆき》……生194
氷室守《ひむろもり》……生194
姫瓜《ひめうり》……植109
姫沙羅《ひめしゃら》……植083
姫女菀《ひめじょおん》……植130
緋目高《ひめだか》……動163
姫百合《ひめゆり》……植094
ビヤガーデン……生208
百日紅《ひゃくじつこう》……植060
百日草《ひゃくにちそう》……植099
白夜《びゃくや》……時012
白蓮《びゃくれん》……植122
日焼《ひやけ》……生244
冷酒《ひやざけ》……生209
冷し飴《ひやしあめ》……生214
冷し牛《ひやしうし》……生249
冷し馬《ひやしうま》……生249
冷し瓜《ひやしうり》……生207
冷し珈琲《ひやしコーヒー》……生210
冷しサイダー……生210
冷し酒《ひやしざけ》……生209
冷し汁《ひやしじる》……生205
冷し麦《ひやしむぎ》……生205
冷し麦茶《ひやしむぎちゃ》……生210
冷汁《ひやじる》……生205
冷索麺《ひやそうめん》……生205
白虹《びゃっこう》……天035
冷豆腐《ひやどうふ》……生206
ビヤホール……生208
冷麦《ひやむぎ》……生205
冷奴《ひややっこ》……生206
雹《ひょう》……天036
氷菓《ひょうか》……生211
氷河《ひょうが》……地044
瓢箪の花《ひょうたんのはな》……植104
屏風祭《びょうぶまつり》……行272
日除《ひよけ》……生221
平泳《ひらおよ》ぎ……生232

蛭《ひる》……動190
昼網《ひるあみ》……生259
昼顔《ひるがお》……植121
昼寝《ひるね》★……生244
昼寝起《ひるねおき》……生244
昼寝覚《ひるねざめ》……生244
昼寝人《ひるねびと》……生244
蛭蓆《ひるむしろ》……植141
蛭藻《ひるも》……植141
枇杷《びわ》……植069
枇杷《びわ》の実《み》……植069

ふ

富貴草《ふうきぐさ》……植055
風船虫《ふうせんむし》……動180
風知草《ふうちそう》……植138
風蘭《ふうらん》……植120
風鈴《ふうりん》★……生227
風鈴売《ふうりんうり》……生227
風鈴草《ふうりんそう》……植131
プール……生233
深見草《ふかみぐさ》……植055
蕗《ふき》★……植109
吹上《ふきあ》げ……生218
噴井《ふきい》……地051
蕗刈《ふきか》り……植109
吹流《ふきなが》し……行261
吹貫《ふきぬき》……行261
蕗《ふき》の雨《あめ》……植109
蕗《ふき》の葉《は》……植109
蕗《ふき》の広葉《ひろば》……植109
蕗畑《ふきばたけ》……植109
武具飾《ぶぐかざ》る……行262
ふくべの花《はな》……植104
袋掛《ふくろかけ》……生254
袋角《ふくろづの》……動143
噴井《ふけい》……地051
富士《ふじ》の農男《のうおとこ》……地043
富士《ふじ》の雪解《ゆきげ》……地043
富士雪解《ふじゆきげ》……地043
襖外《ふすまはず》す……生222
扶桑花《ふそうか》……植062
二重虹《ふたえにじ》……天035
ぶっかき……生211
仏桑花《ぶっそうげ》……植062
仏法僧《ぶっぽうそう》……動150
蚋《ぶと》……動184
蟆子《ぶと》……動184
太藺《ふとい》……植125
太藺《ふとい》の花《はな》……植125
船遊《ふなあそび》……生230
船渡御《ふなとぎょ》……行274
船祭《ふなまつり》……行274
船虫《ふなむし》……動170
舟虫《ふなむし》……動170
ぶゆ……動184
ぶよ……動184
プリンスメロン……植110
古団扇《ふるうちわ》……生226
古簾《ふるすだれ》……生221
風炉《ふろ》……生218
風炉茶《ふろちゃ》……生218
フロックス……植098
風炉点前《ふろてまえ》……生218
豊後梅《ぶんごうめ》……植065
噴水《ふんすい》……生218
噴泉《ふんせん》……生218
ぶんぶん……動177

へ

平家蛍《へいけぼたる》……動175
屁糞葛《へくそかずら》……植134
ベゴニア……植100
紅虎杖《べにいたどり》……植127
紅《べに》の花《はな》……植093
紅蓮《べにはす》……植122
紅花《べにばな》……植093
紅《べ》藍《に》花《ばな》……植093
蛇《へび》★……動147
蛇苺《へびいちご》……植139
蛇衣《へびきぬ》を脱《ぬ》ぐ……動147
蛇《へび》の殻《から》……動147
蛇《へび》の衣《きぬ》……動147

ほ

箒木《ほうきぎ》……植115
帚草《ほうきぐさ》……植115
箒草《ほうきぐさ》……植115
芒種《ぼうしゅ》……時011
ほうたる……動175
ぼうたん……植055
宝鐸草《ほうちゃくそう》……植130
宝鐸草《ほうちゃくそう》の花《はな》……植130
孑孑《ぼうふら》……動183
ぼうふり……動183
棒振虫《ぼうふりむし》……動183
鳳梨《ほうり》……植069
鬼灯市《ほおずきいち》……行273
酸漿市《ほおずきいち》……行273
鬼灯《ほおずき》の花《はな》……植102
酸漿《ほおずき》の花《はな》……植102
ボート……生230
朴《ほお》の花《はな》……植077
厚朴《ほお》の花《はな》……植077
火串《ほぐし》……生257
鉾粽《ほこちまき》……行272
鉾《ほこ》の稚児《ちご》……行272
干飯《ほしいい》〔水飯〕……生204
干梅《ほしうめ》……生208
干草《ほしくさ》……生255
星涼《ほしすず》し……天023
干見世《ほしみせ》……生235
帆立貝《ほたてがい》……動169
蛍《ほたる》★……動175

蛍籠《ほたるかご》……生241
蛍合戦《ほたるがっせん》……動175
蛍狩《ほたるがり》……生240
蛍火《ほたるび》……動175
蛍袋《ほたるぶくろ》……植131
蛍舟《ほたるぶね》……生240
蛍見《ほたるみ》……生240
牡丹《ぼたん》★……植055
牡丹園《ぼたんえん》……植055
牡丹杏《ぼたんきょう》……植068
捕虫網《ほちゅうあみ》……生239
捕虫器《ほちゅうき》……生239
時鳥《ほととぎす》★……動148
不如帰《ほととぎす》……動148
子規《ほととぎす》……動148
杜鵑《ほととぎす》……動148
時鳥《ほととぎす》の落《おと》し文《ぶみ》……動178
ポピー……植090
海鞘《ほや》……動171
保夜《ほや》……動171
ポンポンダリア……植093
梵網会《ぼんもうえ》……行271

ま

マーガレット……植092
真鰺《まあじ》……動164
真穴子《まあなご》……動168
まいまい……動189
鼓虫《まいまい》……動179
まいまい虫《むし》……動179
前梅雨《まえづゆ》……天029
真木草《まきくさ》……植115
蠛蠓《まくなぎ》……動184
真瓜《まくわ》……植109
甜瓜《まくわうり》……植109
真桑瓜《まくわうり》……植109
真菰《まこも》……植123
まじ……天024
真清水《ましみず》……地051
マスクメロン……植110
松落葉《まつおちば》……植075
松蟬《まつぜみ》……動180
松葉《まつば》散《ち》る……植075
松葉牡丹《まつばぼたん》……植096
末伏《まっぷく》……時018
待宵草《まつよいぐさ》……植121
祭《まつり》★……行268
祭《まつり》（葵祭《あおいまつり》）……行271
茉莉花《まつりか》……植063
祭衣《まつりごろも》……行268
祭獅子《まつりじし》……行268
祭太鼓《まつりだいこ》……行268
祭鱧《まつりはも》……動168
祭囃子《まつりばやし》……行268
祭笛《まつりぶえ》……行268
まつりんご……植069
真夏《まなつ》……時017
真夏日《まなつび》……時017
蚕簿《まぶし》……生256
真海鞘《まぼや》……動171
正南風《まみなみ》……天024
真蒸《まむ》し……動168
蝮《まむし》……動148
蝮酒《まむしざけ》……動148
蝮捕《まむしとり》……動148
豆植《まめう》う……生252
豆蒔《まめま》く……生252
豆飯《まめめし》……生203
繭《まゆ》★……生256
繭市《まゆいち》……生256
繭買《まゆかい》……生256
繭掻《まゆか》き……生256
繭問屋《まゆどんや》……生256
繭干《まゆほ》す……生256
丸子《まるこ》……動162
丸茄子《まるなす》……植110
丸裸《まるはだか》……生242
回《まわ》り灯籠《どうろう》……生228
万寿果《まんじゅか》……植070
曼荼羅会《まんだらえ》……行270

み

実梅《みうめ》……植065
蜜柑《みかん》の花《はな》……植063
神輿《みこし》……行268
実桜《みざくら》……植054
短夜《みじかよ》★……時016
水遊《みずあそ》び……生231
水中《みずあた》り……生245
水争《みずあらそい》……生250
水戦《みずいくさ》……生231
水打《みずう》つ……生229
水貝《みずがい》……生216
水掛合《みずかけあい》……生231
水合戦《みずがっせん》……生231
水着《みずぎ》……生200
水木《みずき》の花《はな》……植079
水水母《みずくらげ》……動171
水喧嘩《みずげんか》……生250
水澄《みずすま》し（水馬《あめんぼ》）……動179
水澄《みずすま》し（鼓虫《まいまい》）……動179
水漬《みずづけ》……生204
水豆腐《みずどうふ》……生206
水盗《みずぬす》む……生250
水芭蕉《みずばしょう》……植125
水鱧《みずはも》……動168
水番《みずばん》……生250
水番小屋《みずばんごや》……生250
水撒《みずま》き……生229
水守《みずまも》る……生250
水見舞《みずみまい》……生195
みずむし……動180
水虫《みずむし》……生247
水眼鏡《みずめがね》……生258

水飯《みずめし》……生204
水羊羹《みずようかん》……生213
御祓《みそぎ》……行265
御祓川《みそぎがわ》……行265
みぞれ……生214
道《みち》おしえ……動178
蜜豆《みつまめ》……生213
御戸開《みとびらき》……行266
緑《みどり》……植073
緑《みどり》さす……植073
水無月《みなづき》……時013
水無月祓《みなづきはらえ》……行265
南風《みなみ》★……天024
南風《みなみかぜ》……天024
南吹《みなみふ》く……天024
峯入《みねいり》……行268
峰入《みねいり》……行268
峰雲《みねぐも》……天022
みの早生《わせ》……植111
実芭蕉《みばしょう》……植070
蚯蚓《みみず》……動190
茗荷汁《みょうがじる》……植113
茗荷《みょうが》の子《こ》……植113
みんみん蟬《ぜみ》……動180

む

迎《むか》え梅雨《づゆ》……天029
蜈蚣《むかで》……動188
百足虫《むかで》……動188
麦《むぎ》……植114
麦秋《むぎあき》……時009
麦生《むぎう》……植114
麦打《むぎうち》〔麦刈〕……生248
麦刈《むぎかり》……生248
麦刈《むぎか》る……生248
麦車《むぎぐるま》……生248
麦香煎《むぎこうせん》……生212
麦《むぎ》こがし……生212
麦扱《むぎこき》〔麦刈〕……生248
麦焼酎《むぎしょうちゅう》……生209
麦茶《むぎちゃ》……生210
麦《むぎ》の秋《あき》★……時009
麦《むぎ》の穂《ほ》……植114
麦畑《むぎばたけ》……植114
麦笛《むぎぶえ》……生242
麦飯《むぎめし》……生204
麦湯《むぎゆ》……生210
麦落雁《むぎらくがん》……生212
麦藁《むぎわら》……生248
麦稈《むぎわら》……生248
麦藁鯛《むぎわらだい》〔落鯛〕……秋・動
麦藁笛《むぎわらぶえ》……生242
麦稈帽《むぎわらぼう》……生201
葎《むぐら》……植118
葎生《むぐらう》……植118
葎茂《むぐらしげ》る……植118
葎《むぐら》の宿《やど》……植118
虫追《むしお》い……生256
虫送《むしおく》り……生256
虫篝《むしかがり》……生255
虫流《むしなが》し……生256
虫払《むしばら》い……生228
虫干《むしぼし》★……生228
武者人形《むしゃにんぎょう》……行262
紫草《むらさき》……植119
室鯵《むろあじ》……動164

め

明月草《めいげつそう》……植127
飯饐《めしす》える……生205
眼白《めじろ》……動158
目白《めじろ》……動158
目白押《めじろお》し……動158
目白籠《めじろかご》……動158
目白捕《めじろと》り……動158
目高《めだか》……動163
めまとい……動184
メロン……植110

も

猛暑《もうしょ》〔炎暑〕……時019
孟宗竹《もうそうちく》の子《こ》……植108
藻刈《もかり》……生254
藻刈鎌《もかりがま》……生254
藻刈舟《もかりぶね》……生254
藻刈《もか》る……生254
文字摺《もじずり》……植130
文字摺草《もじずりそう》……植130
冬青落葉《もちおちば》……植075
木瓜《もっか》……植070
木斛落葉《もっこくおちば》……植075
木斛《もっこく》の花《はな》……植082
戻《もど》り梅雨《づゆ》……天031
藻《も》の花《はな》……植140
樅落葉《もみおちば》……植075
紅葉葵《もみじあおい》……植096
木綿蚊帳《もめんがや》……生224
ももかわ……植067
諸鬘《もろかずら》……行271

や

灸花《やいとばな》……植134
八重葎《やえむぐら》……植118
焼穴子《やきあなご》……動168
焼茄子《やきなす》……植110
薬草摘《やくそうつみ》……行263
灼《や》くる……時020
矢車《やぐるま》……行261
矢車菊《やぐるまぎく》……植091
矢車草《やぐるまそう》……植091
灼岩《やけいわ》……時020
灼砂《やけすな》……時020
やご……動181
夜光虫《やこうちゅう》……動190
やとう……動174

簗《やな》……生259
魚《や》簗《やな》……生259
簗《やな》打《う》つ……生259
柳川鍋《やながわなべ》……生215
簗瀬《やなせ》……生259
藪蚊《やぶか》……動183
藪萱草《やぶかんぞう》……植136
破《やぶ》れ傘《がさ》……植131
山蟻《やまあり》……動187
やまうめ……植067
山蚕《やまがいこ》……動173
赤楝蛇《やまかがし》……動147
山笠《やまがさ》……行273
山雀《やまがら》……動159
山桑《やまぐわ》（山法師《やまぼうし》）……植079
山小屋《やまごや》……生234
山滴《やましたた》る……地043
山清水《やましみず》……地051
やませ……天024
山背風《やませかぜ》……天024
山瀬風《やませかぜ》……天024
山田《やまだ》の御田植《おたうえ》……行272
山苣《やまぢさ》の花《はな》……植082
山登《やまのぼ》り……生234
山開《やまびら》き……行266
山蛭《やまびる》……動190
山法師《やまぼうし》……植079
山帽子《やまぼうし》……植079
山鉾《やまぼこ》……行272
天蚕《やままゆ》……動173
山繭《やままゆ》……動173
やまめ……動181
山女《やまめ》……動161
山女魚《やまめ》……動161
楊梅《やまもも》……植067
山桃《やまもも》……植067
山百合《やまゆり》……植094
山若葉《やまわかば》……植071
守宮《やもり》……動146
壁虎《やもり》……動146
守居《やもり》……動146
屋守《やもり》……動146
夜涼《やりょう》……時020

ゆ

夕鯵《ゆうあじ》……生259
夕顔《ゆうがお》……植104
夕顔棚《ゆうがおだな》……植104
夕顔《ゆうがお》の花《はな》……植104
夕河岸《ゆうがし》……生259
夕菅《ゆうすげ》……植135
夕涼《ゆうすず》……時020
夕涼《ゆうすず》み……生192
遊船《ゆうせん》……生230
夕立《ゆうだち》★……天032
夕立雲《ゆうだちぐも》……天032
夕立後《ゆうだちご》……天032
夕立晴《ゆうだちばれ》……天032
夕凪《ゆうなぎ》……天028
夕凪《ゆうな》ぐ……天028
夕虹《ゆうにじ》……天035
夕端居《ゆうはしい》……生193
夕張《ゆうばり》メロン……植110
夕焼《ゆうやけ》★……天039
夕焼雲《ゆうやけぐも》……天039
川床《ゆか》……生193
床《ゆか》……生193
床涼《ゆかすず》み……生193
浴衣《ゆかた》★……生198
浴衣掛《ゆかたがけ》……生198
湯帷子《ゆかたびら》……生198
雪解富士《ゆきげふじ》……地043
鴨足草《ゆきのした》……植132
雪《ゆき》の下《した》……植132
虎耳草《ゆきのした》……植132
ゆく夏《なつ》……時020
柚子《ゆず》の花《はな》……植063
ゆすら……植068
山桜桃《ゆすらうめ》……植068
山桜桃《ゆすら》の実《み》……植068
ゆだち……天032
ユッカ……植097
湯殿行《ゆどのぎょう》……行268
湯殿垢離《ゆどのごり》……行268
湯殿詣《ゆどのもうで》……行268
油団《ゆとん》……生220
柚《ゆ》の花《はな》……植063
ゆやけ……天039
百合《ゆり》★……植094

よ

宵涼《よいすず》し……時020
宵涼《よいすず》み……生192
宵待草《よいまちぐさ》……植121
宵山《よいやま》……行272
楊梅《ようばい》……植067
余花《よか》……植054
横泳《よこおよ》ぎ……生232
葭切《よしきり》……動153
葭障子《よししょうじ》……生222
葭簀《よしず》……生222
葭簾《よしすだれ》……生221
葭簀茶屋《よしずぢゃや》……生222
葭簀張《よしずばり》……生222
葭戸《よしど》……生222
葭屛風《よしびょうぶ》……生222
夜濯《よすすぎ》……生230
夜涼《よすず》み……生192
夜鷹《よたか》……動150
怪鴟《よたか》……動150
よだち……天032
ヨット……生231
ヨットレース……生231
夜盗《よとう》虫……動174
よとうむし……動174

よなむし……動177
米桃《よねもも》……植068
夜能《よのう》……生237
四葩《よひら》の花《はな》……植056
夜振《よぶり》……生258
夜振火《よぶりび》……生258
夜店《よみせ》……生235
夜見世《よみせ》……生235
蓬長《よもぎた》く……植118
蓬葺《よもぎふ》く……行261
寄合田植《よりあいたうえ》……生249
夜《よる》の秋《あき》★……時021
夜半《よわ》の夏《なつ》……時016

ら

雷雨《らいう》……天037
雷雲《らいうん》……天022
雷鶏《らいけい》……動152
来迎会《らいごうえ》……行270
雷鳥《らいちょう》……動152
雷鳴《らいめい》……天037
落雷《らくらい》……天037
らっきょ……植112
辣韮《らっきょう》……植112
薤《らっきょう》……植112
ラムネ……生211
蘭鋳《らんちゅう》……動162
蘭湯《らんとう》……行262

り

立夏《りっか》★……時008
琉球木槿《りゅうきゅうむくげ》……植062
琉金《りゅうきん》……動162
龍之介忌《りゅうのすけき》……行275
涼《りょう》……時020
涼気《りょうき》……時020
両国川開《りょうごくかわびら》き……行267
両国《りょうごく》の花火《はなび》……行267
涼風《りょうふう》……天026
涼味《りょうみ》……時020
涼夜《りょうや》……時020
綾羅《りょうら》……生197
緑蔭《りょくいん》★……植074
緑雨《りょくう》……天028

る

鏤紅草《るこうそう》……植099
留紅草《るこうそう》……植099
瑠璃《るり》……動156
瑠璃鳥《るりちょう》……動156

れ

冷夏《れいか》……時014
冷害《れいがい》……時014
冷酒《れいしゅ》……生209
冷蔵庫《れいぞうこ》……生226
冷房《れいぼう》……生225
冷房車《れいぼうしゃ》……生225
レース……生199
レース編《あ》む……生199
蓮華《れんげ》……植122

ろ

絽《ろ》……生197
老鶯《ろうおう》……動151
六月《ろくがつ》……時010
鹿茸《ろくじょう》……動143

わ

若楓《わかかえで》……植072
若竹《わかたけ》……植086
若葉《わかば》★……植071
若葉雨《わかばあめ》……植071
若葉風《わかばかぜ》……植071
若葉時《わかばどき》……植071
若宮能《わかみやのう》……生237
和金《わきん》……動162
病葉《わくらば》……植076
山葵《わさび》の花《はな》……植106
忘草《わすれぐさ》……植136
和清《わせい》の天《てん》……時008
綿菅《わたすげ》……植138
綿抜《わたぬき》……生196
棉《わた》の花《はな》……植115
綿《わた》の花《はな》……植115

忌日一覧

●月ごと（旧暦と太陽暦）の配列とした。

●忌日、姓名（雅号）、職業（俳諧師・俳人である場合は省略）、没年の順に掲載した。

●本文中に立項したものは頁数を示した。

旧暦 4 月

4 日　肖柏《しょうはく》（連歌師）　大永七年（1527）〔牡丹花忌《ぼたんかき》〕

5 月

6 日　久保田万太郎《くぼたまんたろう》　昭和 38 年（1963）〔傘雨忌《さんうき》〕

7 日　山本健吉《やまもとけんきち》（評論家）　昭和 63 年（1988）

11 日　松本《まつもと》たかし　昭和 31 年（1956）〔牡丹忌《ぼうたんき》〕

20 日　荻原井泉水《おぎわらせいせんすい》　昭和 51 年（1976）

29 日　与謝野晶子《よさのあきこ》（歌人）　昭和 17 年（1942）〔白桜忌《はくおうき》〕

橋本多佳子《はしもとたかこ》　昭和 38 年（1963）

旧暦 5 月

12 日　立花北枝《たちばなほくし》　享保 3 年（1718）

16 日　井上士郎《いのうえしろう》　文化 9 年（1812）〔枇杷園忌《びわえんき》〕

22 日　河合曾良《かわいそら》　宝永 7 年（1710）

23 日　石川丈山《いしかわじょうざん》（漢詩人）　寛文 12 年（1672）

28 日　在原業平《ありわらのなりひら》（歌人・在五中将）　元慶 4 年（880）〔在五忌《ざいごき》〕

6 月

2 日　加倉井秋《かくらいあき》を　昭和 63 年（1988）

19 日　太宰治《だざいおさむ》（小説家）　昭和 23 年（1948）〔桜桃忌《おうとうき》・太宰忌《だざいき》〕→ 275

29 日　皆吉爽雨《みなよしそうう》　昭和 58 年（1983）

旧暦 6 月

4 日　最澄《さいちょう》（天台宗開祖）　弘仁 13 年（822）〔伝教会《でんぎょうえ》〕

13 日　杉山杉風《すぎやまさんぷう》　享保 17 年（1732）〔鯉屋忌《こいやき》〕

15 日　北村季吟《きたむらきぎん》　宝永 2 年（1705）〔拾穂軒忌《しゅうすいけんき》〕

17 日　松岡青蘿《まつおかせいら》　寛政 3 年（1791）〔幽松庵忌《ゆうしょうあんき》〕

22 日　河野李由《かわのりゆう》　宝永 2 年（1705）〔亮隅忌《りょうぐうき》〕

7 月

2 日　岸風三楼《きしふうさんろう》　昭和 57 年（1982）

3 日　加藤楸邨《かとうしゅうそん》　平成 5 年（1993）〔達谷忌《たつこくき》〕

8 日　高柳重信《たかやなぎしげのぶ》　昭和 58 年（1983）

安住敦《あずみあつし》　昭和 63 年（1988）

13 日　吉野秀雄《よしのひでお》（歌人）　昭和 42 年（1967）〔艸心忌《そうしんき》〕

17 日　川端茅舎《かわばたぼうしゃ》　昭和 16 年（1941）

水原秋桜子《みずはらしゅうおうし》　昭和 56 年（1981）〔喜雨亭忌《きうていき》・紫陽花忌《あじさいき》・群青忌《ぐんじょうき》〕

24 日　芥川龍之介《あくたがわりゅうのすけ》（小説家）　昭和 2 年（1927）〔河童忌《かっぱき》・我鬼忌《がきき》〕→ 275

25 日　秋元不死男《あきもとふじお》　昭和 52 年（1977）〔甘露忌《かんろき》・万座忌《まんざき》〕

7月

旧暦6月4日に近い土曜…お手火神事《てびしんじ》（沼名前《ぬなくま》神社）広島県福山市　「大手火《おてび》」で境内を清める神事。

旧暦6月17日…宮島管絃祭《みやじまかんげんさい》（厳島《いつくしま》神社）広島県廿日市市　管絃船が地御前神社に向かう。

1日……祇園祭《ぎおんまつり》（〜31日／八坂神社）京都市　祇園会→272

山開《やまびら》き（富士山本宮浅間大社）静岡県富士宮市・（北口本宮冨士浅間神社）山梨県富士吉田市　→266

博多祇園山笠《はかたぎおんやまかさ》（〜15日／櫛田神社）福岡市　→273

6日……入谷朝顔《いりやあさがお》まつり（〜8日、入谷鬼子母神）東京都台東区　朝顔市→273

7日……吉野《よしの》の蛙飛《かわずとび》（金峯山寺《きんぷせんじ》蔵王堂）奈良県吉野町　法要の後、蛙飛びの作法が行われる。

第1日曜…風鎮大祭《ふうちんたいさい》（龍田大社）奈良県三郷町　風水害を鎮めるための風鎮めの祭。

9日……鬼灯市《ほおずきいち》（〜10日／浅草寺）東京都台東区　→273

10日……鹽竈神社例祭《しおがまじんじゃれいさい》（鹽竈神社）宮城県塩竈市　流鏑馬《やぶさめ》のほか、藻塩焼き神事も。

14日……那智火祭《なちひまつり》（熊野那智大社）和歌山県那智勝浦町　大松明を点し御神体を那智の滝へ先導。

15日……出羽三山祭《でわさんざんさい》（出羽三山神社）山形県鶴岡市羽黒町　神輿が鏡池を一巡、五穀豊穣を祈念。

天王祭《てんのうまつり》（〜20日／二荒山《ふたらさん》神社内須賀神社）宇都宮市　胡瓜が奉納される。

中旬の日曜……別所温泉岳《べっしょおんせんたけ》の幟《のぼり》　長野県上田市　幟行列、三頭獅子とささら踊りの雨乞行事。

中旬……郡上《ぐじょう》おどり（〜9月上旬）岐阜県郡上市　三十三夜にわたる盆踊り。毎晩会場が変わる。

第3土曜…関山神社火祭《せきやまじんじゃひまつ》り（〜日曜）新潟県妙高市　6人の若者が伝統の型での演武を披露。

土用丑日……御手洗詣《みたらしもうで》（前後4日間／下鴨神社）京都市　疫病除けに御手洗池に足を浸す。

19日……神輿洗神事《みこしあらいしんじ》（住吉大社）大阪市　南港沖の海水を汲んできて行なう禊。

20日……恐　山大祭《おそれざんたいさい》（〜24日）青森県むつ市　駕籠行列「上山式」が有名。イタコの口寄せも。

鷺舞神事《さぎまいしんじ》（27日も／弥栄神社）島根県津和野町　優雅な白鷺の舞が有名。

すもも祭《まつり》（大国魂神社）東京都府中市　神前に李《すもも》を供え、境内にすもも市が立つ。

海の日…塩竈《しおがま》みなと祭《まつり》　宮城県塩竈市　鹽竈神社の神輿を載せた御座船が湾内を巡幸。

22日……うわじま牛鬼《うしおに》まつり（〜24日）愛媛県宇和島市　巨大な山車や牛鬼が練り歩く。

24日……彌彦神社灯籠神事《やひこじんじゃとうろうしんじ》（〜26日）新潟県弥彦村　花火のもと、大灯籠が練り歩く。

橋立祭《はしだてまつり》（智恩寺）京都府宮津市　龍神教化のため文殊菩薩を海上から迎える祭事。

天神祭《てんじんまつり》（天満祭／〜25日／大阪天満宮）大阪市　→274

28日……唐崎参《からさきまいり》（みたらし祭／〜29日／唐崎神社）大津市　琵琶湖上で願い串のお焚き上げ。

牛越祭《うしごえまつ》り（菅原神社）宮崎県えびの市　牛が丸太を飛び越え、厄病除けを祈願。

阿蘇《あそ》の御田祭《おんだまつり》（〜29日／阿蘇神社）熊本県阿蘇市　阿蘇神社祭神が植田を検分する。

下旬……網走《あばしり》オロチョンの火祭《ひまつり》　北海道網走市　北方系少数民族の霊を慰め、五穀豊穣を祈願。

第4土曜…尾張津島天王祭《おわりつしまてんのうまつり》（〜日曜／津島神社）愛知県津島市　まきわら船の提灯が川面を彩る。

最終土曜……長崎《ながさき》ペーロン（〜日曜）長崎市　ペーロン（白龍）と呼ばれる船同士で覇を競う。

野馬追《のまおい》（3日間／太田神社・中村神社・小高神社）福島県相馬地方　野馬追→274

最終日曜……粉河祭《こかわまつり》（粉河産土神社）和歌山県紀の川市　提灯を点した山車が市内を練り歩く。

31日……愛宕《あたご》の千日詣《せんにちまいり》（〜8月1日／愛宕神社）京都市　千日分の御利益が得られる日。

住吉祭《すみよしまつり》（〜8月1日／住吉大社）大阪市　夏越女や稚児が茅の輪をくぐる夏越の祓。

18日……**御霊祭**《ごりょうまつり》（上御霊神社）京都市　悪疫退散を願って神輿が巡幸する。

中旬の金・土・日曜……**黒船祭**《くろふねまつり》　静岡県下田市　ペリー来航の様子を再現。

中頃の土・日曜…………**千団子祭**《せんだんごまつり》（園城寺《おんじょうじ》）大津市　鬼子母神を供養する法会。

中旬の日曜……**和歌祭**《わかまつり》（紀州東照宮）和歌山市　「面掛」と呼ばれる仮面行列で知られる。

19日……**うちわまき**（唐招提寺）奈良市　団扇撒《うちわまき》→271

第3金曜…**浅草三社祭**《あさくさ さんじゃまつり》（～日曜／浅草神社）東京都台東区　三社祭→271

春日大社《かすがたいしゃ》**・興福寺薪御能**《こうふくじたきぎおのう》（～翌土曜）奈良市　薪能《たきぎのう》→237

第3日曜…**嵯峨祭**《さがまつり》（第4日曜も／野宮《ののみや》神社・愛宕《あたご》神社）京都市　神輿が嵯峨、嵐山を巡幸。

三船祭《みふねまつり》（車折《くるまざき》神社）京都市　大堰《おおい》川に龍頭・鷁首《げきす》船を浮かべて平安の船遊びを再現。

25日……**化《ば》け物祭《ものまつ》り**（鶴岡天満宮）山形県鶴岡市　手拭いと編笠姿で無言で酒を振る舞う。

最終土・日曜…**江戸浅間祭**《えどせんげんまつり》（6月最終土日も／浅間神社）東京都台東区　山開きの縁日に植木市。

5月下旬か6月初旬週末………**品川天王祭**《しながわてんのうまつり》（荏原《えばら》神社・品川神社）東京都品川区　花魁《おいらん》道中も。

6月

旧暦5月4日…**糸満**《いとまん》**ハーレー**　沖縄県糸満市　大漁と航海安全を祈るウミンチュ（漁師）の祭。

1日………**貴船祭**《きぶねまつり》（貴船神社）京都市　子供たちが船形石の周囲を回る子供千度詣が有名。

4日………**長講会**《ちょうこうえ》（比叡山延暦寺）大津市　伝教大師最澄の忌日法要、伝教大師御影供。

5日………**熱田祭**《あつたまつり》（熱田神宮）名古屋市　名古屋に夏の訪れを告げる祭。

建仁寺開山忌《けんにんじかいさんき》（建仁寺）京都市　栄西禅師入寂の忌日に厳修する法会。

県　祭《あがたまつり》（～6日／県神社）京都府宇治市　暗闇の中で行なわれる梵天渡御。暗闇の奇祭。

7日………**山王**《さんのう》**まつり**（～17日／日枝神社）東京都千代田区　江戸山王祭→272

第1土曜…**呼子大綱引**《よぶこおおつなひき》（～日曜）佐賀県唐津市　岡組と浜組が大綱を引き合う。

第1日曜…**上高地**《かみこうち》**ウェストン祭**《さい》　長野県松本市　近代登山の父ウェストンを偲ぶ。

10日……**漏刻祭**《ろうこくさい》（近江神宮）大津市　天智天皇の漏刻創設を記念する神事。

第2土曜…**市浦相内**《しうらあいない》**の虫送**《むしおく》**り**　青森県五所川原市　藁で作った巨大な「虫」が市内を練り歩く。

チャグチャグ馬《うま》**コ**　岩手県滝沢市・盛岡市　蒼前神社から八幡宮まで馬が行進。

金沢百万石祭《かなざわひゃくまんごくまつり》（尾山祭／前後3日間）金沢市　約1万人による「百万石踊り流し」。

14日……**住吉**《すみよし》**の御田植**《おたうえ》（住吉大社）大阪市　→272

札幌祭《さっぽろまつり》（～16日／北海道神宮）札幌市　8台の山車と4基の神輿が市内を練り歩く。

15日……**青葉**《あおば》**まつり**（金剛峯寺）和歌山県高野町　空海の誕生日を祝う。花御堂渡御が華麗。

16日……**三枝祭**《さいぐさまつり》（～18日／率川《いさがわ》神社）奈良市　笹百合を奉納する、疫病除や病気予防の祭。

17日……**相国寺懺法**《しょうこくじせんぽう》（相国寺）京都市　独特の声明《しょうみょう》で観世音菩薩に罪業を懺悔する。

20日……**鞍馬**《くらま》**の竹伐会式**《たけきりえしき》（鞍馬寺）京都市　東西に分かれた八人法師が大竹を刀で切る。

24日……**伊勢**《いせ》**の御田植**《おたうえ》（伊勢神宮、磯部町）三重県伊勢市磯部町　→272

30日……**愛染祭**《あいぜんまつり》（～7月2日／勝鬘院）大阪市　宝恵駕籠《ほえかご》で谷町筋を練り歩く愛染さんの夏祭。

夏の行事一覧

- 日本のおもな行事を月順に掲載し、簡単な説明を加えた。
- 本文中に立項したものは頁数を示した。
- 日程は変更となる場合があるので、注意されたい。

5月

1日……平泉藤原まつり《ひらいずみふじわら》（～5日／中尊寺・毛越寺《もうつうじ》）岩手県平泉町　源義経公東下り行列ほか。

高岡御車山祭《たかおかみくるまやままつり》（関野神社）富山県高岡市　鉾を立てた華麗な車山（山車）の巡行。

福野夜高祭《ふくのよたかまつり》（～3日）富山県南砺市　夜高行灯の巡行とその引合い（喧嘩）が見もの。

神泉苑祭《しんせんえんさい》（～4日／神泉苑）京都市　子供神輿や雅楽、神泉苑狂言（大念仏）など。

千本閻魔堂狂言《せんぼんえんまどうきょうげん》（～4日／引接寺《いんじょうじ》）京都市　ほとんどの演目に台詞がある念仏狂言。

藤森祭《ふじもりさい》（～5日／藤森神社）京都市　神輿渡御と1200年前から伝わる駈馬神事。

鴨川《かもがわ》をどり（～24日／先斗町《ぽんとちょう》歌舞練場）京都市　先斗町芸妓による群舞。

2日……小木《おぎ》とも旗祭《ばたまつ》り（～3日／御船《みふね》神社）石川県能登町　大漁旗を立て九十九湾を周回。

先帝祭《せんていさい》（～4日／赤間《あかま》神宮）山口県下関市　壇ノ浦に沈んだ安徳天皇の慰霊祭。

3日……青柏祭《せいはくさい》（～5日／大地主《おおとこぬし》神社）石川県七尾市　神饌を柏に盛ることからの名。曳山が有名。

筑摩祭《つくままつり》（鍋冠祭《なべかんむりまつり》／筑摩神社）滋賀県米原市　→269
博多《はかた》どんたく（～4日）福岡市　どんたく→春
柳川水天宮祭《やながわすいてんぐうさい》（～5日／沖端《おきはた》水天宮）福岡県柳川市　舟舞台で芝居や水天宮囃子を奉納。

那覇《なは》ハーリー（～5日）那覇市　3隻のハーリー（爬竜船）による競漕。

4日……花湯祭《はなゆまつり》　鳥取県三朝町　長さ80メートルの大綱を引き合う綱引き「陣所」が有名。

5日……品川寺鐘供養《ほんせんじかねくよう》（品川寺）東京都品川区　梵鐘の帰還を記念する法会。俳句会も開催。

賀茂《かも》の競馬《くらべうま》（上賀茂《かみがも》神社）京都市　→270
今宮祭《いまみやまつり》（11日間／今宮神社）京都市　祭鉾、八乙女、御牛車、神輿3基の行列。

地主祭《じしゅまつり》（地主神社）京都市　雅楽が奏されるなか、白川女、武者、稚児などの行列。

八瀬祭《やせまつり》（八瀬天満宮）京都市　巫女舞奉納、2基の神輿の山里の巡幸。

8日……豊年祭《ほうねんさい》（熱田神宮）名古屋市　畑と田を模した飾り物の出来により作柄を占う。

上旬……神田御田植初《しんでんおたうえはじめ》（伊勢神宮）三重県伊勢市楠部町　**伊勢の御田植→272**
第2木曜…神田祭《かんだまつり》（～翌火曜／神田明神）東京都千代田区　→270
11日……長良川鵜飼開《ながらがわうがいびらき》　岐阜市　鵜飼安全祈願祭の後、その年初めて鵜飼が行なわれる。

12日……賀茂御蔭祭《かもみかげまつり》（下鴨神社）京都市　八瀬御蔭山から神霊を本社へ迎える神事。

14日……伊勢神御衣祭《いせかんみそさい》（伊勢神宮）三重県伊勢市　内宮正宮と荒祭宮に絹と麻の神御衣を奉る。

当麻寺練供養《たいまでらねりくよう》　奈良県葛城市　**練供養→270**
出雲大社例祭《いずもたいしゃれいさい》（～16日）島根県出雲市　的射祭《まといさい》の後、田植舞・流鏑馬《やぶさめ》神事を奉納。

15日……葵祭《あおいまつり》（上賀茂・下鴨両社）京都市　→271
15日頃の土・日曜……大垣《おおがき》まつり（八幡神社）岐阜県大垣市　提灯を点灯しての山車巡行。

第2巳の日…水天宮弁天祭《すいてんぐうべんてんさい》（水天宮）東京都中央区　学業・芸能・財福の神、弁財天の祭。

17日……日光東照宮祭《にっこうとうしょうぐうさい》（～18日）栃木県日光市　武者等千二百余名の大行列。

良夜《りょうや》……秋・天
林檎《りんご》……秋・植
林檎《りんご》の花《はな》……春・植
竜胆《りんどう》……秋・植

れ

礼受《れいうけ》……新年・生
茘枝《れいし》……秋・植
礼者《れいじゃ》……新年・生
檸檬《れもん》……秋・植
連翹《れんぎょう》……春・植
連雀《れんじゃく》……秋・動
練炭《れんたん》……冬・生

ろ

炉《ろ》……冬・生
蠟梅《ろうばい》……冬・植
臘八会《ろうはつえ》……冬・生
六斎念仏《ろくさいねんぶつ》……秋・生
六道参《ろくどうまいり》……秋・生
炉開《ろびらき》……冬・生
炉塞《ろふさぎ》……春・生

わ

若鮎《わかあゆ》……春・動
若草《わかくさ》……春・植
若駒《わかごま》……春・動
公魚《わかさぎ》……春・動
若狭《わかさ》のお水送《みずおく》り……春・生
若潮《わかしお》……新年・生
若芝《わかしば》……春・植
若菜《わかな》……新年・植
若菜摘《わかなつみ》……新年・生
若菜野《わかなの》……新年・地
若水《わかみず》……新年・生
若緑《わかみどり》……春・植
若布《わかめ》……春・植
若布刈《わかめか》る……春・生
別烏《わかれからす》……秋・動
別《わか》れ霜《じも》……春・天
分葱《わけぎ》……春・植
山葵《わさび》……春・植
山葵漬《わさびづけ》……春・生
鷲《わし》……冬・動
勿忘草《わすれなぐさ》……春・植
早稲《わせ》……秋・植
棉《わた》……秋・植
綿入《わたいれ》……冬・生
綿取《わたとり》……秋・生
綿虫《わたむし》……冬・動
渡《わた》り鳥《どり》……秋・動
侘助《わびすけ》……冬・植
笑初《わらいぞめ》……新年・生
藁盒子《わらごうし》……新年・生
藁仕事《わらしごと》……冬・生
藁塚《わらづか》……秋・生
蕨《わらび》……春・植
蕨餅《わらびもち》……春・生
われから……秋・動
吾亦紅《われもこう》……秋・植

無患子《むくろじ》……秋・植
無月《むげつ》……秋・天
鼯鼠《むささび》……冬・動
虫《むし》……秋・動
虫売《むしうり》……秋・生
虫籠《むしかご》……秋・生
蒸 鰈《むしがれい》……春・生
結昆布《むすびこんぶ》……新年・生
睦月《むつき》……春・時
鯥五郎《むつごろう》……春・動
霧氷《むひょう》……冬・天
郁子《むべ》……秋・植
郁子《むべ》の花《はな》……春・植
紫 式部《むらさきしきぶ》……秋・植
室咲《むろざき》……冬・植

め

名月《めいげつ》……秋・天
メーデー……春・生
和布《め》刈神事《かりのしんじ》……冬・生
目刺《めざし》……春・生
目貼《めばり》……冬・生
眼張《めばる》……春・動

も

毛布《もうふ》……冬・生
虎落笛《もがりぶえ》……冬・天
木犀《もくせい》……秋・植
土竜打《もぐらうち》……新年・生
木蓮《もくれん》……春・植
鵙《もず》……秋・動
海雲《もずく》……春・植
鵙《もず》の贄《にえ》……秋・動
餅《もち》……冬・生
餅搗《もちつき》……冬・生
餅花《もちばな》……新年・生
物種《ものだね》蒔《ま》く……春・生
ものの芽《め》……春・植
籾《もみ》……秋・生
紅葉《もみじ》……秋・植
紅葉《もみじ》かつ散《ち》る……秋・植
紅葉狩《もみじがり》……秋・生
紅葉《もみじ》散《ち》る……冬・植
紅葉鍋《もみじなべ》……冬・生
紅葉鮒《もみじぶな》……秋・動
桃《もも》……秋・植
百千鳥《ももちどり》……春・動
桃《もも》の花《はな》……春・植
股引《ももひき》……冬・生
諸子《もろこ》……春・動

や

八重桜《やえざくら》……春・植
夜学《やがく》……秋・生
焼芋《やきいも》……冬・生
焼鳥《やきとり》……冬・生
厄払《やくばらい》……冬・生
焼野《やけの》……春・地
夜食《やしょく》……秋・生
靖国祭《やすくにまつり》……春・生
やすらい祭《まつり》……春・生
八手《やつで》の花《はな》……冬・植
八目鰻《やつめうなぎ》……冬・動
寄居虫《やどかり》……春・動
宿木《やどりぎ》……冬・植
柳《やなぎ》……春・植
柳散《やなぎち》る……秋・植
柳《やなぎ》の芽《め》……春・植
柳 鮠《やなぎはえ》……春・動
屋根替《やねがえ》……春・生
藪入《やぶいり》……新年・生
藪枯《やぶか》らし……秋・植
藪柑子《やぶこうじ》……冬・植
藪 虱《やぶじらみ》……秋・植
藪巻《やぶまき》……冬・生
山 桜《やまざくら》……春・植
山鳥《やまどり》……春・動
山眠《やまねむ》る……冬・地
山吹《やまぶき》……春・植
山葡萄《やまぶどう》……秋・植
山焼《やまや》く……春・生
山粧《やまよそお》ふ……秋・地
山笑《やまわら》ふ……春・地
闇汁《やみじる》……冬・生
やや寒《さむ》……秋・時
弥生《やよい》……春・時
弥生尽《やよいじん》……春・時
破芭蕉《やればしょう》……秋・植
敗荷《やれはす》……秋・植
八幡放生会《やわたほうじょうえ》……秋・生

ゆ

夕顔《ゆうがお》の実《み》……秋・植
夕月夜《ゆうづきよ》……秋・天
雪《ゆき》……冬・天
雪 遊《ゆきあそび》……冬・生
雪 兎《ゆきうさぎ》……冬・生
雪起《ゆきおこ》し……冬・天
雪折《ゆきおれ》……冬・植
雪下《ゆきおろ》し……冬・生
雪 女《ゆきおんな》……冬・天
雪搔《ゆきかき》……冬・生
雪 囲《ゆきがこい》……冬・生
雪囲《ゆきがこい》とる……春・生
雪合羽《ゆきがっぱ》……冬・生
雪沓《ゆきぐつ》……冬・生
雪解《ゆきげ》……春・地
雪《ゆき》しまき……冬・天
雪《ゆき》しろ……春・地
雪代山女《ゆきしろやまめ》……春・動
雪達磨《ゆきだるま》……冬・生
雪吊《ゆきつり》……冬・生
雪《ゆき》の果《はて》……春・天
雪晴《ゆきばれ》……冬・天
雪踏《ゆきふみ》……冬・生
雪間《ゆきま》……春・地
雪見《ゆきみ》……冬・生
雪虫《ゆきむし》……春・動
雪眼《ゆきめ》……冬・生
雪眼鏡《ゆきめがね》……冬・生
雪 催《ゆきもよい》……冬・天
雪焼《ゆきやけ》……冬・生
雪 柳《ゆきやなぎ》……春・植
雪割《ゆきわり》……春・生
行《ゆ》く秋《あき》……秋・時
行《ゆ》く年《とし》……冬・時
行《ゆ》く春《はる》……春・時
湯気《ゆげ》立《た》て……冬・生
湯《ゆ》ざめ……冬・生
柚子《ゆず》……秋・植
柚子湯《ゆずゆ》……冬・生
楪《ゆずりは》……新年・植
湯豆腐《ゆどうふ》……冬・生
柚餅子《ゆべし》……秋・生
柚味噌《ゆみそ》……秋・生
弓 始《ゆみはじめ》……新年・生
弓張月《ゆみはりづき》……秋・天

よ

宵闇《よいやみ》……秋・天
余寒《よかん》……春・時
夜着《よぎ》……冬・生
横這《よこばい》……秋・動
夜桜《よざくら》……春・生
夜寒《よさむ》……秋・時
吉田火祭《よしだひまつり》……秋・生
吉野花会式《よしのはなえしき》……春・生
寄鍋《よせなべ》……冬・生
夜鷹蕎麦《よたかそば》……冬・生
四日《よっか》……新年・時
夜長《よなが》……秋・時
夜《よ》なべ……秋・生
夜庭《よにわ》……秋・生
夜咄《よばなし》……冬・生
呼子鳥《よぶこどり》……春・動
読初《よみぞめ》……新年・生
嫁《よめ》が君《きみ》……新年・動
嫁菜《よめな》……春・植
蓬《よもぎ》……春・植

ら

ラグビー……冬・生
落花《らっか》……春・植
落花生《らっかせい》……秋・植
蘭《らん》……秋・植

り

利休忌《りきゅうき》……春・生
立 秋《りっしゅう》……秋・時
立 春《りつしゅん》……春・時
立冬《りっとう》……冬・時
柳 絮《りゅうじょ》……春・植
流 星《りゅうせい》……秋・天
竜《りゅう》 天《てん》に登《のぼ》る……春・時
竜《りゅう》の玉《たま》……冬・植
流 氷《りゅうひょう》……春・地

冬《ふゆ》の山《やま》……冬・地

冬《ふゆ》の夜《よ》……冬・時

冬《ふゆ》の雷《らい》……冬・天

冬薔薇《ふゆばら》……冬・植

冬晴《ふゆばれ》……冬・天

冬雲雀《ふゆひばり》……冬・動

冬深《ふゆふか》し……冬・時

冬服《ふゆふく》……冬・生

冬帽子《ふゆぼうし》……冬・生

冬北斗《ふゆほくと》……冬・天

冬牡丹《ふゆぼたん》……冬・植

冬芽《ふゆめ》……冬・植

冬《ふゆ》めく……冬・時

冬萌《ふゆもえ》……冬・植

冬紅葉《ふゆもみじ》……冬・植

冬 館《ふゆやかた》……冬・生

冬 休《ふゆやすみ》……冬・生

冬夕焼《ふゆゆうやけ》……冬・天

冬林檎《ふゆりんご》……冬・植

芙蓉《ふよう》……秋・植

鰤《ぶり》……冬・動

鰤網《ぶりあみ》……冬・生

フリージア……春・植

鰤起《ぶりおこ》し……冬・天

古草《ふるくさ》……春・植

古 暦《ふるごよみ》……冬・生

古巣《ふるす》……春・動

古日記《ふるにっき》……冬・生

フレーム……冬・生

風炉《ふろ》の名残《なごり》……秋・生

風呂吹《ふろふき》……冬・生

文化《ぶんか》の日《ひ》……秋・生

へ

糸瓜《へちま》……秋・植

糸瓜《へちま》の水取《みずと》る……秋・生

べつたら市《いち》……秋・生

蛇穴《へびあな》に入《い》る……秋・動

蛇穴《へびあな》を出《い》づ……春・動

放屁虫《へひりむし》……秋・動

弁慶草《べんけいそう》……秋・植

遍路《へんろ》……春・生

ほ

ポインセチア……冬・植

報恩講《ほうおんこう》……冬・生

鳳仙花《ほうせんか》……秋・植

豊年《ほうねん》……秋・生

防風《ぼうふう》……春・植

魴鮄《ほうぼう》……冬・動

蓬莱《ほうらい》……新年・生

菠薐草《ほうれんそう》……春・植

宝恵駕《ほえかご》……新年・生

朴落葉《ほおおちば》……冬・植

頬 被《ほおかむり》……冬・生

頬白《ほおじろ》……春・動

鬼灯《ほおずき》……秋・植

ボートレース……春・生

捕鯨《ほげい》……冬・生

木瓜《ぼけ》の花《はな》……春・植

干 鰈《ほしがれい》……春・生

星月夜《ほしづきよ》……秋・天

干菜《ほしな》……冬・生

干菜汁《ほしなじる》……冬・生

干菜湯《ほしなゆ》……冬・生

榾《ほた》……冬・生

菩提子《ぼだいし》……秋・植

蛍 烏賊《ほたるいか》……春・動

穂俵《ほだわら》……新年・植

穂俵飾《ほだわらかざ》る……新年・生

牡丹焚火《ぼたんたきび》……冬・生

牡丹鍋《ぼたんなべ》……冬・生

牡丹根分《ぼたんねわけ》……秋・生

牡丹《ぼたん》の芽《め》……春・植

北寄貝《ほっきがい》……春・動

ホップ……秋・植

ぽつぺん……新年・生

仏《ほとけ》の座《ざ》……新年・植

杜鵑草《ほととぎす》……秋・植

鯔《ぼら》……秋・動

盆《ぼん》……秋・生

盆 狂 言《ぼんきょうげん》……秋・生

盆《ぼん》の月《つき》……秋・天

盆用意《ぼんようい》……秋・生

ま

舞初《まいぞめ》……新年・生

舞茸《まいたけ》……秋・植

牧閉《まきとざ》す……秋・生

牧開《まきびら》き……春・生

鮪《まぐろ》……冬・動

真菰《まこも》の芽《め》……春・植

鱒《ます》……春・動

マスク……冬・生

木天蓼《またたび》……秋・植

松 納《まつおさめ》……新年・生

松過《まつすぎ》……新年・時

松茸《まつたけ》……秋・植

松茸飯《まつたけめし》……秋・生

松手入《まつていれ》……秋・生

松《まつ》の内《うち》……新年・時

松《まつ》の花《はな》……春・植

松 迎《まつむかえ》……冬・生

松虫《まつむし》……秋・動

松虫草《まつむしそう》……秋・植

待宵《まつよい》……秋・天

馬蛤貝《まてがい》……春・動

俎 始《まないたはじめ》……新年・生

俎 開《まないたびらき》……新年・生

間引菜《まびきな》……秋・植

蝮蛇草《まむしぐさ》……春・植

豆《まめ》の花《はな》……春・植

豆引《まめひ》く……秋・生

豆撒《まめまき》……冬・生

繭玉《まゆだま》……新年・生

檀《まゆみ》の実《み》……秋・植

鞠 始《まりはじめ》……新年・生

万歳《まんざい》……新年・生

金縷梅《まんさく》……春・植

曼珠沙華《まんじゅしゃげ》……秋・植

万 両《まんりょう》……冬・植

み

御影供《みえいく》……春・生

三日月《みかづき》……秋・天

蜜柑《みかん》……冬・植

水涸《みずか》る……冬・地

水草生《みずくさお》ふ……春・植

水草紅葉《みずくさもみじ》……秋・植

水澄《みずす》む……秋・地

水鳥《みずとり》……冬・動

水菜《みずな》……春・植

水温《みずぬる》む……春・地

水洟《みずばな》……冬・生

水引《みずひき》の花《はな》……秋・植

水餅《みずもち》……冬・生

晦日蕎麦《みそかそば》……冬・生

鷦 鷯《みそさざい》……冬・動

溝蕎麦《みぞそば》……秋・植

味噌搗《みそつき》……冬・生

千屈菜《みそはぎ》……秋・植

味噌豆煮《みそまめに》る……春・生

霙《みぞれ》……冬・天

三日《みっか》……新年・時

三椏《みつまた》の花《はな》……春・植

みどりの日《ひ》……春・生

水口 祭《みなくちまつり》……春・生

身《み》に入《し》む……秋・時

蓑虫《みのむし》……秋・動

壬生狂言《みぶきょうげん》……春・生

壬生菜《みぶな》……春・植

木菟《みみずく》……冬・動

蚯蚓鳴《みみずな》く……秋・動

耳 袋《みみぶくろ》……冬・生

ミモザ……春・植

都《みやこ》をどり……春・生

都 鳥《みやこどり》……冬・動

都 忘《みやこわす》れ……春・植

茗荷竹《みょうがたけ》……春・植

茗荷《みょうが》の花《はな》……秋・植

む

六日《むいか》……新年・時

迎火《むかえび》……秋・生

零余子《むかご》……秋・植

むかご飯《めし》……秋・生

麦 鶉《むぎうずら》……春・動

麦《むぎ》の芽《め》……冬・植

麦踏《むぎふみ》……春・生

麦蒔《むぎまき》……冬・生

木槿《むくげ》……秋・植

椋鳥《むくどり》……秋・動

春日傘《はるひがさ》……春・生
春火鉢《はるひばち》……春・生
春深《はるふか》し……春・時
春帽子《はるぼうし》……春・生
春待《はるま》つ……冬・時
春祭《はるまつり》……春・生
春《はる》めく……春・時
春休《はるやすみ》……春・生
バレンタインの日《ひ》……春・生
晩秋《ばんしゅう》……秋・時
晩春《ばんしゅん》……春・時
晩冬《ばんとう》……冬・時
赤楊《はんのき》の花《はな》……春・植

ひ

日脚《ひあし》伸《の》ぶ……冬・時
柊挿《ひいらぎさ》す……冬・生
柊《ひいらぎ》の花《はな》……冬・植
稗《ひえ》……秋・植
氷魚《ひお》……冬・動
東日本震災忌《ひがしにほんしんさいき》……春・生
彼岸《ひがん》……春・時
彼岸会《ひがんえ》……春・生
彼岸桜《ひがんざくら》……春・植
彼岸河豚《ひがんふぐ》……春・動
蟇穴《ひきあな》を出《い》づ……春・動
引鴨《ひきがも》……春・動
引鶴《ひきづる》……春・動
蜩《ひぐらし》……秋・動
火恋《ひこい》し……秋・生
蘖《ひこばえ》……春・植
膝掛《ひざかけ》……冬・生
鹿尾菜《ひじき》……春・植
鯷《ひしこ》……秋・動
鯷漬《ひしこづけ》……秋・生
菱《ひし》の実《み》……秋・植
菱餅《ひしもち》……春・生
美術展覧会《びじゅつてんらんかい》……秋・生
被昇天祭《ひしょうてんさい》……秋・生
氷頭膾《ひずなます》……秋・生
鶲《ひたき》……秋・動
干鱈《ひだら》……春・生
穭田《ひつじだ》……秋・地
羊《ひつじ》の毛刈《けか》る……春・生
人麻呂忌《ひとまろき》……春・生
一人静《ひとりしずか》……春・植
雛《ひな》あられ……春・生
雛市《ひないち》……春・生
雛納《ひなおさめ》……春・生
日永《ひなが》……春・時
雛菊《ひなぎく》……春・植
日向《ひなた》ぼこり……冬・生
雛流《ひななが》し……春・生
雛祭《ひなまつり》……春・生
火《ひ》の番《ばん》……冬・生
火鉢《ひばち》……冬・生
雲雀《ひばり》……春・動
胼《ひび》……冬・生
ひめ始《はじめ》……新年・生
ヒヤシンス……春・植
冷《ひや》やか……秋・時
氷海《ひょうかい》……冬・地
氷湖《ひょうこ》……冬・地
屛風《びょうぶ》……冬・生
鵯《ひよどり》……秋・動
瓢《ひょん》の実《み》……秋・植
比良八荒《ひらはっこう》……春・天
比良八講《ひらはっこう》……春・生
鮃《ひらめ》……冬・動
鰭酒《ひれざけ》……冬・生
鶸《ひわ》……秋・動
枇杷《びわ》の花《はな》……冬・植

ふ

鞴祭《ふいごまつり》……冬・生
風船《ふうせん》……春・生
風船葛《ふうせんかずら》……秋・植
フェーン……春・天
蒸飯《ふかしめし》……冬・生
蕗《ふき》の薹《とう》……春・植
蕗味噌《ふきみそ》……春・生
河豚《ふぐ》……冬・動
福寿草《ふくじゅそう》……新年・植
河豚汁《ふぐじる》……冬・生
河豚鍋《ふぐなべ》……冬・生
福引《ふくびき》……新年・生
瓢《ふくべ》……秋・植
梟《ふくろう》……冬・動
福沸《ふくわかし》……新年・生
福藁《ふくわら》……新年・生
福笑《ふくわらい》……新年・生
更待月《ふけまちづき》……秋・天
五倍子《ふし》……秋・植
藤《ふじ》……春・植
柴漬《ふしづけ》……冬・生
富士《ふじ》の初雪《はつゆき》……秋・天
藤袴《ふじばかま》……秋・植
臥待月《ふしまちづき》……秋・天
仏手柑《ぶしゅかん》……冬・植
衾《ふすま》……冬・生
襖《ふすま》……冬・生
蕪村忌《ぶそんき》……冬・生
札納《ふだおさめ》……冬・生
双葉《ふたば》……春・植
二人静《ふたりしずか》……春・植
二日《ふつか》……新年・時
復活祭《ふっかつさい》……春・生
仏生会《ぶっしょうえ》……春・生
仏名会《ぶつみょうえ》……冬・生
葡萄《ぶどう》……秋・植
葡萄酒《ぶどうしゅ》醸《かも》す……秋・生
懐手《ふところで》……冬・生
太箸《ふとばし》……新年・生
蒲団《ふとん》……冬・生
鮒《ふな》の巣離《すばな》れ……春・動
吹雪《ふぶき》……冬・天
文月《ふみづき》……秋・時
冬《ふゆ》……冬・時
冬暖《ふゆあたた》か……冬・時
冬安居《ふゆあんご》……冬・生
冬苺《ふゆいちご》……冬・植
冬柏《ふゆかしわ》……冬・植
冬霞《ふゆがすみ》……冬・天
冬構《ふゆがまえ》……冬・生
冬鷗《ふゆかもめ》……冬・動
冬枯《ふゆがれ》……冬・植
冬木《ふゆき》……冬・植
冬菊《ふゆぎく》……冬・植
冬木《ふゆき》の桜《さくら》……冬・植
冬草《ふゆくさ》……冬・植
冬景色《ふゆげしき》……冬・地
冬木立《ふゆこだち》……冬・植
冬籠《ふゆごもり》……冬・生
冬鷺《ふゆさぎ》……冬・動
冬桜《ふゆざくら》……冬・植
冬座敷《ふゆざしき》……冬・生
冬《ふゆ》ざれ……冬・時
冬珊瑚《ふゆさんご》……冬・植
冬支度《ふゆじたく》……秋・生
冬菫《ふゆすみれ》……冬・植
冬田《ふゆた》……冬・地
冬滝《ふゆだき》……冬・地
冬蒲公英《ふゆたんぽぽ》……冬・植
冬尽《ふゆつ》く……冬・時
冬椿《ふゆつばき》……冬・植
冬隣《ふゆどなり》……秋・時
冬菜《ふゆな》……冬・植
冬野《ふゆの》……冬・地
冬《ふゆ》の朝《あさ》……冬・時
冬《ふゆ》の虻《あぶ》……冬・動
冬《ふゆ》の雨《あめ》……冬・天
冬《ふゆ》の泉《いずみ》……冬・地
冬《ふゆ》の蝗《いなご》……冬・動
冬《ふゆ》の鶯《うぐいす》……冬・動
冬《ふゆ》の海《うみ》……冬・地
冬《ふゆ》の梅《うめ》……冬・植
冬《ふゆ》の蚊《か》……冬・動
冬《ふゆ》の風《かぜ》……冬・天
冬《ふゆ》の川《かわ》……冬・地
冬《ふゆ》の霧《きり》……冬・天
冬《ふゆ》の雲《くも》……冬・天
冬《ふゆ》の暮《くれ》……冬・時
冬《ふゆ》の鹿《しか》……冬・動
冬《ふゆ》の空《そら》……冬・天
冬《ふゆ》の蝶《ちょう》……冬・動
冬《ふゆ》の月《つき》……冬・天
冬《ふゆ》の波《なみ》……冬・地
冬《ふゆ》の虹《にじ》……冬・天
冬《ふゆ》の蠅《はえ》……冬・動
冬《ふゆ》の蜂《はち》……冬・動
冬《ふゆ》の日《ひ》……冬・天
冬《ふゆ》の灯《ひ》……冬・生
冬《ふゆ》の星《ほし》……冬・天
冬《ふゆ》の水《みず》……冬・地
冬《ふゆ》の虫《むし》……冬・動
冬《ふゆ》の鵙《もず》……冬・動

初茜《はつあかね》……新年・天
初明《はつあか》り……新年・天
初秋《はつあき》……秋・時
初商《はつあきない》……新年・生
初嵐《はつあらし》……秋・天
初伊勢《はついせ》……新年・生
初市《はついち》……新年・生
初卯《はつう》……新年・生
初鶯《はつうぐいす》……新年・動
初午《はつうま》……春・生
初閻魔《はつえんま》……新年・生
初鏡《はつかがみ》……新年・生
初神楽《はつかぐら》……新年・生
初炊《はつかし》ぎ……新年・生
初霞《はつがすみ》……新年・天
初釜《はつがま》……新年・生
初竈《はつかまど》……新年・生
初鴨《はつかも》……秋・動
初鴉《はつがらす》……新年・動
初観音《はつかんのん》……新年・生
葉月《はづき》……秋・時
初句会《はつくかい》……新年・生
初景色《はつげしき》……新年・地
初声《はつこえ》……新年・動
初氷《はつごおり》……冬・地
初護摩《はつごま》……新年・生
初暦《はつごよみ》……新年・生
初勤行《はつごんぎょう》……新年・生
八朔《はっさく》……秋・時
八朔《はっさく》の祝《いわい》……秋・生
初座敷《はつざしき》……新年・生
初潮《はつしお》……秋・地
初時雨《はつしぐれ》……冬・天
初東雲《はつしののめ》……新年・天
初芝居《はつしばい》……新年・生
初霜《はつしも》……冬・天
初写真《はつしゃしん》……新年・生
初雀《はつすずめ》……新年・動
初硯《はつすずり》……新年・生
初刷《はつずり》……新年・生
初席《はつせき》……新年・生
初染《はつぞめ》……新年・生
初空《はつぞら》……新年・天
螇蚸《ばった》……秋・動
初大師《はつだいし》……新年・生
初茸《はつたけ》……秋・植
初辰《はつたつ》……新年・生
初旅《はつたび》……新年・生
初便《はつだより》……新年・生
初蝶《はつちょう》……春・動
初手水《はつちょうず》……新年・生
初天神《はつてんじん》……新年・生
初電話《はつでんわ》……新年・生
初寅《はつとら》……新年・生
初鶏《はつとり》……新年・動
初凪《はつなぎ》……新年・天
初荷《はつに》……新年・生
初音《はつね》……春・動
初場所《はつばしょ》……新年・生
初鳩《はつばと》……新年・動
初花《はつはな》……春・植
初春《はつはる》……新年・時
初日《はつひ》……新年・天
初富士《はつふじ》……新年・地
初不動《はつふどう》……新年・生
初冬《はつふゆ》……冬・時
初巳《はつみ》……新年・生
初弥撒《はつみさ》……新年・生
初詣《はつもうで》……新年・生
初紅葉《はつもみじ》……秋・植
初薬師《はつやくし》……新年・生
初山《はつやま》……新年・生
初湯《はつゆ》……新年・生
初雪《はつゆき》……冬・天
初夢《はつゆめ》……新年・生
初漁《はつりょう》……新年・生
初猟《はつりょう》……冬・生
鳩吹《はとふ》く……秋・生
花《はな》……春・植
花烏賊《はないか》……春・動
花筏《はないかだ》……春・植
花篝《はなかがり》……春・生
花曇《はなぐもり》……春・天
花衣《はなごろも》……春・生
花咲蟹《はなさきがに》……秋・動
鎮花祭《はなしずめまつり》……春・生
花種蒔《はなたねま》く……春・生
花疲《はなづか》れ……春・生
花時《はなどき》……春・時
花鳥《はなどり》……春・動
花菜漬《はななづけ》……春・生
花野《はなの》……秋・地
花《はな》の雨《あめ》……春・天
花《はな》の塵《ちり》……春・植
花火《はなび》……秋・生
花冷《はなび》え……春・時
花吹雪《はなふぶき》……春・植
花祭《はなまつり》……春・生
花見《はなみ》……春・生
花筵《はなむしろ》……春・生
花守《はなもり》……春・生
羽子《はね》……新年・生
母子草《ははこぐさ》……春・植
柞紅葉《ははそもみじ》……秋・植
葉牡丹《はぼたん》……冬・植
蛤《はまぐり》……春・動
破魔弓《はまゆみ》……新年・生
隼《はやぶさ》……冬・動
薔薇《ばら》の芽《め》……春・植
孕鹿《はらみじか》……春・動
孕雀《はらみすずめ》……春・動
鮞《はららご》……秋・生
針供養《はりくよう》……春・生
春《はる》……春・時
春浅《はるあさ》し……春・時
春暑《はるあつ》し……春・時
春袷《はるあわせ》……春・生
春一番《はるいちばん》……春・天
春惜《はるお》しむ……春・時
春落葉《はるおちば》……春・植
春外套《はるがいとう》……春・生
春風《はるかぜ》……春・天
春着《はるぎ》……新年・生
春着縫《はるぎぬ》ふ……冬・生
春炬燵《はるごたつ》……春・生
春《はる》ごと……春・生
春駒《はるこま》……新年・生
春寒《はるさむ》……春・時
春雨《はるさめ》……春・天
春椎茸《はるしいたけ》……春・植
春時雨《はるしぐれ》……春・天
春障子《はるしょうじ》……春・生
春《はる》ショール……春・生
春蟬《はるぜみ》……春・動
春田《はるた》……春・地
春大根《はるだいこん》……春・植
春隣《はるとなり》……冬・時
春《はる》の朝《あさ》……春・時
春《はる》の雨《あめ》……春・天
春《はる》の霰《あられ》……春・天
春《はる》の海《うみ》……春・地
春《はる》の蚊《か》……春・動
春《はる》の風邪《かぜ》……春・生
春《はる》の雁《かり》……春・動
春《はる》の川《かわ》……春・地
春《はる》の草《くさ》……春・植
春《はる》の雲《くも》……春・天
春《はる》の暮《くれ》……春・時
春《はる》の鹿《しか》……春・動
春《はる》の霜《しも》……春・天
春《はる》の空《そら》……春・天
春《はる》の筍《たけのこ》……春・植
春《はる》の塵《ちり》……春・天
春《はる》の月《つき》……春・天
春《はる》の土《つち》……春・地
春《はる》の鳥《とり》……春・動
春《はる》の波《なみ》……春・地
春《はる》の虹《にじ》……春・天
春《はる》の野《の》……春・地
春《はる》の蠅《はえ》……春・動
春《はる》の日《ひ》……春・天
春《はる》の蕗《ふき》……春・植
春《はる》の星《ほし》……春・天
春《はる》の水《みず》……春・地
春《はる》の霙《みぞれ》……春・天
春《はる》の鵙《もず》……春・動
春《はる》の山《やま》……春・地
春《はる》の闇《やみ》……春・天
春《はる》の夕《ゆう》……春・時
春《はる》の夕焼《ゆうやけ》……春・天
春《はる》の雪《ゆき》……春・天
春《はる》の夜《よ》……春・時
春《はる》の宵《よい》……春・時
春《はる》の炉《ろ》……春・生
春場所《はるばしょ》……春・生
春疾風《はるはやて》……春・天

な

に

ぬ

ね

の

は

玉珧《たいらぎ》……冬・動
田打《たうち》……春・生
鷹《たか》……冬・動
鷹《たか》化《か》して鳩《はと》と為《な》る……春・時
鷹狩《たかがり》……冬・生
高《たか》きに登《のぼ》る……秋・生
鷹《たか》の塒出《とやで》……秋・動
耕《たがやし》……春・生
高山祭《たかやままつり》……春・生
宝船《たからぶね》……新年・生
鷹渡《たかわた》る……秋・動
焚火《たきび》……冬・生
沢庵漬製《たくあんづけせい》す……冬・生
啄木忌《たくぼくき》……春・生
竹馬《たけうま》……冬・生
茸狩《たけがり》……秋・生
竹伐《たけき》る……秋・生
竹《たけ》の秋《あき》……春・植
竹《たけ》の春《はる》……秋・植
田鳧《たげり》……冬・動
凧《たこ》……春・生
蛇笏忌《だこつき》……秋・生
畳替《たたみがえ》……冬・生
太刀魚《たちうお》……秋・動
橘《たちばな》……秋・植
立待月《たちまちづき》……秋・天
龍田姫《たつたひめ》……秋・天
竹瓮《たっぺ》……冬・生
蓼《たで》の花《はな》……秋・植
炭団《たどん》……冬・生
七夕《たなばた》……秋・生
田螺《たにし》……春・動
狸《たぬき》……冬・動
狸罠《たぬきわな》……冬・生
種芋《たねいも》……春・植
種選《たねえらび》……春・生
種案山子《たねかがし》……春・生
種採《たねとり》……秋・生
種茄子《たねなす》……秋・植
種浸《たねひたし》……春・生
種蒔《たねまき》……春・生
種物《たねもの》……春・生
煙草《たばこ》の花《はな》……秋・植
足袋《たび》……冬・生
田雲雀《たひばり》……秋・動
玉子酒《たまござけ》……冬・生
玉《たま》せせり……新年・生
鱈《たら》……冬・動
楤《たら》の芽《め》……春・植
鱈場蟹《たらばがに》……冬・動
達磨市《だるまいち》……新年・生
俵編《たわらあみ》……秋・生
短日《たんじつ》……冬・時
探梅《たんばい》……冬・生
湯婆《たんぽ》……冬・生
暖房《だんぼう》……冬・生
蒲公英《たんぽぽ》……春・植
暖炉《だんろ》……冬・生

ち

遅日《ちじつ》……春・時
萵苣《ちしゃ》……春・植
秩父夜祭《ちちぶよまつり》……冬・生
千鳥《ちどり》……冬・動
茶立虫《ちゃたてむし》……秋・動
ちやつきらこ……新年・生
茶摘《ちゃつみ》……春・生
茶《ちゃ》の花《はな》……冬・植
ちやんちやんこ……冬・生
中元《ちゅうげん》……秋・生
仲秋《ちゅうしゅう》……秋・時
仲春《ちゅうしゅん》……春・時
仲冬《ちゅうとう》……冬・時
チューリップ……春・植
蝶《ちょう》……春・動
朝賀《ちょうが》……新年・生
帳綴《ちょうとじ》……新年・生
手斧始《ちょうなはじめ》……新年・生
重陽《ちょうよう》……秋・生
草石蚕《ちょろぎ》……新年・生

つ

月《つき》……秋・天
接木《つぎき》……春・生
月日貝《つきひがい》……春・動
月見《つきみ》……秋・生
土筆《つくし》……春・植
つくつく法師《ぼうし》……秋・動
衝羽根《つくばね》……秋・植
鶫《つぐみ》……秋・動
黄楊《つげ》の花《はな》……春・植
蔦《つた》……秋・植
霾《つちふる》……春・天
躑躅《つつじ》……春・植
綱引《つなひき》……新年・生
椿《つばき》……春・植
椿《つばき》の実《み》……秋・植
椿餅《つばきもち》……春・生
茅花《つばな》……春・植
燕《つばめ》……春・動
燕帰《つばめかえ》る……秋・動
燕《つばめ》の巣《す》……春・動
壺焼《つぼやき》……春・生
摘草《つみくさ》……春・生
冷《つめ》たし……冬・時
露《つゆ》……秋・天
露草《つゆくさ》……秋・植
露寒《つゆさむ》……秋・天
氷柱《つらら》……冬・地
釣船草《つりふねそう》……秋・植
鶴《つる》……冬・動
蔓梅擬《つるうめもどき》……秋・植
鶴来《つるきた》る……秋・動
吊《つる》し柿《がき》……秋・生
蔓《つる》たぐり……秋・生
釣瓶落《つるべおと》し……秋・天
石蕗《つわ》の花《はな》……冬・植

て

出初《でぞめ》……新年・生
手袋《てぶくろ》……冬・生
手毬《てまり》……新年・生
照葉《てりは》……秋・植
貂《てん》……冬・動
田楽《でんがく》……春・生
田鼠化《でんそか》して鴽《うずら》と為《な》る……春・時
天皇誕生日《てんのうたんじょうび》……冬・生

と

冬瓜《とうが》……秋・植
灯火親《とうかした》しむ……秋・生
唐辛子《とうがらし》……秋・植
冬耕《とうこう》……冬・生
冬至《とうじ》……冬・時
冬至粥《とうじがゆ》……冬・生
杜氏来《とうじきた》る……冬・生
冬至梅《とうじばい》……冬・植
凍傷《とうしょう》……冬・生
踏青《とうせい》……春・生
投扇興《とうせんきょう》……新年・生
冬眠《とうみん》……冬・動
玉蜀黍《とうもろこし》……秋・植
灯籠《とうろう》……秋・生
蟷螂枯《とうろうか》る……冬・動
灯籠流《とうろうながし》……秋・生
十日戎《とおかえびす》……新年・生
十日夜《とおかんや》……冬・生
通《とお》し燕《つばめ》……冬・動
蜥蜴穴《とかげあな》を出《い》づ……春・動
鴇《とき》……秋・動
木賊刈《とくさか》る……秋・生
毒茸《どくたけ》……秋・植
常節《とこぶし》……春・動
野老飾《ところかざ》る……新年・生
年惜《としお》しむ……冬・時
年男《としおとこ》……新年・生
年木《としぎ》……新年・生
年越《としこし》……冬・時
年越詣《としこしもうで》……冬・生
年籠《としごもり》……冬・生
年玉《としだま》……新年・生
歳徳神《としとくじん》……新年・生
年取《としとり》……冬・生
年《とし》の市《いち》……冬・生
年《とし》の内《うち》……冬・時
年《とし》の暮《くれ》……冬・時
年《とし》の火《ひ》……冬・生
年《とし》の夜《よ》……冬・時
年守《としまも》る……冬・生
年湯《としゆ》……冬・生
年用意《としようい》……冬・生
泥鰌掘《どじょうほ》る……冬・生
年忘《としわすれ》……冬・生
屠蘇《とそ》……新年・生
橡《とち》の実《み》……秋・植
橡餅《とちもち》……秋・生

十六《じゅうろく》むさし……新年・生
淑気《しゅくき》……新年・天
熟柿《じゅくし》……秋・植
数珠玉《じゅずだま》……秋・植
修二会《しゅにえ》……春・生
樹氷《じゅひょう》……冬・天
春陰《しゅんいん》……春・天
春菊《しゅんぎく》……春・植
春暁《しゅんぎょう》……春・時
春光《しゅんこう》……春・天
春愁《しゅんしゅう》……春・生
春装《しゅんそう》……春・生
春昼《しゅんちゅう》……春・時
春潮《しゅんちょう》……春・地
春泥《しゅんでい》……春・地
春闘《しゅんとう》……春・生
春灯《しゅんとう》……春・生
春分《しゅんぶん》……春・時
春分《しゅんぶん》の日《ひ》……春・生
春眠《しゅんみん》……春・生
春雷《しゅんらい》……春・天
春蘭《しゅんらん》……春・植
生姜《しょうが》……秋・植
生姜酒《しょうがざけ》……冬・生
正月《しょうがつ》……新年・時
正月事始《しょうがつのことはじめ》……冬・生
正月《しょうがつ》の凧《たこ》……新年・生
生姜湯《しょうがゆ》……冬・生
小寒《しょうかん》……冬・時
上元《じょうげん》の日《ひ》……新年・生
障子《しょうじ》……冬・生
障子貼《しょうじは》る……秋・生
障子襖《しょうじふすま》を入《い》れる……秋・生
小雪《しょうせつ》……冬・時
聖霊会《しょうりょうえ》……春・生
松露《しょうろ》……春・植
昭和《しょうわ》の日《ひ》……春・生
ショール……冬・生
諸葛菜《しょかつさい》……春・植
初春《しょしゅん》……春・時
処暑《しょしょ》……秋・時
除雪車《じょせつしゃ》……冬・生
塩汁鍋《しょっつるなべ》……冬・生
除夜《じょや》の鐘《かね》……冬・生
白魚《しらうお》……春・動
白魚飯《しらうおめし》……春・生
白樺《しらかば》の花《はな》……春・植
白子干《しらすぼし》……春・生
不知火《しらぬい》……秋・地
白酒《しろざけ》……春・生
師走《しわす》……冬・時
新絹《しんぎぬ》……秋・生
蜃気楼《しんきろう》……春・天
震災忌《しんさいき》……秋・生
人日《じんじつ》……新年・時
新渋《しんしぶ》……秋・生
ジンジャーの花《はな》……秋・植
新酒《しんしゅ》……秋・生
新蕎麦《しんそば》……秋・生
新松子《しんちぢり》……秋・植
沈丁花《じんちょうげ》……春・植
新豆腐《しんどうふ》……秋・生
新年《しんねん》……新年・時
新年会《しんねんかい》……新年・生
神農祭《しんのうまつり》……冬・生
新海苔《しんのり》……冬・生
新米《しんまい》……秋・生
新涼《しんりょう》……秋・時
新藁《しんわら》……秋・生

す

スイートピー……春・植
西瓜《すいか》……秋・植
芋茎《ずいき》……秋・植
水仙《すいせん》……冬・植
酸葉《すいば》……春・植
すが漏《も》り……冬・生
スキー……冬・生
杉菜《すぎな》……春・植
杉《すぎ》の花《はな》……春・植
杉《すぎ》の実《み》……秋・植
隙間風《すきまかぜ》……冬・天
すき焼《やき》……冬・生
頭巾《ずきん》……冬・生
酢茎《すぐき》……冬・生
末黒《すぐろ》の薄《すすき》……春・植
スケート……冬・生
助宗鱈《すけそうだら》……冬・動
冷《すさ》まじ……秋・時
鈴懸《すずかけ》の花《はな》……春・植
芒《すすき》……秋・植
鱸《すずき》……秋・動
蘿蔔《すずしろ》……新年・植
菘《すずな》……新年・植
煤払《すすはらい》……冬・生
鈴虫《すずむし》……秋・動
雀隠《すずめがく》れ……春・植
雀《すずめ》の子《こ》……春・動
雀《すずめ》の巣《す》……春・動
硯洗《すずりあらい》……秋・生
酢橘《すだち》……秋・植
巣立鳥《すだちどり》……春・動
ストーブ……冬・生
スノーチェーン……冬・生
巣箱《すばこ》……春・動
洲浜草《すはまそう》……春・植
炭《すみ》……冬・生
炭焼《すみやき》……冬・生
菫《すみれ》……春・植
相撲《すもう》……秋・生
李《すもも》の花《はな》……春・植
ずわい蟹《がに》……冬・動

せ

成人《せいじん》の日《ひ》……新年・生
製茶《せいちゃ》……春・生
歳暮祝《せいぼいわい》……冬・生
清明《せいめい》……春・時
セーター……冬・生
施餓鬼《せがき》……秋・生
咳《せき》……冬・生
石炭《せきたん》……冬・生
鶺鴒《せきれい》……秋・動
世田谷《せたがや》のぼろ市《いち》……冬・生
節振舞《せちぶるまい》……新年・生
雪原《せつげん》……冬・地
雪上車《せつじょうしゃ》……冬・生
節分《せつぶん》……冬・時
節分草《せつぶんそう》……春・植
背蒲団《せなぶとん》……冬・生
芹《せり》……春・植
仙翁花《せんおうげ》……秋・植
剪定《せんてい》……春・生
薇《ぜんまい》……春・植
千枚漬《せんまいづけ》……冬・生
仙蓼《せんりょう》……冬・植

そ

雑木紅葉《ぞうきもみじ》……秋・植
霜降《そうこう》……秋・時
早春《そうしゅん》……春・時
添水《そうず》……秋・生
雑炊《ぞうすい》……冬・生
漱石忌《そうせきき》……冬・生
雑煮《ぞうに》……新年・生
早梅《そうばい》……冬・植
爽籟《そうらい》……秋・天
そぞろ寒《さむ》……秋・時
卒業《そつぎょう》……春・生
蕎麦掻《そばがき》……冬・生
蕎麦《そば》の花《はな》……秋・植
橇《そり》……冬・生

た

田遊《たあそび》……新年・生
鯛網《たいあみ》……春・生
体育《たいいく》の日《ひ》……秋・生
大寒《だいかん》……冬・時
大根《だいこん》……冬・植
大根洗《だいこんあら》ふ……冬・生
大根《だいこん》の花《はな》……春・植
大根引《だいこんひき》……冬・生
大根干《だいこんほ》す……冬・生
大根蒔《だいこんま》く……秋・生
大試験《だいしけん》……春・生
大師講《だいしこう》……冬・生
大豆《だいず》……秋・植
大豆干《だいずほ》す……秋・生
大雪《たいせつ》……冬・時
橙《だいだい》……冬・植
橙飾《だいだいかざ》る……新年・生
台風《たいふう》……秋・天
大文字《だいもんじ》……秋・生
大文字草《だいもんじそう》……秋・植
鯛焼《たいやき》……冬・生
ダイヤモンドダスト……冬・天

事納《ことおさめ》……冬・生
今年《ことし》……新年・時
事始《ことはじめ》……春・生
小鳥《ことり》……秋・動
鰶《このしろ》……秋・動
木《こ》の葉《は》……冬・植
木《こ》の葉髪《はがみ》……冬・生
木《こ》の葉山女《はやまめ》……秋・動
木《こ》の実《み》……秋・植
木《こ》の実《み》植《う》う……春・生
木《こ》の芽《め》……春・植
木《こ》の芽時《めどき》……春・時
海鼠腸《このわた》……冬・生
小春《こはる》……冬・時
辛夷《こぶし》……春・植
牛蒡《ごぼう》引《ひ》く……秋・生
独楽《こま》……新年・生
胡麻《ごま》……秋・植
氷下魚《こまい》……冬・動
駒返《こまがえ》る草《くさ》……春・植
胡麻《ごま》刈《か》る……秋・生
ごまめ……新年・生
子持鯊《こもちはぜ》……春・動
子持鮒《こもちぶな》……春・動
御用納《ごようおさめ》……冬・生
御用始《ごようはじめ》……新年・生
暦売《こよみうり》……冬・生
蒟蒻掘《こんにゃくほ》る……冬・生
昆布飾《こんぶかざ》る……新年・生

さ

皀角子《さいかち》……秋・植
西行忌《さいぎょうき》……春・生
採氷《さいひょう》……冬・生
砕氷船《さいひょうせん》……冬・生
幸木《さいわいぎ》……新年・生
冴返《さえかえ》る……春・時
囀《さえず》り……春・動
佐保姫《さおひめ》……春・天
左義長《さぎちょう》……新年・生
裂膾《さきなます》……秋・生
桜《さくら》……春・植
桜鯎《さくらうぐい》……春・動
桜蝦《さくらえび》……春・動
桜貝《さくらがい》……春・動
桜蘂降《さくらしべふ》る……春・植
桜草《さくらそう》……春・植
桜鯛《さくらだい》……春・動
桜漬《さくらづけ》……春・生
桜餅《さくらもち》……春・生
桜紅葉《さくらもみじ》……秋・植
石榴《ざくろ》……秋・植
鮭《さけ》……秋・動
鮭打《さけうち》……秋・生
栄螺《さざえ》……春・動
豇豆《ささげ》……秋・植
笹鳴《ささなき》……冬・動
ざざ虫《むし》……冬・動
山茶花《さざんか》……冬・植
座禅草《ざぜんそう》……春・植
甘藷《さつまいも》……秋・植
薩摩汁《さつまじる》……冬・生
甘蔗《さとうきび》……秋・植
里神楽《さとかぐら》……冬・生
真葛《さねかずら》……秋・植
サフランの花《はな》……秋・植
朱欒《ざぼん》……冬・植
寒《さむ》し……冬・時
鮫《さめ》……冬・動
冴《さ》ゆ……冬・時
鱵《さより》……春・動
猿酒《さるざけ》……秋・生
猿廻《さるまわ》し……新年・生
沢桔梗《さわぎきょう》……秋・植
爽《さわ》やか……秋・時
鰆《さわら》……春・動
残花《ざんか》……春・植
三月《さんがつ》……春・時
三月十日《さんがつとおか》……春・生
三《さん》が日《にち》……新年・時
三寒四温《さんかんしおん》……冬・時
残菊《ざんぎく》……秋・植
山茱萸《さんしゅゆ》の花《はな》……春・植
残暑《ざんしょ》……秋・時
山椒《さんしょう》の実《み》……秋・植
山椒《さんしょう》の芽《め》……春・植
残雪《ざんせつ》……春・地
山王祭《さんのうまつり》……春・生
秋刀魚《さんま》……秋・動

し

椎茸《しいたけ》……秋・植
椎《しい》の実《み》……秋・植
塩鮭《しおざけ》……冬・生
潮干潟《しおひがた》……春・地
潮干狩《しおひがり》……春・生
潮吹《しおふき》……春・動
望潮《しおまねき》……春・動
紫苑《しおん》……秋・植
鹿《しか》……秋・動
四月《しがつ》……春・時
四月馬鹿《しがつばか》……春・生
鹿《しか》の角切《つのきり》……秋・生
鴫《しぎ》……秋・動
子規忌《しきき》……秋・生
敷松葉《しきまつば》……冬・生
樒《しきみ》の花《はな》……春・植
シクラメン……春・植
時雨《しぐれ》……冬・天
仕事始《しごとはじめ》……新年・生
猪垣《ししがき》……秋・生
地芝居《じしばい》……秋・生
獅子舞《ししまい》……新年・生
蜆《しじみ》……春・動
蜆汁《しじみじる》……春・生
柳葉魚《ししゃも》……冬・動
地蔵盆《じぞうぼん》……秋・生
紫蘇《しそ》の実《み》……秋・植
歯朶《しだ》……新年・植
時代祭《じだいまつり》……秋・生
歯朶飾《しだかざ》る……新年・生
歯朶刈《しだかり》……冬・生
下萌《したもえ》……春・植
枝垂桜《しだれざくら》……春・植
七五三《しちごさん》……冬・生
七福神詣《しちふくじんまいり》……新年・生
しづり……冬・天
樝子《しどみ》の花《はな》……春・植
樝子《しどみ》の実《み》……秋・植
自然薯《じねんじょ》……秋・植
芝桜《しばざくら》……春・植
芝神明祭《しばしんめいまつり》……秋・生
四方拝《しほうはい》……新年・生
終大師《しまいだいし》……冬・生
終天神《しまいてんじん》……冬・生
凍豆腐《しみどうふ》……冬・生
地虫穴《じむしあな》を出《い》づ……春・動
地虫鳴《じむしな》く……秋・動
注連飾《しめかざり》……新年・生
注連飾《しめかざ》る……冬・生
占地《しめじ》……秋・植
注連作《しめつくり》……冬・生
注連貰《しめもら》ひ……新年・生
霜《しも》……冬・天
霜枯《しもがれ》……冬・植
霜《しも》くすべ……春・生
霜月《しもつき》……冬・時
霜月鰈《しもつきがれい》……冬・動
霜柱《しもばしら》……冬・地
霜焼《しもやけ》……冬・生
霜夜《しもよ》……冬・時
霜除《しもよけ》……冬・生
霜除《しもよけ》とる……春・生
社会鍋《しゃかいなべ》……冬・生
馬鈴薯《じゃがいも》……秋・植
馬鈴薯《じゃがいも》植《う》う……春・生
ジャケツ……冬・生
蝦蛄葉仙人掌《しゃこばさぼてん》……冬・植
謝肉祭《しゃにくさい》……春・生
石鹼玉《しゃぼんだま》……春・生
十一月《じゅういちがつ》……冬・時
秋果《しゅうか》……秋・植
秋海棠《しゅうかいどう》……秋・植
十月《じゅうがつ》……秋・時
秋気《しゅうき》……秋・時
秋耕《しゅうこう》……秋・生
十三詣《じゅうさんまいり》……春・生
秋思《しゅうし》……秋・生
鞦韆《しゅうせん》……春・生
終戦記念日《しゅうせんきねんび》……秋・生
絨毯《じゅうたん》……冬・生
十二月《じゅうにがつ》……冬・時
十二月八日《じゅうにがつようか》……冬・生
秋分《しゅうぶん》……秋・時
秋分《しゅうぶん》の日《ひ》……秋・生
十夜《じゅうや》……冬・生

寒見舞《かんみまい》……冬・生
寒詣《かんもうで》……冬・生
寒餅《かんもち》……冬・生
寒蘭《かんらん》……冬・植
寒林《かんりん》……冬・植
寒露《かんろ》……秋・時

き

黄顙魚《ぎぎ》……秋・動
桔梗《ききょう》……秋・植
菊《きく》……秋・植
菊供養《きくくよう》……秋・生
菊吸虫《きくすいむし》……秋・動
菊膾《きくなます》……秋・生
菊人形《きくにんぎょう》……秋・生
菊根分《きくねわけ》……春・生
菊《きく》の酒《さけ》……秋・生
菊日和《きくびより》……秋・天
菊枕《きくまくら》……秋・生
細螺《きさご》……春・動
如月《きさらぎ》……春・時
雉《きじ》……春・動
義士会《ぎしかい》……冬・生
ぎしぎし……春・植
義士祭《ぎしさい》……春・生
雉蓆《きじむしろ》……春・植
黄水仙《きずいせん》……春・植
着衣始《きそはじめ》……新年・生
北風《きたかぜ》……冬・天
北窓開《きたまどひら》く……春・生
北窓塞《きたまどふさ》ぐ……冬・生
啄木鳥《きつつき》……秋・動
狐《きつね》……冬・動
狐《きつね》の剃刀《かみそり》……秋・植
狐《きつね》の牡丹《ぼたん》……春・植
狐火《きつねび》……冬・地
狐罠《きつねわな》……冬・生
衣被《きぬかつぎ》……秋・生
砧《きぬた》……秋・生
祈年祭《きねんさい》……春・生
茸《きのこ》……秋・植
木《き》の芽和《めあえ》……春・生
木《き》の芽漬《めづけ》……春・生
黍《きび》……秋・植
着《き》ぶくれ……冬・生
木五倍子《きぶし》の花《はな》……春・植
貴船菊《きぶねぎく》……秋・植
木守《きまもり》……冬・植
休暇明《きゅうかあ》け……秋・生
九州場所《きゅうしゅうばしょ》……冬・生
旧正月《きゅうしょうがつ》……春・時
吸入器《きゅうにゅうき》……冬・生
凶作《きょうさく》……秋・生
御忌《ぎょき》……春・生
曲水《きょくすい》……春・生
御慶《ぎょけい》……新年・生
虚子忌《きょしき》……春・生
去来忌《きょらいき》……秋・生
霧《きり》……秋・天
螽蟖《きりぎりす》……秋・動
切山椒《きりざんしょう》……新年・生
きりたんぽ……冬・生
桐《きり》の実《み》……秋・植
桐一葉《きりひとは》……秋・植
切干《きりぼし》……冬・生
金柑《きんかん》……秋・植
金盞花《きんせんか》……春・植
銀杏《ぎんなん》……秋・植
金鳳花《きんぽうげ》……春・植
金蘭《きんらん》……春・植
勤労感謝《きんろうかんしゃ》の日《ひ》……冬・生

く

喰積《くいつみ》……新年・生
九月《くがつ》……秋・時
九月尽《くがつじん》……秋・時
茎漬《くきづけ》……冬・生
茎立《くくたち》……春・植
枸杞《くこ》の実《み》……秋・植
枸杞《くこ》の芽《め》……春・植
草青《くさあお》む……春・植
草市《くさいち》……秋・生
草枯《くさか》る……冬・植
臭木《くさぎ》の花《はな》……秋・植
臭木《くさぎ》の実《み》……秋・植
草泊《くさどまり》……秋・生
草《くさ》の花《はな》……秋・植
草《くさ》の実《み》……秋・植
草《くさ》の芽《め》……春・植
草雲雀《くさひばり》……秋・動
嚔《くさめ》……冬・生
草餅《くさもち》……春・生
草紅葉《くさもみじ》……秋・植
草若葉《くさわかば》……春・植
串柿飾《くしがきかざ》る……新年・生
鯨《くじら》……冬・動
葛《くず》……秋・植
葛《くず》の花《はな》……秋・植
葛掘《くずほ》る……秋・生
葛湯《くずゆ》……冬・生
薬喰《くすりぐい》……冬・生
薬掘《くすりほ》る……秋・生
崩《くず》れ簗《やな》……秋・生
下《くだ》り簗《やな》……秋・生
口切《くちきり》……冬・生
轡虫《くつわむし》……秋・動
九年母《くねんぼ》……冬・植
熊《くま》……冬・動
熊穴《くまあな》に入《い》る……冬・動
熊穴《くまあな》を出《い》づ……春・動
熊谷草《くまがいそう》……春・植
熊突《くまつき》……冬・生
熊《くま》の架《たな》……秋・動
蔵開《くらびらき》……新年・生
鞍馬《くらま》の火祭《ひまつり》……秋・生
栗《くり》……秋・植
クリスマス……冬・生
クリスマスローズ……冬・植
栗虫《くりむし》……秋・動
栗飯《くりめし》……秋・生
胡桃《くるみ》……秋・植
クレソン……春・植
暮《くれ》の秋《あき》……秋・時
暮《くれ》の春《はる》……春・時
黒川能《くろかわのう》……冬・生
クロッカス……春・植
桑《くわ》……春・植
慈姑《くわい》……春・植
慈姑掘《くわいほ》る……春・生
桑括《くわくく》る……秋・生
桑摘《くわつ》む……春・生
鍬始《くわはじめ》……新年・生
君子蘭《くんしらん》……春・植

け

稽古始《けいこはじめ》……新年・生
啓蟄《けいちつ》……春・時
毛糸編《けいとあ》む……冬・生
鶏頭《けいとう》……秋・植
敬老《けいろう》の日《ひ》……秋・生
毛皮《けがわ》……冬・生
解夏《げげ》……秋・生
毛衣《けごろも》……冬・生
懸想文売《けそうぶみうり》……新年・生
毛見《けみ》……秋・生
獣交《けものつる》む……春・動
螻蛄鳴《けらな》く……秋・動
厳寒《げんかん》……冬・時
紫雲英《げんげ》……春・植
建国記念《けんこくきねん》の日《ひ》……春・生
けんちん汁《じる》……冬・生
原爆《げんばく》の日《ひ》……秋・生
憲法記念日《けんぽうきねんび》……春・生

こ

紅梅《こうばい》……春・植
黄葉《こうよう》……秋・植
黄落《こうらく》……秋・植
氷《こおり》……冬・地
氷解《こおりと》く……春・地
氷餅《こおりもち》……冬・生
凍《こお》る……冬・時
蟋蟀《こおろぎ》……秋・動
蚕飼《こがい》……春・生
凩《こがらし》……冬・天
穀雨《こくう》……春・時
古酒《こしゅ》……秋・生
小綬鶏《こじゅけい》……春・動
小正月《こしょうがつ》……新年・時
コスモス……秋・植
去年今年《こぞことし》……新年・時
炬燵《こたつ》……冬・生
炬燵塞《こたつふさ》ぐ……春・生
東風《こち》……春・天
小晦日《こつごもり》……冬・時
小粉団《こでまり》の花《はな》……春・植

貝寄風《かいよせ》……春・天
傀儡師《かいらいし》……新年・生
懐炉《かいろ》……冬・生
貝割菜《かいわりな》……秋・植
楓《かえで》……秋・植
楓《かえで》の花《はな》……春・植
楓《かえで》の芽《め》……春・植
帰《かえ》り花《ばな》……冬・植
貌鳥《かおどり》……春・動
顔見世《かおみせ》……冬・生
案山子《かがし》……秋・生
案山子揚《かかしあげ》……冬・生
鏡　開《かがみびらき》……新年・生
鏡　餅《かがみもち》……新年・生
柿《かき》……秋・植
牡蠣《かき》……冬・動
柿落葉《かきおちば》……冬・植
書初《かきぞめ》……新年・生
牡蠣船《かきぶね》……冬・生
牡蠣《かき》剥《む》く……冬・生
柿紅葉《かきもみじ》……秋・植
杜父魚《かくぶつ》……冬・動
角巻《かくまき》……冬・生
神楽《かぐら》……冬・生
掛乞《かけごい》……冬・生
懸巣《かけす》……秋・動
掛柳《かけやなぎ》……新年・生
蜉蝣《かげろう》……秋・動
陽炎《かげろう》……春・天
風車《かざぐるま》……春・生
鵲《かささぎ》……秋・動
重《かさ》ね着《ぎ》……冬・生
風花《かざはな》……冬・天
風除《かざよけ》……冬・生
飾《かざり》……新年・生
飾臼《かざりうす》……新年・生
飾売《かざりうり》……冬・生
飾海老《かざりえび》……新年・生
飾納《かざりおさめ》……新年・生
飾米《かざりごめ》……新年・生
火事《かじ》……冬・生
鰍《かじか》……秋・動
悴《かじか》む……冬・生
かじけ猫《ねこ》……冬・動
梶《かじ》の葉《は》……秋・生
樫《かし》の実《み》……秋・植
賀状書《がじょうか》く……冬・生
春日万灯籠《かすがまんとうろう》……冬・生
春日若宮御祭《かすがわかみやおんまつり》……冬・生
粕汁《かすじる》……冬・生
数《かず》の子《こ》……新年・生
数《かず》の子作《こつく》る……春・生
霞《かすみ》……春・天
霞草《かすみそう》……春・植
風邪《かぜ》……冬・生
風《かぜ》の盆《ぼん》……秋・生
風光《かぜひか》る……春・天
数《かぞ》へ日《び》……冬・時
片栗《かたくり》の花《はな》……春・植
堅雪《かたゆき》……春・地
搗栗飾《かちぐりかざ》る……新年・生
門松《かどまつ》……新年・生
門松立《かどまつた》つ……冬・生
カトレア……冬・植
方頭魚《かながしら》……冬・動
鉦叩《かねたたき》……秋・動
鹿火屋《かびや》……秋・生
蕪《かぶ》……冬・植
蕪汁《かぶらじる》……冬・生
蕪鮓《かぶらずし》……冬・生
蕪蒸《かぶらむし》……冬・生
南瓜《かぼちゃ》……秋・植
鎌鼬《かまいたち》……冬・天
鎌祝《かまいわい》……秋・生
蟷螂《かまきり》……秋・動
かまくら……新年・生
髪置《かみおき》……冬・生
紙子《かみこ》……冬・生
紙漉《かみすき》……冬・生
神《かみ》の旅《たび》……冬・生
亀鳴《かめな》く……春・動
鴨《かも》……冬・動
羚羊《かもしか》……冬・動
髢草《かもじぐさ》……春・植
萱《かや》……秋・植
萱刈《かやか》る……秋・生
榧《かや》の実《み》……秋・植
粥占《かゆうら》……新年・生
粥杖《かゆづえ》……新年・生
粥柱《かゆばしら》……新年・生
乾鮭《からざけ》……冬・生
神等去出《からさで》の神事《しんじ》……冬・生
芥菜《からしな》……春・植
烏瓜《からすうり》……秋・植
からすみ……秋・生
枸橘《からたち》の花《はな》……春・植
落葉松散《からまつち》る……冬・植
狩《かり》……冬・生
雁《かり》……秋・動
雁帰《かりかえ》る……春・動
刈田《かりた》……秋・地
雁渡《かりわた》し……秋・天
榠樝《かりん》の実《み》……秋・植
刈萱《かるかや》……秋・植
歌留多《かるた》……新年・生
枯蘆《かれあし》……冬・植
枯銀杏《かれいちょう》……冬・植
枯尾花《かれおばな》……冬・植
枯木《かれき》……冬・植
枯菊《かれぎく》……冬・植
枯桑《かれくわ》……冬・植
枯欅《かれけやき》……冬・植
枯芝《かれしば》……冬・植
枯園《かれその》……冬・地
枯蔦《かれつた》……冬・植
枯蔓《かれづる》……冬・植
枯野《かれの》……冬・地
枯葉《かれは》……冬・植
枯萩《かれはぎ》……冬・植
枯芭蕉《かればしょう》……冬・植
枯蓮《かれはす》……冬・植
枯葎《かれむぐら》……冬・植
枯柳《かれやなぎ》……冬・植
獺《かわうそ》　魚《うお》を祭《まつ》る……春・時
蛙《かわず》……春・動
蛙《かわず》の目借《めか》り時《どき》……春・時
河原鶸《かわらひわ》……春・動
寒明《かんあけ》……春・時
寒猿《かんえん》……冬・動
雁瘡癒《がんがさい》ゆ……春・生
寒鴉《かんがらす》……冬・動
寒雁《かんがん》……冬・動
雁木《がんぎ》……冬・生
寒菊《かんぎく》……冬・植
寒禽《かんきん》……冬・動
寒苦鳥《かんくちょう》……冬・動
寒犬《かんけん》……冬・動
寒鯉《かんごい》……冬・動
寒肥《かんごえ》……冬・生
寒垢離《かんごり》……冬・生
関西震災忌《かんさいしんさいき》……冬・生
寒曝《かんざらし》……冬・生
樏《かんじき》……冬・生
寒蜆《かんしじみ》……冬・動
元日《がんじつ》……新年・時
甘蔗刈《かんしょかり》……冬・生
寒雀《かんすずめ》……冬・動
寒昴《かんすばる》……冬・天
寒施行《かんせぎょう》……冬・生
寒芹《かんぜり》……冬・植
寒鯛《かんだい》……冬・動
寒卵《かんたまご》……冬・生
邯鄲《かんたん》……秋・動
寒中水泳《かんちゅうすいえい》……冬・生
寒潮《かんちょう》……冬・地
観潮《かんちょう》……春・生
寒造《かんづくり》……冬・生
寒釣《かんづり》……冬・生
寒天製《かんてんせい》す……冬・生
竿灯《かんとう》……秋・生
カンナ……秋・植
神無月《かんなづき》……冬・時
寒念仏《かんねぶつ》……冬・生
寒《かん》の雨《あめ》……冬・天
寒《かん》の入《いり》……冬・時
寒《かん》の内《うち》……冬・時
寒《かん》の水《みず》……冬・地
寒鮠《かんばや》……冬・動
寒緋桜《かんひざくら》……冬・植
寒鮒《かんぶな》……冬・動
寒鰤《かんぶり》……冬・動
雁風呂《がんぶろ》……春・生
寒紅《かんべに》……冬・生
寒木瓜《かんぼけ》……冬・植
寒鰡《かんぼら》……冬・動
寒参《かんまいり》……冬・生

生身魂《いきみたま》……秋・生
池普請《いけぶしん》……冬・生
鮊《いさざ》……冬・動
十六夜《いざよい》……秋・天
伊勢海老《いせえび》……新年・動
伊勢参《いせまいり》……春・生
磯遊《いそあそび》……春・生
磯竈《いそかまど》……春・生
磯巾着《いそぎんちゃく》……春・動
磯菜摘《いそなつみ》……春・生
磯開《いそびらき》……春・生
鼬《いたち》……冬・動
鼬罠《いたちわな》……冬・生
虎杖《いたどり》……春・植
一位《いちい》の実《み》……秋・植
一月《いちがつ》……冬・時
苺《いちご》の花《はな》……春・植
無花果《いちじく》……秋・植
銀杏落葉《いちょうおちば》……冬・植
銀杏散《いちょうち》る……秋・植
銀杏紅葉《いちょうもみじ》……秋・植
一輪草《いちりんそう》……春・植
冱《い》つ……冬・時
五日《いつか》……新年・時
一茶忌《いっさき》……冬・生
凍鶴《いてづる》……冬・動
凍解《いてどけ》……春・地
竈馬《いとど》……秋・動
稲負鳥《いなおおせどり》……秋・動
蝗《いなご》……秋・動
稲雀《いなすずめ》……秋・動
稲妻《いなずま》……秋・天
稲虫《いなむし》……秋・動
犬《いぬ》ふぐり……春・植
稲《いね》……秋・植
稲刈《いねかり》……秋・生
稲扱《いねこき》……秋・生
稲《いね》の花《はな》……秋・植
稲干《いねほ》す……秋・生
亥《い》の子《こ》……冬・生
牛膝《いのこずち》……秋・植
猪《いのしし》……秋・動
茨《いばら》の実《み》……秋・植
今川焼《いまがわやき》……冬・生
居待月《いまちづき》……秋・天
芋《いも》……秋・植
芋植《いもう》う……春・生
芋煮会《いもにかい》……秋・生
芋虫《いもむし》……秋・動
伊予柑《いよかん》……春・植
海豚《いるか》……冬・動
色変《いろか》へぬ松《まつ》……秋・植
色鳥《いろどり》……秋・動
色《いろ》なき風《かぜ》……秋・天
鰯《いわし》……秋・動
鰯雲《いわしぐも》……秋・天
鰯引《いわしひ》く……秋・生
岩燕《いわつばめ》……春・動
隠元豆《いんげんまめ》……秋・植

う

植木市《うえきいち》……春・生
魚島《うおじま》……春・動
魚氷《うおひ》に上《のぼ》る……春・時
萍《うきくさ》生《お》ひ初《そ》む……春・植
鶯《うぐいす》……春・動
鶯笛《うぐいすぶえ》……春・生
鶯餅《うぐいすもち》……春・生
雨月《うげつ》……秋・天
海髪《うご》……春・植
五加木《うこぎ》……春・植
兎《うさぎ》……冬・動
兎狩《うさぎがり》……冬・生
雨水《うすい》……春・時
太秦《うずまさ》の牛祭《うしまつり》……秋・生
埋火《うずみび》……冬・生
薄紅葉《うすもみじ》……秋・植
鶉《うずら》……秋・動
薄氷《うすらい》……春・地
鷽《うそ》……春・動
鷽替《うそかえ》……新年・生
うそ寒《さむ》……秋・時
歌会始《うたかいはじめ》……新年・生
独活《うど》……春・植
雲丹《うに》……春・動
馬追《うまおい》……秋・動
苜蓿《うまごやし》……春・植
馬肥《うまこ》ゆ……秋・動
馬下《うまさ》げる……冬・生
馬《うま》の子《こ》……春・動
海雀《うみすずめ》……冬・動
海猫帰《うみねこかえ》る……秋・動
海猫渡《うみねこわた》る……春・動
梅《うめ》……春・植
梅見《うめみ》……春・生
梅擬《うめもどき》……秋・植
末枯《うらがれ》……秋・植
麗《うらら》か……春・時
漆紅葉《うるしもみじ》……秋・植
潤目鰯《うるめいわし》……冬・動
浮塵子《うんか》……秋・動
運動会《うんどうかい》……秋・生

え

絵双六《えすごろく》……新年・生
枝打《えだうち》……冬・生
枝豆《えだまめ》……秋・生
狗尾草《えのころぐさ》……秋・植
恵比須講《えびすこう》……冬・生
海老根《えびね》……春・植
恵方詣《えほうまいり》……新年・生
会陽《えよう》……新年・生
魞挿《えりさ》す……春・生
襟巻《えりまき》……冬・生
遠足《えんそく》……春・生
えんぶり……新年・生

お

黄金週間《おうごんしゅうかん》……春・生
黄梅《おうばい》……春・植
狼《おおかみ》……冬・動
大服《おおぶく》……新年・生
大晦日《おおみそか》……冬・時
苧殻《おがら》……秋・生
荻《おぎ》……秋・植
翁草《おきなぐさ》……春・植
御行《おぎょう》……新年・植
送《おく》り火《び》……秋・生
白朮詣《おけらまいり》……新年・生
尾越《おごし》の鴨《かも》……秋・動
御降《おさが》り……新年・天
押《お》しくら饅頭《まんじゅう》……冬・生
鴛鴦《おしどり》……冬・動
白粉花《おしろいばな》……秋・植
遅桜《おそざくら》……春・植
苧環《おだまき》の花《はな》……春・植
お玉杓子《たまじゃくし》……春・動
落鮎《おちあゆ》……秋・動
落鰻《おちうなぎ》……秋・動
落鱚《おちぎす》……冬・動
落鯛《おちだい》……秋・動
落葉《おちば》……冬・植
落穂《おちぼ》……秋・植
おでん……冬・生
男郎花《おとこえし》……秋・植
落《おと》し角《づの》……春・動
落《おと》し水《みず》……秋・地
囮《おとり》……秋・生
踊《おどり》……秋・生
踊念仏《おどりねんぶつ》……春・生
鬼打木《おにうちぎ》……新年・生
鬼《おに》やらひ……冬・生
斧仕舞《おのじまい》……冬・生
尾花蛸《おばなだこ》……秋・動
帯解《おびとき》……冬・生
御火焚《おほたき》……冬・生
朧《おぼろ》……春・天
朧月《おぼろづき》……春・天
お水取《みずとり》……春・生
女郎花《おみなえし》……秋・植
御身拭《おみぬぐい》……春・生
御神渡《おみわたり》……冬・地
御命講《おめいこう》……秋・生
万年青《おもと》の実《み》……秋・植
オリーブの実《み》……秋・植
織初《おりぞめ》……新年・生
女正月《おんなしょうがつ》……新年・時

か

蚕《かいこ》……春・動
買初《かいぞめ》……新年・生
開帳《かいちょう》……春・生
鳰《かいつぶり》……冬・動
海棠《かいどう》……春・植
外套《がいとう》……冬・生
貝焼《かいやき》……冬・生

五十音順 春・秋・冬／新年の見出し季語総索引

●本書の「春」「秋」「冬／新年」巻に収録予定の見出し季語を収録した。

●配列は現代仮名遣いによる五十音順とした。

●赤字は重要季語を示す。

●各季語の季節と部分けを示した。部分けは、時＝時候、天＝天文、地＝地理、植＝植物、動＝動物、生＝生活と行事をあらわす。

あ

アイスホッケー……冬・生
藍《あい》の花《はな》……秋・植
青木《あおき》の実《み》……冬・植
石蓴《あおさ》……春・植
青写真《あおじゃしん》……冬・生
青饅《あおぬた》……春・生
青蜜柑《あおみかん》……秋・植
青麦《あおむぎ》……春・植
赤《あか》い羽根《はね》……秋・生
赤貝《あかがい》……春・動
皸《あかぎれ》……冬・生
赤蜻蛉《あかとんぼ》……秋・動
赤《あか》のまんま……秋・植
秋《あき》……秋・時
秋薊《あきあざみ》……秋・植
秋鰺《あきあじ》……秋・動
秋袷《あきあわせ》……秋・生
秋麗《あきうらら》……秋・時
秋扇《あきおうぎ》……秋・生
秋収《あきおさ》め……秋・生
秋《あき》惜《お》しむ……秋・時
秋風《あきかぜ》……秋・天
秋鰹《あきがつお》……秋・動
秋渇《あきがわ》き……秋・生
秋草《あきくさ》……秋・植
秋《あき》茱萸《ぐみ》……秋・植
秋曇《あきぐもり》……秋・天
秋《あき》蚕《ご》……秋・動
秋鯖《あきさば》……秋・動
秋《あき》寂《さ》び……秋・時
秋寒《あきさむ》……秋・時
秋時雨《あきしぐれ》……秋・天
秋簾《あきすだれ》……秋・生
秋《あき》澄《す》む……秋・時
秋高《あきたか》し……秋・天
秋出水《あきでみず》……秋・地
秋茄子《あきなす》……秋・植
秋《あき》の朝《あさ》……秋・時
秋《あき》の雨《あめ》……秋・天
秋《あき》の色《いろ》……秋・天
秋《あき》の海《うみ》……秋・地
秋《あき》の蚊《か》……秋・動
秋《あき》の蚊帳《かや》……秋・生
秋《あき》の蛙《かわず》……秋・動
秋《あき》の金魚《きんぎょ》……秋・動
秋《あき》の雲《くも》……秋・天
秋《あき》の暮《くれ》……秋・時
秋《あき》の声《こえ》……秋・天
秋《あき》の潮《しお》……秋・地
秋《あき》の霜《しも》……秋・天
秋《あき》の蟬《せみ》……秋・動
秋《あき》の空《そら》……秋・天
秋《あき》の田《た》……秋・地
秋《あき》の蝶《ちょう》……秋・動
秋《あき》の七草《ななくさ》……秋・植
秋《あき》の虹《にじ》……秋・天
秋《あき》の野《の》……秋・地
秋《あき》の蠅《はえ》……秋・動
秋《あき》の蜂《はち》……秋・動
秋《あき》の初風《はつかぜ》……秋・天
秋《あき》の浜《はま》……秋・地
秋《あき》の日《ひ》……秋・天
秋《あき》の灯《ひ》……秋・生
秋《あき》の昼《ひる》……秋・時
秋《あき》の星《ほし》……秋・天
秋《あき》の蛍《ほたる》……秋・動
秋《あき》の水《みず》……秋・地
秋《あき》の山《やま》……秋・地
秋《あき》の夕焼《ゆうやけ》……秋・天
秋《あき》の夜《よ》……秋・時
秋《あき》の雷《らい》……秋・天
秋《あき》の炉《ろ》……秋・生
秋場所《あきばしょ》……秋・生
秋薔薇《あきばら》……秋・植
秋晴《あきばれ》……秋・天
秋日傘《あきひがさ》……秋・生
秋彼岸《あきひがん》……秋・時
秋深《あきふか》し……秋・時
秋遍路《あきへんろ》……秋・生
秋祭《あきまつり》……秋・生
秋《あき》めく……秋・時
通草《あけび》……秋・植
通草《あけび》の花《はな》……春・植
朝顔《あさがお》……秋・植
朝顔《あさがお》の実《み》……秋・植
朝寒《あささむ》……秋・時
胡葱《あさつき》……春・植
浅漬《あさづけ》……秋・生
朝寝《あさね》……春・生
薊《あざみ》……春・植
浅蜊《あさり》……春・動
蘆刈《あしかり》……秋・生
蘆《あし》の角《つの》……春・植
蘆《あし》の花《はな》……秋・植
蘆火《あしび》……秋・生
馬酔木《あしび》の花《はな》……春・植
網代《あじろ》……冬・生
小豆《あずき》……秋・植
小豆粥《あずきがゆ》……新年・生
アスパラガス……春・植
畦塗《あぜぬり》……春・生
暖《あたた》か……春・時
温《あたた》め酒《ざけ》……秋・生
熱燗《あつかん》……冬・生
厚司《あつし》……冬・生
獦子鳥《あとり》……秋・動
貛《あなぐま》……冬・動
アネモネ……春・植
虻《あぶ》……春・動
溢蚊《あぶれか》……秋・動
海女《あま》……春・生
甘茶《あまちゃ》……春・生
天《あま》の川《がわ》……秋・天
江鮭《あめのうお》……秋・動
綾取《あやとり》……冬・生
鮎汲《あゆくみ》……春・生
荒鷹《あらたか》……秋・動
霰《あられ》……冬・天
霰餅《あられもち》……冬・生
有明月《ありあけづき》……秋・天
蟻穴《ありあな》を出《い》づ……春・動
アロエの花《はな》……冬・植
粟《あわ》……秋・植
阿波踊《あわおどり》……秋・生
泡立草《あわだちそう》……秋・植
淡雪《あわゆき》……春・天
行火《あんか》……冬・生
鮟鱇《あんこう》……冬・動
鮟鱇鍋《あんこうなべ》……冬・生
杏《あんず》の花《はな》……春・植

い

飯桐《いいぎり》の実《み》……秋・植
飯蛸《いいだこ》……春・動
鮊子《いかなご》……春・動
烏賊《いか》干《ほ》す……秋・生
錨草《いかりそう》……春・植
息白《いきしろ》し……冬・生

校正　中山英子
編集協力　兼古和昌
　　　　　高橋由佳
編集　矢野文子
制作　望月公栄
制作企画　直居裕子
資材　坂野弘明
宣伝　浦城朋子
販売　奥村浩一（以上、小学館）

読んでわかる俳句
日本の歳時記 夏

２０１４年３月30日　初版第1刷 発行

編著　宇多喜代子
　　　西村和子
　　　中原道夫
　　　片山由美子
　　　長谷川櫂

編集　株式会社 小学館
発行者　蔵敏則
発行所　株式会社 小学館
〒１０１-８００１
東京都千代田区一ツ橋 ２-３-１
編集　０３-３２３０-５１１８
販売　０３-５２８１-３５５５
印刷所　日本写真印刷株式会社
製本所　牧製本印刷株式会社

ISBN 978-4-09-388343-6